Willi Fährmann
geboren 1929 in Duisburg, lebt heute in Xanten am Niederrhein.
Mit seinem Gesamtwerk, für das ihm neben zahlreichen Einzelauszeichnungen
der »Große Preis der Deutschen Akademie für Kinder- und Jugendliteratur«
verliehen wurde, gehört er zu den profiliertesten Autoren der deutschen
Kinder- und Jugendliteratur. Seine im Arena Verlag erschienenen Bücher
haben die Millionenauflage bereits weit übertroffen.

Willi Fährmann

Sie weckten
das Morgenrot

Arena

In neuer Rechtschreibung

1. Auflage als Arena-Taschenbuch 2004
vom Autor neu bearbeitet und gekürzt
© der Originalausgabe 1999 by Arena Verlag GmbH, Würzburg
Alle Rechte vorbehalten
Einbandillustration: Klaus Steffens
Umschlagtypografie: knaus. büro für konzeptionelle
und visuelle identitäten, Würzburg
Gesamtherstellung: Westermann Druck Zwickau GmbH
ISSN 0518-4002
ISBN 3-401-02711-5

Der Schreck saß ihnen noch in den Knochen. Sie hockten in der engen Kabine auf ihrer Kiste. Der Stückgutfrachter hatte bereits vor einiger Zeit Bremerhaven verlassen. Das gleichmäßige Stampfen der Maschine drang bis zu ihnen herauf und ließ die beiden Gläser klirren, die in Messinghalterungen über dem Waschtisch standen.

Christian sagte leise: »Ich glaub's erst, wenn wir in Rotterdam festgemacht haben.«

»Als ob wir Verbrecher wären«, fügte Lorenz hinzu.

Er legte seine Papiere auf die schmale Platte des Klapptisches.

»Pass, Stempel, Arbeitserlaubnis, Stempel, Gesundheitszeugnis, Stempel, Quartiernachweis in Bogotá, Stempel, Stempel, Stempel. Und auf allen groß und aufdringlich Hitlers Hakenkreuz.« Er schwieg eine Weile.

»Als bei uns zu Hause im vorigen Winter zwei Schweine geschlachtet wurden, kam der Tierarzt wie üblich und schaute, ob die Tiere trichinenfrei waren. Er drückte den Stempel auf die Schwarte. Und was meinst du? Es war ein neuer Stempel mit einem Hakenkreuz.«

Christian lachte auf: »Hat er was dazu gesagt?«

»Hat er. Den Finger hat er auf den Stempel gelegt und ganz scheinheilig gefragt: ›Da sitzt er doch richtig, oder?‹ Mein Vater hat gegrinst und geantwortet: ›Auf dem Schweineschinken macht er sich ganz gut.‹«

Christian sagte: »Na, geschlachtet haben sie uns bei der Zollkontrolle ja nicht gerade. Aber viel hat nicht daran gefehlt.«

»Stimmt«, bestätigte Lorenz. »Der eine, der unser Gepäck durchwühlt hat, der hatte einen ähnlichen Blick wie unser Metzger, wenn er der Sau das Messer durch die Kehle zog.«

»Komm«, sagte Christian, »wir müssen unser Zeug wieder ordentlich einräumen.«

Sie standen auf und öffneten den Deckel der Holzkiste. Stück für Stück legten sie die Sachen auf die beiden schmalen, doppelstöckigen Kojen an der Längsseite der Kabine, die Drillichhosen und die groben Tuchjacken, die blauen Arbeitshemden, die festen Schuhe, die Wollsocken, einige wenige Tischler- und Maurerwerkzeuge, ein paar Bücher . . .

»Der reinste Gemischtwarenladen«, sagte Lorenz. »Mich hat es gewundert, dass sie deine Gitarre unbeachtet zur Seite gelegt haben. Mein Bandoneon haben sie so genau unter die Lupe genommen, als ob ich darin Geld versteckt hätte.«

Christian suchte in seinem Rucksack nach einem Heft, schlug es auf und las aus einer Liste vor, was sich in der Kiste befinden sollte. Lorenz tippte mit dem Finger auf die Gegenstände und bestätigte jedes Mal: »Ist da.«

Zum Schluss stellte er fest: »Es fehlt kein Stück.«

Sie packten alles sorgfältig wieder ein, das kleine Zelt zuunterst, die Werkzeuge verstauten sie so zwischen den Kleidern, dass sie nicht klappern konnten, schließlich deckten sie mit zwei dicken Wolldecken alles ab. Lorenz musste sich auf den Kistendeckel setzen, damit Christian das Schloss einhängen konnte.

»Zu viel zu schleppen, zu wenig für das neue Leben«, knurrte er.

Als das Schiff am Nachmittag in den Hafen von Rotterdam einlief, wagten sie sich zum ersten Mal an Deck. Der Deckoffizier sprach sie an: »Na, ist euch die Fahrt schon auf den Magen geschlagen?«

»Wieso?«, fragte Christian.

»Weil ihr heute zum Mittagessen nicht erschienen seid.« Als er ihren erstaunten Blick sah, fuhr er fort: »Um zwölf Uhr gibt es hier an Bord was zu futtern. Ihr müsst euch schon in den Speiseraum, in die Messe, bewegen. Nachgetragen wird hier niemand was.«

»Aha«, sagte Christian. »Muss einem ja gesagt werden, oder?«

Der Offizier grinste. »Tröstet euch«, sagte er. »Später um sechs, wenn die vier letzten Passagiere an Bord sind, gibt's noch mal was Warmes. Sozusagen ein Festmahl zur Begrüßung.«

Lorenz fragte: »Wer sind denn die Leute, die in Bremerhaven mit uns zugestiegen sind?«

Der Offizier zuckte mit den Schultern. »Heute beim Abendessen ist die große Vorstellung.«

* * *

Es ist ein merkwürdig leeres Gefühl. Christian ist weg, jeden Tag weiter weg. Aus den Augen, aus dem Sinn, sagt man. Meine Mutter, glaube ich, hofft darauf, dass es so kommen wird. Aber ich weiß es besser, ganz sicher weiß ich es. Wirklich ganz sicher? Mit meinen Gedanken bin ich so nah bei ihm, dass mich heute in der Lateinstunde Schwester Alberta mahnte: »Susanne Mattler!« *Ich schreckte auf. Offenbar hatte sie mich vorher schon einmal angesprochen, ohne dass ich es wahrgenommen hatte. Als sie meine Verwirrung bemerkte, lächelte sie und sagte:* »Susanne, Susanne, Sie haben das Zeug, ein gutes Abitur zu machen. Aber dazu gehört die volle Konzentration.«

»Ja, Schwester.«

* * *

Pünktlich um sechs betrat Kapitän Quintus die Messe, ein untersetzter Mann mit rotem, glatt rasiertem Gesicht. Seine Augen, fast verborgen unter dicken Fleischwülsten, ließ er von einem zum anderen schweifen und schien befriedigt, dass alle zwölf Passagiere sich an der langen Tafel versammelt hatten. Er hielt eine kurze Ansprache, stellte die *Viktoria* als Stückgutfrachter vor, der auf großer Fahrt von Bremerhaven nach Südamerika sei. Er gab einem der Offiziere einen Wink und der entrollte eine Weltkarte, die er an die Stirnwand der Messe hängte.

Der Kapitän sagte: »Die Fahrtroute führt durch den Ärmelkanal und durch die Biscaya. Wir queren den Atlantik, werden die Azoren anlaufen, auch Barbados, Curaçao und in Venezuela den Hafen von La Guaira. In Puerto Colombia verlassen die letzten Passagiere die *Viktoria*. Wir gehen dann wieder auf Heimatkurs.«

»Wie lange werden wir unterwegs sein?«, fragte ein etwa fünfundzwanzigjähriger semmelblonder Mann mit einem starken holländischen Akzent.

Der Kapitän schaute eine Weile auf die Karte und antwortete dann: »Kolumbus war 1492 erheblich länger auf See. Wir werden zwischen 25 und 30 Tage bis Kolumbien brauchen.«

Ein Junge, sicher noch nicht vierzehn Jahre alt, rief dazwischen: »Kolumbus ist nie bis Kolumbien gekommen.« Sein Vater wies ihn zurecht: »Wirst du wohl den Mund halten, Fritz!«

»Wir werden hinkommen«, fuhr der Kapitän fort. »Wie gesagt in etwa vier Wochen. Ziemlich pünktlich.«

Er wandte sich von der Karte ab und sagte: »Richtig. Pünktlich. Darauf lege ich Wert. Sie sind nicht auf einem Vergnügungsdampfer. Immerhin, neben dieser Messe hier verfügt die *Viktoria* gleich auf der anderen Seite des Ganges über den grünen Salon, bequem eingerichtet. Dort können Sie sich jederzeit aufhalten. Mit zwölf Passagieren sind unsere Kabinen ausgebucht. Zwischen acht und neun morgens Frühstück, um zwölf Uhr wird zu Mittag gegessen, das Abendessen um sechs. Pünktlich bitte. Nachmittags steht für Sie Kaffee oder Tee und etwas Gebäck hier in der Messe bereit.« Er drehte sich zur Tür und rief: »Salzmann, Eriksen!« Zwei Matrosen traten ein. Der Kapitän zeigte auf den kleineren, schwarzhaarigen jungen Mann. »Salzmann ist Ihr Steward. Er ist für die Passagiere da. Wenn es Fragen gibt, wenden Sie sich an ihn. Bei besonderen Gelegenheiten wird Eriksen ihm zur Hand gehen.«

Die Matrosen trugen ein reichhaltiges Mahl auf. Einmal bewegte Eriksen sich ungeschickt und verschüttete ein wenig Suppe. Salzmann lief rot an und schnauzte: »Pass doch auf, Kerl.«

»Na, na«, mahnte der Kapitän, »kann doch passieren, nicht wahr.«

Christian schaute sich während des Essens am Tisch um. An den Längsseiten saßen jeweils fünf Passagiere. Die eine Schmalseite war dem Kapitän vorbehalten, was bei seinem massiven Körper auch angebracht war. Ihm gegenüber saßen zwei Schiffsoffiziere.

Das Essen schmeckte offensichtlich allen recht gut. Als Salzmann die Fleischplatte herumreichte, bemerkte Christian, dass der Mann ihm gegenüber zögerte zuzugreifen und leise fragte:»Schweinebraten?«

»Nein, Lammfleisch«, erwiderte der Matrose.

Jetzt bediente sich der Mann und sagte:»Sie wissen ja ...«

Der Matrose nickte.»Verstehe. Ich werde es Ihnen sagen, wenn irgendwas vom Schwein auf den Tisch kommt.«

Lorenz stieß Christian an und tuschelte:»Juden.«

Die Mahlzeit zog sich hin. Der Kapitän kündigte schließlich an:»Und nun, meine Damen und Herren, etwas ganz Besonderes, sozusagen ein Gruß aus der Neuen Welt. Zum Nachtisch Ananas mit Sahne.«

Christian und Lorenz probierten vorsichtig von der Frucht, die sie nur dem Namen nach kannten.

Der Junge, der zu dem jüdischen Passagier gehörte, sagte laut:»Süß und schmeckt nach mehr.«

Sein Vater sah ihn scharf an und tadelte ihn:»Sei nicht vorlaut, Fritz.«

Der Kapitän aber lachte und sagte:»Lassen Sie ihn nur, Herr Goldschmitt, der Smutje wird sich über das Lob freuen.«

Dann stellte er die Offiziere Winkelmann und Lobbert vor und bat die Passagiere ihre Namen zu nennen und ein paar Worte zu ihrer Person zu sagen.

»Bitte, Herr Raben, beginnen Sie doch.«

Der Angesprochene erhob sich. Er war wenigstens eins neunzig groß und sehr schlank.

»Hartwig Raben.« Er hatte eine auffallend hohe Stimme.»Abgestellt zur deutschen Botschaft nach Bogotá. Zuständig«, er hielt kurz inne,»zuständig für die Förderung des Deutschtums im Ausland.« Er setzte sich wieder.

Weiter ging es rundum.

»Joseph Goldschmitt, achtundvierzig Jahre, Jurist, mit Sohn Fritz, zwölf Jahre jung, auf der Suche nach einer neuen Heimat.« Er presste die Lippen zusammen und schlug die Augen nieder.

»Und Ihre Gattin, ist die in der alten Heimat geblieben?«, fragte der Kapitän.

»In der ewigen Heimat«, antwortete Goldschmitt leise. »Sie ist vor sechs Monaten gestorben. Ihr Herz war immer schon nicht ganz in Ordnung. Die Aufregungen in den letzten Monaten . . .«

»Verstehe«, sagte der Kapitän. »Tut mir Leid.«

»Arend van Bemmel. Zusammen mit meiner Frau Mareike fünfzig Jahre alt, aus Utrecht. Auf dem Weg nach Curaçao. Kaufmann.«

Am Ende des Tisches hatte ein gut vierzigjähriger Mann seinen Platz. Er trug eine Hornbrille mit dicken Gläsern. Nur ein spärlicher blonder Haarflaum wuchs auf seinem massigen Kopf. »Willst du uns nicht vorstellen, Uwe?«, fragte er seinen Sohn, der an der anderen Tischseite saß. Der Junge hielt seinen rötlich blonden Kopf tief gesenkt und starrte auf die Tischplatte. »Nein«, stieß er hervor.

Der Mann schien verärgert, nahm seine Brille ab und putzte die Gläser mit seinem Taschentuch. »Ich bin Jakob Makowitsch aus Essen. Firmenvertreter.« Er deutete mit seiner Brille auf den Jungen und fuhr fort: »Uwe, mein Sohn. Gerade vierzehn geworden. Verdammt schwieriges Alter.« Er zog die Stirn kraus und starrte seinen Sohn an, als ob er ihn nie zuvor gesehen hätte.

Der ältere Mann, der neben Lorenz saß, sagte: »Gestatten Sie, dass ich sitzen bleibe. Ich habe Probleme mit einem Bein. Mein Name ist Antonius Mergenter, fünfzig Jahre oder mehr.« Er lächelte verschmitzt und es schien, als ob seine schmale Hakennase noch weiter aus seinem Gesicht hervorsteche. »Ich bin auf einer Reise in die Vergangenheit.«

Lorenz stand auf. »Mein Freund Christian Fink und ich, Lorenz Mattler. Wir wollen in Kolumbien siedeln.«

»Was heißt das?«, fragte Raben.

»Na«, antwortete Lorenz, »wir wollen uns als Bauern, oder wie man das drüben nennt, versuchen. Dort bekommt man ja Land . . .« Er verstummte.

Raben schüttelte den Kopf, sagte aber nichts weiter.

Nun war die Frau, die mit ihrer Tochter zwischen Christian und dem Kapitän saß, an der Reihe. Sie strich sich die dunklen Haarsträhnen, die ihr in die Stirn gefallen waren, heftig zurück und sagte: »Renata Millhaus, in den letzten Jahren zu schnell alt geworden, mit Tochter Eva, fünfzehn Jahre. Ich will meinen Mann . . .«

Sie sprach nun so leise, dass sie nicht genau zu verstehen war, und Christian fragte sich, ob es nach »meinen Mann suchen« oder »besuchen« geklungen hatte.

Der Kapitän bedankte sich und erinnerte noch einmal daran, dass es ab acht Uhr am Morgen das Frühstück gebe. Er müsse nun auf die Brücke und er wünsche allen eine ruhige und angenehme Reise.

Mit der ruhigen Reise wurde es zunächst nichts. Die *Viktoria* war kurz vor Mitternacht ausgelaufen. Bereits im Ärmelkanal wurde die See ziemlich rau. Gegen halb neun betraten Christian und Lorenz die Messe. Raben hatte schon gefrühstückt und verließ den Raum. Am Tisch saßen nur noch Mergenter und Eva Millhaus. Christian und Lorenz bedienten sich. Aber während Lorenz kräftig zulangte, kaute Christian auf einem halben Brötchen herum. Lorenz sprach Eva an: »Willst du deinen Vater in Kolumbien besuchen?«

»Besuchen ist gut.« Eva lachte auf. »Mutter und ich waren lange in Deutschland, im Schwarzwald. Wir haben seit einigen Monaten nichts mehr von meinem Vater gehört. Meine Mutter glaubt, es muss ihm irgendetwas passiert sein. Sie ist . . .« Eva suchte nach Worten, wechselte aber dann abrupt das Thema und ahmte mit den Händen das Schwanken des Schiffes nach. »Sie ist schon seekrank.«

»Den anderen Passagieren geht's nicht besser«, mischte sich Mergenter ein. Christian sagte: »Mir ist auch nicht gut.«

»Komm, an die frische Luft mit dir«, schlug Lorenz vor. Eva schloss sich an.

Der Wind schlug ihnen mit heftigen Böen entgegen und die Wellenkämme trugen weiße Schaumsäume. Sie hielten sich an der Reling fest. Evas Pferdeschwanz hatte sich gelöst und ihre braunen Haare standen wie eine Fahne im Wind. Ihre Kleider wurden eng an den Körper gepresst.

Dünn wie eine Bohnenstange, dachte Lorenz. Kaum zu glauben, dass sie schon fünfzehn ist. Christian klammerte sich so an die Reling, dass seine Handknöchel sich weiß abzeichneten.

»Du bringst deinen Freund am besten in die Kabine«, riet Eva. »Und stell einen Eimer bereit.« Sie deutete mit der Hand an, dass Christian wohl bald zu spucken beginne.

»Hast du Erfahrung?«, fragte Lorenz.

»Habe ich. Vor fast zwei Jahren bei der Fahrt von Puerto Colombia nach Deutschland war es mit meiner Mutter tagelang ganz schlimm.«

»Und du?«

»Entweder wird man seekrank oder nicht. Mir macht die Schaukelei nichts aus.«

»Mir sonst auch nicht«, behauptete Christian. Aber sein bleiches Gesicht, um die Augen herum ins Grünliche verfärbt, strafte ihn Lügen.

»Christian ist im Frühjahr mit einem Rheinkahn den Strom von Ruhrort bis Mannheim hinaufgeschippert«, sagte Lorenz.

Sie schürzte verächtlich die Lippen. »Rheinkahn!«, wiederholte sie spöttisch. »Wartet nur ab, bis wir in der Biscaya sind.«

»Komm«, sagte Lorenz und fasste Christian beim Arm. Der ließ sich willig zur Kabine führen.

»In die untere Koje mit ihm«, rief Eva ihnen nach. »Dann geht es einfacher mit dem Eimer.«

Sie behielt Recht. Erst bäumte Christian sich auf, versuchte gegen Übelkeit und Brechreiz anzukämpfen, würgte aber schließlich und spie und spie. Matt lag er anschließend auf seiner Koje und murmelte mehrmals: »Mir ist schlecht, sauschlecht.«

Willenlos schlug sein Kopf je nach den Bewegungen des Schiffes von einer Seite auf die andere. Lorenz fühlte sich hilflos. Was sollte er tun? Er lief in den grünen Salon. Mergenter saß mit einem Buch in einem Sessel und versuchte trotz der Schlingerbewegungen des Schiffes zu lesen.

»Na, wie geht es deinem Freund?«, fragte er.

Lorenz sagte: »Ich weiß nicht, was ich machen soll.«

»Du kannst gar nichts machen. Abwarten eben, bis die See ruhiger wird.«

»Wenn es aber noch heftiger wird mit Wind und Wellen, dann rollt er mir noch aus der Koje oder schlägt mit dem Kopf gegen die Wand.«

»Wahrscheinlich wird es noch stürmischer. Es hilft alles nichts. Da muss er durch. Aber keine Angst, Neptuns Rache hat noch niemand zu Tode gebracht.«

»Und wenn er sich verletzt, sich den Arm bricht oder so?«

»Lass dir von einem Matrosen einen Strick geben und binde ihn fest.«

Lorenz schaute ihn zweifelnd an, doch Mergenter nickte ihm zu. »Kein Spaß. Musst du machen.«

Als Lorenz an Deck kam, sprühte ihm das Wasser ins Gesicht und es troff ihm aus den Haaren. Über das Vorschiff hatte sich eine dünne Eisdecke gelegt. Eine Hand zerrte ihn in den Kabinengang zurück.

»Nicht rausgehen«, schrie ihn der Matrose Salzmann an. »Passagiere dürfen bei dem Wetter nicht raus. Glatt und gefährlich.«

Lorenz bat ihn um einen Strick.

»Ja«, sagte Salzmann. »Den wirst du noch brauchen. Warte hier.«

Kurz darauf kam er zurück und reichte Lorenz zwei etwa drei Meter lange daumendicke Taue.

»Für dich und deinen Freund«, sagte er. »Komm, ich gehe mit und helfe dir.«

Salzmann hielt Christian fest und Lorenz zurrte ihn mit den Stricken so an das Gestell der Koje, dass er sich nicht rühren konnte. Das Hinundherschlagen des Kopfes allerdings konnte er nicht unterbinden. Salzmann setzte sich einen Augenblick auf die Kiste.

»Viel habt ihr ja nicht mitgenommen für das neue Leben.« Er klopfte mit der Hand auf den Kistendeckel.

»Es ist streng verboten, aus Deutschland mehr rauszutragen als zehn Mark«, sagte Christian.

»Damit könnt ihr drüben keine großen Sprünge machen.«

»Keiner kann mehr mitnehmen.«

»Die Millhausfrauen aber doch. Viel mehr.«

»Woher wissen Sie das?«

Salzmann zuckte mit den Achseln. »Ich weiß es eben.«

»Wenn es so ist, dann werden sie es Ihnen gerade auf die Nase gebunden haben.«

»Ich vermute, sie haben einen kolumbianischen Pass.«

»Meinen Sie?«

»Und Raben, der hat bestimmt auch 'ne Menge Geld bei sich.«

»Ja, die Diplomaten. Aber was schert es Sie, Salzmann, ob einer mehr oder weniger hat?«

Salzmann wirkte mit einem Male unsicher. Er stand auf und beim Verlassen der Kabine rieb er Daumen und Zeigefinger gegeneinander und sagte: »Vielleicht gibt es ein ordentliches Trinkgeld. Ich kann es brauchen.« Er zog die Tür hinter sich zu.

»Von uns bekommst du bestimmt nichts«, murmelte Lorenz.

* * *

Heute hat meine Mutter mich beiseite genommen. »Susanne«, hat sie gesagt und es kam mir vor, als ob ihr die Worte nur schwer über die Lippen gingen, »es war nicht leicht für uns, dich zu den Schwestern aufs Gymnasium zu schicken. Dem Mattlerhof ging es zeitweise miserabel. Hitler hat uns Bauern ja nun etwas Luft verschafft.«

»Für andere wird die Luft in Deutschland immer dünner«, warf ich ein.

Die beiden Falten über ihrer Nasenwurzel vertieften sich. Sie ging nicht darauf ein. »Vater und ich haben uns für deine Ausbildung krumm gelegt. Das Schulgeld, die Bücher, den ganzen Kram, den du in der Schule nötig hast. Deine Brüder und deine Schwester, die haben alle gearbeitet und mitverdient.«

»Ich hab auch gearbeitet, Mutter.«

»Ja, Susanne. Wir waren mit deinen Zeugnissen zufrieden. Wir haben es ja auch

immer irgendwie geschafft mit den Ausgaben für dich. Waren immer stolz darauf, bald eine Lehrerin in unserer Familie zu haben. Aber dann kam dieser Fink und hat dir den Kopf verdreht.«

»Hör auf, Mutter.«

»Nein. Diesmal schluck ich's nicht runter. Wir erwarten von dir, dass du Lehrerin wirst. Sonst wären ja all unsere Opfer umsonst gewesen.« Ich schwieg. Nach einer Weile fuhr sie fort: »Versprichst du's?«

»Verlang nicht so was von mir, Mutter. Ich mach erst mal das Abi. Und wenn sie mich dann lassen, dann geh ich vielleicht zum Studium.«

Sie schien bedrückt. Dabei hat Mutter selbst schon mit achtzehn geheiratet. Und war doch mit Vater irgendwie glücklich. Oder?

* * *

Beim Mittagessen blieb auch Raben aus. Mergenter, Eva und Lorenz rückten näher zusammen. Salzmann balancierte geschickt die Speisen durch die Messe, obwohl das Schiff stark schwankte. Die Tischplatte hatte rundum eine hohe Kante, damit kein Geschirr auf den Boden gleiten konnte.

»Wie kriegt der Smutje bei dem Seegang das Kochen in seiner engen Kombüse nur hin?«, fragte Eva.

»Alles Übung«, antwortete Salzmann.

Sie mussten ihren Teller beim Essen mit einer Hand festhalten. Als sie Salzmann das Zeichen zum Abräumen gaben, sagte der anerkennend: »Ihr seid die Richtigen. Ihr könntet glatt auf diesem Seelenverkäufer hier anheuern.«

Er verließ die Messe. Eva, Lorenz und Mergenter gingen in den Salon.

»Tatsächlich alles grün in grün«, sagte Eva und ließ sich in einen Plüschsessel fallen.

»Erzähl doch mal genauer, Eva, was mit deinem Vater los ist«, bat Lorenz. Sie schaute ihn an, sagte aber dann: »Ich hab schon viel zu viel erzählt. Von dir und deinem Freund weiß ich noch gar nichts. Erst bist du dran.«

»Schnell berichtet«, antwortete Lorenz. Bevor er jedoch weitersprach, schaute er sich um, ob Raben nicht doch noch gekommen war. »Wir wollen weg aus dem Hitlerreich und in Kolumbien einwandern.«

»Seid ihr Juden?«, fragte Eva.

Lorenz lachte und zeigte auf seine blonden Haare, die, steif vom Salzwasser, wild um seinen Kopf standen. »Nein, so richtige blonde Germanentypen sind wir. Wir gehören beide einer Gruppe der Katholischen Jugend an. Der Sturmschar. Das ist eine Wandergruppe im Jungmännerverband. Wir weigern uns in die Hitlerjugend zu gehen. Seit 1933, schon drei Jahre lang, werden wir schikaniert. Von der Hitlerjugend, von der SA, von der Polizei. In die HJ sollen wir gehen. Gleichschalten wollen sie uns. Die nicht in der Hitlerjugend sind, sind denen ein Dorn im Auge. Fast alles wurde uns verboten. Keine Wanderungen mehr, keine Fahrten mit dem Zelt, die Fahrtenhemden verboten, nicht mehr gemeinsam unsere Lieder singen, uns nicht mehr als Gruppe in der Öffentlichkeit zeigen . . .«

»Ja, was haben sie euch denn überhaupt noch erlaubt?«

»Die wollten uns mürbe machen. Nur noch religiöse Gespräche in der Kirche. Das machen unsere Leute nicht mit. Viele treffen sich heimlich an einsamen Orten. Und dann die Angst, erwischt zu werden, die Haussuchungen, die Verhöre, die Verhaftungen. Wie kannst du da noch frei atmen. Christian und ich sind lieber gegangen.«

»Einfach so?«

»Nee, einfach nicht. Die Freunde zurücklassen, nur zehn Mark Startgeld mitnehmen dürfen . . .«

»Mit zehn Mark seid ihr weg?«

»Mehr ist für Deutsche nicht gestattet. Aber das müsstest du doch wissen.«

»Mein Vater ist ein Deutscher, aber meine Mutter ist Kolumbianerin. Ich würde mich nicht trauen in ein fremdes Land zu gehen und arm zu sein wie eine Kirchenmaus.«

»Es gibt auch noch einen anderen Grund, auszuwandern. Meine Eltern haben im Paderborner Land einen Bauernhof. Ich will Bauer sein.«

»Wo liegt für dich das Problem, Lorenz?«

»Bei uns erbt der Älteste alles. Ich bin elf Monate jünger als mein Bruder Ewald.«

»Und deshalb nach Kolumbien?«

»Ja. Da kann man siedeln. Bekommt von der Regierung ein Stück Land geschenkt. Vielleicht fünfzig Hektar.«

Mergenter nickte. »Soll so sein«, bestätigte er. »Nur wenige Deutsche, die nach Kolumbien gehen, wollen weit weg von den Städten ins wilde Land. Ihr seid dort bestimmt willkommen.«

»Und Sie, Herr Mergenter«, fragte Eva, »was ist mit Ihnen?«

Er lächelte.

»Eine ziemlich neugierige junge Dame, was? Aber bei mir gibt es keine Geheimnisse. Ich war bis 1914 viele Jahre in Kolumbien. Als der Krieg vom Zaun gebrochen wurde, dachte ich, ich müsse nach Deutschland zurück und das Vaterland verteidigen. Das hat mir ein steifes Bein eingebracht. Länger als zwanzig Jahre bin ich in Deutschland geblieben. Jetzt bin ich ein alter Mann. Die ganze Zeit über hatte ich einen Traum. Ich wollte noch einmal den Tolima sehen. Vielleicht sogar auf den Gipfel steigen.«

»Auf den Tolima?«, fragte Lorenz.

»Das ist der schönste Vulkankegel der Welt. Schön und tückisch. Tückisch wie alles, was schön ist.«

»Na, hören Sie mal!«, empörte sich Eva.

Er lachte nur.

Lorenz forderte sie auf: »Jetzt bist du an der Reihe.«

Sie zögerte. »Ich weiß nicht, ob meiner Mutter das recht ist, wenn ich erzähle.«

Mergenter sprach ihr Mut zu.

»Dein Vater ist verschwunden. Wenn ihr ihn finden wollt, müsst ihr überall davon sprechen. Es ist wie beim Angeln. Wer keine Köder auswirft, wird auch keinen Fisch fangen. Vielleicht kennt jemand deinen Vater. Vielleicht hat jemand von ihm gehört.«

»Na ja«, stimmte Eva zu. »Da ist was dran. Es war nämlich so. Mein Vater arbeitete in den Zentralkordilleren in der Gegend von Medellín. Er hat

eine Kohlengrube geleitet. Das war ein Stollen, waagerecht in den Berg getrieben. Meine Mutter und ich wohnten in einem schönen Stadthaus. Alle vierzehn Tage kam mein Vater übers Wochenende mit einem Kohlenlaster zu uns. Ich habe einige Male gehört, wie er zu meiner Mutter über seine Arbeit sprach. Es hat ihm nicht gefallen, wie man die Mineros, die einheimischen Bergleute, dort behandelt. Die Kohlen wurden in Säcken aus dem Stollen getragen. Die Sicherheitsvorkehrungen waren mangelhaft, die Arbeitszeit lang und der Lohn so niedrig, dass auch die Frauen im Akkord in der Sackflickerei arbeiten mussten, wenn die Familien überhaupt über die Runden kommen wollten. Lauter Knochenarbeit war das. Vater hatte immer häufiger harte Auseinandersetzungen mit den Besitzern der Grube. Die ließen sich in dem Bergwerk sowieso nur zweimal im Jahr sehen. Schließlich stellte man meinem Vater einen einheimischen Ingenieur zur Seite. Der hatte keine Probleme mit all dem und sagte, das sei schon immer so gewesen und die Leute könnten froh sein, dass sie überhaupt ein regelmäßiges Einkommen hätten. Zu der Zeit sollte meine Mutter Hals über Kopf nach Deutschland. Erst kamen oft Briefe von Vater. Doch dann muss irgendetwas passiert sein. Wir wissen nicht genau, was. Ein Nachbar aus Medellín schrieb uns, es werde erzählt, in der Grube habe es ein Unglück gegeben. Es seien vier Leute dabei umgekommen. Fast alle aus einem großen Familienclan. Meinem Vater wolle man die Schuld dafür geben. Jedenfalls brach der Briefkontakt zu ihm ab. Er ist seitdem verschwunden.«
»In Kolumbien verschwinden viele Männer von ihren Frauen«, sagte Mergenter.
»Meine Eltern lieben sich«, entgegnete Eva.
»Deine Mutter spricht ein gutes Deutsch. Nur hier und da klingt ein Akzent durch. Du hast gesagt, dass deine Mutter Kolumbianerin ist.«
»Sie ist eine reinblütige Kreolin.« Stolz klang durch Evas Stimme.
Mergenter lächelte wieder, als ob er es besser wüsste. »Und obwohl sie in Kolumbien geboren ist, musste sie Hals über Kopf, wie du sagst, nach Deutschland, in den Schwarzwald.«

»Ja.«

»Sie hat sich in Kolumbien die Motten geholt.«

Eva zuckte zusammen und stieß hervor: »Die Motten?«

»Tuberkulose?«, fragte Lorenz.

»Und sollte die Krankheit im Schwarzwald ausheilen«, sagte Mergenter.

Eva nickte und schniefte.

Die Männer schwiegen. Eva stand auf.

»Die Ärzte haben sie beschworen den Heilungsprozess nicht zu unterbrechen. Mindestens ein halbes Jahr sollte sie noch bleiben. Aber sie hat es nicht länger dort ausgehalten. Sie will Gewissheit.«

Eva verließ den grünen Salon.

»Woher wissen Sie das mit der Krankheit von Frau Millhaus?«

»Sieh dir die Frau doch an, Lorenz. Nur Haut und Knochen, die hohlen Augen und dabei diese merkwürdig rosigen Wangen. Blühende Schwindsucht.«

Lorenz erhob sich und wollte auch hinausgehen.

»Sprecht ihr eigentlich Spanisch, dein Freund und du?«, rief Mergenter ihm nach.

»Sozusagen nicht«, gab Lorenz zu.

»Solltet ihr aber. Die Eva kann's. Wenn ihr sie bittet, vielleicht wird sie euch in die Schule nehmen. Ohne die Landessprache seid ihr drüben wie ein Bauer ohne Arme.«

»Gute Idee«, stimmte Lorenz zu. »Sobald Christian wieder munter ist, werden wir sie fragen.« Er ging hinaus. Er wollte noch einen Blick nach draußen werfen, doch kaum hatte er die Tür des Kabinengangs geöffnet, da wurde sie ihm von einem Windstoß aus der Hand gerissen und knallte gegen die Wand. Eine hohe Welle rollte heran, brach sich an der Bordwand und stäubte einen Schwall Wassertropfen über Lorenz.

Der Matrose Salzmann rannte hinzu, zog die Tür wieder ins Schloss und schrie wütend: »Verdammt. Ich hab es dir doch schon gesagt. Kein Passagier geht bei Sturm an Deck. Du wirst im Nu nass bis auf die Haut.«

»Schon passiert«, knurrte Lorenz und schüttelte sich.

Salzmann war nur wenig älter als Lorenz und Christian. Er half die Kabine zu säubern, ohne dass Lorenz ihn darum gebeten hatte. »Das gehört zu meinen Aufgaben«, sagte er. »Ich bin für die Passagiere zuständig.« Er brachte neue Kissenbezüge und weiße Laken für die Kojen. Fünf Tage lang hatte der Sturm gewütet. Nun wiegte sich das Schiff in einer schwachen Dünung. Christian war aus seinem Dämmerzustand aufgewacht.

»Ich möchte gern an Deck«, sagte er mit matter Stimme.

Er versuchte aufzustehen, aber die Knie wurden ihm weich. Salzmann und Lorenz stützten ihn und betteten ihn in einen Liegestuhl. Der Himmel war mit grauen Wolken überzogen. Sie hatten den Winter hinter sich gelassen und es wehte ein lauer Wind. Trotzdem verlangte Christian nach einer Wolldecke.

»Wie schade, dass keine klare Sicht ist«, sagte Salzmann, »sonst könntet ihr an Backbord vielleicht die weißen Erker von La Coruña aufleuchten sehen und auch das Kap Finisterre.«

»Wirklich schade«, bedauerte Christian. »Der Pfarrer aus unserem Dorf ist als junger Mann mal zu Fuß von Paderborn nach Santiago gewandert und auch bis zum Kap Finisterre gekommen.«

»Wirklich zu Fuß?«, zweifelte Salzmann.

»Wirklich. Er hat es mir selbst erzählt.«

»Das glaub ich nicht. So eine weite Strecke zu Fuß?«

»Was ist dabei?«, fragte Christian. »Ich bin vor wenigen Monaten von Duisburg aus bis Rom gelaufen.«

Salzmann schaute ungläubig auf Christian. Aber Lorenz bestätigte es. »Wir anderen sind mit Bussen gefahren. Zweitausend von unserer Schar haben sich Ostern 35 in Rom getroffen und dort ein großes Zeltlager aufgebaut.« Christian fuhr fort: »Unser Pfarrer wusste damals nicht so richtig, ob er Priester werden sollte oder nicht. Aber dort am Ende der Welt hat er es auf einmal ganz sicher gespürt. Und er ist's dann geworden.«

»Wieso Ende der Welt?«

»Wenn vor der Entdeckung Amerikas die Menschen dort oben am Kap standen und mit lautem Donner die Wogen gegen die Felsen prallen hörten und nirgendwo in der Ferne ein fester Punkt auszumachen war, dann dachten sie, dass hinter dem Horizont die Erde ins Nichts abstürzt.«

»Und warum sind Sie gelaufen? Wollten Sie etwa auch Priester werden?«, fragte Salzmann.

Christian bemerkte, dass er von Salzmann mit »Sie« angeredet worden war. Hatte er von Winkelmann oder vom Kapitän eine Rüge bekommen? Er sagte: »Ich wollte eine Antwort auf die Frage, ob ich mit Lorenz Deutschland verlassen und nach Südamerika auswandern sollte oder nicht.«

»Ich würde nie so weit laufen wollen. Und schon gar nicht an einen Ort, an dem Gott sein Lasso auswirft. Ich und Priester werden, das wäre das Letzte.« Salzmann schüttelte sich vor Lachen.

»Auf so einem alten Pott wie der *Viktoria* über die Weltmeere zu schippern ist auch nicht gerade toll«, sagte Lorenz.

Eva und Mergenter waren zu ihnen getreten.

Salzmann nickte. »Das stimmt. Aber die Arbeit auf diesem Schiff, das ist erst der Anfang. Ich will nicht immer Matrose bleiben. Irgendwann hab ich genug von meiner Heuer gespart. Ich gehe zur Schule und werde Maschineningenieur auf einem weißen Passagierschiff.«

»Hätt ich von Ihnen gar nicht gedacht«, sagte Lorenz. »Aber jeder hat seine Träume.«

Mergenter lachte in sich hinein. »Träume gibt's umsonst, Salzmann. Aber die Ingenieurschule ist ein teurer Spaß. Bis Sie das nötige Kleingeld von Ihrer Heuer zusammengespart haben, sind Sie ein alter Mann.«

Christian zitierte:

> »Rosinen im Kopf
> und zwischen den Zähnen
> oft genug nur trockenes Brot.
> Und doch,
> es sind die fernen Bilder,
> die des Menschen Schritte
> in diese oder jene
> Richtung lenken.«

»Wo hast du das denn gelesen?«, fragte Mergenter.

Lorenz prahlte: »So was hat Christian alles im Kopf.«

»Deutsch könnt ihr ja ganz gut«, sagte Eva. »Aber Mergenter hat mir verraten, dass ihr die Bildung entdeckt habt und Spanisch lernen wollt.«

»Wollen wir«, bestätigte Lorenz. »Uns fehlt noch die Lehrerin.«

»Wenn ihr mit mir vorlieb nehmen wollt?« Eva war verlegen geworden.

»Ich habe immer schon davon geträumt, eine schöne Lehrerin zu haben«, versuchte Christian einen Scherz. »In Deutschland hatte ich immer alte Männer als Lehrer.«

Lorenz wandte ein: »Wir können dir den Unterricht aber nicht bezahlen, Eva.«

»Macht nichts. Irgendwie werdet ihr es schon gutmachen. Aber eins sage ich euch, wenn ihr nicht übt wie die Teufel, dann habt ihr mal eine Lehrerin gehabt.«

»Salzmann!«, schrie jemand von achtern. »Steh nicht immer bei den Passagieren rum. An die Arbeit mit dir.«

Der Matrose schnitt eine Grimasse und ging davon. Mergenter suchte sich einen windgeschützten Platz für seinen Liegestuhl.

»Ist deine Mutter immer noch nicht wieder auf dem Damm, Eva?«, fragte Christian.

Sie schüttelte den Kopf.

»Immer noch Übelkeit und Brechreiz?«

»Sie hat ein bisschen Blut gespuckt«, sagte Eva. »Aber bitte, redet nicht darüber.«

* * *

Heute hat mich Schwester Alberta in ihr Arbeitszimmer rufen lassen. Blöd, aber jedes Mal, wenn ich vor ihrer Tür stehe, hämmert mein Herz. Ich klopfte an und ging hinein. Sie arbeitete an ihrem riesigen Schreibtisch, blickte kurz auf und nickte mir zu. »Setzen Sie sich, Susanne. Ich bin gleich so weit.«

Mit ihrer spitzen Nase und dem kräftigen Kinn ist sie nicht gerade eine Schön-

22

heit. *Aber ihre großen fast schwarzen Augen sind ausdrucksvoll und beseelt – mir fällt kein treffenderes Wort ein als beseelt – ihre Augen ziehen alle Aufmerksamkeit auf sich. Sie seufzte und schob einen Stapel Hefte beiseite.*

»Susanne«, begann sie, »ich weiß, dass Sie Lehrerin werden wollen. Es wird nicht leicht für Sie werden, einen Studienplatz zu bekommen.«

»Aber meine Zeugnisse sind nicht schlecht, Schwester.«

»Gut sind sie, sehr gut. Aber das wird heute nicht mehr so wichtig genommen. Wenn man Ihnen einen Platz zuspricht, dann nur, wenn Sie sich politisch nicht quer stellen.«

»Schwester?«

Sie schien Hemmungen zu haben, weiterzusprechen. »Ich möchte Ihnen einen Rat geben, Susanne, den Sie von mir wohl nicht erwarten. Wählen Sie nicht Geschichte als Hauptfach. Sie müssten sich im Unterricht ständig verbiegen, je nachdem, welche Vergangenheit dem Staat gerade ins Konzept passt. Latein ist unverfänglicher oder auch die Naturwissenschaften. Zwei mal zwei ist vier, daran kann kein politisches System etwas ändern.«

Ich schwieg. Wahrscheinlich war das, wenn ich mich nicht in die Nesseln setzen will, ein guter Rat.

»Und«, sie stockte, fuhr aber dann leise fort, »betätigen Sie sich in einer der Naziorganisationen.«

»Mitglied in der Partei?«, fragte ich verblüfft. Sie lachte.

»Nicht gerade in der NSDAP. Da ist zurzeit auch Aufnahmesperre. Zu viele entdecken plötzlich ihre Liebe zu Adolf Hitler. Aber da gibt es doch so etwas Caritatives. Das Winterhilfswerk zum Beispiel. Ja, das wäre doch passend.«

»Sie kennen meine Einstellung zu den Braunen, Schwester. Mein Freund, Christian Fink, und mein Bruder Lorenz sind gerade wegen der politischen Verhältnisse in Deutschland nach Kolumbien ausgewandert. Und nun soll ich . . .?«

»Freund?«, fragte sie und zog die Augenbrauen hoch. »Ich dachte manchmal . . .«

Ich spürte, dass ich rot wurde.

»Ja, mein Freund.«

»Nun gut.« Es klang eine leise Enttäuschung aus ihrer Stimme. »Trotzdem. Ohne

eine gewisse Betätigung für diesen Staat kein Studienplatz. Halten Sie es im Übrigen mit dem heiligen Don Bosco: Fröhlich sein, Gutes tun und die Spatzen pfeifen lassen.«

»Ich werd darüber nachdenken, Schwester.«

* * *

Gegen Abend hatten sich die letzten Wolken verzogen, der Wind war eingeschlafen und die Sonne neigte sich groß und rot zum Horizont. Christian holte seine Gitarre aus der Kabine und Lorenz spielte auf seinem Bandoneon. Sie sangen Wanderlieder und die anderen Passagiere stellten sich rundum, hörten zu und klatschten gelegentlich Beifall. Nur Frau Millhaus und Uwe Makowitsch hatten die Kabine nicht verlassen. Raben summte leise mit. »Woher sind euch die Lieder unserer Bewegung bekannt?«, fragte er.

Christian lachte auf. »Lieder der Hitlerjugend? Die meisten davon wurden in unseren Gruppen schon gesungen, da gab es die Hitlerjugend noch gar nicht. Die sind uns geklaut worden. Und nicht nur unsere Lieder.«

»Und was ist mit ›Und die Morgenfrühe, das ist unsere Zeit‹?«, wandte Raben ein.

»Schönes Lied«, gab Christian zu. »Stammt von Hans Baumann.«

»Hans Baumann ist einer von uns.«

»Richtig. Aber früher war Hans . . .«

Lorenz trat Christian auf den Fuß und der verstummte. Er ärgerte sich über sich selbst. Er hatte sich provozieren lassen.

Lorenz stimmte ein Abendlied an. Christian spielte zwar, aber er sang nicht mehr mit.

Später, als sie in ihren Kojen lagen, warnte Lorenz den Freund: »Sei vorsichtig mit Raben. Wer weiß, ob wir die deutsche Botschaft in Bogotá nicht noch mal nötig haben.«

»Hast Recht«, murmelte Christian, schon halb im Schlaf.

An den nächsten Tagen leuchtete der Himmel tiefblau und die Sonne schien bereits in der Frühe recht warm. Pünktlich jeden Morgen um zehn Uhr gingen Christian und Lorenz mit Eva aufs Vorderdeck. Salzmann hatte eine Tafel und Kreide besorgt. Eva hielt mit großem Eifer genau neunzig Minuten lang den Sprachunterricht. Raben und Herr Goldschmitt hatten sich dazugesellt, aber beide saßen meist stumm in der Runde. Raben, sonst stets korrekt in grauen Zwirn gekleidet, erschien heute in einem eleganten weißen Anzug. Während alle Männer luftige Hemden trugen, hatte Raben seine Jacke nicht abgelegt. Hat sicher eine Pistole im Halfter, dachte Lorenz und grinste.

»Warum kommt Ihr Sohn nicht auch zu uns, Herr Goldschmitt?«, fragte Christian. »Kinder sollen doch besonders leicht lernen.«

»Er wollte nicht aus Frankfurt weg«, antwortete Goldschmitt. »Seine Großmutter und all seine Freunde verlassen, das ist nicht einfach für einen Jungen. Kurzum, er sperrt sich. Will nur in seiner deutschen Muttersprache reden.«

»Deutsche Muttersprache?«, fragte Raben spöttisch. »Ich denke, Sie sind Juden?«

Goldschmitt schwieg, nahm seine randlose Brille ab und starrte Raben aus seinen großen, halb verhangenen Augen traurig an.

Dem wurde unter dem Blick unbehaglich. »Ich meine ja nur«, sagte er.

Makowitsch, der in einem Korbsessel ein wenig abseits saß, rief zu ihnen hinüber: »Weiß der Kuckuck, was mit unsern Bengeln los ist. Uwe bockt auch und spricht kaum ein Wort mit mir.«

»Wäre aber gut für Ihren Sohn, wenn er wenigstens ein paar Brocken Spanisch könnte«, sagte Raben.

Makowitsch schlug mit der Hand in den Wind. »Ach, wissen Sie, wenn wir erst mal drüben sind und rundum nur Spanisch gesprochen wird, werden wir schnell alles lernen. Ich halte nicht viel von der sterilen Paukerei. Oder haben Sie schon mal einen Frosch gesehen, der erst Trockenübungen macht, bevor er ins Wasser springt?« Nur Makowitsch selbst lachte über seinen Scherz.

Am Abend fragte Christian: »Spinne ich, Lorenz, oder trägt Raben eine Pistole im Schulterhalfter unter seiner Jacke?«

»Jetzt, wo du's sagst, kommt es mir auch so vor. Aber Waffen sind doch verboten.«

»Für Diplomaten vielleicht nicht?«

Der regelmäßige Unterricht zeigte bald erste Früchte.

»Wer hat dir das Unterrichten eigentlich beigebracht, Eva?«, fragte Lorenz.

Eva deutete auf ihre Mutter, die ein paar Schritte weiter im Liegestuhl lag. Ein großer Schirm schützte sie vor der Sonne.

»Geht's deiner Mutter wieder besser?«, fragte Raben.

»Besser ja, gut noch nicht«, antwortete Eva. »Sie ist noch ziemlich schwach.«

Mergenter schlenderte herbei. Er sah, dass Raben sich ein paar Wörter von der Tafel in ein kleines schwarzes Heft schrieb.

»Können Sie die Sprache des Landes nicht, in dem Sie demnächst Ihren Dienst tun?«, fragte er.

Raben erwiderte in fließendem Spanisch: »Doch, Señor, aber man lernt nie aus. Oft ist die Sprache des Landes, in dem wir Dienst tun, die beste Waffe.« Er legte wie zufällig die Hand gegen seine Schulter. »Fast die beste Waffe«, fügte er hinzu.

Er ging davon und Eva setzte sich zu ihrer Mutter.

Mergenter bot Lorenz und Christian an: »Ich könnte euch einiges beibringen, was Eva wahrscheinlich nicht weiß.«

Salzmann, der die Tafel wegräumen wollte, blieb neugierig stehen.

»Und das wäre?«, fragte Lorenz.

»Etwas für den täglichen Gebrauch.«

»Was zum Beispiel?«

Mergenter griff nach Christians rechter Hand. »Typisch Gitarrenspieler«, sagte er und tippte auf die ziemlich langen Fingernägel.

»Ist da was Schlimmes dran?«, fragte Christian.

»Ist es. Ein Nest für Sandflöhe.«

»Ich bin doch kein Hund, der sich überall Flöhe einfängt«, rief Christian empört.

Mergenter zeigte seine Hände. Die Nägel waren kurz geschnitten.

»So müssen sie in Kolumbien aussehen, sonst setzen sich diese winzigen Biester, diese Sandflöhe, darunter und legen ihre Eier dort ab. Die wachsen und wachsen, manchmal linsengroß. Sie verursachen eiternde Schwellungen. Und ich sage euch, das sind scheußliche Schmerzen. Oder hast du Sorgen, dass es mit dem Gitarrenspiel dann nicht mehr klappt?«

»Nö«, antwortete Christian. »Ich hab mal ein Jahr lang in einer Ziegelei im Ruhrgebiet gearbeitet. Da brauchte man die Nägel gar nicht schneiden. Die rauen Ziegel haben sie schnell ganz kurz geschliffen. Und doch hab ich dort das Gitarrenspielen gelernt. Man muss dann mit kleinen Hornplättchen die Saiten anreißen.«

»Ihr könntet von mir Wörter lernen, die Eva nie über die Zunge kämen.«

»Was sind das für Wörter?«, mischte Salzmann sich ein.

»Nun, zum Beispiel Malparido. Kann man brauchen, wenn ein störrisches Maultier keinen Schritt weiter machen will.«

Lorenz sprach das Wort nach und fragte dann: »Und was heißt das in Deutsch?«

Mergenter grinste. »Solche Wörter kann man schlecht übersetzen. Und das ist auch gut so. Sie klingen sonst saugrob. Außerdem, ihr müsstet es beichten, wenn ihr die Bedeutung kennt. Aber in Kolumbien sind solche Ausdrücke alltäglich. Nicht gerade in den vornehmen Familien. Aber mit denen werdet ihr sowieso kaum in Kontakt kommen. In Kolumbien kann nur der es sich leisten, vornehm zu sein, der eine Villa in Bogotá, am besten im Stadtteil Soledad bewohnt, ein Landhaus draußen in Silvania oder La Mesa besitzt und eine Hacienda in den Kordilleren oder am Rio Magdalena sein Eigen nennt.«

Christian wandte sich an Lorenz, lachte und sagte: »Wollen wir vornehm werden, Lorenz?«

»Die ersten Jahre noch nicht. Aber wenn aus unserer Finca erst eine große Hacienda geworden ist oder wenn wir eine Goldmine entdecken, dann soll es mir recht sein. Wer weiß, was noch alles auf uns zukommt.« Mergenter schaute sie belustigt an. »Kennt ihr nicht den Spruch, der für die Auswanderer gilt, ›Erste Generation Tod. Zweite Generation Not. Dritte Generation Brot‹?«

»Ach, die klugen Sprüche!«, erwiderte Lorenz. »Wir werden mit ein paar Sätzen die ersten beiden Generationen überspringen.«

»Viel Glück wünsche ich euch dabei«, sagte Mergenter skeptisch.

* * *

Ich habe mich beim Leiter des Winterhilfswerks angemeldet. Einen Vordruck gab er mir. »Das WHW, Fräulein Mattler, ist ein Teil der Nationalsozialistischen Volkswohlfahrt.« Also bin ich jetzt Anwärterin in der NSV. »Einen Bürgen brauchen Sie nicht, Fräulein Mattler. Ihr Schwager Erwin Schulte-Lott ist ja bei uns in der Partei.«

Richtig, Hildegard hat es mir vorige Woche stolz erzählt. Erwin ist befördert worden. Kreisbauernführer oder so was.

* * *

Die Inselgruppe der Azoren und selbst ihr höchster Vulkankegel waren längst in der Ferne verschwunden.

Ringsum breitete sich das Meer glatt und grau wie ein Spiegel. Kein Schiff war auszumachen, nicht der Schatten eines Landes irgendwo am Horizont. Wasser, nur Wasser. Tagelang. Schon begann die Reise eintönig zu werden, da ereignete sich etwas, das sich wie ein düsterer Schatten über das Schiff legte.

Eines Tages erschien Frau Millhaus nicht an der Mittagstafel. Christian fragte Eva, ob es ihr nicht gut gehe. Eva schien besorgt, wollte aber nichts sagen, außer dass ihre Mutter ein Armband vermisse.

Kaum stand der Kapitän wieder auf der Brücke, suchte Frau Millhaus ihn auf. Ihr Gruß fiel kurz aus. Sie war ziemlich außer Fassung und eine helle Röte war ihr bis in die Stirn gestiegen. Sie stieß hervor: »Kapitän Quintus, ich bin bestohlen worden.«

Er wurde mit einem Mal aus seiner Mittagsträgheit gerissen, hob die Augenbrauen und fragte: »Hab ich Sie richtig verstanden, Frau Millhaus, man hat sie bestohlen?«

»Ich besitze . . .«, sie stockte und berichtigte sich: »Besser gesagt, ich besaß ein Smaragdarmband von nicht unbeträchtlichem Wert, ein altes Familienerbstück. Es lag in meinem Koffer zusammen mit einigen anderen Schmuckstücken versteckt in einem Schmuckfach. Gestern habe ich es noch in der Hand gehabt.«

»Und nun?«

»Heute den ganzen Vormittag über habe ich mich auf dem Vordeck aufgehalten. Vor dem Mittagessen wollte ich mich umkleiden. Ich griff in das Schmuckfach. Alle anderen Stücke sind vorhanden. Das Armband fehlt. Ich habe den ganzen Koffer durchsucht. Das Armband ist verschwunden.«

»Vielleicht hat Ihre Tochter es . . .«

»Eva war die ganze Zeit nicht in der Kabine. Trotzdem habe ich sie gefragt. Sie hat den Koffer überhaupt nicht berührt.«

»Nun beruhigen Sie sich erst mal, Frau Millhaus. Wir werden es schon finden. Solange ich auf diesem Schiff Kapitän bin, und das sind inzwischen acht Jahre, ist hier noch niemals etwas weggekommen. Verschließen Sie denn die Tür jedes Mal, wenn Sie die Kabine verlassen?«

»Schon«, sagte Frau Millhaus. »Aber verzeihen Sie, Herr Kapitän, die *Viktoria* ist nicht mehr die Jüngste. Es dürfte einem Dieb nicht schwer fallen, die alten Schlösser zu öffnen. Außerdem hat der Steward ja wohl auch einen Schlüssel.«

Nun wurde der Kapitän laut. »Salzmann? Ich warne Sie, Frau Millhaus. Wollen Sie etwa Salzmann verdächtigen?«

»Wer spricht denn von einem konkreten Verdacht?«, lenkte Frau Millhaus ein. »Aber der Mann hat stets Zutritt zu den Kabinen. Das können Sie doch nicht bestreiten.«

Der Kapitän wandte sich von Frau Millhaus ab und starrte angestrengt aufs Meer. »Ich werde den Fall untersuchen, gnädige Frau. Bitte, behalten Sie die Angelegenheit vorläufig für sich. Ich werde alles Notwendige veranlassen.«

»Ich bitte darum.« Frau Millhaus ging in ihre Kabine zurück.

Eva aber hatte bereits erzählt, dass das Armband verschwunden war. Ein Passagier nach dem anderen lief in seine Kabine und sah nach seinen Wertgegenständen. Erleichtert kehrten sie nach einer Weile in den grünen Salon zurück. Niemand vermisste etwas. Die Spannung jedoch wuchs, wie wohl der Kapitän die Nachforschungen betreiben würde und ob er im Stande war, die Sache aufzuklären.

Im Laufe des Nachmittags bat der Kapitän Eva auf die Brücke und später auch Lorenz und Christian. Frau Millhaus' Kabine war die letzte im Kabinenflur. Unmittelbar davor befand sich die der jungen Männer. Aber weder Christian noch Lorenz war irgendetwas Ungewöhnliches aufgefallen.

Nach dem Abendessen erhob sich Kapitän Quintus. »Meine Damen und Herren. Es hat sich ja bereits herumgesprochen, unserer verehrten Frau Millhaus ist ein Schmuckstück, ein Armband, abhanden gekommen. Eine Erklärung dafür gibt es zurzeit noch nicht.«

»Und was ist mit Salzmann?«, meldete sich Fritz Goldschmitt. Er bekam dafür von seinem Vater eine Kopfnuss. Salzmann stand steif und mit verschlossenem Gesicht neben der Tür zur Messe.

»Was den Matrosen Salzmann betrifft«, fuhr der Kapitän fort, »so kann ich Ihnen mitteilen, ich habe die Offiziere Winkelmann und Lobbert angewiesen, eine genaue Untersuchung durchzuführen. Bitte, meine Herren, berichten Sie.«

Er schnaufte und setzte sich. Lobbert erhob sich.

»Wir haben Salzmann eingehend befragt. Unter Anwesenheit eines Vertreters der Passagiere, Herrn Raben nämlich, wurde die Kabine von Salzmann und Eriksen gründlich durchsucht. Wir haben nichts Verdächtiges und schon gar nicht den Schmuck gefunden.«

Raben nickte heftig. »Außerdem«, sagte Lobbert mit Nachdruck, »Salzmann gehört schon zwei Jahre als Kabinensteward zu unserer Besatzung. Nie ist auch nur die leiseste Klage eines Passagiers über ihn laut geworden. Im Gegenteil, er wurde für seine Freundlichkeit und Hilfsbereitschaft stets gelobt.«

Der Kapitän schloss den Bericht mit den Worten: »Ich bitte Sie alle nachdrücklich eine Beschuldigung nur dann auszusprechen, wenn eindeutige Beweise vorliegen.«

»Und was geschieht nun?«, fragte Frau Millhaus scharf.

»Ich rate Ihnen die Augen aufzuhalten. Falls Sie Wertsachen mit sich führen, biete ich Ihnen an, sie bis zu ihrem Zielhafen im Safe der *Viktoria* zu deponieren. Sollte sich im Fall Armband etwas Neues ergeben, teilen Sie es mir bitte umgehend mit.«

Frau Millhaus wollte sich erheben und etwas erwidern, doch Eva legte ihr die Hand auf die Schulter und flüsterte: »Lass doch, Mutter.« Frau Millhaus streifte die Hand ab, wirkte aber mit einem Male matt und zerbrechlich.

Ein Teil der Passagiere verließ die Messe und ging zum grünen Salon hinüber.

»Den van Bemmels gefällt offenbar unsere Gesellschaft nicht«, sagte Raben. »Man sieht sie selten oder nie auf dem Vorderdeck oder im Salon.«

Mergenter schmunzelte. »Es ist ihnen vermutlich zu muffig hier.«

Tatsächlich lag in dem Raum eine Duftmischung aus Staub und Tabaksqualm.

Makowitsch rief: »Sollen doch erst gerade geheiratet haben, die beiden. Da ist man sich zu zweit vollständig genug.«

»Oder Herr van Bemmel missbilligt, wie der Offizier Winkelmann seiner Angetrauten den Hof macht. Winkelmann bekommt immer Stielaugen, wenn sein Blick auf Frau van Bemmel fällt.«

Makowitsch schaute sich im Salon um, und als er seinen Sohn nicht entdecken konnte, sagte er: »Ist ja aber auch ein ganz netter Käfer, diese junge Frau. Als ich vor Jahren frisch verehelicht war, sind meine Frau und ich vier Wochen auf unserer Hochzeitsreise durch Italien gefahren. Später hat man mir erzählt, wir seien in Venedig, Florenz, Rom und Neapel gewesen. Aber wir haben von all dem nicht viel gesehen. Wir waren zu sehr mit uns selbst beschäftigt. ›Honeymoon‹, sagen die US-Amerikaner. Aber später dann gehen einem die Augen auf, nicht wahr? Wie schnell wird aus einem Mäuschen ein Drache.«

Frau Millhaus schaute mit einer gewissen Verachtung auf Makowitsch. Der bemerkte es nicht, zündete sich eine Zigarre an, paffte und sagte noch: »Diese Frauen! Ich könnte Ihnen Sachen erzählen . . .«

»Ich für meinen Teil kann darauf verzichten.« Frau Millhaus stand auf und winkte ihrer Tochter den grünen Salon mit ihr zu verlassen.

Kaum hatte sich die Tür hinter den beiden geschlossen, da sagte Makowitsch: »Sehr empfindlich, diese Dame.«

Keiner ging darauf ein. Die heitere Atmosphäre, die im Salon in den vergangenen Tagen geherrscht hatte, war verflogen.

»Haben die Herrschaften noch einen Wunsch?«, fragte Salzmann. Er war reservierter als sonst. Raben sprach ihn an: »Herr Salzmann, nehmen Sie bitte zur Kenntnis, dass wir . . .«, er machte eine Pause und schaute die anderen Passagiere an, »dass wir dankbar sind für die Dienste, die Sie uns leisten. Nach wie vor vertrauen wir Ihnen. In Deutschland gilt nur der als schuldig, dessen Schuld bewiesen wird.«

»Wirklich?«, fragte Goldschmitt bissig. »Gilt das auch für die Deutschen, die Juden sind?«

Salzmann verbeugte sich und verließ den Salon.

Später, als Christian und Lorenz schon in ihren Kojen lagen, sagte Christian: »Merkwürdig ist es doch. Salzmann wusste, dass Frau Millhaus nicht nur zehn Mark mitnehmen durfte.«

»Und wenn er Maschineningenieur werden will, braucht er mehr Geld für die Ausbildung als seine Heuer abwirft«, fügte Lorenz hinzu.

Je länger die Reise dauerte, desto giftiger wucherten die Gerüchte darüber, wer als Dieb in Frage komme.

Winkelmann brachte, wohl mehr im Scherz, Herrn van Bemmel ins Spiel. Bald jeden Tag kaufe er irgendeine kostspielige Leckerei für seine junge Frau. Auf den Azoren habe er einen Seidenschal für sie erstanden und sich von dem Händler kräftig übers Ohr hauen lassen. Und überhaupt, Frauen seien nun mal ein teurer Luxus. Zu teuer vielleicht für einen jungen Kaufmann. Da kämen ein paar in Gold gefasste Smaragde van Bemmel gerade recht. Wenn er sie an Land verkaufe, könne er weiterhin den großzügigen Galan spielen.

Einige lachten über die krausen Gedankengänge des Schiffsoffiziers, denn es war überdeutlich, dass er selber gern an van Bemmels Stelle gewesen wäre.

»Infam«, murmelte Raben, aber was er genau damit meinte, blieb im Dunkeln. »Wenn ich jemanden beim Diebstahl erwischen würde, ich würde kurzen Prozess mit ihm machen.«

»Erschießen?«, fragte Mergenter.

»Lassen wir das«, sagte Raben ärgerlich. »Vielleicht hat auch der vorwitzige Sprössling von Goldschmitt lange Finger gemacht. Man weiß ja, die Juden . . .«

Mergenter entgegnete heftig: »So etwas sollten Sie nicht hinter dem Rücken von Herrn Goldschmitt sagen, Herr Raben. Der Mann hat es schwer genug. Packen Sie ihm nicht noch mehr auf.«

»Schwer genug? Wieso?«, fragte Makowitsch.

»Er war Beamter in Frankfurt. Jurist und Fachmann für transatlantisches Recht. 1933 ist er aus dem Dienst entlassen worden. Stand von heute auf morgen auf der Straße. Eine freie Praxis als Rechtsanwalt ist in Deutschland für Juden auch nicht gut möglich. Also, was tun?«

»Ach, wissen Sie«, sagte Raben von oben herab, »ich bin auch Jurist. Die Juden haben uns lange genug die guten Stellen weggenommen. Als Hitler den Beamtenapparat gesäubert hat und die Kommunisten und Juden ausgeschieden wurden, da waren auf einmal alle von denen etwas ganz Besonderes. Spezialist für transatlantisches Recht. Lächerlich.«

»Die beiden jungen Herren hier«, sagte Makowitsch und zeigte mit seinem Finger in die Richtung von Lorenz und Christian, »die könnten ja wohl auch einen Batzen Geld gut brauchen. Mit zehn Mark eine Hacienda erwerben, das geht selbst in Kolumbien nicht.« Er lachte und sein Doppelkinn geriet ins Zittern. »Vielleicht steckt ja sogar die Lehrerin mit ihren Schülern unter einer Decke. Die kleine Millhaus wusste doch genau, wo ihre Mutter das Armband aufbewahrt hatte.«

In dem Augenblick, als Lorenz aus seinem Sessel aufsprang, kam auch Makowitschs Sohn in den Salon. Er blieb an der Tür stehen und schaute neugierig auf Lorenz und seinen Vater. Lorenz war dicht an Makowitsch herangetreten und krempelte sich seine Hemdsärmel auf. Er sagte: »Herr Makowitsch, das lasse ich mir nicht bieten. Entschuldigen Sie sich bitte auf der Stelle oder ich zeige Ihnen mal, wie man so was bei uns im Dorf wieder in Ordnung bringt.«

Makowitsch stotterte: »Aber Lorenz . . .«

»Für Sie heiße ich immer noch Mattler. Herr Mattler, bitte. Ich wüsste nicht, dass ich mit Ihnen Brüderschaft getrunken habe.«

Christian bemerkte, dass Uwe Makowitsch offenbar Vergnügen daran hatte, seinen Vater in der Klemme zu sehen. Raben und Salzmann wollten den Streit schlichten und gingen nahe an Lorenz heran.

»Machen Sie hier doch kein Theater«, sagte Raben.

»Mischen Sie sich nicht ein«, fauchte Lorenz und schob ihn zur Seite.

Makowitsch war im Sessel zusammengesunken und murmelte: »War doch nicht so gemeint, junger Mann.«

»Bitte?«, rief Lorenz. »Ich kann Sie nicht verstehen.«

Makowitsch stand auf. Er reichte Lorenz nicht einmal bis an die Schulter. »Tut mir Leid«, schrie er wütend. »Tut mir Leid.«

Lorenz drehte sich um und wollte den Salon verlassen. »Es stinkt hier«, sagte er noch, bevor die Tür ins Schloss fiel.

Christian und Uwe Makowitsch folgten ihm wenig später.

Es war schon dunkel geworden. Eine leichte Brise brachte nach der Hitze des Tages ein wenig Erfrischung.

Sie stellten sich an die Reling. Uwe sagte zu Lorenz: »Man darf sich nicht alles gefallen lassen, nicht?«

Lorenz brummte nur vor sich hin.

»Wärst du deinem Vater beigesprungen, wenn Lorenz ihn verprügelt hätte?«, fragte Christian.

»Ich glaub nicht«, antwortete Uwe. »Genau vor einem Jahr hat er sich von meiner Mutter scheiden lassen.«

Von diesem Abend an versuchte Uwe häufiger mit Christian und Lorenz in Kontakt zu kommen.

In ihrer Kabine sagte Christian: »Den Makowitsch konntest du doch nicht ernst nehmen, Lorenz. Musstest du den denn so hart angehen?«

»Der ärgert mich mit seinem Geschwätz schon tagelang. Als er auch noch Eva verdächtigte, war das Maß voll.«

»Ob der wirklich glaubt, dass wir die Diebe sein könnten?«

»Egal, Christian. Ist's erst mal gesagt, bleibt meistens etwas hängen.«

Vom grünen Salon her drang noch bis in die Nacht hinein Lärm durch die dünnen Wände der Kabine. Christian wollte nachsehen, was dort los war. »Makowitsch begießt mit Raben und Mergenter den Jahrestag der Befreiung von seiner Frau«, spottete er. »Als ich in den Salon kam, schrie Makowitsch gleich, Salzmann solle auch für mich ein Glas Rum bringen.«

»Und?«

»Sie sind alle drei schon ziemlich voll. Ich hab schnell das Weite gesucht.«

* * *

Jeden zweiten Freitag habe ich jetzt Dienst in der NSV. In der ersten Stunde ist immer eine politische Schulung. Gestern war der Kampf Hitlers gegen den Versailler Vertrag an der Reihe. »Schanddiktat!«, schrie der Referent. Den Zen-

trumsabgeordneten Matthias Erzberger nannte er einen Erfüllungsgehilfen der Franzosen. Nichts davon, dass Erzberger ein mutiger Politiker gewesen ist. Er hat schon vor dem Ersten Weltkrieg die Rechte aller Menschen auch für die Schwarzen in den deutschen Kolonien eingefordert, hat gegen eine hochnäsige Polenpolitik der Reichsregierung gestimmt und den brutalen U-Boot-Krieg 1917 verurteilt. Nichts von alledem. Auch nicht, dass Erzberger 1921 wegen seiner politischen Haltung ermordet worden ist. »Erzberger gehört zu den Novemberverbrechern, die dem tapferen deutschen Heer den Dolch in den Rücken gestoßen haben.«

Die Stimme des Mannes war immer lauter geworden. Ich musste mich zusammennehmen, um mich nicht zu verplappern. Wie lange Schwester Pauline als Geschichtslehrerin wohl noch geduldet wird? In unserer Klasse ist eine ganze Reihe von Schülerinnen, deren Eltern stramme Parteigenossen sind.

Ich habe mir angewöhnt während dieser politischen Schulungen spanische Vokabeln zu wiederholen. In mir leben zwei verschiedene Welten.

Die zweite Dienststunde ist aber besser. Wir haben Listen von bedürftigen Personen und Familien zusammengestellt. Vor Weihnachten bringen wir Pakete zu ihnen. Natürlich mit deutschem Gruß und einer Empfehlung unseres geliebten Führers Adolf Hitler. Ein Viertelpfund Bohnenkaffee, zwei Pfund Zucker, fünf Pfund Mehl, ein Pfund Butter, für Kinder einen Beutel Karamellen und eine Tafel Milchschokolade. Alles von unserem geliebten Führer.

Übrigens sind die Frauen im WHW ganz nett. Während wir die Pakete packten, haben wir die ganze Zeit gesungen. »Mensch«, hat der Leiter gesagt, »die Mattler kennt ja mehr Lieder als wir alle zusammen.«

* * *

Während des Frühstücks fehlten Makowitsch und Mergenter zunächst. Raben jedoch betrat wie jeden Tag pünktlich um acht die Messe. Sein Gesicht war aufgedunsen und die Augen leicht gerötet.

»Na, schon wieder auf den Beinen?«, fragte Salzmann und lächelte anzüglich.

»Disziplin ist alles«, antwortete Raben. Er aß nichts, sondern trank nur mehrere Tassen schwarzen Kaffee. Erst gegen neun kam auch Mergenter. Ihm war die lange, feuchte Nacht nicht mehr anzusehen, aber er blieb während des Frühstücks ganz gegen seine sonstige Art wortkarg und brummig. Salzmann begann kurz vor zehn bereits die Kaffeetafel abzuräumen, da stürzte Makowitsch herein. »Stellen Sie sich vor«, rief er, »jetzt hat's auch mich erwischt. Ich bin beklaut worden.«

Alle Aufmerksamkeit in der Messe richtete sich augenblicks auf ihn.

»Wie? Was?«, fragte Winkelmann und stotterte etwas von: »Sofort dem Kapitän melden.«

»Hundert Mark sind weg. Aus der Innentasche meines zweiten Anzugs. Einfach weg.«

»Vielleicht nur rausgerutscht«, mutmaßte Mergenter.

»Quatsch. Ist mit einem Reißverschluss gesichert. Geklaut. Ich sage Ihnen, geklaut.«

»Oder gestern Abend versoffen«, feixte Lorenz.

»Jakob, du hast doch noch in der Nacht mit Salzmann abgerechnet. Ich meine, da hattest du einen Hunderter in der Hand«, versuchte Raben sich zu erinnern.

»Wenn ich auch einen Kräftigen im Timpen hatte, Hartwig, wenn ich Geld in den Fingern habe, sehe ich immer klar. Ich hatte am Nachmittag den Hunderterlappen in meine Brieftasche gesteckt. Damit habe ich die Rechnung für alle bezahlt. Aber ein weiterer Schein befand sich in der Innentasche. Bis . . . Ja, bis wann eigentlich? Ich habe Uwe befragt. Der hockt ja meistens in unserm Karnickelstall. Er hat gesagt, er sei bei Herrn Mattler und Herrn Fink auf dem Deck gewesen.«

»Stimmt«, bestätigte Christian.

Makowitsch überlegte. »Kann eigentlich nur in dieser Zeit passiert sein.«

Mergenter wandte ein: »Nun, Ihr Sohn war auch zum Abendessen in der Messe. Und kam er nicht später für eine Weile in den Salon?«

»Hmm«, brummte Makowitsch, hob die Schultern und sagte: »Verdammt komplizierte Angelegenheit. Bin gespannt, wie der Kapitän das wieder in Ordnung bringt.«

»Kommen Sie«, forderte Winkelmann ihn auf, »ich begleite Sie auf die Brücke.«

»Schöner Mist«, murmelte Mergenter. »Eine diebische Elster in unserem Nest. Schöner Mist.«

Beim Mittagstisch ließ sich der Kapitän von Winkelmann vertreten. »Wir laufen noch heute Abend Martinique an«, erklärte er das Fernbleiben des Kapitäns. »Unsere erste Station in der Karibik.«

Diese Nachricht löste bei den Passagieren eine freudige Erregung aus.

»Nach so viel Wasser endlich wieder festen Boden unter den Füßen«, schwärmte Goldschmitt.

»Wie lange werden wir wohl im Hafen ankern?«, erkundigte sich Frau van Bemmel.

Winkelmann gab bereitwillig Auskunft und begann ihr weitschweifig zu erklären, was sie sich in Fort-de-France unbedingt ansehen müsse. Doch schon nach einigen Sätzen unterbrach van Bemmel ihn und sagte unwirsch: »Es reicht, Herr Winkelmann. Wozu haben wir die Reiseliteratur.«

Sie aber dankte dem Offizier freundlich und winkte ihm beim Hinausgehen zu. Auf dem Vordeck hielten die meisten Passagiere Ausschau nach der Insel. Schon bald erspähte Lorenz den ersten Schattenstreifen am Horizont.

»Bald wird man den Mont Pelee erkennen können«, sagte Mergenter. »1902 ist der Vulkan überraschend ausgebrochen. Die Lavamassen haben die alte Hauptstadt Saint Pierre und viele tausend Menschen unter sich begraben.«

»Genau wie der Vesuv bei Neapel 79 nach der Zeitrechnung«, rief Fritz.

Mergenter fragte Herrn Goldschmitt später: »Wie erklären Sie sich, dass Ihr Sohn so viel von der Geschichte und von der Welt weiß?«

»Er war in seiner Schulklasse in Frankfurt der einzige jüdische Schüler. In den letzten Jahren wurde er von den Mitschülern gemieden. Samstags, wenn wegen des neuen Staatsjugendtages kein Unterricht war, musste Fritz zur Schule, weil Juden ja nicht in der Hitlerjugend sein durften. Aber ein Studienrat hat die Hand über ihn gehalten. Er hat ihn nicht mit Strafarbeiten behelligt, sondern Fritz durfte in die Lehrerbibliothek gehen. Er hat die Zeit genutzt, wie Sie sehen.«

Sie waren schon längere Zeit in ziemlicher Entfernung an der schroffen Felsküste von Venezuela entlanggefahren, als die Berge ein wenig zurückwichen. Gelbbraune Zuckerrohrplantagen wurden sichtbar, auch weiß getünchte Häuser. Bald kam der erste Hafen auf dem Festland in Sicht. Übereinander geschachtelt und hineingebaut in ein schmales Tal, lag La Guaira.

Christian und Lorenz standen neben Salzmann an der Reling und schauten.

»Gut festhalten«, riet Salzmann. »Die Küste hier ist berüchtigt wegen der vielen Haie.«

Ein heftiger Wind trieb hohe Wellen gegen die Hafenmauern.

Es war unerträglich heiß. Die roten Felsen, die gleich hinter der Stadt steil aufstiegen, waren von der Sonneneinstrahlung wie ein Backofen aufgeheizt worden. Winkelmann sagte zwar, dass etwa sechs Stunden Zeit für einen Landausflug blieben, aber keiner der Passagiere raffte sich auf, um in die Stadt zu gehen.

»Noch eine Insel, dann sind wir am Ziel«, sagte Christian. »Ich bin schon so neugierig und ungeduldig, dass ich die Delfine und die fliegenden Fische gar nicht mehr bewundern kann.«

* * *

Am letzten Freitag habe ich einen gehörigen Schrecken bekommen. Der Leiter der NSV hat mich rufen lassen und gesagt: »Fräulein Mattler, ich habe Sie, seit Sie bei uns sind, im Auge behalten. Sie sind voller Eifer bei unserer Sache. Sie sind für einen Schulungskurs vorgesehen. Vierzehn Tage in Berlin. Sie können

dann später mal eine Führungsaufgabe übernehmen.« Er hat mich dabei ange-
schaut, als ob er mir ein Weihnachtsgeschenk überreicht hätte. Als ich abwehrte
und etwas von Abitur und viel Arbeit auf unserem Hof stammelte, da war er be-
leidigt.
»Andere wären vor Freude hochgesprungen«, sagte er. Ich dachte, lass sie sprin-
gen, Volksgenosse.

***

Frau Millhaus ging es am nächsten Morgen etwas besser. Als Lorenz
und Christian gegen halb neun in die Messe kamen, hatten sie und Raben das Frühstück schon beendet und unterhielten sich lebhaft. Eva
schien noch in der Kabine geblieben zu sein.
»Wir könnten ja von Barranquilla aus gemeinsam Richtung Bogotá fliegen«, schlug Raben vor. Frau Millhaus nickte. »Wir haben allerdings den
Flug noch nicht gebucht«, sagte sie. Raben erhob sich. »Wenn Sie es
möchten, Frau Millhaus, kann ich das gleich nach der Ankunft in Puerto
Colombia für Sie erledigen.« Frau Millhaus stimmte erfreut zu. Raben
grüßte und ging hinaus.
»Es ist ein wunderbares Gefühl, mit dem Flugzeug über das weite Land
zu schweben«, schwärmte sie. »Manchmal streift die Maschine fast die
Schneegipfel der Bergmassive. Ein wunderbares Bild. Christian und Lo-
renz, Sie sollten auch fliegen.«
Lorenz lachte laut auf.
»Was gibt's?«, fragte Frau Millhaus irritiert.
»Ich stelle mir vor, Christian und ich kommen mit nicht mal mehr zehn
Mark pro Nase zum Schalter und wollen einen Flugschein. Ich nehme an,
dann fliegen wir. Aber raus.«
Sie stimmte in das Lachen ein. »Ich bin neugierig, ob die Scadta inzwi-
schen modernere Flugzeuge angeschafft hat. Bei meinem letzten Flug
vor anderthalb Jahren ist davon die Rede gewesen.«
»Moment«, sagte Lorenz und stand auf. »Wir haben in Bremerhaven Pros-

pekte bekommen. Auf einem war der Flughafen von Barranquilla abgebildet. Im Vordergrund stand eine neue Junkersmaschine. Ich hole eben die Mappe mit den Unterlagen.«

Frau Millhaus rief ihm nach: »Ist doch nicht nötig«, aber er war schon auf dem Weg.

Erst hatte er nicht darauf geachtet und wollte die Kabine gerade wieder verlassen, da hörte er deutlich Evas Stimme. Sie klang laut und angstvoll.

Neugierig geworden, ging er auf den Gang hinaus und legte sein Ohr gegen die Tür der Nachbarkabine.

»Lassen Sie das!«, schallte es heraus. Ohne Zweifel, es war Eva.

»Zier dich doch nicht so.«

Lorenz glaubte, Rabens hohe Stimme zu erkennen.

»Ich werde laut schreien, wenn . . .« Ihre weiteren Worte wurden erstickt.

»Sei still! Ich tu dir doch nichts Böses, dummes Kind.«

Gepolter war zu hören, als ob ein Stuhl umstürzte. Einen Augenblick zögerte Lorenz noch. Als er aber Evas Schrei »Nein! Nein!« vernahm, stieß er die Tür auf. Raben hatte seinen linken Arm fest um das Mädchen geschlungen und hielt es an sich gepresst. Er versuchte ihr mit der rechten Hand den Mund zuzuhalten.

Die Tür knallte gegen den Schrank. Raben ließ erschreckt die Arme sinken. Eva wich bis an die Wand zurück. Ihre Augen waren vor Angst weit aufgerissen.

»Ist doch nichts passiert«, sagte Raben. »Ich wollte mich nur erkundigen . . . wollte doch nur . . .« Sein Gesicht war gerötet.

Lorenz versperrte mit seinem Körper die Tür. Er wusste nicht recht, was er tun sollte. Raben fasste sich wieder, strich seine Jacke glatt und fragte vorwurfsvoll: »Was haben Sie hier überhaupt in der fremden Kabine zu suchen?«

Lorenz gab die Tür frei und herrschte Raben an: »Raus hier! Raus, aber schnell!«

Eva warf sich auf die Koje und brach in Tränen aus. Lorenz hob den umgestürzten Stuhl auf und setzte sich neben Eva.

»Ist doch alles wieder gut«, sagte er mehrmals und berührte Evas Schulter. Sie zuckte zusammen und er zog die Hand zurück. Es dauerte eine Weile, bis sie sich etwas beruhigte. Immer noch von Schluchzen unterbrochen, stieß sie hervor: »Seit Tagen ist er hinter mir her. Erst hat er wie zufällig seine Hand auf meinen Arm gelegt. Vorgestern begann er mein Bein zu betatschen und versuchte mir den Rock hochzuschieben. ›Bist doch kein kleines Mädchen mehr‹, hat er geflüstert. ›In Kolumbien können die jungen Frauen schon heiraten, wenn sie wie du fünfzehn sind.‹ Ich hab ihn weggestoßen und bin gegangen. Und heute kam er in unsere Kabine. Du hast ja gesehen.«

»Und warum hast du nie etwas gesagt, Eva?«

»Wem denn?«

»Deiner Mutter zum Beispiel.«

»Der zuallerletzt. Mutter muss jede Aufregung vermeiden.«

»Christian und ich hätten auch ein Wörtchen mit dem Burschen geredet.«

»Hättet ihr mir geglaubt?«

»Sicher hätten wir dir . . .«, er stockte. »Vielleicht hast du Recht. Es ist wirklich unglaublich.«

»Raben hätte bestimmt alles abgestritten.«

»Wahrscheinlich«, gab Lorenz zu. »Aber was machen wir jetzt?«

»Erzähl nur meiner Mutter nichts. Es geht ihr schon schlecht genug.«

»Gut«, stimmte er zu. »Aber dem Christian werd ich's sagen. Wir werden dich nicht aus den Augen lassen.«

»Danke«, sagte sie.

»Ich muss jetzt in die Messe zurück. Christian wird sich schon wundern, wo ich so lange bleibe.«

»Ich komme bald nach. Ich habe jetzt Hunger.« Sie konnte schon wieder lächeln.

Raben war nicht in der Messe. Später, als Lorenz in den grünen Salon ging, saß er allein dort und rauchte.

Lorenz sagte: »Lassen Sie Eva in Ruhe. Sie ist doch noch ein Kind.«

Raben lachte auf und antwortete: »Mischen Sie sich nicht in meine Angelegenheiten. Ein Kind!«, wiederholte er höhnisch. »Sie sind ein naiver Bengel.«

»Wenn Sie nicht die Finger bei sich behalten, dann melde ich dem Kapitän, was ich gesehen habe.«

»Verbreiten Sie keine Gerüchte«, sagte Raben schroff. »Das könnte Sie teuer zu stehen kommen.«

Wütend drohte Lorenz: »Wenn Sie es vorziehen, Raben, kann ich Ihnen auch die Fresse polieren.«

Raben fuhr aus seinem Sessel hoch und schob seine rechte Hand unter die Jacke. Trägt er etwa doch eine Pistole bei sich?, schoss es Lorenz durch den Kopf. Aber Raben zog nur sein Taschentuch hervor und wischte sich den Schweiß von der Stirn. »Herr Mattler, Sie erinnern sich sicher. *Herr* Raben, bitte. Immer noch für Sie *Herr* Raben.« Er verließ den Salon.

»Hochnäsiger Pinsel«, schimpfte Lorenz hinter ihm her.

»Rabens Pistole war ein Taschentuch«, sagte er später zu Christian.

In Curaçao verließen die van Bemmels das Schiff. Es war ein herzlicher Abschied. Fast alle Passagiere begleiteten die beiden bis auf die Mole. Nur Makowitsch war zu bequem und winkte von der Reling aus. Frau van Bemmel sagte: »Ich fühle mich ein bisschen wie zu Hause.«

»Endlich wieder die holländische Sprache, nicht wahr?«, vermutete Mergenter.

»Das auch«, bestätigte sie. »Aber vor allem die Häuser. Schauen Sie nur, die schön geschwungenen Giebel. So sieht's auch in Haarlem aus, da wo ich aufgewachsen bin.«

Ein schwarzer Fahrer stand neben seinem Auto. Er rief herüber: »Mijnheer van Bemmel. Ist Mijnheer van Bemmel angekommen?«

Schon schritt van Bemmel auf ihn zu, doch dann blieb er plötzlich stehen, fasste mit der Linken an seine rechte Hand und schien betroffen. Er gab dem Fahrer die kurze Anweisung, das Gepäck einzuladen, und sagte zu seiner Frau: »Ich muss schnell noch mal an Bord zurück.«

Er wiederholte an die Passagiere gewandt laut und erregt: »Ich muss noch mal an Bord zurück«, und lief über die Landungsbrücke. Winkelmann nutzte die Gelegenheit, trat zu Frau van Bemmel und überreichte ihr eine rote Begonie. »Für Sie, Mareike«, sagte er. »Und wenn sie je in die Niederlande zurückkehren, dann bitte nur mit der *Viktoria*.« Er zwinkerte ihr zu. Christian, der Frau van Bemmel gegenüberstand, kam es vor, als ob sie ihm freundlich zulächelte. »Schreiben Sie mir doch mal«, bat sie und gab Winkelmann eine Visitenkarte.

»Niemandem auf der Welt würde ich lieber . . .«

»Da kommt mein Mann«, unterbrach sie ihn. Van Bemmel wirkte verstört.

»Was gibt's, Arend? Hattest du etwas vergessen?«

»Mein Ring«, stammelte van Bemmel. »Mein Trauring ist weg. Ich könnte schwören, dass ich ihn neben die Waschschüssel gelegt habe, als ich mir vorhin die Hände . . . Aber in der Aufregung . . .«

»Haben Sie genau nachgesehen?«, fragte Mergenter.

Van Bemmel nickte heftig. »Ja, ja. Ganz genau.«

»Wir werden in der Kabine alles auf den Kopf stellen«, versicherte Christian. »Wenn wir den Ring finden . . .«

»Danke«, erwiderte van Bemmel und wollte Christian seine Karte geben.

»Nicht nötig, Herr van Bemmel«, sagte Winkelmann. »Ich werde Herrn Fink die Adresse geben. Ihre Frau war so freundlich mir Ihre neue Anschrift . . .« Van Bemmel schaute ihn wütend an. »Sie brauchen sich nicht bemühen.« Er reichte Christian die Karte.

Sie sagte leise: »Dein Trauring ist weg, Arend. Das bedeutet nichts Gutes.« Der Fahrer hatte das Gepäck verladen und drängte zum Aufbruch.

»Verdammter Kahn!«, stieß van Bemmel hervor und reckte seine Faust zur *Viktoria* hin. Er ging zum Auto, ohne sich noch einmal umzusehen.

* * *

Übers Wochenende war Anna Fink bei ihren Eltern in Kirchwüsten. Für ein paar Stunden hat sie auch uns besucht. Sie brachte gute Nachrichten aus Duisburg mit.

»Stell dir vor«, sagte sie, »mein Chef hat mich für die Gesellenprüfung angemeldet. Um ein Jahr wird mir die Lehre verkürzt. Ich bin das einzige Mädchen unter lauter Mechanikerlehrlingen. Aber er hat gesagt, wenn jemand es schafft, dann ich.« Meine Mutter ist ziemlich wortkarg gewesen. Sie hält es für völlig verrückt, dass Anna meinem Bruder Lorenz nach Kolumbien folgen will. *»Aber erst melde ich mich in der Maschinenbauschule in Duisburg an«, hat Anna gesagt. »Wie lange dauert das denn da?«,* wollte Mutter wissen.

»Wenn alles gut geht, drei Jahre.«

»Drei Jahre«, hat Mutter wiederholt. Und mit einem Mal ist sie sehr viel freundlicher zu Anna gewesen. Mein Bruder Ewald ist uns übrigens die ganze Zeit über nicht von der Schürze gewichen. Er hat immer noch nicht akzeptiert, dass Anna den Lorenz vorgezogen hat. Obwohl Ewald doch den Hof erbt. *»Hast du eigentlich schon meinem Bruder nach Kolumbien geschrieben?«,* hat Anna gefragt. Ich hab von dem langen Brief an Christian berichtet, den ich schon bald nach der Abreise übers Meer geschickt habe. An den deutschen Pfarrer in Bogotá hab ich ihn adressiert. Denn da wollen die beiden Auswanderer ja zunächst mal hin.

»Wenn Christian dort ankommt, findet er gleich einen Gruß von mir vor.«

»Tja«, hat Anna gesagt, *»dann werde ich dieser Tage Lorenz auch eine Karte schreiben.«*

»Schreib ihm, dass du ihn frühestens in dreieinhalb Jahren besuchen kannst«, hat Ewald bissig gesagt. Manchmal kann mein Bruder ein Ekel sein.

* * *

Die Suche nach dem Ring blieb erfolglos. Heftig wurden die Mutmaßungen, wo der Dieb zu suchen sei, noch einmal angeheizt.

»Vielleicht doch Salzmann?«, sagte Raben. »Alle anderen haben doch die junge Familie ans Land begleitet.«

»Bis auf Herrn Makowitsch«, stellte Mergenter fest.

»Ich? Sie wollen mich . . .«

»Ich habe nur etwas richtig gestellt. Sie, Herr Makowitsch, sind an Bord geblieben.«

»Das wird ja immer schöner!«, rief Makowitsch. »Ich habe doch vor aller Augen an der Reling gestanden. Und vorher war ich mit meinem Sohn Uwe die ganze Zeit über in der Kabine, nicht wahr, Uwe?«

»Ja, Papa. Bis auf das eine Mal, als du rausgegangen bist, um dir eine Zigarette zu genehmigen.«

»Verdammt noch mal. Das war doch nur auf einen Augenblick.«

Uwe stimmte dem Vater wieder zu. »Ja, Papa, höchstens fünf Minuten waren das.«

»Es mag ja nichts zu bedeuten haben«, sagte Mergenter, »aber in fünf Minuten könnte man zahllose Ringe einstecken.«

»Jetzt reicht's mir aber«, schrie Makowitsch und stampfte davon.

»Halten Sie Jakob wirklich für den Dieb?«, fragte Raben verwundert.

»Eher nicht«, antwortete Mergenter. »Er wird sich mit den verschwundenen hundert Mark ja wohl nicht selbst bestohlen haben.«

»Ja und warum reden Sie dann so mit ihm?«

»Makowitsch hat schon einige von uns grundlos verdächtigt und Gerüchte ausgestreut. Er soll mal spüren, wie das ist, wenn man selbst betroffen ist.«

»Merkwürdige Moral«, knurrte Raben.

Es war noch früh am Morgen. Die Sonne hob sich gerade groß aus dem Meer, als Christian an Deck ging. Mergenter stand vorn am Bug des Schiffes. Er bemerkte nicht, dass Christian sich näherte.

»So früh schon auf den Beinen?«, fragte Christian. Mergenter zuckte zusammen. Er klappte ein kleines Buch zu, schob es in seine Hemdentasche und nahm die Brille ab. Das helle Licht schien ihn zu blenden. Er zog seine Augen zu schmalen Schlitzen zusammen und wandte seinen Blick nicht von der strahlenden Sonnenscheibe. Christian wagte nicht ihn erneut anzusprechen. Schließlich drehte Mergenter sich um und sagte: »Hier ist jeden Morgen mein Platz. Wenn die Sterne verblassen und sich die Welt aus der Nacht ins Licht hebt, ist es jedes Mal wie ein neuer Schöpfungstag. Ich stehe dann, staune und . . .«

»Und?«

»Na ja«, er klopfte mit der flachen Hand auf das Buch in seiner Hemdentasche und sagte: »Mein Morgengebet.«

Als er Christians Überraschung bemerkte, fragte er: »Wundert dich das?« Christian druckste herum, antwortete aber dann: »Ja, ich wundere mich. Wir leben jetzt schon fast vier Wochen auf diesem Pott eng zusammen. Nie habe ich gemerkt, dass außer Lorenz und mir jemand betet.«

»Musst halt schärfer hinsehen.«

»Ist schon eigenartig«, sagte Christian nachdenklich. »Raben zum Beispiel trägt seine Überzeugungen, seine Weltanschauung, wie eine Standarte vor sich her und wirbt dafür. Wir jedoch machen's eher wie die Fliegenden Fische dort unten. Nur ab und zu schnellen wir für einen Moment empor, tauchen dann aber schnell wieder ab.«

»Zeigt der Baum seine Wurzeln?«, fragte Mergenter.

Sie blinzelten nun beide in die gleißende Sonne. Plötzlich lachte Christian. »Ausgerechnet der, der uns die groben Flüche beigebracht hat, der steht hier und betet.«

»Das ist das Leben«, sagte Mergenter. »Mal so, mal so.«

Nach dem Frühstück saßen sie zu ihrer letzten Spanischstunde beisammen. Eva lobte Lorenz. »Du kannst dich jetzt schlecht und recht in Kolumbien verständigen. Ein besseres Ergebnis war in der kurzen Zeit nicht zu erwarten. Ein Anfang, mehr nicht.«

»Und ich, war ich nicht ebenso fleißig?«, fragte Christian.

»Na ja«, erwiderte sie. »Aber Lorenz . . .« Der Rest des Satzes blieb in der Luft hängen. In diesem Augenblick drängte sich Christian der Verdacht auf, Eva könne in Lorenz mehr sehen als nur einen Spanischschüler. Er schob den Gedanken schnell wieder beiseite und holte aus seiner Tasche ein winziges Fläschchen Parfüm. Lorenz und er hatten in Curaçao ihr Geld gezählt. Lorenz bestand darauf: »Wir müssen ein kleines Dankeschön für Eva haben. Wir sind so oder so pleite.«

Christian reichte ihr das Geschenk. Sie wurde rot. »Es ist das erste Par füm in meinem Leben«, sagte sie. Aber ihre Freude ebbte schnell ab, als Raben anzüglich bemerkte: »Bist eben kein Kind mehr, Eva, nicht wahr?«

»Wenn sie kein Kind mehr ist«, Lorenz schaute Raben mit scharfem Blick an, »wenn sie kein Kind mehr ist, Herr Raben, dann sollten Sie eigentlich nicht mehr Du zu ihr sagen.«

Diesmal stieß Raben einen kolumbianischen Fluch aus, den er von Mergenter aufgeschnappt hatte, und ging davon.

»Was sind das denn für Geschichten?«, rief Makowitsch. »Ist hier irgendwas im Busch?«

»Geschichten, richtig, Geschichten«, versuchte Christian abzulenken. »Herr Mergenter, Sie sind uns eigentlich noch eine Geschichte schuldig.«

»Eine Geschichte? Was für eine Geschichte?«

»Tolima, Tolima«, riefen Christian und Eva im Chor.

»Richtig, Tolima. Ist keine Kuschelgeschichte. Aber wenn ihr sie hören wollt, dann nur zu.«

Er hatte bislang hinter der Gruppe gestanden, holte sich nun aber einen Korbsessel herbei und setzte sich. Umständlich stopfte er seine Pfeife, paffte ein paar dicke Wolken und begann: »Lange bevor die Spanier den Indianern den christlichen Glauben mit Feuer und Schwert aufzwingen wollten und sozusagen im Gegenzug ihr Gold, ihre Smaragde, ihre Schätze raubten, lebte ein Häuptling der Quimbayas, Tacurumbi mit Namen. In diesem Stamm wurde über alles eine junge Frau bewundert. Sie hieß Batatabi. Die ungewöhnliche Farbe ihrer Augen, hellblau und strahlend, die helle elfenbeinfarbene Haut, das Ebenmaß ihrer Gestalt, das alles bezauberte Jung und Alt. Batatabi galt als ein Wesen aus einer anderen Welt und wurde als Göttin verehrt.

Die Kunde von einer lebendigen Gottheit drang weit über die Stammesgrenzen der Quimbayas hinaus. Auch der Häuptling Calarca, dessen Stamm in einem weit entfernten Tal lebte, hörte von Batatabi. Er verließ mit seinen Männern seine stummen, kalten Götter und machte sich auf, die Quimbayas zu bekriegen und Batatabi zu rauben. Lassen wir es im Ungewissen, ob Calarcas Götter doch stärker waren als die lebendige Batatabi oder ob diese sich dem mächtigen Stamm Calarcas mehr zuneigte, kurzum, Tacurumbi wurde besiegt und wich in die unwegsamen Gebirgstäler zurück. Calarca wollte die Gunst der Stunde nutzen und setzte den geschlagenen Quimbayas nach. Batatabi aber sollte in seine Stadt gebracht werden. Calarca wählte seinen treuesten Gefährten, nämlich Tolima, aus, der mit einem Trupp erfahrener Kämpfer die göttliche Beute in sein Stammesgebiet bringen sollte, während er Tacurumbi und seinen Stamm vollends unterwerfen wollte. Calarcas Gefährte war als kaltblütig, grausam und tapfer bekannt. Weil Tolima einen Kopf größer als alle seine Stammesgenossen und von wilder Schönheit war, hatte er noch jede Frau, die er begehrte, für sich gewinnen können. Er hatte sich eine Art Sessel auf den Rücken schnallen lassen. In diesem trug er leichtfüßig und ohne zu ermüden die junge, fremdartige Frau seiner Heimat entgegen, drang durch dichte Urwälder, durchquerte tiefe Schluchten und durchwatete reißende Flüsse. Und stets spürte er Batatabis warmen Körper auf seinem Rücken. Es dauerte nur wenige Tage, dann war er der schönen Frau völlig verfallen und die Begierde, sie zu besitzen, ließ ihn seine Treue, die er Calarca geschworen hatte, vergessen. Er warb von Stunde zu Stunde offener und leidenschaftlicher um Batatabi, doch die lachte nur über ihn. Er versprach ihr goldene Berge, und als er nichts als Spott in ihren Augen las, drohte er ihr mit dem Tod. Eines Abends schlugen sie ihr Lager am Rande einer tiefen Schlucht auf. Senkrecht fiel die nackte Felswand mehr als hundert Meter tief bis auf den Grund eines Trockentals. Wie wahnsinnig zog Tolima sein Messer und fasste Batatabi bei der Schulter. Kalte Verachtung war alles, was sie für Tolima zeigte. Da stach er Batatabi wie besessen die Augen aus und schleuderte sie in die Schlucht hinab. Die Männer, die mit ihm gezogen waren, schauderte es. Als sie sahen, dass in dem Trockental zu derselben Stunde eine Quelle aufsprudelte und der Fluss, den man heute Río Quindio nennt, seinen Anfang nahm, da fürchteten sie die Rache der Göttin, verließen Tolima und kehrten zu ihrem Häuptling Calarca zurück. Sie warfen sich ihm zu Füßen und berichteten, was sich ereignet hatte. Es erging ihnen wie schon oft den Überbringern einer Unglücksbotschaft, Calarca ließ sie auf grausame Weise töten. Er setzte alles daran, Tolima zu fangen. Der kannte das Schicksal, das ihm drohte. Calarca würde ihm die Augen ausreißen, ihn auf einen Bambuspfahl spießen und ihn langsam und qualvoll sterben lassen. Tolima floh hoch hinauf in die unwirtlichen Páramos, immer weiter und höher bis an die Schneegrenze eines mächtigen Vulkankegels. Tage um Tage irrte er umher, fühlte sich von Menschen und Geistern gehetzt, bis er schließlich erschöpft aufgab und auf der schneebedeckten Kuppe des Berges auf den Tod wartete.

Die Menschen, die ihre Wohnstätten am Fuße des Berges hatten, schworen Stein und Bein, sein Geist irre ruhelos umher. Sie versuchten ihn zu bannen, indem sie sich in den Staub warfen und ›Tolima, Tolima‹ flüsterten. Das ist nach und nach auch der Name des Vulkans geworden. Wie Tolima es bei den Stammesgenossen war, ist dieser Berg einen Kopf größer als die meisten anderen Vulkane und von einer unvergleichlich wilden Schönheit.«

Nach einer langen Schweigepause war Eva die Erste, die wieder sprach. »Und dieser Berg hat Sie gelockt noch einmal nach Kolumbien zurückzukommen?«

»Keiner, der den Tolima je in der Glut der Morgenröte gesehen hat oder im sanften Schimmer des verlöschenden Lichtes am Abend, keiner kann das Bild aus seinem Innern vertreiben. Keiner.«

Mergenter wandte sich ab und murmelte im Weggehen: »Tolima, Tolima.«

»Grausame Völker, diese Wilden«, sagte Makowitsch.

»Wurden nur noch von den spanischen Eroberern an Grausamkeiten übertroffen«, entgegnete Christian.

»Welche Grausamkeiten?«, fragte Makowitsch.

Fritz sagte: »Versklavt wurden sie fast alle, die Indios. Die Spanier sagten, das seien gar keine Menschen, sondern eine Art Tiere. Sie haben ihnen mit einem glühenden Eisen das Brandzeichen ihrer Besitzer auf die Haut gebrannt und . . .«

»Hör auf, Fritz«, bat Eva.

»Das sind doch Schauergeschichten, nur Schauergeschichten«, sagte Makowitsch.

»Oder auch nicht«, beharrte Fritz, doch sein Vater gab ihm unwirsch ein Zeichen, zu schweigen.

* * *

Heute hat meine Schwester mir erzählt, es sei nun sicher, dass sie ein Kind erwarte. Im dritten Monat sei sie schon. Noch bevor die Mutter es erfuhr, hat sie es mir gesagt. Wenn es ein Junge wird, will mein Schwager ihm den Namen Rune geben. Sollte es wider seine Erwartung nur ein Mädchen sein – er hat wirklich »nur« gesagt –, dann soll das Kind Freya heißen. Ich hab meine Schwester gefragt, warum Erwin denn so einen bestussten Namen wolle. Die seien doch in unserer Familie nie vorgekommen und bei den Schulte-Lotts wohl auch nicht. Solche Vornamen seien ein Zeichen dafür, dass wir zur nordischen Herrenrasse gehören, habe Erwin gemeint. Aber sie, Hildegard, habe gesagt, dabei würde er bei ihr auf Granit beißen. Nie, nie, nie würde sie solchen Namen zustimmen. Und er darauf, schließlich müsse der Vater das Kind auf dem Standesamt anmelden und dann wisse er schon, was zu tun sei. Das war selbst meiner Mutter zu viel. »Der Erwin ist wohl verrückt geworden«, hat sie vor sich hin gemurmelt. Als unser Vater davon hörte, hat er Hildegard erst mal in den Arm genommen und die Freude über den kommenden Enkel war ihm deutlich anzumerken. Aber dann hat er über Erwins Namenswünsche so fröhlich gelacht wie schon lange nicht mehr. Ich hab Hildegard den Rat gegeben: »Sag ihm, wenn er den Jungen Rune nennen will, dann würdest du ihn immer Moses rufen.«

»Moses?«, hat sie gefragt und mich angeschaut, als ob ich nun auch übergeschnappt sei. »Und warum Moses?«

»Dann kann er wenigstens irgendwann im Jahr Namenstag feiern, sagst du ihm. Bei Rune geht das ja nun mal nicht.«

Da haben wir gemeinsam gelacht.

* * *

Es regnete in Strömen und die Wolken schienen dicht über dem bleigrauen Meer zu hängen. Am Nachmittag jedoch schlug das Wetter von einer Stunde auf die andere um. Der Himmel leuchtete in einem makellosen Blau. In der Ferne zeichnete sich das Festland deutlich ab. Hinter dem Schattenstrich der Küste schwebte über einem weißen Nebelstreif die Bergkette der Sierra Nevada mit ihren schneebedeckten Gipfeln. Lorenz und Christian konnten sich von dem Anblick nicht losreißen. Sie standen Schulter an Schulter an der Backbordseite des Decks, schauten und sprachen lange kein Wort. Sie spürten die unbändige Freude darüber, in wenigen Stunden am Ziel zu sein, aber irgendwo lauerte auch bang die Frage nach Scheitern oder Gelingen. Es begann schon, zu dämmern, da sagte Christian: »Erst acht Monate ist es her, dass ich nach wochenlanger Wanderung vom Niederrhein nach Italien auf einmal die Stadt Rom vor mir liegen sah. Da ging es mir ähnlich. Genau wie heute hätte ich damals zugleich heulen und lachen können.«

»Wir werden hier Wurzeln schlagen, Christian. Wir werden es schaffen«, sagte Lorenz leise.

Uwe Makowitsch kam aus der Messe gelaufen und rief: »Alle warten auf euch. Das Abendessen kann beginnen. Oder wollt ihr das Abschiedsfest verpassen?«

»Wir gehen mit«, sagte Christian.

»Ihr müsst euch vorher umziehen. In den Alltagsklamotten könnt ihr euch heute Abend nicht sehen lassen. Alle haben sich in Schale geworfen.«

»So?«, fragte Lorenz.

Uwe zeigte auf seine Krawatte und fuhr mit der Hand über sein hellbraunes Jackett. Er sah erwachsener aus als sonst.

»Also dann«, stimmte Christian zu. Während Uwe wieder in die Messe ging, rannten die beiden in ihre Kabine.

Die Passagiere standen noch zu zweit oder dritt beieinander und unterhielten sich. Zugleich mit Christian und Lorenz betraten der Kapitän und Winkelmann die Messe. Kapitän Quintus, der sich während der Reise selten bei den Passagieren aufgehalten hatte, trug eine weiße Uniform und einen großen Ordensstern mit einem funkelnden Stein in der Mitte. Frau Millhaus hatte ein schwarzes, eng geschnittenes Kleid gewählt und eine rote Stola über die Schulter gelegt.

»Fräulein Eva ist unser neuer Leichtmatrose«, witzelte der Kapitän über Evas blau-weißes Matrosenkleid. Ihre Mutter hatte ihr die Haare zu einem dicken Zopf geflochten und eine große blaue Schleife eingebunden. Sie sah hübsch aus. Eva trat dicht an Lorenz und Christian heran und fragte unsicher: »Na, gefällt euch mein Kleid?«

»Du gefällst uns immer«, antwortete Lorenz. »Aber heute siehst du so gut aus, dass wir dich jetzt wohl mit Sie anreden müssen.«

Sie stieß Lorenz mit der Hand gegen die Brust und sagte: »Lasst den Quatsch, Amigos.«

Der Abend begann ausgelassen und fröhlich. Nach dem festlichen Essen lud der Kapitän in den grünen Salon ein. »Diesmal können Sie alle auf Kosten der Schifffahrtslinie Getränke nach Gusto bestellen.«

»Aus welchem Anlass ist Ihnen der prächtige Orden verliehen worden, Kapitän?«, fragte Raben.

Eifrig erzählte Kapitän Quintus: »Ich fuhr noch als Zweiter Offizier auf der *Clarissa,* so knapp über dreißig Jahre alt muss ich gewesen sein, da ist mal ein indischer Maharadscha über Bord gegangen. Ohne lange zu überlegen, bin ich ihm nachgesprungen, hab ihn erwischt und über Wasser gehalten. Er konnte nämlich nicht schwimmen. Bis so ein Ozeanriese beigedreht hat, das dauert. Die *Clarissa* hat dann ein Beiboot ausgesetzt und uns herausgefischt. Viel länger hätt ich es auch nicht geschafft. Der Maharadscha hat mir dann vor der ganzen Besatzung diesen Orden an die Brust geheftet. Schweres Gold mit einem Saphir im Zentrum.«

»Darauf können Sie stolz sein«, sagte Raben.

Winkelmann beugte sich zu Makowitsch und flüsterte: »Tolles Seemannsgarn. Auf der letzten Reise war es kein Maharadscha, sondern ein russischer Großfürst, den er vor den Haifischen rettete. Und aus Gold ist der Orden auch nicht und der Saphir ein Stück geschliffenes Glas. Alles zusammen hat er auf einem Trödelmarkt in Lissabon für fünf Escudo gekauft.«

»Sie meinen wirklich?«, fragte Makowitsch überrascht.

»Ich meine nicht, ich weiß es«, versicherte Winkelmann. Makowitsch begann dröhnend zu lachen. Er geriet außer Atem und sein Bauch bebte. Der Kapitän sah ihn empört an und fragte: »Sind Sie etwa gegen Orden, Herr Makowitsch?«

»Nee, nee«, keuchte der. »Mir fällt nur gerade eine Geschichte von einem sehr merkwürdigen Orden ein. Ich lernte mal einen Baron von Wissen kennen. Der wurde bei einem Besuch in Berlin von Kaiser Wilhelm empfangen. Der Baron trug einen bedeutend aussehenden Orden. Der Kaiser wurde darauf aufmerksam, trat auf den Baron zu und sagte: ›Schönes Stück, Baron. Wer hat Ihnen den Stern verliehen?‹

Der Baron warf sich in die Brust und prahlte: ›Die Königin der Niederlande, Majestät.‹

Kaiser Wilhelm fingerte an dem Ordensstern herum, drehte ihn ein wenig und fragte: ›Und was bedeutet diese Inschrift auf der Rückseite?‹

›Welche Inschrift?‹, fragte Baron Wissen verblüfft.

›Lesen Sie vor‹, forderte der Kaiser ihn auf. Der Baron löste den Orden von der Brust, klemmte sein Monokel vors Auge und wurde puterrot.

›Lesen Sie laut und deutlich.‹

Da blieb dem Baron nichts anderes übrig, als die Inschrift vor aller Ohren bekannt zu machen. Er stammelte: ›Verdienstmedaille in Gold für die Zucht von Airdaleterriern.‹

›Weiter‹, forderte der Kaiser.

Verlegen stotterte der Baron: ›Rassehundeschau Köln 1875.‹«

Alle lachten.

»Und was steht auf Ihrem Orden, Herr Kapitän?«, fragte Fritz Goldschmitt vorwitzig.

»Nichts steht darauf. Aber der Maharadscha hat bei der Verleihung auf Lateinisch gesagt *pro pueris meritoriis*«, antwortete der Kapitän stolz. »Für besondere Verdienste.«

»Sonderbares Latein«, flüsterte Fritz Christian zu.

»Heißt es anders?«

»Für besondere Verdienste müsste *pro meritis* heißen. *Pro pueris meritoriis,* das heißt, glaube ich, ›für Lustknaben‹.«

»Wie wär's mit einem Tänzchen?«, schlug der Kapitän vor.

»Nicht zu wenig Damen unter den Passagieren?«, fragte Raben ironisch.

»Frauen tanzen gern und viel«, beschied ihn der Kapitän. »Winkelmann, stellen Sie uns doch bitte Ihr Grammofon zur Verfügung. Oder spielt Lorenz uns auf?«

»Ich tanze lieber«, sagte Lorenz

»Ich mache darauf aufmerksam«, warnte Winkelmann, »ich besitze nur noch eine einzige intakte Schellackplatte. Die anderen sind mir bei der schweren See in der Biscaya aus dem Spind gerutscht und leider am Boden zerschellt.«

»Macht nichts, Winkelmann, jede Platte hat zwei Seiten.«

Der Schiffsoffizier schleppte ein Grammofon mit einem großen Schalltrichter aus Blech herbei.

»Ich tanze nicht«, sagte Uwe Makowitsch.

»Gut. Sehr gut, Herr Makowitsch junior.« Winkelmann zeigte ihm, wie das Gerät zu bedienen sei, und ernannte den Jungen zum Tonmeister. Uwe drehte mit der Kurbel das Triebwerk auf und legte ungeschickt die Platte auf den rotierenden Teller. Mit einem Jaulen erklang die Musik. Es war ein langsamer Walzer. Kaptän Quintus verbeugte sich vor Frau Millhaus. Er führte sie leicht und sicher im Takt und sie schien schwerelos zu schweben. Beifall klang auf, als er seine Dame wieder an ihren Platz brachte.

Schon forderte Makowitsch sie zum nächsten Tanz auf, doch sie lehnte ab und sagte: »Es geht leider nicht mehr, Herr Makowitsch. Ich darf mich nicht anstrengen. Aber vielleicht bitten Sie meine Tochter Eva?«

Uwe wendete die Schallplatte und es klang der Walzer »An der schönen blauen Donau« auf. Makowitsch war trotz seiner massigen Gestalt ein eleganter Tänzer und drehte mit Eva den Walzer links herum. Eva kam nicht mehr dazu, auf ihren Platz zu gehen. Winkelmann tanzte mit ihr und Mergenter und Christian und Lorenz auch. Sogar Goldschmitt versuchte den langsamen Walzer, aber er stellte sich ungeschickt an und musste sich mehrmals bei seiner Partnerin entschuldigen. Als Eva sah, dass nun auch Raben auf sie zukam, setzte sie sich. Er verbeugte sich zackig. »Wie steht's mit uns?«, forderte er sie auf.

Eva schüttelte den Kopf. »Ich bin erschöpft und möchte nicht mehr tanzen.« Sie schaute zur Seite.

»Aber ein Tänzchen werden Sie mir doch nicht abschlagen, Fräulein Millhaus.«

Eva stand auf und sagte: »Nein, ich möchte heute nicht mehr tanzen.«

Als Raben weiter auf sie einredete, stellte sich Lorenz neben Eva, legte ihr die Hand auf die Schulter und sagte: »Du bist wirklich schon nass geschwitzt, Eva«, und zu Raben gewandt: »Sie haben es gehört, Herr Raben, Eva . . .«

»Schon gut, schon gut«, murrte Raben und drehte Eva verärgert den Rücken zu. Einen Augenblick herrschte betretene Stille, doch dann sagte Winkelmann: »Immer nur die Musik einer einzigen Platte, das geht einem wirklich auf die Nerven. Ich räume das Gerät fort.«

Makowitsch räusperte sich. Es schien, als wolle er eine Abschiedsansprache halten. Er begann: »Schöne Überfahrt, wirklich sehr schöne Überfahrt. Nur eins liegt mir und einigen von uns schwer im Magen. Wir sind bestohlen worden. Rausgekommen ist gar nichts. Ich denke, man müsste die Sache in Barranquilla der Polizei melden. Vielleicht . . .«

»Wenn Sie das tun«, widersprach Mergenter heftig, »dann werden wir alle noch lange in Barranquilla aufgehalten.«

»Sie haben gut reden. Sie sind ja nicht geschädigt worden«, rief Makowitsch erregt. »Das junge Paar van Bemmel ist nun schon von Bord. Aber Frau Millhaus und ich, wir . . .«

Frau Millhaus sagte: »Lieber Herr Makowitsch, es wäre wirklich töricht, wenn wir bei der kolumbianischen Polizei eine Anzeige erstatten würden. Außer dass es tausend Scherereien gibt, führt das zu nichts. Die Behörden in unserem Land sind nicht die in Deutschland.«

»Etwa noch schlimmer?«, warf Goldschmitt leise ein.

»Aber, aber, Herr Goldschmitt«, protestierte Raben. Frau Millhaus bat mit einer Handbewegung um Gehör. »Sie wissen, dass ich sehr an dem Schmuckstück hänge, das mir der dreiste Dieb entwendet hat. Er wird nicht ungestraft davonkommen.«

Sie erhob sich, breitete ihre Arme weit aus und murmelte einige unverständliche Worte in einem merkwürdigen Leierton. Ihre Stimme hatte sich dabei verändert und klang tief und bedrohlich.

Eva wurde bleich. Als Lorenz sie fragend anschaute, flüsterte sie: »Ein indianischer Fluch. Sie verwünscht den Dieb.«

Frau Millhaus fiel ins Deutsche zurück. »Zu giftigen Skorpionen soll das Diebesgut in den Händen des Diebes werden.«

Sie schien mit einem Male erschöpft, setzte sich und starrte vor sich hin.

Die Unterhaltung kam nur mühsam wieder in Gang und schleppte sich hin. Goldschmitt erhob sich als Erster und sagte: »Morgen ist ein schwerer Tag. Ich ziehe mich zurück.«

Frau Millhaus hatte die ganze Zeit über kein Wort gesagt. Nun aber bat sie: »Einen Moment noch, Herr Goldschmitt. Bevor wir auseinander gehen, will ich Sie alle um etwas bitten.« Sie fasste in ihr Ledertäschchen und zog einige postkartengroße Fotos heraus. »Es ist Ihnen ja bekannt, dass ich auf der Suche nach meinem Mann bin. Es passt ganz und gar nicht zu seinem Charakter, dass er so lange nichts von sich hören ließ. Meine Nachforschungen von Deutschland aus verliefen im Sande. Ich muss also Schlimmes befürchten.«

Frau Millhaus' Wangen hatten sich unnatürlich gerötet. »Ich habe von seinem letzten Foto Abzüge machen lassen. Auf der Rückseite der Aufnahmen finden Sie nähere Angaben zu seiner Person. Ich möchte jedem von Ihnen eine Porträtaufnahme geben und Sie bitten, falls Sie zufällig etwas von Ernesto Millhaus hören . . .«

»Aber selbstverständlich, Frau Millhaus«, versicherte Raben. »Wir verfügen in der Botschaft über viele Kanäle, um nachzuforschen.«

Sie teilte die Fotos aus.

Lorenz schaute sich das Bild an. Eva gleicht ihrem Vater, dachte er, die schmale Kopfform, die großen Augen, die hohe Stirn. Nur die vollen Lippen und den etwas zu großen Mund hatte sie von der Mutter geerbt. Auf der Rückseite stand in zierlicher Schrift: »Ernst (Ernesto) Millhaus, 41 Jahre, 1,85 m groß, sportliche Figur, braunes, leicht gewelltes Haar, schmale Narbe vom linken Mundwinkel bis zum Kinn.«

Der Text war auch noch einmal in Spanisch darunter geschrieben. In der unteren Ecke stand: »Sie können mich in Bogotá über die deutsche Botschaft erreichen.«

Fast alle verließen den grünen Salon. Christian blieb noch und war schließlich allein mit Mergenter.

»Was eigentlich wirst du genau in Kolumbien anfangen, Christian?«, fragte Mergenter.

»Erst mal bleiben Lorenz und ich zusammen. Unsere Anlaufstelle ist in Bogotá das Haus des deutschen Pfarrers. Wir müssen zunächst alle nötigen Formalitäten erledigen. Ich helfe Lorenz eine Finca aufzubauen. Kaffee oder so.«

»Und dann?«

Christian war unsicher. Was sollte er sagen? Er hatte ja selbst nur unklare Vorstellungen davon, wie es mit ihm auf die Dauer weitergehen sollte.

»Ich kenne mich gut mit Pferden aus. Ich bin auf einem Gestüt im Lipperland nicht weit von Detmold aufgewachsen und wollte immer Tierarzt werden. Aber ich hab ja kein Abitur. Später hat mich mein Pate für acht Monate mit ins Ruhrgebiet zu einer Ziegelei genommen. Er ist Brenner und hat mir alles beigebracht, was man vom Ziegelbrennen wissen muss. 1933 bin ich nach Zwickau gefahren und wollte mich dort auf der Zieglerfachschule anmelden. Aber ich war ein paar Wochen zu jung. Für 1934 haben sie mir aber eine feste Zusage für die Ausbildung gegeben. Doch dann war's wieder nichts. Ich war denen nicht braun genug.«

»Bitte?«

»Na, ich gehöre doch zur Katholischen Jugend.«

»Hättest doch pro forma in die Hitlerjugend gehen können.«

»Doppelmitgliedschaften sind verboten. Die Nazis wollen reinrassig bleiben. Und austreten aus der Gruppe, das wollte ich nicht.«

»Westfälischer Dickschädel, was?« Mergenter schmunzelte.

»Nee, Rückgrat. Ich hab dann in Duisburg bei einem Schreiner gearbeitet. Der Geruch vom frischen Holz und wenn du siehst, wie unter deinen Händen ein Schrank entsteht oder ein Tisch . . . Mir hat's gefallen.«

»Ich geb dir einen Rat, Christian. Wenn ihr eine Finca aufbauen wollt, dann müsst ihr unbedingt vorher ein paar Monate sozusagen in eine Lehre gehen. Zu jemand, der eine Finca bewirtschaftet. Ihr stolpert sonst von einer Pleite in die andere.«

»Das leuchtet ein«, sagte Christian.

»Und seht zu, dass ihr beide nicht zu lange allein bleibt.«

»Wie meinen Sie das?«

»Schau mich an, Christian. Ich hab den Anschluss verpasst. Hab nie geheiratet, mir nie die Zeit dazu genommen. Wollte erst was sein, erst auf einen grünen Zweig kommen. Sicher, in Kolumbien hab ich drei Jahre mit einer Frau zusammengelebt und dann auch kurz mit einer anderen. Als ich endlich auf dem grünen Zweig saß, brach der Weltkrieg aus und ich dachte, ich müsste nach Deutschland zurück. Jetzt bin ich nicht mehr jung. Würd vieles anders machen, wenn ich das Zeitrad zurückdrehen könnte.«

»Sind Sie nie der großen Liebe begegnet?«

»Was meinst du wohl, was mich kurz nach 1900 aus der Heimat weggetrieben hat? Lore war ein schönes Mädchen, so zierlich und voller Leben. Ich glaub, sie hat mich auch gern gehabt. Aber geheiratet hat sie dann doch meinen Freund Rainer. Wie es eben so spielt.«

»Das ist bei Lorenz und mir anders«, sagte Christian. »Lorenz' Schwester Susanne wird nachkommen nach Kolumbien, sobald ich festen Boden unter den Füßen habe. Und ich hab auch eine Schwester. Halbschwester genau genommen. Anna und Lorenz, Lorenz und Anna, das ist eine abgemachte Sache.«

Christian zeigte Mergenter ein Foto, auf dem sie alle vier zu sehen waren.

»Hübsche Mädchen«, sagte Mergenter. »Aber auf ein paar tausend Kilometer Entfernung verblasst mit der Zeit die Schönheit. Und das sage ich dir, es gibt in Kolumbien rassige Frauen. Es ist schon etwas anderes, ob du ein Foto mit dir herumschleppst oder ob du eine schöne Mulattin in der Nähe hast.«

Christian lachte. »Nee, Herr Mergenter, Lorenz und ich sind aus anderem Holz geschnitzt. Wir haben das Neinsagen gelernt.«

»Kein Mensch ist aus Holz, Christian. Du wirst es noch spüren, dass du aus Fleisch und Blut bist.«

Er gähnte laut und sagte: »Ist spät geworden. Ich leg mich auch in die Koje.«

Das Gespräch hatte Christian ins Grübeln gebracht. Er fragte sich, was er in Kolumbien wirklich wollte. Schreckgespenster machten sich in seinem Innern breit und schnürten ihm die Brust ein. Er hatte sich ganz und gar an Lorenz gehängt. Aber irgendwann musste er sich auf eigene Füße stellen, musste der Christian Fink sein und nicht immer nur der Freund von Lorenz Mattler.

Salzmann schaute herein. »Noch einen Wunsch?«, fragte er.

»Nein, nein.«

»Gut, dann ziehe ich mich zurück.«

Er löschte die Lichter im grünen Salon bis auf die Stehlampe, unter der Christian im Sessel saß.

»Gute Nacht.«

Christian winkte ihm zu. Seine Gedanken flogen zurück zu Susanne. Er musste im neuen Land einen Anfang machen. Gemeinsam mit Susanne sollte es dann aufwärts gehen. Irgendwie, irgendwann. Es war ihm, als ob Susanne ganz dicht neben ihm wäre, er sah sie vor sich, wollte nach ihrem Kupferhaar greifen. Er schreckte auf. Salzmann hatte die Tür des Salons nicht fest ins Schloss gezogen. Sie schlug gegen die Wand.

Christian ging in die Kabine. Er hörte Lorenz leise schnarchen. Christian glitt erst lange nach Mitternacht in einen flachen Schlaf, wachte immer wieder kurz auf, warf die Decke schließlich zurück, zog sich an und ging an Deck. Der Mond stand dicht über dem Horizont und warf sein Silberlicht über das Meer. Das Wellengekräusel glitzerte und funkelte. Die Sterne begannen zu verblassen. Die kühle Morgenbrise tat ihm gut. Er sah an Backbord die Lichter einer Stadt.

»Barranquilla?«

Christian erkannte Mergenters Stimme.

»Schon so früh aufgestanden?«, fragte Mergenter.

»Sie ja auch«, entgegnete Christian.

»Du weißt doch.« Mergenter deutete nach vorn. »Wenn du mitgehen willst?«

Christian folgte ihm. Der Morgen glühte in einem lachsfarbenen Rot. Mergenter setzte seine Brille auf und zog das kleine Buch aus der Hemdentasche. Er sprach ganz leise. Christian schien es, als ob er das Buch gar nicht nötig habe.

»Herr, unser Herr, wie wunderbar ist auf der weiten Erde dein Name. Über den Himmel breitest du deine Herrlichkeit aus. Im Munde der Kinder und Kleinen hast du dir Lob bereitet, deine Feinde und Widersacher müssen verstummen. Schau ich auf den Himmel, das Werk deiner Hände, den Mond und die Sterne, welche du erschaffen: Was ist der Mensch, dass du an ihn denkst? Des Menschen Sohn, dass dir an ihm liegt?« Er ließ das Buch sinken und starrte ins Morgenlicht. »Was ist der Mensch?«, flüsterte er.

Christian kannte den Psalm ungefähr. Er fuhr fort: »Und doch, du hast ihn nur wenig unter die Engel gestellt, du hast ihm Macht über das Werk deiner Hände gegeben, ihm alles zu Füßen gelegt.«

Mergenter sagte noch einmal: »Was ist der Mensch, dass du an ihn denkst? Des Menschen Sohn, dass dir an ihm liegt?«

Die Sonne hob sich aus dem leuchtenden Gewölk und stieg aus dem Meer. Mergenter steckte das Buch weg und schloss mit leiser Stimme: »Herr, unser Herr, wie wunderbar ist auf der weiten Erde dein Name.«

Er wandte sich ab, schnäuzte sich geräuschvoll und sagte: »Nach dem Frühstück werden wir in Puerto Colombia an Land gehen.«

* * *

Am schlimmsten ist es, wenn ich nachts aufwache und mir Christian einfällt. Ich kann dann lange nicht mehr einschlafen und fühle mich morgens um sechs, wenn der Wecker für mich rasselt, wie zerschlagen. Hoffentlich kommt das Schiff heil in Kolumbien an. Hoffentlich gelangt Christian sicher nach Bogotá. Hoffentlich fasst er bald Fuß im fremden Land. Hoffentlich vergisst er mich nicht mehr und mehr. Hundert bedrohliche Hoffentlich. Erst am Morgen kann ich wieder klarer denken. Ich rufe mir dann ganz bewusst ins Gedächtnis, wie er seinen Arm um mich gelegt hat, wie er mich manchmal so fest drückte, dass mir der Atem fast wegblieb, wie er mich ganz zärtlich küsste und seine Nase an der meinen rieb. Dann weichen allmählich die »Schrecken der Nacht«, wie mein Vater die finsteren Stunden nennt.

* * *

Die Landungsbrücke von Puerto Colombia war weit ins Meer hineingebaut. Die Passagiere wurden von Zollbeamten mit all ihrem Gepäck zu einem klapprigen Bus geführt. Außer einer verdreckten Frontscheibe gab es keine verglasten Fenster in dem Bus. Obwohl es noch keine neun Uhr war, lastete eine feuchte Treibhausschwüle über dem Land. In der Nacht musste ein schweres Gewitter niedergegangen sein, denn der lehmige, kaum befestigte Weg war schlammig und in den Fahrspuren stand das Wasser. Es spritzte unter den Reifen des Busses auf, doch offensichtlich machte es dem Fahrer eine diebische Freude, wenn einer der Fußgänger dem Wasserschwall nicht ausweichen konnte. Je näher sie der Stadt Barranquilla kamen, umso zahlreicher wurden die Hütten, einstöckig, mit Palmstroh gedeckt, später auch mit Wellblech. Dazwischen Dornengesträuch und kleinwüchsige Bäume. Doch allmählich änderte sich das Bild. Weiß oder hellblau waren die meisten Häuser getüncht und die Dächer mit gebrannten Ziegeln gedeckt. Zur Straße hin zeigten sich nur wenige, kleine Fenster, kaum eines verglast, aber alle mit Holzblenden und Gittern versehen. Rund um die Häuser wuchsen Blumen in leuchtenden Farben.

»Heiß, heiß«, sagte Mergenter. »Sicher 35 Grad oder mehr.« Er zeigte zu einem Hügelrücken hin, auf dem großzügiger gebaute Häuser standen, rings von Palmen gesäumt. »Das Quartier ›El Prado‹. Dort wohnen begüterte Leute. Es liegt nur wenig höher als die Stadt, aber es ist dort bereits einige Grad kühler und die Aussicht ist grandios. Zur Küste hin erstreckt sich das Delta des Río Madgalena. Vom Meer her weht gelegentlich eine erfrischende Brise. Dort lässt sich's leben.«

Der Bus fuhr an Menschen vorbei, die mit ihren Eseln oder Maultieren Lasten stadteinwärts brachten. Ab und zu wurde der Bus von einem laut hupenden Auto überholt. Sie streiften das Stadtzentrum von Barranquilla. Häuser mit zwei Stockwerken oder mehr waren jetzt öfter zu sehen. Unvermittelt bremste der Bus. Sie waren vor dem Bahnhof angelangt, in dem sich die Zollstation befand. Durch ein düsteres Gebäude wurden sie in den Patio, einen Innenhof, geführt, in dessen Mitte ein mächtiger Baum wuchs und seinen Schatten warf. Sie mussten lange warten. Nur Raben war ohne Verzögerung abgefertigt worden und er hatte erreicht, dass die Zöllner auch die Millhaus nach einem flüchtigen Blick auf ihr Gepäck passieren ließen.

»Auf Wiedersehen in Bogotá«, rief Eva in den Hof. »Wir fliegen morgen.« Erst zwei Stunden später begann die umständliche Zollkontrolle. Christian und Lorenz mussten ihre Kiste und ihre Rucksäcke vollständig auspacken. Christians Gitarre zog die besondere Aufmerksamkeit eines bulligen Zöllners auf sich. Er versuchte ein paar Griffe und fragte Christian, ob er das Instrument nicht verkaufen wolle. Doch Christian nahm es ihm aus den Händen, spielte ein paar schnelle Läufe und sagte: »Wer wird schon seine Freundin verkaufen?« Der Zöllner lachte und gab das Zeichen, die Sachen wieder einzupacken. Ein Stempel in die Pässe gedrückt, fertig. Die Tür ins neue Land stand offen.

Immer im Schlepptau Mergenters, tauschten sie die wenigen Reichsmark in der Zweigstelle einer deutschen Bank in Pesos um. Hier stellte sich heraus, dass Mergenter über ein Konto verfügen konnte. Er wurde sehr zuvorkommend bedient. Das Konto schien nicht unbedeutend zu sein.

Sie gelangten zum Hafen am Fluss. Ein Gewirr von Kähnen und Booten bevölkerte den breiten Nebenarm des Río Magdalena. Ein schneeweißes Passagierschiff, die El Condor, lag breit und wohl vertäut am Kai. In einer Bambushütte war das Hafenbüro untergebracht. Dort fragten Christian und Lorenz nach dem Kapitän der El Condor.

»Da kommt er gerade«, sagte der schmächtige Mann hinter dem Schalter, an dem Mergenter die Passage buchte.

Christian grüßte den Kapitän freundlich. Er machte ihm verständlich, dass ihr Geld für die Fahrt nicht ausreiche. Schon wandte sich der Kapitän achselzuckend ab, doch dann schien ihm ein Gedanke zu kommen. »Mein Schiff ist das größte und neueste auf dem Río Magdalena. Wollt ihr Arbeit?«

»Wir nehmen jede Arbeit an«, versicherte Lorenz.

»Für freie Fahrt und Verpflegung?«

»Abgemacht«, bestätigte Lorenz. Aber bevor ihnen der Kapitän den Handschlag anbot, mussten sie ihren Bizeps spannen, erst Lorenz, dann Christian, und er befühlte ihre Muskeln. Wie auf dem Sklavenmarkt, schoss es Christian durch den Kopf, doch er sagte wohlweislich nichts.

»Du wirst als Lotsenhelfer arbeiten.« Er zeigte auf Lorenz.

»Und du, hast du Ahnung von der Medizin?« Für Christian kam die Frage überraschend, aber er hatte sich fest vorgenommen alles zu können und nickte.

»Du hilfst dem Doktor.«

Mergenter trat hinzu, hörte, was sie vereinbart hatten, und sagte zu dem Kapitän: »Ein faires Angebot, Señor Capitán. Aber es versteht sich doch wohl, dass meine beiden Freunde eine Kabine bekommen, Strohhüte, Hängematten und Moskitonetze. Sie werden sie doch nicht in das untere Deck schicken wollen?«

Der Kapitän fuhr sich mit den Fingern durch den schwarzen Bart, blickte ein wenig unwillig auf Mergenter, nickte aber schließlich und bot Christian und Lorenz die Hand. Sie schlugen ein. Er schaute auf das Gepäck,

schrie ein paar Worte zum Schiff hinüber und sagte:»Ihr könnt schon an Bord gehen. Dann habt ihr das Hotel gespart. Morgen legen wir ab.«
Mergenter verabschiedete sich. Er wollte die Nacht bei einem Bekannten aus früheren Tagen verbringen. Ein drahtiger, schlanker Mann in einer schmuddeligen blauen Offiziersuniform kam die Gangway herab. Der Kapitän sprach kurz mit ihm.

»Also dann«, sagte er mit einem starken Akzent in deutscher Sprache. »Mein Name ist Märzen und ich soll euch das Schiff zeigen.«

»Wir heißen Christian Fink und Lorenz Mattler. Sind Sie Deutscher? Ihr Name klingt danach«, fragte Christian.

»No, no.« Er lachte. »Mein Urgroßvater kam aus Ihrem Land. Er war ein Freund des tollkühnen Weckbecker. Nie davon gehört?«

»Nein. Was ist denn mit dem?«

»Später«, sagte Märzen. »Jetzt erst mal unser Schiff.« Er pfiff schrill. Zwei dunkelhäutige, untersetzte junge Männer rannten herbei. Märzen zeigte auf das Gepäck. »Kabine Nummer vierzehn«, ordnete er an.

»Stattlicher Raddampfer, unsere *El Condor*«, sagte er und schien stolz zu sein auf das Schiff. Sie gingen an Bord. Märzen strich liebevoll mit der Hand über die hölzerne Reling.

»Dies ist eins der modernsten und größten Schiffe auf dem Strom. Erst vor einem Jahr in Dienst gestellt.« Er schritt den beiden voran. »Fangen wir mal unten an.« Es ging wenige Stufen abwärts. »Wir können uns nur einen ganz geringen Tiefgang gestatten. Anderthalb, höchstens zwei Meter. Der Río Magdalena ist tückisch. Durch Ablagerungen von Schlamm und Sand verändert sich ständig die Fahrrinne.« Er zeigte auf Lorenz. »Du wirst es ja bald genauer wissen.«

Lorenz sagte:»Ich kann mir gar nicht vorstellen, was ein Lotsenhelfer für eine Aufgabe hat.«

»Schnell erklärt. Du stehst acht Stunden am Tag ganz vorn, misst mit einer langen Bambusstange das Wasser unter dem Kiel und schreist die Meterzahl zur Kommandobrücke hinauf. Das ist alles.«

»Klingt, als ob das nicht sehr schwer wäre.«

»Wart's ab, Lorenzo. Aber jetzt zu unserer Elvira.«

Er zeigte auf die Dampfmaschine, die sich im vorderen Teil des Unterdecks befand. Sie war durch eine Bretterwand von dem saalartigen Raum abgetrennt. Der Maschinist schien sie gut zu pflegen, denn ihre Metallteile blitzten und blinkten.

»Öl«, sagte Märzen stolz. »Andere Dampfer fahren noch mit Holzfeuerung unterm Kessel. Wir nicht. Wir feuern mit Öl.«

Sie verließen den Maschinenraum.

»Und dies ist sicher der Laderaum«, vermutete Christian.

»Richtig. Für alles, was transportiert werden muss. Auch was die Leute so bei sich haben. Und natürlich für die Zweite-Klasse-Passagiere selber.«

»In einem Raum?« Lorenz schaute verwundert rundum. Es gab keine Liege- oder Sitzmöglichkeiten, keine Tische, überhaupt keine Möbel.

»Was diese Passagiere nötig haben, bringen sie mit. Das fehlte gerade, dass wir bei den niedrigen Passagekosten auch noch Komfort liefern sollten.«

Der Raum wurde nach hinten hin durch ein festes, halbhohes Eisengitter abgetrennt.

»Sieht aus wie ein Käfig«, sagte Christian.

»Richtig getippt. Das ist der Stall.«

»Der Stall?«

»Ja. Rinder und ein paar Schweine. Gleich dahinter befindet sich die Küche. Jeden Tag wird geschlachtet. Woher sollte der Koch sonst für die etwa zweihundert Personen das Essen nehmen?«

»Lebendes Vieh für den Topf?«

»Wir sind kein Kühlschiff.« Märzen grinste, als er Christians Überraschung bemerkte. »Das Fleisch muss hier im heißen Land ruck, zuck verarbeitet werden. Aber gehen wir zum Deck, wo ihr untergebracht seid.«

Diese höher gelegene Etage war weitaus luxuriöser eingerichtet. Vorn befand sich über die ganze Breite des Schiffes hin ein zwar überdachter, aber sonst offener Aufenthaltsraum, der rundum durch ein schön gearbeitetes Holzgeländer begrenzt wurde. Bequeme Korbtische und Stühle waren in

Stapeln zusammengestellt. Dahinter lag der seitlich verglaste Speiseraum. Er war mit einem glatt polierten dunkelroten Holz vertäfelt. An der Rückseite führte ein breiter Gang zu den beiderseits aufgereihten Kabinen. Märzen blieb vor der Tür Nummer vierzehn stehen.

»Wollt ihr einen Blick in euer Quartier tun?«

Sie nickten. Märzen löste einen Schlüssel von seinem Bund und reichte ihn Lorenz. Sie traten ein. Ihr Gepäck stand schon darin. Die Kabinen waren erheblich geräumiger als die auf der *Viktoria*. Christian wunderte sich, dass die Seitenwände nicht ganz bis zur Decke reichten, sondern ein etwa dreißig Zentimeter hoher Spalt zu den Nachbarkabinen frei geblieben war.

»Nicht geeignet für Geheimgespräche«, sagte er.

»Es heißt«, erklärte Märzen, »der Fahrtwind würde die große Hitze hier rauswehen.«

»Und, tut er's?«

»Ach, wisst ihr, die meisten Passagiere ziehen es vor, ihre Nachtquartiere auf dem Deck aufzuschlagen.«

Christian war neugierig auf seinen Arbeitsbereich.

»Wo hat der Arzt sein Sprechzimmer?«, fragte er.

»Von welchem Arzt sprichst du?« Märzen brach in Lachen aus. »So, der Capitán hat dich zum Heildiener gemacht? Kommt mit nach oben.«

Das Oberdeck war kleiner, aber ähnlich angelegt wie das Erster-Klasse-Deck. Am Ende des Kabinengangs öffnete Märzen leise eine Tür. »Die Offiziersmesse«, flüsterte er. Aber die Vorsicht war unnötig. Hinter einem Tisch hockte zusammengesunken und mit stierem, teilnahmslosem Blick ein Dickwanst. Er nahm sie gar nicht zur Kenntnis. Mit beiden Händen hielt er eine leere Rumflasche. Seine Glatze stand im Gegensatz zu einem brandroten Dreitagebart.

Märzen schaute Christian an. »McNeill, dein Chef.«

Der Doktor reagierte auch nicht, als Märzen ihn laut anredete: »Don Enrique, Ihr neuer Helfer.«

Sie durchquerten schließlich die Messe und standen auf einem weiteren, halb offenen Deck, das bis über das riesige Schaufelrad reichte, das achtern am Schiff angebracht war.

»Keine Schiffsschraube?«, fragte Lorenz.

»Dieses Rad ist der einzige Antrieb.«

Christian sagte: »Auf dem Rhein fahren auch Raddampfer. Aber die haben die Schaufelräder seitlich, je eins an Backbord und Steuerbord.«

»Das ist hier nicht möglich.« Märzen zeigte auf das lehmig braune Wasser des Flusses. In der schwachen Strömung trieb ein Baumstamm dem Meer zu. »Das Treibgut würde innerhalb weniger Tage die Schaufeln beschädigen.«

Er deutete mit der Hand auf eine schmale Treppe, die weiter nach oben führte. »Dort liegen das Ruderhaus und die Kommandobrücke. Gute Sicht weit über den Fluss. Aber der Kapitän duldet in seinem Bereich keine Besucher.«

»Wie lange werden wir unterwegs sein?«, fragte Lorenz.

»Irgendwann morgen geht es los. Aber dann?« Märzen hob die Schultern. »Eigentlich könnte es die *El Condor* in fünf Tagen schaffen. Aber wie schnell werden wir in den Häfen abgefertigt? Der Wasserstand ist im Augenblick niedrig. Nachts ankern wir. Wir werden auch tags vorsichtig manövrieren müssen. Wie oft laufen wir auf? Wie lange sitzen wir dann fest?«

Christian wollte es genauer wissen. »Also dann sieben oder acht Tage?«

»Vielleicht auch fünfundzwanzig oder dreißig«, sagte Märzen und Christian dachte, er wolle einen Scherz machen.

»Was ist Ihre Aufgabe hier an Bord, Señor Märzen?«, fragte Lorenz.

»Ich bin der Zahlmeister. Aber nun müsst ihr auf mich verzichten. Ich habe Landurlaub bis zum Wecken.«

Er grüßte und ging.

»Sie wollten uns noch etwas von dem mutigen Freund Ihres Großvaters erzählen«, rief Christian ihm nach.

»Mañana, vielleicht morgen«, versprach Märzen.

Christian und Lorenz vertrödelten den Rest des Tages, bestaunten das Leben im Hafengelände, die vielen Menschen mit den unterschiedlichsten Hautfarben, meist Schwarze und Mulatten, auch Mestizen und Zambos, gelegentlich Indios. Einige hatten nur einen Schurz um die Hüften gebunden, andere trugen ein grobes Hemd und eine Hose. Die wenigen Weißen, meist in helle Anzüge gekleidet, unterschieden sich auffällig von den anderen. Niemand allerdings verzichtete auf einen Strohhut.

Überall lärmte es, Leute riefen sich etwas zu, Rinder brüllten, Schiffssirenen tuteten, auf einem kleinen Schaufelraddampfer spielte eine Kapelle, Ochsenkarren und Maultiergespanne ratterten vorbei, mit Lasten beladene Esel wurden lauthals angetrieben. Hundert Gerüche mischten sich zu einem beißenden Gestank. Und über allem lastete eine Hitzeglocke von mehr als 30 Grad.

»Hallo!«, schrie eine Jungenstimme. »Hallo!«, und schnappte über.

»Da kommen die Makowitschs, Christian.«

Uwe hatte sein Gepäck abgestellt und ruderte wild mit den Armen. Makowitsch saß auf seinem großen Koffer. Der Schweiß rann ihm übers Gesicht.

Christian und Lorenz liefen zu ihnen.

»Wo steckt denn nur dieser verdammte Kahn?« Makowitsch stieß einen Seufzer aus.

»Für welches Schiff haben Sie gebucht?«, fragte Lorenz.

»Na, für die *El Condor*. Soll besser sein als alle anderen hier auf dem Dreckswasser.«

»Ist nicht mehr weit, Herr Makowitsch. Dort drüben sehen Sie schon das Hafenkontor. Wir helfen Ihnen das Gepäck an Bord zu tragen.«

»Danke, danke«, sagte Makowitsch erleichtert. Christian hob seinen Koffer an.

»Bleischwer«, sagte er. »Warum haben Sie keine Gepäckträger angeheuert?«

»Papa meint, dann sind wir unsere Koffer los«, sagte Uwe.

Makowitsch lachte auf und zeigte rundum. »Seht euch doch diese Galgenvögel an. Man kann nicht vorsichtig genug sein, nicht wahr? Außerdem fehlen mir die geklauten hundert Mark.«

Lorenz schaute sich am Kai um. »Haben Sie die Goldschmitts nicht gesehen? Vielleicht fahren die auch mit unserem Schiff.«

»Bestimmt nicht. Ich habe beobachtet, dass die beiden mit einem eleganten Personenauto abgeholt worden sind. Es hat herzliche Umarmungen und Küsse gegeben. Sicher sind sie von Verwandten oder Freunden erwartet worden.«

An diesem Nachmittag kamen nur wenige Passagiere an Bord und auf dem Schiff rührte sich in der Hitze kaum etwas.

* * *

Schwester Alberta hat mich vorgestern während der Pause in der Klasse zurückgehalten. Sie hat gefragt: »Susanne, haben Sie meinen Rat befolgt und sind inzwischen Mitglied in einer nationalsozialistischen Organisation?«

»Schwester, ich bin in die NSV gegangen.«

Aber mit dieser Antwort war ihre Wissbegierde nicht gestillt. Sie wollte genau wissen, wie es dort zugeht. Besonders interessierte es sie, was in der politischen Schulung geschieht.

»Susanne«, sagte sie, »ich kenne Ihren Vater und weiß, warum Ihr Bruder Deutschland verlassen hat und nach Lateinamerika gegangen ist. Ich denke, ich schätze auch Ihre Einstellung richtig ein.« Dann hat sie mich aus ihren sanften Kuhaugen lange angeschaut. Ich wurde schon verlegen unter ihrem forschenden Blick.

»Es hilft nichts«, fuhr sie fort, »wenn wir den Kopf in den Sand stecken. Wir müssen die Sperren durchbrechen, die der Staat rund um uns aufbaut. Die Zeitungen, das Radio, lauter Nachrichten, die den staatlichen Aufsichtsorganen genehm sind und die nur ein sehr einseitiges Bild zulassen. Wir müssen uns besser informieren, eine eigene Meinung bilden können, nicht nachplappern, was uns vorgesetzt wird. Immer häufiger werden Priester und Schwestern unter dem Vorwand der Devisenschiebung verhaftet. Manchen werden sexuelle Verfehlungen vorgeworfen. Vieles davon geschieht, um die Kirche insgesamt in Verruf zu bringen. Ein teuflisches Verwirrspiel.«

Sie hatte zum Schluss immer hastiger gesprochen.

»Wollen Sie mehr hören oder wird's Ihnen zu gefährlich?«

»Ich möchte mehr hören, Schwester.«

»Gut. Aber Sie müssen mir versprechen den Mund über das zu halten, was ich Ihnen jetzt sage.«

Ich nickte.

»Wir haben seit einigen Wochen eine Gruppe hier im Haus gebildet, zwei Lehrerinnen, ein Kaplan, ein paar Schülerinnen. Wir treffen uns jeden Mittwoch. Wenn du willst, kannst du dazukommen.«

Unvermittelt hatte sie vom »Sie« in das vertrautere »Du« gewechselt.

»Und was soll daran gefährlich sein?«

»Das, was dort besprochen wird. Die staatlichen Stellen würden es wohl mit ›Heimtücke‹ bezeichnen. Alle Kritik am Staat und an seinen Organen ist nach dem Gesetz der Nazis Heimtücke. Nichts von alledem darf je nach außen dringen. Es ist eine andere Schulung als die, die du beim Winterhilfswerk erfährst. Mit der Nazischulung kannst du einen Studienplatz bekommen. Mit dem, was wir besprechen, ist höchstens im Gefängnis ein Platz reserviert.«

Gut, ich gebe zu, ich hatte Angst. Aber meine Neugier siegte. Vielleicht fühlte ich mich auch geschmeichelt, weil sie mich, ausgerechnet mich, angesprochen hatte.

»Um wie viel Uhr?«

»Wie?«

»Ich meine, wann fangen diese Treffen an?«

Sie lachte auf. »Jeden Mittwoch um halb acht.«

»Ich werde kommen.«

»Am besten, du erwähnst die Zusammenkünfte nirgendwo. Lässt es sich aber überhaupt nicht umgehen, dann haben wir uns auf den nicht ganz falschen Begriff ›Religiöse Fortbildung‹ geeinigt. Religiöse Fortbildungen sind bislang noch nicht verboten.«

»Gut. Bis Mittwoch dann.«

Sie atmete auf. Und ich bin gespannt auf nächste Woche Mittwoch.

* * *

Am nächsten Morgen ging es schon in aller Frühe los. Im Unterdeck fanden sich viele Menschen ein, beladen mit Bündeln, Koffern, Kisten, Körben, und stritten um die besten Plätzen rings an den Bordwänden. Rinder wurden in die Verschläge getrieben, Schweine quiekten, die Ladung wurde verstaut.

Der Kapitän hatte auf dem Oberdeck seine leitende Mannschaft zusammengerufen. Christian und Lorenz hatten auch zu erscheinen. Lorenz wurde dem Lotsen zugeteilt, einem schmalwüchsigen Kolumbianer mit bronzefarbener Haut und schwarzen, glatten Haaren. Christian hielt vergebens nach dem Doktor Ausschau. Zahlmeister Märzen meldete dem Kapitän, dass die Kabinen alle ausgebucht seien. Im Unterdeck herrsche bereits eine ziemliche Enge.

»Dann können wir ja gegen zwölf Uhr ablegen, meine Herren. Teilen Sie das den Passagieren bitte mit.«

»Es fehlt noch die Bordkapelle«, wandte der Maschineningenieur ein. Der Kapitän zog seine Taschenuhr.

»Noch zwei Stunden bis zwölf. Fernando wird bestimmt kommen. Er ist zuverlässig. Und achten Sie scharf darauf, dass alle Leute an Bord ihre Passagen bezahlt haben.«

Die Männer erhoben sich. Der Lotse fasste Lorenz bei der Schulter und führte ihn auf das Vorschiff. Dort, auf dem stumpfen Bug hockten zwei Kolumbianer, die dem Lotsen ähnlich sahen. Sie hatten sich mit ihren Rücken gegen eine Seilwinde gelehnt, trugen breitrandige Strohhüte, die sie weit in die Stirn gezogen hatten und schienen halb im Schlaf.

»Meine Söhne Pablo und Pedro«, sagte der Lotse. Er stieß Pablo mit dem Fuß an und forderte ihn auf Lorenz zu zeigen, was er später tun müsse, wenn das Schiff in Fahrt sei. Widerwillig folgte Pablo dem Befehl, ergriff eine lange, markierte Bambusstange, stieß sie in die Tiefe und sagte: »Bei weniger als zwei Meter Wasser unter dem Kiel wird's gefährlich. Dieses Schiff kann bis eins siebzig noch weiterfahren, aber bei eins sechzig ist endgültig Schluss, dann läuft es auf.«

»Läuft es auf?«, wiederholte Lorenz.

»Ja. Es schlittert dann auf eine Sandbank oder steckt im Schlick fest. Dauert oft lange, bis die *El Condor* wieder freikommt. Der Kapitän wird dann zum Jaguar.« Er lachte.

»Und zum Brüllaffen«, rief Pedro von seinem Platz her.

»Und wie kann man das verhindern?«

»Na ja, du steckst die Stange alle paar Meter ins Wasser und schreist dem Kapitän auf der Brücke die Wassertiefe zu. Aber ganz verhindern kannst du das Auflaufen nicht.«

»Und was geschieht dann?«

»Das wartest du am besten ab.« Pablo hockte sich wieder nieder und zog seinen Hut nun endgültig über die Augen.

»Sind letzten Endes immer wieder freigekommen«, fügte Pedro noch hinzu.

Lorenz tauchte zur Probe die Stange noch mehrmals an verschiedenen Stellen bis auf den Grund, doch die Tiefe war überall zweieinhalb Meter. Schließlich ging er.

Christian war währenddessen vom Kapitän zurückgehalten worden. Als alle anderen den Raum verlassen hatten, sagte er: »Der Doctor ist mein Schwager. Er war bis vor einem Jahr ein tüchtiger Mann, hatte viel von der Heilkunst der Indianer gelernt. Aber inzwischen ist er, sagen wir mal, er ist oft krank. Er wird dir die Krankenkabine zeigen und alles, was nötig ist. Du hast gesagt, du kennst dich als Heildiener aus. Wenn irgendwas anfällt, Gott möge es verhüten, dann bist du meist auf dich selber angewiesen, wirst mehr oder weniger selbstständig arbeiten müssen. Klar?«

Christian nickte beklommen. Das Gefühl der Unsicherheit wich auch nicht, als der Kapitän den Doktor herbeiholte. Das aufgedunsene Gesicht und die geröteten Augen verrieten Christian bald, um welche Krankheit es sich bei McNeill handelte. Immerhin zeigte ihm Don Enrique die geräumige Krankenkabine mit drei Pritschen, den Behandlungsraum, in dem sogar eine Art Operationstisch stand, ein festes Gestell, das mit einer Rinderhaut straff überspannt war, einen ziemlich gut bestückten Apothekerschrank und eine Glasvitrine mit blitzendem Arztbesteck.

»Für kleine Operationen«, brummte McNeill. Er schloss die Einführung genau wie der Kapitän mit der Frage »Klar?«.

Christian war eigentlich nichts klar, aber was sollte er sagen?

Der Doktor verschwand wieder in der Offiziersmesse.

Inzwischen hatte auch Mergenter seine Kabine belegt. Kurz vor zwölf Uhr hasteten zwei Nonnen über die Gangway. Ein älterer Mulatte trug ihre Ledertaschen, stellte sie neben der Reling ab und verabschiedete sich mit einer Verbeugung. Die Schwestern zeigten ihre Fahrkarten vor. Märzen betrachtete sie aufmerksam und schob sich dann erstaunt die Mütze ins Genick.

»Ich denke, wir sind ausgebucht?«, murmelte er, rief aber dann einem Matrosen zu, er solle einen Augenblick seinen Dienst übernehmen. Er bat die Schwestern mit ihm zum mittleren Deck zu gehen, aber es zeigte sich, dass er richtig vermutet hatte. Die Kabinen waren alle belegt.

»Es geht nichts mehr«, sagte er. »Sie müssen ein späteres Schiff nehmen.«

Die größere Schwester, eine rotwangige, etwas füllige Frau, protestierte heftig und verwies auf die vor Tagen bezahlte Passage. Schon sammelte sich eine Gruppe neugieriger Passagiere rundum.

»Ich möchte, dass Sie den Kapitän rufen«, verlangte die Schwester. Märzen kam dem Wunsch nach. Wenig später stieg er mit dem Kapitän die Stufen ins Passagierdeck hinab.

»Tja, verehrte Schwestern«, begann der Kapitän, »leider haben wir tatsächlich nicht eine einzige freie Kabine. Tut mir Leid.« Damit schien für ihn die Angelegenheit erledigt. Aber für die Schwestern keineswegs.

»Schwester Angelina und ich, Schwester Rosa, haben uns beizeiten um den Platz auf Ihrem Schiff gekümmert. Wir müssen unbedingt nach Bogotá. Ihr Schiff soll ja schnell sein. Der Himmel wird Sie strafen, Kapitän, wenn Sie uns wehrlose Frauen von Bord jagen.«

Der Streit ging noch eine ganze Weile hin und her und dem Kapitän dämmerte es wohl, dass er die Nonnen nicht wieder loswurde. Schließlich konnte er sie nicht mit Gewalt an Land befördern lassen.

Christian, der die ganze Zeit über zugehört hatte, sagte leise zu Lorenz: »Wir könnten unsere Kabine räumen.«

»Bist du verrückt?«, widersprach Lorenz und auch Mergenter, der bei ihnen stand, schüttelte den Kopf.

Der Kapitän hatte wohl Christians Vorschlag mitbekommen, jedenfalls sagte er: »Es sei denn, die beiden jungen Herren hier geben ihren Platz frei. Vielleicht können wir für sie im Unterdeck ein Eckchen . . .«

Mergenter meldete sich energisch zu Wort. »Señor, das geht nun wirklich nicht. Sie haben meinen jungen Freunden die Kabine fest zugesagt.«

»Stimmt, stimmt«, gab der Kapitän zu. »Aber die besonderen Umstände . . .«

Märzen redete leise auf den Kapitän ein.

»Meinen Sie?«, fragte der Kapitän.

»Aber bestimmt«, versicherte der.

Der Kapitän hob seine Stimme und rief: »Ich wusste es doch, es gibt immer eine Lösung. Wir stellen den jungen Herren die Krankenkabine zur Verfügung. Wenn die allerdings für Patienten benötigt wird, was Gott verhüten möge«, er verbeugte sich dabei vor den Schwestern, weil er wahrscheinlich annahm, dass diese besondere Beziehungen zum Himmel hatten, »wenn die Krankenkabine also benötigt wird, dann müssen wir nach einem anderen Platz suchen.«

Schwester Rosa ergriff Christians Hand, drückte sie heftig und sagte in Deutsch: »Merken Sie sich eins, junger Mann, in diesem Land darf man nie aufgeben.«

Schwester Angelina wirkte trotz ihrer Kutte ziemlich schmal und klein. Sie war während des ganzen Streits stumm geblieben, hatte gelächelt und ihre schwarzen Augen hatten vor Vergnügen gefunkelt. Sie kannte offenbar die Hartnäckigkeit ihrer Mitschwester, die so lautstark die Kabine erstritten hatte.

Am Kai erklang laute Musik.

»Aha, Fernando und seine Kapelle«, rief der Kapitän. »Jetzt, meine Damen und Herren, kann die Fahrt gleich losgehen.«

Er ging mit schnellen Schritten treppabwärts der Kapelle entgegen. Im Gänsemarsch schritten sieben Musiker die Gangway empor, ohne ihre schmissige Weise abzubrechen.

»Na, die werden die langweiligen Abende an Bord verkürzen«, sagte Mergenter. »Es wird sicher oft das Tanzbein geschwungen.«

Fernando, ein tiefschwarzer Mann mit grauem Kraushaar, legte sein Kornett beiseite und begrüßte den Kapitän.

Nach einer herzlichen Umarmung sagte Fernando: »Ich muss dich allein sprechen, Domingo.«

»Gehen wir in meine Behausung«, antwortete der Kapitän und lud Fernando ein ihn auf die Kommandobrücke zu begleiten. Es dauerte und dauerte und von den beiden war zunächst nichts mehr zu sehen. Märzen wurde zusehends nervöser.

»Das Feilschen um den Preis hat noch nie so lange gedauert«, sagte er zu Mergenter. »Fernando und seine Leute sind gut, aber jedes Mal will er mehr Geld. Schon vor der letzten Fahrt hat er den Bogen fast überspannt.«

»Jetzt scheint er gebrochen zu sein.« Mergenter zeigte zur Treppe hin. Mit rotem Kopf stapfte der Kapitän die Stufen herab. »Runter von meinem Schiff, ihr Halunken!«, schrie er die Musiker an. »Ihr habt euch verrechnet, wenn ihr meint, ihr könntet den alten Domingo unter Druck setzen. Kommt auf den letzten Drücker und wollt dann ein unverschämtes Honorar und auch noch Kabinen für euere Leute. Raus mit euch, aber schnell.«

Heiter und leichten Schrittes kam Fernando hinter dem Kapitän her, griff nach seinem Kornett und stimmte eine fröhliche Weise an, in die seine Männer beim Abmarsch einfielen.

»Saubande«, schimpfte der Kapitän vor sich hin. »Werden von Mal zu Mal anspruchsvoller, diese Kerle.«

»Schade.« Märzen bedauerte offenbar den Streit. »Sind ein paar schöne Frauen an Bord. Ich hatte mich schon auf das Tanzvergnügen gefreut.«

* * *

Ein scharfer Frost ist in diesem Jahr früh übers Land gefallen. Geschneit hat es nicht. Die Erde ist seit Tagen hart gefroren. Bodereit, unser Hausschlachter, ist gekommen. Es gab für Mutter und mich viel zu tun. Zwei Schweine wollen verarbeitet sein. Unsere Waschküche war voll von Gerüchen nach heißem Fett und Gewürzen. Bodereit fragte Mutter, an wen sie die anderen Borstenviecher, die wir fett gefüttert haben, verkaufen wolle. Vater sagte, Silbermann werde schon noch kommen. Mit dem sei Mutter immer gut gefahren. Er versuche zwar in jedem Jahr aufs Neue zu feilschen, aber zahle am Ende doch einen anständigen Preis. Mutter erzählte, dass sie vor Jahren mal von Silbermann weggegangen sei und an einen gewissen Schibrowski verkauft habe. Schibrowskis Preis sei besser gewesen. Er habe die Tiere zwar vom Hof getrieben und einen Teil angezahlt, aber auf den Rest habe sie lange warten müssen. Der Jude hätte tausend Ausreden erfunden.

»Silbermann kommt nicht mehr«, sagte Bodereit.

»Kommt nicht mehr?«, fragte Mutter erstaunt. »Der ist doch seit dreißig Jahren oder länger im Geschäft. Die letzten Male hat er seinen Sohn Ephraim mitgebracht. Der soll doch mal alles übernehmen.«

»Ich hab ihn vor vierzehn Tagen getroffen. Silbermann hat aufgegeben. Er hat mir gesagt, kein Metzger wolle ihm noch Vieh abnehmen. Man kaufe jetzt nur noch bei Deutschen.«

»Ist Silbermann etwa kein Deutscher?«, fragte Vater erregt. Doch Bodereit hat ihm einen langen Vortrag gehalten. Es gebe ja seit dem Sommer die Nürnberger Rassengesetze. Und Deutschland sei nun mal die Heimat der Arier. Das solle auch so bleiben. Artfremdes Blut verderbe unsere Rasse. Vater hat den Kopf geschüttelt und ist ohne ein weiteres Wort aus der Waschküche rausgegangen. Er hat sich dann nicht mehr sehen lassen, bis Bodereit den Hof verlassen hat.

»So ein Wahnsinn«, hat er beim Abendessen erbittert gerufen.
»Na ja, Jud ist Jud«, hat Mutter gesagt.
»Jud ist Jud?« Vater hat die Mutter lange angeschaut. Sie hat schließlich die Augen niedergeschlagen.
»Schibrowski ist Jude und ein Schlitzohr, Katharina. Silbermann ist Jude und ein anständiger Mensch. Bei den Juden ist's wie bei allen anderen auch. Oder?«
Mutter hat nichts mehr dazu gesagt, aber man konnte es an ihrem verschlossenen Gesicht ablesen, dass das »Jud ist Jud« nicht ausgelöscht war.
Übrigens soll in Südamerika jetzt Sommer sein. Christians Schiff ist sicher bald in Puerto Colombia. Ich habe mir eine Karte von Kolumbien in meinem Zimmer an die Wand geheftet und ein Stecknadelfähnchen auf Barranquilla gespießt.

* * *

Es dauerte dann doch noch bis vier Uhr nachmittags, ehe die *El Condor* ablegen konnte. Die schwierigste Aufgabe für die Besatzung war es, alle die Menschen aus dem Unterdeck zu vertreiben, die gehofft hatten durchzuschlüpfen, ohne die Fahrt zu bezahlen. Es gab Geschrei und Tränen, aber dann jaulte die Dampfsirene des Schiffes dreimal kurz auf, die Gangway wurde eingezogen und die Taue gelöst. Langsam glitt die *El Condor* in die Mitte des Flussarmes. Vorn schrien Pedro und Pablo die gemessenen Wassertiefen zur Brücke hinauf. Es drohte jedoch keine Gefahr, denn sie betrug stets wenigstens drei Meter. Trotzdem ließ der Kapitän bei anbrechender Dunkelheit ankern.

Christian und Lorenz, die in der letzten Nacht in der Kabine zu schlafen versucht hatten, machten es nun den meisten Passagieren nach, die ihre Liegen zum Aufenthaltsraum schleppten oder Hängematten an den Stützen festbanden, um in dem ein wenig kühleren Abendwind der Bruthitze in den geschlossenen Räumen zu entgehen. Aber mit der Dämmerung fielen ganze Wolken von Mücken über die Menschen her. Besonders auf die Weißen schienen sie es abgesehen zu haben.

Lorenz vor allem mit seiner hellen Haut hatte am nächsten Morgen ein von Stichen verquollenes Gesicht.

»Wenn man doch nur das Moskitonetz aufspannen könnte«, seufzte er. Aber wie sollte das in dem offenen Raum ohne jede Wand möglich sein. Ab sechs Uhr in der Frühe stand er mit Pedro am Bug und rief die Messdaten zur Brücke hin. Noch gab es keine Probleme mit der Wassertiefe.

»Sie sind doch bereits mehrmals über den Río Magdalena gefahren, Herr Mergenter. Ist das nicht übertriebene Vorsicht?«, fragte Christian.

»Keineswegs«, antwortete Mergenter. »Wart es nur ab. Der Capitán hält die *El Condor* stets in der Strommitte. Die stärkere Strömung verlangsamt zwar das Tempo, aber er hofft, dass dort das tiefste Wasser ist. Sicher jedoch ist das auch nicht.«

Christian dachte, wenn ich mich Mergenter anvertraue, dann muss ich's nicht allein mit mir rumschleppen. Dann wird es vielleicht ein bisschen leichter. »Mir wird's ganz anders, Herr Mergenter, wenn ich daran denke, was ich für einen Dienst übernommen habe. Wenn wirklich jemand krank wird, dann sitze ich in der Klemme. McNeill ist fast immer im Dusel.«

»Wirklich keinen Schimmer?«, fragte Mergenter.

»Zu Hause hab ich wohl oft dem Tierarzt geholfen, wenn er ins Gestüt kam. Aber ein krankes Pferd und ein kranker Mensch, das kann man wohl kaum vergleichen.«

»Krank ist krank«, antwortete Mergenter. »Gibt es an Bord eine Apotheke?«

»Ja, sogar eine, die reichlich bestückt ist. Aber die Beschriftungen sind in Spanisch und die komplizierten Anweisungen kann ich nicht verstehen.«

»Ich könnte dir ein wenig weiterhelfen«, sagte Mergenter.

Christian zögerte, weil eigentlich keiner der Passagiere das Oberdeck betreten durfte. Aber dann ging er doch voran und Mergenter folgte ihm. Christian war von den vielen Medikamenten in Tuben, Fläschchen, Schachteln und Töpfchen nur das Aspirin bekannt. Mergenter zeigte ihm die Tabletten gegen Durchfall, Tropfen, die bei einer Bronchitis zu verordnen waren, die Desinfektionslösungen und Heilsalben. Auch las er Schildchen auf Gefäßen von Tinkturen, von denen selbst er nie gehört hatte. Aber in winziger, schöner Schrift war stets angegeben, gegen welche Beschwerden und Krankheiten sie eingesetzt werden konnten. Da auch alle Medikamente mit fortlaufenden Nummern versehen waren, fiel es Christian nicht schwer, eine übersichtliche Liste anzulegen.

Mergenter schaute im Geräteschrank die Skalpelle, Injektionsspritzen und Pinzetten nur von außen durch die Glastüren an und auch auf den Schrank mit den Ampullen und Giften warf er nur einen flüchtigen Blick. An einem Kleiderständer hing ein weißer Arztkittel.

»Den musst du jedes Mal anziehen, wenn ein Patient zu dir kommt.« Christian nickte verständnisvoll. »Wegen der nötigen Sauberkeit, nicht wahr.«

Mergenter lachte laut auf. »Nee, nicht deswegen, mein Lieber. Es ist wegen der Reputation. Ein Heilkundiger wirkt gleich viel glaubwürdiger, wenn er im weißen Kittel erscheint. So ein Kittel schafft Vertrauen.« Als Christian nun auch lachte, fügte er ernster hinzu: »Glaub es nur. Das ist wirklich so. Die Hälfte jeder Heilung beruht auf Reputation.«

»Ob der Kapitän erwartet, dass ich den ganzen Tag hier in der heißen Bude hocken muss, egal, ob jemand kommt oder nicht?«

»Wo denkst du hin, Christian. Geh, wohin du willst.« Er griff nach einer Armbinde mit einem roten Kreuz. »Aber die solltest du ständig und gut sichtbar tragen. Jeder, der dich nötig hat, wird dich schnell finden.«

Bei Mergenter wusste Christian oft nicht, ob er es wirklich ernst meinte oder ihn nur necken wollte. Aber dieser Rat schien ihm nicht schlecht.

Er bedankte sich bei Mergenter und ging nach vorn zu Lorenz. Im Minutenabstand tauchten einmal Lorenz, einmal Pedro ihre Stäbe in den Fluss und riefen die Wassertiefe zur Brücke hin.

»Keine besonderen Vorkommnisse?«, fragte Christian die beiden.

»Nichts Aufregendes«, antwortete Lorenz. »Einmal waren wir auf 2,20 m, aber sonst ist das Wasser viel tiefer.«

»Vier Meter!«, schrie Pedro, »cuatro.«

»Ich komme allmählich um vor Hunger.« Lorenz legte seine flache Hand gegen die Magengrube. »Um sieben hat mir so ein Knirps ein merkwürdiges Gesöff gebracht. Soll Kakao gewesen sein. Aber jetzt ist's halb zehn. Die haben mich bestimmt vergessen.«

Auch er rief nun laut: »Cuatro!«

Christian beruhigte ihn. »Das mit dem Essen hier ist anders als in Mutter Mattlers Küche. Um halb elf gibt es eine große Mahlzeit, nenn es Frühstück, nenn es Mittagessen. Um fünf dann noch einmal eine. Und morgen früh dann wieder die braune Kakaobrühe.«

»Und das soll die schwer arbeitende Bevölkerung aushalten?«

Lorenz stöhnte.

»Wie lange musst du hier herumstochern, Lorenz?«

»Acht Stunden am Tag. Von morgens sechs bis mittags zwei. Die Lotsenbrüder haben ihre Arbeitszeit anders eingeteilt. Pedro macht's von sechs bis zehn, dann folgt Pablo von zehn bis abends sechs, und wenn ich mittags Schluss machen darf, stakt Pedro noch mal bis zum Abend.«

Plötzlich schrie Pedro und seine Stimme klang deutlich höher als zuvor: »Zweieinhalb.« Und kurz darauf: »Zweizwanzig, zweizehn, zwei Meter.«

Der Kapitän, der vorher wie im Halbschlaf auf der Brücke gestanden hatte, war jetzt hellwach und ließ die Maschine nur noch mit halber Kraft laufen. Die Lotsen stakten jetzt beide. Ganz vorsichtig manövrierte der Kapitän das Schiff vorwärts.

»Zwei Meter, zwei Meter, eins neunzig, eins fünfundneunzig?«, und dann war's geschafft. »Zwei zehn, zwei zwanzig, zwei fünfzig, zwei fünfzig, drei zwanzig«, schallte es in kurzen Abständen zur Brücke hin. Die Maschine lief wieder auf vollen Touren.

Nach dem Abendessen standen Lorenz und Christian an der Reling. Sie stocherten mit dünnen Holzspänen die Fleischreste zwischen den Zähnen weg, denn der Braten, den der Koch zubereitet hatte, war zäh und faserig.

»Die Kuh stammte aus dem Mittelalter«, urteilte Lorenz. Aber es war nicht nur Fleisch angeboten worden. Eine Schar von höchstens zwölfjährigen Jungen, die unter dem strengen Blick eines hoch gewachsenen Mulatten Schüsseln, Töpfe und Platten zu den Tischen schleppte, hatte vielerlei Köstlichkeiten anzubieten. Es gab gebackene Bananen, Früchte, deren Namen die beiden nie zuvor gehört hatten, Yuccas mit einem entfernten Kartoffelgeschmack, Berge von Reis, eine scharf gewürzte Suppe, auch Brot, weich und schwammig. Christian erfand dafür den Namen: kolumbianischer Gummi.

Inzwischen hatten sich mehrere Passagiere an der Reling eingefunden, um den Sonnenuntergang zu beobachten. Auch Uwe Makowitsch war dabei. »Da! Da drüben!«, rief er aufgeregt und zeigte zu einer Sandbank hin, die ihren Rücken nur knapp über den Wasserspiegel hob. Die Sonne stand schon tief, aber deutlich waren drei Kaimane auszumachen. Die rührten sich auch nicht, als das Schiff in geringer Entfernung vorbeifuhr. Sie hatten ihre Rachen weit aufgesperrt und einige spatzengroße Vögel hüpften zwischen ihren Zahnzacken herum und pickten eifrig.

»Mundpflege«, sagte Mergenter, der auch hinzugetreten war. »Ich gäb was drum, wenn die Biester sich heute auch mein Gebiss vorknöpfen würden«, und er spuckte in weitem Bogen ins Wasser. »Früher haben hier Riesenkaimane gelebt, sieben oder mehr Meter lang. Aber es gab Passagiere, die sich ein Vergnügen daraus machten, nach den Tieren zu schießen. Die Panzerhaut der Echsen war meist zu fest für die Kugeln aus den alten Büchsen. Es soll aber an Bord lauter Jubel ausgebrochen sein, wenn das Auge eines Kaimans getroffen wurde und er elendiglich krepierte.«

»Die Jäger waren sicher scharf auf die Haut?«, vermutete Christian. »Krokoleder ist doch teuer.«

»Keineswegs. Die toten Tiere trieben mit der Strömung im Río und die Geier fanden reiche Beute. Es war nur die Lust am Töten.«

»Von der Büffeljagd im Wilden Westen hab ich mal so etwas gehört«, sagte Christian. »Aber Krokodile?«

»Schlimmer. Im vorigen Jahrhundert gab es hier noch wahre Kolosse von

Seekühen. Man erzählt, wenn einem weiblichen Tier das Kalb wegge-
schossen worden war, habe man noch Stunden später ein jammervolles
Heulen über den Fluss schallen hören. Ein alter Indio hat mir versichert,
er sei oft nahe an die trauernden Tiere herangekommen und habe Tränen aus ihren Augen quellen sehen.«

»Nur zum Zeitvertreib wurde geschossen?«, fragte Uwe.

»Nur zum Zeitvertreib. Bis die Seekühe hier ausgerottet waren. Und
wenn der Wahnsinn nicht schließlich verboten worden wäre, dann gäb's
heute wohl nicht mal mehr Kaimane.«

»Wirklich Wahnsinn«, empörte sich Christian.

»Wie bei uns mit den Wölfen und Bären«, sagte Mergenter.

Lorenz widersprach: »Das können Sie doch nicht vergleichen. Schließlich
waren diese Raubtiere brandgefährlich.«

Mergenter spottete: »Tiere ausrotten, das kommt für die germanische
Herrenrasse nicht in Frage, nicht wahr.«

»Christian und ich haben es nicht mit der Herrenrasse, Herr Mergenter.«

Die El Condor hatte inzwischen festgemacht. Allmählich verglühte das
Abendrot zu einem braunen Schein. Der Kapitän ließ die Lampen ein-
schalten. Mückenschwärme surrten herbei. Zikadenlärm füllte die Luft.
Zugleich brachte ein leichter Abendwind etwas Abkühlung.

Die ersten Passagiere stellten ihre Liegen auf. Lorenz und Christian hatten am Nachmittag im Unterdeck einen Haufen alter Latten gefunden
und daraus zwei mit wenigen Griffen aufstellbare Gestelle gefertigt, kleinen Giebeldächern ähnlich. Darüber breiteten sie ihre Moskitonetze.

Mergenter bestaunte die praktischen Gestelle und schlug vor: »Davon
könnt ihr mehr produzieren. Die Passagiere werden sie euch bestimmt
abkaufen.«

»Ich bestelle schon zwei«, sagte Makowitsch. »Ich kratz mich sonst noch
kaputt.«

Tatsächlich brachten Christian und Lorenz in den folgenden Tagen vierzehn Gestelle an die Kunden. Für jedes bekamen sie zwei Pesos und die
magere Kasse wurde bedeutend aufgefüllt.

Das Schiff hatte inzwischen längst das Magdalenendelta verlassen. Zwar teilte sich der Strom immer wieder in den Hauptlauf und verschiedene Nebenarme, aber gelegentlich sahen sie ihn auch in seiner ganzen Breite. Christian schätzte, dass von einem Ufer bis zum anderen der Niederrhein sicher dreimal hineingepasst hätte.

Manchmal öffnete sich der Blick in ein schier endloses, flaches Grasland mit einzelnen hohen Baumgruppen, aber die Sicht wurde meist von lehmigen Uferböschungen versperrt, die an vielen Stellen mehr als fünf Meter hoch waren. Dann und wann brachte das langsam fließende Wasser an den Prallhängen ganze Lehmwände zum Einsturz. Das Erdreich wurde von der Strömung weggespült und setzte sich irgendwo stromabwärts auf dem Grund ab. So bildeten sich neue Untiefen und Sandbänke. Weit im Osten schimmerten die Gipfel und Schneefelder der Sierra Nevada. Wenn Dunst und Wolkenfelder die tieferen Regionen verhüllten, schien die Felsenkette in einem unwirklichen blauen Licht über der Erde zu schweben.

Sie kamen gut voran. Oft stand der Lotse am Steuerruder. Er schien seinen Fluss zu kennen, hielt sich stets in der Strommitte und umschiffte geschickt die Untiefen, die ihm von seinen Söhnen und Lorenz gemeldet wurden. Am Kai von Magangue machten sie am dritten Nachmittag gegen drei Uhr fest. Der Zahlmeister Märzen sagte an, es müsse neues Öl gebunkert werden und die Fahrt gehe erst am nächsten Morgen weiter. Christian, Lorenz und Uwe streiften mit Mergenter durch die Stadt. Die Straßen waren bis in den Stadtkern hinein ungepflastert. Jedes vorbeifahrende Fahrzeug zog eine Staubfahne hinter sich her.

Im Zentrum hielten sie sich eine Weile auf der weitläufigen Plaza auf. Auf diesem quadratischen Platz wuchs in der Mitte ein mächtiger Baum mit einer weit ausladenden Krone. Rundum waren eine gepflegte Rasenfläche und Blumenbeete angelegt. Die Kirche und eine Reihe stattlicher Häuser, die an der Plaza gebaut worden waren, zeigten, Magangue war keine arme Stadt. Mergenter bestellte sich in einer kleinen Schänke einen Tinto, einen rabenschwarzen Kaffee.

»Auf Kosten von Mompos ist Magangue aufgeblüht«, sagte er. »Als im vorigen Jahrhundert der Río Magdalena nach einem Hochwasser seinen Hauptlauf veränderte und weit oberhalb mit dem großen Strom Río Cauca zusammenfloss, da lag die ehemals bedeutende Stadt Mompos von einem Tag auf den anderen an einem Nebenarm des Flusses. Wenn es auch ein großer Umweg für den Schiffsverkehr ist, so nehmen die meisten Schiffe wegen des tieferen Wassers die neue Stromschleife in Kauf. Mompos, die alte Stadt, die die Spanier schon kurz nach der Eroberung des Landes anlegten, ist zu einem unbedeutenden Provinznest geworden.«

Sie spazierten von der Plaza aus weiter. Die Häuser wurden niedriger, Hütten aus Bambusstangen schließlich, die flachen Ziegeldächer waren Dächern aus Palmblättern gewichen. Halb nackte Kinder bettelten sie an.

»Was ist das nur für ein Land!«, sagte Lorenz. »Nur wenige hundert Meter liegen zwischen Reichtum und Armut.«

»Wirst dich, wie die meisten, die aus der Alten Welt hierher kommen, schnell daran gewöhnen.« Mergenter sprach mit einer gewissen Bitterkeit.

»Das werde ich nie hinnehmen«, widersprach Lorenz.

Christian sagte: »Ernst Millhaus haben diese Zustände wohl auch nicht gefallen.«

»Ja, Millhaus. Die Quittung hat er wahrscheinlich bekommen. Verschwunden ist er und bestimmt nicht freiwillig. Meinst du, man lässt es sich gefallen, wenn da einer aus Europa kommt und das Volk aufwiegelt?«

Uwe sagte: »Papa ist der Meinung, hier gehört einer her wie Adolf Hitler. Der besiegt die Armut in Deutschland und schafft Arbeit und Brot für alle.«

»Und die nicht nach seiner Pfeife tanzen wollen, was geschieht mit denen?«, fragte Christian erregt. »Weggeschafft werden die, umgebracht wie im Mai 33 die vier Gewerkschaftssekretäre in Duisburg. Und schau uns an, mit zehn Mark in der Tasche ab nach Kolumbien.«

»Habt ihr doch selber gewollt«, sagte Uwe. »Kolumbien ist auch kein Paradies. Ihr könnt es doch hier mit Händen greifen, wohin diese Demokratie führt. Papa meint, wenn ein Einziger das Sagen hat, ein Führer eben, dann lösen sich die Probleme schnell.«

»So eine Art Übermensch, was?«, spottete Lorenz.

Sie kehrten zur Mole zurück. Es wurde schon dunkel. Die *El Condor* lag hell erleuchtet und die Lichter spiegelten sich im Strom.

Mergenter sagte: »Doch schade, dass Fernando mit seiner Kapelle nicht an Bord ist. Heute hätten bestimmt viele Passagiere tanzen mögen.«

»Könnten nicht Lorenz und Christian . . .?«, fragte Uwe. »Die haben doch auf der *Viktoria* auch . . .«

Mergenter blieb stehen und rief: »Moment mal.« Ihm schien eine Idee gekommen zu sein. »Sicher, ihr beiden könntet aufspielen. Ihr braucht doch Geld. Man müsste mit dem Capitán euren Preis aushandeln. Musik wird die Stimmung der Passagiere bedeutend heben.«

»Die wollen keine Amateure hören«, wandte Christian ein. »Habt ihr nicht gehört, wie Fernando und seine Leute gespielt haben? Außerdem kennen wir die südamerikanische Musik nicht.«

»Macht nichts. Walzer werden überall getanzt. Was meint ihr, soll ich mit dem Capitán mal reden?«

Während Christian noch zögerte, willigte Lorenz schon ein, lachte und sagte: »Wenn wir nur nicht anschließend verprügelt werden.«

»Das bestimmt nicht. Es gibt eben zurzeit keine besseren Musiker als euch. Und in der Not frisst der Teufel bekanntlich Fliegen.«

Mergenter ging geradewegs zum Kapitän. Nur wenige Minuten später kamen beide ins Passagierdeck hinunter.

»Zehn Pesos pro Abend«, flüsterte Mergenter Christian zu. »Und mit dem Hut dürft ihr zum Schluss bei den Passagieren auch rund gehen.«

»Sie sind sich ja schnell mit dem Capitán einig geworden«, sagte Lorenz.

»Ja, verdammt. Zu schnell. Ich muss das Feilschen erst wieder lernen. Der alte Fuchs hätte wahrscheinlich noch ein paar Pesos mehr ausgespuckt.«

Der Kapitän ließ es sich nicht nehmen, das Tanzvergnügen selbst anzukündigen. Mit Jubel wurde die Botschaft aufgenommen. Um acht Uhr abends sollte der Beginn sein. Schon eine Stunde vorher erschienen die ersten Damen in ihrer besten Garderobe mit ihren Señores und sicherten sich Plätze in den Korbsesseln, die von den Matrosen längs der Reling aufgestellt worden waren. Wohl kein Passagier der ersten Klasse wollte das Ereignis versäumen. Auch im Unterdeck hatte sich die Neuigkeit herumgesprochen. Zwar war es diesen Passagieren nicht gestattet, das Erster-Klasse-Deck zu betreten, aber die Treppe war gedrängt voller Neugieriger.

Selbst die beiden Nonnen, die sich außerhalb der Mahlzeiten kaum sehen ließen, lehnten an der Reling und wollten zuschauen.

Lorenz und Christian waren zwar aufgeregt, als jedoch nach dem ersten Walzer Beifall geklatscht wurde, wurden sie zuversichtlicher, dass ihre Musik gefiel. Die Passagiere tanzten, Lorenz' Finger tanzten über die Knöpfe, vor allem aber tanzten die Mücken auf seinen Fingern. Es ging schon auf Mitternacht zu, als Christian schließlich sagte: »Schluss jetzt. Ich habe schon einen Krampf in der Hand.«

»Denkt an den Hut«, erinnerte Mergenter sie. Die Musikanten wurden verlegen, gingen aber doch rund und sammelten. Die Señores ließen sich nicht vergebens bitten. Als die beiden später in der Kabine die Münzen zählten, waren 12 Pesos und 43 Centavos zusammengekommen.

* * *

Ob Christian und Lorenz davon gehört haben? Aber mein Vater sagt, solche Nachrichten seien im Ausland nicht bekannt. Als ich ihn ungläubig anschaute, lachte er und fragte: »Was weißt du denn über die politische Lage in Kolumbien?« Ich musste zugeben, ich wusste nichts. Aber ich hab mir vorgenommen, etwas darüber in Erfahrung zu bringen. Also, wahrscheinlich haben unsere Amerikafahrer keine Ahnung davon, was am 19. November in Düsseldorf passiert ist. Ich bin ganz zufällig an die Information gekommen. Meine Schwester Hildegard hat es bei uns zu Hause erzählt. Die hatte es von ihrem Mann. Erwin

hatte ihr stolz mitgeteilt, endlich sei das schwarze Rattennest ausgehoben wor-
den. Er meinte damit das Jugendhaus Düsseldorf. Die staatlichen Behörden hät-
ten damit kurzen Prozess gemacht. Diesen 19. November 1935 müsse man sich
merken. Aus sei es jetzt mit der dauernden Hetze der Katholischen Jugend ge-
gen den Staat. Christian hat oft gesagt, das Jugendhaus ist die Zentrale der Ka-
tholischen Jugend. »Was hältst du denn selbst davon?«, hab ich Hildegard ge-
fragt. Sie hat mich unsicher angeschaut und fast geheult.
»Warum kann die Kirche nicht Seite an Seite mit Hitler gehen?«
»Ist oft schon viel zu nah dran«, hat Vater gesagt. Aber Mutter hat ihm wider-
sprochen. »Auf die Dauer renkt sich das schon alles ein. Und mit dem Jugend-
haus, das ist vielleicht gar nicht so falsch. Der Jugend wird von dem ewigen
Hickhack der ganze Kopf verdreht.«
Vater ist rausgegangen. Er will keinen Streit in der Familie. Bloß keinen Streit.

* * *

Am folgenden Morgen stritten sich der Kapitän und der Lotse. Ein Teil
der Flüche, die Christian und Lorenz von Mergenter auf der *Viktoria* gelernt hatten, wurden vom Kapitän laut geschrien. Märzen war von der
Brücke geflohen.

»In solchen Momenten geht man dem Capitán wohlweislich aus den Augen«, sagte er.

»Worum geht es denn?«, wollte Mergenter wissen.

»Der Capitán will unbedingt den kürzeren Weg über Mompos nehmen.
Er ist bis zum vorigen Jahr auf einem kleineren Schiff gefahren und sagt,
es sei immer gut gegangen. Der Lotse aber wendet ein, die *El Condor* sei
im Gegensatz zu den früheren Schiffen eine plumpe Seekuh und würde
es schwer haben, unbeschadet durch den Nebenarm des Río zu gelangen. Da, hören Sie mal.« Die Stimmen auf der Brücke wurden noch lauter. Der Kapitän brüllte: »Du willst der beste Lotse auf dem Fluss sein?
Die Hosen hast du voll, du Kreatur.«

»Ich kenne den Strom wie meine Westentasche«, erwiderte der Lotse.

»Ich will den kürzeren Weg, verstehst du!«

»Wenn Sie darauf bestehen, Capitán, dann nehmen wir den Weg über Mompos. Vielleicht geht's ja gut«, lenkte der Lotse ein.

»Das will ich hoffen. Bist ja teuer genug.«

Es dauerte nicht lange, dann kamen der Kapitän und der Lotse ins Passagierdeck hinab. Der Kapitän sagte: »Sie haben es wohl gehört, wir hatten eine kleine Meinungsverschiedenheit. Aber die ist ausgeräumt. Wir werden über Mompos fahren und ein paar Tage schneller am Ziel sein.« Er hielt dem Lotsen die ausgestreckte Hand hin und der schlug ein.

»Hoffentlich geht das nur gut«, flüsterte Märzen.

Es ging keineswegs gut. Die *El Condor* folgte dem alten Flusslauf, der nur wenig schmaler schien als das neue Bett, das sich der Río Magdalena 75 Jahre zuvor gesucht hatte. Eine Strömung war in diesem Nebenarm kaum festzustellen. Die flachen Inseln wurden zahlreicher. Es wuchsen Weiden und andere, manchmal sehr hohe Bäume darauf und die Ufer waren von Schilfgürteln gesäumt. Weiße Reiher standen wie Statuen im flachen Wasser und warteten auf Beute. Schwalben jagten umher und in den Bäumen kreischten Graupapageien. Kleinere Vögel hockten aufgereiht auf Zweigen und lärmten. Dort, wo sich Buchten mit Sandstränden gebildet hatten, lagen wie tot Kaimane.

Christian wollte nach Lorenz sehen, dessen Lotsendienst an diesem Tag bald zu Ende ging. Pedro machte sich schon auf den Weg, ihn abzulösen. Seit mehr als zwei Stunden hatten die Lotsen in einer Art Singsang immer wieder zur Brücke gerufen: »Drei Meter. Drei Meter. Drei Meter.« Eine einschläfernde Melodie. Der Lotse auf der Brücke stand dennoch leicht vornübergebeugt und beobachtete scharf den Strom. Obwohl alles normal schien, ließ er das Schiff doch nur mit gedrosselter Maschine vorwärts gleiten. Sie fuhren zwischen zwei Inseln durch, als Pedro schrie: »Eins siebzig! Eins . . .« Die Meldung kam viel zu plötzlich, als dass das Schaufelrad in den Rückwärtsgang zu bringen gewesen wäre. Sie liefen auf eine Sandbank auf. Das Schiff wurde mit einem Ruck gestoppt. Lorenz, völlig überrascht, schwankte, bekam das Übergewicht und stürzte kopfüber ins Wasser. Pablo griff hastig nach einem Seil und warf es ihm zu.

»Schnell! Schnell!«, schrie er Lorenz zu. »Die Kaimane!« Lorenz hangelte sich hoch. Von den Kaimanen war zum Glück nichts zu sehen.

»Wär nicht der Erste, nach dem sie geschnappt hätten«, sagte Mergenter. »Es heißt, die Exemplare, die schon einmal einen Menschen angefallen haben, seien besonders gefährlich.«

Trotz der Schwüle lief Christian eine Gänsehaut über die Arme. Er stellte sich einen Augenblick vor, was er wohl ohne Lorenz in Kolumbien anfangen sollte, und es grauste ihn.

Der Lotse kam nach vorn und befahl ein Boot ins Wasser zu lassen. Er selbst, Pedro und Pablo stiegen ein. Er gab die Richtung an, in die seine Söhne langsam rudern sollten. Mit einer Messlatte tastete er den Grund ab. Nach einer halben Stunde hatte er eine tiefere Durchfahrt gefunden. Die *El Condor* versuchte im Rückwärtsgang freizukommen. Mehrmals rannte der Kapitän ins Unterdeck zum Maschineningenieur und forderte ihn auf mehr Dampf zu machen. Endlich ruckte das Schiff und unter Knirschen und Schaben glitt es rückwärts ins tiefere Wasser. Der Kapitän ließ wenige hundert Meter stromab die Anker werfen und gab seinen Entschluss bekannt, die Fahrt erst am nächsten Morgen fortzusetzen.

Am Spätnachmittag kamen die ersten Patienten zu Christian. Halsentzündungen, Ohrenschmerzen, Bauchgrimmen. Vor allem aber waren eiternde Wunden zu behandeln. Insektenstiche waren aufgekratzt worden und hatten sich entzündet. Christian säuberte die Kratzstellen sorgfältig und strich eine gelbliche Salbe auf, die schwach nach Schwefel roch. Manche Frauen baten um etwas von der Salbe. Offensichtlich scheuten sie sich dem jungen Mann ihre eigenen Schwären vorzuweisen. Bevor Christian jedoch ihrer Bitte nachkam, ließ er sich die Hände der Frauen zeigen. Waren die Fingernägel nicht ganz kurz, reichte er ihnen eine Schere. Er verlangte, dass die Nägel gestutzt würden, sonst gebe er keine Salbe heraus. Keine einzige der Frauen erklärte sich dazu bereit.

Christian wunderte sich, warum nur die Passagiere der ersten Klasse ihn aufsuchten. Als er Märzen danach fragte, lachte der ärgerlich auf. »Das fehlte gerade noch, dass wir unsere teuren Medikamente an die Leute da unten verschwenden.«

Der Zahlmeister sah allerdings darüber hinweg, dass Christian einen kleinen Arztkoffer packte und ins Unterdeck hinabstieg. Entzündete Insektenstiche kamen hier nur vereinzelt vor. Häufiger waren eiterverklebte Augen, heftiger Husten und Durchfälle. Oft stand Christian hilflos da. Aber eine verabreichte Fettcreme oder eine Aspirintablette schafften wenigstens Trost.

An diesem Abend ließen Christian und Lorenz das Foto von Ernst Millhaus rund gehen. Niemand schien den Bergwerksingenieur je gesehen zu haben.

Die *El Condor* lief noch dreimal auf Grund, bevor sie den Hauptstrom wieder erreichte. Beim zweiten Mal hatte es fast drei Tage gedauert, bis der Kapitän nach vielen vergeblichen Bemühungen eine Gewaltlösung versuchte. Sie steckten zwischen zwei Inseln fest. Bald hatten sie herausgefunden, dass die gesamte Breite der Durchfahrt durch eine flache Barriere versperrt war. Allerdings erstreckte sich die Sandbank nur über wenige Meter und fiel auf der anderen Seite steil ab. Doch die Maschine schaffte es nicht, dieses Hindernis zu überwinden, obwohl der Maschineningenieur den Dampfdruck so erhöhte, dass die Sicherheitsventile schrillten. Schließlich machte der Lotse den rettenden Vorschlag. Starke Trossen wurden weit voran auf jeder Insel an einen dicken Baum gebunden, das freie Ende der Trossen drehten die Matrosen auf die Ankerwinden vorn am Bug. Die kräftigsten Männer gingen nun an die Kurbeln, unter dem Kessel schlugen wild die Flammen, die Maschine stampfte, dass das Schiff erzitterte, und das Schaufelrad schäumte das Wasser auf. In kleinen Rucken schob sich die *El Condor* mit ihrem flachen Boden ganz allmählich über die Sandbank und rutschte endlich ins tiefe Wasser. Die Passagiere, die sich schon als Schiffbrüchige gesehen und ängstlich auf die Kaimane an den Ufern geschaut hatten, schrien Bravo und klatschten Beifall.

Nach einigen Stunden Fahrt veränderten sich die Ufer. Wie eine grüne undurchdringliche Wand reichte der Urwald bis ins Wasser hinein und über dem Gewirr von Luftwurzeln, Schlinggewächsen und Gesträuch erhoben sich die schlanken Stämme der Palmen mit ihren zierlichen Kronenwedeln. Hoch darüber breiteten die Urwaldriesen ihre Laubschirme aus. Gelegentlich passierten sie gerodete Flächen, kleine Anwesen, ein paar Bananenpflanzungen, Zuckerrohrfelder und Baumwollsträucher.

In Puerto Nacional ging die *El Condor* nicht vor Anker. Märzen sagte: »Das ist das erste Mal, dass wir hier nicht halten. Und dabei ist das ein wichtiger Hafen. Der Capitán will die vergeudeten Tage auf Biegen oder Brechen wieder aufholen.«

Das Gebirge, das den Río Magdalena zu beiden Seiten des Flusses in der Ferne begleitete, rückte nun näher heran, die Ostkordillere zur Linken und rechts die Zentralkordillere.

Mergenter stand oft stundenlang an der Reling und hielt Ausschau.

Märzen fragte Christian: »Worauf wartet er nur?«

»Auf den Tolima, Herr Märzen. Er will den Vulkan sehen. Deshalb ist er nach Kolumbien zurückgekehrt.«

»Verrückt«, sagte Märzen, schüttelte den Kopf und ging davon.

Christian ging zu Mergenter und hörte, wie er murmelte: »Tolima, Tolima.« Auch Lorenz kam näher. Sie stellten sich neben Mergenter an die Reling, wagten aber nicht ihn anzusprechen.

Da schallte ein Angstschrei vom Kabinengang her. Uwe kam herausgerannt und hielt sich den Arm. Sein Gesicht war schmerzverzerrt.

»Ein Skorpion! Ein Skorpion!«, schrie er und tanzte wild umher. Christian lief so schnell er konnte aufs Oberdeck und versuchte McNeill zu wecken. Doch der lallte nur unverständliche Worte und starrte mit glasigen Augen ins Leere. Inzwischen waren die Passagiere neugierig aufs Vordeck geeilt, aber keiner wusste, was zu tun sei. Makowitsch rief immer wieder: »So helfen Sie doch meinem Jungen!«, und versuchte vergebens

Uwe in den Arm zu nehmen. Auch die Schwestern kamen aus ihrer Kabine. Schwester Angelina forderte Christian und Lorenz auf den Jungen festzuhalten.

»Schwarz oder braun?«, fragte Schwester Angelina.

Uwe wimmerte und fragte: »Muss ich sterben, Schwester?«

Ungeduldig fuhr sie ihn an: »War es ein schwarzer oder ein brauner Skorpion?«

»Ich glaube, braun«, stieß Uwe unter Schluchzen hervor. »Oder doch schwarz?«

Angelina befahl: »Los, schafft Uwe in das Krankenzimmer.« Sie selbst lief eilends voraus.

Makowitsch besann sich und rief aufgeregt: »Schwarz war er, Schwester, pechschwarz und glänzend.« Er nahm seinen Sohn in den Arm und führte ihn die Treppe aufwärts. Christian schloss auf Angelinas Geheiß den Giftschrank auf. Uwe wurde auf das Krankenbett gelegt. Die Schwester zog eine Spritze auf, band Uwe den Arm oberhalb des Bisses ab und gab ihm die Injektion. Behutsam löste sie das Gummiband, mit dem sie den Arm abgebunden hatte.

»Es tut so weh, Schwester«, jammerte Uwe. »Es tut so weh.«

Makowitsch hielt seine Hand und streichelte sie.

»Ich weiß, Junge. Es ist, als ob dir eine Säge bis auf den Knochen schneidet«, sagte die Schwester. Sie ging zum Medizinschrank, las die Schildchen, nickte anerkennend und sagte leise: »Der alte Saufkopp kann mehr, als ich dachte.« Sie schüttete ein rötliches Pulver in ein Glas und mischte es mit Wasser. »Da, trink das«, befahl sie Uwe. Der tat's.

»Er wird jetzt schlafen. Wenn das Herz nicht schlappmacht, geht es ihm morgen schon besser.« Sie wandte sich an Christian. »Bleiben Sie in dieser Nacht bei ihm. Sollte er unruhig werden, klopfen Sie an unsere Kabinentür. Nr. 14, Sie wissen ja.«

»Woher können Sie das alles, Schwester?«, fragte Christian.

»Ich bin Ärztin und habe Tropenerfahrung. Also dann. Und zögern Sie nicht mich zu wecken, wenn es Not tut.« Auch Makowitsch verließ die

Kammer nicht. Er hockte zusammengesunken auf einem Stuhl und wollte sich auch nicht niederlegen, als Christian ihm den Platz auf einer Pritsche anbot.

»Nicht sterben, Uwe«, flüsterte er mehrmals heiser. »Nicht sterben.«
Es fiel Christian schwer, die Augen offen zu halten. Immer wieder mal nickte er ein. Uwe schlief ruhig und bewegte sich nicht. Mehrmals beugte Christian sich über ihn, um zu sehen, ob er noch atmete. Mit dem ersten Morgenlicht kamen die Schwestern.

»Sind Sie auch Ärztin?«, fragte Christian Schwester Rosa.
»Nein, ich kann kein Blut sehen. Ich bin Lehrerin.«
»Oho, zwei gebildete Nonnen«, brummte eine kehlige Stimme. Sie hatten McNeill gar nicht kommen hören und fuhren herum.
»Ich habe von dem Unglück gehört. Wie sind Sie verfahren, Schwester?«
Sie schilderte ihm kurz, was sie getan hatte.
Er brummte: »Gut, gut. Alles sehr richtig.«
»Und wo waren Sie, wo war der Doctor?«, fragte Schwester Angelina spitz.
»Na, sagen wir, ich war im siebenten Himmel«, scherzte er.
»Ich denke, Sie standen mit einem Fuß in der Hölle. Fast wären Sie zum Mörder geworden.«
»Was sagen Sie da? Zum Mörder?«, protestierte er.
»Wer einem Todkranken die Hilfe versagt, der ist ein Mörder«, beharrte sie.
»Hmm.« Er knurrte vor sich hin und sagte dann: »Ich werde mit dem Saufen aufhören, Schwester, ich schwör's.«
»Auch noch ein Meineid«, spottete sie.
»Sie werden sehen. Sie werden sehen. Ich wollt's immer schon«, beteuerte er. »Aber so oder so, wir könnten an Bord gut eine Ärztin brauchen. Wollen Sie mir nicht helfen, bis wir in La Dorada sind?«
»Nur wenn ich auch die Passagiere vom unteren Deck behandeln darf.«
Er überlegte, stimmte aber dann zu. »Jeden Morgen von sieben bis halb elf Sprechstunde«, sagte er und schluckte zwei Aspirintabletten.

»Ich auf jeden Fall werde mich einfinden«, versprach Schwester Angelina, lächelte den Doktor an und sagte: »Mir genügt es übrigens, den ersten Himmel zu erlangen. Der siebente macht, wie man sieht, einen Brummschädel.«

* * *

In unserer Mittwochsrunde habe ich gefragt, ob es schon bekannt sei, das mit dem Jugendhaus Düsseldorf. Johanna Argon wusste sogar Genaueres. »Mein Bruder Alfons ist in der Schar. Übrigens in derselben Gruppe, in der auch Susannes Bruder Lorenz gewesen ist, bevor er sich davongemacht hat.« Sie hat wirklich »davongemacht« gesagt. »Alfons und die ganze Gruppe seien von Kaplan Wittkowski zu einer Gebetsnacht in die Kirche eingeladen worden. Meine Eltern haben Blut und Wasser geschwitzt.«
»Wollten sie für das Jugendhaus beten?«, hab ich gefragt.
»Quatsch! Für Generalsekretär Clemens war das doch. Den haben sie schon eine Woche vorher verhaftet und nach Berlin ins Untersuchungsgefängnis gesperrt.«
»Warum?«, hab ich gefragt. »Er war doch . . .« Ich stockte. »Er war . . .«, das klang ja, als ob er schon gestorben wäre. Schwester Alberta verstand das auch wohl so und sagte: »Er ist ein guter Priester und ein guter Mann.«
»Aber warum ist er denn verhaftet worden?« Ich wollte es genau wissen.
»Wer fragt heute noch nach Gründen?«, antwortete Schwester Alberta.
Ich bin gegen halb zehn mit dem Rad nach Hause gefahren. Ich brauche eine gute halbe Stunde für die zehn Kilometer. Der Himmel war wunderbar klar. Unser Stern funkelte hell. Ob Christian auch dorthin schaut und an mich denkt? Trotz des scharfen Frostes wurde mir heiß. Ich reckte beide Arme hoch nach unserem Stern. Sonst macht es mir wenig aus, ein Stück freihändig zu fahren. Jeden Tag zur Schule und zurück, und das bei Wind und Wetter, da lernt man so was. Aber diesmal habe ich zu lange nach den Sternen gegriffen und nicht auf den Weg geachtet. Ich bin im Graben gelandet. Zum Glück war alles hart gefroren und ich bin weit über die spiegelglatte Eisfläche gerutscht. Es ist nicht viel passiert. Ein

paar Schrammen und ein verbogener Fahrradlenker. Die Schrammen heilen von selbst und Sonntag will Anna uns besuchen. Die kriegt den Lenker sicher wieder hin.

* * *

In Puerto Wilches stieg die erste größere Gruppe aus, die sich auf den Weg übers Gebirge nach Bucaramanga machte. Auch aus dem untersten Deck verließen viele das Schiff.

»Erdöl«, sagte Märzen. »Die Nordamerikaner bohren in der Gegend hier nach Erdöl. Das schafft Arbeit im Land.«

»Stimmt«, gab Mergenter zu, »aber der Gewinn bleibt nicht in Kolumbien. Der wandert in die Staaten.«

»Schauen Sie sich um, wenn wir nach Barrancabermeja kommen. Schmucke weiße Siedlungshäuser hat die Ölgesellschaft für ihre Arbeiter bauen lassen. So was finden Sie im ganzen Lande nicht. Und der Lohn, den sie zahlt, ist auch höher als irgendwo sonst. Ist das etwa nichts?«

»Aber der Gewinn wird aus dem Land geschafft.«

»Wie soll man das anders machen?«, fragte Märzen.

»Gerechter«, antwortete Mergenter und wandte sich ab.

Schwester Angelina begann morgens pünktlich um sieben Uhr mit der Sprechstunde. Ganz so zuverlässig war der Doktor nicht, aber er ließ sich wenigstens stundenweise sehen. Schwester Angelina fragte ihn nach vielen ihr unbekannten Medikamenten. McNeill wurde geradezu eifrig, wenn er ihr erzählte, wie er an die Rezepturen gekommen war. Die allermeisten hatte er den Indios abgelauscht. Er war in jungen Jahren monatelang bis in die unwegsamsten Täler vorgedrungen, in denen die wenigen letzten Stämme ein abgesondertes Leben führten. Es war ihm gelungen, das Vertrauen von zwei Schamanen zu gewinnen. Die hatten ihm Kräuter und Wurzeln gezeigt, aus denen wirksame Mittel gegen mancherlei Krankheiten zu gewinnen waren.

»Diese Leute verfügen über viel geheimes Wissen«, sagte die Schwester.
»1638 wurde der spanische Vizekönig von Peru, ein Graf von Chinchon, von Malariaanfällen heftig geplagt. Ein Gobernador, der die Indios nicht wie billiges Arbeitsvieh behandelte, sondern in ihnen Menschen, Gottes Geschöpfe, sah, hatte die Zuneigung eines Schamanen gewonnen. Der Gobernador erzählte ihm von den Leiden des Vizekönigs. Der Indio führte ihn zu einem Baum. Er löste Rinde von seinem Stamm und gewann daraus ein Pulver. Das schickte der Gobernador dem Vizekönig. Der, dem kein anderes Mittel geholfen hatte, wurde bald darauf gesund. Jesuiten brachten das Pulver nach Europa. Nach dem Vizekönig, dem Grafen Chinchon, wurde der Baum Chinchona und das Pulver Chinin benannt. Die Rinde des Baumes wurde für viele Jahre ein Gewinn bringendes Ausfuhrprodukt. Viele Kranke haben allerdings zu viel davon geschluckt und sind taub geworden. Inzwischen wird das Chinin längst künstlich hergestellt. Aber ohne die Freundschaft des Gobernadors mit dem Schamanen hätte wohl noch mancher mehr ins Gras beißen müssen, der sich die Malaria eingefangen hatte.«
»Wo lernt man so etwas?«, fragte Christian.
»In der Tropenmedizin«, antwortete Angelina.
Kurz nachdem die El Condor im Erdölhafen von Barrancabermeja die Tanks wieder hatte füllen lassen, wurde ein hoch gewachsener athletischer Farbiger namens César herbeigeschleppt. Die Ränder einer wohl fünfzehn Zentimeter langen und tiefen Schnittwunde in seinem Oberarm klafften auseinander. Der Doktor war an diesem Vormittag nicht erschienen.
»Zu viel Blut«, rief Schwester Rosa. »Mir wird schon ganz anders.« Sie suchte eilends das Weite. Schwester Angelina fackelte nicht lange. Sie schickte die beiden Männer, die César heraufgebracht hatten, mit einer herrischen Handbewegung hinaus.
»Christian, kannst wenigstens du Blut sehen, ohne dass du umkippst?«
»Aber ja, Schwester.«
»Na, dann los.«
Sie ließ sich Jod reichen und strich reichlich davon auf die Wunde. Césars

Gesicht wurde starr und seine braune Haut nahm eine merkwürdig fahle Farbe an, aber er gab keinen Laut von sich. Sie rief Christian mit kurzen Worten zu, was er ihr anreichen sollte, zog die Unterhaut zusammen, nähte sie, dann klammerte sie die Oberhaut mit über zwanzig Klammern. Zum Schluss wurde ein Verband gewickelt und der Arm in eine Schlinge gelegt.

»Fertig«, sagte sie und gab César einen Klaps. »Du kannst gehen. Morgen um zehn sehe ich nach, was aus der Wunde geworden ist. Aber sage deinen Leuten da unten, wenn es noch einmal einen Streit gibt und jemand verwundet wird, dann seht selber zu. Verstanden?«

César nickte und ging.

Am nächsten Morgen brachte er für die Schwester einen wunderschönen, flachshaarigen Welpen mit.

»Ein junger Hund für Sie, Schwester. Wenn er ausgewachsen ist, wird er sie schützen.«

»Verrückter Kerl«, maulte die Schwester, aber schon nach wenigen Stunden hatte der Welpe ihr Herz erobert.

»Hat er nicht ein klares, königliches Auge? Ich werde ihn César nennen.«

Später inspizierte sie den Geräteschrank. Christian hatte die Spritzen, Nadeln, Scheren, Pinzetten und Skalpelle gründlich ausgekocht und in eine Desinfektionslösung gelegt.

»Bist ein anstelliger junger Mann«, lobte sie ihn. »Du könntest glatt für einen gelernten Heildiener durchgehen.«

»Lorenz und ich werden bald auf uns allein gestellt sein, Schwester. Weit weg von jedem Arzt werden wir eine Finca aufbauen. Es wäre schon gut, wenn Sie mir das eine und andere beibrächten.«

Damit ging es schon in der Nacht los. Christian klopfte leise an die Kabine Nr. 14. Er wollte die anderen Passagiere nicht aufwecken. Schwester Angelina öffnete die Tür einen Spalt. Sie hatte ihre Haube nicht aufgesetzt. Einen Moment sah er ihre schwarzen, kurz geschorenen Haare.

»Eine Frau da unten bekommt ein Kind. Es gibt Schwierigkeiten.«

»Ich komme«, sagte sie.

Eine Mestizin lag auf einer Wolldecke. Sie war schweißüberströmt und stöhnte. Eine andere Frau stand daneben und rang die Hände. »So geht es schon seit Stunden«, jammerte sie. »Ich weiß nicht weiter.«

Schwester Angelina sprach ruhig auf die Frau ein, tastete nach dem Kind und sagte: »Es liegt nicht richtig. Aber wir werden das schaffen.« Zwei Stunden vergingen, bis das Kind sich endlich zeigte, mit den Beinchen zuerst. Christian war wiederholt nach oben geschickt worden, um Tücher zu holen, heißes Wasser herbeizuschaffen, eine Spritze aufzuziehen und sie ihr zu reichen. Auch musste er der Schwester öfter den Schweiß von der Stirn wischen. Schließlich sagte sie zu ihm: »Die Beinchen anfassen und ganz vorsichtig ziehen.« Endlich war das Kind, ein Mädchen, geboren. Das Kind wurde abgenabelt und in Windeln gelegt. Die Schwester setzte sich erschöpft auf einen Warenballen. Sie rückte ein wenig und bot Christian den Platz an ihrer Seite an. Ein junger Mann trat heran und reichte ihnen in einer irdenen Schale einen Schnaps. »Anisado«, sagte er. »Trinken Sie auf meine Tochter Isabela.«

Die Schwester ließ sich auch noch ein zweites Mal einschenken. »Sie haben aber einen guten Schluck, Schwester«, neckte Christian sie.

»Der Anisschnaps erinnert mich an meine Heimat«, sagte sie. »Ich stamme von einem Berghof in Südtirol. Da ist einem der Wein nicht fremd. Und manchmal im Winter, wenn der Eiswind durch die Spalten zwischen Dach und Wand fegte, dann hat Vater uns Kindern auch wohl einen Anisschnaps eingeschüttet, damit es uns wenigstens von innen ein wenig warm wurde. Wir waren sieben Kinder. War ein hartes Leben dort droben. In dem Winter, als meine Schwester Vronerl starb, sie war gerade erst acht Jahre alt und ein blondes, zartes Mädchen, da sagte meine Mutter: ›Die Amrei soll zu den Schwestern nach Bozen.‹ Das Frühjahr kam und das Vronerl wurde aus der Totenkammer unter dem Dach heruntergeschafft. Sie war noch steif gefroren. Wenn es Winter war, konnten wir die Toten nicht ins Tal bringen. Vronerl wurde auf dem Kirchhof beerdigt und der Totengräber hatte seine Mühe, das Grab zu schaufeln, denn der Boden war noch hart.

Die Mutter hat an dem Tag dem Pfarrer ihre Bitte vorgetragen. Der hat genickt und versprochen: ›Ich werde bei den Schwestern ein Wort für euch einlegen, Marie. Es ist wirklich schlimm dort droben mit den vielen Kindern.‹

So bin ich nach Bozen gekommen. Na ja, die Schwestern haben bald gemerkt, dass ich nicht auf den Kopf gefallen war. Wie das dann so geht, die Schule erst, dann wollte ich bei den Schwestern bleiben, das Studium, das Noviziat, die Profess, vier Jahre in Afrika, Tropenmedizin. Und jetzt hier.«

Es wurde ein dritter Schnaps angeboten, doch sie schüttelte den Kopf. Auch Christian fiel es ein, dass die jungen Männer aus der Sturmschar sich versprochen hatten, keinen Alkohol bis 18. Aber etwas älter war er ja nun schon. Und der Anisado hatte ihm gut getan.

Schwester Angelina sprach mit der Frau, die zuerst der jungen Mutter beigestanden hatte, und fragte sie, ob es für sie bei der Nachgeburt Probleme gäbe. Doch die versicherte, dass sie oft schon den Gebärenden geholfen habe und genau Bescheid wisse.

»Ich bin hundemüde«, sagte die Schwester und zog sich erschöpft am Geländer die Treppe hinauf.

Am nächsten Morgen war sie Glockenschlag sieben wieder im Krankenzimmer. »War es eigentlich die erste Geburt, bei der du dabei gewesen bist?«, fragte sie Christian.

»Ja. Wohl bei Pferdegeburten habe ich oft geholfen. Meine Mutter war so eine Art Pferdehebamme im Gestüt. Der Tierarzt hat gesagt, besser als sie könnte er's auch nicht.«

Er schwieg ein paar Minuten. »Aber Mensch ist Mensch«, sagte er schließlich. »Und das ist doch etwas anderes.«

Die ersten Patienten erschienen und bis zum Mittag riss der Strom nicht ab.

Christian saß im Aufenthaltsraum des oberen Decks in einem Sessel und versuchte sich bei der fast unerträglichen Hitze möglichst nicht zu bewegen. Uwe Makowitsch suchte nach ihm. Christian hörte, dass McNeill in der Offiziersmesse zu ihm sagte: »Geh nur durch. Er ist draußen.«

Uwe hockte sich neben Christian. Das Schaufelrad machte Lärm und Christian musste laut sprechen, damit Uwe ihn verstehen konnte.

»Na, noch Probleme mit dem Arm?«

Uwe schüttelte den Kopf. »Weißt du noch, was Frau Millhaus von den Skorpionen gesagt hat?«, fragte er.

Genau konnte Christian sich nicht erinnern. Es war damals auf der *Viktoria* eine düstere Szene gewesen und Frau Millhaus hatte ganz anders ausgesehen als gewöhnlich. Uwe kam mit dem Mund ganz dicht an Christians Ohr. »Sie hat einen Fluch über den ausgesprochen, der ihr das Armband weggenommen hat. ›Zu giftigen Skorpionen soll das Diebesgut in den Händen des Räubers werden‹, hat sie gesagt.«

»Ja, ja, Uwe. So ähnlich war es«, bestätigte Christian. »Sprüche, lauter Sprüche, weißt du.«

»Lorenz und du, ihr habt doch nur wenig Geld, oder?«

»Wenig genug. Aber für unsere Musik und die Gestelle für die Moskitonetze haben wir doch ungefähr zweihundert Pesos zusammenbekommen.«

Uwe fingerte in seiner Hemdentasche herum und zog ein schmal zusammengefaltetes Papier heraus. Er reichte es Christian. Der faltete es auseinander. Es war ein Hundertmarkschein. Jetzt verstand Christian.

»Sind das etwa die hundert Mark, die deinem Vater weggekommen sind?«

»Die kannst du behalten, Christian. Ich will das Geld nicht. Hab es nie gewollt.«

»Aber warum hast du es dann genommen?«

»Er hat meine Mutter geschlagen.«

Uwe schien niedergedrückt, aber den Hass auf seinen Vater, der an Bord der *Viktoria* wiederholt aufgeflammt war, spürte Christian nicht mehr.

»Und die anderen Sachen? Das Armband, der Ring?«

Uwe tippte gegen seine Hosentasche.

»Er sollte Ärger bekommen. Am liebsten wäre es mir gewesen, er hätte alles aufgedeckt und mich vor aller Augen durchgeprügelt. Wie damals meine Mutter. Aber ich hab mich doch nicht getraut ihm zu bekennen, wer der Dieb ist. Dann kam das mit dem Skorpion. Er hat mich raufgetragen, hat mich getröstet. Auf einmal war er wieder mein Vater. Jetzt weiß ich nicht, was ich machen soll.«

Christian überlegte lange. Dann sagte er: »Gib mir das ganze Zeug. Ich spreche mit Mergenter. Keine Sorge, der kann schweigen. Das Armband gebe ich selbst Frau Millhaus in Bogotá zurück. Der Ring kann nach Curaçao geschickt werden.«

»Und die hundert Mark?«

»Ich will sie nicht. Sonst sticht mich auch noch der Skorpion. Vielleicht kann Mergenter das Geld zurückgeben.«

»Mein Vater wird erraten, wer der Dieb ist. Er wird mich totschlagen.«

»Bestimmt nicht. Ich rede mit Mergenter.«

»Ist gut, Christian. Danke.«

Er ging davon. Es sah aus, als ob ihm eine Last abgenommen worden wäre.

Christian brannte das Geld in der Tasche. Hundert Mark! Dem Makowitsch würden hundert Mark nicht viel bedeuten. Lorenz und er hingegen . . . Aber er zögerte nur kurz, bevor er zu Mergenter ging. Der fand es richtig, dass Christian die Diebesbeute den Besitzern zukommen lassen wollte.

»Aber den Geldschein, den sollte Uwe selbst seinem Vater zurückgeben.«

»Er hat viel zu große Angst vor Makowitsch«, wandte Christian ein.

»Ich spreche vorher mit Uwe, Christian. Wenn er seinem Vater verheimlicht, was er getan hat, dann wird er das Schuldgefühl nie los.«

Am selben Abend noch sprachen Mergenter und Uwe lange miteinander. Uwe saß blass im Aufenthaltsraum. Mergenter hatte ihm gesagt: »Du musst es selber wissen, Uwe. Aber wenn du nicht zu dem Diebstahl stehst, wirst du deinem Vater nie gerade in die Augen schauen können. Überleg es dir.«

Uwe hatte sich schließlich entschieden. »Gut. Sprechen Sie vorher bitte mit ihm. Und wenn er mich totschlägt, dann ist es mir auch egal.«

Mergenter war dann zu Makowitsch in die Kabine gegangen. Später, als er mit gerötetem Gesicht wieder herauskam, winkte er Uwe zu seinem Vater zu gehen.

Am Abend kamen die Passagiere zu einem letzten Kakao vor dem Schlafengehen in die Messe. Makowitsch und sein Sohn gingen nebeneinander her und Makowitsch hatte Uwe den Arm um die Schulter gelegt.

Mergenter bat Christian, ihm das Smaragdarmband zu zeigen. Er betrachtete es lange und sagte: »Donnerwetter. Ich habe schon viele Smaragde gesehen. Aber diese Steine gehören zu den schönsten, die mir je unter die Augen gekommen sind.«

In Puerto Berrio verließen alle die Passagiere die *El Condor*, die wie die beiden Makowitschs nach Medellín reisen wollten.

Die Berge rückten mit jeder weiteren Fahrtstunde zu beiden Seiten näher an den Fluss. Die Zentralkordillere hatte rötliche Tafelberge mit ausgeprägten Terrassen bis dicht an das Ufer geschoben und zusammen mit der Ostkordillere wurde der Río Magdalena von den Bergen bis auf etwa zweihundert Meter eingeschnürt. Er führte weniger Wasser. Das Schiff hatte die Hauptzuflüsse, zuletzt die Mündung des Río César, passiert. Die Strömung schoss jedoch schnell dem Schiff entgegen. Während der Strom am Unterlauf behäbig und fast ohne Wellenschlag dem Meer zugeflossen war, zeigte er jetzt ein ganz anderes, ein wildes Gesicht.

»Ein paar Stunden noch, dann sind wir am Ziel«, verkündete Märzen.

»Zweiundzwanzig Tage sind wir unterwegs gewesen. Wenn wir, wie der Lotse es vorgeschlagen hat, den Umweg über den Hauptstrom genommen hätten, wären wir eine Woche früher angekommen.«

»Wird höchste Zeit, dass wir Honda erreichen, nicht wahr?«, sagte Christian.

»Honda?« Märzen schob seine Mütze in den Nacken, wie er es stets machte, wenn er um eine Antwort verlegen war. »Wir können nicht bis Honda fahren.«

»Nicht bis Honda?«

»Unser Schiff ist zu groß für die Stromschnellen. Die Fahrt endet in La Dorada.«

Lorenz protestierte. »Das hat man uns in Barranquilla nicht gesagt. Wie sollen wir nach Bogotá kommen?«

»Nichts leichter als das. Es verkehren Eisenbahnen vom Magdalenental zur Hauptstadt. Ihr müsst nur einmal den Zug wechseln, dann geht's geradewegs nach Bogotá.«

»Hat uns niemand gesagt«, murrte Lorenz.

»Ja, wenn ihr ein kleineres Schiff genommen hättet!«, sagte Märzen. »So ein Schiff wie damals der Freund meines Großvaters. Das war ein Deutscher und ein wirklich tollkühner Mann. Sein Name war Weckbecker. Er besaß ein schmuckes, kleines Dampfschiff. *Moltke* hieß es. Wohl nach irgendeinem General, nehme ich an. Weckbecker hat 1883 als Erster überhaupt mit seinem Schiff alle Schnellen überwunden. Er hat so viel Dampf machen lassen, dass die Sicherheitsventile pfiffen und rauszufliegen drohten. Jeden Augenblick hätte der Kessel explodieren können. Und dann nichts wie hinein in die Schnellen. Erst die Guavisoschnelle hinauf, dann die zweite und endlich die gefährlichere El Mesuno. Ja, sogar den für unüberwindlich gehaltenen Salto von Honda hat er geschafft. Die Nachricht hat sich wie der Wind verbreitet. Viele haben's ihm nachmachen wollen, doch nur wenigen ist es gelungen. Man kann die Wracks derer, die gescheitert sind, oder was davon übrig ist, noch im Wasser liegen sehen, aufgelaufen, zurückgetrieben, Kessel in die Luft geflogen, zerschellt. Aber Weckbecker hat's geschafft. Die Geschichte ist bei uns oft und oft erzählt worden. Ich glaube, diese Geschichte war es, die mich auf den Fluss getrieben hat. Ich war erst fünfzehn, als ich zum ersten Mal angeheuert habe. Und bereut hab ich's nie.«

Die Passagiere waren überrascht, als der Kapitän ankündigte an diesem Abend schon sollte das Abschiedsfest gefeiert werden. »In aller Ruhe«, sagte er.

»Wäre nicht morgen Abend auch noch Zeit dazu?«, fragte Lorenz.

Statt einer Antwort verzog sich der Mund des Kapitäns zu einem breiten Grinsen. »Heute Abend«, bestätigte er noch einmal. »Es wird ein festliches Essen serviert. Wie immer ab fünf Uhr. Ab sieben spielt dann unsere Bordkapelle ein letztes Mal zum Tanz auf, nicht wahr?« Er zwinkerte Christian und Lorenz zu. »Für das Finale um Mitternacht habe ich etwas Besonderes vorbereiten lassen. Sie werden sehen.«

Das festliche Essen nahm mit einem kleinen Gläschen Champagner einen verheißungsvollen Anfang. Statt des lederartigen Rinderbratens gab es Geflügelfleisch, aber alles andere war wie immer: gebratene Bananen, Suppe, Reis, Früchte. Als Konfekt boten die Kinderkellner Guayaba an, durchsichtige hellbraune Geleestückchen, die die Indianer schon von alters her aus den Früchten des Guayababaums gewinnen.
Christian kostete und es schmeckte ihm vorzüglich. Neben ihm am Tisch saß Señora Amalia, eine ältere Frau aus Bogotá. Die schob ihm ihre Nachspeise zu. Er bedankte sich höflich, aß und fragte: »Die Guayaba ist Ihnen sicher zu süß, oder?«
Sie lächelte boshaft und sagte: »Nein, nicht zu süß, aber es sind zu viele Maden darin.«
Christian schluckte. Doch er unterdrückte die aufsteigende Übelkeit und murmelte: »Ich wusste gar nicht, dass Maden so köstlich schmecken können.«
Sie lachte amüsiert auf und rief: »Sie sind mir vielleicht einer.« Dann beugte sie sich zu ihm und bat: »Können Sie mir das Foto Ihres Bekannten noch einmal zeigen?«
»Ernesto Millhaus ist nicht mein Bekannter. Seine Frau und seine Tochter waren bei der Überfahrt an Bord.«
»Renata Millhaus«, sagte sie leise. »Ich kannte sie gut. Wir waren zusammen im Internat. Sie stammt aus einer begüterten Familie. Arme Frau.«
Christian wunderte sich. »Wieso? Sie sagten doch eben, sie kommt aus einem reichen Haus.«

»Arme Frau«, wiederholte die Señora. Sie starrte lange vor sich auf den Tisch. Dann fuhr sie fort: »Renata hat einen glänzenden Abschluss in der Schule gemacht. Ihre Eltern waren stolz auf sie. Zumal ihr einziger Bruder ein ziemlicher Luftikus ist. Er flog schon mit sechzehn von der Schule, obwohl die Familie einen großen Einfluss hat. Weibergeschichten. Er hat es aber auch zu toll getrieben. Wenn er beim Dienstpersonal geblieben wäre! Aber nein, es mussten die Töchter der besseren Familien sein. Renata lernte damals den Deutschen Ernesto Millhaus kennen. Sie verliebte sich Hals über Kopf in diesen Maulwurf. Der wollte in der Gegend von Medellín nach Kohlen buddeln. Nach Kohlen, stellen Sie sich das vor! Dabei war Renata längst dem ältesten Sohn der Familie . . .« Sie stockte, schlug sich mit der flachen Hand gegen den Mund und sagte hastig: »Aber Namen tun hier nichts zur Sache. Nur so viel: Dieser junge Mann, dem sie seit ihrem fünfzehnten Jahr fest versprochen war, gehörte zu den ältesten und angesehensten Familien in Kolumbien. Renata aber hatte ihre große romantische Liebe entdeckt. Und einen harten Kopf besaß sie auch. Die Eltern waren verzweifelt, boten ihr an zum Studium nach Paris zu gehen, nein, sie wollte nicht Paris, sie wollte Ernesto. Ihre Mutter plante für sie eine mehrmonatige Reise durch Europa. Nein, sie wollte Ernesto und nichts anderes. Die Eltern bauten Renata goldene Brücken, versprachen ihr das wunderschöne Haus in Esperanza, wo Renata immer so gern ihre Ferien verbracht hatte. Sie wollte Ernesto, nichts sonst.«

»Aber ein Bergwerksingenieur ist doch kein hergelaufener Abenteurer«, wandte Christian ein.

Señora Amalia riss die Augen weit auf und schaute ihn verwundert an. »Nein? Nicht so ein Vagabund wie Sie, meinen Sie?«, fragte sie voller Spott. »Aber das war es ja nicht. Renatas Vater hätte diesem Minero ein eigenes Bergwerk kaufen können. Ernesto hatte die falschen Gedanken im Kopf.«

»Die falschen Gedanken?«

»So ist es. Er faselte häufig von der größeren Gerechtigkeit, die es in Kolumbien geben müsse. Es gehe doch nicht an, dass die wenigen reichen

Familien so viel des guten Landes in ihren Händen hielten. Das sei ein schreiendes Unrecht.«

»Ist es das nicht auch? Die Reichen besitzen zwei Drittel des Ackerlandes. Drei von vier Bauern sind ohne Land«, sagte Christian trotzig.

Sie schien mit einem Male müde. »Ach, sehen Sie sich doch diese Kreaturen im unteren Deck an. Lethargisch, faul und ohne jede Bildung. Die würden, selbst wenn sie das Land bekämen, ihren Besitz versaufen und verhuren.«

Sie schien zu warten, ob Christian ihr widersprach. Doch der schwieg.

»Nun zurück zu Renata und Ernesto. Die Familie hat dann Ernesto zu einer großen Gesellschaft eingeladen, auch wohl, um ihrer Tochter vor Augen zu führen, wie unpassend der Maulwurf im Kreise der Bogotáner Familien war. Und dort nun hat Ernesto es nicht bei seiner unvernünftigen Kritik an den sozialen Zuständen in Kolumbien gelassen. Vielleicht hatte er auch schon zu viel getrunken. Jedenfalls hat er hitzig diskutiert und sich zu der Meinung verstiegen, wenn keine Änderung der skandalösen Verhältnisse im Guten gewollt sei – stellen Sie sich vor, skandalöse Verhältnisse hat er gesagt –, dann müsse eine Lösung mit Gewalt herbeigeführt werden. Da rastete Renatas Vater endgültig aus. Er hat Ernesto das Haus verboten und seiner Tochter gedroht sie davonzujagen, wenn sie nicht . . . Nun, Renata ist dann einfach gegangen. Sie hat einem Pfarrer ziemlich viel Geld über den Tisch geschoben, damit er sie mit Ernesto traute. Die Kusine des Pfarrers . . .« Señora Amalia hielt einen Augenblick inne und wollte feststellen, ob Christian das Wort »Kusine« auch richtig verstanden habe, aber für den war eine Kusine nichts als eine Kusine. Sie lächelte nachsichtig und fuhr fort: »Nun, die Kusine des Pfarrers wurde die Trauzeugin. Da war dann das Tischtuch zwischen Renata und der Familie endgültig zerschnitten. Es soll später ein Kind geboren worden sein, hieß es, und Renata habe den Eltern noch einmal einen Brief geschrieben. Sie hätte es wissen müssen, einmal geschieden ist immer geschieden.«

Señora Amalia hatte die ganze Zeit über das Foto in Händen gehalten, jetzt schob sie es zu Christian zurück.

»Warum erzählen Sie mir diese traurige Geschichte, Señora?«

»Ich wollte Ihnen einen Rat geben, junger Mann.«

»Keine Sorge, Señora.« Christian lachte. »Ich habe eine Freundin in Deutschland. Susanne und ich haben uns die Heirat versprochen.«

Sie stimmte in sein Lachen ein. »Nein, das meine ich nicht. Abgesehen davon, dass Sie wohl kaum Gelegenheit haben werden, in Bogotá ein Mädchen aus besseren Kreisen kennen zu lernen, ich rate Ihnen nachdrücklich, verstecken Sie dieses Foto tief in Ihrer Tasche und zeigen Sie es nicht überall herum.«

»Warum, Señora, warum?«

Ihr Gesicht wurde ernst und verschlossen. »Ich habe Ihnen schon viel zu viel erzählt, mein Lieber.« Sie hob ihre Stimme und sagte: »Ich glaube, jetzt warten wir alle auf die schöne Musik.«

Die Passagiere strömten aufs Vordeck. Die Besatzung hatte überall auf der Reling Fackeln aufgestellt. Mückenschwärme wurden vom Licht angezogen und verglühten in den Flammen. Christian war nicht recht bei der Sache und seine Gitarre hatte schon besser geklungen. Lorenz jedoch spielte unermüdlich und manchmal mischte sich unter seine Melodien eine Spur von südamerikanischen Rhythmen. Dem »blonden Riesen«, wie er insgeheim von vielen weiblichen Passagieren genannt wurde, flogen feurige Blicke zu. Doch Lorenz zeigte sich davon unbeeindruckt. Wenn er dann und wann doch einmal bemerkte, dass er den Frauen gefiel, dann flüsterte er wie einen Bannspruch »Anna, Anna« und entlockte dem Bandoneon schwermütige Passagen. Um kurz vor zwölf bat der Kapitän darum, die Instrumente wegzupacken, und ließ die Fackeln löschen. Auf sein Zeichen hin legten die Jungen, die den Passagieren den ganzen Abend unter dem strengen Blick ihres Patrons Getränke und Naschwerk angeboten hatten, Glut an die Zündschnüre von Feuerwerkskörpern. Für einige Minuten zischten Raketen in die Nacht, Funkenkaskaden sprühten, Feuerspuren ritzten das Dunkel und spiegelten sich im Wasser und Donnerschläge ließen die Luft erzittern. Eine letzte, verspätete Rakete flog in flachem Bogen und erlosch im Strom. Die

Nacht schien schwärzer als zuvor. Die ersten Schlafpritschen wurden aufgebaut. Das Fest war zu Ende.

Am nächsten Tag wurde allen klar, warum der Kapitän das Abschiedsfest so früh anberaumt hatte. Gegen Mittag, das Essen war gerade beendet, machte die *El Condor* an einer schmalen, ziemlich wackligen Landungsbrücke fest, die zu einer Mole mit wenigen, halb zerfallenen Lagerschuppen führte. An einem Berghang zeigten sich einige dutzend Häuser, halb noch von Nebelschleiern verhängt. Der üppige Urwald war zurückgeblieben und stattdessen bedeckte ein karges Grün die Berge ringsum. Der Kapitän betrat die Messe und sagte:»Ich muss Ihnen leider eine betrübliche Mitteilung machen. Hier in Lievano endet Ihre Reise. Ein größerer Schaden an unserer Dampfmaschine ist nach Auskunft des Herrn Ingenieurs erst im Laufe einiger Tage zu beheben.«

»Aber die Maschine arbeitet doch wie immer. Bis Honda hätte sie gewiss durchgehalten«, schrie aufgebracht ein Passagier.

»Sie irren, Señor. Außerdem hätten wir ohnedies in wenigen Stunden die Stromschnellen erreicht. Die sind gefährlich und können von einem so großen und komfortablen Schiff nicht passiert werden. Kurzum, ich muss mich jetzt leider von Ihnen verabschieden.«

»Und wie kommen wir nach Bogotá, Capitán?«, fragte Señora Amalia verärgert. Der Kapitän übertrug Märzen das Wort.

»Nichts leichter als das«, sagte der. »Eine Eisenbahn bringt Sie von hier in kurzer Zeit an die Strecke, die von La Dorada zur Hauptstadt führt. Sie brauchen keine Maultiere zu benützen.«

Die Leute vom Unterdeck verließen bereits das Schiff. Auch den Passagieren der ersten Klasse blieb nichts anderes übrig, als sich mit der Situation abzufinden.

Der Kapitän bedankte sich freundlich bei Schwester Angelina und selbst McNeill erschien, nüchtern wie selten, und überreichte ihr einen kleinen Koffer. »Medikamente und Rezepturen für Sie«, sagte er. »Sie haben mir in mehrfacher Hinsicht geholfen.«

»Señor McNeill«, antwortete die Schwester gerührt, »ich danke Ihnen für Ihre Großherzigkeit. Aber ich sage Ihnen, es genügt nicht, wenn Sie den Alkoholteufel nur an der kurzen Leine führen wollen. Sie müssen ihn ganz und gar an der tiefsten Stelle des Río Magdalena ersäufen, sonst wird er Sie bald wieder in den Klauen halten.«

»Ich suche die Stelle im Fluss noch, Schwester, aber ich werde mir Mühe geben«, versprach er und seufzte. Auch für Christian hatte er eine Metallschachtel mit einem roten Kreuz auf dem Deckel mitgebracht. »Kann man in der Wildnis brauchen«, sagte er. »Denn meist ist dort jeder Arzt meilenweit von euch weg.«

Christian und Lorenz wurden vom Kapitän mit einem Handschlag verabschiedet.

»Für die Musik von gestern Abend bekommen wir noch zehn Pesos«, sagte Lorenz übermütig.

Der Kapitän drehte sich brüsk um und rief über die Schulter zurück: »Märzen, regeln Sie das.«

Die letzten Passagiere verließen wenig später das Schiff.

Mit einem Pfeifsignal setzte sich die *El Condor* wieder in Bewegung, drehte und begann stromabwärts zu fahren.

Die Dampfmaschine stampfte gleichmäßig und zuverlässig wie immer. Kaum hatte das Schiff sich etwa hundert Meter vom Ufer entfernt, da eilten die ersten Passagiere bereits von Lievano zurück zum Kai.

»Der nächste Zug fährt erst morgen«, schrie ein Mann aufgebracht. »Ein paar elende Buden, das ist alles, was das Nest zu bieten hat.«

Wahrscheinlich drang das empörte Geschrei bis zur *El Condor* hinüber, aber der Kapitän dachte nicht daran, beizudrehen. Wie zum Hohn ließ er die Dampfsirene mehrmals laut aufjaulen.

Flüche und Verwünschungen wurden ihm nachgerufen. Mergenter sagte: »Ich habe von Märzen gehört, dass der Capitán in Puerto Berrio ein hübsches Hürchen aushält. Die Liebe ist stärker als alles.«

»Liebe ist was anderes«, behauptete Christian.

»Du junger Spund musst es ja wissen.«

»Weiß ich auch.«

Während die meisten Passagiere doch wohl gegen einen hohen Preis ein annehmbares Gasthaus fanden, quartierten sich Lorenz und Christian in einer dreckigen Kaschemme ein.

»Für eine Nacht wird es gehen«, sagte Lorenz.

Zur Strasse hin hatte das aus angefressenen, luftgetrockneten Ziegeln erbaute Haus keine Fenster. Durch einen düsteren Flur gelangten sie in einen staubigen Innenhof, in dessen Mitte sich ein längst versandeter Brunnen befand. Dort war auf einem Pfahl ein bunter Papagei angekettet, der ein unflätiges Wort wieder und wieder krächzte. In diesem Hof waren einige Tische und ein paar wacklige Stühle aufgestellt und schmale Türen führten in fensterlose Kammern.

»Ist ja nur für eine Nacht«, sagte Lorenz noch einmal. Sie befestigten ihre Hängematten. Am Abend trafen sie Mergenter, der allein durch den Ort ging. »Es soll hier Schlangen geben«, warnte er. »Sie sitzen oft im Palmstroh des Daches. Am besten, ihr schlagt mit einem Stecken kräftig gegen die Sparren, bevor ihr euch niederlegt. Haltet den Stecken griffbereit und legt den Brustbeutel in solchen Häusern niemals ab.«

»Sind wir denn in einer Räuberhöhle abgestiegen?«, fragte Christian besorgt.

»Diese Tienda ist ein Quartier für Maultiertreiber, da kann man nie wissen«, orakelte Mergenter.

Es war keine Räuberhöhle und Schlangen gab's auch nicht.

Wohl Flöhe über Flöhe. Lorenz war ihr bevorzugtes Opfer. Während Christian nur die Beine am nächsten Morgen zerstochen hatte, zählte Lorenz 48 Bisse.

»Gut, dass ich meine Nägel kurz geschnitten habe«, sagte er. »Ich könnte kratzen, kratzen, kratzen.« Mit ein wenig Speichel nässte er die Rötungen ein, doch das half kaum.

»Mergenter sagt, auf die Dauer wird man immun gegen diese Plage«, tröstete Christian ihn.

»Die Dauer dauert zu lange.«

Der Patron hatte ihnen vor dem üblichen Frühkakao eine Schüssel Reissuppe, gesalzenes Dörrfleisch mit einer scharfen Soße von einer beleibten Köchin auftischen lassen. Die hielt eine Zigarre zwischen den Zähnen und legte sie auch während der ganzen Zeit nicht ab. In den Kakao warf sie kleine weiße Käsestückchen. Lorenz probierte als Erster und fand den süß-säuerlichen Geschmack gar nicht übel. Der Hausherr selbst verabschiedete sich mit einer tiefen Verbeugung.

Es gab in Lievano keinen Bahnhof. An der freien Strecke hatten sich bereits die meisten Passagiere eingefunden, als Christian und Lorenz ankamen.

»Wann wird der Zug erwartet?«, fragte Christian einen Mann, der eine blaue Schirmmütze trug und eine Eisenbahnerkelle in der Hand hielt. Der zuckte mit den Schultern. »Mal früher, mal später«, sagte er. Keinen Passagier schien das zu beunruhigen. Nach etwa einer halben Stunde kniete sich der Mann mit der blauen Mütze nieder und legte sein Ohr auf eine Schiene. Aber er schüttelte den Kopf. »Noch nichts zu hören«, sagte er. Erst als er zum dritten Mal seinen Lauschdienst versah, sprang er auf und rief: »Bitte zurücktreten, meine Herrschaften.« Tatsächlich erschien in der Ferne eine Lokomotive, die eine schwarze Rauchfahne hinter sich herzog. Der Mann hob seine Kelle und schwenkte sie über seinem Kopf. Ein Zug mit wenigen an den Seiten offenen Waggons verlangsamte das Tempo und hielt. Christian und Lorenz wunderten sich, dass ihnen bereitwillig die Fensterplätze überlassen wurden. Erst als der rußige Qualm ihnen ins Gesicht geweht wurde, wussten sie, warum niemand auf diese Sitze Wert gelegt hatte. Immerhin, die Sicht auf das immer enger werdende Magdalenental war nicht verstellt.

Es wurde trotz des Fahrtwindes heiß und schwül. Die Bahn rumpelte über eine schmale, unebene Spur und die Reisenden wurden durchgeschüttelt.

Sie waren froh, als sie endlich in einen Zug mit einer breiteren Spur umsteigen konnten. »Die Strecke geht durch bis Bogotá, wenn sie denn durchgeht«, sagte Mergenter.

In abenteuerlichen Kehren und vorbei an steilen Felswänden gewann der Zug an Höhe und hatte schließlich den Scheitel der ersten Kordillerenkette, den Alto Sargarto, erreicht. Oben schien die Lokomotive verschnaufen zu müssen. Holz für das Heizen des Kessels wurde nachgefasst und Wasser eingefüllt. Die Reisenden stiegen aus und blickten zurück. Das Magdalenental lag mehr als tausend Meter unter ihnen und das Silberband des Flusses schlängelte sich durch die grünen Wiesen. Von hier aus waren deutlich die zahlreichen Rinder zu sehen, die dort unten weideten. Das Grasland hüllte sich in der Ferne in Dunst und wie ein immer schmaler werdendes Glitzerband verlor sich der Strom in der Weite. Jenseits des Río Magdalena stieg das Massiv der Zentralkordillere bis zu einigen Gipfeln empor, die wohl über fünftausend Meter hoch aufragten und wie eine Kulisse davor die niedrigen Hügel von Honda. Der Talkessel, in den die Stadt gebaut worden war, wurde vom Río Guali durchflossen, der in den Magdalenenstrom mündete. Es war hier oben deutlich kühler. Weiter ging es, der zweiten Gebirgskette entgegen. Sie fuhren durch Kakaopflanzungen und Kaffeeplantagen. Über die Kaffeestauden breiteten ausladende Schattenbäume ihre Schirme aus. Zuckerrohrfelder reichten bis an die Fahrstrecke und meist mitten darin die weißen Gebäude einer Hacienda mit den schlanken, hohen Kaminen der Öfen, in denen der Zuckerrohrsaft durch Kochen eingedickt wurde. Die Mitreisenden zeigten Christian und Lorenz Orangenbäume, die zugleich Blüten und Früchte trugen, und wiesen sie auf Bananenstauden hin, an denen große Plátanos reiften, Mehlbananen, die sie nun schon häufiger gebraten vorgesetzt bekommen hatten.

»Ein Paradiesgarten wartet auf uns«, sagte Lorenz. Christian erwiderte: »Leider ist er schon besetzt. Wohin werden wir gehen?«

»Das wird sich finden«, sagte Lorenz zuversichtlich. »Es soll in diesem Land mehr unbesiedelte Gebiete geben als irgendwo sonst in der Welt.«

»Stimmt«, bestätigte Mergenter. »Aber das meiste liegt weit weg von den Städten und den guten Verkehrswegen. Es wird auf Jahre hin schwierig bleiben, die Ernte günstig zu verkaufen.«

»Das wird sich schon finden«, wiederholte Lorenz.

Noch einmal keuchte der Zug steil aufwärts. Die letzte Kette der Ostkordilleren musste bewältigt werden. Häufiger trat jetzt blankes Felsgestein hervor, auch Eichen und Tannenbestände. Rinder kamen neugierig bis an die Strecke gelaufen, schöne, lang gehörnte Tiere in großen Herden. Wenn die Lokomotive Dampf abließ und pfiff, reckten die Rinder die Schwänze in die Höhe und hetzten in wilden Sprüngen davon.

Es war etliche Stunden nach Mittag, als die Reisenden Pakete auspackten und zu essen begannen. Christian fragte: »Lorenz, knurrt dein Magen auch?«

»Und ob«, antwortete der. »Wir hätten unbedingt etwas mitnehmen müssen. Vielleicht sind wir verhungert, ehe der Zug Bogotá erreicht.«

Zwei Frauen löffelten aus einem Topf Suppe. Ein würziger Duft durchzog das Abteil. Die eine der Frauen kramte zwei weitere Löffel hervor, wischte sie an ihrem Rock ab und reichte sie den jungen Männern.

»Der Hunger treibt's hinein«, sagte Christian. Sie aßen, bis der Topf leer war.

»Hepp«, rief ein dunkelhäutiger Mann, der auf einer Bank wohl drei Meter entfernt saß, und warf ihnen zwei Orangen zu. Als die Leute merkten, dass Lorenz und Christian sich nicht hochnäsig absonderten, fragten sie nach Woher und Wohin, machten sie auch aufmerksam auf das, was es zu sehen gab, und nannten ihnen die Namen der Bäume, Blumen und Früchte. Ein offenbar gebildeter kräftiger Mulatte, sicher mehr als fünfzig Jahre alt, erzählte, dass es ein Deutscher gewesen sei, der Zeburinder aus Indien eingeführt und diese mit den einheimischen Rindern, den Criollos, zu einer neuen Rasse gekreuzt habe. Diese sei bestens geeignet für Kolumbien. Vor allem sei das Fell so dicht, dass die Schnaken und Mücken keine Chance hätten, die Tiere zu quälen.

»Ist nicht nur Tierliebe, oder?«, fragte Mergenter.

»Nein, nein. Die Häute sind wertvoller, weil sich weniger vernarbte Stellen darin befinden.«

»Wo stammen Sie selbst denn her?«

»Eigentlich aus der Gegend von Ibagué. Mein Großvater und mein Vater waren ganz besondere Lastträger, Silleros.«

»Erzählen Sie doch mal«, bat Mergenter.

»Nun, wir sind von kräftiger Statur. Mein Vater konnte ein Hufeisen mit bloßen Händen auseinander biegen. Er ist schon als achtjähriger Knabe mit einer leichten Last auf dem Rücken von Ibagué nach Cartago mitgenommen worden. Gefährliche, schmale Pfade, wissen Sie. Schroffe Felswände an der einen Seite, tiefe Schluchten an der anderen. Und der Steg so schmal, dass ihnen niemand entgegenkommen durfte.«

»Warum musste er denn schon als Kind Lasten tragen?«, fragte Christian.

»Er wurde allmählich daran gewöhnt. Jedes Jahr bekam er ein schwereres Gewicht auf den Rücken geladen. Als er sechzehn war, trug er den ersten Menschen übers Gebirge.«

»Einen Menschen?«, vergewisserte Christian sich.

»Ja. Es wurde ihm eine Art Sessel aufgeschnallt und darin saßen die, die er tragen musste, Rücken an Rücken mit ihm. Zunächst hat mein Großvater eine weiße Señora ausgesucht, alt und dürr und nicht sehr schwer. Sie hatte einen Bambusstock in ihrer Hand und immer, wenn es ihr zu langsam ging, hat sie meinen Vater damit angetrieben.«

»Wurden nur Weiße hinübergetragen?«

»Nein, jeder, der es bezahlen konnte. Aber das waren meist Weiße. Wie gesagt, die erste Señora war nicht schwer. Aber ein paar Jahre später, als er ein kräftiger junger Mann geworden war, hat er mal einen Mann von über zwei Zentnern geschleppt.«

»Na, na«, zweifelte Mergenter.

Den Mulatten störte der Einwand nicht. »Mein Vater hatte Muskeln von Stahl. Haben Sie nie zuvor von den Silleros gehört? Sie waren weit und breit bekannt. Eines Tages war es zu Ende mit seinem Beruf. Die Straße nach Cartago wurde fertig und später dann auch die Bahn von Ibagué nach Westen.«

»Und was machen Sie jetzt?«, fragte Lorenz. »Ich meine, haben Sie einen Beruf?«

»Ich bin Lehrer in Bogotá«, sagte er stolz. Er zog eine Visitenkarte hervor und reichte sie Lorenz.

»Wenn ich Ihnen behilflich sein kann, setzen Sie sich nur mit mir in Verbindung.«

Freudige Schreie klangen auf. Die Berge gaben den ersten Blick auf die Sabana frei, jene weitläufige Ebene, die sich in über zweitausend Metern Höhe bis zu den Randgebirgen erstreckte.

»Hier muss vorzeiten ein riesiger See gewesen sein«, sagte der Mulatte. Das klare Licht des Nachmittags erlaubte eine gute Sicht. Graugrün schimmerte die Sabana.

»Dort«, sagte Christian leise und zeigte in die Ferne. »Wie damals die Stadt Rom.«

Die Türme und das Häusermeer von Bogotá zeichneten sich im Südosten vor den Randbergen der Ebene ab, sehr weit zwar noch, aber doch deutlich auszumachen. Das schwüle Klima des heißen Landes hatten sie hinter sich gelassen. Obwohl die Temperatur sicher auch hier über zwanzig Grad lag, begannen Christian und Lorenz zu frösteln. Die anderen Reisenden hatten sich fast alle eine dunkle Ruana übergestreift, ein großes, rechteckiges Wolltuch mit einem Loch für den Kopf in der Mitte. Der Zug hielt an einem Ort, der sich durch seine prächtigen Häuser, die herrlichen Blumenbeete und gepflegten Rasenflächen von allen unterschied, die sie bisher in Kolumbien gesehen hatten.

»Hier gibt es bestimmt eine Goldmine«, scherzte Christian.

Mergenter schmunzelte und sagte: »Viel Gold gewiss, aber in Münzen geprägt. La Esperanza ist ein Ferienort der Reichen und Schönen aus Bogotá. Schaut euch die Landhäuser, die Villen doch an.«

»La Esperanza, die Hoffnung, so könnte unsere Finca auch einmal heißen«, schwärmte Lorenz.

Menschen drängten sich an den Zug und boten Waren an.

Mergenter sagte: »Wir haben hier eine halbe Stunde Aufenthalt. Ihr solltet euch eine Ruana kaufen.«

»Könnten wir wirklich brauchen. Hier beginnt man zu frieren.«

»Kommt, ich zeige euch, wie man Geschäfte abwickelt.«

Sie stiegen aus. Obst, Dörrfleisch, Strohhüte, Bastsandalen und Getränke wurden angeboten. Es waren auch Frauen da, die Ruanas verkaufen wollten. Christian und Lorenz probierten einige an und prüften, ob ihr Kopf durch die Öffnung passte. Sie fanden Gefallen an einem weiten und großen Stück, das ganz gleichmäßig gewebt war. Mergenter verhandelte lange und zäh. Als die Lokomotive das Signal gab, einzusteigen, zeigte sich die Frau mit dem angebotenen Preis einverstanden.

»Jetzt sehen wir aus wie waschechte Kolumbianer«, rief Christian und die Leute in der Nähe lachten und nickten ihm freundlich zu.

* * *

Einen verbogenen Fahrradlenker zu richten, das macht Anna mit links. Sie hat gefragt, ob ich von unseren Amerikafahrern auch noch nichts gehört hätte. Gestern ist für mich ein langer Brief von Christian angekommen. Ich habe gezögert, ob ich ihr das erzählen soll, hab's aber dann doch getan. Anna, die sonst immer so lebhaft und zu Späßen aufgelegt ist, hat ganz traurig dreingeschaut. »Von Lorenz nicht einmal ein Kartengruß«, hat sie gesagt. Ich wollte sie trösten. »Unser Lorenz hatte es noch nie mit Tinte und Papier, aber Christian schreibt, dass es beiden gut geht. Die Sonne scheine jeden Tag, das Essen stehe pünktlich auf dem Tisch, ein Matrose namens Salzmann sei für die Bedienung der Passagiere abgestellt, ja, es sei genau so, wie er sich die Ferien bei reichen Leuten immer vorgestellt habe.« Ich zog den Brief aus der Rocktasche und las ihr ein paar Zeilen vor. »Manchmal abends holt Lorenz sein Bandoneon hervor und es wird gesungen, dass es weit übers Meer schallt. Deutschland und all unsere Nöte liegen dann ganz weit weg. Wenn unter den Passagieren nicht dieser Raben von der Botschaft wäre, der stets daran denkt, sich das Parteiabzeichen an die Brust zu heften, dann könnten wir glatt vergessen, dass es Hitler überhaupt gibt. Nur manchmal, nachts im Traum, liegt es mir schwer auf der Brust, dann hör ich Stiefeltritte, Poltern an unserer Tür, und wenn sie dann aufgestoßen wird, kommen riesige Männer in Uniformen herein. Dann schrecke ich jedes Mal auf und

bin nass geschwitzt. *Vielleicht bilde ich mir das mit dem Angstschweiß auch nur ein. In unserer Kabine ist es nämlich meist unerträglich heiß.«*
Ich hörte mit dem Vorlesen auf. Hatte mir Anna überhaupt zugehört?
Kurz bevor sie sich verabschiedete, hat sie gesagt:»Ich bin eingetreten.« Ich hab sie nicht weitergefragt. Wie soll sie denn einen Platz in der Maschinenbauschule bekommen, wenn sie nicht in der Staatsjugend, nicht im BDM ist?

* * *

Es dunkelte bereits, als der Zug die Gemüsefelder, die Kartoffeläcker und Getreideschläge, die in der Nähe der Hauptstadt lagen, hinter sich ließ und die ersten Häuser von Bogotá erreichte.

»La Estación de la Sabana, Endstation!«, rief der Zugführer. Bereitwillig halfen einige Burschen die Kiste von Christian und Lorenz in eine Straßenbahn zu verfrachten. Das war gar nicht so einfach, denn der Wagen war voll gepfropft mit Menschen. Doch für die Fremden rückten sie eng zusammen und schafften Platz. Die Bahn war rundherum offen. Dünne Stützen hielten das Dach. Nur der Fahrer wurde durch eine Frontscheibe geschützt. Es herrschte ein solches Gedränge, dass Christian seine Gitarre hoch über den Kopf hob, damit sie nicht beschädigt werden konnte.

Auch Mergenter fuhr eine Strecke weit mit, stieg aber im Stadtzentrum aus.»Ich werde mich bei euch melden«, versprach er und verabschiedete sich. Dem Straßenbahnschaffner rief er zu: »Carrera sieben an der Calle zweiundzwanzig müssen die Señores aussteigen. Sagen Sie ihnen bitte Bescheid.«

»Geht klar«, sagte der Schaffner. Sie fuhren quer durch die Stadt. Christian wurde schon unruhig, denn er dachte, der Schaffner könnte sie vergessen haben, aber das war nicht so. Er half ihnen das Gepäck auszuladen, bevor er zum Abschied anhaltend die Klingel scheppern ließ und weiterfuhr.

Sie mussten nur wenige Schritte laufen. Der Padre lehnte an der Wand

118

des Pfarrhauses und erkannte sie gleich an ihrem Gepäck. Er rief durch die Tür ins Innere des Hauses: »Unsere Einwanderer sind endlich da.«
An die zwanzig Menschen drängten sich heraus, begrüßten Christian und Lorenz lauthals und erkundigten sich, ob sie eine gute Reise gehabt hätten.

»Lasst uns erst mal reingehen«, sagte der Padre.

Das einstöckige, weiß getünchte Ziegelhaus hatte zur Straße hin nur sehr kleine, vergitterte Fenster. Ein schmaler, langer Flur führte in den Innenhof. Der überdachte Gang rundum war zum Hof hin offen. Von dort aus führten die Türen zu den einzelnen Zimmern.

»Wie in Lievano«, flüsterte Lorenz Christian zu, »aber hier haben die Flöhe keine Chance.«

»Wir wohnen alle hier. Jedenfalls zunächst«, sagte ein Mann mit rheinischem Dialekt. Er zeigte auf zwei Türen links vom Eingangsflur. »Die beiden Zimmer sind für den Padre. Daneben ist das Reich seiner Schwester Ottilie, die ihm den Haushalt führt. Alle anderen Räume hat er vermietet. Und ihr sollt gleich nebenan unterschlüpfen.«

»Wenigstens für die erste Nacht«, sagte der Padre.

»Nur für eine Nacht?«, fragte Christian verwundert.

Er hatte vom Raffaelsverein in Deutschland gehört, sie könnten bei dem deutschen Pfarrer für längere Zeit wohnen.

Der Padre schien verlegen zu werden, beteuerte aber, er habe ganz in der Nähe eine preiswerte Pension gefunden, in der die beiden zunächst einmal wohnen könnten.

»Mit euren zehn Mark werdet ihr allerdings nicht weit kommen«, sagte er. »Ich kenne jedoch einige Herren, die euch ein kleines Startkapital borgen, das ihr erst in einem Jahr zurückgeben müsst.«

Er zeigte auf die Schar der Leute. »Wir haben leider alle Kammern besetzt. Und die, die ich euch heute gebe, wird in den nächsten Tagen für eine Familie mit zwei kleinen Kindern gebraucht. Wir . . .«, er unterbrach sich und rief: »Aber das alles werden wir später genau bereden. Jetzt bezieht erst mal eure Höhle und macht euch frisch. Heute Abend essen wir gemeinsam im Patio. Ihr seid unsere Gäste. Alle sind neugierig darauf, was es aus der Heimat, was es aus Deutschland zu berichten gibt.«

Es wurde eine lange Nacht. Christian und Lorenz erzählten und erzählten und die Fragen wollten kein Ende nehmen.

»Und wie haben sich die Lebensverhältnisse in Deutschland entwickelt?«, fragte ein Mann, der aus dem Sudetenland gekommen war und auf eine Lehrerstelle an der deutschen Schule hoffte.

»Vieles ist besser geworden«, sagte Christian. »Die Zahl der Arbeitslosen nimmt von Jahr zu Jahr ab und soll schon unter zwei Millionen liegen. Die Schlote im Ruhrgebiet qualmen wieder. Es herrscht Ruhe und Ordnung im Land. Neue Straßen und Häuser werden gebaut. Alle freuen sich, dass im nächsten Jahr die Olympiade in Berlin stattfinden soll.«

»Hab ich's nicht gesagt?« Der Mann aus dem Sudetenland schaute lächelnd von einem zum anderen. »Es geht aufwärts. Deutschland gilt wieder etwas in der Welt.«

»Es gibt hier viele deutsche Juden in Bogotá«, sagte eine ältere Frau. »1933 brachte ein HAPAG-Dampfer allein achthundert von ihnen nach Kolumbien. Kein anderer südamerikanischer Staat wollte sie aufnehmen. Der Präsident Enrique Olaya Herrera hier in Bogotá war der Einzige, der die Einreise erlaubte. Achthundert! Ist es wirklich für die Juden so schlimm in Deutschland, wie man manchmal hört?«

»Es ist heute sehr schwer für Juden, in Deutschland zu leben«, sagte Lorenz. »Bestimmte Berufe dürfen sie nicht mehr ausüben, schon 33 sind vor ihren Geschäften SA-Trupps aufmarschiert und haben uns hindern wollen bei Juden zu kaufen.«

»Blutsauger«, sagte ein Mann, aber es blieb ungewiss, ob er damit die SA oder die Juden gemeint hatte.

Der Padre wandte sich an Christian und Lorenz: »Ist hier in Bogotá nicht ganz einfach herauszufinden, wer von den Deutschen mit Hitler sympathisiert und wer nicht. Wundert euch nicht, wenn ihr in den Straßen gelegentlich Kolonnen in brauner Uniform marschieren seht. ›Unsre Fahne flattert uns voran‹. Das ist manchen auch in Kolumbien nicht fremd.«

Christian konnte das kaum glauben und sagte: »Verfolgen uns die Nazis bis in die Neue Welt? Wir dachten, wir wären dem Gleichschritt entronnen.«

Der Padre kündigte an: »Morgen Nachmittag werden wir beraten, wie es mit euch weitergeht. Morgen, am ersten Adventssonntag, ist die Messe in Veracruz um halb zehn. Und jetzt ab in die Zimmer. Gute Nacht.«

An Schlaf dachten die beiden vorerst jedoch nicht. Auf ihrem Tisch lagen Briefe, die für sie angekommen waren. Lorenz' Vater hatte einen langen Brief geschrieben und Anna einen kürzeren, für Christian war von zu Hause Post gekommen und gleich zwei Briefe von Susanne. An L. Mattler und Ch. Fink war eine Karte adressiert, die von allen aus der Gruppe unterschrieben worden war. Christian und Lorenz nahmen sich vor die Grüße aus der Heimat bald zu erwidern.

Es stellte sich heraus, dass der Padre für Christian und Lorenz fast alles geregelt hatte. Er hatte auch bei einem Siedlerpaar eine Lehrstelle gefunden. Die Kleinwittes waren zehn Jahre zuvor nach Kolumbien ausgewandert und hatten sich in Richtung auf Bucaramanga zu eine Finca aufgebaut und viele tausend Kakaobäume angepflanzt. Auch das meiste, was sie zum Leben brauchten, erzeugten sie selbst. Der Padre war der Meinung, das sei die richtige Schule für Christian und Lorenz. Die Kleinwittes waren froh für einige Zeit zwei kräftige Helfer zu bekommen.

»Aber die Pesos sind rar auf der Finca«, hatte Frau Kleinwitte geschrieben. »Außer vielleicht einem kleinen Taschengeld können wir nichts zahlen.«

Das war auch von den »Lehrlingen« nicht erwartet worden.

In den ersten Tagen gab es für Lorenz und Christian viel zu tun. Der Padre hatte eine Liste vorbereitet. Darauf standen die Ämter und Büros, die aufzusuchen waren, damit es später für die Einwanderer keine Schwierigkeiten gab. Sie waren in einer Pension untergebracht worden, die von einer älteren Italienerin geführt wurde. Elf Dauergäste wohnten bei ihr. Eigentlich lege sie keinen Wert auf Wandervögel, ließ sie die neuen Gäste wissen. Aber die wenigen Wochen bis zum Jahresende habe sie ein Zimmer frei. Dann jedoch . . .

»Ich hoffe, bis dahin ist alles geregelt, was uns betrifft«, sagte Christian. »Wir brennen darauf, zu der Familie Kleinwitte auf die Finca zu kommen.«

»Wo haben die denn ihren Besitz?«, fragte die Wirtin.

»In der Gegend von Bucaramanga.«

»Was wollen Sie denn nur in dieser Wildnis?«

»Lernen«, antwortete Christian. »Wir beide sind zwar auch auf dem Land aufgewachsen, Lorenz auf einem Bauernhof und ich im Pferdestall, aber in Kolumbien ist sicher alles anders.«

»Kann man wohl sagen. Viele haben hier ihr Glück zu machen versucht, aber nur wenige sind auf einen grünen Zweig gekommen.«

»Wir werden es schaffen«, sagte Lorenz. Wie stets schien er sich ganz sicher. Obwohl in Bogotá alles viel langsamer ging, als sie gehofft hatten, verlor Lorenz nie die Zuversicht. Die Anmeldung, der Antrag an die Behörden, ein vorläufiges Bleiberecht zu bekommen, Formulare und Stempel, Stempel und Formulare.

An diesem Vormittag wollten sie in der deutschen Botschaft vorsprechen und eine Bescheinigung erbitten, dass sie mit der Genehmigung der deutschen Auswanderungsbehörden ausgereist seien. Sie wurden von der Sekretärin an Herrn Raben verwiesen und mussten in einem kleinen Zimmer lange auf ihn warten. Dann stürmte er herein.

»Heil Hitler«, grüßte er und riss den Arm hoch. »Entschuldigen Sie bitte, ich musste . . .« Er erkannte sie. »Ach nee, die Herren Auswanderer?« Er blickte sie kühl an. »Was kann ich für Sie tun?«

Sie trugen ihr Anliegen vor und reichten ihm die Papiere. Er blätterte sie langsam durch. »Scheint alles so weit in Ordnung. Ich denke, in fünf, sechs Tagen können Sie noch mal vorsprechen. Der Herr Botschafter . . .«

Es klopfte und ein schlanker Mann trat ein. Raben sprang auf.

»Ach, da sind Sie ja, Herr Raben. In Ihrem Vorzimmer warten die Herren von der Schulbehörde.«

»Endlich. In diesem Land dauert es und dauert.« Er sagte im Hinausgehen zu Christian und Lorenz: »Am besten, Sie legen mir die Papiere in einigen Tagen wieder vor.«

»In einigen Tagen«, maulte Lorenz vernehmlich. »Raben hat das kolumbianische Tempo ja schnell übernommen.«

Der Mann, der sich auch schon zum Gehen gewandt hatte, kam noch einmal zurück und fragte: »Sie kennen Herrn Raben?«

»Wir sind gemeinsam mit ihm von Bremerhaven bis Puerto Colombia gefahren.«

»Aha.«

»Dies ist Christian Fink und ich heiße Lorenz Mattler.«

»Mattler? Fink? Ich habe Ihre Namen doch schon mal gehört? Warten Sie. Sie müssten doch auch Frau Millhaus gekannt haben.«

»Sehr gut sogar. Sie ist eine mutige Frau«, sagte Christian.

Der Mann stutzte und forderte sie auf: »Kommen Sie doch bitte mit mir.«

Lorenz raffte die Papiere zusammen und folgte ihm. Am Ende des Flurs öffnete er eine Tür zu einem geräumigen Vorzimmer.

»Herr Botschafter . . .«, sagte die Sekretärin, aber er wehrte ab. »Ich möchte jetzt eine Viertelstunde nicht gestört werden, bitte.«

»Selbstverständlich, Herr Botschafter. Soll ich Kaffee bringen?«

Er schaute Christian und Lorenz an und sagte: »Sicher. Oder möchten Sie lieber ein kühles deutsches Bier?«

»Lieber Kaffee«, entschied Christian.

Wortlos reichte Lorenz ihm die Unterlagen.

»Ja, ja. Ist ja alles in Ordnung. Meine Sekretärin kann Ihnen die Bescheinigung gleich fertig machen.«

Sie brachte den Kaffee und er gab ihr die Papiere und eine kurze Anweisung.

»Sofort?«, fragte sie etwas missmutig.

»Bitte«, sagte er.

Er räusperte sich und schien nach Worten zu suchen.

»Sie kannten Frau Millhaus gut?«, vergewisserte er sich.

»Oh ja. Sie hat uns ein Foto ihres Mannes gegeben. Ernst Millhaus ist ja verschwunden. Sie meinte, wenn wir etwas über ihn erfahren . . .«

»Ich bin informiert. Aber selbst wenn Sie etwas erfahren sollten, Sie können es ihr nicht mehr mitteilen.«

»Nicht mehr . . .«

»Frau Millhaus ist vor etwa vierzehn Tagen von Bogotá nach Medellín geflogen. Sie ist, wie soll ich sagen, sie ist nie wirklich dort angekommen.«

»Wieso?«

»Wie Sie vermutlich wissen, war Frau Millhaus sehr krank.«

»Ja. Tuberkulose.«

»Sie hatte während des Flugs einen schweren Blutsturz. Kein Arzt greifbar. Na, was soll ich sagen. Sie ist noch im Flugzeug verstorben.«

»Und ihre Tochter?«, fragte Lorenz bestürzt. »Was ist mit Eva?«

»Ich habe mich persönlich für sie verwendet. Auf meine Bitte hin hat die Familie ein Stipendium für eine Privatschule ausgesetzt. Die Schwestern, die die Schule tragen, unterhalten ein Internat. Dort ist Eva Millhaus jetzt.«

»Also eine späte Versöhnung mit der Familie?«, fragte Lorenz.

»So dürfen Sie das leider nicht sehen. Die Großeltern fühlen sich durch ihre Tochter in der Ehre verletzt. Was das in diesem Land bedeutet, können Sie wohl kaum abschätzen. Immerhin bewilligten sie das Stipendium. Aber selbst das sollte nicht an die große Glocke gehängt werden. Ich dachte, weil Sie Eva Millhaus kennen, darf ich Ihnen die Auskunft geben. Ich bitte Sie aber dringend, darüber zu schweigen, vor allem Eva Millhaus selbst gegenüber.«

»Selbstverständlich«, versprach Lorenz. »Wir werden Eva besuchen. Sie war an Bord der *Viktoria* unsere Spanischlehrerin. Christian muss ihr nämlich noch etwas überbringen.«

Christian ergänzte: »Es hat während der Überfahrt Diebstähle gegeben.«

»Ich weiß, das Armband.«

»Der Dieb hat es herausgegeben. Wir sollten es Frau Millhaus bringen.«

»Also doch Detektive?«, fragte der Botschafter und lächelte.

»Detektive? Wie kommen Sie auf so was?«

»Es macht ein Gerücht die Runde, danach seien zwei Detektive bemüht, Spuren von Ernst Millhaus zu finden.«

»Unsinn!«, rief Christian erschrocken.

»Gewiss«, bestätigte der Botschafter. »Aber Sie sollten mit dem Herumzeigen des Fotos doch vielleicht vorsichtig sein.«

Die Sekretärin brachte die Bescheinigung. »Sie müssen das Papier noch siegeln, Herr Botschafter.«

Er holte das Siegel aus dem Tresor und reichte ihnen die Bescheinigung.

»Wenn ich Ihnen in Zukunft helfen kann, sprechen Sie nur bei mir vor.«

Sie bedankten sich und sagten: »Auf Wiedersehen.« Es war beiden aufgefallen, dass er sie nicht mit »Heil Hitler« verabschiedet hatte.

»Er ist ja ganz nett«, sagte Christian. »Aber solange Raben in der Botschaft ist, lassen wir uns besser nicht mehr hier sehen.«

Vom Padre erfuhren Christian und Lorenz, wo Eva Millhaus zu finden sei.

»Besucht sie nur. Wenn die Schwestern euch nicht vorlassen wollen, bestellt einen schönen Gruß von mir.«

Doch das war nicht nötig. Im Eingangsflur des Schulgebäudes trafen sie eine alte Bekannte. Eine Frau, die ein etwa zwölfjähriges Mädchen bei sich hatte, redete auf Schwester Rosa ein. Die Schwester erkannte sofort die Reisegefährten und schien froh einen Vorwand zu haben, das Gespräch mit der Frau zu beenden. Als die leise vor sich hin schimpfend ging, sagte Schwester Rosa: »Es ist zum Heulen. Jeden Tag kommen Leute und wollen ihre Töchter bei uns unterbringen. Sie denken, Geld öffnet jede Tür. Dabei sind wir übersetzt. Im Internat ist kein Bett mehr frei. Aber ihr wolltet wohl nicht Schüler unserer Einrichtung werden. Ist ja eine reine Mädchenschule.« Sie lachte.

»Wir wollen Eva Millhaus besuchen.«

Ihr Lachen war wie weggewischt. »Ja, Eva Millhaus. Schrecklich, mit ihrer Mutter, nicht wahr? Eva wird sich freuen, wenn sie Besuch bekommt. Ich werde euch anmelden.«

Sie führte die jungen Männer in ein Besucherzimmer. Es dauerte nicht lange, bis Eva mit einer anderen Schwester eintrat. Die nickte kurz. »Nur zehn Minuten bitte.« Sie setzte sich auf einen Stuhl in die Ecke des Zimmers.

Eva sah in dem schwarzen Kleid erwachsener aus.

»Wir wollten dir etwas bringen, Eva«, sagte Christian.

Er zog aus seinem Brustbeutel das Armband und reichte es ihr. Sie wurde blass und setzte sich. »Habt ihr das . . .?«

»Nein, nein. Der Dieb hat es reumütig rausgerückt. Wir sollten deiner Mutter . . .« Christian stockte. »Ich meine . . .«

»Lass nur«, sagte sie. »Ich muss mich erst an all das gewöhnen. Aber die Schwestern sind lieb zu mir.«

»Wie geht's mit dir nun weiter, Eva?«, fragte Lorenz.

Sie hob die Schultern. Er ging zu ihr und legte ihr die Hand auf die Schulter.

»Wenn Sie jetzt gehen wollen«, sagte die Schwester streng und erhob sich.

»Wir ziehen in ein paar Tagen von Bogotá fort. Wir werden dir schreiben, ganz bestimmt.«

»Und wenn wir wieder hier sind, schauen wir nach dir«, versprach Christian.

Dann wandte er sich an die Schwester und erklärte: »Eva war an Bord der *Viktoria* unsere Spanischlehrerin.«

»Sie sprechen einen schauderhaften Akzent«, tadelte die Schwester.

»Wir können uns ja hier in der Schule anmelden«, schlug Christian scheinbar ernsthaft vor.

»Das könnte Ihnen so passen. Dreihundert Hühner und zwei Hähne.«

Sie verabschiedeten sich von Eva. Lorenz schien für den Geschmack der Schwester Evas Hand wohl zu lange zu halten. Sie fasste Eva bei der Schulter und führte sie hinaus.

Es waren nur noch wenige Tage bis Weihnachten. Das Wetter war frühlingshaft. Mittags, sobald die Frühnebel sich aufgelöst hatten, wurde es sogar ziemlich heiß. Gegen Abend jedoch wehte es kalt von den Bergen, von den Páramos, her. Christian und Lorenz hatten alle Papiere beisammen und nutzten die letzten Tage in Bogotá, schrieben lange Briefe nach Deutschland und sandten auch Eva Millhaus und den Schwestern einen Weihnachtsgruß.

Mergenter war auf einen Sprung ins Pfarrhaus gekommen. Er hatte ihnen als Geschenk einen Kompass und eine Landkarte von Opon Carare mitgebracht, in die mit einem Rotstift nicht weit von einem Bach entfernt ein Kreuz eingezeichnet war. »Ich hab mich erkundigt, wo die Kleinwittes sich verkrochen haben«, sagte er. »Damit ihr sie im Urwald auch findet.«

»Wo steckt der Padre?«, fragte Mergenter.

»Er ist gegen zehn schon fortgegangen und will erst am Abend zurückkommen.«

Mergenter sagte: »Ich habe für ihn eine Kleinigkeit zu Weihnachten besorgt.« Er zog ein schmales Päckchen aus seiner Tasche. »Es wäre schön, wenn ihr ihm dies am Weihnachtsmorgen geben würdet.« Er reichte es Christian. »Hölderlin. Ich hörte, dass der Padre Hölderlingedichte besonders mag.«

Er stand schon an der Tür, als er fragte: »Habt ihr den Tolima schon gesehen?«

»Nein. Kann man das denn von Bogotá aus?«

»Oh, ihr blinden Maulwürfe! Lauft mit geschlossenen Augen durch die Welt.« Dann ging er.

Das Leben in Bogotá hatte sich verändert. Prozessionen zogen durch die Straßen, Blumen überall, viele Häuser zeigten sich im Fahnenschmuck. Dann und wann wurde eine Rakete gezündet. Eine fiebrige Erwartung lag über der Stadt.

»Als ob irgendwo hier in einem Haus Jesus zur Welt kommen soll«, sagte Christian. »Und jeder scheint zu hoffen, dass es in seiner Hütte geschieht.«

Am Heiligen Abend saßen die Bewohner des Pfarrhauses zusammen. Christian und Lorenz spielten Adventslieder und alle sangen mit.

»Kennt ihr das Lied ›Uff'm Berge, da wehet der Wind‹?«, fragte ein etwa vierzigjähriger Schlesier, der mit seiner Frau und zwei Kindern seit einem halben Jahr in Bogotá war und als Autoschlosser schon Fuß gefasst hatte. Er hieß Berthold Prager.

Lorenz antwortete: »Ich hab's, glaub ich, einmal gehört, als wir mit unserer Gruppe vorletztes Jahr eine andere Gruppe in Arnsberg besucht haben.«

»Es ist ein Lied aus unserer Heimat«, sagte Prager und begann leise und mit brüchiger Stimme zu singen.

»Uff'm Berge, da wehet der Wind, da wiegt die Maria ihr Kind. Sie wiegt es mit ihrer schneeweißen Hand, sie hat dazu kein . . .«

Doch dann bekam er kein Wort mehr heraus. Er schluchzte auf. Eine seltsame Stimmung legte sich über die Einwanderer. Mehrere Minuten lang wurde kein Wort gesprochen. Berthold Prager hatte sich wieder gefasst und sagte verlegen: »Weihnachten, das sind schwere Tage in der Fremde.«

Plötzlich schallte lautes Geknatter von der Straße herein. Donnerschläge und Geschrei waren zu hören. Einige drängten nach draußen und wollten nachsehen, was die Ursache des Lärms war. Feuerwerkskörper wurden in den Nachthimmel gejagt und Gewehre abgeschossen.

»Doch wohl keine Revolution?«, fragte Frau Prager ängstlich.

Der Padre lachte laut und rief: »Fröhliche, gnadenreiche Weihnacht! Mit einem Feuerwerk begrüßt Kolumbien den Tag der Christgeburt. Wir wollen es auf unsere Weise tun.«

Mit seinem kräftigen Bass stimmte er an: »Oh, du fröhliche . . .«, und aus vielen Kehlen klang es laut: ». . . freue, freue dich, oh Christenheit.«

Als Christian dem Padre Mergenters Geschenk überreichte, sagte der: »Wir hier im Haus haben zusammengeworfen und für die Lehrlinge ein Abschiedsgeschenk gekauft. Die beiden jüngsten Kinder sollen es euch überreichen.«

Ein Mädchen und ein Junge trugen zwei neue Äxte herbei.

»Fröhliche Weihnachten«, wünschten sie.

»Die werdet ihr bei Kleinwittes brauchen«, sagte der Padre.

Am Tag nach Weihnachten brachen Christian und Lorenz auf. Der Padre betete mit ihnen für ein gutes Gelingen, gab ihnen den Reisesegen und sagte: »Haltet die Augen auf. Gottes wunderbare Schöpfung zeigt sich in diesem Land in tausend und abertausend Farben und Formen. Haltet dafür die Augen auf.«

Draußen hupte mehrmals ein Auto. Berthold Prager war mit einem hochrädrigen Kleinlaster von der Werkstatt gekommen und bot an sie zur Bahnstation zu bringen. Christian und Lorenz hatten das Gepäck, das sie mitnehmen wollten, in ihre Rucksäcke gepackt. Die Axtstiele ragten weit über ihre Köpfe hinaus. Sie freuten sich, dass sie die Last nicht zum Bahnhof schleppen mussten.

Ein letztes Dankeschön und ein langes Winken, das war der Abschied vom Pfarrhaus in der Calle zweiundzwanzig.

Kaum waren Christian und Lorenz von der Ladefläche des Lasters abgestiegen, da prasselte ein heftiger Regenschauer herab.

»Noch ein Segen von oben«, rief Lorenz, »was wollen wir mehr.«

Der Zug ratterte Stunde um Stunde auf das Magdalenental zu. Die Freunde hatten es längst auf der Karte gesehen, die Luftlinie zwischen Bogotá und der Finca von Kleinwittes betrug etwa zweihundert Kilometer, aber alle, die das Land kannten, hatten versichert, dass die geraden Wege in Kolumbien unmöglich zu gehen seien. Felsen und Schluchten, reißende Flüsse und Sumpfgebiete machten Umwege nötig. Also ging es, statt nach Norden direkt auf das Ziel zu, zuerst in nordwestliche Richtung bis zum Río Magdalena, dann dem Flusslauf folgend nach Nordosten. In Puerto Berrio übernachteten sie in einem halbwegs sauberen Quartier. Dort lernten sie den Lastwagenfahrer Jorge kennen, der sich nach ihrem Reiseziel erkundigte. Jorge hatte einen blauroten Papagei bei sich, der nicht von der Stuhllehne hinter ihm wich. In kurzen Abständen kreischte der Papagei immer wieder: »Jorge, Schlitzohr, Jorge, Schlitzohr.«

Jorge bot den beiden an, dass er sie am nächsten Tag ein Stück auf Bucaramanga zu mitnehmen könne. Sie würden so der Finca ein beträchtliches Stück näher kommen.

»Geht ja besser, als ich dachte«, sagte Lorenz.

Weder er noch Christian ahnten, dass in der Frühe erst einmal von ihnen verlangt wurde die Fracht abzuladen. Sie bestand aus Maiskörnern. Vor einem Lagerhaus hatten sie den Mais in Säcke zu füllen und hineinzutragen. Dort wurden die Säcke gewogen und ihr Gewicht in ein Lagerbuch eingetragen. Ein Sack wog selten unter sechzig Kilo. Jorge selbst fasste keinen Sack an. Er müsse darauf achten, dass beim Wiegen und Eintragen alles seine Richtigkeit habe.

Gegen elf Uhr war auch der letzte Sack im Lagerhaus. Christian massierte sich die Schultern und sagte: »Wir hätten auf den Papagei hören sollen.«

Die Fahrt zog sich hin. Der Papagei saß neben Jorge auf dem Hebel der Handbremse. Trotz der holprigen Straße schliefen Christian und Lorenz in der Mittagshitze immer wieder ein. Jorge schien es ähnlich zu gehen, denn mehrmals schreckten sie auf, wenn der Wagen wilde Sprünge machte, weil der Fahrer von der Straße abgekommen war. Sie ließen das Magdalenental hinter sich. Es ging in Serpentinen bergauf.

Lorenz sagte: »Die kolumbianische Fruchtfolge, im heißen Land, der *tierra caliente,* Bananen, Baumwolle und Kakao, in der warmen *tierra templada* Kaffee, Reis, Tabak, Zuckerrohr und wieder Kakao, schließlich über zweitausend Meter in der *tierra fría* so ähnlich wie bei uns zu Hause, Mais, Gerste, Hafer, Weizen und Kartoffeln. Nenn mir ein Land auf der Welt, wo du so viele verschiedene Erzeugnisse ernten kannst.«

Christian war zu müde, um darüber nachzudenken. Als sie schon längere Zeit durch dichten Wald gefahren waren, der die Westhänge der Kordilleren bedeckt, fragte Jorge: »Müsst ihr nicht bald raus?«

Sie durchquerten einen kleinen Ort, dessen Hütten längs der Straße gebaut waren. Jorge nannte den Namen der Ansiedlung, aber sie war auf ihrer Karte nicht verzeichnet. Erst die nächste Ortschaft fanden sie und erklärten Jorge, dass der Weg nun bald über eine Brücke führen müsste. Dort wollten sie aussteigen. Den Fluss gab es wirklich, ein reißendes Gewässer tief in einer Schlucht, aber von einer Brücke war nichts zu entdecken. Sie sagten Jorge Lebewohl und stiegen aus. Nach Mergenters Wegbeschreibung sollten sie den Fluss überqueren. Aber daran war an dieser Stelle nicht zu denken. Das Wasser schäumte tief unten weiß auf und das Rauschen klang laut herauf. Sie gingen einen Pfad, der eng am Rand der Schlucht entlangführte.

»Nicht nach unten schauen«, sagte Lorenz, als er merkte, dass Christians Schritte kürzer und unsicherer wurden. Er ging voran und Christian folgte ihm.

Sie liefen den ganzen Tag ohne größere Pause. Der Pfad wurde nass und schlüpfrig. Einmal kam ihnen ein Maultiertreiber mit vier beladenen Tieren entgegen. Sie schwatzten eine Weile. Er kannte die Finca der Kleinwittes. Sie fragten ihn nach dem Weg und zeigten ihm die Karte. Er starrte eine Weile darauf, wusste aber nichts damit anzufangen.

»Wie lange müssen wir noch laufen?«, fragte Christian.

Er besann sich, zählte irgendetwas an seinen Fingern ab und sagte: »Neun Stunden oder mehr.«

»Und wie finden wir den Weg?«

»Ihr stoßt auf einen Bach auf der anderen Seite in sieben Stunden oder mehr. Dem folgt ihr aufwärts. Dann werdet ihr die Finca irgendwann sehen. Viele, viele Kakaobäume.«

Er trieb die Maultiere an und zog weiter.

»Das schaffe ich heute nicht mehr«, sagte Christian. Lorenz entgegnete: »Bis die Sonne untergeht, sind es noch zwei Stunden. Ein Stück gehen wir noch.« Ohne sich umzusehen, ging er voraus. Christian folgte ihm und schimpfte leise vor sich hin.

Die Schlucht lag schon in tiefem Schatten, da erreichten sie eine Rodung und ein wenig abseits einen ärmlichen Rancho, eine Holzhütte mit Wellblech gedeckt. Es gab jedoch keine größere Pflanzung, sondern die Leute schienen von verschiedensten Dingen nur so viel anzubauen, wie sie für den täglichen Bedarf nötig hatten, Mais, Zuckerrohr, Tabak, ein paar Kaffeesträucher.

Eine Mestizin trat vor die Hütte und schaute misstrauisch auf die Ankömmlinge. Hinter ihr tauchte ein Mann auf, der einen alten Vorderlader schussbereit in seinen Händen hielt. In einiger Entfernung blieben Lorenz und Christian stehen. Lorenz rief: »Wir suchen eine Unterkunft für die Nacht. Können Sie uns aufnehmen?«

Die Frau ging ins Haus zurück und der Mann winkte ihnen näher zu kommen.

»Wir können bezahlen«, sagte Lorenz.

Der Mann ließ das Gewehr sinken. »Nur bis morgen?«, fragte er. Lorenz nickte. »Wohin wollt ihr?«

»Zur Finca von Kleinwitte. Dort werden wir arbeiten.«

»Gut«, sagte der Mann. »Für eine Nacht.«

»Für eine Nacht«, bestätigte Lorenz.

Sie gingen ins Haus.

Die Eltern, eine alte Frau und vier Kinder wohnten und schliefen in einem einzigen Raum, dessen Boden aus gestampftem Lehm bestand. Ein roher Tisch stand in der Mitte, darum herum einige Hocker mit Ledersitzen. An den Wänden entlang gab es drei Liegen und für die Kinder Schlafstellen aus aufgeschichtetem Astwerk, das mit einer Kuhhaut bedeckt war. Die Kochstelle war ein offenes Feuer in einem Schuppen hinter der Hütte.

Christian und Lorenz wurden zum Essen eingeladen. Es gab eine dicke Suppe aus Maismehl. Der Mann goss für die Erwachsenen aus einer Kalebasse Chicha in Tonschalen, die Kinder kauten an einem Stück Zuckerrohr.

Allmählich wurde das kleinste Kind, ein Junge mit lebhaften Augen und pechschwarzem, struppigem Haarschopf, zutraulicher. Als Lorenz sein Bandoneon auspackte und eine Weile spielte, begannen sie ihn auszufragen. Er erzählte von dem Bauernhof daheim, von den Tieren in den Ställen, dem Bücherschatz seines Vaters und von den Abenden, an denen sie gemeinsam musiziert hatten. Die Leute lauschten und machten große Augen. Als er endlich aufhörte, sagte Luisa, ein etwa zwölfjähriges Mädchen: »Ein so schönes Märchen habe ich nie zuvor gehört.« Lorenz widersprach ihr nicht. Eine Liege wurde für die beiden geräumt und die alte Frau verschwand nach draußen. Christian war es nicht wohl dabei, denn sie hatte die Gelenke voller Gichtknoten.

Von Mücken wurden sie in dieser Nacht nicht gequält, aber die Flöhe bissen kräftig zu.

Am nächsten Morgen fragten sie den Ranchero, wie sie wohl über den Fluss kämen. Der führte sie bis dicht an den Rand der Schlucht. Er hatte hoch über dem reißenden Wasser eine Stahltrosse gespannt und sie diesseits und jenseits an Bäumen fest verankert. In sanftem Bogen überquerte die Trosse wohl fünfzig Meter weit die Schlucht bis zur anderen Seite.

»Es ist gefährlich, in die Schlucht hinabzuklettern und an der anderen Seite wieder hinauf«, sagte der Ranchero. »Deshalb ...« Er zeigte auf die Trosse.

Christian und Lorenz verstanden nicht, was er meinte. Er lachte und rief zur Hütte hinüber: »Luisa!« Das ältere Mädchen kam gelaufen. »Zeig den Señores, wie man nach drüben kommt.«

Sie ging zu dem Baum, an dem die Trosse in zwei Metern Höhe befestigt war, und stieg über eine Leiter hinauf. Dort löste sie ein Laufrad, das auf der Trosse lag. An die Achse des Rades waren zwei Stricke gebunden, die unter der Trosse zusammenliefen. Daran hing ein armdickes Querholz. Luisa setzte sich auf dieses Holz, hielt sich an den Stricken fest und stieß sich von dem Baum ab. Sie sauste in immer größer werdenden Tempo bis zu dem tiefsten Punkt des Bogens abwärts. Der Schwung war so ausgetüftelt, dass sie, stets an Geschwindigkeit verlierend, die Gegenseite aufwärts rollte und drüben landete. Der Ranchero pfiff zu Luisa hinüber und die kehrte zurück. Die anderen Kinder und auch die alte Frau waren dazugekommen. Der Kleinste fragte: »Darf ich auch, Vater?«

»Nein. Die Señores wissen jetzt, wie es geht.«

»Und so sollen wir nach drüben?«, fragte Christian. Auch Lorenz wurde es mulmig. Er sagte: »Mit den schweren Rucksäcken?« Sie gingen zu dem Baum und schauten sich Rolle und Sitz genau an.

»Bevor ich in die Schlucht klettere und mir die Knochen breche, mach ich's lieber«, entschloss sich Lorenz.

»Es ist ganz einfach«, sagte der Ranchero. »Wir binden uns die Kinder schon als Säuglinge auf den Rücken, wenn wir hinüberwollen. Dann kommt später erst gar keine Angst auf.«

Als die alte Frau sah, dass Christian sich fürchtete, sagte sie zu ihm und lachte dabei: »Soll ich Sie auf den Rücken nehmen und mit Ihnen gemeinsam fahren, Señor?«

Lorenz und Christian schulterten ihre Rucksäcke, sagten Adiós und wagten die Überfahrt, zuerst Lorenz und dann Christian. Den leeren Sitz schoben sie einfach zurück. Sie winkten und folgten dem Pfad an der anderen Seite der Schlucht.

»Mir ist schlecht geworden, als ich hinunterschaute«, gestand Christian. »Ungefähr so wie in den ersten Tagen auf der *Viktoria,* als ich seekrank wurde.« Am Nachmittag stießen sie auf einen Bach, der in den Fluss mündete. Hatte der Mautiertreiber diesen gemeint? Sie entschlossen sich, es zu versuchen. Schon bald darauf sahen sie die Rodung, bepflanzt mit Kakaobäumen. Das Tal war weiter geworden, hatte aber ziemlich abschüssige Hänge. Nicht weit vom Ufer des Baches entfernt stand auf dicken Baumstümpfen das Haus wie auf Stelzen. Es war aus Stämmen fest gefügt und hatte ein tief heruntergezogenes Dach. Hunde schlugen an und ein Hahn krähte.

»Hallo, die Lehrlinge kommen«, rief Frau Kleinwitte, lief ihnen entgegen und schüttelte ihnen die Hand. »Gott sei Dank, dass ihr heil durchgekommen seid.« Sie winkte zum Haus hin. »Nun komm doch mal, Karl, und hilf den Jungen tragen.«

Ein untersetzter, breitschultriger Mann kam langsam den Weg herab und begrüßte sie. »Schön, dass ihr uns gefunden habt.«

Als ob es nichts wäre, packte er beide Rucksäcke und brachte sie ins Haus. Frau Kleinwitte bot ihnen Brot und Salz an. Es war inzwischen dunkel geworden. Sie fragte nach diesem und jenem, doch er sagte: »Klara, die jungen Männer sind total fertig. Zeige ihnen die Kammer. Morgen ist auch noch ein Tag.«

Sie schliefen tief und traumlos.

Der nächste Tag war ein Sonntag. Kleinwitte führte sie von einem Ende der Finca bis zur anderen und zeigte ihnen, was in den wenigen Jahren geschafft worden war.

»Jedes Jahr ein paar Kakaobäume mehr«, sagte er. Christian und Lorenz spürten seinen Stolz. »Voriges Jahr haben wir sechs Morgen dazugewonnen. Da drüben«, er zeigte auf den gegenüberliegenden Hang, auf dem etwa vier Meter hohe Bäume standen, »da drüben hat es voriges Jahr eine gute Ernte gegeben.«

»Haben Sie nie daran gedacht, Kaffee anzubauen?«, fragte Lorenz.

»Für den Hausgebrauch gibt es hinter dem Haus ein paar dutzend Bäumchen«, sagte er. »Aber wenn aus einer Finca wirklich etwas werden soll, dann muss man sich auf eine Frucht konzentrieren. Ich glaube, dass Kakaobohnen einen besseren Preis bringen.«

Er zeigte zum Waldrand hinüber. »Mit eurer Hilfe werden wir ein tüchtiges Stück roden und bepflanzen. Die Sämlinge sind schon aus der Erde.«

»Dann man los«, sagte Lorenz und spuckte in die Hände.

»Heute nicht. Heute ist Sonntag. Solange wir hier leben, haben wir immer den Sonntag gehalten.«

»Wie steht es denn mit der Sonntagsmesse?«, fragte Christian. Kleinwitte lachte. »Wenn es hochkommt, schafft es Pater Alvarez zweimal im Jahr bis hier herauf. Sein Pfarrbezirk ist riesengroß und sein Maultier nicht das jüngste. Aber Klara bereitet jeden Sonntag für den Abend einen Gottesdienst vor.«

Vor dem Haus wurde ein Gong angeschlagen.

»Schnell zum Haus«, sagte Kleinwitte. »Wenn wir nicht pünktlich zum Mittagessen kommen, ist Klara den ganzen Tag brummig.«

* * *

Alle haben mir gratuliert. *Das beste Abitur des Jahrgangs! Als ich nach Hause kam, war meine Überraschung groß. Mutter hatte eine festliche Kaffeetafel vorbereitet. Meine Schwester Hildegard war auch da. Man sieht es deutlich, dass sie schwanger ist. Mit der Kutsche ist sie gekommen. Zweispännig, wie sich das für eine Großbäuerin gehört. Es wurde ein heiterer Nachmittag. Gegen Abend kam der »werdende Vater« mit dem Motorrad nach. Meine Mutter fragte ihn: »Hör mal, Schwiegersohn, Susanne will Lehrerin werden. Kannst du nicht mal deine Verbindungen spielen lassen?« Mir war das unangenehm. Ich wollte Mutter schon sagen, dass sie sich nicht einmischen soll. Aber dann konnte ich's nicht. Sie hat mir zum Abitur eine Nähmaschine geschenkt. Eine Singer-Nähmaschine! Über ein Jahr hat sie die Milchpfennige dafür auf die Seite gelegt. Eigentlich wollte sie sich einen neuen Hut und einen Sommermantel kaufen. »Das kann warten«, hat sie gesagt. Also, was meinst du, Erwin?«*

»Ich kenne einen von uns, der ist in Kassel an der Schule, in der die Lehrerinnen gebacken werden. Ich könnt ihn mal anrufen.«

»Man braucht nur den richtigen Schwiegersohn.« Mutter lachte zufrieden. Ein Schwiegersohn in Kolumbien gehört für sie wohl nicht dazu.

Ob Christian weiß, dass Generalpräses Ludwig Wolker, Franz Steber, Clemens und noch rund sechzig Sturmschärler verhaftet worden sind? Wer sollte es ihm sagen? Das in einen Brief zu schreiben traue ich mich nicht.

* * *

Es vergingen arbeitsreiche Wochen. Kleinwitte hatte drei Indios eingestellt, den etwa vierzigjährigen Ricardo und seine Neffen Eugene und Manuel. Sie wohnten mit ihren Familien etwa eine halbe Stunde weit im Wald. Bei Christian und Lorenz war der Muskelkater der ersten vierzehn Tage längst weg. Sie hatten sich an das Fällen der Bäume gewöhnt. Das etwas förmliche »Sie«, mit dem sie die Kleinwittes in den ersten Tagen angeredet hatten, war dem vertrauteren »Du« gewichen.

Am Abend saßen sie, wenn die Müdigkeit nicht zu arg war, noch eine Stunde vor dem Haus und besprachen die Arbeit für den folgenden Tag.

An den Sonntagen holten Lorenz und Christian ihre Instrumente heraus und es wurde gesungen.

»Für wen rackert ihr euch hier eigentlich ab?«, fragte Lorenz an einem solchen Abend.

Karl sah ihn befremdet an. »Wie meinst du das?«

»Nun, ihr beide schuftet euch hier krumm. Nach euch wird sich der Urwald in ein paar Jahren alles zurückgeholt haben, was ihr ihm abgetrotzt habt.«

»Ganz so ist es nicht«, sagte Klara. »Wir haben zwei Söhne. Tomás ist dreizehn und Carlos zwöf Jahre alt. Sie sind in Medellín im Internat. Sie können das hier mal . . .«

Karl unterbrach sie: »Wenn sie das wollen. Und wenn nicht, dann verkaufen wir die Finca eben und ziehen nach Medellín oder gehen als begüterte Leute nach Deutschland zurück.«

»Heim ins Reich«, sagte Christian. »Heim zu dem großen Führer.«

»Bleibt Heimat nicht trotzdem Heimat?«, fragte Karl.

»Schade um das schöne Holz«, sagte Christian, als sie eines Tages nach Sonnenuntergang noch vor dem Haus saßen und in ihrer Rodung die Glut der Feuer deutlicher aus der wachsenden Dunkelheit hervortrat. »Was könnte man aus den Stämmen alles machen, Karl.«

»Hab ich am Anfang auch gedacht. Hinter dem Haus liegt noch ein ganzer Stapel Bretter. Gut abgelagert inzwischen. Wir hatten hier mal eine Gruppe von Wanderarbeitern, die mit Baumsägen umgehen konnten. Die haben mehrere Wochen lang Bretter aus den Stämmen gesägt. Dann haben sie, Gott allein weiß, warum, von einem Tag auf den anderen ihren Lohn gefordert und sind weitergezogen. Den Fußboden in unserem Haus haben wir aus den Dielen gezimmert und auch die Zimmerdecken. Es sind viele Bretter übrig geblieben. Ist einfach zu viel Holz. Und so geht es, wenn du irgendetwas im Überfluss besitzt, dann achtest du es gering.«

»Man müsste das Holz in die Städte schaffen«, sagte Lorenz.

»Ja, wenn der Fluss zum Flößen geeignet wäre. Es gehört endlich eine Straße her. Pläne gibt's immer wieder, aber es ist damit wie mit den Seifenblasen, sie funkeln in verlockenden Farben, aber ehe du dich einmal umgedreht hast, sind sie zerplatzt.«

»Vielleicht erleben es Tomás und Carlos noch«, sagte Klara. »Wenn einer von denen die Finca bewirtschaftet, irgendwann, wird es vielleicht auch hier besser. Eine Straße, eine Eisenbahnlinie, wer weiß.«

Karl schätzte die Situation realistischer ein. »Vorläufig haben wir genug damit zu tun, die Ernte mit Maultieren zum Río Magdalena zu schaffen.«

»Vielleicht könnte ich mit den Brettern etwas anfangen«, sagte Christian. »Ich hab in Duisburg bei einem Schreiner gearbeitet und versteh mich auf Holz.«

»Du meinst, du könntest Fensterläden und Türen machen?«, fragte Klara.

»Ja und auch einen Schrank, wenn du willst.«

Ihre Augen begannen zu glänzen. »Einen richtigen Schrank?«

»Sicher.« Er lachte ihr zu. »Ich ebne mit einem der Indios die Erde zwischen den Stelzen unter eurem Haus. Werkzeug ist vorhanden. Eine einfache Schreinerwerkstatt ist bald eingerichtet.«

»Was meinst du, Karl?«, fragte Klara.

Er antwortete: »Lass dir von dem Burschen keine Spinnereien in den Kopf setzen. Erst müssen die Bäume am Hang runter. Die Kakaostecklinge, die wir gezogen haben, sollen ausgepflanzt werden. Ich kann weder Christian noch einen Indio entbehren. Später vielleicht.«

»Später, später, immer heißt es später. Und dann ziehen die beiden weiter und immer noch muss ich die Kleider auf eine Stange hängen und das Geschirr ins offene Regal stellen.«

Sie wirkte verbittert.

Er brummte: »Klara, wir können nicht alles auf einmal. Und die Pflanzung geht nun mal vor, basta.«

Sie stand auf und lief ins Haus.

***

Ich bin für die Ausbildung zur Lehrerin zugelassen. Als ich bei der Vorstellung in Kassel dem grauhaarigen Professor mein Zeugnis zeigte, sagte er: »Mit diesen Zensuren hätten Sie alles studieren können. Warum wollen Sie in die Schule?« Was sollte ich sagen?

»Wegen der Kinder.«

»Ja, wer die Jugend hat, hat die Zukunft.« Wie er das sagte, das klang ziemlich ironisch. Ich musste daran denken, dass Ostern der ganze Geburtsjahrgang von 1926 geschlossen in die Staatsjugend aufgenommen worden ist. Hitler hat die Jugend. Die Zukunft auch?

* * *

Und dann musste Karl doch wenige Tage später auf Christian verzichten. Sie schlugen und sägten gerade an einem mächtigen Stamm. Wie alle großen Bäume wurde er in einer Höhe von einem Meter angesägt. Mit der Axt schlugen sie eine Kerbe, damit der Baum in die gewünschte Richtung fiel. Die Stümpfe blieben einfach stehen. »Die Wurzeln halten den Boden fest«, sagte Karl.

»Verdammt harter Bursche, dieser Baum«, schimpfte Lorenz. Tatsächlich splitterte bei jedem Axthieb nur ein kleiner Span aus dem Stamm, so heftig sie auch zuschlugen. Im Zweiertakt hallten Lorenz' und Christians Hiebe durch das Tal, klack klack, klack klack, klack klack. So ging es schon länger als eine halbe Stunde.

»Den schaffen wir bis Mittag nicht«, sagte Christian. Er ließ die Axt sinken und trank einen Schluck Wasser aus dem Krug. Lorenz hackte verbissen weiter. Christian wollte sich wieder in den Rhythmus einfügen, doch gleich bei seinem ersten Schlag rutschte die Axt ab und die Schneide fuhr ihm ins linke Bein. Oberhalb des Schuhs riss sie ihm eine Wunde in die Wade.

»Aus«, rief er und warf die Axt beiseite. Er biss die Zähne zusammen. Blut färbte sein Hosenbein dunkel.

Lorenz schrie zu Karl hinüber, der etwas weiter unten mit zwei Maultieren die starken Äste zu einem Haufen zusammenschob: »Karl, komm, komm schnell, Christian hat sich verletzt.«

»Das fehlte gerade noch«, sagte Karl, als er das Bein anschaute. »Ab ins Haus mit ihm.«

Christian legte seine Arme um die Schultern der Männer und hinkte zwischen ihnen her.

Sie legten ihn vorsichtig auf seine Pritsche. Klara zog ihm den Schuh vom Fuß und schnitt das Hosenbein auf.

»Ach Gott«, rief sie, »das sieht bös aus. Bewege den Fuß mal, Christian.«

Es schmerzte ihn zwar, aber er vermochte den Fuß hin- und herzudrehen.

»Was machen wir denn jetzt?« Klara betrachtete ratlos die Wunde.

»Am besten einen festen Verband anlegen, dann aufs Muli mit ihm«, sagte Karl. »In zwei Tagen können wir beim nächsten Arzt sein. Wenn es gut geht.«

»Wenn es gut geht«, wiederholte Klara.

»Und wenn nicht?«, fragte Christian. Als alle betreten schwiegen, sagte er: »Wundbrand. Und wenn es gut geht, nehmen sie mir das Bein ab.«

Mühsam richtete er sich auf und schaute die Verletzung genau an. »Sieht aus wie bei César auf der *El Condor*. Hat fast zu bluten aufgehört. Die Wundränder klaffen auseinander.«

Lorenz sagte: »Eben. Ich hol die Blechdose her, die McNeill dir geschenkt hat.«

Er brachte sie aus der Kammer.

»Du kannst mit Nadel und Faden umgehen, Klara. Christian sagt dir genau, was du tun musst.«

»Nein!« Klara sträubte sich. »Aber keine Wunde nähen.«

»Doch. Oder wollt ihr Christian hier krepieren lassen?«

»Ich kann das nicht«, jammerte Christian. »Nicht am eigenen Leib.«

»Doch, du kannst es. Hast doch genau aufgepasst, wie Schwester Angelina César verarztet hat.«

»Meinst du?«

»Ja, Christian. Du kannst es bestimmt.«

Christian begann zu zittern, sagte aber: »Also, ich versuch's.«

»Los, Klara«, forderte Lorenz sie auf. »Ich reich dir an, was du brauchst. Und wenn Christian sich die Seele aus dem Hals schreit, scher dich nicht drum. Fang endlich an.«

Karl stützte Christian, sodass er die Wunde sehen konnte. Er schrie wirklich, als Klara mit Jod die Wundränder einstrich.

Die Farbe war aus ihrem Gesicht gewichen und ihre Stirn wurde von einer Falte gespalten. Ihre Hände jedoch blieben ruhig und sicher.

Christian begann ihr Anweisungen zu geben. »Mehr Jod«, verlangte er.

»Den Katzendarm mit der Pinzette aus der Lösung holen und einfädeln.«

»Stich um Stich im Abstand von knapp zwei Zentimetern die Unterhaut zusammenziehen.«

»Jedes Mal den Faden verknoten und abschneiden.«

»Blut abtupfen.«

»Jetzt die Oberhaut. Genau wie bei der Unterhaut verfahren.«

Als Klara den letzten Faden verknotet hatte, murmelte er: »Noch mal mit Jod abpinseln.« Karl ließ ihn behutsam auf das Kissen zurücksinken, aber das spürte er nicht mehr. Er verlor für ein paar Minuten die Besinnung. Klara legte ihm einen festen Verband an.

Eine Woche später humpelte er an zwei Stöcken, die Lorenz ihm zurechtgeschnitten hatte, wieder durchs Haus. »Hast du gut gemacht, Klara. Die Naht sieht zwar aus wie ein Rollschinken, aber nichts hat sich entzündet. Das ist die Hauptsache. Bald kannst du meine Axtschläge wieder klingen hören.«

»Wird vorläufig noch nichts mit der schweren Arbeit«, antwortete sie.

»Oder willst du, dass meine kunstvolle Naht aufplatzt?«

»Ich kann hier nicht auf der faulen Haut liegen und euch zur Last fallen. Ich will bald wieder was tun.«

»Sollst du auch«, sagte Klara. »Hast du dich nicht gefragt, warum ich die ganzen Tage so selten im Haus gewesen bin?«

»Ja, Ich hab mich schon darüber gewundert.«

»Ich hab den Boden unter dem Haus zwischen den Stelzen geebnet.« Sie zeigte ihm ihre Handflächen. Die waren übersät mit aufgeplatzten Blasen. Er erschrak. »Du willst . . .«, sagte er.

»Ja. Ich will Türen und Fensterläden und vor allem zwei Schränke. Einen für die Kleider, den anderen für das Geschirr.«

»Aber dazu brauche ich auch Eisenzeug«, sagte er.

»Zeichne es auf, Christian. Mit genauen Maßen. Es gibt einen Tag weit von hier einen geschickten Schmied. Aber . . .«, sie schwieg einen Augenblick, fuhr dann jedoch fort: »Sag Karl zunächst nichts. Ich werde einen Indio losschicken, vielleicht Ricardo.«

Christian fertigte genaue Zeichnungen der Angeln für die Tür und die Fensterläden und auch für die Schrankbeschläge.

Als nur Manuel und Eugene am nächsten Tag auf der Finca erschienen und Ricardo ausblieb, schimpfte Karl über »diese unzuverlässigen Burschen«.

Klara hatte Ricardos Neffen eingeschärft nichts zu verraten.

Am Montag begann Christian damit, das Holz und die Schreinerwerkzeuge bereitzulegen, und baute mitten unter dem Haus einen festen Tisch. Mit seinem Bein ging es von Tag zu Tag besser. Karl schaute zwar finster drein, sagte aber nichts zu Christians Arbeit und schaute nicht einmal danach. Als Ricardo endlich nach vier Tagen wieder auftauchte, machte er ihm Vorhaltungen, aber er entlockte ihm kein erklärendes Wort.

Bald waren die Fensterläden eingehängt und die Tür angeschlagen. Christian selbst war unsicher, ob er den Mund nicht zu voll genommen hatte, als er mit den Schränken begann. Doch dann waren die Teile des Kleiderschranks fertig und mussten ins Haus geschafft werden. Lorenz half ihm beim Aufbau und war begeistert von dem, was Christian fertig gebracht hatte. Karl war derweil mürrisch vors Haus gegangen. Eine Woche später war auch der Küchenschrank fertig. Klara hatte aus blau-weiß kariertem Stoff eine Borte genäht, sie an der oberen Leiste des Schranks befestigt und das Geschirr eingeräumt. Aufrecht standen die Teller im

Tellerbord. Als Karl von der Rodung kam, schaute er sich den Schrank genau an, öffnete und schloss die Türen, zog die beiden Schubladen auf und zu und fuhr mit dem Finger prüfend über die Kanten des Holzes. Klara fauchte ihn an: »Könntest ja auch mal ein Wort dazu sagen.« Er lobte Christian. »Gute Arbeit. Hätte ich dir gar nicht zugetraut.« Dann ging er zu seiner Frau, und obwohl sie sich wehrte, nahm er sie in den Arm und sagte: »Gut, dass ich dich Dickkopf geheiratet habe.« Er hob sie auf, drehte sie im Kreis und rief fröhlich: »Und morgen beginnen wir damit, die kleinen Kakaobäumchen auszupflanzen.«

* * *

Christian, Christian, du bist schon so lange weg. Fast vier Wochen kein Lebenszeichen mehr von dir. Manchmal versuche ich dein Bild in mir wachzurufen. Es gelingt nicht immer. Nur schemenhaft wie durch eine Milchglasscheibe schimmert es in mir auf. Schnell greife ich zu dem Foto, auf dem du so unbeschwert lachst. Dann bist du mir ganz nah.

* * *

Lorenz hielt sich oft hinter dem Haus auf, wo Klara einen kleinen Acker mit Kaffeebäumen angelegt hatte. Als sie sein Interesse spürte, erklärte sie ihm genau, wie sie unter der Anleitung Ricardos die Saatbeete vorbereitet hatte.

»Er war wählerisch mit dem Saatgut. Nur solche Bohnen waren geeignet, die eine möglichst gerade Furche längs in der Mitte hatten. Ein Jahr lang musste ich sie hegen und pflegen. Er riet mir auch zu diesem Acker, auf dem ich die jungen Setzlinge dann pflanzen musste. Er hat keinen Finger krumm gemacht, aber mir gut geraten. ›Was man selbst gemacht hat, vergisst man nie‹, hat er gesagt und: ›Kaffee braucht den besten Boden.‹ Und dann wuchsen die Pflanzen mit ihren glänzenden immergrünen Blättern. Was war das für eine Freude, als die ersten Büschel der fünfblättrigen weißen Sternblüten sich entfalteten und einen wunderbaren Duft verströmten. Und dann die ersten Kaffeekirschen, braunrot und darin jeweils zwei Samenkerne. Er hat mir alles gezeigt, wie sie aus dem Fruchtfleisch gepresst werden, das Waschen, Trocknen und all die Arbeiten, die nötig sind, bis die graugrünen Kaffeebohnen vor dir liegen. Bei der ersten Ernte war es nur ein halber Sack voll. Ich hab die Hälfte der Bohnen nach und nach in der Pfanne geröstet, nicht zu dunkel, nicht zu hell. Da hat selbst Karl genießerisch geschnuppert und sich angeboten mir die Kaffeemühle zu drehen. Die erste Tasse Kaffee aus eigener Ernte! ›Kolumbianischer Kaffee ist doch der beste auf der Welt‹, hat Karl gesagt. Dabei haben wir uns in Deutschland nur am Sonntag ein Tässchen erlauben können und hatten keine Ahnung, aus welcher Ecke der Welt er gekommen war.

Karl hatte sich so das Kaffeetrinken angewöhnt, dass er enttäuscht war, als ich eines Tages sagte: ›Schluss für dieses Jahr. Den Rest der Bohnen brauch ich für die neuen Pflanzen.‹ Nun, jetzt ist die Ernte so groß, dass wir nicht mehr sparen müssen.«

Sie hatte sich in Begeisterung geredet. Lorenz sagte: »Ich glaube, Klara, du hättest es lieber gesehen, wenn ihr Kaffeebäume statt Kakao angepflanzt hättet.«

Sie schaute ihn nachdenklich an und erwiderte: »Welcher Mann richtet sich schon nach den geheimen Wünschen der Frauen?«

»Nun«, sagte er, »wenn Anna erst gekommen ist, dann werde ich auf sie hören.«

»Ist das nicht das Mädchen, das den Schraubenschlüssel mit ins Bett nimmt?«

»Ja, ja.« Er lachte. »Sie will eine Reparaturwerkstatt für Maschinen aufmachen. Stell dir vor, Klara, hier im Urwald eine Reparaturwerkstatt! Aber ich werde sie schon davon überzeugen, dass unsere Zukunft nur in einer Finca liegt.«

»Siehst du«, sagte sie ironisch, »genau das habe ich gemeint. Ihr Männer erwartet, dass wir nach eurer Pfeife tanzen.«

Die neuen Setzlinge der Kakaobäume waren gut angegangen und trieben frische, große Blätter. Der Hang sah prächtig aus. Allmählich ging die Lehrzeit dem Ende zu. Noch eine Woche wollten sie bleiben, um von der Ernte auf dem älteren Acker noch etwas mitzubekommen. Die handlangen, gurkenähnlichen Früchte wurden gepflückt. Jede war ungefähr ein Pfund schwer und in dem Fruchtbrei lagen oft mehr als fünfundzwanzig bräunlich rote Samen, die Kakaobohnen, je zwei bis drei Zentimeter lang.

Karl war gut gestimmt. Sie hatten das Feld bis zum Abend zur Hälfte abgeerntet. In den Bergen grummelte seit dem Nachmittag ein schweres Gewitter. Als es dunkel wurde, sahen sie die Blitze weit über den Himmel zucken. Auch im Tal begann es zu stürmen und heftig zu regnen. Stundenlang prasselten die Tropfen auf das Dach. Der nächste Tag begann trübe. Tief jagten die Wolken durch das Tal. Und dann sahen sie es, in dem Hang, an dem sie am Vortag noch gearbeitet hatten, war ein wohl zwanzig Meter breiter Erdstreifen aufgerissen und mitsamt den Kakaobäumen ins Tal geschwemmt worden. Ein schmales Rinnsal, das aus dem Wald kam und den Hang hinabfloss und das mit einem Schritt zu überqueren gewesen war, hatte sich in ein reißendes Gewässer verwandelt. Der breitere Bach im Talgrund wurde von der Schlammlawine wie durch eine Sperrmauer aufgestaut. Das Wasser war gestiegen, hatte einen See gebildet und nagte schon an den unteren Reihen der übrigen Felder. Karl sagte kein Wort, schnappte eine Hacke und eine Schaufel und rannte hinunter. Wie ein Irrer versuchte er das abgerutschte Erdreich aufzuwühlen, um einen Abflussgraben auszuheben. Aber er sank bis über die Knie in den Morast ein und musste einsehen, dass er auf diese Weise zu keinem Ergebnis kommen konnte. Er dachte einen Augenblick nach und begann dort zu graben, wo der Schlammstrom zum Stehen gekommen war. Die Indios, Lorenz und Christian halfen ihm und hackten und schaufelten, als ob es um ihr Leben ginge. Am Nachmittag hatten sie den Durchstich geschafft. Wenig Wasser floss zuerst hindurch, spülte aber lockere Erde mit sich, verbreitete das Bachbett und schoss dann mit großer Gewalt durch den Graben, immer mehr Schlamm mit sich reißend, wild und unaufhaltsam. Der Wasserspiegel sank von Minute zu Minute und hatte am Nachmittag wieder die alte Höhe erreicht.

Karl aß an diesem Abend nichts, sondern verkroch sich in sein Bett.

Am nächsten Morgen hatten die Wolken sich verzogen. Ein lichter Dunst lag über dem Tal. Der aufgerissene Hang sah aus wie eine braune Wunde in dem Grün der Kakaobäume.

»Ist doch nicht so viel niedergekommen, wie ich zuerst befürchtet hatte«, sagte Karl. »Und außerdem gibt es hier genug Flächen, die ich roden kann. Dieses Unglück wirft mich nicht um.«

Es hörte sich an, als ob er sich selbst Mut zusprechen wollte.

»Ist eben doch eine ziemlich steile Lage hier«, sagte Lorenz.

»Sie ist, wie sie ist«, antwortete Karl.

Sie versuchten gemeinsam drei Tage lang die Ränder des Abbruchs zu befestigen, gruben Felsbrocken ein, pflanzten Strauchwerk, hoben vorsorglich Abflussrinnen aus, damit ein neuerlicher Regen nicht noch einmal einen ähnlichen Schaden verursachen konnte. Abends sanken sie erschöpft auf ihre Lagerstatt.

»Sonntag ist unser letzter Tag«, sagte Christian. »Montag brechen wir auf nach Bogotá.«

Ähnlich wie am ersten Sonntag ein halbes Jahr zuvor machten sie auch an diesem letzten Tag einen Rundgang um die ganze Finca.

»Unser Vater ist am Sonntag ebenfalls oft über unsere Felder gegangen«, erzählte Lorenz. »Es kam mir dann vor, als ob er einen ganz anderen Schritt anschlug, irgendwie schwungvoller als sonst und weiter ausgreifend.«

»Genau wie du, Karl«, sagte Christian. »Das sind Schritte wie von einem, der stolz ist auf seinen Besitz.«

Karl schmunzelte. »Hoffentlich könnt ihr bald auch so ähnlich über euere eigene Finca gehen. Das jedenfalls wünsche ich euch. Den Mumm dazu habt ihr, das habe ich hier oft merken können.«

Beim Essen sagte Klara: »Aber heute Abend müsst ihr euere Instrumente auspacken. Wir wollen noch einmal singen. Wer weiß, wann wir je wieder dazu kommen.«

Als Christian seine Gitarre aus dem Futteral ziehen wollte, verschlug es ihm die Sprache. Er hatte nur noch Trümmer in der Hand. Boden und Deckel des Instruments hatten sich in Staub aufgelöst und die Saiten baumelten am Gitarrenhals.

Lorenz schaute sich die Reste an.

»Wie kann das denn?«, fragte er entsetzt.

Karl trat in ihre Kammer und forderte sie auf: »Nun kommt doch endlich. Klara wartet schon auf euch.«

Christian standen die Tränen in den Augen. Wie oft hatte ihn seine Gitarre begleitet. In Rom war sie mit ihm gewesen und zu vielen Treffen der Gruppen und immer hatte er sich an dem reinen Klang gefreut. Und nun nur noch ein Haufen Schrott.

Karl rief: »Diese verdammten Cucarachas.« Er schüttelte das Futteral und es fielen mehrere schabenartige Käfer auf den Boden. Zornig zertrampelte Christian sie. Dann setzte er sich auf seine Pritsche und schlug die Hände vors Gesicht.

Leise sagte Lorenz zu ihm: »Christian, das Erste, was wir in Bogotá kaufen, ist eine neue Gitarre.«

»Nie, nie wieder wird mir ein Instrument diese Gitarre ersetzen. Mein Patenonkel hat sie mir geschenkt und mir hoch oben auf dem Ziegelofen die ersten Griffe beigebracht.«

Er sprang auf und trat wie wild auf den toten Schaben herum. »Verfluchte Biester! Verfluchte Biester!«, schrie er.

Zu Fuß waren sie zu Kleinwittes Finca gekommen, aber zurück würde es leichter gehen, so schien es Christian und Lorenz jedenfalls.

Ricardo und sein Neffe Manuel sollten einen Teil der Ernte nach Puerto Berrio schaffen. Die Indios waren den Weg schon öfter gegangen. Sechs Maultierladungen mit Kakaobohnen galt es, in die Ebene zu transportieren. Ricardo kam mit zehn Maultieren.

»Sechs für die Säcke, vier zum Reiten«, sagte er und zeigte auf sich, auf Manuel und auf Christian und Lorenz. Die fanden es wunderbar, dass sie die Rucksäcke nicht auf dem Buckel schleppen mussten. Die waren nämlich schwerer geworden. Klara hatte Lorenz ein Säckchen mit ausgesucht schönen Kaffeebohnen mitgegeben. »Für die erste Saat auf der eigenen Finca«, hatte sie gesagt. Für Christian schrieb sie einen Scheck aus.

»Wir wollen kein Geld«, wehrte der ab.

»Das ist kein Geld«, sagte sie. »Das ist eine kleine Kreissäge, die ihr in Bogotá dafür bekommen könnt. Schreiner brauchen Werkzeug.«

Sie packte ihnen so viel Verpflegung ein, dass es für eine Reise nach Quito in Ecuador gereicht hätte. Sie bestand darauf, dass sie alles mitnahmen.

»Man kann nie wissen, was unterwegs passiert.«

Eigentlich sollte es an diesem Montag in aller Frühe losgehen und die Indios trafen im Morgengrauen ein. Sie hatten ihre Macheten umgehängt und Ricardo trug einen alten Vorderlader auf dem Rücken. Besondere Eile jedoch legten sie nicht an den Tag. Umständlich hoben sie die Säcke an, schätzten ihr Gewicht und ordneten sie den einzelnen Tieren zu.

Es war, als ob sie die Lasten aufs Gramm genau auf jede Seite der Tiere verteilen und fest verschnüren wollten. Die Prozedur schien kein Ende zu finden.

Christian flüsterte gerade Klara zu: »Ich glaube, wir wären doch besser zu Fuß gegangen«, da banden die Indios sich die Macheten um, sprangen auf die Reittiere und forderten Lorenz und Christian auf, es wie sie zu machen.

»Könnt ihr überhaupt reiten?«, fragte Karl.

»Ich bin auf einem Gestüt aufgewachsen«, antwortete Christian, »und Lorenz kommt von einem Bauernhof.« Während der ersten Stunden kamen sie gut voran. Die Tiere gingen sicher und ohne jeden Fehltritt den schmalen, holprigen Pfad entlang.

Christian spürte bald, dass reiten auf einem dürren Muli doch etwas anderes war als der Ritt auf einem Pferd. Er hatte Mühe, nach einer kurzen

Rast einen Sitz zu finden, der ihm keine Schmerzen bereitete. Als der Sonnenball sich hinter die Baumkronen senkte, sagte Ricardo: »Absteigen. Hier ist ein guter Platz. Hier bleiben wir heute Nacht.«

An dieser Stelle war ein Baumriese umgestürzt. Seine Krone ragte weit über der Rand der Schlucht. Bei seinem Fall hatte der Baum eine Lichtung in den Wald gerissen. Die Tiere wurden abgesattelt und fanden in dem frisch aufgeschossenen Grün genügend Futter. Die Männer trugen dürres Holz zusammen und Manuel zündete ein Feuer an. Am Waldrand tobte eine Horde roter Brüllaffen. Als aber Ricardo sich mit seinem Vorderlader anpirschte, um eines der Tiere für das Abendessen zu schießen, sprangen sie unter lautem Geschrei davon. Ricardo kehrte ohne Beute zurück, brachte aber ein Büschel hellgrüner Blätter mit. Er hatte gesehen, dass Christian beim Holzsammeln breitbeinig umhergestelzt war.

»Das Maultier hat spitze Knochen«, sagte er.

Christian nickte und verzog sein Gesicht. Ricardo suchte in seiner Satteltasche nach einer Blechflasche und reichte sie Christian. Der öffnete den Schraubverschluss und schnupperte. Den Duft kannte er. »Aha, Aguardiente, Feuerwasser. Damit soll ich meine Schmerzen wohl betäuben.« Schon wollte Christian einen Schluck nehmen. Da rief Ricardo: »No, no! Nicht trinken, Don Christian. Der ist für die Kehle zu scharf.« Er breitete seine Ruana aus.

»Auf den Bauch legen«, sagte er zu Christian. Der tat's. Ricardo zog ihm die Hose herunter. »Hätten Sie schon früher sagen sollen, dass es lichterloh brennt«, maulte er. Dann winkte er Lorenz und Manuel heran. Die packten Christian bei den Oberarmen und hielten ihn so fest, dass er sich nicht aufrichten konnte. Ricardo schüttete mehrmals einen Guss auf die Wundstellen und verteilte das Feuerwasser gleichmäßig darüber. Christian schrie: »Wollt ihr mich umbringen?«, und versuchte sich loszureißen. Die beiden hatten ihn jedoch sicher im Griff. Nun presste Ricardo die Blätter einige Minuten lang gegen die aufgescheuerte Haut. Der brennende Schmerz verebbte allmählich. Lorenz und Manuel gaben Christians Arme frei, aber der blieb ermattet liegen. Ohne das Blätterbündel vorher wegzunehmen, zog ihm Ricardo die Hose fürsorglich hoch.

»Na?«, fragte er.

»Ich spüre kaum noch etwas«, antwortete Christian erleichtert. »Aber ich fühle mich wie ein Säugling in Windeln.«

Sie lagerten sich um ein Feuer. Manuel stampfte mit einem Stäbchen Blätter in einer kleinen Kalebasse und streute ab und zu eine Prise Muschelkalk dazu.

»Was wird das?«, fragte Christian.

»Coca für morgen.«

»Coca?«

Manuel grinste, nahm ein grünes Bällchen aus dem Mund und zeigte es Christian. Der hatte schon häufiger bemerkt, dass manche Indios oft stundenlang auf irgendetwas herumkauten und es von einer Backe in die andere schoben. Aber nie hatte er danach gefragt, was das war.

»Warum macht man das, Manuel?«

Der hob die Schultern. »Vertreibt den Hunger und macht den Kopf leicht.« Er nahm etwas aus der Kalebasse und bot es Christian an. Der steckte es skeptisch in den Mund und kaute. Nach nicht einmal einer Minute spie er es in weitem Bogen aus. »Pfui Teufel!«, rief er und schüttelte sich. Lorenz und die Indios lachten über ihn.

Vor dem Aufbruch am nächsten Morgen verschwand Ricardo noch einmal im dichten Gebüsch des Waldes und brachte ein größeres Kräuterbündel mit.

»Nicht noch einmal Aguardiente auf die falsche Stelle«, rief Christian ängstlich.

»Nein, nicht Aguardiente. Wir wechseln nur die Windeln.«

Er stopfte Christian die Hose so voll mit dem Grünzeug, dass der gut gepolstert auf dem Maultierrücken saß.

»Sind die Schmerzen weg?«, fragte Lorenz.

»Zaubern kann Ricardo nicht. Aber erträglich sind sie geworden und sie scheinen auch nicht schlimmer zu werden.«

»Ein Heilkundiger wie du sollte sich das Rezept geben lassen«, sagte Lorenz.

»Keine schlechte Idee.«

Sie erreichten kurz nach Mittag die Straße, die auf der anderen Seite längs der Schlucht verlief und an der sie Jorges Wagen verlassen hatten.

»Wie kommen wir rüber?«, rief Lorenz Ricardo zu.

»Nur noch ein paar Minuten, dann erreichen wir die Brücke.«

»Die Brücke?« Lorenz trieb sein Maultier an und ritt voraus.

Nach wenigen hundert Metern stieß er auf die breitere Straße, die über eine Holzbrücke ans diesseitige Ufer führte. Als die anderen nachgekommen waren, rief er: »Dieser Halunke! Jorge kannte die Brücke genau, aber er hat uns an der Nase herumführen wollen. Sollte mir Jorges Papagei jemals wieder begegnen, werde ich ihm das Wort ›Hundesohn‹ beibringen.«

Vor dem hohlen Geräusch der Hufe auf dem Holz scheuten die Tiere. Selbst Schläge mit der flachen Machetenklinge und wilde Verwünschungen halfen wenig.

Hinter ihnen wartete geduldig ein Lastwagen. Die Brücke war zu schmal. Er konnte nicht an ihnen vorbei. Endlich waren die Mulis alle drüben. Sobald die Tiere wieder festen Boden unter den Hufen spürten, wollten sie eilends weiter, doch Ricardo stülpte seinem Maultier die Ruana über den Kopf, dass nur noch die Ohren herausschauten. Es tat keinen Schritt mehr. »Macht es mit den übrigen Viechern auch so«, sagte er. »Wir haben eine Rast verdient.« Der Fahrer des Lastwagens fuhr im Schritttempo über die Brücke und stoppte bei ihnen. Er sprang aus der Fahrerkabine und fragte nach dem Woher und Wohin. Die Indios kannten ihn offensichtlich, denn sie redeten ihn mit Simón an. Als Lorenz und Christian ihre Namen nannten und erzählten, dass sie vor gut einem halben Jahr mit der *Viktoria* in Puerto Colombia angekommen waren, wurde Simón hellhörig.

»Ist Ihnen der Name Millhaus bekannt?«, fragte er vorsichtig.

»Gut bekannt«, antwortete Lorenz. »Wir sind mit Renata Millhaus und ihrer Tochter über den großen Teich gefahren. Eva Millhaus hat uns die ersten Spanischkenntnisse beigebracht. Aber Frau Millhaus ist ja inzwischen . . .«

»Ja, leider.« Simón stand vor den beiden, hielt den Kopf gesenkt und schaute auf seine Sandalen. Dann schien er zu einem Entschluss gekommen zu sein und sagte: »Wenn Sie viel Zeit haben, dann reiten Sie mit Ricardo weiter. Falls Sie aber schnell vorwärts kommen wollen, springen Sie auf die Ladefläche. Ich kann Sie bis Puerto Berrio mitnehmen.«

Es war ein schneller Abschied von Ricardo und seinem Neffen.

Der Laster hatte nur ein paar Bündel leerer Säcke geladen.

Christian und Lorenz saßen weich. Das war ihnen angenehm, denn die Straße war in dem halben Jahr, seit sie mit Jorge gefahren waren, nicht besser geworden. Dass die Säcke ihre Hände und Gesichter mit Kohlenstaub einschwärzten, nahmen sie in Kauf. Es rumpelte und schepperte und der Wagen schien auseinander brechen zu wollen.

»Wir müssen nur aufpassen«, schrie Lorenz Christian ins Ohr, »dass wir nicht in Puerto Berrio sozusagen als Transportlohn die Säcke mit Kohlen füllen müssen.« Es wurde schnell dunkel. Simón fuhr in halsbrecherischem Tempo bis Puerto Berrio durch. Er hielt vor einem größeren Haus, auf dessen weiß getünchter Wand in verschnörkelten Buchstaben »Hotel Bolívar« geschrieben stand.

»Der Patrón ist mein Onkel Liborio«, sagte Simón. »Weil ich Sie mitgebracht habe, wird er Ihnen nur ein paar Centavos für die Übernachtung abverlangen.«

Der Patron wies ihnen ein Zimmer zu, in dem vier Betten standen. Als besonderer Komfort befanden sich am Ende des Flurs ein Klo mit Wasserspülung, außerdem in einem Vorraum vor dem Klo ein Waschbecken und unter der Decke ein Duschkopf, aus dem lauwarmes Wasser tröpfelte. Immerhin reichte es, um den Kohlenstaub von den Gliedern zu waschen. Christian und Lorenz hatten ihre Kleider auf einen Haken vor dem Duschraum gehängt. Als sie sich wieder anziehen wollten, waren sie verschwunden. Sie berieten noch, was sie machen sollten, da wurde die Tür ein wenig geöffnet und eine junge Frau reichte Hemden und Hosen ausgebürstet herein.

»Wirklich ein vornehmer Schuppen«, sagte Christian. »ich bin mal gespannt, was Simón mit ein paar Centavos gemeint hat.«

Aus dem Essraum gleich neben der Eingangstür drangen Stimmen. Einige volle Schüsseln wurden aus der hinter dem Haus liegenden Küche hineingetragen. Sie wollten schon eintreten, da rief Simón: »Nein, nicht dorthin. Onkel Liborio lädt Sie ein, Señores.« Er führte sie in ein kleines Privatzimmer. Der Onkel wartete bereits auf sie und gab einer Bediensteten ein Zeichen, das Essen aufzutragen. Auch er ließ sich von der Fahrt auf der *Viktoria* erzählen. Sein Interesse wurde sichtlich groß, wenn die Rede auf Frau Millhaus kam. Das Essgeschirr war schon abgeräumt und die übliche Tasse Kakao eingeschenkt, da fragte er wie beiläufig: »Hat Señora Millhaus auch ihren Mann Ernesto erwähnt?«

»Ihr Mann war ja gerade der Grund, warum sie den Heilungsprozess abgebrochen hat und unbedingt nach Kolumbien zurückwollte«, sagte Christian.

Onkel Liborio lehnte sich in seinen Holzsessel zurück, zündete sich umständlich eine Zigarre an und hüllte sich in blaue Wolken.

»Wieso?«, fragte er.

»Señor Millhaus ist verschwunden. Wir haben gehört, dass es in dem Kohlenstollen einen Unfall gegeben hat, eine Explosion oder so was und dass die Mineros ihm die Schuld dafür gaben.«

»Unsinn«, rief Simón, aber sein Onkel brachte ihn mit einer Handbewegung zum Schweigen.

»Und Sie haben auch nichts über das Verschwinden von Ernesto Millhaus herausgefunden?«

»Wir?«, fragte Christian misstrauisch. »Wir hatten selber Pläne und eigene Sorgen.«

»Aber das Foto . . .« Onkel Liborio verstummte und kaute nervös auf dem Ende seiner Zigarre.

»Sie wissen etwas von einem Foto?«, fragte Lorenz.

»Ja, ich erfuhr davon. Man hört manches in einem Hotel.«

Christian fragte: »Was interessiert Sie an Ernesto Millhaus? Kannten Sie ihn?«

»Erst das Foto«, verlangte er.

Christian zog es aus der Tasche. Es war ziemlich zerknittert. Der Patrón schaute es lange an. Dann sagte er: »Erzähle, Simón.«

»Ich habe Kohlen aus der Grube abgefahren, die Señor Millhaus leitete, und ich mache das immer noch. Gelegentlich habe ich ihn nach Medellín mitgenommen, wenn er übers Wochenende seine Familie dort besuchen wollte. Er besaß ein schönes Haus in Medellín. Nie hat Señora Millhaus mich weiterfahren lassen, ohne mir einen Tinto anzubieten. Die Señora und der Señor haben mich behandelt, wie, na, wie man einen Menschen behandelt. Und das kommt bei denen da oben nicht immer vor.«

»Hielten sich die Millhaus denn nicht auch eine ganze Reihe Bedienstete?«, fragte Christian.

»Das wohl. Da waren eine Putzfrau, ein Gärtner, eine Frau für die Wäsche und auch eine Köchin.«

»Was war denn der Unterschied zu manch anderen Reichen? Haben sie einen höheren Lohn bezahlt?«

»Das weiß ich nicht genau. Aber es ist ja nicht das Geld allein. Sie haben ihre Leute einfach anders behandelt. Eva durfte oft bei der Köchin in der Küche sein, ist als kleines Mädchen auf den Schultern des Gärtners geritten, ging gelegentlich auch mit ihnen nach Hause; und wehe, sie hat sich nicht höflich ihnen gegenüber benommen. Dann konnte Frau Millhaus ganz schön böse mit ihrer Tochter werden. Nein, es ist nicht das Geld allein. Es ist die Achtung, die sie ihren Bediensteten entgegenbrachte.« Er schwieg lange und schien sich in Erinnerungen zu verlieren.

»Weiter«, forderte der Onkel Simón auf.

»Von der Mine bis zur Wohnung von Millhaus betrug die Fahrzeit etwas über zwei Stunden. Eigentlich ist es nicht besonders weit, aber die Straße ist miserabel.«

»Komm zur Sache, Simón«, mahnte der Onkel.

»Na ja, unterwegs haben wir miteinander gesprochen. Ich hab von meiner Familie erzählt, von meinen fünf Kindern, auch dass meine Frau viermal in der Woche eine Putzstelle hatte und dass wir die älteren Kinder zur Schule schicken können und . . .«

»Simón!«

»Ich erzählte ihm einmal, dass Conchita, meine Frau, ihre Stelle verloren hat, genauer gesagt, dass sie gefeuert worden ist.

Nun, was ich eigentlich sagen wollte, ich hatte Señor Millhaus schon drei-, viermal mitgenommen. An diesem Tag fragte er mich: ›Bist du eigentlich damit einverstanden, Simón, dass in diesem Land wenige Menschen fast alles besitzen und fast alle nichts?‹ Ich wusste nicht, ob ich ihm trauen konnte, und antwortete: ›Das war schon immer so, Señor. Was will man da machen?‹ Er wurde richtig wütend. ›Genau, weil ihr euch damit abfindet, deshalb ändert sich nichts.‹ Wir kamen in diesem Augenblick vor seinem Haus an. Als die Señora mir den Tinto vorsetzte und Gebäck dazu, sagte sie: ›Simón, ich habe von unserer Tochter Eva noch ein paar gute Kleider, aus denen sie rausgewachsen ist. Ich möchte sie Ihnen für Ihre Mädchen . . .‹ – ›Ich kann selber für meine Familie sorgen‹, habe ich sie angeschrien. ›Wir brauchen nicht die abgelegten Sachen der Reichen.‹ Ich bin aufgestanden und gegangen. Sie ist mir nachgekommen, stellt euch vor, nachgekommen ist die Señora mir, hat mir das Paket mit den Kleidern durchs Fenster in die Fahrerkabine geworfen und gesagt: ›Es ist wegen der Gerechtigkeit.‹

Erst zu Hause habe ich gemerkt, was das bedeuten sollte. Es waren in dem Paket nämlich lauter neue Kleider. Trotzdem. Zwei Wochen lang bin ich losgefahren, ohne Señor Millhaus zu fragen, ob er mitkommen wollte. Aber meine Conchita, die hat mir den Kopf gewaschen und mich ausgezankt. Sie hat gesagt, das sei das Blut von meinem spanischen Großvater, das mir immer wieder in den Kopf schießen würde. ›Stolz und dumm‹, hat sie mich angeschrien. ›Stolz und dumm.‹

Genau an dem Wochenende hat der Señor mich gefragt: ›Simón, hast du in deiner Kabine keinen Platz mehr für mich?‹ Von da an hat er mir oft erzählt, dass die Arbeiter in seiner Heimat sich zu Gewerkschaften zusammengeschlossen und sich Recht um Recht erkämpft hätten.«

Onkel Liborio unterbrach ihn und fuhr fort: »Simón hat mir jedes Mal genau berichtet, was Señor Millhaus ihm gesagt hat. Und ich hatte meine Freude dran. Ich gehöre nämlich zu der liberalen Partei in diesem Land. Als wir 1930 die Regierung übernahmen, machten wir uns alle große Hoffnungen auf eine Landreform. Aber es ist ganz merkwürdig. Sicher wird mancher Reformplan in Bogotá entwickelt, aber es ist, als ob einer hundert Papierschiffchen in Honda in den Río Magdalena setzt. Wir haben oft ungeduldig auf den Strom geschaut, aber hier in Puerto Berrio ist bisher noch keines angekommen.«

Simón sagte: »Das Ende ist bald berichtet. Señor Millhaus hat nicht nur mir seine Gedanken mitgeteilt. Er hat in Medellín sogar einmal öffentlich einen Vortrag gehalten über soziale Gerechtigkeit. Seine Frau war da schon in Europa. Kurz darauf sind bei Regen und Nacht zwei Lastwagen an seiner Wohnung in der Nähe der Mine vorgefahren. Schüsse fielen. Als die Mineros sich trauten nachzuschauen, was los war, fuhren die Lastwagen gerade davon. Señor Millhaus war nicht mehr da. Die alte Rosita, die ihn versorgte und ganz in der Nähe wohnt, hat gesagt, er sei mit Gewalt fortgeschleppt worden. Nein, Blutspuren habe sie nicht entdecken können, aber es gebe im Haus keinen Schrank, keine Schublade, die nicht durchwühlt worden sei. Wir haben nie herausbekommen, was genau mit Señor Millhaus geschehen ist.«

»Es gab gar keine Explosion in der Grube?«, fragte Lorenz.

»Doch. Am Tag zuvor hatte Emiliano Methangas in einem Stollen ausgemacht. Er weiß, was dann zu tun ist, und wollte es, wie schon oft zuvor, abfackeln und zur Verpuffung bringen. Aber an diesem Morgen war er tollkühn. Hat sich zu nah rangewagt. Er hatte am Abend vorher zu viel Chicha getrunken. Wie es genau war, weiß ich nicht, aber er selbst und vier andere Mineros haben üble Brandwunden davongetragen.«

»Warum, Señor Liborio, weihen Sie Lorenz und mich in all das ein?«

»Es sind meine Sorgen, die mich dazu treiben, Señores. Wenn sich nicht

bald in diesem Land vieles ändert, dann wird es so gehen wie in der Mine. Die Lunte brennt schon. Es wird eine riesige Explosion geben. Gewalt wird überall im Land aufflammen. Ein Morden ohne Ende beginnt.«
»Und was können wir tun, damit es nicht dahin kommt?«
»Señor Millhaus sagte immer, es müssen tausend kleine Feuer brennen, damit die Gerechtigkeit sich wärmen kann. Geschieht das nicht, dann wird es einen Höllenbrand geben, in dem alles untergeht. Sie wollen eine Finca aufbauen. Vielleicht entzünden Sie ein solches kleines Feuer?«

* * *

Alfons Argon aus der Sturmschargruppe von Christian und Lorenz kommt jetzt häufiger auf unseren Hof. Vater hat ihm angeboten sich Bücher aus dem Regal auszuleihen. Alfons sagte: »Hier findet man Sachen, die in der Bücherei längst verschwinden mussten.« Letztes Mal wusste er, dass Wolker und Clemens und auch die meisten Sturmschärler wieder aus der Haft entlassen worden sind. Aber Franz Steber, dem Kaplan Rossaint und ein paar anderen wollen sie den Prozess machen. Vor dem Volksgerichtshof in Berlin. »Da sollen nur scharfe Hunde sitzen.«
»Sprich nicht so von deutschen Richtern, Alfons«, sagte Mutter. »Das sind doch studierte Leute. Die kennen das Gesetz.«
»Möglich«, wandte Vater ein. »Aber halten sie sich auch daran?«
»Du redest dich noch mal um Kopf und Kragen, Norbert.«

* * *

Die Eisenbahn brachte Christian und Lorenz übers Gebirge nach Bogotá. Der Padre hatte inzwischen ein anderes, erheblich großzügigeres Haus gemietet, doppelgeschossig nach vorn hinaus und mit um zwei Innenhöfe gruppierten Zimmern. Die Bewohner waren nur zum Teil Leute, die Lorenz und Christian bekannt waren, andere waren neu zugezogen. Der Padre selbst beschränkte sich immer noch auf lediglich zwei

Räume. Aber nicht alle Wohnungen hatten auch Mieter gefunden. Teile, vor allem des hinteren Hofes, standen leer.

Christian und Lorenz fragten den Padre, ob er sie nicht aufnehmen könne, am besten in dem Raum, der am wenigsten Miete koste. Der Padre ging mit ihnen durch den vorderen Patio. Von dort aus führte ein schmaler Durchgang in den hinteren Hof, an dem sich die große Küche befand und gleich daneben eine schmale Kammer, mehr ein von einem größeren Raum abgemauerter Flur.

»Wenn euch das reicht?«, fragte der Padre. »Dieses Kabuff will sonst niemand. Es kostet nichts. Allerdings müsst ihr dafür den Hof sauber halten.«

Lorenz schaute durch das Fenster. »Sieht aus wie eine Schießscharte«, sagte er. »Aber was ist das für ein Bau da hinter der Küche?«

»Ach, der vorige Besitzer wollte einen Lagerraum haben. Ist aber nie was Rechtes daraus geworden und verfällt mehr und mehr.«

»Könnten wir den auch mieten?«

»Mieten? Macht damit, was ihr wollt.«

»Padre, wir haben vor einige Zeit in Bogotá zu bleiben und hier zu arbeiten. Wir brauchen ein gewisses Kapital, wenn wir eine Finca aufbauen wollen.«

»Wird nicht einfach sein«, sagte der Padre. »Hier suchen viele Arbeit.«

»Nicht alle können, was wir können.« Lorenz war ganz zuversichtlich.

Es wurde nach dem Padre gerufen. Im Weggehen sagte er: »Meinen Segen habt ihr.«

Christian und Lorenz schauten sich das Lagerhaus, wie der Padre die fensterlose Baracke großspurig genannt hatte, genau an. Das Dach bestand aus Wellblech und schien dicht zu sein. Zwischen den Außenmauern und der Dachtraufe klaffte ein Spalt. Lorenz maß mit ausgreifenden Schritten den Innenraum.

»Ungefähr neun mal zwölf Meter«, schätzte er. »Reichlich groß genug.«

»Wofür groß genug?«

»Mensch, Christian, ist dir in der Hitze das Gehirn ausgetrocknet? Du hast doch den Scheck für eine Kreissäge in der Tasche. Das hier wird eine prächtige Schreinerei.«

»Die Kreissäge allein tut es nicht. Wir sind mit unserem Geld ziemlich am Ende. Für eine Schreinerwerkstatt brauchen wir Hobel, Stemmeisen, Sägen, Zwingen, Bohrer und vieles mehr. Ein Ofen, um den Leim heiß zu machen, müsste her, auch eine Hobelbank oder wenigstens ein großer Arbeitstisch und, und, und . . .«

»Und Holz«, sagte Lorenz.

Christian wiederholte: »Und Holz. Du stellst dir das alles so leicht vor.«

»Was wir vor allem brauchen, sind Aufträge. Wenn Aufträge vorliegen, gibt es Kredit. Die Aufträge bringen Geld ins Haus. Der Kredit kann abbezahlt werden. Es bleibt etwas übrig. Auf die Dauer wird dieses Etwas unser Kapital. So einfach ist das.«

Christian ließ sich allmählich von Lorenz' Begeisterung anstecken.

»Wir können ja mal versuchen an Aufträge zu kommen«, stimmte er zu.

Sie teilten den Bewohnern des Pfarrhofes mit, was sie vorhatten. Tatsächlich kam eine Liste von Wünschen zusammen.

»Lauter Kleinkram«, sagte Christian.

Lorenz meinte: »Kleinvieh macht auch Mist.«

Doch wenige Tage später betrat kurz vor elf ein kleiner, gut gekleideter Herr das Pfarrhaus und fragte nach der Schreinerwerkstatt. Ottilie zeigt ihm den Weg. Lorenz war gerade in der Stadt und schaute sich auf den Märkten nach gebrauchtem Werkzeug um. Der Herr wurde an Christian verwiesen. Er stellte sich als Emiliano Pereira vor und gab Christian seine Karte. »Direktor der Gesellschaft für Humanität«, stand darauf.

Señor Pereira setzte sich auf einen der Hocker, die im hinteren Hof standen.

»Wo ist Ihre Werkstatt?«, fragte er.

Christian deutete etwas vage nach hinten und sagte: »Eine geräumige Halle.«

Es war wohl die Mittagshitze, die den Herrn hinderte die Werkstatt selbst in Augenschein nehmen zu wollen.

»Was können Sie?«

»Alles.«

Als Christian das spöttische Lächeln des Direktors sah, fügte er hinzu: »Ich habe in Deutschland als Schreiner gearbeitet.«

»Ah, Deutschland. Das ist gut. Sind Sie in der Lage, einfache Holzbettgestelle zu fertigen?«

»Selbstverständlich.« Christian eilte in die Kammer und holte Papier und Bleistift. Mit wenigen Strichen zeichnete er einen Holzrahmen, der auf stabilen Füßen stand.

Der Direktor ließ sich die Skizze geben. »Sehr gut«, sagte er und trug einige Maße ein.

»Eins siebzig lang, siebzig breit, die Beine ungefähr so hoch.« Er deutete mit der Hand in die halbe Höhe des Hockers. »Und ein Bretterboden, damit wir eine Decke oder etwas Ähnliches einlegen können.«

»Kein Problem, Señor. Aber sind die Betten mit eins siebzig nicht ein wenig kurz?«

Der Direktor kicherte und sagte: »Wir werden nur kleine Schurken aufnehmen.«

»Wie soll ich das verstehen?«

»Nun, unsere Gesellschaft für Humanität verfügt über einige Mittel. Señora Perez ist die Seele des Unternehmens. Zweimal im Jahr veranstaltet sie einen Wohltätigkeitsball. Wer in Bogotá etwas gelten will, nimmt daran teil. Die Eintrittskarten sind unverschämt teuer. Und dann sammelt die Señora an diesem Abend. Sie geht selber mit einer großen Glasvase herum. Jeder kann sehen, was gespendet wird. Unter diesen Umständen will sich keiner kleinlich zeigen.

Aber beim Ball vor vier Wochen, da hat sie etwas gemacht, davon wird man in unserer Stadt noch in Jahren sprechen. Die Damen hatten natürlich die neuesten Ballkleider an, die fast alle aus Paris stammten. Manche der Modelle waren sicher kostspieliger als alles, was an dem Abend an Pesos zusammenkommen konnte. Señora Perez aber hatte die luxuriöseste Robe an, die Sie sich vorstellen können, hellblaue Seide mit vielen

Rüschen und mit lauter Pailletten bestickt. Und dort, wo der Ausschnitt jenen Punkt erreichte, der gerade noch die Obszönität verhinderte, da war ein ziemlich großer Smaragd aufgenäht. Um zwölf Uhr hat ein Diener gegen einen Gong geschlagen. Die Musik verstummte. Señora Perez nahm das Wort und sagte: ›Sie haben mein herrliches Modellkleid aus einem berühmten Pariser Atelier gesehen und ich habe manch bewundernden Blick der Damen bemerkt. Allerdings auch manchen ängstlichen der Herren, wenn sie bedachten, welche Ansprüche von ihren Frauen spätestens nach dem Ball an sie gestellt würden.‹ Lachen und Beifall klangen auf. ›Ich habe nun Folgendes vor. Ich biete dieses Kleid zur Versteigerung an. Mit dem Erlös des ganzen Abends, also auch der Versteigerung, soll ein Haus für ausgesetzte Kinder eingerichtet werden. Wie Sie täglich sehen, wenn Sie es überhaupt noch sehen, gibt es in den Straßen unserer Stadt viel zu viele davon.‹

Einige Damen rümpften insgeheim die Nase. Ein getragenes Kleid! Aber die Señora sagte: ›Das Mindestgebot ist jeweils fünfzig Pesos. Es ist eine amerikanische Versteigerung. Wer bietet, zahlt sogleich die Summe, die den letztgenannten Betrag übersteigt. Derjenige, der zum allerletzten Mal das Gebot erhöht, ist der Besitzer dieses Kunstwerks der Pariser Mode.‹ Sie schwieg einen Augenblick und sah, dass die Begeisterung sich in engen Grenzen hielt. Sie hob zum letzten Mal ihre Stimme: ›Hier mitten im Saal werde ich das Kleid ausziehen und dem neuen Besitzer überreichen.‹ Alle standen eine Sekunde starr vor Verblüffung und glaubten ihre Ohren hätten sie getäuscht. Dann klang zuerst zögernd, aber dann immer lauter Beifall auf. Die Herren klatschten vor Begeisterung und die Damen freuten sich auf den Skandal, Señora Perez in einer unmöglichen Situation zu sehen. Es wurde geboten wie verrückt. Die Diener, die die Pesoscheine einsammeln mussten, kamen gar nicht richtig nach. Wie im Fieber boten die Gäste, vor allem die Männer. Endlich, es war sicher mehr als eine halbe Stunde vergangen, bot eine Señora, ich will den Namen nicht nennen, tausend Pesos auf einmal. Der Auktionator, der sein silbernes Hämmerchen schon mehrmals drohend zum Ersten und zum

Zweiten geschwungen hatte, nutzte die Sekunden des Staunens und rief: ›. . . zum Dritten‹, und schlug den Hammer mit Wucht auf den Tisch. Señora Perez winkte zur Tür hin und vier Dienstmädchen eilten herbei. Sie breiteten ein purpurrotes Tuch aus und hielten es hoch, sodass Señora Perez allen Blicken entzogen wie in einem Zelt stand. Erst warf sie ihre Ballschuhe aus ihrer Purpurkabine. Die Männer johlten auf. Dann ihren Seidenschal und zuletzt das Kleid, das die Dame, deren Namen ich verschweigen muss, schnell an sich nahm.

Atemlose Stille herrschte in dem Ballsaal. Gewiss, Señora Perez ist über die Jahre hinaus, in denen die körperliche Schönheit reizt, sich daran zu ergötzen. Aber das Spektakulum! Eine Dame der höchsten Gesellschaft! Stellen Sie sich das vor. Und sie machte es spannend. Als endlich die Purpurhülle fiel, stand die Señora, sichtlich verlegen, in einem schlichten schwarzen Kleid da. Einige Buhrufe wurden laut. Die Señora sagte: ›Manchmal denke ich, für die Armen sollten wir uns bis aufs Hemd ausziehen.‹ Und wissen Sie, junger Mann, Señora Perez ist vielleicht die Einzige in dieser Gesellschaft, die es wirklich ernst meint mit der Humanität.«

»Außer Ihnen natürlich«, warf Christian ein.

»Wie auch immer, es wurde eine verlassene Fabrikhalle von ihrem Mann zur Verfügung gestellt und das Geld dieses Abends reicht, das Haus für ausgesetzte Kinder einzurichten. Jetzt wissen Sie, wozu wir hundert Bettgestelle brauchen.«

»Hundert«, staunte Christian. Ihm brach der Schweiß aus.

»Und zu liefern in vierzehn Tagen.«

»Sie haben es eilig, Señor«, stammelte Christian.

»Stimmt. Ende des Monats kommt eine Kommission und will prüfen, was aus dem Projekt geworden ist. Bis dahin muss alles . . . Sie verstehen sicher. Bleibt noch der Preis, den Ihre Werkstatt berechnet.«

»Ja, ich verstehe. Aber ich muss erst mit meinem Partner reden. Ich denke aber, für zehn Pesos pro Bett müsste es zu schaffen sein.«

»Zehn Pesos!« Der Direktor zog die Brauen hoch. »Das wird ja eine Summe von tausend Pesos.« Er überlegte und fragte dann: »In vierzehn Tagen?«

Christian nickte beklommen.

»Gut«, sagte er, »800 Pesos nach Fertigstellung.« Er erhob sich. »Sprechen Sie mit Ihrem Mitarbeiter. Lassen Sie mich bis morgen um elf Uhr wissen, ob Sie den Auftrag übernehmen. Die Anschrift meines Büros finden Sie auf meiner Karte.«

Er ging ohne Gruß davon.

»Bis morgen, Señor Pereira«, rief Christian ihm nach. Der Direktor schwenkte seinen Hut, schaute sich aber nicht mehr um.

Lorenz' Begeisterung war groß, als er von dem Besuch des Direktors erfuhr. »Das ist es«, rief er. »Dieser Auftrag wird uns in der Stadt bekannt machen.«

»Wenn wir es schaffen, Lorenz. Wenn nicht, dann spricht sich das leider auch herum. Dann können wir einpacken.«

»Du weißt noch nicht, was ich weiß, mein Lieber. Ich habe in der Stadt Mergenter getroffen und ihm gesagt, dass ich gebrauchten Werkzeugen auf der Spur bin. Ich wollte ihm noch von unserer Lehre bei Kleinwittes erzählen, da hat er mich unterbrochen. ›Einen Augenblick‹, hat er gesagt. ›Schreinerwerkzeuge?‹ Ich habe genickt. Er hat den Kopf hin- und hergewiegt. ›Vielleicht gibt es eine Gelegenheit. Komm mit.‹ Wir sind ein Stück mit der Straßenbahn gefahren. Ziemlich am Stadtrand lag in einer Nebenstraße ein stattliches Haus. Eine ältere Frau hat uns eingelassen. ›Ja, der Herr Schulze‹, hat sie gesagt, ›der ist vor drei Monaten nach Deutschland zurück. Ist ja auch allmählich zu alt geworden für seinen Betrieb. Und sein Sohn, na, der wollte schon länger wieder nach Berlin. Hatte ja diese schöne braune Uniform der SA hier oft genug an. Herr Schulze hat meinem Mann und mir das Haus hier vermietet. Drüben in den Betrieb ist ein Metallbauer eingezogen. Stellen Sie sich vor, der hat bereits sieben Leute beschäftigt.‹ Ihr Redefluss war kaum zu stoppen. Schließlich hat Mergenter sie gefragt: ›Und die Werkzeuge, die hat Schulze doch sicher nicht mit nach Deutschland genommen?‹ Und sie:

›Wo denken Sie hin. Die Transportkosten wären ja teuerer gewesen als der ganze Kram wert ist. Nur einen alten Hobel, ein ganz wurmstichiges Stück, den hat er mitgenommen. Mit dem sei er vor dreißig Jahren nach Kolumbien gekommen, den nehme er wieder mit nach Deutschland, hat er gesagt. Der Sohn hat hinter der Hand über den alten Mann gelacht, aber ich hab es gut verstehen können. Mein Mann hat alles in Kisten verpackt und sie dahinten in den Schuppen gestellt. Wissen Sie, der Helmut kann nichts wegwerfen. Wir haben fast Streit darüber bekommen.‹ – ›Können wir Ihren Mann sprechen?‹, hat Mergenter gefragt. Doch sie hat geantwortet: ›Vorläufig nicht. Er ist für ein paar Wochen in Buenaventura. Da ist meine Tochter verheiratet, wissen Sie.‹ Ich sah unsere Felle schon wegschwimmen. Mergenter aber gab nicht auf. ›Dieser junge Mann will eine Werkstatt aufmachen. Er könnte Ihnen ein paar Pesos zahlen, wenn Sie ihm das Werkzeug überlassen.‹

›Für den alten Schrott?‹, fragte sie erstaunt. Mergenter nickte. Sie winkte ab. ›Nehmen Sie, nehmen Sie. Ich bin froh, wenn der Schuppen endlich leer wird.‹ – ›Nein‹, sagte Mergenter entschieden. ›Alles muss seine Ordnung haben. Wir bieten Ihnen dreißig Pesos.‹ – ›Ist es das denn wert?‹, fragte sie auf einmal misstrauisch. ›Ich denke schon. Und wenn Sie das Geld nicht wollen, dann können Sie es ja am Sonntag in Ihrer Kirche spenden.‹ Sie willigte ein. Mergenter hat die dreißig Pesos bezahlt und gleich ein paar Eckensteher beauftragt die vier Kisten zu tragen. Jetzt sind sie bei ihm. Wir können sie abholen.«

Christian hatte Lorenz nicht einmal unterbrochen und fragte: »Und was ist drin in den Kisten?«

»Sie sind fest vernagelt. Heute noch werden wir es wissen. Ab vier Uhr ist Mergenter zu Hause.«

Christian und Lorenz trafen eine halbe Stunde zu früh ein, aber eine schlanke Mulattin öffnete die Tür und bat sie herein. Sie bot ihnen eine Erfrischung an. Als Mergenter pünktlich um vier erschien, stellte er die junge Frau vor und sagte: »Lucrecia und ihre Schwester Flor versorgen das Haus.«

Nur das Haus?, dachte Christian, aber er unterdrückte ein Lächeln.

Lorenz erstattete Mergenter die dreißig Pesos. Als der von dem Auftrag erfuhr, gratulierte er herzlich.

»Ich habe schon öfter von dieser Gesellschaft für Humanität gehört. Immer nur Gutes. Señora Perez hat im vorigen Jahr eine Armenküche ins Leben gerufen. Trotzdem rate ich zur Vorsicht. Wenn ihr morgen in das Büro der Gesellschaft geht, besteht auf jeden Fall auf einer schriftlichen Abmachung. Feilschen habt ihr ja hoffentlich inzwischen gelernt. Ich nehme an, auf neunhundert Pesos könntet ihr den Preis vielleicht hochschrauben.«

»Übrigens«, sagte er zu Lorenz, »du könntest mir auch einen Gefallen tun. Ich habe Lucrecias Schwester Flor erzählt, dass du Bandoneon spielen kannst. Sie hat einige Tage später eins herangeschleppt, Gott weiß, woher. Ein kleines Instrument zwar nur, aber die Töne klingen rein. Flor hat sich das Spielen darauf so einfach vorgestellt. Sie holt es auch immer wieder herbei. Aber das, was sie daraus hervorzaubert, klingt eher nach Katzenmusik. Könntest du ihr nicht ein paar Stunden geben? Die Grundgriffe wenigstens?«

»Kein Problem. Einmal die Woche oder auch sonntags.«

Mergenter klingelte und Lucrecia kam herein.

»Schicke Flor her. Sie soll ihr Bandoneon mitbringen.«

Eine junge Frau, vielleicht achtzehn, betrat schüchtern den Raum. Sie glich ihrer Schwester Lucrecia, hatte aber eine hellere Haut. Auch war sie graziler, hatte schlanke Beine und eine schmale Taille.

»Ja?«, hauchte sie.

»Gib dem Señor das Instrument. Das ist Lorenzo. Ich habe dir von ihm erzählt. Er wird dir Unterricht geben.«

Sie reichte ihm das Bandoneon. Lorenz drückte ein paar Knöpfe und dann spielte er los. Sie staunte ihn an und hielt die Lippen ein wenig geöffnet.

»Kann ich das auch lernen, Señor Lorenzo?«, fragte sie.

»Sicher. Sie müssen nur fleißig üben. Ich werde am Sonntagabend kommen und Ihnen zeigen, wie es geht.«

»Danke, Señor«, sagte sie. Mergenter gab ihr einen Wink. Sie verschwand.
»Ich bin zwar Sonntag eingeladen, Lorenz, aber das macht nichts. Lucrecia und Marta, unsere Köchin, sind im Haus.«

Die Werkzeuge waren zum Teil alt, die Stemmeisen zeigten Scharten, die Hobel waren stumpf, die Sägen hatten das Schränken nötig. Aber Christian versicherte, das alles würden sie in wenigen Stunden wieder hinbekommen.

Im Büro der Gesellschaft für Humanität wurden sie von einer hübschen Sekretärin gleich zu dem Direktor geführt. Lediglich ein einfacher Schreibtisch stand mitten in seinem Zimmer und außer einigen harten Stühlen und einem riesigen, alten Tresor in der Ecke gab es keinerlei Möbel.

»Sie sind auf die Minute genau«, sagte der Direktor. »Das ist ein gutes Zeichen. Kommen wir also schnell zur Sache. Wie steht es mit meinem Auftrag?«

Diesmal führte Lorenz die Verhandlungen. Überraschend schnell ließ sich Señor Pereira auf die neunhundert Pesos ein. Schwieriger wurde es mit der schriftlichen Abmachung.

»Muss das denn unter Ehrenmännern sein?«, fragte er.

»Muss sein. So sind wir das in Deutschland gewohnt.«

»Diese verdammte Bürokratie. Aber wenn Sie darauf bestehen.«

Er wies die Sekretärin an den Schriftsatz aufzusetzen. Durch die Tür drang das Geklapper der Schreibmaschine. Christian dachte, die muss unbedingt einen Kursus mitmachen. Sie scheint jede zweite Taste erst suchen zu müssen.

Das Papier wurde endlich hereingereicht. Der Direktor las es nur flüchtig durch und unterzeichnete es. Lorenz prüfte den Auftrag genau, faltete ihn zusammen und steckte ihn ein.

»Brauchen Sie denn kein Duplikat, Señor?«, fragte Christian.

»Ich vertraue Ihnen«, antwortete er und erhob sich.

Noch am selben Tag kauften sie Holz ein. Das sollte noch vor dem Abend geliefert werden. Einen ersten Teilbetrag der Rechnung beglichen sie mit Kleinwittes Scheck. Die Kreissäge brauchten sie erst einen Monat später zu bezahlen. »Der Padre hat für Sie gebürgt«, sagte der Händler. Sie begannen damit, die Werkzeuge wieder brauchbar zu machen.

Im Pfarrhof hatte sich herumgesprochen, dass den Schreinern das Glück begegnet war.

Es begannen die nächsten Tage mit harter Arbeit vom ersten Morgenlicht bis zur Dunkelheit. Abends sanken sie erschöpft auf ihre Liegen. Die Nächte kamen ihnen zu kurz vor, aber pünktlich jeden Morgen begannen die Säge zu kreischen und die Hobel zu zischen. Als Lorenz auch am Sonntagfrüh in die Werkstatt ging, kam der Padre herein.

»Schon viel geschafft«, lobte er. »Aber heute ist Sonntag. Am siebenten Tage sollst du ruhen, heißt es in der Bibel.« Lorenz, der den Hobel schon in der Hand hielt, sagte: »Wie war das noch, als der Esel in den Brunnen gefallen war? Durfte der nicht auch am Sonntag herausgeholt werden?«

»Stimmt«, gab der Padre zu, »aber hörst du außer dir einen Esel schreien?« Lorenz verschloss die Werkstatt wieder und sagte: »Tja, Padre, ich denke, Sie haben Recht. Wenn wir uns von den Lasttieren unterscheiden wollen, dann muss der Sonntag Sonntag bleiben.«

»Christian und du, ihr könntet um zehn Uhr in Veracruz meine Messdiener sein.«

»Klar, Padre, machen wir.«

Wie vereinbart ging Lorenz gegen sechs Uhr zu Mergenter. Flor öffnete ihm und führte ihn in Mergenters Zimmer. Sie trug ein leichtes, eng anliegendes Kleid. Auf dem kleinen Tischchen stand ein Imbiss bereit. »Will Lucrecia nicht mit uns essen?«, fragte Lorenz.

»Sie ist mit ihrer Freundin ins Kino gegangen, Señor Lorenzo. Aber verraten Sie das Don Antonio bitte nicht.« Sie schaute ihn aus ihren großen braunen Augen an und schien auf eine Antwort zu warten. Lorenz schüttelte mit dem Kopf. Ihm war der Hals wie zugeschnürt und er brachte nur ein paar Bissen hinunter. Flor hingegen schien Hunger zu haben. Sie griff immer wieder zu und sagte, als ob sie sich für ihren Appetit entschuldigen wolle: »Die Köchin mag es nicht, wenn wir etwas in die Küche zurückgeben.«

Sie stand auf, holte ihr Bandoneon und hielt es Lorenz hin.

Der nahm es und berührte dabei leicht ihre Hand. Ein Blitz durchzuckte ihn. Er spielte ihr eine Tonleiter vor und dazu eine einfache Bassbegleitung. Sie war aufmerksam und lernte schnell. Aber dann wurde es ihr doch zu schwer. Bei einem etwas komplizierteren Griff verspielte sie sich immer wieder.

Er zeigte ihr mehrmals, wie sie die Tasten drücken musste. Schließlich sagte er: »Ich bin zu schnell vorgegangen. Üben Sie das, was ich Ihnen gezeigt habe. Jeden Tag ein halbe Stunde. Dann können wir nächste Woche weitermachen.«

»Señor Lorenzo, zeigen Sie es mir noch einmal«, bat sie. Er wies ihr mit dem Finger die Knöpfe. Sie sagte: »Wenn Sie vor mir stehen, ist es ziemlich schwierig. Sie müssten sich hinter mich stellen und Ihre Hände genauso halten wie ich die meinen. Dann wird es für mich leichter.«

»Na, gut«, stimmte er zu. Er griff von hinten nach den Knöpfen und berührte mit seiner Brust ihren Rücken. Das Blut schoss ihm heiß in den Kopf. Er bildete sich ein, sie schmiege sich an ihn. Er führte ihre Finger, einmal, zweimal.

»Jetzt hab ich's verstanden«, sagte sie. Er löste sich von ihr.

»Ich muss gehen«, stammelte er verwirrt. »Bis nächsten Sonntag.«

»Danke, Señor Lorenzo. Ich freue mich auf die nächste Unterrichtsstunde.«

Obwohl er eigentlich vorgehabt hatte mit der Straßenbahn zu fahren, schlenderte er langsam zu Fuß zum Pfarrhof. In der Nacht hatte er wüste Träume. In der Werkstatt arbeitete er wie besessen. Immer wieder schoss ihm Flor durch den Sinn. Er zählte die Tage, die Stunden bis zum kommenden Sonntag.

Diesmal war Mergenter zu Hause. Lorenz war enttäuscht und erleichtert zugleich.

»Was hast du nur mit Flor angestellt, Lorenz? Sie spielt stundenlang auf dem Kasten herum. Ich mag's bald nicht mehr hören.«

»Sie haben es so gewollt«, antwortete Lorenz.

»Gut. Wir werden jetzt ein wenig essen. Aber die Übungsstunde bitte nicht in meinem Zimmer. Flors Kammer liegt oben unter dem Dach. Von dort klingen die Töne nur gedämpft bis hier herunter. Dass man euch überhaupt spielen hört, beruhigt mich. Flor ist ein schönes Mädchen und du bist ein junger Kerl. Also, macht mich nicht nervös und spielt ohne große Pausen.«

Er lachte dabei.

Flor kam erst, als sie mit dem Essen fertig waren.

»Ihr geht zu dir hinauf«, sagte Mergenter. »Und keinen Unsinn, klar?«

Sie wurde rot.

»Aber Don Antonio«, sagte sie leise.

Flors Kammer war nicht so üppig möbliert wie Mergenters Zimmer. Außer einem Schrank, zwei Stühlen, einem Waschtisch und einem schmalen Bett fiel ihm nur ein großer, goldgerahmter Spiegel auf, unter dem ein durchgesessenes Sofa stand. Sie spielte fehlerfrei, was er ihr eine Woche zuvor gezeigt hatte. Dabei wiegte sie sich leicht in den Hüften.

»Sehr schön«, lobte er. »Wenn Sie weiter fleißig üben, kommen wir voran.«

Wieder spielte er ihr Passagen vor und ließ sie mehrmals nachspielen. Doch dann stieß sie an Grenzen. »Bitte noch einmal wie vorigen Sonntag«, bat sie. Er umfasste sie, aber diesmal gelangen ihr die Griffe nicht gut.

»Señor Lorenzo, vielleicht geht es besser, wenn ich mich hinter Sie stelle und meine Hände auf die Ihren lege. Dann werden es meine Finger sicher leichter lernen.«

»Wenn Sie meinen, Flor?«

Er legte sich die Riemen des Instruments über die Schultern. Sie war einen Kopf kleiner als er und musste ihn eng umfassen, wenn sie ihre Finger auf die seinen legen wollte.

Er versuchte die kleine Melodie zu spielen. Aber ihre Brüste an seinem

Rücken! Er spürte ihre Schenkel, ihren Leib, ihre heißen Hände auf den seinen. Ein paar klägliche Töne entfuhren dem Bandoneon. Er drehte sich heftig um und küsste sie. Das Bandoneon vor seiner Brust hinderte ihn sie an sich zu pressen. Sie erwiderte seinen Kuss, drückte aber zugleich ein paar Knöpfe des Instruments.

»Don Antonio soll hören, dass wir keinen Unsinn machen«, flüsterte sie. Dann drängte sie ihn fort und sagte: »Genug für heute. Ich werde fleißig üben.« Ehe er noch das Bandoneon abgelegt hatte, lief sie die Treppe hinab. Er folgte ihr.

»Zum Schluss war es wohl ein bisschen schwierig«, sagte Mergenter. »Ihr solltet nicht zu schnell lernen wollen.«

Erst auf dem Nachhauseweg fiel Lorenz die Doppeldeutigkeit von Mergenters Bemerkung auf. Sollte er etwa wissen . . .?

Zum vereinbarten Termin standen die hundert fertigen Bettgestelle aufgestapelt an den Wänden der Werkstatt. Ein harziger Duft nach Holz und Leim hatte den Mief des alten Lagerhauses längst vertrieben.

»Es geht aufwärts«, rief Christian. »Vielleicht, Lorenz, baust du deine Finca auf und ich führe die Schreinerei weiter.«

Lorenz wandte sich enttäuscht ab. Sie wollten doch zusammenbleiben.

Am folgenden Morgen standen sie schon gegen neun Uhr vor dem Büro der Gesellschaft für Humanität. Lorenz und Christian hatten ein Bettgestell mitgebracht und wollten ein Exemplar ihrer gelungenen Arbeit vorzeigen. Das Büro hatte noch nicht geöffnet.

»Fangen vielleicht erst um zehn Uhr an«, vermutete Christian. Ein heftiger Regenschauer ging nieder. Sie stellten sich unter das Vordach des Hauses. Um zehn kam eine Frau, so um die vierzig, in ein graues Schneiderkostüm elegant gekleidet. Sie klappte ihren großen Regenschirm zu und schloss die Haustür auf. Christian und Lorenz gingen ihr nach. Das Vorzimmer war leer und die Tür zum Büro des Direktors stand auf. Zögernd gingen sie hinein. Hinter dem Schreibtisch saß die Frau und hatte ihr Gesicht in die Hände gestützt.

Als sie hörte, dass jemand das Büro betrat, schaute sie auf. Sie sah müde aus.

»Bitte?«, sagte sie leise.

»Wir wollten zu Señor Pereira. Wegen der Bettgestelle.«

Sie fragte irritiert: »Welche Bettgestelle?«

»Die von der Gesellschaft für Humanität bestellt worden sind. Die hundert Bettgestelle für das Kinderhaus.«

»Hundert Bettgestelle!«, rief sie. Ihre Stimme klang ein wenig hysterisch. Sie schaute Christian und Lorenz an und begann zu lachen.

»Die Gesellschaft für Humanität gibt es nicht mehr. Und mein Traum von einem Haus für verlassene Kinder ist ausgeträumt. Seit gestern Abend endgültig ausgeträumt.«

Das Lachen war mit einem Mal aus ihrem Gesicht verschwunden. Tränen standen ihr in den Augen. Sie erhob sich und ging zum Tresor hinüber. Erst jetzt sahen sie, dass die Tür nicht ganz geschlossen war. Die Frau öffnete sie weit und sagte: »Schauen Sie nur nach, Señores, schauen Sie nur, ob Sie noch einen einzigen Peso entdecken können.«

Sie ging wieder zum Schreibtisch zurück. »Señor Emiliano Pereira und seine Sekretärin haben es vorgezogen, nach Venezuela zu gehen. Leider haben sie das Konto geplündert und das gesamte Vermögen der Gesellschaft für Humanität mitgenommen.«

»Durchgebrannt?«, fragte Christian. Sie nickte.

»*Hijo de puta!*«, entfuhr es Christian. Zuerst schaute sie ihn tadelnd an, aber dann bestätigte sie: »Wirklich. Er ist ein *Hijo de puta,* ein Hurensohn.«

»Und die bestellten Bettgestelle?« Lorenz zog den schriftlichen Auftrag heraus. Sie setzte sich eine Brille mit schmalem Goldrand auf und las. »Malparido! Ausgeburt der Hölle.« Sie schien Gefallen an den kräftigen Flüchen gefunden zu haben.

»Es tut mir Leid«, sagte sie, »keine Gesellschaft für Humanität mehr, keine Kinder, kein Heim, keine Bettgestelle. Tut mir Leid.«

»Wieso gibt es die Gesellschaft nicht mehr?«, fragte Christian.

»Die letzten Mitglieder haben sich heute Morgen schriftlich abgemeldet. Es hat sich schnell in Bogotá herumgesprochen, dass uns Señor Pereira bis aufs Hemd ausgezogen hat.« Sie setzte die Brille ab und schaute die beiden jungen Männer an, als ob sie herausbekommen wollte, ob sie die Anspielung verstanden hatten. Aber die verrieten nicht, dass sie von Señora Perez' Striptease etwas wussten.

»Ich hatte mein Herz an diese Sache gehängt«, sagte sie, nahm die Brille herunter und tupfte sich mit einem Spitzentaschentuch die Tränen ab.

»Und wir sitzen jetzt ganz tief in der . . .« Lorenz verschluckte mühsam das Wort, das ihm auf der Zunge lag.

Sie hob die Schultern und breitete die Arme aus.

»Ich wünsche Ihnen, dass Sie wieder auf die Beine kommen«, sagte sie.

Als sie wieder auf der Straße waren, packte Lorenz in einem Wutanfall das Bettgestell, hob es hoch über den Kopf und schmetterte es auf den Boden. Beim ersten Mal hielt es dem Aufprall stand, aber beim zweiten sprang eines der Beine ab.

Ein Straßenjunge, der eben noch hinter seinem Schuhputzkasten gehockt und auf Kunden gewartet hatte, trat zu Lorenz und bat: »Schenken Sie mir das Gestell. Ich besitze kein Bett.«

Lorenz kam zu sich und ließ das Gestell, das er schon zum dritten und wahrscheinlich endgültigen Schlag gehoben hatte, wieder sinken.

»Nimm nur«, sagte Christian. »Wir haben noch neunundneunzig davon.«

Der Junge trug das Gestell zu seinem Schuhputzkasten.

»Ich poliere Ihnen dafür die Schuhe, sooft Sie hier vorbeikommen, Señores«, versprach er und verbeugte sich.

* * *

Das Studium macht mir Freude. Die Vorlesungen bei Professor Vreden versäume ich nie. Bestimmt nicht nur, weil er höchstens dreißig und ein netter Kerl ist. Krauses blondes Haar, kurz geschnitten, etwa meine Größe. Er kommt mir eine Spur zu modisch vor. Inge Dahlbeck hat mich darauf aufmerksam gemacht. Er wechselt

sein Uhrenarmband immer passend zur Krawatte. Grüne Krawatte, grünes Arm-
band, blaue Krawatte, blaues . . . Was wohl allen Studentinnen gefällt, ist, dass er
vier Jahre selbst Lehrer in einer Landschule gewesen ist. Wenn er von praktischer
Pädagogik spricht, ist das nicht bloß Theorie. Er hat einen privaten Instrumental-
kreis. Ich wurde in sein großzügiges Haus am Stadtrand eingeladen. Es war ein in-
teressanter Abend. Er selbst spielt Fagott, seine Frau Oboe. Dazu kommen drei Stu-
dentinnen. Nach dem Musizieren haben wir noch lange bei einem Glas Wein zu-
sammengesessen. Zu lange. Die letzte Straßenbahn war längst abgefahren. Harry
Vreden, so nennen ihn alle Studentinnen, hat uns mit seinem DKW nach Hause ge-
bracht. Ich war die Letzte, die ausstieg. »Bis nächste Woche, Susanne«, *sagte er und*
legte seine Hand auf mein Knie. Absichtlich? Egal. Mir war es nicht unangenehm.

* * *

Na, alles gut gegangen?«, fragte der Padre, als sie im Pfarrhof zurück
waren.
»Wir sind restlos pleite«, antwortete Christian und erzählte, was gesche-
hen war. Lorenz schien die Sprache völlig verloren zu haben.
Der Padre lud die beiden in sein Zimmer ein. Sie betraten es zum ersten
Mal. Die Bücherregale reichten bis unter die Decke. Ein kleines, mit
Schnitzereien versehenes Schreibpult, ein rundes Tischchen, vier schö-
ne Holzsessel, an jeder freien Stelle der Wand Bilder und Fotos.
»Nehmt Platz.«
»Und jetzt?«, fragte Christian.
»Erst mal drüber schlafen«, sagte der Padre. »Manchmal fallen die Lösun-
gen unserer Probleme vom Himmel.«
»Eva Millhaus hat euch einen Brief geschrieben. Er wurde heute Morgen
abgegeben«, sagte der Padre, wühlte in den Papieren nach dem Schrei-
ben und reichte es Lorenz. Der riss den Umschlag auf und las leise vor.
»Ihr ungetreuen Kerle, ich habe gehört, dass ihr euch schon einige Zeit in
Bogotá aufhaltet. Wenn ihr mich nicht bald besucht, kündige ich euch
die Freundschaft. Eva Millhaus.«

»Am besten, wir gehen gleich hin«, schlug Christian vor. »Dann kommen wir vielleicht auf andere Gedanken.«

Die Schwester an der Pforte erkannte sie wieder. »Ihr möchtet zu Eva, nicht wahr?«

»Ja, Schwester.«

»Hier warten.«

»Vielleicht geben Sie auch Schwester Rosa Bescheid, dass wir im Haus sind.«

»Sie soll wohl Schwester Angelinas Hund, den César, loslassen, wie?«

»Nicht nötig. Wir sind ganz friedlich.«

Nur zwei Minuten später kamen sowohl Eva als auch Schwester Rosa.

»Ins Besucherzimmer mit euch«, sagte die Pfortenschwester. »Heute genügt es ja wohl, wenn Schwester Rosa ein Auge auf euch hält.«

Es waren keine zwanzig Minuten vergangen, da hatten die beiden von ihrem misslungenen Ausflug ins Schreinerhandwerk erzählt.

»Wie Parzival.«

»Wie wer?«, fragte Christian.

»Parzival war auch ein dummer Tor im fremden Land, genau wie ihr«, erklärte Schwester Rosa. Aber dann fragte sie: »Also ein Haus für herumstrolchende Kinder?«

»Ja. Hundert davon sollten aufgenommen werden. Eine leer stehende Fabrikhalle, übrigens gar nicht weit von hier, ist dafür schon hergerichtet worden. Küche und Zimmer für das Personal und so«, erklärte Christian. »Aber keine Gesellschaft, kein Geld, keine Kinder. So hat es jedenfalls Señora Perez ausgedrückt.«

Schwester Rosa schien einen Einfall zu haben. »Könnt ihr euch auch mal eine Weile ohne Wachhündin gut benehmen?«, fragte sie, wartete aber nicht auf eine Antwort, sondern verließ das Besucherzimmer.

Eva erzählte, dass es ihr im Großen und Ganzen im Internat gefiele und dass sie eine Menge lerne.

»Parzival und so was«, sagte Christian.

Als sie gerade »Du bist der alte Blödmann« sagte, trat Schwester Rosa mit der Oberin herein. Das war eine alte, gebeugte Frau mit einem von Runzeln und tiefen Falten gekerbten Gesicht.

»Nun berichten Sie mal, aber bitte kurz. Meine Zeit ist begrenzt.«

Noch einmal erzählte Christian von dem gescheiterten Plan und auch von den hundert Bettgestellen.

»Neunundneunzig«, berichtigte ihn Lorenz.

»Bitte?«, fragte die Oberin.

»Es sind nur noch neunundneunzig. Eines habe ich, na ja, ich habe es an einen Straßenjungen verschenkt.«

»So«, sagte die Oberin und zog einen Notizblock und einen Bleistift aus ihrer Kutte. »Señora Perez. Richtig?«

»Ja.«

»Die Räume für das Heim standen zur Verfügung.«

»Ja.«

»Und Sie wollen neunundneunzig Bettgestelle loswerden.«

»Ja.«

Sie erhob sich. »Kommen Sie Montag um zehn noch einmal in unser Kloster. Auf Wiedersehen.« Sie ging.

Die Pfortenschwester steckte den Kopf durch den Türspalt und mahnte: »Die Besuchszeit ist längst herum.«

Christian und Lorenz verabschiedeten sich und rätselten, was die Oberin wohl plante. Wollte sie etwa die Gesellschaft für Humanität wieder ins Leben rufen? Als sie dem Padre diese Vermutung mitteilten, lachte der herzlich. »Diese Gesellschaft hatte mit unserer Kirche nichts, aber auch gar nichts zu tun. Schwester Oberin hat vor ihrem Eintritt in das Kloster Jura studiert. Ich nehme an, dass sie euch dazu verhelfen will, wenigstens einen Teil des vereinbarten Preises für die Gestelle ausbezahlt zu bekommen. Schließlich gelten auch in Kolumbien Verträge.«

Lorenz nahm sich fest vor sich am Sonntag ganz auf das Bandoneonspiel zu konzentrieren und in Flor nur die Schülerin zu sehen.

Dass Mergenter wieder nicht im Haus war, beunruhigte ihn zwar, aber immerhin war Lucrecia anwesend. Sie übten in Flors Zimmer. Lucrecia saß auf dem Sofa und beobachtete interessiert die tanzenden Finger auf den Knöpfen.

»Du machst gute Fortschritte«, lobte sie ihre Schwester.

Das konnte Lorenz nur bestätigen. »Wenn Flor so weitermacht, dann wird sie einmal eine gute Spielerin«, sagte er. Als er begann ihr neue Griffkombinationen zu zeigen, stand Lucrecia auf und sagte: »Ich gehe für eine halbe Stunde aus dem Haus. Und, Señor Lorenzo, ich fand es sehr nett von Ihnen, dass Sie Antonio nichts von meinem Kinobesuch gesagt haben. Er hat es nicht gern, wenn ich das Haus verlasse.«

Sie nickte ihnen zu. Man hörte ihre Absätze auf den Treppenstufen klappern. Die Haustür fiel ins Schloss.

Flor legte augenblicks das Bandoneon zur Seite, schmiegte sich an Lorenz und sagte mit heiserer Stimme: »Ich konnte es fast nicht länger aushalten. Endlich ist sie weg.«

Lorenz' Vorsätze waren weggewischt. Für eine Weile blieb das Bandoneon stumm, nur einmal, als Flor Lorenz auf das Sofa zog und es unabsichtlich berührte, jaulte es auf.

Es vergingen viele Minuten, bis Lorenz plötzlich aufsprang, nach dem Instrument griff und eine schnelle Melodie spielte. Flor begann zu tanzen, geschmeidig und wild, und ließ sich plötzlich auf ihr Bett fallen. Er legte das Bandoneon zur Seite, kniete vor ihrem Bett nieder und begann ihre Bluse aufzuknöpfen.

»Still!«, flüsterte sie und richtete sich auf. »Die Haustür!«

Sie stand hastig auf, ordnete die Bettdecke und ihre Kleider

Und sagte zu Lorenz: »Schnell, spielen Sie!« Wenig später wurde die Zimmertür geöffnet.

»Ach, du bist's, Lucrecia«, sagte Flor und atmete auf.

»Ihr solltet die Kissen ordentlich auf dem Sofa liegen lassen, wenn ihr spielt.« Lucrecia lächelte boshaft.

Lorenz sagte auf dem Heimweg wohl zehnmal beschwörend zu sich:

»Aber weiter nicht. Aber weiter nicht.« Er versuchte sich Anna ins Gedächtnis zu rufen, aber es gelang ihm nicht, sich ihr Bild vorzustellen.

Die Vermutungen, die Lorenz und Christian dem Pater gegenüber geäußert hatten, trafen nicht zu. Am Montag wurden Christian und Lorenz gleich in das Arbeitszimmer der Oberin geführt. Dort trafen sie auf Frau Perez und einen Herrn, der sich als Manuel Perez vorstellte.

Die Oberin sagte: »Wir sind uns also einig, Señora, Señor, Sie stellen uns Schwestern kostenlos und auf unbeschränkte Zeit die ehemalige Fabrikhalle zur Verfügung. Wir übernehmen Ihre Planung und richten ein Heim für streunende Kinder ein. Sie werden sich nachdrücklich bei Ihrem Vetter, dem Herrn Vizepräsidenten dieses Landes, dafür einsetzen, dass wir einen monatlichen Zuschuss für die Mahlzeiten bekommen, die die Kinder nötig haben. Unsere Schwestern verpflichten sich ihrerseits zur Führung des Hauses. Einverstanden?«

Señora Perez lächelte zufrieden und bestätigte: »Ja, ja, dreimal ja. Ich hatte meinen Traum schon begraben. Und nun das! Ehrwürdige Mutter Oberin, ich werde in meinen Kreisen für Spenden werben.«

»Aber bitte nicht wieder ausziehen.« Alle lachten herzlich.

»Und was ist mit unseren Bettgestellen?«, fragte Christian.

»Wir werden sie übernehmen«, bot die Oberin an. »Aber leider nicht zu dem hohen Preis. Wir können Ihnen pro Stück nur drei Pesos anbieten.«

»Das ist ja gerade das, was das Holz und die Säge gekostet haben«, sagte Lorenz enttäuscht.

»Wenn ich alles recht verstanden habe, bewahren Sie diese 297 Pesos jedoch vor dem völligen Konkurs, oder?«

»Stimmt«, gab Christian zu. Er beriet sich flüsternd mit Lorenz und sagte schließlich: »Mit 350 Pesos könnten wir unsere Schulden begleichen.«

»Sie haben das Handeln schnell gelernt.« Die Oberin rechnete in ihrem Notizheft herum, sagte aber dann: »Es geht nicht. Wir können nicht noch fünfzig Pesos drauflegen.«

»Aber wir«, rief Señora Perez. »Nicht wahr, Manuel?«

»Meine Frau hat ein zu weiches Herz«, seufzte Señor Perez und zückte seine Brieftasche.

Christian und Lorenz berichteten dem Padre noch am selben Abend, dass sie mit einem blauen Auge davongekommen seien. Der Padre hatte nicht viel Zeit. Er wollte Anfang der Woche zu einer Reise aufbrechen und die Deutschen in Medellín und hin bis zur Grenze nach Panama aufsuchen.

»Meine Gemeinde ist weit verstreut«, seufzte er. »Aber ihr habt es jetzt sehr deutlich erfahren, manchmal fallen die Lösungen unserer Probleme tatsächlich vom Himmel.« Was er den beiden allerdings nicht verriet, das war das lange Telefonat, das er mit der Schwester Oberin geführt hatte. Er hatte sie ermuntert, ja beschworen das Wagnis eines Heimes einzugehen. »Hat sich Jesus nicht auch der Armen besonders angenommen?«, hatte er sie gefragt, als er ihre Unentschlossenheit bemerkte.

»Schon, schon«, hatte sie ihm geantwortet, »aber wenn ich an die Schwester denke, die unsere Finanzen verwaltet! Bevor Hitler an die Regierung kam, haben wir aus Deutschland stets mit Spenden rechnen dürfen. Nun kommt schon seit vielen Monaten kein Pfennig mehr über die Grenzen.«

Da hatte der Padre einen groben Vergleich gewählt: »Judas Iskariot verwaltete auch den Geldbeutel der Apostel.«

»Aber Padre!«, hatte sie entsetzt ins Telefon gehaucht. Es war ein langes Schweigen eingetreten und er hatte schon befürchtet, sie habe den Hörer auf die Gabel gelegt, doch da sagte sie: »Padre, ich werde die Angelegenheit mit meinen Schwestern besprechen.«

»Danke, Schwester Oberin. Sie werden den Schrei der Armen in Ihrem Konvent sicher nicht überhören.«

Christian und Lorenz führten die Aufträge aus, die sich inzwischen angesammelt hatten. Die Pesos, die sie dafür bekamen, reichten nicht nur, um die laufenden Ausgaben zu decken. Sie knauserten mit jedem Centavo und die Rücklagen für eine Finca wuchsen. Obwohl es also voranging, stritten sich Lorenz und Christian häufig. Lorenz wurde zunehmend launisch und reizbar. Meist zeigten sich die Spannungen in Kleinigkeiten, zum Beispiel ging es darum, wer von ihnen an der Reihe sei, den Hof zu säubern oder die Werkstatt auszufegen. Manchmal warf Christian Lorenz vor, er denke immer nur an sich und seine Finca. Dabei liege die Hauptlast der Schreinerarbeiten bei ihm. Sie sollten doch ernsthaft erwägen die Schreinerei hinter dem Pfarrhof auszubauen und die Finca zunächst zurückzustellen.

»Wir kommen doch voran,« sagte Lorenz. »Ein paar gute Monate noch, dann reicht es für eine kleine Finca. Auf einer Finca sind wir unsere eigenen Herren. Später, wenn unsere Pflanzungen Erträge abwerfen, Christian, ich verspreche es dir, dann werde ich alles dafür tun, dass sich deine Pläne von einer Schreinerei verwirklichen lassen. Wenn du dann überhaupt noch von der Finca wegwillst.«

»Später! Immer vertrösten wir uns auf später. Und wann holen wir Susanne und Anna nach? Meinst du, die warten ewig und drei Tage auf uns?«

Wenn die Rede auf die beiden Mädchen kam, fühlte sich Lorenz schlecht, denn auf drei Briefe von Susanne an Christian kam höchstens einer von Anna an ihn. Es waren immer Erfolgsnachrichten, die sie nach Kolumbien weitergab. Sie sei inzwischen Schülerin der Maschinenbauschule. Sie habe die besten Arbeiten der ganzen Klasse geschrieben. Der Dozent für Konstruktion habe ihr gesagt: »Fräulein Fink, ich sehe für Sie eine große Zukunft voraus. Sie haben alles, was ein ausgezeichneter Konstrukteur braucht.« Sie, Anna, habe allerdings entgegnet: »Nur das richtige Geschlecht, Herr Dr. Schwaiger, das habe ich nicht.« Aber er habe ihr Mut gemacht und gesagt: »Sie werden hochkommen, Fräulein Fink, Sie werden es schaffen.« Nach solch einem Brief war Lorenz für einige Tage kaum ansprechbar.

Christian war hin- und hergerissen. Einerseits lockte ihn die Schreinerei andererseits scheute er die finanziellen Verpflichtungen, die er mit dem Kauf von Maschinen eingehen musste. Lorenz hatte ihm vorgerechnet, dass viele

Jahre nötig seien, bis eine Schreinerei schuldenfrei sei. Vorausgesetzt, es gebe keine Flaute. Vorausgesetzt, keiner wurde krank. Vorausgesetzt, keine der Maschinen bekomme einen Schaden. Vorausgesetzt . . .

Manchmal begleitete Christian Lorenz zu Mergenter. Er staunte, wie schnell Flor gelernt hatte und auf dem Instrument schon ganz passabel zu spielen vermochte.

»Du hast Flor viel beigebracht«, lobte er. Lorenz brummte nur und dachte, sie mir auch. Es war Sonntag für Sonntag ein ähnliches Spiel. Er fasste hundert Vorsätze auf dem Weg zu Mergenter. War er mit ihr allein, brach einer nach dem anderen in sich zusammen. Sogar wenn Mergenter anwesend war und sie in Flors Kammer üben sollten, hatten sie es geradezu zur Kunst entwickelt, das Bandoneon zu spielen und sich doch zu küssen, zu streicheln, die Körper zu ertasten. Meist hielt er das Instrument, aber sie schlüpfte zwischen das Bandoneon und seine Brust. Und während seine Finger die Töne hervorlockten, spielten ihre Hände, ihre Lippen eine andere Melodie.

Manchmal verachtete Lorenz sich, wenn er daran dachte, dass er Anna hinterging. Aber dann suchte sein Gehirn fieberhaft nach tausend Begründungen, die ihm sein Tun mit Flor rechtfertigen sollten. Oft lachte er über sich und dachte, nie ist ein Mensch erfinderischer, als wenn er sich selbst überreden will.

* * *

Die Informationen in der Gruppe bei Schwester Alberta werden immer bedrückender. Gestern hat ein Mann mittleren Alters, der uns nur mit dem Vornamen »Edi« vorgestellt wurde, über die Entwicklung der Judenpolitik berichtet. November 36: Juden, die Deutsche sind, haben kein Wahlrecht mehr; Dezember 36: Juden werden aus dem Staatsdienst ausgeschlossen, Lehrer, Professoren, Amtsärzte; bald soll es keine Zulassungen mehr für nichtarische Ärzte und Steuerberater geben, usw., usw.

Seit ich denken kann, ist immer, wenn bei uns jemand ernsthaft erkrankte, der

Hausarzt Dr. Fleischhauer gekommen. Erst kürzlich habe ich erfahren, dass er Jude ist. Wie hätte ich das auch wissen sollen. Er war mit seiner Frau oft in unserer Kirche. Vorige Woche kam er auf dem Hof. Ausgerechnet am siebten Geburtstag meines kleinen Bruders musste er gerufen werden. Sebastian hatte hohes Fieber. Er untersuchte ihn gründlich: »Zum Glück keine Lungenentzündung. Aber die Mandeln müssen wahrscheinlich raus.«

»Was sagen Sie zu den Judenverordnungen der Regierung?«, fragte Vater ihn. Dr. Fleischhauer gab Mutter das Rezept. »Es geht alles vorüber. Auch das«, sagte er.

* * *

Christian und Lorenz waren schon viermal bei den Behörden gewesen und hatten sich erkundigt, wie es mit dem kostenlosen Land stehe, das die Regierung Neusiedlern in Aussicht gestellt hatte, aber der letzte Besuch dort war schon vor Wochen ohne Ergebnis geblieben. Die Gebiete, die bisher dafür vorgesehen waren, lagen im Gebirge, weit, weit weg von allen Verkehrswegen. Selbst wenn die Rodung des Urwalds und der Aufbau gelingen sollten, wie konnte die Ernte verkauft werden? Sicher, es sollte Aufkäufer geben, aber die zahlten Preise, die nur wenig über den Eigenkosten lagen.

»Kommen Sie später noch einmal vorbei«, waren die üblichen Worte, wenn sie diese Bedenken vortrugen. »Vielleicht werden neue Siedlungsgebiete ausgewiesen. Mañana. Morgen vielleicht.«

»Wir müssen uns unbedingt bald noch einmal erkundigen, wie es mit den fünfzig Hektar steht, die uns zugesprochen werden könnten«, drängte Lorenz. »Was hältst du davon, Christian?«

»Mir recht«, antwortete der. »Es geht zwar wieder ein Arbeitstag verloren, aber, was soll's. Vielleicht haben wir ja mal Glück.«

Gleich am nächsten Morgen fuhren sie mit der Straßenbahn ins Zentrum. Sie betraten das Verwaltungsgebäude und brauchten nicht mehr nach dem Weg zu dem zuständigen Büro zu fragen. Den griesgrämigen älteren

Mann im Vorzimmer und auch den Direktor für Siedlungswesen und Landreform kannten sie schon. Diesmal empfing der Direktor sie freundlich und rief: »Wunderbar, liebe Freunde, Sie kommen gerade richtig. Gestern sind gute Nachrichten gekommen.« Er bat sie an einen großen Tisch, auf dem eine Karte ausgebreitet lag. »Hier«, sagte er und tippte auf eine Stelle im Mündungsbereich des Río Magdalena. »Knapp fünfzig Kilometer südöstlich von Cartagena. Ein hervorragendes Anbaugebiet für Reis, Baumwolle und Bananen. Da Sie ja zu zweit sind, könnten wir Ihnen hundert Hektar anweisen.« Er erklärte mit vielen Worten die günstigen Gegebenheiten, wies auf die geringe Entfernung zu den Küstenstädten hin, es sei eine Kleinigkeit, dort schwarze Arbeiter zu finden, die *Tierra caliente,* das heiße Land, sei überaus fruchtbar und so fort und so fort.

»Das alles hört sich verlockend an«, sagte Christian. »Geben Sie uns bitte ein paar Tage Zeit. Es ist ja eine wichtige Entscheidung.«

»Aber selbstverständlich«, willigte der Direktor ein. »Machen Sie mit meinem Sekretär einen Termin aus. Ich werde dann für Sie da sein.« So ganz nebenbei bemerkte er noch, dass die Verwaltungskosten für die Übertragung der Ländereien dann auch zu entrichten seien. Es handle sich ja nur um hundert Pesos pro Parzelle.

Erst draußen schimpfte Lorenz: »Das macht für uns zweihundert Pesos. Und das nennen die hier eine kostenlose Übertragung von Siedlungsland.«

Sie waren erst ein paar Meter gegangen, da eilte der Sekretär mit kurzen, schnellen Schritten an ihnen vorbei. Im Vorübergehen sagte er, ohne sich ihnen zuzuwenden: »Dort drüben in der Cafetería Paraíso trink ich einen Tinto. Es ist ein Vorteil für Sie, wenn Sie auch dorthin kommen. Aber unauffällig, wenn ich bitten darf.«

Die beiden schauten sich erstaunt an. »Also, machen wir's«, sagte Christian. Sie traten in die Cafeteria und schauten, wohin der Sekretär sich gesetzt hatte. Sie entdeckten ihn in einer Nische im hinteren Teil der Cafeteria und schlenderten in seine Nähe. Er winkte sie heran und sagte: »Bitte, Señores, zu dritt ist es kurzweiliger.«

Auch sie bestellten einen Tinto. Als der Ober sie bedient hatte, sagte der Sekretär leise: »Tierra caliente, heißes Land, wie?«

»Was meinen Sie?«, fragte Lorenz.

»Er hat Ihnen etwas in den Sümpfen bei Cartagena empfohlen, wie?«

»In den Sümpfen?«

Er kicherte. »Reis, Baumwolle und Bananen, wie?«

»Ja. Das ist doch kein schlechter Vorschlag. Nahe . . .«

Er unterbrach sie. »Nahe bei den Küstenstädten, genügend Schwarze, die auf Arbeit warten, überaus fruchtbar und so fort und so fort.«

»Ja, stimmt was nicht?«

Wieder kicherte er, nippte an seinem Tinto und beugte sich zu ihnen hinüber.

»Am besten kaufen Sie sich vorher gute Jagdgewehre. Großes Kaliber. Die Gegend ist bekannt als Paradies der Kaimane. Es ist ein einziger Sumpf, so weit das Auge reicht.«

»Glauben Sie?«

»Ich kenne mich aus.«

»Und warum wird uns dieses Gebiet so warm ans Herz gelegt?«

»Zweihundert Pesos, wie?«

»Ja, aber wo ist der Zusammenhang?«

»Hundert Pesos für den Besitzer dieses wunderbaren Landstrichs, hundert Pesos für den Herrn Direktor.«

»Das ist ja . . .«, rief Christian empört.

»Psst. Ich habe Ihnen gar nichts darüber gesagt. Wie käme ich dazu, dem Herrn Direktor das Geschäft verderben zu wollen und Amtsgeheimnisse auszuplaudern.«

»Was nun?«, fragte Lorenz enttäuscht. Wieder einmal war eine Seifenblase geplatzt.

Der Sekretär trank den Rest seines Tintos und erhob sich.

Er zeigte auf die Tassen und sagte: »Bestellen Sie sich noch einen Aguardiente. Der wird Ihnen jetzt gut tun. Ich erledige das beim Ober.«

Sie bedankten sich. Während er ihnen die Hand reichte, flüsterte er:

»Wenn Sie wirklich an einer Finca interessiert sind, kommen Sie gegen
sechs Uhr noch einmal in dieses Haus und an diesen Tisch. Ein Bekannter
von mir wird dann auch zugegen sein. Vielleicht kann der Ihnen weiterhelfen.«

Er ging dem Ausgang zu, sprach noch kurz mit dem Ober und verließ die
Cafeteria. Die beiden Aguardiente wurden gebracht. Sie tranken die Gläser in einem Zug leer und schüttelten sich.

»Ich bin gespannt auf heute Abend«, sagte Christian.

Als sie zum Pfarrhof kamen, war der Padre schon einige Stunden von seiner wochenlangen Reise zurück. Er saß im Patio, sah abgespannt aus
und war magerer geworden.

»Man müsste über ein Auto verfügen oder Engelsflügel haben«, seufzte
er. Sie setzten sich zu ihm und hatten viel zu erzählen. Er unterbrach sie
nicht und brummte nur einige Male vor sich hin. Auch die sonderbare
Angelegenheit des Vormittags verschwiegen sie nicht.

»Halten Sie das für möglich, was der Sekretär uns anvertraut hat, Padre?«, fragte Lorenz.

»Was er über seinen Chef ausplauderte, das halte ich sogar für wahrscheinlich. Ich frage mich nur, wo liegt sein Interesse daran, euch zu
warnen.«

»Ein Menschenfreund vielleicht«, vermutete Christian.

»Die Sorte ist in den Amtsstuben selten«, antwortete der Padre. »Es liegt
näher, dass er seinem Chef eins auswischen will. Ihr solltet auf jeden Fall
heute Abend in die Cafetería Paraíso gehen. Aber Vorsicht ist angera-
ten.«

Die Dämmerung war schon angebrochen, als sie die Cafeteria erneut betraten. Die Kellner zündeten gerade Kerzen an und stellten sie auf die Tische. Die Cafeteria war gut besetzt. Auch der Tisch in der Nische war
nicht mehr frei. Am Nebentisch fanden sie Platz. Kurz darauf, der Ober
hatte sie noch nicht nach ihren Wünschen gefragt, stand einer der beiden Herrn, die am Nischentisch saßen, auf, trat zu ihnen und fragte: »Sie
sind sicher die Kaimanjäger?«

Sie stutzten, aber Christian verstand und lachte.

»Kommen Sie nur an unseren Tisch. Wir haben Sie erwartet.«

Sie stellten sich vor. Der eine war der Advokat Señor Jaramillo jr., der andere Señor José Franco.

»Trinken Sie einen Aguardiente mit uns?«, fragte der Advokat und, ohne auf eine Antwort zu warten, winkte er den Ober heran. Als der Schnaps gebracht worden war, fragte er: »Sie also halten Ausschau nach einer Finca.«

»Schon«, antwortete Christian, »aber . . .«

»Wir wissen Bescheid. Der Herr Sekretär hat uns mitgeteilt, dass Sie schon häufiger in seinem Büro vorgesprochen haben. Außerdem hat es Eindruck auf uns gemacht, dass Sie nicht wie Blinde ins Abenteuer gestürzt sind, sondern sich zunächst einmal in der Gegend von Bucaramanga gründlich umgeschaut haben. Also ernsthafte Bewerber.«

»Das sind wir«, bestätigte Lorenz.

»Nur braucht man einen langen Atem, wenn man in der Wildnis eine Finca schaffen will. Die meisten denken, nur erst kostenlos das Land bekommen und schon ist die höchste Hürde übersprungen.«

»Ist es nicht so?«, fragte Lorenz.

»Ganz und gar nicht. Man muss schon eine Menge Pesos investieren, die notwendigen Geräte, den Lohn für die Peones, das Saatgut und, und, und. Und wann dürfen Sie erwarten, dass das erste Geld zurückfließt? Kaffee- und Kakaobäume tragen erst nach Jahren nennenswert. Für das Zuckerrohr brauchen Sie, wenn Sie es nicht als billiges Rohprodukt verschleudern wollen, teure Geräte zur Verarbeitung. Das kostet, nicht wahr.«

»Nun, wir sind nicht ganz mittellos.«

»Natürlich nicht. Sonst hätten wir Sie wohl kaum empfangen. Wir wollen Ihnen einen Vorschlag unterbreiten. Señor José Franco besitzt knapp dreißig Kilometer südlich von Villavicencio in einem flachen, wunderschönen Tal eine Finca. Kakao und Mais vor allem. Seit zwei Jahren ist er nicht mehr in der Lage, sie selbst zu bewirtschaften. Das Alter, wissen Sie.«

»Und die Gicht«, warf Señor Franco ein und zeigte seine knotigen Hände.

»Der Besitz ist keine Hacienda. Aber immerhin zweihundert Hektar, davon erst gut zehn Prozent gerodet und bebaut. Der Rest ist Urwald. Für einen Verwalter also zu klein. Aber für Sie, scheint mir, ist diese Finca genau das, was Sie suchen.«

»Wenn wir sie denn bezahlen könnten«, wandte Christian ein.

»Nun, darüber werden wir reden. Wie hoch sind denn die Mittel, die Sie maximal aufbringen könnten?«

Lorenz sagte: »Flüssig haben wir etwa neunhundert Pesos. Aber leicht könnten wir noch die Summe auf tausend Pesos aufstocken.«

»Hm, nicht gerade üppig«, sagte Señor Jaramillo jr. »Was meinen Sie, Señor Franco?«

»Nicht für tausend Pesos«, rief der. »Die Finca ist fünfmal so viel wert.«

»Das ist klar«, sagte der Advokat. »Aber man könnte einen klugen Vertrag schließen. Da ja bereits im ersten Jahr die Erträge fließen, kann die Restsumme in vertretbaren Abständen Rate um Rate bezahlt werden.«

»Aber keine fünftausend Pesos«, lehnte Christian entschieden ab. »Dann zahlen wir ja viele Jahre.«

»Vielleicht nicht gerade fünftausend. Aber Señor José Franco wird mit sich reden lassen. Er muss verkaufen. Mit jedem Monat mindert sich der Wert der Finca. Was, Señor Franco, halten Sie von dreitausendfünfhundert?«

»Carajo«, fluchte Franco. »So viele Jahre geschuftet und die Knochen hingehalten. Aber was will ich machen. Ich könnte mich darauf einlassen, tausend als Anzahlung und jeweils Jahresraten von fünfhundert. Aber keinen Peso weniger.«

»Was sagen Sie dazu?«, fragte der Advokat.

»Wir müssen es überlegen«, antwortete Christian.

»Gut, ich schlage Ihnen eine Dreitagefrist vor. Sollte allerdings inzwischen ein anderer kapitalkräftiger Käufer kommen, kann Señor Franco sich nicht gebunden fühlen.«

»Einverstanden. Aber wer garantiert uns, dass die Finca so ist, wie Sie sie uns schilderten?«

»Es ist doch selbstverständlich, dass Señor Franco mit Ihnen vor Vertragsschluss die Liegenschaft besichtigt. Dann erst zahlen Sie und bekommen die Besitzurkunde überreicht.«

»Anscheinend in Ordnung«, sagte Lorenz.

Jaramillo jr. kritzelte eine Telefonnummer auf ein Kärtchen und sagte: »In drei Tagen zur selben Zeit in dieser Cafeteria am selben Platz.«

»Alles klar«, bestätigte Lorenz. Wieder hatten sie keine Rechnung zu begleichen. Es war schon spät, als sie im Pfarrhof eintrafen. Beim Padre war alles dunkel.

»Morgen«, sagte Christian.

* * *

Ich habe vier Wochen in die Schule hineingeschnuppert. Landschulpraktikum nicht weit von Warburg, zusammen mit Inge Dahlbeck. Wir unterrichteten die Oberstufe. Sie besteht aus den Jahrgängen sechs bis acht, Jungen und Mädchen. Harry Vreden hat uns besucht. Revision. Inge hatte sich für diesen Tag herausgeputzt, den engen Rock angezogen und an der gelben Bluse die obersten beiden Knöpfe nicht zugeknöpft. »Harry Vreden hat ein Auge für so was«, hat sie gesagt. Vreden hat uns einige handfeste Ratschläge gegeben. »Fräulein Dahlbeck«, hat er zum Schluss gesagt und dabei freundlich gelacht: »Sie sollten sich während des Unterrichtens nicht auf das Pult setzen.«

»Aber ich hab doch eine Geschichte erzählt. Wenn man dabei dann steif wie ein Stock vorn steht . . .«

»Setzen Sie sich nur auf das Pult, wenn Sie einen sehr langen Rock tragen. Und auch hier«, er tippte mit seinem Zeigefinger auf die Knöpfe der Bluse. Nicht nur auf die Knöpfe. »Sie haben auch ältere Jungen in der Klasse.« Sie ist rot geworden und gleich nach Schulschluss beleidigt abgerauscht.

Vreden wandte sich an mich. »Kalt heute, Fräulein Mattler, nicht wahr. Ich lade Sie zu einer Tasse Kaffee ein.«

Wir fuhren nach Warburg hinein, fanden ein Café und setzten uns an ein kleines Marmortischchen.

»Was macht das Cello?«

»Ich übe fast täglich. Was soll man in diesem Nest sonst machen?«

»Ihre Vermieterin hat nichts dagegen?«

»Nein. Fräulein Rising ist eine pensionierte Lehrerin. Die weiß, dass Pädagogen ein tragbares Instrument spielen müssen. Abends lädt sie mich immer zum Essen ein. Sie kocht gut. Mein Rock wird mir schon ein wenig eng.«

»Rising, Rising. Etwa Elly Rising?«

»Ja, so heißt sie.«

»Mit der war ich ein Jahr lang an einer Schule. Tüchtige Frau.«

So fing es an. Das Ende war, er hat mich in seinem Auto bis zu ihr mitgenommen. Sie hat sich über den unerwarteten Besuch gefreut und ihn zum Essen dabehalten. Während sie in der Küche hantierte, hat Harry meine Hand genommen und gefragt: »Hat Ihnen schon mal jemand aus der Hand gelesen?« Ich musste lachen und hab mit dem Kopf geschüttelt. »Ihre Haare sprühen Funken, Susanne.«

Er schaute die Linien meiner Innenhand an. »Viel kann ich nicht erkennen. Aber eins ist ganz sicher, Ihnen steht ein unauslöschliches Erlebnis bevor.«

Ich sagte: »Ich hoffe, ein freudiges.« Ich gebe es zu, ich war befangen. Es war ein merkwürdiges Gefühl, als er mit seinem Finger über meine Handlinien strich. Feuerspuren.

Fräulein Rising trug die Suppe auf. Sie schwelgten in Erinnerungen. Es wurde spät. »Wollen Sie heute noch nach Kassel zurück, Harry?«

»Ja, schon. Ich bin bereits vier Tage unterwegs. Von einer Studentin zur anderen. Immer diese Hotelbetten! Und aus dem Koffer leben, das ist auf die Dauer auch nichts.«

»Wie kommen Sie in die Stadt zurück?«

»Mit meinem Auto.«

»Es hat geregnet und friert leicht.«

»Macht nichts. Ich habe gute Reifen.«

»Oben ist noch das Gästezimmer frei, Harry. Nicht geheizt. Aber ein Oberbett mit polnischen Daunenfedern. Wenn Sie wollen?«

Er wollte. Es wäre Elly Rising schwer gefallen, die vielen Stufen zu steigen. Sie bat mich das Bett frisch zu beziehen. Er holte seinen Koffer aus dem Auto, kam mir nach und half das Bettlaken zu spannen. Mit den Schultern stießen wir unversehens zusammen. Er ließ sich auf das Bett fallen und zog mich mit. Nur einen Augenblick lag ich in seinem Arm. Dann gab er mich frei und entschuldigte sich.

»Wo ist Ihr Zimmer, Susanne?«

»Eine Etage tiefer, genau unter Ihrem. Wenn Ihr Bett knarrt, kann ich es hören.«

»Hoffentlich ist das nicht auch so ein Eiskeller.«

»Nein. Ein Dauerbrandofen macht's angenehm warm, wenn man genügend Briketts nachlegt.«

Es war schon nach elf, als wir uns Gute Nacht wünschten. »War wirklich ein guter Einfall, Susanne, dass Sie Harry mitgebracht haben. Und morgen um sieben das Frühstück. Wenn Ihnen das zu früh ist, Harry, kommen Sie einfach später herunter.«

Es war noch keine Stunde verstrichen, da kam er in mein Zimmer. Er trug einen dunkelroten Morgenrock. Ich war noch nicht eingeschlafen, hatte ihn aber nicht gehört, obwohl die Treppe sonst erbärmlich knarrt. »Ich friere mich da oben tot«, sagte er. »Darf ich?« Es war eigentlich keine Frage. Er setzte sich auf mein Bett. Ich zog mir die Zudecke bis unters Kinn. Ich weiß nicht, wie ich mich verhalten hätte, wenn er nicht so hastig gewesen wäre. Er küsste mich. Seine Bartstoppeln kitzelten. Gleich darauf schlug er meine Bettdecke zurück.

»Nein«, flüsterte ich, »nein.«

»Sei nicht prüde.« Seine Stimme klang rau und erregt. Ich stieß ihn zurück und sprang an der anderen Seite aus dem Bett.

»Gehört das zum Spiel?« Er kam langsam auf mich zu. Ich griff zu dem Schürhaken. »Nein«, rief ich und geriet in Panik. Trotzdem, ich weiß nicht, was ich getan hätte, wenn er näher gekommen wäre und mich einfach an sich gerissen hätte. Ich glaube, ich wünschte es mir sogar. Aber er traute sich nicht. Der Schürhaken in meiner Hand hielt ihn wohl ab.

»Dummes Suppenhuhn«, maulte er und verließ mein Zimmer.

Ich drehte den Schlüssel zweimal im Schloss. Geheult hab ich und in der Nacht kaum ein Auge zugetan. Beim Frühstück saß ich mit Fräulein Rising allein am Tisch.

»Konnte immer schon schlecht aus den Federn und kam oft zu spät zum Dienst«,
sagte sie. Ich hatte es eilig, aus dem Haus zu kommen.
Harry hab ich erst zwei Wochen später bei der Vorlesung in Kassel wieder gese-
hen. Er tat, als ob nichts gewesen wäre.
»Uns fehlt Ihr Cello«, sagte er.
Ich antwortete: »Keine Zeit. Viel Arbeit für das Zwischenexamen.«

* * *

Sowohl der Padre als auch Mergenter fanden das Angebot und den Preis
angemessen. Mergenter hatte herausgefunden, dass der Advokat Jaramillo jr. sich zwar erst vor einem Jahr in Bogotá niedergelassen hatte,
aber es war nichts Nachteiliges über ihn zu erfahren gewesen. Von Señor
José Franco war lediglich bekannt, dass er seit einiger Zeit in Teusaquil-
lo, einem der bevorzugten Stadtteile von Bogotá, wohnte und ein zu-
rückgezogenes Leben führte.

»Außerdem«, sagte Mergenter, »anschauen schadet ja nicht.«

Schon nach knapp einer Woche brachen Christian und Lorenz und auch
Señor José Franco auf. Er hatte gefragt, ob sie sich ein Taxi bis Villavicencio erlauben wollten, aber Christian hatte erschrocken abgewehrt. »Wir
müssen sparsam mit unserem Geld umgehen«, sagte er.

»Sehr vernünftig«, meinte Señor Franco. »Aber Sie werden verstehen,
dass ich mit meinem Leiden doch lieber bequem reise. Ich könnte Sie ja
einladen mich zu begleiten. Aber Señor Jaramillo jr. und sein Bekannter
wollen auch mit. Sie sind neugierig auf meine Finca. Außerdem sind die
beiden leidenschaftliche Jäger. Ist eine wildreiche Gegend dort am Rande der Llanos. Wir treffen uns dann in Villavicencio. Ich werde in diesem
Haus wohnen.« Er schrieb ihnen die Adresse eines Hotels auf. »Mit dem
Taxi kommt man schneller ans Ziel. Sobald Sie in Villavicencio eintreffen, kommen Sie ins Hotel. Von dort aus sind es nur noch etwa dreißig
Kilometer.«

Lorenz war am Sonntag nur kurz bei Mergenter gewesen.

Er hatte die ganze Zeit über gedrängt, von Bogotá wegzukommen. Es war wie eine Flucht vor etwas, das er nicht zu beherrschen vermochte. Flor hatte sich überraschend kühl von ihm verabschiedet. Als er ging, steckte sie ihm einen Umschlag in die Tasche. Vor dem Haus öffnete er ihn. Es befand sich ein gut gelungenes Foto von ihr darin. Einen Augenblick war er versucht es zu zerreißen, aber dann steckte er es doch wieder in die Tasche.

Der Bus, mit dem Lorenz und Christian fuhren, war nicht gerade das neueste Modell. Als sie die Hochebene der Sabana verlassen hatten, ging es über eine schmale Schotterstraße stetig bergauf. Der Bus klapperte und der Motor heulte manchmal beängstigend laut auf. Der erste hohe Gebirgskamm, zugleich die Wasserscheide zwischen dem Magdalenental und dem Orinoco, war erklommen, höher als dreitausend Meter. Steiler und in engen Serpentinen ging es abwärts. Eine Nebelwand zwang zu einer ganz langsamen Fahrt. Und das war gut so. Denn plötzlich bremste der Fahrer hart und der Bus kam dicht vor einem Bergrutsch, der die Fahrbahn auf mehr als fünf Metern versperrt hatte, zum Stehen. Das schien niemanden aufzuregen. Der Bus führte eine Anzahl Hacken und Schaufeln mit sich. Die Fahrgäste brauchten gar nicht aufgefordert zu werden behilflich zu sein. Alle begannen die Geröllmassen in die Schlucht zu schieben. Auch aus zwei Lastern, die nach dem Bus eintrafen und ein Auffahren nur knapp vermeiden konnten, stiegen die Männer aus und halfen. Nach vier Stunden ununterbrochener Arbeit war der Weg wieder befahrbar. Kalebassen mit Chicha kreisten im Bus und alle tranken einen Schluck oder auch zwei. Schließlich blieb der Nebel zurück. Eine kurze Rast in der Ortschaft Chipaque, einen Tinto im Stehen und schon ging es weiter. Bananenpflanzungen, noch in hellem Grün stehendes Zuckerrohr und ausgedehnte Maisfelder zeigten die Fruchtbarkeit der Täler an. Bei Caqueza trafen sie auf den Río Negro. »Nur noch flussabwärts, dann sind wir bald in Villavicencio«, sagte Lorenz, nachdem er die Karte studiert hatte. Aber es dauerte doch länger, als er vermutete. Oberhalb einer engen Schlucht kam ihnen ein Reiter entgegen, der den Bus in eine Straßenerweiterung einwies, in der schon einige andere Wagen warteten. Sie waren alle bis dicht an die Felswand gefahren.

»Äußerste Ruhe, bitte«, sagte der Fahrer. »Sprechen Sie nicht miteinander und bewegen sich möglichst wenig.«

»Banditen! Ein Überfall!«, sagte Christian leise. Aber eine Frau, die an der anderen Seite des Mittelgangs ihren Platz hatte, grinste und zeigte ihre Zahnlücken. Sie flüsterte: »No, Señores, kein Überfall. Die Rinder kommen.« Sie legte den Finger über ihren Mund. Es dauerte nur fünf Minuten, bis die Leitkuh, gefolgt von einer Rinderherde von mehr als zweihundert Tieren, vorbeitrottete, scheu und, wie es schien, jederzeit auf dem Sprung, auszubrechen.

Dann war die Herde vorüber. Die Fahrgäste atmeten auf.

»Fleisch für Bogotá«, sagte die Frau. »Die Tiere sind in den Llanos halb wild groß geworden. Durch ein Autohupen, ja, durch jedes ihnen fremde Geräusch können sie in Panik geraten. Noch im vorigen Jahr hat sich eine Herde von einhundertzwanzig Tieren in die Schlucht gestürzt, weil ein Idiot den Motor hat aufbrummen lassen. Stellen Sie sich vor, einhundertzwanzig Rinder! Sicher, die Leute aus dem Umkreis sind hinabgestiegen und haben sich mit Frischfleisch versorgt. Aber das meiste ist von den Geiern aufgefressen worden und die Pumas haben ihren Heißhunger stillen können.«

Der Bus fuhr wieder an. Der Urwald bedeckte die Berge und reichte nun bis an die Straße.

»Jeden Augenblick werden wir Villavicencio sehen können«, sagte Christian. Der Wald blieb zurück. Im klaren Licht des späten Nachmittags lag vor ihnen die weite Ebene der Llanos. Irgendwo in der Ferne verwischten sich ihre Konturen am Horizont. Bald war das Reiseziel erreicht.

Die Stadt bestand aus einigen wenigen parallel laufenden Straßen. Der Bus hielt auf der Plaza, unmittelbar vor dem Hotel, das Franco ihnen aufgeschrieben hatte. Alle drängten auf den Platz. In das Hotel trat außer Lorenz und Christian niemand. Sie fragten nach den Señores Franco und Jaramillo. Der Patrón gab ihnen die Auskunft, sie seien zu einem Jagdausflug weggefahren, würden aber am Abend zurückerwartet.

»Sie sind sicher die Käufer der Finca, nicht wahr?«

»Vielleicht die Käufer«, verbesserte Christian.

»Ihr Zimmer ist reserviert.« Er rief einen Jungen herbei, der als Zeichen seiner Würde eine Schirmmütze trug, auf der der Name des Hotels in Goldbuchstaben prangte: Hotel Nacional. Der Junge ließ sich nicht davon abbringen, ihnen die Rucksäcke bis vor die Zimmertür zu schleppen. Christian gab ihm ein paar Centavos Trinkgeld. Er riss die Mütze vom Kopf, strahlte und verbeugte sich.

Es ging am nächsten Tag erst gegen elf Uhr los. Die Jagdgesellschaft hatte zwei Rehe geschossen und den Koch gebeten eines davon für ein gemeinsames Essen zuzubereiten. Der Weg zur Finca sei beschwerlich und es bedürfe einer guten Unterlage. Trotz des Jagdglücks war Jaramillo schlecht gelaunt. Seine Büchse war ihm vom Maultier gerutscht und so hart auf einen Stein geschlagen, dass der schöne Nussbaumkolben einen Sprung zeigte.

José Franco hatte Maultiere gemietet, denn für das Taxi waren die Wege zu schlecht.

Das Wetter war beständig. Die Regenzeit hatte Ende November aufgehört. Bis Acacias war der Weg so breit, dass sie zu zweit nebeneinander reiten konnten. Auch hatte die Sonne ihn ziemlich abgetrocknet. Nur noch an schattigen Stellen sanken die Hufe der Mulis tief in den Schlamm ein. Über ein Gewässer, das tief in einer Schlucht floss, führte eine Hängebrücke. Sie leiteten die Tiere eins nach dem anderen hinüber, weil die Brücke ihnen alt und morsch vorkam. Mehrere weitere Flüsse jedoch waren nur auf einer Furt zu durchqueren.

»In der Regenzeit ist das nicht ganz einfach«, sagte José Franco.

Er hätte besser das Wort unmöglich benutzen sollen, dachte Christian, denn schon jetzt reichte das Wasser den Mulis an einigen Stellen bis unter den Bauch. Der Pfad wurde so schmal, dass sie nun hintereinander ritten. Der Urwald bedeckte die Hügel, er zeigte sich jedoch anders als am Río Magdalena. Die Bäume waren niedriger, aber immer noch bis zu zwanzig Meter hoch. Es gab viele Palmen, unter denen nur wenig Unterholz wuchs. Schlingpflanzen, die am Río Magdalena wie Windschaukeln von den Ästen hingen und so zahlreich waren, dass man die Stämme der Baumriesen nur selten sehen konnte, gab es hier nicht.

Der Wald blieb mit einem Male zurück und es öffnete sich ein weites Tal. Franco hielt sein Tier an und deutete mit der Hand nach vorn. »Meine Finca«, sagte er. Maisfelder und Kakaoanpflanzungen breiteten sich rund um ein Haus, das nicht weit von einem Bach gebaut war. Am gegenüberliegenden, ziemlich weit entfernten Waldrand ragten einige Dächer, mit Palmwedeln gedeckt, knapp über den Mais hinaus. »Die Ranchos der Peones«, erklärte er. »Wie man sehen kann, ist der Mais bald reif. Sie sollten, falls Sie die Finca erwerben, rechtzeitig zur Ernte wieder hier sein. Und die Haupterntezeit für Kakao beginnt hier im Januar.«

Sie erreichten das Gebäude, ein aus Stämmen fest gefügtes Haus. Die Türen und die Blenden vor den Fensteröffnungen fehlten und das Haus wirkte unfertig. Die Peones, sechs an der Zahl, hatten die Reiter von weitem kommen sehen und standen mit ihren Frauen und einer großen Kinderschar vor dem Haus. Die Männer hatten ihre Hüte gezogen und verbeugten sich tief. Der älteste, ein Mestize mit schwarzem, kurz geschorenem Haar und rundem Rücken, begrüßte Franco, hob dabei aber den Blick nicht vom Boden. Vor den anderen verbeugte er sich wortlos. Erst Tage später erfuhren Christian und Lorenz, dass er Ignacio hieß.

»Fermina«, befahl Franco einer hellhäutigen Mulattin, »in einer Stunde möchten wir essen.«

Dann wandte er sich an die Reiter und schlug vor: »Wir reiten durch die Plantagen, damit Sie alles anschauen können.«

»Ich reite nicht mit«, sagte Jaramillo jr. »Wenn man Tag für Tag in einem gepolsterten Sessel sitzt, dann hat man an bestimmten Stellen leider keine Schwielen.«

»Auch ich bleibe lieber hier«, rief der Jagdfreund von Jaramillo, der mit Don Marco angeredet wurde.

Franco lachte.»Gut. Machen Sie es sich im Haus oder im Schatten unter dem Ceibabaum bequem. Fermina wird ihnen eine Erfrischung anbieten.«

Christian und Lorenz waren beeindruckt von der guten Lage der Finca. Es gab keine steilen Hänge, die ihnen bei Kleinwittes solche Schwierigkeiten bereitet hatten. Den bebauten Flächen allerdings merkte man an, dass ein Besitzer hermusste. Die Kakaobäume waren zum Teil vermoost. In den Maisfeldern gab es größere Stellen, in denen die Saat nicht aufgegangen war. Franco schüttelte mehrmals unwillig den Kopf.»Wenn die Katze aus dem Haus ist, springen die Mäuse auf dem Tisch herum. Ziehen Sie den Peones ruhig einen Teil ihres Lohnes ab. Schlamperei muss bestraft werden.«

Am Abend saßen sie noch eine Weile an einem roh gezimmerten Tisch vor dem Haus. Der Advokat und Don Marco berieten, ob sie noch für einen Jagdtag bleiben sollten.»Es müsste hier Wildschweine geben«, sagte Don Marco. Aber Jaramillo verwies auf seine unbrauchbar gewordene Büchse. So entschlossen sie sich die Rückreise am nächsten Tag anzutreten.

»Wie steht es mit Ihnen?«, fragte Franco. »Sie haben ja nun einen Einblick. Wie Sie sehen konnten, habe ich Ihnen nicht zu viel versprochen. Ich hoffe, Sie haben bemerkt, dass die notwendigen Ackergeräte alle vorhanden sind. Und auch die Mulis und das Kleinvieh gehören zur Finca. Sie sind nur zur Zeit bei den Peones. Kurzum, Sie müssen sich entscheiden.«

»Ich habe mit meinem Freund gesprochen«, sagte Lorenz.»Es wartet viel Arbeit auf uns. Dazu sind wir ja hergekommen. Wir kaufen die Finca zu den ausgemachten Bedingungen. Allerdings nur, wenn alles schriftlich festgehalten wird.«

»Das versteht sich«, sagte Jaramillo.»Unsere Kanzlei hat den Vertrag bereits ausgearbeitet. Wir können ihn morgen in Villavicencio in der amtlichen Stelle unterschreiben. Jeder Partner bekommt ein Exemplar und ein weiteres wird bei der Behörde hinterlegt. Wir werden Ihnen sofort nach Vertragsabschluss die Besitzurkunde aushändigen.«

»Wir haben die Kaufsumme natürlich nicht in bar mitgebracht. Christian und ich haben eine Vollmacht für den Padre im Pfarrhof verfasst. Es ist alles mit ihm abgesprochen. Wenn Sie ihm in Bogotá einen Brief von uns vorlegen, wird das Geld auf der Bank für Sie verfügbar gemacht.«

»Also abgemacht«, rief Franco fröhlich. »Eigentlich sollte ich mit meiner Gicht den Alkohol meiden wie die Pest. Aber nach diesem Abschluss pfeife ich auf alle Ärzte. Ich habe in meinem Gepäck eine Flasche Champagner, leider nicht ganz kühl. Sie werden jedoch merken, dass es eine haltlose Behauptung ist, der Champagner schmecke nur, wenn er möglichst kalt getrunken wird.«

Sie tranken sich zu.

»Übrigens«, sagte Jaramillo, »Sie haben ja mitbekommen, dass meine Büchse nicht mehr benutzt werden kann. Wenn Sie es wollen, überlasse ich sie Ihnen. Sie sollen ja geschickte Hände haben. Vielleicht versuchen Sie sich an einem neuen Kolben. Ein Schießeisen kann man in dieser Wildnis hier immer brauchen.«

Als sie ihre Hängematten festgezurrt hatten, kam Lorenz noch einmal zu Christian. Er drückte ihm fest die Hand und flüsterte: »Von nun an geht es aufwärts.«

»Ja, Lorenz, daran glaube ich jetzt auch.«

Es war nur eine Formsache, im Amt in Villavicencio den Vertrag zu unterschreiben und ein Exemplar zu hinterlegen. Der junge Leiter des Amtes hatte ihn durchgelesen und für rechtens befunden. Auch die schon gestempelte Besitzurkunde mit dem Vermerk, dass Lorenz und Christian zu gleichen Teilen die Finca gehöre, schaute er sich an.

»Alles in Ordnung«, sagte er. »Ich wünsche Ihnen eine erfolgreiche Zeit.«
Der Abschied von José Franco und dem Advokaten geschah in Eile. Das Taxi nach Bogotá wartete bereits.

Es folgten arbeitsreiche Tage und Wochen. Die Peones hielten sich, sooft es eben ging, abseits von Christian und Lorenz, und wenn sich eine Zusammenarbeit nicht vermeiden ließ, waren sie merkwürdig schweigsam. Einmal hatten die Kinder einen kleinen Jungen geneckt und seinen Hut von einem zum anderen geworfen. Als der Kleine zu weinen anfing, warfen sie den Hut hoch in einen Baum. Christian kam gerade daher und sah es. Er drohte den Kindern, kletterte hinauf und holte den Hut herunter.

»Wie heißt du?«, fragte er den Kleinen und reichte ihm den Hut.

»Juanito«, antwortete der scheu und lief weg. In den nächsten Tagen lungerte Juanito in Christians Nähe herum. Dann traute er sich nach einiger Zeit Christian anzusprechen. Er reichte ihm einen rötlichen Stein, etwa so groß wie ein Spatzenei, und sagte: »Eine Taube, siehst du, Señor?« Christian, der sich bedankt hatte und den Stein schon in die Tasche stecken wollte, betrachtete ihn nun genauer. Wirklich, er war geformt wie ein kleiner, hockender Vogel.

Die erste böse Überraschung erlebten sie auf ihrer Finca, als es an die Maisernte ging. Kleine Schmetterlinge, mit einer Flügelspannweite von kaum drei Zentimetern, hatten ihre Eier im Mais abgelegt und es wimmelte an vielen Stellen von graubraunen, äußerst gefräßigen Raupen. Überall dort, wo sie in die Stängel eingedrungen waren, standen die Maispflanzen trocken und abgestorben. Statt der gefüllten Maiskolben gab es nur leeres Stroh. Die Peones schoben auf Anweisung Ignacios, ohne weiter zu fragen, diese dürren Pflanzen zu Haufen zusammen und zündeten sie an. Tagelang lagen die Rauchwolken über dem Tal. Es blieb zwar so viel Mais übrig, dass es für die neue Saat und die eigene Ernährung reichte, aber an Verkauf oder gar Gewinn war nicht zu denken. Bei den Kakaobäumen sah es anders aus. Dass Christian und Lorenz mit in die Plantagen gingen und halfen die Ernte einzubringen, sahen die Peones erst mit Misstrauen. Sie glaubten an eine vorübergehende Laune der Herren. Bald aber merkten sie, dass die Señores die Arbeit nicht scheuten.

Da auf jedem Feld unterschiedlich große Kakaobäume standen und Bananenstauden die starke Sonneneinstrahlung milderten, kamen ihnen die arbeitsreichen Tage nicht zu lang vor. Am Nachmittag wurden die gepflückten Früchte mit der Machete aufgeschlagen und die Kakaobohnen, noch in einer Hülle von Fruchtfleisch, in Säcken hinter das Haus getragen. Ignacio überwachte streng das Einfüllen der Bohnen in große Holzkisten. War eine gut gefüllt, deckte er einen Jutesack darüber. Er selbst übernahm die Fermentierung der Kakaobohnen. Jeden Tag wurden sie gewendet. Es wurde heiß in der Kiste und das Fruchtfleisch löste sich von den Kernen. Draußen in der Sonne trockneten sie schließlich. Ignacio wendete sie jeden Tag und prüfte genau, ob sie so weit waren, dass kein Schimmel mehr ansetzen konnte. Dann ließ er sie zu jeweils sechzig Kilogramm in Säcke füllen und mit Mulis nach Villavicencio bringen. Der Aufkäufer prüfte die Qualität besonders gründlich, weil er Lorenz, der jedes Mal mitritt, nicht kannte. Schließlich schnalzte er mit den Lippen. »Ignacio versteht was vom Kakao«, lobte er und zahlte einen guten Preis.

An einem Sonntag, als die Haupterntezeit sich dem Ende zuneigte, kam Ignacio zum Haus und sagte: »Señores, wir möchten Sie einladen. Roberto hat ein Pecari, ein Wildschwein, geschossen. Wir braten es am Spieß. Es wäre eine Ehre für uns, wenn Sie von dem Fleisch probieren würden.«

»Wir kommen gern«, sagte Christian. Obwohl sie nun schon drei Monate lang miteinander arbeiteten, waren Christian und Lorenz noch keinmal in den Ranchos der Peones gewesen. Jetzt aber schauten sie sich gründlich dort um. Sie waren betroffen von der Armut. Die Ranchos bestanden nur aus einem einzigen Raum. Lehm, gemischt mit Kuhmist, dichtete das Holzgeflecht der Wände ab. Wenige Hängematten aus einem leichten Fasergeflecht hingen an den Balken. Die Kinder, in manchen Familien acht oder mehr, schliefen auf aufgehäuftem Astwerk, über das eine Ruana gebreitet lag. Farbige Drucke, aus Zeitungen herausgetrennt, waren an die Wände geklebt. Immer befand sich zumindest ein Bild der Muttergottes dabei. Durch einen hinteren Ausgang gelangte man zu der Kochstelle, ein offenes Feuer nur. Darüber war ein Dreibein aus Eisendraht gestellt worden, an dem der Topf hing.

»Das müssen wir ändern, schnell ändern«, sagte Christian zu Lorenz. Während des Mahls verlor sich nicht die Fremdheit zwischen den Freunden und den Peones. Nur die Kinder kamen einige Male nahe zu ihnen und starrten sie an, wurden aber von den Müttern ermahnt nicht lästig zu werden.

Christian und Lorenz lobten das saftige Fleisch. Aber selbst das schien die Frauen nur verlegen zu machen.

Aus einem Rancho hörte man ein Kind weinen. Die Mutter lief mehrmals zu ihm, vermochte es aber nicht zu beruhigen.

»Was hat das Kind?«, fragte Lorenz. Die Mutter wusste keine rechte Antwort. Da stand Lorenz auf und ging in die Hütte. Jetzt schrie das Kind, ein kleiner Junge, laut, ob aus Angst vor dem großen blonden Mann, der da an seinem Lager stand, oder vor Schmerzen, das war nicht zu erkennen. Olivia, die Mutter, nahm das Kind in den Arm und es drängte sich an sie. Lorenz legte ihm die Hand auf die Stirn.

»Fieber«, sagte er. »Fragen Sie, wo es wehtut.«

Olivia zeigte auf den Bauch des Jungen und flüsterte: »Seit gestern hat Juanito starke Schmerzen.«

»Einen Augenblick, Olivia, ich rufe Christian. Der versteht mehr von Krankheiten als ich.«

Christian kannte den kleinen Juanito, dessen Hut er vom Baum geholt hatte. Er betastete den Bauch. Die rechte Seite schien ihm verhärtet und druckempfindlich zu sein.

»Wahrscheinlich Blinddarm«, sagte Christian. »Da hilft nur eine Operation.« Er fragte: »Wo gibt es hier einen Arzt?« Olivia wusste es nicht. Ignacio sagte: »Wenn überhaupt, dann in Villavicencio.«

Christian besann sich nicht lange. Er befahl zwei Maultiere zu satteln. »Sie reiten mit mir«, sagte er zu Olivia. »Ich binde mir den Jungen in einem Tuch auf den Rücken. Wenn es für ihn eine Rettung gibt, dann in der Stadt.«

Lorenz fragte noch: »Muss das denn wirklich sein. Morgen die Ernte . . .«
Christian schaute ihn nur an, da sagte er: »Meinetwegen, reitet los.«
Ignacio riet noch ein drittes Maultier mitlaufen zu lassen.

»Für die Sicherheit.«

»Was meinen Sie damit?«, fragte Christian.

»Bevor Sie die Flüsse durchqueren, Señor Christian, jagen Sie das Muli
durch das Wasser. Giftige Schlangen schwimmen weg, wenn das Tier
durchs Wasser stampft. Und wenn diese Teufel nicht wegschwimmen . . .
Na, lieber ein Muli als ein Mensch.«

So schnell war Christian noch nie nach Villavicencio geritten. Das Wimmern des Kindes auf seinem Rücken spornte seine Kräfte immer wieder
an. In der Stadt wies man ihn zum Haus des Arztes. Verwandte und
Freunde waren dort zu Besuch gekommen und feierten seinen sechzigs-
ten Geburtstag. Er kam unwillig in den Patio und versuchte Christian auf
den nächsten Morgen zu vertrösten.

»Aber das Kind wird sterben, wenn Sie es nicht operieren«, protestierte
Christian. »Es fiebert stark und hat eine Blinddarmentzündung.«

»Was Sie nicht alles wissen, Señor. Außerdem, es ist das Kind eines Pe-
ons«, antwortete der Arzt und verzog geringschätzig die Lippen.

»Ein Kind ist ein Kind«, schrie Christian ihn an. Neugierig kamen die Gäste des Arztes in den Hof.

Ein junger Mann, schlank und einen Kopf kleiner als der Arzt, trat nahe
an Juanito heran und betastete seinen Bauch. Er sagte: »Onkel, wir können das Leben des Kleinen nicht aufs Spiel setzen. Wahrscheinlich hat
dieser Mann Recht. Blinddarm. Du solltest operieren.«

»Misch dich nicht ein, Ricardo. Wenn du auch mein Neffe bist, misch dich
nicht ein.«

»Doch, Onkel. Es geht immerhin um ein Leben.«

Ärgerlich drehte der Arzt seinem Neffen den Rücken zu. Im Hineingehen
rief er: »Nur zu, nur zu, Ricardo. Du weißt, wo mein Behandlungszimmer
ist. Wenn du meinst, dann mach du es.«

Christian sah, wie der junge Mann zusammenzuckte.

»Was ist mit Ihnen?«, fragte er. »Sind Sie auch Arzt?«

»Noch nicht«, antwortete Ricardo. »Erst nach dem nächsten Semester, wenn ich die Prüfungen bestehe.«

»Los, operieren Sie«, forderte Christian ihn auf. »Ich assistiere Ihnen. Das hab ich schon oft gemacht.«

»Meinen Sie?«

»Ja. Man kann die Hilfe verweigern aus Dickfelligkeit, wie Ihr Onkel. Man kann auch aus Feigheit einfach wegsehen.«

Ricardo lief noch einmal ins Haus. Offenbar redete er auf seinen Onkel ein. Man hörte seine Stimme bis in den Patio dringen. Aber dann kam er heraus, blasser als zuvor und mit zusammengepressten Lippen. Eine Frau, Mitte dreißig vielleicht, folgte ihm. Sie schloss das Behandlungszimmer auf. Es war gut ausgestattet.

»Du bleibst hier im Patio«, sagte sie bestimmt zu Olivia. Juanitos Mutter hockte sich nieder, senkte den Kopf auf ihre Knie und weinte leise vor sich hin. Christian legte den Jungen auf den Operationstisch. Die Frau zog einen weißen Kittel über ihr festliches Kleid und reichte auch Ricardo und Christian weiße Kleidung.

»Ich bin Krankenschwester«, sagte Sie. »Ich heiße Martína.«

Christian nannte seinen Namen.

Sie wuschen sich lange und gründlich die Hände. Die Schwester bereitete Juanito auf die Operation vor. Während sie ihm Hemd und Hose abstreifte und die Bauchdecke mit Jod einpinselte, redete sie beruhigend auf ihn ein.

»Ich bin bereit«, sagte Ricardo. Martína drückte Juanito das Ätherläppchen auf Nase und Mund.

»Skalpell«, forderte Ricardo. Christian reichte es ihm und auch die Tupfer und Instrumente, die er verlangte.

»Es war höchste Zeit.« Ricardo atmete tief durch und legte den aufgeschwollenen Wurmfortsatz des Blinddarms in eine Metallschale.

»Den werde ich dir später präsentieren, verehrter Onkel«, stieß er grimmig hervor. Er vernähte die Wunde.

»Muy bien, sehr gut, Doctor«, rief Christian erleichtert.

»Ich wünschte mir, immer solch einen Assistenten und eine so hervorragende Schwester um mich zu haben«, sagte Ricardo entspannt.

»Was bin ich Ihnen schuldig?«, fragte Christian.

Er lächelte. »Medizinstudenten dürfen kein Honorar annehmen.«

Schwester Martína strich inzwischen großzügig Jod über die Naht, legte Mull auf und befestigte ihn mit Pflaster. Sie sagte: »Ich hole die Mutter jetzt herein. Der Kleine wird in wenigen Stunden aus der Narkose aufwachen. Sie müssen unser Haus verlassen. Wenn der Doktor Sie später immer noch hier vorfindet, bekommt er einen Wutanfall.«

»Dort drüben in der Nebenstraße ist ein kleines Hotel«, schlug Ricardo vor. »Vielleicht logieren Sie sich dort ein.«

Die beiden verließen das Behandlungszimmer. Ricardo nahm die Schale samt Inhalt mit.

Das dröhnende Lachen des Arztes drang bis in das Behandlungszimmer. Christian versorgte sich mit Verbandsmaterial und Jodtinktur. Außerdem fand er eine Packung Schmerz stillender Tabletten. Olivia band sich das Tuch vor die Brust, in dem Christian ihren Sohn hergetragen hatte. Sie betteten ihn behutsam hinein und gingen. Es gab keine Schwierigkeiten, in dem Hotel ein Zimmer für Olivia und Juanito zu bekommen. Christian zahlte für eine Woche im Voraus und gab Olivia genaue Anweisungen, wie sie den Jungen versorgen solle. »Er wird aufwachen und jammern und will trinken, Olivia. Wenn Sie ihn nicht umbringen wollen, dann halten Sie ihm in den nächsten zwölf Stunden nur dann und wann einen feuchten Lappen an die Lippen. Später können Sie ihm einen schwachen Tee geben. Dünnen Maisbrei dann vom zweiten Tag an, aber nichts anderes, hören Sie? Ich schicke Ihnen nach einer Woche einen Mann mit den Maultieren. Bringen Sie Juanito heil zurück.«

Sie kniete vor Christian nieder und küsste seine Hand, bevor er sich noch wehren konnte.

»Lassen Sie das«, sagte er unwirsch und machte sich mit den Maultieren auf den Rückweg.

Der Mond hing groß und blass eine Handbreit über den Bergen. Er tauchte das Land in einen so hellen Schein, dass es für Christian leicht war, sich zu orientieren. Die Mulis hätten auch ohne sein Zutun den Weg gefunden. Es war ein langer Tag gewesen. Mehrmals nickte er ein und sein Kopf sank auf den Hals des Tieres. Aber das schien dem Maultier nicht zu gefallen. Es warf dann jedes Mal den Hals hoch und Christian schreckte auf. Er schlug die Warnung in den Wind, ein Tier zuerst durch die Flüsse zu jagen. Die Schlangen schienen zu schlafen und griffen ihn nicht an. Lange nach Mitternacht sah er endlich die Finca.

Dort, wo der Pfad aus dem Walde führte, wartete Ignacio auf ihn.

»Alles ist gut gegangen, Ignacio«, sagte Christian. »Juanito wird gesund.«

»Señor Christian . . .«, stammelte der Peon.

»Lassen Sie nur, Ignacio. Aber wo steckt eigentlich Olivias Mann?«

»Ach, Señor Christian, als Olivia zum vierten Mal schwanger wurde, ist er auf und davon. Das war vor drei Jahren. Er hat sich nicht mehr hier sehen lassen.«

Christian schimpfte leise vor sich hin.

Ignacio schwang sich auf ein Maultier. Die Tiere trotteten nebeneinander bis zum Haus. Früher war der Peon immer seinem Herrn in einem Abstand von mehreren Schritten gefolgt. Nun ritt er neben ihm. Christian freute sich darüber.

»Ich versorge die Mulis«, sagte Ignacio. Christian setzte sich auf die Bank vor das Haus. Er schaute über die im bläulichen Licht liegenden Felder. Ich bin fast glücklich, dachte er. Nur Susanne fehlt mir mehr und mehr. Er suchte ihren Stern am Himmel und flüsterte: »Mehr als die Wächter aufs Morgenrot, wart ich, Susanne, auf dich.«

Er musste lachen, als ihm bewusst wurde, dass er einen Psalmvers verändert hatte.

»Gott wird mich verstehen«, sagte er leise. »Gott wird mich verstehen.«

Am Morgen fand Lorenz ihn auf der Bank in tiefem Schlaf. Er wollte Christian nicht aufwecken und schlich sich fort zu den Kakaoplantagen.

Noch bevor Christian einen Mann mit den Mulis nach Villavicencio schicken konnte, kehrte Olivia zur Finca zurück. Allein. Sie schien Christians Frage nicht zu hören, was mit Juanito sei, und lief zu den Ranchos. Von dort klang Klagegeschrei auf. Christian, der gerade dabei war, Fensterläden am Haus anzuschlagen, ließ alles stehen und liegen und rannte ihr nach.

Ignacio kam ihm entgegen und sagte: »Juanito ist zwei Tage nach der Operation gestorben. Genaueres weiß ich auch noch nicht. Gehen Sie jetzt besser nicht zu Olivia, Señor. Vielleicht morgen.«

Es hämmerte in Christians Kopf. Als Lorenz ihn fragte, was geschehen sei, rief er: »Wie konnte das sein? Als ich von Juanito wegging, war alles gut. Jetzt ist er tot. Wie konnte das sein?« Ignacio wusste auch am folgenden Tag nicht, was in Villavicencio geschehen war. Olivia verweigerte jede Auskunft.

Lorenz sagte: »Wir müssen noch eine letzte Ladung Kakaobohnen in die Stadt bringen. Das könnten Sie mit Ihrem Sohn übernehmen, Ignacio.«

»Reden Sie mich bitte mit Du an, Señor. Ich bin es so gewohnt.«

»Gut, Ignacio. Aber dann sag du auch Don Lorenzo zu mir.«

»Ja, Don Lorenzo.«

»Vielleicht kannst du dort etwas über die Umstände von Juanitos Tod erfahren.«

»Ich habe auch schon daran gedacht, Don Lorenzo. Ich danke Ihnen und reite vor Tagesanbruch los.«

Nach seiner Rückkehr konnte er berichteten: »Juanito bekam am Tag nach der Operation hohes Fieber. Olivia wusste nicht aus noch ein. Der Wirt hat sie gedrängt den Arzt zu holen. Sie ist auch losgegangen, aber als sie das vornehme Haus sah und sich an die Brüllstimme des Arztes erinnerte, hat sie sich nicht getraut bei ihm vorzusprechen. Am nächsten Morgen hat Juanito nur noch schwer und unregelmäßig geatmet. Da hat der Wirt selbst zu dem Arzt geschickt. Gekommen ist später die Krankenschwester. Aber die hat dem Jungen nur noch die Augen zudrücken können. Olivia hat in einer Ecke des Zimmers gesessen und vor sich hin gestarrt. Der Wirt hat dafür gesorgt, dass Juanito begraben wurde.«

»Vielleicht hätte ich selbst bleiben müssen«, sagte Christian.

»Der Tod kommt, wann er will«, entgegnete Ignacio. »Kein Mensch kann ihn aufhalten.«

* * *

Vater hat mir geholfen die Anträge für die Auswanderung nach Kolumbien zu stellen. Schwager Erwin legte, oh Wunder, ein offizielles Schreiben mit Briefkopf und Stempel bei, in dem er meine Reise befürwortete. Ich nehme an, Mutter hatte ihre Hand wieder im Spiel. Übrigens, Hildegard ist längst glückliche Mutter. Ein Junge. Sie hat sich durchgesetzt. Er heißt Heinrich. »Auch gut«, hat Erwin gesagt. »Wie Heinrich Himmler.«

* * *

Erinnerst du dich manchmal an den Patrón Liborio in Puerto Berrio?«, fragte Christian eines Abends seinen Freund.

Lorenz antwortete: »Was er sagte, geht mir jedes Mal durch den Kopf, wenn ich den Peones den Lohn auszahle. Zum Leben zu wenig, zum Sterben zu viel. Aber wie wollen wir das ändern? Wenn ich an die Rückzahlungen denke, die auf uns zukommen, wird mir sowieso mulmig.«

»Wir könnten einen Anfang machen.«

»Und wie stellst du dir das vor?«

»Einen festgelegten Teil des Gewinns, ganz gleich, wie gering oder wie groß er ausfällt, zahlen wir den Peones aus.«

Als Lorenz nicht antwortete, fragte er: »Was meinst du dazu?«

»Und was werden sie mit dem Geld anfangen? Es wird ein riesiges Besäufnis geben und für ein paar Tage wird niemand zur Arbeit erscheinen.«

»Ich habe mal bei meinem Onkel in Berlin übernachtet«, sagte Christian.

»Das war übrigens gerade an dem Tag Ende Januar 33, als Hitler zum Reichskanzler ernannt worden ist und seine Leute die erste große Nummer mit dem Marsch der SA durchs Brandenburger Tor abgezogen haben. Was ich dir erzählen wollte, das ist dies. Mein Onkel hat gesagt, was er von dem Betrieb verlangt, das ist ein gerechter Lohn. Nichts weiter. Nur den gerechten Lohn. Was er dann mit dem Geld anfange, das sei allein seine Sache.«

»Leuchtet irgendwie ein«, gab Lorenz zu. »Trotzdem . . .«

»Wir könnten es ja mal versuchen«, drängte Christian.

»Ich rede mit Ignacio«, sagte Lorenz.

Ignacio fragte zweimal nach, ob er Lorenz auch richtig verstanden habe. Dann fragte er misstrauisch: »Don Lorenzo, warum wollen Sie das tun?«

»Wegen des kleinen Feuers, an dem die Gerechtigkeit sich wärmen kann«, antwortete Lorenz. Aber Ignacio verstand wohl nicht, was er meinte.

»Wenn das keine leeren Versprechungen sind, Don Lorenzo, dann werden die Familien die Arbeit auf der Finca nicht nur wie eine Arbeit für Fremde ansehen.«

»Das wäre ein Fortschritt«, sagte Lorenz.

Die Erntezeit war längst vorüber, neuer Mais wurde ausgesät, über achthundert kleine Kakaobäume waren ausgepflanzt worden. Das Haus sah gut aus mit seinen neuen Holzblenden und den Türen. Christian hatte den zersplitterten Kolben des Gewehrs durch einen neuen ersetzt und war mit Ignacio zur Jagd gegangen. Aber außer drei Berghühnern war ihnen nichts vor die Flinte gekommen.

Während des Rückwegs sagte Ignacio: »Dort, wo ich früher gearbeitet habe, da hatten die Frauen gemauerte Herde und brauchten das Essen nicht über dem offenen Feuer zu kochen.«

»Warum ist es hier anders?«

»Wir haben keine Ziegelsteine, um Herde zu mauern.«

»Und, was schlägst du vor?«

»Es gibt eine Stelle oben am Bach, da kann man Lehm stechen.«

»Und?«

»Wenn Sie uns, Don Christian, die Erlaubnis geben, dort Lehm zu holen, dann formen wir Steine und trocknen sie in der Sonne. Diese Adobes sind zwar nicht das allerbeste Material, aber besser als nichts sind sie schon.«

»Was wäre besser als luftgetrocknete Ziegel?«

»Gebrannte Steine natürlich. Aber wer kann schon Ziegel brennen?«

»Ich«, sagte Christian. »Ich habe das in Deutschland gelernt.«

Ignacio schaute ihn an und schien ihm nicht zu glauben. Ganz entsprach es ja auch nicht der Wahrheit, was Christian behauptete. Sicher, er war ein Jahr in der Ziegelei gewesen, aber dort hatte ein moderner Ringofen gestanden. Oft hatte er allerdings die alten Ziegler erzählen hören, wie in früheren Zeiten Feldbrandsteine hergestellt worden waren. Sollte das nicht auch hier auf der Finca möglich sein?

Ihn packte der Ehrgeiz und er sagte zu Ignacio: »Wir werden es versuchen.«

»Die Señores tun viel für uns. Das war bei Señor Franco ganz anders. Er besaß ein sehr schönes Reitpferd. Ich bin sicher, das eine Tier war ihm mehr wert als wir Peones alle zusammen. Wir waren da, um die Arbeit zu tun. Sobald unsere Kinder zehn Jahre alt geworden waren, mussten sie mit in die Felder. Ich glaube . . .« Ignacio verstummte, fuhr dann aber entschlossen fort: »Ich glaube, Señor Franco ist ein schlechter Mensch.«

Er schaute ängstlich Christian an und fügte hinzu: »Jedenfalls, wenn das stimmt, was Padre Alberto in Guamal gesagt hat, wie ein guter Mensch sein soll.«

»Ein Priester kommt nach Guamal?«, fragte Christian.

»Ja. Jedes Jahr kommt er nach Guamal. Manchmal auch öfter. Dort werden dann die Kinder getauft und die Ehen eingesegnet. Aber Señor Franco hat uns selten erlaubt zur Messe nach Guamal zu gehen. ›Es genügt, wenn einer fromm ist‹, hat er gesagt.«

»Und wer war der eine?«

»Er selber, Don Christian. Hat er wenigstens behauptet.«

Sie rasteten auf einer Lichtung. Ignacio kam ins Erzählen. »Einmal im Jahr hatte Señor Franco Gäste. Dann kam eine ganze Gesellschaft aus Bogotá, immer so sechs bis acht Señores. Sie brachten ihre Gewehre mit und gingen auf die Jagd. Wir mussten vorher das Haus säubern und die ganze Finca in den besten Zustand bringen.« Er lachte auf. »Einen unserer Leute hat Señor Franco den Gästen dann entgegengeschickt, zwei Kilometer weit, und wenn der die Reiter kommen sah, eilte er zurück und gab uns vom Waldrand her ein Zeichen. Die Kinder mussten dann mit Wasser den Weg zum Haus sprengen, damit von den Hufen der Mulis und Pferde kein Staub aufgewirbelt wurde.«

»Ignacio, ich glaube, deine Phantasie geht mit dir durch.«

»No, no, Señor. Meine Phantasie war ganz anders. Manchmal stellte ich mir vor, ich hätte Señor Franco an einen ganz besonderen Baum gebunden, einen Laspi Carracho, mich dann abseits gestellt und zugeschaut.«

»An einen Laspi Carracho? Und was dann?«

»Nun, wenn sich ein Mensch unter einem solchen Baum aufhält, dann schwellen sein Hals und sein Kopf unförmig an, werden immer dicker und dicker und dann . . .«

»Na, was dann?«

»Weiter, Don Christian, ging es nicht. Ich habe meiner Phantasie verboten die Bilder auszumalen.«

»Und solche Bäume gibt es wirklich?«

»Ganz gewiss, Don Christian. Es sind sehr große Bäume.«

»Erzähle von den Gästen.«

»Sie haben sich benommen wie die Herren der Finca. Es war ganz merkwürdig, wenn die Señores herkamen, war Señor Franco bemüht ihnen alles recht zu machen. Ganz so, als ob sie für ihn sehr wichtig gewesen wären.«

»Es waren vielleicht liebe Verwandte von José Franco.«

»Mag sein.«

Sie brachen wieder auf. Die Finca war nicht mehr weit.

Christian berichtete Lorenz, was er von dem Peon gehört hatte.

»Es war das erste Mal, dass Ignacio von José Franco sprach. Allmählich fasst er Vertrauen zu uns.«

»Hat lange genug gedauert, findest du nicht, Christian?«

»Diese Menschen sind, seit die Spanier vor vierhundert Jahren hierher kamen, stets geduckt worden. Erst haben die Spanier ihnen abgesprochen überhaupt Menschen zu sein. Tiere, gut genug für die Arbeit, das wären sie. Ist doch nicht verwunderlich, dass sie dir nicht gleich frei in die Augen schauen.«

»Kommt dir das nicht bekannt vor, Christian?«

»Was soll mir bekannt vorkommen?«

»Na, dass bestimmte Menschen nicht Menschen sein sollen.«

»Du meinst, wie bei . . .«

»Genau, Christian. Wie bei den Nazis in Deutschland. Elemente, Minderwertige, Untermenschen, sagen sie. Und wenn das erst geglaubt wird, dann können sie mit diesen Menschen alles machen.«

»Ich wundere mich, Lorenz, wie weit wir hier von all den Ereignissen in Deutschland schon weg sind. Wenn es die Juden und die anderen Emigranten in Bogotá nicht gäbe, würden einem solche Gedanken noch seltener kommen.«

»Ich träume oft von Deutschland, Christian. Immer sehe ich dann Anna in der braunen Kletterweste des BDM in Reih und Glied marschieren. Ich versuch sie dort wegzuholen, aber die Füße werden mir schwer wie Blei und ich bin wie am Boden festgenagelt.«

»Nie schönere Träume von Anna?«

»Doch, schon.« Trotz Lorenz' sonnengebräunter Haut sah Christian, dass er rot wurde. Lorenz lachte und sagte: »Wenigstens träumen, solange wir die Mädchen noch nicht bei uns haben.«

»Mit der Finca geht es gut, Lorenz. Wir sollten Susanne und Anna bald schreiben, dass sie uns nachkommen können.«

»Ja, Christian. Das sollten wir bald tun. Vielleicht nach der nächsten Ernte. Aber ob diese Finca hier im Urwald Annas Vorstellungen entspricht? Kannst du dir vorstellen, dass sie hier eine Reparaturwerkstatt aufmacht?« Sie mussten beide lachen. Christian sagte: »Aber sie liebt dich doch.«

Christian sprach an diesem Abend mit Lorenz ab, dass Ignacio und er sich jeden Tag ab drei Uhr von Feldarbeitern in Ziegler verwandeln würden.

Christian zimmerte Formen aus Holz. Lehm wurde gestochen, durchgewalkt und in die Formen gepresst. Es machte sogar den Kindern Spaß, mit dem feuchten Lehm zu arbeiten. Eines Tages, als Christian und Ignacio zur Lehmgrube kamen, hatten die Kinder achtundsechzig Rohlinge zum Trocknen ausgelegt. Christian hatte sie gezählt, denn die Kinder konnten nur sagen, dass es viele seien. Bis achtundsechzig konnte keines zählen.

»Es muss eine Lehrerin her«, sagte er am Abend zu Lorenz.

»Wenn die nächste Ernte verkauft ist, Christian, vielleicht. Eine Lehrerin muss bezahlt werden.«

Die lufttrockenen Ziegel, die Adobes, wurden von Christian aufgeschichtet und die Lücken, die er gelassen hatte, mit Brennmaterial gefüllt. Sorgfältig dichteten sie den Ziegelhaufen mit Erde ab. Oben blieb ein Loch für den Rauchabzug. Dann kam der spannende Augenblick, in dem Christian Feuer legte. Er schien alles richtig gemacht zu haben. Als er nach einigen Tagen die durch den Brand hart gewordene Erde abschlagen ließ, kamen die Steine ans Licht.

Mehr als die Hälfte davon waren blau und verbrannt. Sie zeigten blasige Beulen. Aber andere waren genau so, wie gute Feldbrandsteine auszusehen hatten. Sie waren noch heiß, aber Ignacio warf einen davon von einer Hand in die andere. »Wird ein schöner Herd daraus«, sang er dabei in einem Leierton.

»Jetzt bist du an der Reihe«, sagte Christian zu Lorenz.

»Ich?«

»Ja, hast du nun Maurer gelernt oder nicht? Du wirst doch noch einen Herd aufmauern können.«

Lorenz lachte und willigte ein. »Einen werde ich mauern. Ich glaube, Ignacios Sohn Daniel ist geschickt. Er mischt den Speis und reicht mir die Steine für den ersten Herd an. Vor allem schaut er mir auf die Finger. Den zweiten und dritten Herd wird er dann selbst mauern. Ich stehe daneben und achte darauf, dass er nichts falsch macht. Und dann muss er's allein können.«

»Danke, Don Lorenzo«, sagte Ignacio. »Ist das auch ein kleines Feuer für die Gerechtigkeit?«

Lorenz wurde verlegen. Er sagte: »Einen Augenblick, mein Lieber. Durch Lehm und Steine und Maurerei darf nicht vergessen werden, dass wir einige Hektar Wald roden wollen. Die Finca muss größer werden.«

»Wir werden roden wie die Teufel«, versprach Ignacio.

»Macht es wie Menschen, die wissen, wofür sie arbeiten, das genügt«, sagte Lorenz.

* * *

Mutter hat geweint, als die Genehmigung für die Auswanderung eingetroffen ist. Ich musste mich zusammennehmen, um nicht auch loszuheulen.

* * *

Der Mais wurde reif. Von den Schädlingen war in diesem Jahr nichts zu bemerken gewesen. Christian und Lorenz hatten die Peones zusammengerufen. Sie berieten, wann sie mit der Ernte anfangen wollten. Sie legten den Beginn auf den kommenden Wochenanfang fest.

»Wie steht es mit dem Kakao, Ignacio?«, fragte Christian.

»Sehr gut, Señor. Wenn der Mais gelagert ist, können wir gleich anfangen die Früchte zu pflücken. Die Bäume tragen so gut, dass Sie vielleicht einige Arbeiter zusätzlich einstellen sollten.«

Lorenz schmunzelte. »Du hast sicher schon einige Neffen von dir ins Auge gefasst, Ignacio, wie?«

»Gewiss, Señor. Fleißige Burschen.«

In diesem Augenblick kam ein Junge vom Walde her den Pfad zum Haus heraufgerannt.

»Die Gäste kommen«, rief er. »Wir müssen den Weg sprengen. Es darf nicht stauben.«

»Lass den Unsinn«, sagte Lorenz. »Was für Gäste?«

»Sieben Männer.«

»Sicher eine Jagdgesellschaft. Tragen sie Gewehre mit sich?«

»Ich glaube schon, Señor Lorenzo.«

»Es werden die Señores sein, die auch Señor Franco jedes Jahr besucht haben«, sagte Ignacio.

Der Junge stellte sich auf die Bank und schaute zum Waldrand hin.

»Da sind sie«, meldete er. »Sie haben ganz sicher Gewehre auf dem Rücken.«

»Wir gehen zu unseren Hütten«, sagte Ignacio, und obwohl Christian widersprach, verschwanden die Peones.

Die Reiter waren inzwischen herangekommen und kletterten steif von den Maultieren.

Ein schnauzbärtiger älterer Mann zog seinen Hut vom Kopf und wischte sich den Schweiß ab.

»Willkommen, Señores«, sagte Christian. »Dürfen wir Ihnen einen frischen Trunk anbieten?«

»Nur zu«, antwortete der Mann. »Ich bin Daniel Hernandez. Und das sind meine Söhne und Schwiegersöhne.«

»Es wird Abend, Señores«, sagte Christian. »Wir haben zwar kein komfortables Haus, aber wir können Sie einladen, diese Nacht zu bleiben. Sie werden sicher heute nicht mehr weiterreiten wollen.«

Hernandez schaute Christian belustigt an.

»Weiterreiten? Sie machen wohl einen Scherz, Señor?« Die anderen Männer brachen in Gelächter aus.

»Wenn Sie nichts dagegen haben, werden wir so lange auf unserer Finca bleiben, wie es uns gefällt.«

»Ihre Finca?«, rief Lorenz.

»Aber sicher, unsere Finca.«

»Hören Sie mal, Señores, wir haben die Finca von Señor José Franco gekauft. Sie ist uns in Gegenwart des Advokaten Jaramillo jr. überschrieben worden?«

»Kann José, dieser alte Gauner, verkaufen, was ihm gar nicht gehört? Señor José Franco war viele Jahre unser Mayordomo, der Verwalter. Nicht mehr und nicht weniger. Diese Finca ist, seit sie besteht, in unserem Familienbesitz.«

»Einen Augenblick«, entgegnete Christian bestimmt. »Ich zeige Ihnen die Besitzurkunde.«

Er holte das Papier, und während sich Hernandez darüber beugte, den Text vorlas und immer wieder dabei lachte, ging Lorenz ins Haus und lud das Gewehr.

»Alles ein ausgemachter Unsinn!«, sagte Hernandez jetzt mit fester Stimme. »Sie stecken wohl mit Franco unter einer Decke. Aber bei uns sind Sie an der falschen Adresse.«

Lorenz trat vor das Haus. Er hielt das schussbereite Gewehr auf die Gruppe gerichtet und sagte: »Ich glaube, Sie verlassen jetzt besser unsere Finca.«

»Jungs, zeigt's ihnen«, schrie Hernandez. Sie rissen die Gewehre von den Schultern.

Christian drückte den Lauf von Lorenz' Gewehr nieder. »Einer gegen sieben, Lorenz. Im Augenblick sind wir machtlos. Aber wir haben unsere Papiere. Wir werden ja sehen.«

»Maldito sea! Verdammt!«, brüllte Hernandez. »Sie sind es, die die Finca verlassen, Señores. Auf der Stelle! Wenn Sie etwas von uns wollen, gehen sie in Villavicencio zum Gericht. Dann wird es sich herausstellen, wer hier die wirklichen Besitzer sind.«

Er schoss und die Kugel schlug in eine Fensterlade ein.

»Lass die Señores ihre Rucksäcke mitnehmen, Vater. Sie sind, wie wir gehört haben, mit einem Rucksack gekommen. Wir wollen sie nicht berauben.«

»Macht schon«, rief Hernandez unwillig. »Wenn ihr in ein paar Minuten nicht verschwunden seid, dann knallt's.«

Kaum eine Viertelstunde später gingen Christian und Lorenz den Weg entlang dem Waldrand zu.

»Wir sehen uns wieder«, rief Christian.

»Ein Vergnügen für uns«, schallte es ihnen nach.

Am Waldrand wartete Ignacio. Er hatte die beiden besten Maultiere für sie gesattelt. Er weinte. »Das kleine Feuer ist ausgetreten. Wo soll sich die Gerechtigkeit jetzt wärmen?«

»Wir kommen wieder, Ignacio. Ganz bestimmt kommen wir wieder«, sagte Christian leise.

Gleich am Morgen gingen sie zu der Amtsstube, in der sie die Verträge unterschrieben hatten. Der Doctor ließ erst gegen zehn Uhr bitten. Es war nicht der Amtsleiter, den sie kannten.

»Nein. Mein Vorgänger ist befördert worden und hat sich nach Bogotá versetzen lassen. Sein Onkel ist ein einflussreicher Mann. Aber tragen Sie mir vor, Señores, was Sie wünschen. Vielleicht kann ich Ihnen behilflich sein.«

»Das hoffen wir sehr«, sagte Christian und schilderte kurz, was ihnen widerfahren war.

»Unglaublich. Haben Sie die Unterlagen bei sich?«

»Selbstverständlich.« Christian legte ihm die Urkunde und den Vertrag auf den Schreibtisch. »Hier in diesem Raum unterschrieben und beglaubigt. Sie haben in Ihren Akten ein ebensolches Exemplar.«

Er erhob sich ächzend. »Diese Hitze«, sagte er. Sein rosafarbenes Hemd spannte sich straff über seinem Bauch und war unter den Achseln durchgeschwitzt.

Er ging in das Vorzimmer und wies den Sekretär an, die Akte Fink/Mattler herauszusuchen. Überraschend schnell hatte der Sekretär sie gefunden.

»Hier ist sie, Señor Rodriguez.« Der Leiter schlug den Aktendeckel auf und legte die beiden Urkunden nebeneinander auf den Schreibtisch.

»Hm«, sagte er. »Scheint alles in Ordnung.« Schon wollte er die Akte wieder schließen, da stutzte er. Er nahm eine Lupe aus seiner Schreibtischschublade und betrachtete lange und genau die Stempel.

»Carajo! Verflixt!«, rief er verblüfft, ging mit der Urkunde zum Fenster und hielt sie ins helle Licht. Wieder starrte er durch die Lupe. Dann warf er mit einem Schwung das Papier auf den Schreibtisch, kratzte sich den Nacken und sagte: »Señores, ich weiß nicht, wie ich es Ihnen sagen soll, aber die Stempel sind Fälschungen. Geschickt gearbeitet, aber doch Fälschungen. Dieser Málparido, dieser Höllensohn José Franco! Er hat Sie reingelegt. Er war vermutlich tatsächlich nicht der rechtmäßige Besitzer der Finca. Diese Urkunde ist die Tinte nicht wert, mit der sie geschrieben worden ist. Sie können sich damit den Hintern wischen.«

»Aber das ist doch unmöglich!«, protestierte Lorenz. »Wir haben doch inzwischen eintausendfünfhundert Pesos bezahlt.«

»Und der Advokat war auch dabei«, sagte Christian.

»Macht für jeden dieser Schurken siebenhundertfünfzig Pesos, nicht wahr?« Sie sahen es dem Doctor an, dass es ihm wirklich Leid tat.

»Ich möchte Ihnen ja helfen, Señores. Aber außer einem guten Rat weiß ich auch nichts. Fahren Sie nach Bogotá, nehmen Sie einen Advokaten und belangen diese Menschen. Vielleicht können Sie einige Pesos retten.«

Lorenz hatte sich auf einen Stuhl gesetzt und verbarg sein Gesicht in den Händen.

»Ich werde Ihnen einen kurzen Bericht schreiben über das, was ich entdeckt habe. Morgen früh fährt ein Bus nach Bogotá. Lassen Sie nicht unnötig Zeit verstreichen.«

Er diktierte dem Sekretär den Bericht.

»Ich habe diesem José Franco nie über den Weg getraut«, sagte der Sekretär. »Vielleicht Señor Rodrigues, war Ihr Herr Vorgänger hier im Amt, vielleicht war er eine Spur zu leichtgläubig. Er wollte alles schnell erledigen. Das Wort *mañana* war ihm zuwider.«

»Auf diese Weise wird man befördert und kommt nach Bogotá«, seufzte der Amtsleiter. Zu Christian und Lorenz sagte er: »Nur Mut, Señores. Auch in diesem Land gibt es Gerichte.«

Sie fanden ein Zimmer in dem Hotel, in dem Christian Olivia und Juanito untergebracht hatte. Der Wirt erkannte Christian und sagte: »Die Frau ist nach der Beisetzung ihres Jungen ohne ein Wort aus meinem Haus verschwunden. Nicht einmal das Geld hat sie mitgenommen, das ihr noch zustand. Sie, Señor, hatten doch für eine ganze Woche bezahlt. Und die Frau ist bereits nach drei Tagen fortgegangen. Sie können also, wenn Sie wollen, vier Tage bei mir wohnen.«

»Er rettet die Ehre Kolumbiens«, sagte Christian zu Lorenz.

Doch Lorenz äußerte sich nicht dazu, warf sich auf das Bett und drehte sein Gesicht zur Wand.

Christian zog mit den beiden Mulis zum Markt, und weil Ignacio ihnen wirklich gute Tiere mitgegeben hatte, erzielte er schon nach kurzer Zeit einen angemessenen Preis dafür.

Die Rückfahrt nach Bogotá verlief ohne Zwischenfälle. Während Christian immer aufgeregter wurde, je näher sie der Stadt kamen, war Lorenz so niedergeschlagen, wie Christian ihn noch nie erlebt hatte. »Lass mich in Ruhe!«, sagte er mehrmals, wenn Christian ihn anzusprechen versuchte. Die meiste Zeit hockte er auf seinem Sitz, den Kopf auf die verschränkten Arme gelegt, und schien sich in den Schlaf zu flüchten.

* * *

Ich bin bei Anna in Duisburg gewesen. Hat sie sich über meinen Besuch gefreut? Ich hab ihr erzählt, dass ich meine Ausbildung in Kassel aufgeben musste. Nein, nicht alles hab ich ihr gesagt. »Seit Schwester Alberta versetzt worden ist, besteht die Gruppe nicht mehr.« – »Und die Gruppe war der Grund, dass sie dich rausgeschmissen haben?« Ich bestätigte es. »Irgendjemand aus der Gruppe hat einen Brief an die Schule geschrieben. Er ist zum Glück Harry Vreden in die Finger gefallen.« Anna hat den Kopf geschüttelt und gesagt: »Nach allem, was du mir von dem scharfen Hahn erzählt hast, hätte es doch auch vielleicht andere

Lösungen gegeben.« Ich musste lachen. Man merkt, dass Anna nur mit Männern zusammen ist. »Was stellst du dir denn vor?«

»Konntest du diesem Harry denn nicht schöntun?«

»Wie meinst du das?«

»Mensch, Susanne, nicht nur Inge Dahlbeck hat Knöpfe an der Bluse. Ich hätt ihn zappeln lassen bis nach dem Examen.«

»Und dann?«

»Wenn er mir dann immer noch nicht gefällt, hätt ich die Bluse wieder zugeknöpft.«

»Nicht ganz das, was wir im Religionsunterricht gelernt haben, wie?«

»Oho«, rief sie. »Ich erinnere mich, dass es da was gab. Seid klug wie die Schlangen, oder so ähnlich.«

Ich zeigte ihr den Brief, in dem die Schiffspassage nach Kolumbien bestätigt worden war.

»Willst du wirklich hin?«

Ich nickte. Sie starrte auf den Fußboden. »Frag mich bitte jetzt nichts«, sagte sie.

Nachmittags traf ich mich mit Don Carlos und Franz Düllming, die in Beeck in der Gruppe von Christian und Lorenz gewesen sind. Sie wollten von mir wissen, ob in Paderborn die Sturmschar tatsächlich schon am 27. September 37 verboten worden sei. Ich erzählte ihnen, dass die Gruppe dort sich trotzdem jede Woche heimlich treffe. Ich wollte auch sagen, wo das war. Aber Franz legte mir die Hand auf den Mund und bat: »Nichts verraten. Was wir nicht wissen, können sie auch nicht aus uns herauskriegen.« Bevor ich mich verabschiedete, flüsterte mir Don Carlos zu: »Uns hier im Bistum Münster hat es erst im Oktober getroffen. Unser Treffpunkt ist seitdem die alte Ziegelei auf Beeckerwerth zu.«

Am Abend ging ich mit Anna ins Kino, ins Metropol in Marxloh. Es wurde der Film »Mein Sohn, der Herr Minister« mit Hans Moser, Heli Finkenzeller und Paul Dahlke gezeigt. Wir haben Tränen gelacht. Später, als wir in den Betten lagen, hörte ich Anna lange weinen.

Eigentlich hatte ich drei Tage bleiben wollen, machte mich aber doch im Laufe *des Sonntagvormittags wieder auf den Heimweg.* »Gute Reise«, *wünschte Anna mir.* »Ich werde Lorenz schreiben. Und dir auch, Susanne.«

* * *

Sie erreichten den Pfarrhof gerade in dem Augenblick, als der Padre von einem Krankenbesuch zurückkam.

»Ihr seht ja aus, als ob es euch die Ernte verhagelt hätte«, scherzte er.

»Nicht nur die Ernte«, sagte Christian. »Die Finca . . . die ganze Finca.« Er schluckte und vermochte nicht weiterzusprechen. Der Padre wurde ernst.

»Kommt erst mal herein.« Sie saßen in seinem Zimmer. »Ich glaube, ihr habt einen echten Kognak nötig.« Er schüttete ihnen die Gläser randvoll.

»Nun berichtet mal, wenn ihr wollt.«

Christian erzählte, was geschehen war, und seine Stimme klang immer erregter, je länger er sprach. Lorenz hatte seinen Blick gesenkt und sagte nichts. Als Christian verstummte, stand der Padre auf und starrte lange in den Patio.

»Mistkerle!«, stieß er schließlich hervor. »Aber noch ist nicht aller Tage Abend.«

Er ging zum Telefon und wählte.

»Ja, Schwester«, hörten sie ihn sagen. »Verbinden Sie mich bitte mit der Schwester Oberin . . . Ja, hier spricht der deutsche Pater . . . Ja zum Teufel, dann holen Sie sie . . . Gut, den Teufel wollen Sie nicht gehört haben. Also bitte, holen Sie die Oberin an den Apparat.«

Es dauerte ein paar Minuten. »Was es gibt, Schwester Oberin? Es brennt lichterloh. Christian Fink und Lorenz Mattler sitzen bei mir wie zwei Häufchen Elend. Sie wissen doch, die Bekannten von Eva Millhaus . . . Ja, man hat die beiden schamlos übers Ohr gehauen . . . Nein, nicht mehr heute Abend, aber gleich morgen nach der Frühmesse. Danke, Schwester Oberin.«

»Ihr habt es mitbekommen. Geht zu ihr. Immerhin hat sie Jura studiert. Sie kennt sich aus, auch mit der hiesigen Rechtslage. Wenn euch jemand

218

helfen kann, dann sie. Die Frühmesse beginnt um sechs Uhr. Vergesst die Unterlagen nicht.« Er lief in seinem Zimmer hin und her. »Diese Schurkerei. Dass gerade euch das passieren musste. Wie auch immer, jetzt lade ich euch zum Essen ein. Mit leerem Magen lassen sich Probleme immer schlecht lösen.«

Er rief nach seiner Schwester.

»Wir haben Gäste«, sagte er zu ihr. »Bring heute etwas besonders Gutes auf den Tisch, Ottilie. Christian und Lorenz haben es nötig.«

»Mich wundert hier überhaupt nichts mehr. Bei dir, Brüderchen, den Haushalt zu führen, das kostet Nerven. Eine Weile müsst ihr schon noch warten. Ich bin leider nicht die Besitzerin des Tischleindeckdich.«

Der Padre sagte: »Eure Kammer ist noch frei. Bringt erst mal euer Gepäck unter. Ich rufe, wenn Ottilie fertig ist.«

* * *

Sebastian ist schon wieder krank. Dr. Fleischhauer kam erst am Abend. »Erneut die Mandeln. Sie müssen raus. Bringen Sie Sebastian ins Krankenhaus, wenn die Entzündung abgeklungen ist. Warten Sie nicht zu lange.« Vater schenkte ihm einen Klaren ein.

»Grüßen Sie eigentlich immer mit Guten Abend, Guten Tag, Doktor?«, fragte Mutter ihn. Er blickte sie fragend an. »Ich meine, gerade in Ihrer Lage wäre es doch besser, Sie würden ›Heil Hitler‹ sagen. Ich meine, weil Sie doch . . .«

»Mit ›Heil Hitler‹ zu grüßen ist den Juden seit dem 4. November verboten. Guten Abend.« Er hat den Schnaps nicht ausgetrunken.

* * *

In der Frühmesse hatten die Schwestern ihre Plätze in einem Querschiff der Kapelle. In dem gegenüberliegenden Querschiff saßen die Schülerinnen. Das Hauptschiff war nur spärlich besetzt. Ein Dutzend alter Leute, Lorenz und Christian knieten wie verloren in den Bänken. Der Pater zog mit einem verschlafenen Messdiener ein. Er murmelte die lateinischen Texte schnell und hob seine Stimme nur, wenn er die Antworten der Gemeinde erwartete. Der Chorgesang der Schwestern klang hoch und dünn. Bereits nach etwas über zwanzig Minuten erteilte der Pater den Segen.

»Seine Eiligkeit«, flüsterte Christian Lorenz zu. Der grinste. Christian nahm es für ein erstes Zeichen, dass der Freund aus seiner Schweigestarre allmählich erwachte.

Sie wurden von der Pfortenschwester in das Besucherzimmer geführt. Dort war ein Frühstück für sie vorbereitet.

»Schwester Oberin kommt bald«, sagte sie.

Die Aufregung schnürte ihnen den Magen zu. Sie würgten etwas von dem Brot herunter und tranken den flauen Tee.

Die Oberin kam und begrüßte sie. »Der Herr Pater hat mir gestern Abend angedeutet, dass man Ihnen übel mitgespielt hat. Bitte berichten Sie in kurzen Worten, was geschehen ist.«

Wieder sprach Christian, aber Lorenz schaltete sich zweimal ein.

»Die Unterlagen bitte.«

Christian reichte ihr die Papiere. Aufmerksam las sie den Vertrag durch. Den Stempel der Urkunde betrachtete sie genau.

»Diese Banditen! Diese zynischen Schurken«, rief sie und die steile Falte in ihrer Stirn sprang bis unter die weiße Kante ihrer Haube. »Sie haben die Unverfrorenheit besessen und ihre Schande in die Umschrift des Stempels geschrieben. Sie beide können kein Latein, nicht wahr? Und selbst wenn, wer achtet schon auf die winzige Umschrift eines Stempels?«

»Was steht darauf?«, fragte Lorenz.

Sie las vor: »Ab omnibus quam plurimum. Das heißt ungefähr: Von allem möglichst viel. Scheint das Programm dieser feinen Herren zu sein. Aber wartet, so kommt ihr nicht davon.«

Sie rückte heftig ihren Stuhl zurück und verließ das Besucherzimmer. Christian und Lorenz wussten nicht, sollten sie gehen oder sollten sie warten. Doch die Pfortenschwester steckte ihren Kopf durch den Türspalt und sagte: »So ungehalten habe ich Schwester Oberin selten gesehen. Sie telefoniert und wird gleich wiederkommen.«

Aber es dauerte doch noch eine Viertelstunde.

»So«, sagte sie, als sie endlich zurück war, »das hätten wir. Ich habe einen Freund unseres Hauses angerufen, den Advokaten Señor Salcedo. Er kennt sich im hiesigen Recht besser aus als ich.« Sie schrieb die Adresse seiner Kanzlei auf einen Zettel und sagte: »Gehen Sie gleich zu ihm und geben ihm die Unterlagen. Er erwartet Sie.«

Sie verabschiedeten sich.

»Wie geht es Eva Millhaus?«, fragte Lorenz noch.

»Ich denke, gut. Sie kommt allmählich zur Ruhe. Innerlich, meine ich.«

»Ich hoffe, wir bekommen die Finca schnell zurück«, sagte Christian.

»Schnell, junger Mann, geht in diesem Land gar nichts. Und was Eva Millhaus betrifft, sie ist jetzt im Unterricht. Aber Sie können sie nachmittags gern besuchen.«

»Danke, Schwester«, sagte Lorenz.

* * *

Koffer und Kisten stehen gepackt. Morgen früh geht es nach Bremerhaven. Heute Abend werde ich dieses Heft, in das ich alles geschrieben habe, in Ölpapier einschlagen und versiegeln. Vater bekommt es zu treuen Händen. Mitnehmen kann ich es nicht. Wenn der Zoll das finden würde . . . Ich werde Vater sagen, dass meine Aufzeichnungen auf keinen Fall gelesen werden dürfen. Aber irgendwann, wenn es Hitler nicht mehr gibt, dann ist es gut, sich an das zu erinnern, was gewesen ist. Am liebsten würde ich ihm das Versprechen abnehmen, weiterzuschreiben. Damit nicht später alles Legende wird.

Adiós Deutschland. Adiós Paderborn. Adiós Hildegard, Sebastian und Ewald. Adiós Mama und Papa. Adiós du Stück meines Lebens.

Susanne Mattler, am 14. Februar 1938.

* * *

Die Kanzlei des Advokaten war kaum eine Viertelstunde vom Kloster entfernt. Sie wurden zu Señor Salcedo geführt.

Nach einer kurzen Begrüßung sagte er: »In großen Zügen hat mich die Ehrwürdige Mutter unterrichtet. Geben Sie mir bitte die Unterlagen.«

Er betrachtete den Stempel genau.

»Hm«, knurrte er. »Fast vierzig Jahre arbeite ich in dieser Kanzlei, aber so ein dreistes Bubenstück ist mir noch nie begegnet. Ich werde Ihr Recht durchfechten, meine Herren.«

»Señor, wir sind beraubt worden. Sozusagen bis aufs Hemd nackt«, sagte Christian. »Wir können Ihnen zur Zeit keinen Centavo zahlen.«

Er lächelte spöttisch. »Die Ehrwürdige Mutter hat mir noch nie einen Klienten geschickt, der das Honorar begleichen konnte. Sie sagt mir immer, Advokaten hätten es schwer, in den Himmel zu kommen. Dort allerdings würde mein Bemühen nicht vergessen. Ich hoffe, sie behält Recht.«

Er drehte die Urkunde noch mehrmals in den Händen, bevor er sie in einen Ordner legte. »Infam«, murmelte er. Lorenz und Christian forderte er auf: »Kommen Sie übermorgen, Freitag, wieder in meine Kanzlei. Dann weiß ich gewiss mehr.« Er blätterte in seinem Kalender. »Zu dumm«, sagte er. »Termin auf Termin. Aber seien Sie gleich nach der Frühmesse hier. Ich werde dann ausnahmsweise zu dieser nachtschlafenden Zeit anwesend sein.«

Die beiden bedankten sich und machten sich auf den Heimweg.

Der Freitag wurde ein Unglückstag. Señor Salcedo empfing sie zur verabredeten Zeit. Er hatte seine Tasse mit dem Morgenkakao noch vor sich stehen.

»Ich weiß nicht recht, wie ich es Ihnen sagen soll, meine Herren. Aber mit Ihrer Finca steht es schlecht.«

»Wieso?«, fragte Lorenz mit belegter Stimme. »Wir sind doch im Recht.«

»Stimmt«, sagte der Advokat. »Aber Recht haben und Recht durchsetzen, das sind zweierlei Dinge.«

Er nippte an seinem Kakao. »Ich will es kurz machen. Der rechtmäßige

Besitzer der Finca ist tatsächlich Daniel Hernandez. Der saubere José Franco hat vor einiger Zeit sein Haus in Bogotá verkauft und sich, Genaues weiß niemand, wahrscheinlich in ein anderes Land abgesetzt.«

»Und der Advokat Jaramillo jr.? Der hat doch auch Dreck am Stecken«, sagte Christian.

»Mehr als genug. Aber nennen Sie den Schurken bitte nicht Advokat. Damit wird der ganze Berufsstand beleidigt. Diese Kanaille ist angeblich vor vier Wochen zu einer Dienstreise aufgebrochen und bislang nicht zurückgekehrt. Mehr noch, ich habe in der juristischen Fakultät nachforschen lassen. Es gibt keine Unterlagen über diesen Menschen. Auch ein Jaramillo sr. ist unbekannt. Fazit: Diese Betrüger und auch ihr Besitz der Finca haben sich in Luft aufgelöst. Eine Luft allerdings, die zum Himmel stinkt.«

»Und da ist nichts zu machen?« Lorenz' Stimme war kaum noch zu hören.

»Ich habe veranlasst, dass Haftbefehle ausgestellt worden sind. Aber ich will Ihnen keine großen Hoffnungen machen. In einem Land, in dem sogar Mörder nur eher zufällig gefasst werden, dürften Betrüger der Justiz leicht entgehen können. Venezuela ist nicht weit und Ecuador oder Peru liegen auch um die Ecke.«

Lorenz stammelte: »Unser Geld weg. Die ganze Arbeit für die Katz. Was nun?«

Señor Salcedo trank den Rest seines Kakaos und murmelte: »Manchmal hasse ich meinen Beruf. Dann denke ich, Salcedo, Salcedo, warum bist du nicht in der Universität geblieben? Wissen Sie, theoretisch ist Jura ein ungeheuer faszinierendes Gebiet. Aber in der Praxis stürzt man immer wieder ab. Die Ehrwürdige Mutter meint, möglicherweise sogar bis in die Hölle.«

Lorenz und Christian schauten vor sich auf den Marmorfußboden. Salcedo stand auf und sagte: »Jetzt beginne ich Ihnen etwas vorzujammern. Die Ehrwürdige Mutter hat mir berichtet, dass Sie Schreinerarbeiten verrichten. Wenn Sie eine Schreinerei eröffnen, bin ich Ihr erster Kunde.«

Er fasste zum Abschied mit beiden Händen Christians und Lorenz' Hand. »Und wenn Sie in irgendeiner Rechtsangelegenheit Hilfe brauchen, wenden Sie sich ruhig an mich. Vielleicht kann ich mich dann erfolgreicher für Sie einsetzen.«

Der Sekretär klopfte, öffnete die Tür und mahnte: »Señor Salcedo, in zehn Minuten . . .«

»Ja. Wir sind alle drei ziemlich fertig. Ich komme.«

Sie hatten die Schreinerwerkstatt gerade wieder eingerichtet, da erreichte Christian ein Brief aus Deutschland. Er las und wurde blass.

»Was gibt's?«, fragte Lorenz.

»In einer Woche trifft Susanne mit dem Frachtschiff *Passat* in Buenaventura ein. Sie schreibt, dass es wohl bald eine generelle Ausreisesperre in Deutschland geben wird. Deshalb ist sie, ohne vorherige Absprache mit mir, aufgebrochen. Sie freut sich schon darauf, auf der Finca zu arbeiten. Vielleicht könne ja sie die Kinder dort unterrichten.«

»Luftschlösser«, rief Lorenz. »Lauter Luftschlösser.« Christian fürchtete sich schon vor der Frage, die Lorenz bald stellen würde. Aber er ließ sich Zeit damit und hobelte wie wild ein Brett. Es klang ganz beiläufig, als er fragte: »Und von Anna? Schreibt sie nichts von Anna?«

»Doch. Anna hat ihr gesagt, dass sie erst ihr Examen machen will.«

»Und wann wird das sein?«

»In einem Jahr wahrscheinlich.«

Lorenz schrie alle kolumbianischen Flüche, die ihm bekannt waren, heraus und das waren inzwischen nicht wenige.

Dann warf er den Hobel auf den Werktisch.

»Sie wird überhaupt nicht kommen. Und schon gar nicht auf eine Finca.«

Lorenz rannte aus der Werkstatt und ziellos die Straße entlang. Nach etwa einer Stunde kam er zurück, griff wieder nach dem Hobel und sagte zu Christian: »Vorläufig nichts wieder von deiner Schwester, klar.«

»Wenn du es so willst«, antwortete Christian.

Christian traf vor der Ankunft der *Passat* in Buenaventura ein. Im Kontor sagte man ihm, das Schiff habe in einem Funkspruch seine Ankunft für den nächsten Tag gemeldet. Die Stadt war ein schmutziges Nest. In der Nähe der Plaza entdeckte Christian einen kleinen Frisörladen. Einem Einfall folgend, betrat er das Lokal. Es konnte ja nicht schaden, wenn er Susanne mit einer anständigen Frisur unter die Augen kam.

Er war um diese Nachmittagsstunde der einzige Kunde. Der Frisör stocherte mit einem Nagelreiniger in seinen Zahnlücken. »Schneiden Sie auch Haare?«, fragte Christian.

»Selbstverständlich, Señor.«

Er zeigte mit dem Nagelreiniger auf ein Diplom, das in einem Goldrahmen an der Wand hing und ihm den ersten Preis bei einem Wettfrisieren bescheinigte. Er erhob sich aus seinem Sessel und wurde sehr lebendig. »Haben Sie besondere Wünsche?«

Was sollte Christian dazu sagen? Haare schneiden eben.

»Kurz«, sagte er.

Der Frisör zeigte ihm ein Album mit Fotos, auf denen schöne Männer die unterschiedlichsten Ergebnisse der Kunst des Meisters zeigten. Gekräuselt, gewellt, glatt, pomadisiert, gepudert, in der Mitte gescheitelt oder auch seitlich links, seitlich rechts. Christian blätterte das Album durch, aber er konnte sich nicht entscheiden. Deshalb wiederholte er: »Kurz.« Und er zeigte etwa sechs Zentimeter zwischen Zeigefinger und Daumen.

»So kurz?«, fragte der Meister erstaunt. Christian nickte.

Der Frisör schnitt mit der Handmaschine, mit der Schere, trat immer mal wieder einen Schritt zurück und betrachtete skeptisch sein Werk. Endlich schien er zufrieden, nahm ein Maßband aus der Schublade, hielt es an den geschorenen Schopf und zeigte Christian die Länge, auf die er ihm die Haare zurückgestutzt hatte.

»Auch rasieren?«

Christian hatte sich bislang stets selbst rasiert. Eine Rasur war dringend nötig. Er stimmte träge zu und schloss die Augen.

»New York oder Chicago?«, fragte der Frisör.

»Bitte?«

»Wo kommen Sie her? Ihr Akzent, wissen Sie . . .«

»Ich stamme aus Deutschland«, antwortete Christian.

»Sehr gut.« Der Frisör schien das richtige Stichwort bekommen zu haben. Mit leichter Hand führte er das Messer. Ein feuchter, heißer Waschlappen nahm die Seifenspuren weg, mit einem weichen Tuch trocken getupft, Rasierwasser auf die Haut gerieben, in eine Wolke von Puder eingenebelt, fertig.

Siegesgewiss hielt ihm der Meister einen großen, gesprungenen Spiegel vor. Ein neuer Mensch schaute Christian an.

»Was ist das?«, fragte er verblüfft und zeigte auf eine kleine Haarfliege zwischen Oberlippe und Nase.

»Wie Ihr Führer Adolf Hitler«, sagte der Frisör stolz. »Ich werde ein Foto für mein Album machen.« Er lief mit schnellen Schritten in einen hinteren Raum, wohl um sein Fotogerät zu holen.

Christian griff nach einer Schere und schnitt Hitlers Spuren aus seinem Gesicht. Der Frisör kehrte zurück, bemerkte die Korrektur und sagte enttäuscht: »Ich denke, Sie sind ein Deutscher, Señor?«

»Aber kein Nazi«, antwortete Christian. Der Frisör war nicht nachtragend und rasierte die Stoppeln unter Christians Nase vollends weg. Als er nach der bauchigen Parfümflasche griff, wehrte Christian ab. »Es ist gut so«, lobte er und erhob sich schnell aus dem Sessel.

»Wollen Sie mit dem Schiff nach Deutschland zurück?«

»Nein, ich erwarte meine Braut. Sie kommt mit der *Passat* morgen an.«

»Kommen Sie, kommen Sie«, drängte ihn der Frisör und führte ihn in die hintere Kammer. Dort stand allerlei Gerät, Seifenpakete, Flakons, Waschschüsseln, ein Holzstativ für den Fotoapparat, Kartons verschiedenster Größe und auch eine breite Liege mit einer akkurat gefalteten Wolldecke.

»Sie müssen diese Nacht irgendwo bleiben. Für einen Peso können Sie hier übernachten, Señor. Mein Geschäft ist bis zehn Uhr heute Abend geöffnet. Wenn Sie bis dahin hier eingetroffen sind, überlasse ich Ihnen das Zimmer.«

Christian hatte bemerkt, dass es auch ein Waschbecken und fließendes Wasser gab, und sagte zu. Er ging zum Hafen. Hohe Berge Holz, das auf die Verschiffung wartete, versperrten ihm zunächst den Blick auf die Mole. Als er näher kam, sah er drei Frachtschiffe dicht unter dem Ufer liegen. Er erkundigte sich beim Hafenmeister, wann mit der *Passat* zu rechnen sei, und der gab ihm die Auskunft, am nächsten Morgen und sicher nicht vor sieben Uhr.

In einem Laden, einer Tienda, suchte er unter den tausend Artikeln ein kleines Geschenk für Susanne. Er entschied sich für ein winziges Täschchen aus Schlangenhaut. In einer Ecke standen drei Tische. Zwei davon waren mit Kartenspielern besetzt und eine ganze Batterie von leeren Bierflaschen zeugte vom Durst der Gäste. Er fragte, ob er etwas zu essen bestellen könne. Als er schon dachte, man habe ihn vergessen, wurde ein Teller hoch voll Reis mit Hühnchen und oben darauf eine Kochbanane gebracht. Er ließ es sich schmecken, sah lange den Kartenspielern zu, ohne die Regeln zu verstehen, schlenderte durch die Straßen und war kurz vor zehn wieder am Frisörsalon.

»Aha, der deutsche Señor«, begrüßte ihn der Friseur, der gerade seinen letzten Kunden zur Tür begleitet hatte. Er pfiff schrill auf zwei Fingern. Ein großer, gelbhaariger Hund kam angesprungen.

»El Presidente«, sagte der Frisör und kraulte dem Tier das Nackenfell. »Er wird wachen, damit Sie sicher schlafen können.«

Der Hund schnupperte an Christians Hosenbeinen und schien mit ihm einverstanden.

»Gehen Sie nur in Ihr Zimmer. Wenn Sie schlafen wollen, löschen Sie bitte das Licht.«

Er wünschte eine gute Nacht, ging hinaus und ließ ein eisernes Scherengitter vor der Tür herab. El Presidente legte sich auf die Matte vor die Tür und räkelte sich. Christian nützte das fließende Wasser und die Seife und wusch sich gründlich. Er schlief unruhig. Früh wachte er auf. Es war sechs Uhr. In der nahen Kirche schlug die Glocke dreimal an, der Engel des Herrn. Mit diesem Gebet begann zu Hause jeder Tag seines Großvaters Paschmann. ›Bitte für uns, heilige Gottesmutter . . .‹ Gerade heute konnte Christian auch so beten. Er stand auf. Die Haare waren doch wohl etwas kurz geraten. Als sie auch mit reichlich Wasser nicht liegen blieben, griff er zu einer grünfettigen Pomade. Er packte seinen Rucksack und wartete auf den Frisör. Aber von dem war nichts zu sehen. El Presidente, der bislang friedlich auf seiner Matte gelegen hatte, sprang jedes Mal auf die Beine, knurrte und bleckte die Zähne, wenn Christian sich der Tür näherte. Es läutete zur Siebenuhrmesse. Der Uhrzeiger rückte auf acht Uhr vor. Christian fühlte sich wie ein Gefangener. Hoffentlich war die *Passat* noch nicht eingelaufen. Als der Frisör endlich gegen neun das Gitter hochschob, knallte er ihm wütend den Peso auf den Tisch und rannte los. Außer Atem kam er am Hafen an. Gleich, als er um den Holzberg bog, sah er Susanne. Sie stand verlassen auf der Mole. Ihre beiden Koffer hatte sie abgestellt und den Cellokasten umgehängt. Der Rock flatterte in der Morgenbrise. Sie legte das Cello auf den Boden und rannte ihm entgegen. Er spürte ihr Zittern, als sie ihm in den Armen lag.

Einen direkten Weg von Buenaventura nach Bogotá gab es nicht. Sie mussten mit der Eisenbahn die erste Strecke bis Armenia fahren. Susanne hatte außer ihren beiden Koffern auch noch zwei mittlere Kisten mit Haushaltsgerät und eine größere für ihre Nähmaschine mitnehmen dürfen. Doch die Kisten wurden im Zollamt zunächst festgehalten. Der Zöllner sagte: »Mit der Abfertigung ist in etwa drei Monaten zu rechnen. Wir werden die Señorita benachrichtigen, wenn sie an der Reihe ist.«
Christian protestierte lauthals. Da rief der Zöllner seinem Vorgesetzten zu: »Diese großen Koffer, Don Alfredo, darf die Señorita diese Koffer eigentlich schon mitnehmen?«
Christian verstand die Drohung und schwieg. Die Kisten wurden ins Lagerhaus geschafft und Susanne bekam eine Quittung.
Als sie im Zug saßen, flüsterte sie Christian zu: »Hoffentlich sehe ich die Kisten je wieder. Ich durfte ja, wie alle Auswanderer, nur zehn Mark mitnehmen. Aber mein Vater hat mit dem Zollbeamten geredet und ihm ei-

ne Flasche Korn unter dem Tisch zugeschoben. Der Beamte hat alles betrachtet, was in die Kisten gehörte, und gesagt: ›Ihre Tochter nimmt eine Schnibbelmaschine für Bohnen mit. Können Sie sich vorstellen, dass jemand in einer Schnibbelmaschine nach, na, sagen wir, einem Hundertmarkschein sucht?‹ Vater hat den Wink verstanden.

Du siehst, Christian, wenn die Kiste gut ankommt, heiratest du eine reiche Frau.«

Durch die Ebene kam der Zug gut voran. Auf halber Höhe der Westkordillere jedoch gab die Lokomotive ihren Geist auf. Es dauerte Stunden, bis sie repariert war.

»Jetzt müsste meine Schwester hier sein«, sagte Christian. »Anna würde die Lok schon wieder hinkriegen.« Dann fügte er hinzu: »Sie müsste überhaupt hier sein. Es ist für Lorenz nicht einfach, dass sie nicht mit dir nach Kolumbien gekommen ist.«

»Ich habe mit Anna gesprochen, Christian. Es ist schon zu verstehen, dass sie ihr Studium zu Ende bringen will. Sie ist wirklich außerordentlich begabt und fleißig. Du müsstest ihre Zeugnisse sehen.«

»Du bist auch gekommen.«

»Die Ausbildung zur Lehrerin dauert nicht so lange, Christian.«

»Vielleicht kannst du in Bogotá in der Deutschen Schule, dem Colegio Alemán, eine Stelle bekommen. Du sprichst Spanisch, hast das Lehrerinnenexamen . . .«

»Nein, nein, Christian. Ich hab es dir nicht geschrieben und wollte es dir lieber sagen. Ich hab das Examen nicht.«

Er schaute sie überrascht an. »Susanne Mattler, die beste Schülerin bei den Nonnen im Lyzeum, Susanne will mir erzählen, dass sie beim Examen durchgefallen ist?«

»Nicht durchgefallen, Christian. Sie haben mich zur Prüfung nicht zugelassen.«

»Nicht zugelassen?«

»Leider. Ich habe dir vor ungefähr einem Jahr geschrieben, dass wir uns mit einer kleinen Gruppe jeden Mittwoch mit Schwester Alberta getroffen haben. Ich hätte mich übrigens nie getraut einen Brief mit solchen Dingen in Deutschland zur Post zu geben. Aber einige Studentinnen aus dem Semester über uns sind mit ihrem Professor für ein paar Tage in die Schweiz gefahren. Irgendwelche erdkundlichen Studien waren das Thema. Eine Freundin hat den Brief mitgenommen und dort abgesandt.«

»Und ich habe mich über die ausländische Briefmarke gewundert. Bist du denn sicher, Susanne, dass jeder Brief, der aus Deutschland ins Ausland geht, kontrolliert wird?«

»Nein. Aber jeder könnte kontrolliert werden. Das ist es ja gerade, diese ständige Unsicherheit.«

»Und was ist nun mit der Prüfung?«

»Es hat einen anonymen Brief gegeben. Wahrscheinlich hat ihn irgendwer aus Schwester Albertas Gruppe geschrieben. Zum Glück hat Professor Vreden den Brief in die Hände bekommen, der mich gut kannte. Wir haben gelegentlich gemeinsam in einem Instrumentalkreis musiziert. Er bat mich zu einem Gespräch in sein Zimmer. Allein sollte ich kommen. Ich war ziemlich aufgeregt, weil der Professor dafür bekannt ist, immer mal wieder Studentinnen allein in sein Zimmer einzuladen. Manche bleiben auch bis in die Nacht hinein. Aber ich gehörte nicht dazu. Er gab mir nicht einmal die Hand zur Begrüßung, sondern schob mir den Brief über den Tisch. Ich las und mir wurde schlecht. Er sagte: ›Ich will Sie nicht fragen, ob dies ein verleumderischer Brief ist, Susanne Mattler. Es gibt nur eine Möglichkeit, diese Post aus der Welt zu schaffen. Melden Sie sich noch heute vom Studium ab. Dann, aber nur dann . . .‹ Er zog sein Feuerzeug heraus und ließ die Flamme aufspringen.

›Und wenn nicht?‹, fragte ich ihn.

›Dann wird es eine Untersuchung geben. Solche Untersuchungen von der Gestapo sind, vorsichtig ausgedrückt, unangenehm. Sie würden überdies diese Gruppe, wenn sie denn bestehen sollte, mit hineinziehen.‹

Ich habe wie betäubt dagesessen. Er hat mir Zeit gelassen und in einer Zeitung zu blättern angefangen. Nur nicht heulen, hab ich gedacht. Schließlich hab ich mich aufgerappelt und gesagt: ›Ich bin Ihnen dankbar, Herr Professor. Ich gehe gleich ins Sekretariat und melde mich ab.‹

›Schade, Susanne. Wir werden das Cello und Sie vermissen. Überlegen Sie sich einen Vorwand. Sonst gibt es Fragen.‹

›Einen Vorwand?‹

›Ja.‹ Er lachte auf und wurde allmählich ungehalten. ›Vielleicht müssen Sie heiraten.‹

›Das müsste ich schon lange‹, hab ich gesagt. Er hat mich zwar verblüfft angestarrt und auf meinen Bauch geschaut, als ob er Zeichen einer Schwangerschaft feststellen wollte, hat aber nicht weitergefragt, sondern vor meinen Augen den Brief verbrannt. Ich habe Schwester Alberta am selben Tag noch informiert. Sie war betroffen und hat gefragt: ›Vielleicht habe ich Sie alle mit der Gruppe nur in Gefahr gebracht. Vielleicht hätte ich . . .‹ Ich habe sie unterbrochen und geantwortet: ›Ich finde es nach wie vor gut, Schwester, dass wir bei Ihnen das Denken nicht verlernen mussten.‹

›Und was machen Sie nun, Susanne?‹

›Ich gehe so schnell wie möglich nach Kolumbien.‹

›Immer noch dieser Christian Fink?‹

›Mein Professor hat es ja gesagt, ich muss heiraten.‹ Da konnten wir beide schon wieder lachen. Übrigens ist Schwester Alberta eine Woche später von der Generaloberin an eine Schule in Süddeutschland versetzt worden.«

»Wie haben deine Eltern die Nachricht aufgenommen?«

»Mein Vater hat mich fest in den Arm genommen. Aber wirklich gerührt hat mich meine Mutter. Ich hatte befürchtet, sie würde mir vorhalten, dass sie sich nun ganz umsonst geplagt hätten, um das Geld für meine Ausbildung zusammenzukratzen. Aber es kam ganz anders. Sie ist an den Schrank in der guten Stube gegangen, hat einen ziemlich schweren Kasten herausgeholt und gesagt: ›Kind, als ich geheiratet habe, haben mir meine Eltern dieses Silberbesteck als Erbe gegeben. Ich hab es für dich weggelegt. Nimm es mit in dieses fremde Land.‹ Da habe ich zu weinen angefangen. Weil ich so ganz und gar überrascht war.«

Susanne schniefte.

»Erkälten Sie sich nicht«, sagte eine Schwarze, die neben Susanne im Abteil saß. »Ist kühl hier oben. Ich friere mich immer halb tot, wenn ich aus dem heißen Land hier heraufkomme.«

Christian legte Susanne seine Ruana um. Es war schon Nacht, als sie in Armenia ankamen. An der Bahnstation warteten bereits einige robuste Autos, die sie über das Zentralmassiv nach Ibagué bringen wollten. Von dort aus gab es eine weitere Bahnstrecke bis Bogotá. Die Fahrer lenkten die Autos in einem halsbrecherischen Tempo über das Gebirge. Aber erst als der Mond weit nach Mitternacht aufging, ahnten sie die tiefen Schluchten, an denen die Serpentinen vorbeiführten. Susanne rückte eng an Christian heran.

»Wilde Burschen«, sagte sie halb im Schlaf.

Es war ein schöner Morgen, als sie Ibagué erreichten. Der Zug sollte erst in einer Stunde losfahren. Vielleicht in einer Stunde.

»Gibt es denn hier keinen Fahrplan, der eingehalten werden muss?«, fragte Susanne.

»Pläne gibt's schon. Aber sich daran zu halten ist eine andere Sache.«

Die Nebelbänke vor der Zentralkordillere lichteten sich. Gewaltig und steil ragte das Bergmassiv jenseits von Ibagué auf.

»Der Tolima«, sagte Christian und deutete auf den Vulkankegel, dessen Spitze von einer schimmernden Schneehaube bedeckt war. »Mergenter behauptet, das sei der schönste Berg Kolumbiens, ein Berg mit magischer Anziehungskraft.«

»Du hast so oft von Mergenter in deinen Briefen geschrieben, Christian, dass er für mich schon ein guter Bekannter geworden ist.«

»Es gibt vom Tolima eine Liebesgeschichte aus der alten Zeit der Indios. Er hat sie mir erzählt.«

»Du weißt ja, für Geschichten bin ich immer zu haben, sogar auf einer Bahnstation morgens um sieben.«

Er sagte: »Komm, da drüben ist ein Restaurant. Dort werden wir frühstücken. Zumindest einen heißen Kakao werden wir dort bekommen.«

Sie sahen wohl hungrig aus, denn der Besitzer stellte ihnen, ohne sie zu fragen, eine dicke Suppe und einen Blechteller voll Maisfladen auf den Tisch. Christian erzählte Susanne die Tolimageschichte.

»Ich werde mich dir nicht verweigern, wie die Göttin es mit Tolima gemacht hat«, sagte Susanne und wurde ein wenig rot dabei.

»Es wäre schade, wenn ich dir die schönen Augen ausstechen müsste. Aber ich werde dich, wenn nötig, wie Tolima es gemacht hat, auf meinem Rücken über die Berge tragen.«

»Ich wiege sechzig Kilo. Lass uns lieber den Zug nehmen«, sagte Susanne. »Er ist gerade eingelaufen.«

Eigentlich hatten sie vor zu heiraten, sobald die Kisten freigegeben waren. Aber nach einigen Tagen lud der Padre sie in sein Zimmer ein.

»Ich hatte noch gar keine Gelegenheit, Sie, Susanne, richtig zu begrüßen. Meine Schwester Ottilie hat mir schon Vorhaltungen gemacht. Sie hat ein kleines Abendessen mit uns vorgesehen und wird gleich kommen. Sie sehen, sie hat eine Leinentischdecke aufgelegt und den Tisch mit unserem besten Porzellan gedeckt.«

Während er noch sprach, betrat Ottilie den Raum. Sie sah gar nicht aus, als ob sie aus der Küche käme, sondern trug ein schönes, blaues Kleid mit einem weißen Kragen und hatte eine kleine, eng am Hals anliegende Perlenkette angelegt.

»Wie festlich«, spottete der Padre.

»So eine Begrüßung ist etwas Besonderes«, sagte sie.

»Nun, können wir beginnen?«, fragte er.

Sie nickte. »Heute haben Olga und Beatríz, unsere beiden Perlen, ein richtiges kolumbianisches Festessen vorbereitet.«

Der Padre nahm ein kleines Silberglöckchen und klingelte.

Olga und Beatríz hatten wohl schon auf das Zeichen gewartet. Sie trugen große weiße Schürzen und brachten die Suppe herein. Beatríz, die ältere von beiden, bediente und sagte: »Nur beste Knochen für die Suppe und aus dem Mark haben wir die kleinen Bällchen gemacht.«

Der Padre sprach ein Tischgebet.

Beatríz stand die ganze Zeit über nahe bei der Tür. Als Susanne ihr beim Abtragen des Geschirrs helfen wollte, hielt Ottilie sie zurück. »Nicht, nicht«, flüsterte sie. »Beatríz würde das als Tadel auffassen. Sie denkt dann, wir trauen es ihr nicht zu, das gute Porzellan sorglich zu behandeln.«

Beatríz ging hinaus. Aber nur eine Minute später kam sie mit Olga wieder. Sie trug auf einem großen Holzteller eine knusprig braun gebratene Pute herein. Olga folgte mit einer Platte mit Erbsen, Möhren, Blumenkohl und jungen Bohnen.

Eine große Schüssel mit Erdbeeren bildete den Nachtisch. Und nach all dem die Tasse mit dem unvermeidlichen Kakao.

Christian lehnte sich wohlig zurück. »Lorenz, so köstlich hat es mir zum letzten Mal bei der Hochzeit von deiner Schwester Hildegard auf eurem Bauernhof geschmeckt«, sagte er.

»Da sind wir ja schon gleich beim Thema, ihr beiden.« Der Padre holte seinen Kalender hervor. »In vierzehn Tagen breche ich zu einer längeren Reise durch meine Gemeinde auf. Es wird wenigstens sechs Wochen dauern, bis ich wieder zurück bin. Ottilie dachte . . .«, als er ihren verärgerten Gesichtsausdruck bemerkte, verbesserte er sich. »Also, wir dachten uns, dass ihr vorher heiraten solltet. Ich würde euch gern trauen.«

»Aber meine Kisten sind noch nicht freigegeben, der Hausrat, mein Brautkleid«, wandte Susanne, verwirrt von diesem Ansinnen, ein.

»Sie leben beide hier unter einem Dach. Es wäre dem Padre lieber, Sie würden heiraten. Wir müssen jedes dumme Gerede vermeiden.«

»Wir wohnen nun ja nicht in einem Zimmer«, widersprach Christian heftig.

»Der Geist ist willig, das Fleisch ist schwach«, sagte Ottilie.

»Und mein Brautkleid?«, fragte Susanne.

»Einen Augenblick«, antwortete Ottilie und ging in ihr Zimmer. Sie kam zurück. Auf einem Bügel brachte sie ein wunderschönes weißes Kleid herein.

»Mein Brautkleid«, sagte sie. »Ich habe es leider nie tragen können.« Sie hängte das Kleid an einen Nagel an die Wand.

»Ich war neunzehn, Susanne, genau wie Sie jetzt. Das war 1916. Friedhelm, mein Verlobter, war schon zwei Jahre an der Westfront. Er war zum Leutnant befördert worden. Erst hatten wir vor nach Kriegsende zu heiraten. Wir waren ja noch so jung. Außerdem hatten wir, wie fast alle, zu Beginn des Krieges, geglaubt, dass der Spuk in wenigen Wochen vorüber sei. Aber dann verging Monat um Monat. Als Friedhelm einmal für ein paar Tage Urlaub bekam, man hatte ihm nämlich das Eiserne Kreuz erster Klasse verliehen, da hatte er sich verändert. 1914 ist er mit Begeisterung ausgezogen. Aber dann war er dem reinen Wahnsinn in Flandern begegnet. Er schlug mir vor bald zu heiraten. Ich besprach mich mit meinen Eltern und wir legten den Hochzeitstermin für einen Monat später fest. Hochzeitsurlaub war Friedhelm zugesagt worden. Der Tag rückte heran, die Einladungen waren geschrieben, das Brautkleid hing fertig im Schrank.« Ottilie strich mit der Hand über die Seide. »Ein Einsatz von Brüsseler Spitzen«, sagte sie und lächelte bitter. »Was soll ich lange erzählen. Sein Bataillon war in den Raum von Verdun verlegt worden. Bis zu dem festgesetzten Tag wartete ich. Friedhelm kam nicht an diesem Tag. Er kam nie mehr. Seine Eltern erhielten zwei Wochen später ein Päckchen mit seiner Taschenuhr, der Brieftasche und einen Brief des Kompanieführers. Für Kaiser und Vaterland.«

»Wir sind Jahre später einmal nach Frankreich in die Nähe von Verdun gefahren und haben sein Grab gesucht«, sagte der Padre. »Ein riesiges Gräberfeld. Achtzehn Jahre, neunzehn Jahre, zwanzig Jahre. Hunderte Gräber mit solchen Aufschriften. Drei viertel Millionen Soldaten sind dort gefallen, Deutsche und Franzosen. Wie viele sind das, eine Dreiviertelmillion? So eine Zahl kann sich kein Mensch wirklich vorstellen.

Es war 750 000 Mal ein Mensch, ein einzelner Mensch mit all seinen Hoffnungen, Wünschen, mit Mutter und Vater, Familie, Kindern, Freunden.«

Ottilie nahm das Kleid und reichte es Susanne. »Ich schenke es Ihnen. Ich wollte es immer einem Mädchen geben, das ihren Verlobten nicht in den Krieg ziehen lassen musste.«

Es blieb nicht mehr viel zu sagen. Der Padre blätterte in seinem Kalender.

»Was sagen Sie zu Mittwoch nächster Woche?«, schlug er vor.

»Sie haben heute übrigens einen Vorgeschmack des Hochzeitsessens bekommen«, sagte Ottilie. »Beatríz und Olga werden alles richten. Das ist unser Geschenk für Ihren großen Tag.«

Susanne sprach einen ganzen Abend lang mit ihrem Bruder Lorenz. Sie wollte ihm von Anna erzählen. Er fragte sie: »Und was hältst du selbst davon, dass sie nicht mit dir hierher gekommen ist?«

»Wir Frauen sitzen oft zwischen allen Stühlen. Familie und Beruf. Kinder und Studium. Ich kann Anna schon verstehen, dass sie erst ihre Ausbildung abschließen will, bevor sie kommt.«

»Wenn sie denn überhaupt kommt. Was macht eine Ingenieurin im Urwald? Ja, hier in Bogotá gäbe es vielleicht Möglichkeiten für sie. Vielleicht könnte sie sogar an der Universität arbeiten. Aber ich will nicht in der Stadt bleiben. Ich bin ein Bauer. Ich werde nie ein Stadtmensch. Ich will eine Finca.«

»Du hast jetzt viermal ich gesagt, Lorenz. Schwester Alberta hat sich mal über die Liebe geäußert. Liebe ist, wenn für einen Menschen das Du genauso wichtig wird wie das Ich.«

»Was weiß eine Nonne schon von der Liebe!«, rief Lorenz und lief hinaus.

Christian erzählte Susanne am nächsten Tag, dass er erst spät in der Nacht zurückgekommen sei. In ihrer kleinen Kammer habe es am nächsten Morgen wie in einer Kneipe nach Alkohol gestunken.

»Wir müssen zu Mergenter und Eva Millhaus, zu Schwester Rosa und der Doctora Schwester Angelina gehen und sie zu unserer Hochzeit einladen«, sagte Christian.

»Zuallererst sollten wir Lorenz sagen, dass wir in acht Tagen heiraten.«

»Ja, Susanne. Aber mir schlägt jetzt schon das Herz schneller, wenn ich daran denke, wie ihm dann zu Mute sein wird.«

»Gut«, sagte sie. »Tun wir es gleich. Er ist in der Werkstatt.«

Sie gingen hinüber. Die Kreissäge kreischte. Als Lorenz das Brett längs durchgesägt hatte, an dem er arbeitete, schaute er kurz auf, griff aber gleich nach dem nächsten. Christian stellte die Säge ab.

»Ja«, fragte Lorenz, »was gibt es?«

Susanne antwortete: »Lorenz, wir werden nächsten Mittwoch heiraten. Du sollst unser Trauzeuge sein. Du und Eva Millhaus.«

Er setzte sich auf einen Bretterstapel. Ganz ruhig sagte er: »Ich freue mich für euch. Und dir, Susanne, wollte ich noch sagen, du wärst eine gute Lehrerin geworden. Ich hab viel nachgedacht nach unserem Gespräch. Vielleicht weiß deine Schwester Alberta doch mehr von der Liebe, als ich zuerst angenommen habe.«

Christian sagte: »Ich habe keine Ahnung, was die Schwester von der Liebe hält. Aber eins sollst du wissen, Lorenz, wir drei werden zusammenhalten wie Pech und Schwefel. Ganz egal, was kommt.«

Lorenz lachte. »Nun red hier keine dicken Worte, Christian. Schalt die Kreissäge wieder ein. Wir brauchen die Bretter.«

Am selben Nachmittag besuchten Susanne und Christian Mergenter. Die Köchin öffnete die Tür und führte sie ins Wohnzimmer.

Mergenter stand über eine Landkarte gebeugt und fragte unwillig: »Was gibt es?«

»Besuch, Señor.«

Er schaute auf und nahm seine Brille ab.

»Aha, der Christian Fink lässt sich auch noch mal sehen. Und, wenn ich raten soll, er hat Besuch aus Deutschland mitgebracht. Herzlich willkommen.«

Marta stand noch an der Tür. »Sagen Sie Manuela, sie soll Tinto bringen.«
Er wandte sich an Susanne: »Oder hätten Sie lieber einen Kakao?«
»Lieber Kaffee. An den Kakao hier muss ich mich erst gewöhnen.«
»Also, Marta, dann Tinto.«
Sie luden ihn zur Hochzeitsfeier ein. Er schien sich darüber zu freuen.
Sie tranken den Kaffee. Susanne nahm viel Zucker.
»Der ist so stark«, sagte sie, »dass er Tote auferwecken kann.«
»Erzählen Sie von Deutschland, Susanne«, bat er. »Wir erfahren hier wenig über unser Land.«
»Wo anfangen?«, fragte sie unsicher.
Er stellte ihr Fragen. Nach der Olympiade. Nach der wirtschaftlichen Lage.
Nach der Meinung darüber, dass deutsche Soldaten, die Legion Condor, in den Bürgerkrieg in Spanien eingegriffen hatten. Was man in Deutschland gesagt habe, als Hitlers Truppen das Rheinland besetzt hatten.
Man munkele davon, dass Österreich nach dem Einmarsch der deutschen Wehrmacht Hitler zugejubelt habe. Ob Susanne das für möglich halte.
»Und die Katholiken, haben die sich inzwischen auch mit dem Regime ausgesöhnt?«, fragte Mergenter.
»Viele sicher. Aber kann man sich denn damit aussöhnen, dass es so viele Prozesse gegen Priester, Mönche und Nonnen gibt? Wegen angeblicher Devisenschiebungen? Wegen des Vorwurfs sexueller Delikte? Hunderte von Anschuldigungen werden in der Presse und im Funk breit dargestellt. Bei den meisten erfolgt später der Freispruch. Darüber wird nichts berichtet. Anfang Februar 1936 haben sie auch Franz Steber verhaftet.«
»Wer ist Franz Steber?«, fragte Mergenter. »Auch einer von den wilden Kaplänen?« Christian antwortete: »Nein. Franz war lange der Reichsführer unserer Sturmschar.«
»Ich erinnere mich, Christian, du hast mir davon erzählt. Aber ich wüsste gern genauer, was mit ihm passiert ist.«
»Nun, Franz Steber und ein paar Sturmschärler hatten sich mit einigen wenigen jungen Leuten aus dem kommunistischen Untergrund getroffen. Dr. Rossaint, ein Kaplan aus Düsseldorf, hatte wohl dazu eingela-

den. Irgendwie ist das ruchbar geworden. Spitzel sitzen überall. Daraufhin sind an die fünfzig Sturmschärler verhaftet worden. Auch Generalpräses Wolker. Hans Niermann, der im Jahr zuvor in Rom von den Sturmscharen als Nachfolger von Franz Steber gewählt worden war, wurde ebenso inhaftiert wie die Kapläne Dr. Rossaint und Kremer. Ein paar Kommunisten haben sie auch gegriffen. Sechzig Menschen insgesamt waren betroffen. Es ist aber nur zu sieben Anklagen vor dem Volksgerichtshof in Berlin gekommen. Hochverrat sollten sie begangen haben. Drei Verurteilungen erfolgten. Dr. Rossaint erhielt elf Jahre Zuchthaus, Franz Steber fünf Jahre und Kaplan Kremer achtzehn Monate Gefängnis. Franz soll seitdem in Dunkelhaft sitzen.«

»Wie sind Sie eigentlich an diese Informationen gekommen, Susanne?«, fragte Mergenter. »Die Nazis lassen doch nur gefilterte Nachrichten zu.«

»In unserer Gruppe mit Schwester Alberta erfuhren wir mehr. Und dann sind auch immer mal wieder junge Männer aus der Sturmschar zu uns auf den Hof gekommen. Die wollten hören, wie es Lorenz und Christian ergangen ist. Einige von denen hatten vor auch auszuwandern. Aber für Männer ist es heute fast unmöglich, dazu die Genehmigung zu erhalten. Einer hat's versucht, wollte illegal über die holländische Grenze. Sie haben ihn erwischt.«

»Über all das müssen Sie mehr berichten, Susanne. Vielleicht lade ich ein paar Freunde dazu ein.«

»Wenn Sie meinen, dass ich das kann?«, sagte Susanne.

»Nach Ihrer Hochzeit. Und was ich sagen wollte, ich komme gern am Mittwoch.«

»Wir müssen weiter«, sagte Christian. »Wir wollen die Schwestern Rosa und Angelina einladen und vor allem auch Eva Millhaus.«

»Ich hoffe, ich sehe euch häufiger.« Mergenter stand auf und ging zu dem Schreibtisch, auf dem die Landkarte lag. Er zeigte auf den Tolima. »Ich habe in den nächsten Wochen vor den Vulkan zu bezwingen.«

»Schaffen Sie das denn?«, fragte Christian. »Ich meine, Ihr Bein . . .«

»Das weiß man erst hinterher. Ich habe Gefährten für diese Tour.«

Im Kloster sagten sie der Pfortenschwester, dass sie Eva besuchen wollten.

»Wer ist denn die junge Frau?«, fragte sie Christian neugierig und zeigte auf Susanne. »Sind Sie inzwischen verheiratet?«

»Nein.«

Das Gesicht der Schwester wirkte nun verschlossen.

»Aber kommenden Mittwoch werden Susanne und ich heiraten, Schwester. Deshalb sind wir ja hier. Eva soll Trauzeugin werden. Und Schwester Angelina und Schwester Rosa wollen wir auch einladen.«

»Sie haben Glück. Sind alle im Haus. Gehen Sie nur schon ins Besucherzimmer. Ich werde sie rufen.«

Eva kam als Erste. Susanne hatte sich nach Christians Briefen ein Kind, bestenfalls ein dünnes Mädchen mit Pusteln im Gesicht vorgestellt. Herein trat eine junge Frau von eigenartiger Schönheit. Die großen Augen, der Mund mit den vollen Lippen, die schlanke, kräftige Gestalt, Susanne war überrascht. Eva kam gleich auf sie zu und umarmte sie. »Ich kenne Sie schon seit der gemeinsamen Überfahrt mit Christian. Wenn er von Ihnen erzählte, Susanne, dann spürte jeder, wie gern er Sie hat.«

»Sagt Du zueinander«, bat Christian. »Das Sie klingt so fremd.«

Die Schwestern traten ein. Angelina war magerer und blasser, als Christian sie in Erinnerung hatte.

»Wir werden kommen, nicht wahr, Schwester Angelina«, sagte Rosa, als sie von der Einladung hörten.

Angelina zögerte. »Ich arbeite drüben im Kinderhaus. Kranke vor allem aus den Barrios der Armen, aus den Vierteln im Süden von Bogotá.«

Sie schaute in ihrem winzigen Kalender nach. »Ja«, sagte sie. »Es muss ganz einfach gehen.« Ein Lächeln umspielte ihren Mund und ihr Gesicht wirkte jünger. »Mittwochs, das ist in Deutschland ein günstiger Tag für Ärzte. Mittwochnachmittags ist keine Sprechstunde. Aber hier . . .«

»Wir werden kommen«, versicherte Schwester Rosa.

* * *

Ich, der Bauer Norbert Mattler, 53 Jahre alt, verheiratet, fünf Kinder, römisch-katholisch, habe mich nach reiflicher Überlegung entschlossen der Bitte meiner Tochter Susanne nachzukommen. Der Gedanke lässt mir keine Ruhe. Ich werde eine Art Tagebuch führen. Hab lange gegrübelt, was ich wohl schreiben soll. Jede Woche, jeden Monat neue Ereignisse. Das tägliche Leben ist von Politik durchtränkt. Ich werde mich darauf beschränken, unsere sehr persönlichen Dinge festzuhalten. Alles andere sollen später die Historiker aufschreiben und werten. Später? Wann wird das sein? Hitler eilt von Erfolg zu Erfolg. Eine wirklich große Sache war der »Anschluss« Österreichs am 13. März 38. Das ist ein Traum, der 1848 schon ausgeträumt schien. Viele Abgeordnete im ersten gewählten deutschen Parlament in der Paulskirche in Frankfurt wollten die »großdeutsche Lösung«, ein Reich mit Österreich. Gescheitert. Sicher, Hitler hat dem Heer befohlen die Grenzschranken niederzureißen und in das Nachbarland einzumarschieren. Aber wenn man die Fotos mit den jubelnden Menschen in Wien, Innsbruck, Linz und anderswo gesehen hat, kann dieser Weg nicht falsch gewesen sein. Die Abstimmung im April 38 hat's ja dann auch gezeigt. 99 % haben dafür gestimmt. Ach ja, die persönlichen Dinge. Nicht mal Katharina weiß davon. Ich hab den Stimmzettel ungültig gemacht. Nicht wegen Österreich. Aber mit der Abstimmung war auch die Wahl des Reichstags gekoppelt. Diese Leute will ich nicht. Bischof Sproll aus Rottenburg ist erst gar nicht zur Abstimmung gegangen. Bestimmt auch, weil er den Reichstag aus lauter Nazis ablehnt. Sie haben ihn aus seinem Bistum verbannt. Und kein anderer Bischof hat, soviel ich weiß, öffentlich dagegen protestiert. Duckmäuser alle? Das ist mir an die Nieren gegangen.

* * *

Es war ein gut vorbereiteter Gottesdienst, der in einer Seitenkapelle der Kirche Veracruz gefeiert wurde. Obwohl er mitten in der Woche stattfand, waren fast alle Bewohner des Pfarrhofes erschienen. Lorenz hatte den Padre gebeten die Messtexte nicht in Latein, sondern in deutscher Sprache zu beten und zu lesen. Der Padre hatte gezögert, aber als Lorenz ihm erzählt hatte, dass die Sturmschärler sogar bei ihrem Ostertreffen in Rom die Messe in Deutsch gefeiert hätten, da sagte er: »Was in Rom möglich war, kann in Bogotá nicht ganz falsch sein.«

Die deutschen Lieder klangen laut durch die ganze Kirche und eine Menge Neugieriger wurde davon angezogen.

»Bis dass der Tod euch scheidet.«

In der Sakristei sagte der Padre später: »Die Trauzeugen müssen die Hochzeitsurkunde noch unterschreiben.«

»Eigentlich hätte es eine Doppelhochzeit werden sollen«, flüsterte Lorenz Eva zu.

Sie sagte leise: »Erst will ich die Schule zu Ende machen.«

Hatte Lorenz richtig gehört? Er fragte erstaunt: »Bitte?«

Doch Eva sagte weiter gar nichts.

Sie hatten die Werkstatt aufgeräumt und die Werkzeuge und die Kreissäge in eine Ecke gestellt. Aus Böcken und Brettern war ein langer Tisch aufgebaut worden. Er war weiß gedeckt und Ottilie hatte dafür gesorgt, dass ein Band von roten Rosen längs über die ganze Tafel lief. Das Geschirr war von verschiedenen Familien ausgeliehen worden, ein buntes Gemisch von verschiedenem Porzellan. Aber das störte niemand. Das Festmahl schmeckte allen. Beatríz und Olga servierten als besondere Zugabe knusprige, kleine Braten. Sie schmeckten köstlich. Jedenfalls so lange, bis der Padre fragte, wo die Köchinnen die Kaninchen aufgetrieben hätten. Olga kicherte und Beatríz schien beleidigt, gab aber dann doch Auskunft. »Ich habe auf dem Markt die fettesten Meerschweinchen gekauft, die ich finden konnte.«

»Wirklich ein Gaumenschmaus«, lobte der Padre und würgte noch ein kleines Stück hinunter.

»Das ist die wahre Nächstenliebe«, spottete Lorenz.

Mergenter hatte Musiker mitgebracht, die unermüdlich zum Tanz aufspielten. In den Pausen führten die Gäste aus dem Pfarrhof lustige Szenen auf, es wurden witzige Vorträge gehalten und später am Abend begannen sie zu singen. Susanne und Lorenz holten ihre Instrumente und musizierten.

Mit den deutschen Liedern kam die Erinnerung an die Heimat. Susanne dachte an die große Bauernhochzeit ihrer Schwester Hildegard und sie wurde traurig. Ihr Vater hatte mit Hildegard getanzt, hatte sie in den Arm genommen, die Mutter hatte ihr ein Kreuz auf die Stirn gezeichnet. Und hier?

Um zwölf Uhr in der Nacht stimmte der Padre an: »Ade, nun zur guten Nacht, jetzt wird Schluss gemacht . . .«

Still ging die Gesellschaft auseinander.

Früh am nächsten Morgen brachen Susanne und Christian zu ihrer Hochzeitsreise auf. Sie wollten hinauf auf den Berg Monserrate hoch über der Stadt. Es war neblig und kalt und sie zogen sich die Ruanas fest um die Schultern. Eine richtige Straße gab es nicht. Als sie auf halber Höhe rasteten, war der Nebel verschwunden. Bogotá lag im Sonnenlicht unter ihnen. Der schachbrettartige Plan der Stadt war gut zu erkennen.

Weit breitete sich die fruchtbare Ebene, die Sabana, aus und in der Ferne rundum die Felsengürtel der Kordilleren.

»Ein schönes Land«, sagte Susanne. »Ich werde es lieben.«

»Hoffentlich bleibt für mich auch etwas übrig.«

Sie lachte und küsste ihn. »Nur weil du hier bist, werde ich auch das Land lieben.« Er wollte sie festhalten, doch sie lief voraus, den Pfad aufwärts. Er hatte Mühe, ihr zu folgen.

Die wenigen Ranchos, die bis zur halben Höhe noch verstreut am Hang gelegen hatten, waren zurückgeblieben. Kein Mensch begegnete ihnen mehr. Dann standen sie in der Kirche vor dem Schrein, in dem die Statue eines gefallenen und geschundenen Christus zu sehen war.

»Ein Bild dieses Volkes«, sagte Susanne leise.

Erst spät sahen sie die Frau, die wohl schon lange vor dem Schrein kniete und ihre Stirn tief bis zum Boden gebeugt hatte.

Es war inzwischen heiß geworden. Sie machten im Schatten eines Baumes Rast, aßen, was sie mitgenommen hatten, und brachen erst auf, als dunkle Regenwolken den Himmel überzogen. Einen kurzen Blick noch warfen sie in die Kapelle. Die Frau kniete immer noch reglos und stumm.

Ein heftiger Schauer durchnässte die beiden bis auf die Haut. Der Pfad war glitschig geworden, und erst als sie den Stadtrand erreichten, konnten sie wieder sicherer gehen. Mit dem Abendrot waren sie zurück im Pfarrhof. Der Padre setzte sich zu ihnen in den Patio.

»Ist der Monserrate eigentlich der größte Wallfahrtsort in Kolumbien?«, fragte Susanne.

»Für die Bogotáner ganz gewiss«, antwortete der Padre. »Aber für den ganzen Kontinent ist die Madonna von Guadalupe in Mexiko wichtiger.«

»Man erzählt sich, dass von Guadalupe viel Trost ausgeht«, sagte Christian. »Es soll auch eine merkwürdige Geschichte darüber geben, wie es zu dieser Wallfahrtsstätte gekommen ist.«

»Wollt ihr sie hören?«, fragte der Padre.

»Geschichten jederzeit«, sagte Susanne. »Einer unserer Professoren hat gesagt, wer eine gute Lehrerin sein wolle, müsse tausend Geschichten in jedem Ärmel haben.«

Der Padre begann von einem Indio in Mexiko zu erzählen, dem die Jungfrau Maria erschienen sein sollte.

»Eigentlich hat er Cuauhtlatohuac geheißen, aber weil die Franziskanermönche den Namen schlecht aussprechen konnten und auch weil ihnen kein Heiliger dieses Namens bekannt war, haben sie ihn Juan Diego getauft.

Im Dezember 1531 ist Juan Diego auf dem Weg nach Tlatelolco gewesen. Unterwegs hat ihm eine Erscheinung befohlen, zum Bischof zu gehen und ihm zu sagen, er solle an der Stelle, an der die Indios für die Göttin Tonantzin Opfer dargebracht haben, eine Kirche bauen. In Guadalupe eben. Der Bischof hat über die Phantasie des Indios nur lächeln können. Aber als Juan Diego ein weiteres Mal kam und behauptete, die Frau, die er gesehen habe, sei die Mutter Gottes, da ist der Bischof nachdenklich geworden. ›Sie soll uns ein Zeichen geben‹, hat er von Juan Diego gefordert.

Die Jungfrau Maria ist Juan Diego ein drittes Mal erschienen und hat gesagt: ›Geh in die Einöde auf den Tepeyac-Hügel. Dort findest du Blumen. Bring die dem Bischof.‹ Juan Diego wusste, dass zwischen den Steinen dort oben keine Blumen wachsen, aber er folgte dem Befehl der Jungfrau. Er fand wunderschöne, gerade erblühte Rosen. Er hüllte die Blüten in seinen Poncho und lief hinunter zum Bischof. Er schlug den Poncho auseinander. Aber es waren nicht die Rosen, die den Bischof auf die Knie fallen ließen. Nein, in der Innenseite des Ponchos war ein herrliches Bild der Jungfrau Maria in leuchtenden Farben gemalt, anders, als die Bilder Marias, die der Bischof aus Europa kannte. Sie war als Mestizin dargestellt. Dieses Bild wird seitdem in ganz Südamerika verehrt.«

»Eine schöne Legende«, sagte Susanne.

Der Padre fuhr fort: »Ja, vielleicht nur eine Legende. Aber es gibt ein paar Dinge, die man nicht erklären kann. Der Poncho von Juan Diego war aus Agavefasern gewebt. Er hätte seit 1531 längst zerfallen sein müssen. Er hat erst ziemlich lange ungeschützt in der Kirche gehangen und tausende von Kerzen sind in seiner Nähe angezündet worden. All der Ruß und der Qualm haben den Farben des Bildes nicht geschadet. Sie leuchten heute so frisch wie damals. Bei der Untersuchung des Ponchos durch Wissenschaftler ist kein Zweifel geblieben, er ist in der ersten Hälfte des 16. Jahrhunderts gewebt worden. Aber dann sollen Dr. Simancas und sein junger Kollege aus den USA etwas gefunden haben, da stockt einem der Atem. Mit einer Lupe haben sie im Auge der Jungfrau das Spiegelbild einer männlichen Gestalt entdeckt.«

»Juan Diego?«, fragte Susanne. »Das kann doch niemand beweisen.«

»Stimmt, Susanne. Aber wo die Beweise aufhören, fängt der Glaube an.«

Der Padre ging in sein Zimmer und holte eine gute Kopie des Marienbildes.

Susanne und Christian schauten sich eine ganze Zeit das Bild an.

»Wirklich, eine merkwürdige Geschichte«, sagte Susanne.

* * *

Die verbotenen Bücher in der Truhe auf unserem Speicher haben Zuwachs bekommen. Lorenz hatte mir vor ein paar Jahren zum Geburtstag ein Bild geschenkt. Einen Druck. »Turm der blauen Pferde« von Franz Marc. Ich hab nicht viel Ahnung von moderner Malerei. Aber das Bild finde ich schön. Jetzt heißt so was »entartete Kunst« und wird in den Museen beschlagnahmt. Schade, ich hätte gern mal das Original gesehen. Übrigens, als ich das Bild zu den Büchern legte, hab ich noch mal in Thomas Manns »Buddenbrooks« herumgeblättert und mich festgelesen. Im Haus haben sie sich schon Sorgen gemacht, weil ich nicht pünktlich um zwölf zum Essen da war. Erst nach ein Uhr kam ich runter.

»Wo hast du gesteckt?«, fragte Katharina.

»In Lübeck«, hab ich geantwortet.

»Hast du Fieber? Dein Essen steht hinten auf dem Herd. Gut, dass du das Bild abgenommen hast. Der Erwin hätt sonst bestimmt schief geguckt. Aber da, wo es gehangen hat, ist ein heller Fleck auf der Wand. Das Zimmer muss gestrichen werden.«

* * *

Der Alltag kehrte zurück. Susannne und Christian richteten sich das Zimmer ein, in dem Susanne bislang allein gewohnt hatte. Lorenz hatte die Idee, Eva Millhaus zu bitten Susanne durch Bogotá zu führen und ihr die Stadt zu zeigen.

»Das mache ich lieber selber«, sagte Christian.

»Du wirst in der Schreinerei gebraucht, mein Lieber. Flitterwochen kannst du dir nicht erlauben.«

Christian wurde wütend.

»Du willst ja nur, dass Eva öfter herkommt.«

»Halt dein Maul«, fauchte Lorenz ihn an.

»Wenn man dich und Eva bei unserer Hochzeit tanzen gesehen hat . . .«

Lorenz griff nach einer Holzlatte und drohte: »Noch ein Wort!«

Susanne kam herein. Christian lenkte ein: »Lorenz schlägt vor, dass Eva Millhaus dir vielleicht die Stadt zeigen soll.«

»Mit der Latte schlägt er das vor?« Susanne lachte.

Lorenz ging an den Werktisch zurück und sagte: »Ich werde sie fragen.«

»Natürlich. Du wirst sie fragen.«

Lorenz blickte Christian zornig an. »Hör endlich auf mit den Sticheleien.«

Schon eine Woche lang war Eva jeden Nachmittag mit Susanne durch Bogotá gestreift. Wenn Christian sie am Abend fragte, was sie gesehen habe, dann gab es sonderbare Antworten. Sicher, auch die Kathedrale, den großen Zentralfriedhof, den Palast von San Carlos, das Coliseo, den Bolívarplatz, die Stierkampfarena hatten sie besucht. Aber Susanne erzählte mehr von den Barrios der Armen und dem Leben der Menschen dort, von Schwester Angelinas Krankenstation, von dem schrecklichen Gefängnis, den Bettlern, den Straßenkindern und es war ihr anzumerken, wie sehr ihr all das unter die Haut gegangen war.

Doch dann sagte sie eines Tages: »Christian, ich will hier nicht wie in einem langen Urlaub leben. Ich möchte mir eine Stelle suchen. Mein Lohn wird helfen, dass wir schneller die Summe zusammenbekommen, die zum Kauf einer Finca nötig ist.«

»Wollen wir überhaupt eine Finca?«, fragte Christian brummig.

»Sollen wir Lorenz hängen lassen?«

»Ist schon mal schief gegangen.«

»Eva meint, wir sollten den Advokat Señor Salcedo einschalten.«

»Eva meint! Was interessiert Eva der Kauf einer Finca.«

»Du wirst dich wundern, Christian. Eva soll in der Schule inzwischen eine Spezialistin für den Anbau von Kaffee, Reis und Rohrzucker sein. Sie hat im Schwesterngarten sogar das alte Gewächshaus zur Verfügung gestellt bekommen. Schwester Rosa meint, Eva müsse unbedingt Biologie oder Landwirtschaft studieren. Sie habe einen grünen Daumen und alle Pflanzen, die sie berührt, gedeihen.«

»Und an was für eine Stelle denkst du, Susanne?«

»Genau weiß ich das auch noch nicht. Ich kann nähen, bügeln, kochen.«

»Für solche Arbeiten gibt es in Kolumbien mehr als genug Frauen. Man muss hier nicht sehr reich sein, um eine Köchin, eine Waschfrau, eine Putzfrau und eine Büglerin einzustellen. Viele Dienstboten arbeiten für das Essen und die Unterkunft und fast ohne jeden Lohn. Du müsstest schon etwas tun, was die armen Indiofrauen, die Mestizinnen und die Schwarzen, die alle nie zur Schule gegangen sind, nicht können.«

»Am liebsten möchte ich zu Kindern, Hauslehrerin oder etwas Ähnliches. Wenn ich so eine Stelle fände . . .«

Christian sagte: »Am Rhein in Duisburg habe ich mal einem Angler zugeschaut. Er hat keinen einzigen Fisch gefangen. Da hab ich ihn gefragt, warum er nicht sein Angelzeug einpackt. Er hat geantwortet: ›Wer keinen Köder auswirft, wird bestimmt keinen Fisch fangen.‹ Du musst also . . .«

Sie lachte und sagte: »Soll ich mir etwa eine Angel kaufen?«

»Nein, aber Köder auswerfen. Wir werden überall erzählen, dass du eine gute Lehrerin bist und eine Stelle suchst.«

Es dauerte nur drei Tage, da schickte eine Familie Reyes einen Boten mit der Bitte, Susanne möge sich am Nachmittag vorstellen.

»Warten Sie bitte«, sagte Susanne zu dem Boten und holte sich bei Ottilie Rat. Die hatte von der Familie gehört und wusste, dass sie zu den Reichen zählte. Señor Reyes sei ein bekannter Politiker der konservativen Partei.

»Versuchen Sie es ruhig, Susanne, und schauen Sie sich die Familie an. Machen Sie eine feste Arbeitszeit aus und verhandeln Sie zäh um den Lohn.«

Susanne gab dem Boten Bescheid, dass sie kommen werde. Der sagte: »Señora, ich soll Sie gegen halb vier mit dem Auto abholen.«

Susanne war befangen, als sie das Haus der Reyes betrat. Von außen war es ein eher altes, zweistöckiges Gebäude mit einer langen Straßenfront und nur ganz wenigen, kleinen Fenstern. Aber durch einen breiten, mit farbigem Marmor ausgelegten Flur gelangte sie in einen großen Patio. Susanne hatte Zeit, sich umzusehen. Ein Springbrunnen mit einer Neptunsstatue war das Zentrum des Hofes. Herrliche Blumen in großen Tonkübeln blühten in aufeinander abgestimmten Farben. Ein Säulengang zog sich rund um das Erdgeschoss und ebenfalls um die obere Etage. Ein weiterer Hof schien sich an den vorderen Patio anzuschließen. Neben dem Springbrunnen saß auf einem niedrigen Holzschemel eine alte Indiofrau. Susanne grüßte sie und fragte: »Gehören Sie auch zur Familie?«

Sie verzog den Mund zu einem lautlosen Lachen. »Ja, ja«, antwortete sie. »Ich bin mit 15 das Kindermädchen von Señor Reyes geworden. Er ist ein guter Mann. ›Sie bleiben bei uns, María Ignacia, hat er gesagt, sie bleiben für immer.‹ Jetzt bin ich lahm und alt. Kann kaum noch laufen. Aber ich weiß, dass ich bleiben kann. Ist ein guter Mann, der Señor.«

Ein Diener erschien und sagte: »Señora Reyes lässt bitten.«

Er ging vor ihr her und hielt ihr eine Tür auf. Sie betrat einen dämmrigen, mit schönen alten Möbeln ausgestatteten Raum.

Ein Stutzflügel stand in dem Zimmer und in einem Ständer ein Cello. Susanne sah, dass es ein altes Instrument war. Señora Reyes schien noch nicht gekommen zu sein. Susanne strich über das dunkle Holz des Cellos und zupfte die Saiten.

»Haben Sie etwas übrig für die Musik?« Aus der hintersten Ecke kam Señora Reyes' Stimme. Susanne zuckte zusammen.

»Verzeihen Sie«, stammelte sie, »ich hatte Sie nicht bemerkt.«

»Schon gut. Sie haben meine Frage noch nicht beantwortet.«

»Ja. Ich spiele Cello. Wir haben zu Hause regelmäßig musiziert.«

»Das wird meinen Mann freuen«, sagte sie.

»Ich sollte mich vorstellen?«

»So ist es. Wir suchen eine Hauslehrerin für unsere beiden Kinder. María ist sechs Jahre alt und Federico wird fünfzehn.«

»Mit der Kleinen wird es keine Probleme geben. Ich habe ein pädagogisches Studium absolviert. Aber was erwarten Sie für Federico?«

»Nun, wir dachten, dass Sie ihn in die deutsche Sprache einführen und vom Leben in Europa erzählen. Er soll später in Heidelberg studieren.« Das schien ihr nicht schwierig zu sein.

»Trauen Sie sich das zu?«

»Gewiss, gnädige Frau.«

»Sagen Sie Doña Esmeralda zu mir. Und wenn Sie gestatten, werde ich Sie mit Susanne anreden.«

Sie klingelte mit einem Glöckchen und der Diener trat ein.

»Nestor, bringen Sie die Kinder her und sagen Sie Carmen, sie soll uns eine Erfrischung servieren.«

Er verbeugte sich und ging.

»Nehmen Sie Platz, bitte.«

Susannes Augen hatten sich an das Dämmerlicht gewöhnt. Sie setzte sich. Señora Reyes war dunkel gekleidet. Ihre Augen waren groß und schwarz und ihre Haut hatte die Farbe alten Elfenbeins.

Die Kinder kamen herein. María machte einen Knicks und Federico verbeugte sich linkisch.

»Dies ist eure neue Hauslehrerin. Ich hoffe, ihr behandelt sie besser als . . . ach, wie hieß sie doch gleich?«

»Gloria«, antwortete María.

»Richtig. Eine Deutschamerikanerin.«

Federico sagte geringschätzig: »Von Deutschland hatte sie keine Ahnung.«

»Das ist bei mir anders.« Susanne lächelte die beiden an. »Aber ich bin eine strenge Lehrerin.«

»Gut. Die Kinder brauchen eine feste Hand. Sie sind ein bisschen, na, sagen wir, verwildert. Mein Mann ist selten im Haus und ich habe viele Verpflichtungen.«

»Aber Mama«, protestierte Federico.

»Hinaus mit euch. Und fragt nach, wo Carmen bleibt.« Sie wandte sich an Susanne. »Ich dachte mir, Sie kommen morgens um neun, unterrichten die Kinder bis zum Essen gegen elf, dann eine Pause bis halb zwei und schließlich noch ein Unterrichtsblock bis halb vier.«

»Die Zeit passt mir gut, Doña Esmeralda.«

»Gut.«

»Müssen wir nicht noch über das Honorar sprechen?«

Sie lächelte. »Honorar, das klingt, als ob Sie nicht billig wären.«

»Nein, Doña Esmeralda. Eine billige Frau bin ich nicht.«

»Was stellen Sie sich vor? Gloria hat acht Pesos die Woche erhalten.«

»Meine Vorgängerin hatte wenig Kenntnisse von Deutschland. Dann mögen acht Pesos nicht wenig sein. Ich dachte an zwanzig Pesos die Woche.«

»Na, Sie handeln, als ob sie in Kolumbien aufgewachsen wären. Zwanzig Pesos. Dafür kann ich eine Spitzenkraft engagieren.«

»Sie sind dabei, eine solche einzustellen«, sagte Susanne keck.

»Das muss ich mit meinem Mann bereden. Stellen wir doch gleich fest, ob er im Hause ist.« Sie zeigte auf das Cello. »Versuchen Sie es.«

Susanne nahm das Instrument und den Bogen. Ein Stimmen des Cellos war bis auf kleine Korrekturen überflüssig. Sie spielte ein Adagio von Haydn. Schon nach wenigen Takten wurde die Tür vorsichtig geöffnet. Neugierig betrachtete Señor Reyes die Cellistin. Als sie den Bogen sinken ließ, klatschte er Beifall.

»Exzellent«, sagte er. »Das Adagio aus dem Opus einhundert. Viertes Trio, nicht wahr?«

Susanne war beeindruckt und nickte.

»Hast du sie für unseren Musikzirkel ausfindig gemacht, Esmeralda?«

Um ihre Augen zogen sich Lachfältchen. »Die neue Hauslehrerin für die Kinder. Señora Fink. Zwanzig Pesos die Woche.«

»Zwanzig Pesos?«

»Ja«, sagte sie.

Er überlegte, klimperte auf dem Stutzflügel und sagte: »Einverstanden. Wenn sie jeden Donnerstagabend als Cellistin zur Verfügung steht.«

»Mit Vergnügen«, stimmte Susanne zu. Nach diesem Handel fühlte sie sich als halbe Kolumbianerin.

* * *

Dr. Fleischhauer kommt nicht mehr. Jüdische Ärzte dürfen nicht mehr praktizieren. Ich bin neulich bei ihm vorbeigegangen. Im Dunkeln. Hab ihm gesagt, dass es mir Leid tut. Ich hatte eine Flasche Korn für ihn bei mir. »Sie sind der Einzige, der gekommen ist«, hat er gesagt. Dann zeigte er mir seinen Ausweis. Es war ein dickes, verschnörkeltes »J« für Jude eingedruckt. In der Spalte für den Vornamen stand nicht nur Siegfried, sondern es war Israel dazugeschrieben worden. »Wir jüdischen Männer heißen jetzt alle auch Israel. Und die Frauen Sara. Maria Sara steht jetzt im Ausweis meiner Frau.« – »Wenn's nicht so ernst wär, könnt man drüber lachen«, hab ich gesagt.

* * *

Die Wochen gingen ins Land. Für die Schreinerei kamen mal mehr, mal weniger Aufträge. Das einzig berechenbare Geld brachte Susanne ins Haus.

Christian machte sich Sorgen. Susanne war es schon mehrmals so schwindelig geworden, dass sie sich setzen musste. Er drängte sie einen Arzt aufzusuchen, aber sie hielt das nicht für nötig. »Ich muss mich erst daran gewöhnen, dass Bogotá über zweitausendfünfhundert Meter hoch liegt«, sagte sie. »Die dünne Luft hier . . .«

Die Arbeit machte ihr Freude. Mit Federico hatte es zunächst Schwierigkeiten gegeben. Er zeigte sich hochnäsig und ließ sie fühlen, dass er sie als Dienstbotin betrachtete. Eines Tages erwischte sie ihn, als er ein Putzmädchen in die Zimmerecke gedrängt hatte und ihr unter der Bluse herumfummelte. Das Mädchen wehrte sich, die Augen voller Angst aufgerissen, traute sich aber wohl nicht laut zu schreien. Susanne schaute nicht weg, sondern sagte bestimmt: »Federico, lassen Sie das Mädchen sofort los.«

Es konnte hinausrennen. Er aber stand wütend vor Susanne und fuhr sie an: »Hättest wohl lieber, ich würd es mit dir versuchen.«

Sie gab ihm eine Ohrfeige und sagte erregt: »Für dich, Federico, bin ich immer noch die Señora Fink. Und wenn wir jetzt zu deinem Vater gehen wollen, dann nur zu.«

Er war blass geworden und hatte sich den ganzen Tag nicht mehr sehen lassen. Susanne dachte, dass sie ihre Stelle nun los sei, und ärgerte sich über sich selber. Hätte sie nicht doch einfach wegschauen sollen? Aber es kam nichts nach. Federico war von diesem Tag an höflicher und erledigte einigermaßen zuverlässig sein Pensum.

Am ersten Donnerstagabend in Reyes' Haus war sie unsicher, denn es stellte sich heraus, dass außer ihr nur Männer musizierten, vier an der Zahl. Ab und zu sollten noch einige weitere Musiker dazukommen. Señor Reyes blies die Flöte. Alle spielten ihre Instrumente recht gut. Es war für Susanne jedoch möglich, mitzuhalten. Nur Don Alonso, ein gebildeter Indio und der einzige Farbige in dem Kreis, war ein außergewöhnlich guter Pianist. Nie ließ er jedoch die Mitspieler spüren, dass er um Klassen besser war als sie. Nachdem sie etwa neunzig Minuten musiziert hatten, kam Doña Esmeralda herein und in ihrem Gefolge vier Bedienstete mit Getränken und kunstvoll arrangierten Speisehäppchen. Es wurde dann unter den Männern oft hitzig diskutiert und immer drehte es sich um politische Themen. Erst spät merkte Susanne, dass keineswegs nur Konservative eingeladen worden waren. Zumindest zwei Streicher gehörten zu den Liberalen. Doña Esmeralda und Susanne saßen dann abseits bei einer Tasse Kakao. Susanne hätte sich gelegentlich gern an der Diskussion beteiligt, aber Doña Esmeralda hatte ihr zugetuschelt, dass die Politik in Kolumbien eine reine Männersache sei. »Wenigstens die Politik der großen Worte«, hatte sie gesagt und auf ihren Kopf und ihren Hals gezeigt. Susanne hatte die Achseln gezuckt, weil sie die Geste nicht zu deuten vermochte. Doña Esmeralda erklärte: »Der Mann soll ruhig der Kopf sein. Solange wir Frauen der Hals sind . . .«

Als Christian Susanne fragte, worin denn nun die Unterschiede zwischen den Konservativen und den Liberalen bestünden, antwortete sie: »Die Konservativen wollen einen zentral aufgebauten Staat. Alles soll von Bogotá aus straff gelenkt werden. Die Liberalen sind für mehr Eigenständigkeit der Provinzen. Aber wenn es auch den Anschein hat, dass die liberalen Politiker mehr auf der Seite der Armen stehen, beide wollen sie auf jeden Fall, dass sie, die Reichen, reich bleiben und dass die heute einflussreichen Familien in Politik und Wirtschaft ihren Einfluss nicht verlieren.«

»Alle wollen das?«, fragte Christian.

»Jedenfalls die, die bei Reyes so harmonisch musizieren.«

»Lorenz und ich haben in Puerto Berrio einen Patrón kennen gelernt, der meint, das könne auf die Dauer nicht gut gehen. Er hat gesagt: ›Ein Vulkan grummelt manchmal sehr lange, bevor er gewalttätig ausbricht.‹«

»Christian«, sagte Susanne und schmiegte sich an ihn, »ich wollte dir etwas sagen. Gestern ist es mir unmittelbar nach dem Unterricht bei Reyes schlecht geworden und so schwindelig, dass ich nicht einmal mehr einen Stuhl erreichen konnte. Ich habe mich auf den Teppich gesetzt und den Kopf auf die Knie gelegt. Federico hat sich erschreckt und seine Mutter geholt. Die war auch ratlos und hat nach Carmen gerufen. Die sollte ein Riechfläschchen bringen. ›Was ist mit der Señora?‹, hat Doña Esmeralda gefragt. Carmen hat meine Hand gefasst und gesagt: ›Kommt das häufiger vor, Señora?‹ Ich habe genickt. ›Ist Ihre Regel ausgeblieben?‹

›Ja, seit über sieben Wochen.‹ Da hat sie gesagt: ›Señora, Sie werden ein Kind bekommen.‹ Ich bin zu Schwester Angelina gegangen. Die hat's bestätigt. Christian, in sieben Monaten werden wir ein Kind haben.«

Christian erschrak. Ein Kind in diesem Pfarrhof. Ein Kind und höchst wackeligen Boden unter den Füßen. Er nahm Susanne in den Arm.

»Freust du dich nicht?«, fragte sie.

Er küsste sie und sagte: »Du musst dich schonen.«

Sie lachte herzlich. »Ein Kind zu kriegen ist keine Krankheit, Christian.«

Allmählich wuchs die Freude in ihm. »Ein Kind«, rief er und wollte Susanne greifen und sie im Kreis drehen. Aber dann tat er es doch nicht. Er hatte Angst, ihr zu schaden.

»Dummer Kerl«, rief sie und fasste Christian bei den Händen. Sie drehten sich, bis es ihn schwindelte. »Kein Wunder«, sagte sie. »Du bekommst schließlich auch ein Kind.«

Niemand konnte bei Susanne mehr übersehen, dass es bis zur Geburt des Kindes nicht mehr lange dauern konnte. Die guten Ratschläge häuften sich. »Vermeiden Sie es, unter der Wäscheleine herzulaufen, weil sonst die Nabelschnur dem Kind die Luft abschnürt.«

»Nur nicht schwer heben.«

»Es wird ein Junge, Susanne. Sie haben eine frische Gesichtsfarbe. Mädchen machen blass.«

»Schütten Sie ruhig dem Kleinen jeden Tag einen Aguardiente auf den Kopf, Señora, dann bekommt das Kind krause Haare.«

Susanne lachte nur über diese Weisheiten. Im Pfarrhof schüttelte manche Frau besorgt den Kopf über Susannes Leichtfertigkeit. Ottilie häkelte Jäckchen und Mützchen, rosa und hellblau, man könne ja nie wissen. An einem Abend saßen Susanne und Christian vor der Werkstatt. Man hatte von dort aus einen freien Blick auf die Kapellen von Monserrate und Guadalupe. Es war ungewöhnlich warm und der sonst so unangenehm kalte Abendwind von den Páramos her war ausgeblieben. Ein flammendes Abendrot leuchtete auf und färbte sich allmählich in ein sanftes Braun. Der Padre und Ottilie hatten sich dazugesetzt. Christian fiel ein Gedicht ein. Er sprach leise die Zeilen:

»Sonnenuntergang.
Wo bist du? Trunken dämmert die Seele mir
Von aller deiner Wonne; denn eben ist's,
Dass ich gelauscht, wie, goldener Töne
Voll, der entzückende Sonnenjüngling

Sein Abendlied auf himmlischer Leier spielt';
Es tönten rings die Wälder und Hügel nach.
Doch fern ist er zu frommen Völkern.
Die ihn noch ehren, hinweggegangen.«

»Du überraschst mich«, sagte der Padre. »Wie kommt ein junger Mann wie du dazu, ein Hölderlingedicht zu lernen und auf diese Weise vorzutragen?«

»Die Schar, Padre. Es gibt nicht viele Schüler und Studenten in diesen Gruppen. Trotzdem, die meisten von uns waren hungrig auf Lieder, Musik und Literatur. Franz Steber, Georg Thurmaier und viele andere von der Leitung der Schar in Deutschland, die haben uns auf den Geschmack gebracht und uns das nötige Futter gegeben.«

»Und wo ist dir dieses wunderbare Gedicht begegnet?«

»In Ihrem Bücherschrank, Padre. Sie hatten mir erlaubt . . .«

»Ja, ja. Ich dachte oft, dass ich mit meiner Liebe zu Hölderlin ein Einzelgänger sei.«

»Sie hätten die Schar kennen sollen, Padre.«

»Können wir nicht mal was Handfesteres besprechen?«, fragte Ottilie ungeduldig. »Oder hat euer Hölderlin auch etwas Praktisches zur Kindergeburt gesagt?«

Sie lachten. »Was meinen Sie mit handfest?«, fragte Christian.

»Vor allem, ob ihr euch schon in der Klinik angemeldet habt.«

»Klinik?«, fragte Susanne verblüfft. »Das Kind sollte eigentlich hier zur Welt kommen.«

»Ich will bei der Geburt dabei sein«, sagte Christian. »Wenn wir ein zweites Kind haben werden und vielleicht auf einer Finca weit weg von jedem Arzt leben, dann will ich Bescheid wissen.«

»Schlagt euch das aus dem Kopf«, sagte Ottilie entschieden. »Eine erste Geburt ist nicht irgendeine Geburt. Susanne hat ein schmales Becken und, wie man sehen kann, es ist kein kleines Baby, das erwartet wird.«

»Ich stimme Ottilie zu. Es könnte ja wirklich Komplikationen geben.« Der Padre schien besorgt. »Ich möchte, dass die Geburt in der Klinik ist. Dieser Pfarrhof mit seinen beengten Verhältnissen ist wohl kaum der richtige Ort dafür.«

»Denken Sie nur an die Hygiene hier.« Ottilie zeigte auf die Klos, die tatsächlich nicht gerade eine Stätte besonderen Komforts waren.

Susanne und Christian fielen noch einige Gründe für eine Hausgeburt ein, aber Ottilie und der Padre ließen sich nicht umstimmen.

»Ich glaube, Ottilie hat wirklich Angst, es könnte etwas passieren«, sagte Susanne später zu Christian.

»Sie hat mich schon angesteckt«, gab Christian zu. »Morgen werde ich mich erkundigen, wo die Klinik liegt.«

* * *

Ich war am 10. November in der Stadt und wollte selbst sehen, was los war. Was Sebastian erzählte, als er aus der Schule zurück war, schien mir doch zu unwahrscheinlich.

Der Volkszorn habe sich entladen, habe Lehrer Münneken gesagt. Es geschehe diesen Juden ganz recht.

»Was ist genau passiert, Sebastian?«

»Genau weiß ich es auch nicht, Papa. Aber die SA soll mit dem Judenpack aufgeräumt haben.«

»Ich will dieses Wort nie mehr hören, Sebastian. Ist Dr. Fleischhauer etwa ›Judenpack‹?«

»Der doch nicht, Papa.«

»Lass den Jungen«, hat Katharina gesagt.

Sie hat mir die Zeitung gezeigt. »Schau dir das Foto an, Norbert. Lies, was dieser Judenbengel in Paris angestellt hat.«

»Ich weiß es, Katharina. Der Diplomat Ernst vom Rath ist erschossen worden.«

»Man kann doch so einen Mann nicht einfach niederschießen, Norbert. Das geht doch nicht.«

»Ich fahr in die Stadt.«

»Sei bloß vorsichtig, Norbert, hörst du. Kannst ja dein Fahrrad bei Kamps unterstellen.«

»Bei welchen Kamps?«

»Na, denen wir jede Woche die frischen Eier liefern.«

»Stellen Sie sich vor, Mattler«, sagte Herbert Kamps, »sind doch in der letzten Nacht den jüdischen Geschäften die Fensterscheiben eingeworfen worden.«

»Wo denn genau, Herr Kamps?«

»Überall. Überall. Im Storch-Basar hab ich es selbst gesehen. War die SA. Mein Nachbar, der Heinz Hannels, ist auch dabei. Ich meine, bei der SA. Er hat gemeint, einen günstigeren Zeitpunkt als den 9. November hätte sich niemand ausdenken können. Die Feierstunde zum Gedenken an die gefallenen Helden vor der Feldherrenhalle 1923 sei gerade richtig in Gang gekommen, als sie den Befehl erhalten hätten: Rache für das feige Attentat von Herschel Grynszpan. Heinz hat sich bloß schnell umgezogen, bevor es losging.«

»Warum umgezogen? Er hatte doch sicher die Uniform an.«

»Mensch, Mattler. Es sollte doch kein SA-Einsatz sein, sondern spontaner Volkszorn.«

»War es das?«

»In der Borchener Straße stand da viel Volk herum. Fast alle schauten schweigend zu. Als die Schaufensterscheiben splitterten, hat die Frau neben mir leise gesagt: ›Das dürfen sie doch nicht machen.‹«

»Und die Polizei?«

»Hat abseits gestanden und zugeschaut. Ich bin gegangen, als sie zu plündern anfingen und alles, was in den Schaufenstern ausgestellt war, auf die Straße warfen.«

Die Borchener Straße lag ganz ruhig, als ich dort hinkam. Die Schaufenster waren inzwischen mit Brettern vernagelt worden. Porzellan- und Glasscherben glitzerten noch in den Pflasterfugen. Es wurde allmählich dunkel. Ein Junge lief vorbei und rief: »Dieser Götzentempel, die Synagoge brennt.«

In der Kasseler Straße stieg mir der Brandgestank in die Nase. Schwarze Rauchwolken verdunkelten den Himmel. Es stimmte, die als Oktogon gebaute Synagoge brannte. Die Feuerwehr passte auf, dass die Flammen nicht auf die Nachbargebäude übergriffen. Dem Synagogenbrand schauten die Wehrleute untätig zu. Auch die Polizei stand nur herum. Im weiten Rund gafften die Leute. Es herrschte eine beklemmende Stille. Ich sagte auch kein Wort. Das war dann später in der Bachstraße anders. Halbwüchsige warfen mit Steinen die Butzenscheiben eines Hauses ein. Sie johlten und schrien: »Kommt doch raus, ihr feigen Judenschweine.« Auch hier viele Zuschauer.

Auf dem Hof wiederholte ich, was Herbert Kamps von der Frau gehört hatte:

»Das dürfen die doch nicht machen.« Dann hab ich noch zu Katharina gesagt: *»Heute die Synagogen, morgen unsere Kirchen.«*
»Nun mal den Teufel nicht an die Wand, Norbert.«

* * *

Susanne hatte den Unterricht vier Wochen vor dem Geburtstermin aufgegeben. Doña Esmeralda bat sie jedoch dringend am folgenden Donnerstagabend zu kommen. Ihr Mann habe Geburtstag. Es seien Gäste eingeladen. Vielleicht würden sogar der Erzbischof und der Vizepräsident der Einladung folgen.

»Mein Mann wünscht sich nichts mehr, als dass der Musikzirkel ein kleines Konzert gibt«, sagte sie. »Und wenn tatsächlich die Wehen an diesem Abend einsetzen sollten, dann bringt Sie unser Fahrer zur Klinik.«

Susanne konnte ihr die Bitte schlecht abschlagen. Das Konzert wurde mit viel Beifall bedacht. Susanne fühlte sich wohl und sie stimmte gern zu, als Señor Reyes sie einlud zu bleiben.

»Vielleicht spielen wir zum Schluss unseres Festes noch ein kleines Stück.« An diesem Abend waren auch einige deutsche Gäste geladen. Mit einem Herrn Dr. Meyer kam sie ins Gespräch. Er erzählte ihr, dass er schon jahrelang im Ausland lebe, aber erst seit drei Monaten in Kolumbien sei. Er wirkte irgendwie überdreht auf sie. Um seinen Mund lief dann und wann ein nervöses Zucken. Immer wieder fuhr er sich mit der Hand durch seinen grauen Haarschopf. Als sich Susanne später bei dem Pianisten erkundigte, wer der Señor Dr. Meyer wohl sei, sagte der: »Er ist aus den USA hergekommen und leitet neuerdings jetzt die Im- und Exportbank hier in Bogotá.«

Auf Bankdirektor hätte Susanne bestimmt nicht getippt. Sie begegnete ihm an diesem Abend noch einmal. Er hatte sich zu einer Gruppe wichtig aussehender Herren gesellt. Die Rede war davon, wie man zurzeit in Kolumbien sein Kapital Gewinn bringend anlegen könne. »Eine ertragreiche Hacienda ist immer noch gut. Vorausgesetzt, man gewinnt einen tüchtigen Mayordomo«, sagte ein hagerer Mann. Die meisten stimmten ihm zu.

»Das wäre auch etwas für meine Bank, Señores«, sagte Dr. Meyer. »Wenn Sie mal etwas von einem guten Angebot hören, lassen Sie es mich doch bitte wissen.«

Es wirkte ein wenig aufdringlich, als er seine Karten verteilte. Aber von einem Mann, der aus den USA kam, erwartete niemand in Bogotá eine größere Zurückhaltung. Susanne betrachtete die Karte und hatte einen Einfall. Sie schrieb auf die Rückseite Lorenz' Namen und die Adresse.

»Wenn Sie mal einen umsichtigen Verwalter suchen, Herr Doktor, mein Bruder hat Erfahrung und ist gerade frei.« Er steckte die Karte achtlos in seine Westentasche und bedankte sich flüchtig.

Gegen Mitternacht spielte der Musikzirkel noch eine Mozart-Sonate. Der Erzbischof verließ als Erster das Fest. Susanne bat um das Auto und wurde nach Hause gebracht. Erst im Pfarrhof öffnete sie den Umschlag, den Doña Esmeralda ihr beim Abschied dezent überreicht hatte. Es waren fünfundzwanzig Pesos darin. »Und denken Sie daran, Susanne, wenn Sie Ihr Kind geboren haben, können Sie jederzeit diese Stelle wieder antreten.« Trotz der freundlichen Worte war Susanne enttäuscht. Sie hatte Señor Reyes ein Geburtstagsgeschenk mit ihrer Musik machen wollen. Nun war sie bezahlt worden. Wie Dienstpersonal eben bezahlt wird.

Die einzige Geburtsklinik in Bogotá lag im vornehmen Viertel der Stadt. Es wurde Christian nach einigem Hin und Her erlaubt, im Kreißsaal dabei zu sein. Es war wirklich keine ganz leichte Geburt. Die Wehen dauerten viele Stunden. Aber dann legte die Hebamme das kleine Mädchen gewaschen und gewickelt in Susannes Arm. »Ich denke oft an unseren Weg am Tag nach der Hochzeit auf den Monserrate«, sagte Susanne. »Auch die Geschichte von Guadalupe geht mir nicht aus dem Kopf. Wollen wir unser Kind nicht María nennen? Eva und Lorenz sollen die Taufpaten sein.«

»Dann wären doch Laura oder Eva auch schöne Namen«, sagte Christian.

»María ist hoffentlich nicht unser letztes Kind. Beim nächsten, Christian, darfst du allein den Namen bestimmen.«

Die Hebamme mahnte: »Zwei Jahre sollten Sie schon warten, Señora.«

Der Arzt riet ihr eine ganze Woche in der Klinik zu bleiben. Dann konnte Christian Mutter und Kind abholen. Er hatte ein Taxi gemietet. Am selben Tag noch war die Taufe. Anschließend lud Ottilie die Eltern und die Paten zu einem Umtrunk ein.

»Es war doch richtig, Ottilie, das mit der Klinik«, sagte Christian.

»Ich finde das nicht«, widersprach Eva. »Wartet mal auf die Rechnung.«

»Wird euch schon nicht umwerfen«, meinte Ottilie.

»Abwarten«, sagte Eva. »Schwester Angelina hätte bestimmt auch geholfen.«

* * *

In dieser Woche fragten zwei Deutsche nach Lorenz. Lorenz dachte, es sei ein Auftrag für die Werkstatt.

»Ich bin Dr. Basedorf«, sagte der Jüngere, ein schwarzhaariger, sportlicher Mann. »Wir haben gehört, dass Sie an einer Finca interessiert sind.«

Lorenz bestätigte das und sagte: »Aber es wird wohl noch etwas dauern, bis wir an den Kauf einer Finca denken können.«

»Wer spricht denn von Kauf?«, fragte der Mann. »Herr Dr. Meyer und ich verfügen hier in Kolumbien über etwas Geld. Er arbeitet für die Bank und ich engagiere mich privat. Wir sind es, die eine größere Finca gekauft haben. Kaffee vor allem.«

»Und was wollen Sie von mir?«, fragte Lorenz.

Dr. Basedorf antwortete: »Mein Partner und ich, wir haben, offen gesagt, keine Ahnung von Ackerbau und Viehzucht. Ich bin als Beamter freigestellt für eine bestimmte Aufgabe in Kolumbien und Herr Dr. Meyer arbeitet für eine US-amerikanische Gesellschaft im Bankwesen.«

»Warum haben Sie dann eine Finca gekauft?«

»Wir haben es gemacht wie einige unserer Bekannten hier in Bogotá auch. Sie besitzen eine Finca oder auch eine Hacienda. Die soll von einem Verwalter geleitet werden. Ist der Mayordomo ein Mann, der mit den Landarbeitern richtig umgehen kann, dann wirft der Besitz reichen Gewinn ab.«

»Der dann nach Bogotá fließt«, ergänzte Lorenz.

»Allerdings. Gewinn ist nun mal die Seele jeden Geschäftes.«

»Und nun suchen Sie einen Verwalter.«

»So ist es.«

»Und wie stellen Sie sich die Bedingungen vor?«, fragte Lorenz.

»Hundert Pesos monatlich als Fixum. Dazu ein zehnprozentiger Anteil am Reingewinn«, sagte Dr. Basedorf.

»Ich habe ein gewisses Interesse, meine Herren. Aber mein Freund, Christian Fink, mein Freund und ich also, wir wollen zusammenbleiben.«

»Das soll uns recht sein. Sie müssen sich dann das Fixum eben teilen.«

»Das ist nicht richtig. Schließlich bringen wir uns ja mit zwei Arbeitskräften ein. Außerdem ist mein Freund als Handwerker sehr geschickt.«

Basedorf und Meyer berieten sich kurz. Dann sagte Meyer: »Also gut. Siebzig Pesos als Fixum für jeden.«

»Und auch zehn Prozent vom Gewinn für jeden von uns?«

»Aber, aber, Herr Mattler. Wir wollen nicht übertreiben. Zehn Prozent insgesamt.«

»Das ist kein schlechtes Angebot«, sagte Dr. Meyer. Lorenz war entschlossen zu feilschen. »Siebzig Pesos ist höchstens ein durchschnittlicher Monatslohn. Da könnte man sich vorstellen, dass wenigstens die Gewinnbeteiligung höher ausfällt, vielleicht für jeden neun Prozent.«

»Ausgeschlossen. Bei einem solchen Unkostenfaktor hätten wir unser Kapital gleich in Dr. Meyers Bank lassen können.«

Als Lorenz nichts mehr dazu sagte, flüsterte Dr. Meyer seinem Partner etwas ins Ohr. Der wirkte verärgert, nickte aber schließlich.

»Unser letztes Angebot, das wir aber auf keinen Fall erhöhen werden, siebzig Pesos im Monat und insgesamt vierzehn Prozent vom Jahresgewinn«, sagte Dr. Meyer. »Was meinen Sie, Herr Mattler?«

»Einverstanden. Aber zunächst muss ich mit meinem Freund reden. Und, wir bleiben höchstens zwei Jahre. Wir wollen eine eigene Finca.«

»Wer weiß«, sagte Dr. Basedorf.

»Ein Vertrag muss abgeschlossen werden«, forderte Lorenz.

»Selbstverständlich.« Dr. Basedorf zog aus einer Aktentasche aus Krokoleder einen Vertragsentwurf, setzte in die Lücken die ausgehandelten Bedingungen ein und schob die Papiere Lorenz zu. Der las das Exemplar von der ersten bis zur letzten Zeile. Was er nicht verstand, erfragte er. Dr. Meyer wurde zusehends ungeduldiger.

»Ich werde meinem Freund empfehlen dem Vertrag zuzustimmen. Unser Rechtsberater Dr. Salcedo soll den Entwurf vorher prüfen.«

»Dr. Salcedo?« Dr. Basedorf nickte anerkennend. »Guter Advokat.«

»Bevor wir den Vertrag unterschreiben, müssen wir die Finca sehen. Wie und wann kommen wir dorthin?«, fragte Lorenz.

»Am besten so früh wie möglich. Beim ersten Mal werden wir uns mit Ihnen auf den Weg machen. Dr. Meyer und ich möchten unseren Besitz auch besichtigen. Es gibt dort rund zwanzig Landarbeiter, die zum Teil schon seit Jahren auf der Finca arbeiten. Uns käme es gut aus, wenn wir Ende nächster Woche aufbrechen könnten.«

Dr. Meyer holte eine Landkarte hervor. Er legte seinen Finger nördlich von Bogotá auf einen Ort. »Pauna«, sagte er, »aufstrebende Stadt. Und hier, etwa dreißig Kilometer östlich davon liegt unsere Finca. Leider sind die letzten Kilometer etwas unwegsam. Aber man hat uns versichert, dass ein Straßenbau für das nächste Jahr fest eingeplant ist. Und dort liegen ein schönes Haus und dreihundert Hektar. Das ganze Tal gehört uns.«

»Gut«, sagte Lorenz. »Wir lassen von uns hören.«

Begeistert berichtete Lorenz von dem Angebot. Er sagte: »Hier müssen wir als Schreiner noch lange arbeiten, bis wir das Geld für eine Finca zusammenhaben. Und immer darauf hoffen, dass wir Aufträge bekommen. Ich bin dafür, den Vertragsentwurf prüfen zu lassen und uns die Finca anzusehen.«

Christian wiegte den Kopf und schwieg.

»Nun sag doch mal, was du denkst«, drängte Lorenz ihn.

»Ich meine, wir sollten vorläufig hier bleiben. Wir legen seit Monaten Peso auf Peso. Wir kriegen das schon hin mit der eigenen Finca.«

»Ja, wenn wir alte Männer sind«, spottete Lorenz.

»Und wie stellst du dir das mit Susanne und dem Kind vor? Sollen wir etwa María mit in den Urwald schleppen?«

»Am besten, wir fragen meine Schwester selbst.«

Sie gingen zu Susanne. Lorenz unterrichtete sie.

»Was sagst du dazu, Christian?«, fragte sie.

»Ich halte es für besser, wenn wir mit dem Kind hier bleiben. Wenn Lorenz unbedingt will, kann er ja allein als Mayordomo dorthin.«

»Das also ist aus unserem Versprechen geworden«, sagte Lorenz bitter. »Zusammenbleiben wollten wir.«

»Du willst doch weg«, rief Christian aufgebracht. Susanne sagte: »Ich weiß auch nicht recht, was das Bessere ist. Außerdem sollten wir eine so wichtige Entscheidung nicht übers Knie brechen. Wir werden erst mal darüber schlafen.«

Die Männer gingen in die Werkstatt zurück, sprachen aber an diesem Tag kaum ein Wort miteinander.

Am Nachmittag erhielten die Finks die Rechnung von der Klinik. Susanne öffnete den Umschlag und las. Sie musste sich setzen, so erschrak sie. Aber auch, als sie die Endsumme wieder und wieder anschaute, wurde sie nicht geringer. Über neunhundert Pesos waren innerhalb einer Woche zu zahlen. Das war mehr, als sie in all den Monaten zurückgelegt hatten. Christian kam gegen fünf Uhr zum Essen. »Lorenz kommt heute später«, sagte Christian. »Er ist mit dem Vertrag zu Dr. Salcedo gegangen.«

Susanne traute sich nicht ihm die Rechnung zu zeigen. Er schob seinen Teller zurück und sagte: »Lecker war's. Aber was ist mit dir los? Du stocherst mit der Gabel in deinem Essen herum und sprichst kaum ein Wort, Susanne. Ist dir der Plan deines Bruders auf den Magen geschlagen?«

»Nicht der Plan«, sagte sie und reichte ihm den Brief. Sie begann zu weinen, als sie sein Gesicht sah. Er warf die Rechnung wütend auf den Tisch. »Räuberbande, verdammte Räuberbande«, rief er. »Das hat uns ganz allein Ottilie eingebrockt. Jetzt sitzen wir in der Patsche.«

Er trat zur Tür und starrte in den Patio. Endlich drehte er sich wieder um, setzte sich neben Susanne und zog sie an sich. Sie weinte heftiger und stieß hervor: »Ich hätte mich wehren sollen.«

»Lass mal, wir werden einen Ausweg finden«, versuchte er sie zu trösten.

Lorenz trat in das Zimmer. »Der erste Ehekrach?«, fragte er.

Christian zeigte auf die Rechnung.

Lorenz schwieg lange, sagte aber dann: »Ich helfe euch aus. Wenn wir zusammenlegen, reicht es.«

»Kommt nicht in Frage«, widersprach Christian. »Dein Geld bleibt für die Finca. Eher verkauf ich die Kreissäge.«

»Das heißt, ihr wollt doch mit?«

»Erst mal drüber schlafen, Lorenz, wie abgemacht«, sagte Susanne.

»Der Advokat hat Punkt für Punkt des Vertrags geprüft. Er hat gesagt: ›Solch günstige Bedingungen hätten Sie bei einem einheimischen Besitzer wohl nicht aushandeln können. Der Vertrag ist in Ordnung.‹«

Christian und Susanne schliefen in dieser Nacht schlecht. María schrie mehrmals. Christian war sonst nie von dem Kinderweinen wach geworden, jetzt schreckte er bei jedem Laut auf. Nach Mitternacht fragte Susanne leise: »Bist du wach, Christian?« Er antwortete: »Ich wälze mich seit Stunden schlaflos herum.«

»Ich mache einen Vorschlag. Die Reyes haben mich gedrängt so schnell wie möglich wieder zu ihnen zu kommen. Wenn ich María mitbringen kann und mir dort ein Zimmer zur Verfügung gestellt wird . . .«

»Du meinst, ich soll dann allein mit Lorenz losziehen?«

»Für eine begrenzte Zeit, Christian. Bis ihr dort Fuß gefasst habt.«

Er brummelte vor sich hin. »Erst mal drüber schlafen«, sagte er und drehte sich zur Wand. Kurz darauf hörte sie an seinen regelmäßigen, tiefen Atemzügen, dass er eingeschlafen war.

An diesem Morgen waren die Finks spät dran. Susanne hatte Christian länger schlafen lassen. Als der Kaffee auf dem Tisch stand, sagte Christian: »Susanne, sprich mit den Reyes. Ich kann mir die Finca mit Lorenz ja auf jeden Fall mal ansehen. Was meinst du?«

»Ist gut«, antwortete sie.

Als Christian Lorenz den Plan mitteilte, atmete der auf. »Ich habe schon erwogen alles abzublasen und hier bei euch zu bleiben«, sagte er.

Es regelte sich dann alles sehr schnell. Die Reyes waren erfreut, dass Susanne in ihrem Hause wohnen wollte. Doña Esmeralda sagte: »Susanne, auch das Kind ist willkommen. Carmen kann es während der Unterrichtsstunden zu sich nehmen. Sie hat selbst zwei Kinder und kennt sich aus. Das jüngste ist gerade drei Monate alt. Wenn Sie es wollen, dann könnte Carmen sogar die Amme für María sein. Sie hat Brüste, die reichlich Muttermilch für zwei Kinder hergeben.«

»Sie meinen, ich soll mein Kind nicht mehr stillen?«

Doña Esmeralda lachte. »Unsere Kinder hatten beide eine Amme und sind gesund. Und mein Busen blieb in Form.«

»Nein, Doña Esmeralda. Das möchte ich auf keinen Fall. Ich habe keine Bedenken, Carmen das Kind stundenweise anzuvertrauen. Aber stillen möchte ich María . . .«

»Schon gut, schon gut«, rief Doña Esmeralda. »Ganz, wie Sie wollen.«

Es gab eine Menge zu tun. Die Kreissäge war verkauft worden und zusammen mit dem Gesparten reichte der Betrag aus, die Rechnung der Klinik zu bezahlen. Sie ordneten das Handwerkszeug, einiges legten sie zum Mitnehmen zurecht, das übrige fetteten sie gut ein, vernagelten die Kisten und stellten sie und auch Susannes Küchengerät und die Möbel in Lorenz' Kabuff. Die Rucksäcke wurden wieder hervorgekramt und gepackt. Am Tag vor der Abreise schlug Lorenz vor noch einmal Eva Millhaus zu besuchen, aber Christian wollte mit Susanne lieber zu Mergenter gehen. Sie stritten sich. Keiner gab nach und endlich sagte Lorenz: »Warum eigentlich hängen wir immer wie Kletten zusammen? Ich gehe zu Eva, geht ihr zu Mergenter.«

Lorenz' Besuch war schnell beendet. Evas Erlaubnis, Männer zu empfangen, wie die Pfortenschwester es nannte, wurde immer nur für Minuten erteilt. Immerhin reichte die Zeit, um Eva zu informieren, wohin es die Freunde trieb. Schwester Rosa erzählte Lorenz, dass das Kinderhaus den Schwestern harte Arbeit, aber auch viele Freuden bereite.

»Haben Sie denn Kinder genug zusammenbekommen?«, fragte Lorenz.

»Genug? Wir könnten noch einige Häuser mehr bauen. Zweimal am Tag eine volle Mahlzeit, das hatten die kleinen Mädchen schon lange nicht mehr. Und ein Bett im Schlafsaal ist auch besser als irgendwo im Freien zu schlafen. Die Nächte in Bogotá sind manchmal kalt.«

»Gibt es denn außer den Mahlzeiten und dem Bett auch Zukunftsaussichten für die Kinder?«

»Es geht nicht alles auf einmal. Aber unser Ziel ist es, bald eine Schule einzurichten und daran zu denken, dass die Kinder wenigstens einen einfachen Beruf erlernen. Aber bis dahin kann es noch dauern.«

»Immerhin«, sagte Lorenz. »Christian kennt ein Gedicht. Darin heißt es: Es sind die fernen Bilder, die des Menschen Schritte in diese oder jene Richtung lenken.«

Christian und Susanne blieben auch nicht lange bei Mergenter. Erst entschuldigte Lucrecia ihn, er habe seinen Mittagsschlaf etwas ausgedehnt, werde aber bestimmt bald erscheinen.

Flor brachte Tinto und Lucrecia schenkte ein.

Endlich kam Mergenter. Er trug einen grünen Schlafrock und war offensichtlich nicht in bester Laune.

»Gib mir eine Aspirin, Lucrecia«, sagte er in barschem Ton. Christian berichtete ihm von der neuen Entwicklung. Er brummte nur ein paar Mal zustimmend. Dann zeigte er auf eine kleine Gitarre, die an der Wand hing, und sagte: »Wenn König Sauls Sinn sich verfinsterte, dann musste der junge David ihm auf der Harfe vorspielen und es ging ihm besser. Versuch doch bitte, ob das bei mir auch klappt.«

»Ist das nicht für David ziemlich gefährlich gewesen?«, scherzte Susanne. »Ich erinnere mich, dass Saul ihn mit seinem Speer durchbohren wollte.«

»Ich hab keinen Speer. Also nur zu.«

»Warum spielt Flor Ihnen nicht auf dem Bandoneon vor? Sie konnte es doch damals schon recht gut.«

»Dickköpfiges Geschöpf«, sagte Mergenter. »Seit ihr damals weggegangen seid, hat sie das Ding nicht mehr angefasst.«

Christian stimmte das Instrument und spielte die Melodien einiger Wanderlieder. In den höheren Lagen klang die Gitarre blechern. Aber Christians Spiel schien Mergenter gut zu tun. Vielleicht war es auch nur die allmähliche Wirkung der Aspirintablette. Mergenter erhob sich und sah nun freundlicher aus. »Genug vorerst.«

»Was ist mit der Tolimabesteigung?«, fragte Christian.

»Ach«, sagte er unwillig. »Diese jungen Leute! Sind doch die reinsten Muttersöhnchen. Als sie gehört haben, dass eine andere Gruppe den Aufstieg versucht hat und zwei Männer dabei umgekommen sind, haben sie tausend Ausreden gesucht. Lauter Memmen.«

»Aus der Traum?«, fragte Christian.

»Keineswegs. Ich habe gehört, dass es hier einen Österreicher geben soll, der in den Alpen ein erfahrener Bergführer gewesen ist. Zu dem knüpfe ich nun Kontakte. Vielleicht . . .« Christian wollte die Gitarre wieder auf den Haken hängen, da sagte Mergenter: »Nein, nein, die hab ich für dich gekauft. Hat nur ein paar Pesos gekostet. Dort auf dem Schrank steht ein ausgepolsterter Gitarrenkasten aus Blech. Wegen der Cucarachas.«

Christian verschlug es die Sprache. Mergenter war schon halb im Nachbarzimmer. Er rief: »Lucrecia, begleite das junge Paar hinaus.«

Die Fahrt mit Dr. Meyers Auto bis Pauna war angenehm. Der Mulatte Gilberto war ein umsichtiger Fahrer und kannte die Strecke. Im Magdalenental herrschte eine Bruthitze, die erst nachließ, als Gilberto den Wagen vorsichtig von Puerto Boyaca aus durch einige tief hängende Wolkenbänke lenkte und in höhere Lagen der Ostkordillere gelangte. Sie kamen gegen zwei Uhr in Pauna an. Gilberto fragte nach einem Maultiertreiber, der ihnen gute Tiere vermieten konnte und den Weg bis zu dem kleinen Ort La Encantada kannte. Kurz hinter Pauna wurde der Weg von Kilometer zu Kilometer morastiger. Die Mulis gingen zwar langsam, aber mit sicherem Schritt. Als sie La Encantada erreicht hatten, war an kein Weiterreiten mehr zu denken. Sie suchten nach einem Nachtquartier und wurden an Pater Gabriel verwiesen.

Sein Rancho war bald gefunden. Der Pater, quirlig, klein und dick, stammte aus Holland und freute sich über den unverhofften Besuch. Er begrüßte die Ankömmlinge mit einem Trunk schwach gegorener Chicha, die er mit Honig süßte.

»Ich kenne die Finca«, sagte er. »Wenn Sie gut beritten sind, brauchen Sie etwa vier Stunden bis dorthin. Aber es soll ja seit Jahren schon eine neue Straße gebaut werden.«

»Sie kennen die Leute hier, Hochwürden. Können Sie uns für diese Nacht ein Quartier vermitteln?«

»Aber Señores«, protestierte er. »Sie werden in meinem Rancho bleiben. In jeder anderen Hütte hier in La Encantada werden Sie von Flöhen aufgefressen.«

Er ging ihnen voran ins Haus und sagte: »Nicht gerade ein Luxusrancho. Aber einen Raum mit genügend Lagerstätten kann ich Ihnen anbieten. Pilar, meiner schwarze Perle, wird es eine Freude sein, ein gutes Essen vorzubereiten.«

Er zeigte ihnen das Zimmer. Es nahm die ganze Giebelseite des Ranchos ein und wirkte sauber.

»Na, was sagen Sie dazu?«

»Wir sind Ihnen dankbar, Hochwürden«, sagte Dr. Basedorf.

»Lassen Sie den Hochwürden mal in Bogotá, Doctor. Hier oben bin ich Pater Gabriel für Sie und für alle.«

»Ich kenne nur wenige katholische Geistliche«, sagte Dr. Basedorf verlegen. »Dr. Meyer und ich sind keine Katholiken.«

»Gute und schlechte Menschen gibt's überall«, antwortete Pater Gabriel. Er rief Pilar herein. Eine fette alte Frau erschien. Es war schwer zu entscheiden, ob ihre Hautfarbe oder die halbe Zigarre zwischen ihren Lippen schwärzer war. Pilar machte einen winzigen Knicks und nickte zu den Anweisungen von Pater Gabriel.

»Dauert zwei Stunden«, sagte sie. Als Pater Gabriel nachfragte, ob es nicht ausnahmsweise einmal schneller gehe, wurde sie unwillig.

»Seit vierzehn Tagen ist der Herd nicht in Ordnung. Muss neu aufgemauert werden. Aber hier kümmert sich ja niemand darum.«

»Ist gut, ist gut, Pilar. Dann eben in zwei Stunden.«

»Darf ich mir den Herd mal ansehen?«, fragte Lorenz.

»Versuchen Sie Ihr Glück«, sagte der Pater. »Mich hat sie noch nie in ihr Reich hineingelassen.«

»Was wollen Sie in meiner Küche, Señor?«, fragte Pilar.

»Ich bin ein Fachmann für Herde«, behauptete Lorenz kühn.

Sie blies einen kunstvollen Rauchring in die Luft, schickte noch einen zweiten kleineren hinterher und lud ihn mit einer Handbewegung ein in ihr Heiligtum einzutreten. Lorenz war überrascht. Blank gescheuerte Töpfe und Pfannen hingen über dem Herd, in einem Regal waren die Tassen und Teller ordentlich aufgestellt, an die dreißig kleine Blechbüchsen standen mit den Namen der verschiedensten Gewürze beschriftet auf einem Brett und von der Decke hingen längs an den Wänden Beutel und Kräuterbündel.

»Da steht der Herd«, sagte Pilar. Ihr war es offenbar unangenehm, dass der fremde Señor sich neugierig umschaute. Tatsächlich zeigte der gemauerte Herd einen fast handbreiten Sprung.

»Der kann nicht mehr ziehen«, sagte Lorenz. »Morgen, bevor wir weiterreiten, werde ich den Schaden beheben. Besorgen Sie bis dahin Sand, ein paar Ziegelsteine und Zement.«

»Steht alles bereit«, sagte Pilar. »Aber der Pater kann angeblich keinen Maurer finden.«

»Jetzt ist er im Haus, Pilar.«

»Das ist gut, Señor.«

Die Aussicht auf die Reparatur hatte Pilars Lust, ein gutes Essen zu servieren, angestachelt. Es dauerte zwar etwas länger als zwei Stunden, aber dann schmeckte das, was aufgetischt wurde, so gut, dass Dr. Meyer sich nach dem Rezept erkundigte. Pilar aber hob nur die Schultern und sagte: »Meist schmeckt es den fremden Señores weniger gut, wenn sie erfahren, was ich koche.«

Dabei beließ es Dr. Meyer. Seine Nervosität, die Christian und Lorenz bereits in Bogotá aufgefallen war, verstärkte sich. Immer wieder fuhr er sich mit der Hand durch den Haarschopf und manchmal zuckte sein Mund so stark, dass er ihn mit der flachen Hand bedeckte.

Als sie am nächsten Morgen losritten, hatte Lorenz den Herd bereits repariert.

Pater Gabriel war in der Nacht zu einem Kranken gerufen worden und noch nicht zurückgekommen.

»Er lässt sich von den Leuten ausnützen«, seufzte Pilar.

»Auf dem Rückweg werden wir vorbeikommen und uns dankbar zeigen«, versprach Dr. Basedorf.

Der Weg zur Finca war deshalb schwierig, weil vier Flüsse überquert werden mussten. Aber dann erreichten sie das Tal.

Das Haus leuchtete weiß getüncht und lag am Rande ausgedehnter Kaffeeplantagen. Auch die Ranchos der Peones schienen in gutem Zustand. Zwischen den einzelnen Feldern waren Wirtschaftswege angelegt, die mit Schottersteinen befestigt waren.

Zuletzt ritten sie zu den Ranchos. Die Peones kamen mit ihren Familien aus den Hütten und ein kräftiger Mulatte, vielleicht dreißig Jahre alt und Misael mit Namen, stellte die Familien vor.

Dr. Basedorf hielt eine kleine Ansprache und versprach, dass die Leute mit den neuen Verwaltern bestimmt gut zurechtkämen.

»Wie werden Sie sich entscheiden?«, fragte Dr. Meyer ungeduldig.

Lorenz sagte: »Wir werden für zwei Jahre die Finca übernehmen.«

Sie schüttelten sich die Hände.

»Dann zurück nach Bogotá«, sagte Dr. Basedorf. »Wir haben von dem schlimmen Betrug mit ihrer vorigen Finca gehört. Damit Sie diesmal sicher sein können, wollen wir die Verträge bei Señor Salcedo in der Kanzlei unterschreiben.«

Lorenz sagte: »Das freut uns. Ich mache einen Vorschlag. Mich juckt es in den Fingern, mit der Arbeit hier anzufangen. Ich werde Christian Fink eine Vollmacht geben. Er kann dann für uns beide unterschreiben. Ich bleibe hier. Warum soll ich in Bogotá meine Zeit vertrödeln. Ist Ihnen das recht?«

»Selbstverständlich«, sagte Dr. Meyer und Dr. Basedorf fügte hinzu: »Ich glaube, die richtigen Partner haben sich gesucht und gefunden.«

Christian hielt sich nur drei Tage in Bogotá auf. Der Vertrag war schnell unterzeichnet. Christian bat Dr. Salceto darum, ihre eigene Ausfertigung in der Kanzlei für sie aufzubewahren.

»Wir wollen uns einen Schluck auf unsere Vereinbarung genehmigen«, schlug Dr. Basedorf vor. Er hatte eine Flasche Rheinwein mitgebracht. Dr. Salcedo schnalzte mit der Zunge, als er genießerisch davon gekostet hatte.

»Die Weine aus Deutschland sind unübertroffen gut.«

Dr. Basedorf sagte: »Seit es drüben wieder aufwärts geht, können sich mehr Menschen in Deutschland eine Flasche Wein leisten. Es ist doch ein Segen, dass Adolf Hitler jetzt die deutschen Geschicke lenkt.«

Christian schaute ihn überrascht an, schwieg aber.

»Wir sind dabei, auch hier in Bogotá eine Ortsgruppe der Partei aufzubauen und für unsere Ideen zu werben. Erste Erfolge zeigen sich bereits.«

»Ja«, bestätigte Dr. Salcedo, »man sieht immer wieder mal junge Männer in brauner Uniform mit Fanfaren und Trommelschlag durch die Straßen marschieren. Sehr diszipliniert, sehr ordentlich.«

»Das sind meine Leute«, sagte Dr. Basedorf stolz. »Ganz unter uns, Señores, manchmal denke ich, auch Kolumbien würde ein solches System, wie wir es in Deutschland haben, gut tun.«

»Ob die Lehre von der Überlegenheit der germanischen Rasse aber hier Anklang finden kann?«, warf Christian ein.

»Auf dieses Land abgewandelt, natürlich«, sagte Dr. Basedorf überzeugt.

Dr. Meyer war zunehmend unruhiger geworden und sagte: »Mein lieber Basedorf, trinken wir auf das Wachsen und Gedeihen der Finca. Prost.«

Als sie aufbrechen wollten, bat Dr. Salcedo: »Señor Fink, wenn Sie noch einen Augenblick bleiben? Ich wollte Ihnen noch etwas mitteilen, was Ihre Bekannte, Señorita Millhaus, betrifft.«

Dr. Meyer und Dr. Basedorf verabschiedeten sich.

»Ist mit dem Vertrag doch etwas nicht in Ordnung?«, fragte Christian besorgt.

»Nein. Das ist ein guter Vertrag. Ich weiß von der Ehrwürdigen Mutter, dass Sie die politischen Ansichten von Dr. Basedorf nicht teilen.«

»Ganz und gar nicht, Doctor. Ein Grund unter anderen, Deutschland zu verlassen, war ja der, Hitler und seine Leute wollten uns vorschreiben, was wir zu denken und zu glauben hätten.«

»Das hat mir die Ehrwürdige Mutter auch gesagt. Deshalb möchte ich Sie warnen. Dr. Basedorf gilt in Bogotá als der Scharfmacher der Nationalsozialisten. Er hat gute Verbindungen zur Botschaft, vor allem zu einem Señor Raben. Wenn Sie sich mit ihm anlegen, kann er Ihnen Schwierigkeiten bereiten.«

»Danke für den Rat. Aber was ist mit Eva Millhaus?«

»Ist Ihnen bekannt, dass in unserem Land bewaffnete Gruppen geduldet werden, die sich für Ruhe und Ordnung verantwortlich fühlen?«

»Davon habe ich nie etwas gehört.«

»Nun, Ernesto Millhaus soll mit einer solchen Gruppe in Konflikt geraten sein.«

»Wie? Ich dachte, die Miliz hätte ihn bei Nacht und Nebel inhaftiert?«

»Nur Nacht und Nebel stimmt. Millhaus soll an einen geheimen Ort verschleppt worden sein und dort vielleicht gefangen gehalten werden. Günstigstenfalls, meine ich.«

»Aber was hat man mit ihm vor?«

»Wenn er überhaupt noch leben sollte, wird man vielleicht ein Lösegeld erpressen wollen.«

»Sie sagen immer ›er soll‹ und ›vielleicht‹. Weiß man denn nichts Genaueres?«

»Leider nein. Ich jedenfalls kann Ihnen nicht mehr sagen. Nur so viel: Diese Gruppen arbeiten ohne jeden Skrupel. Sollten Sie ihnen begegnen, machen Sie einen großen Bogen. Ich strecke ganz vorsichtig meine Fühler aus. Sollte ich etwas herausfinden, werde ich Eva Millhaus benachrichtigen.«

»Wie sich manche Strukturen der Gewalt gleichen«, sagte Christian.

»Mag sein. Hier verborgener und in Deutschland, nach allem, was man hört, ganz offen.« Dr. Salcedo erhob sich.

Als Christian auf dem Weg zum Pfarrhof war, dachte er, es ist hier wie überall auf der Welt. Mein Opa Paschmann sagte oft: »Es gibt solche und solche.« Ich bin froh, dass ich den Advokaten kennen gelernt habe.

Der Umzug von Susanne in Reyes' Haus war schnell erledigt. Sie hatte ein geräumiges, möbliertes Zimmer im ersten Stock bekommen. Sogar ein Kinderbett mit einem rosafarbenen Himmel hatte Doña Esmeralda aufbauen lassen.

»Wie oft wirst du in die Stadt kommen können, Christian?«, fragte Susanne.

»Sooft es eben geht. Schließlich soll mir unser Kind nicht fremd werden. Ich denke, ich komme alle zwei Monate unseren Lohn hier abholen.«

»Acht Wochen! Die langen Nächte ohne dich. Ich wünschte mir, die zwei Jahre wären schon herum.«

Sie begleitete ihn bis zur Bahnstation und winkte dem Zug lange nach.

Lorenz hatte sich inzwischen auf der Finca gründlich umgesehen. Außer den Kaffeebäumen gab es tiefer im Tal auch ein paar Felder mit Zuckerrohr und hinter dem Haus etwa vier Hektar Mais. Das Haus selbst war geräumig.

»Die Möbel hat Don Felipe, der hier der Mayordomo gewesen ist, mitgenommen«, sagte Misael. »Insgesamt sieben Lastochsen waren schwer beladen.«

»Und das Werkzeug? Hat er das wenigstens hier gelassen?«

»Ja, Don Lorenzo. Hinter dem Haus ist ein Rancho. Dort finden Sie alles.«

Lorenz musste sich bücken, so niedrig war die Tür des Ranchos. Er war beeindruckt. Die Geräte für die Bearbeitung der Äcker waren gut gepflegt. In dem hinteren Teil des Ranchos hatte Don Felipe eine kleine Schmiede eingerichtet. Sogar eine Hobelbank und einige Schreinerwerkzeuge waren vorhanden.

»Sehr nützlich«, sagte Lorenz. »Wie ich Christian kenne, werden wir bald Tisch und Schrank haben.«

Als Christian aus Bogotá zurück war, führte Lorenz ihn zuerst in diesen Rancho.

»Es ist alles besser, als ich es vermutet hatte«, sagte Christian. »Ich bereue es fast schon, dass wir den Vertrag nur über zwei Jahre abgeschlossen haben. Was uns fehlen wird, das ist die Kreissäge.«

»Wir besitzen eine Kreissäge, Don Christian.« Misael zeigte auf ein verhülltes Gerät, das in der Mitte des Ranchos stand.

Neugierig zog Christian die Lederhülle herunter. Tatsächlich! Eine gut eingefettete Kreissäge.

Lorenz lachte, tanzte um die Säge herum und rief mehrmals: »Eine Säge ja, elektrischen Strom nein. Eine Säge ja . . .«

Christian fragte: »Haben Sie die Säge denn je benutzt, Misael?«

»Oft, oft, Don Christian.« Er hob ein schmales Brett an, das quer über den Boden bis zur Wand eine Rinne verdeckte. In der Rinne befand sich eine Achsstange. Christian lief hinter den Rancho. Dort sah er gleich, wie die Säge angetrieben wurde. Dicke Balken waren kreuzförmig an einer senkrecht stehenden Mittelachse befestigt. Durch Zahnräder getrieben, begann sich die Achse und auch das Blatt der Kreissäge zu drehen, sobald das Balkenkreuz in Bewegung gesetzt wurde.

»Aha«, sagte Christian. »Es werden Mulis vorgespannt, die im Kreise laufen und das Balkenkreuz drehen.«

»Mulis?«, fragte Misael verblüfft. »Nein, nicht Mulis. Das machen wir Peones. Immer im Kreis, immer im Kreis. Abends, wenn wir in unserer Hängematte liegen, dreht sich im Kopf noch alles lange nach.«

»Menschenschinder«, murmelte Christian. »Das hört ab sofort auf. Das können Mulis besser. Vielleicht überreden wir die Señores in Bogotá ja einen Generator anzuschaffen. Mit elektrischem Strom geht vieles leichter. Der Bach dort drüben hat bestimmt genug Wasser für ein Wasserrad.«

»Spinn nur weiter«, rief Lorenz. »Aber gehen wir los, ich zeig dir die Jungpflanzen.«

Im Schatten von Bananenstauden standen in langen Dreierreihen an die fünfhundert Tontöpfe mit Kaffeepflanzen, jede ungefähr einen halben Meter hoch.

»Die können wir bald auspflanzen.« Lorenz deutete mit der Hand auf den gegenüberliegenden Hang des Tals. »Dort, wo die Bananenstauden Schatten werfen, dort sind die Peones dabei, den Boden vorzubereiten.«

Es dauerte sechs Wochen, bis sie die jungen Kaffeebäumchen in die Erde gesetzt hatten. In Abständen von gut drei Metern stand Setzling neben Setzling. Als die letzte Reihe fertig war, kamen die Peones zu Christian und Lorenz und sagten: »Bei Don Felipe hat es immer ein Fest gegeben, wenn die Finca durch einen neuen Acker größer geworden war.«

»So?«, fragte Lorenz misstrauisch.

»So ist es«, sagte Misael. »Die neue Pflanzung ist sehr groß.«

»Große Pflanzung, großes Fest«, sagte Christian. »Morgen ist Sonntag. Wir werden morgen feiern.«

Misael aber schien immer noch nicht zufrieden. Auch die übrigen Peones schauten missmutig drein.

»Was gibt es?«, fragte Lorenz. »Gefällt euch das nicht?«

»Doch, schon. Aber zu einem Fest gehört auch ein guter Braten. Wir haben seit Wochen kaum Fleisch gegessen. Hier mal ein Huhn, dort ging ein Tier in eine Falle. Aber das war nicht einmal genug für uns Männer.«

»Und wie ist das früher gewesen?«

»Don Felipe ist mit einem Indiojäger in den Wald gegangen. Wir hatten

Fleisch genug. Einmal haben die beiden vier Wildschweine geschossen. Aber Affen und Papageien für den Topf brachten sie uns immer.«

Lorenz fragte: »Wer ist der Indiojäger?«

»Vicente hat seinen Rancho weiter unten auf La Encantada zu.« Misael bot eilfertig an den Mann holen zu lassen.

»Also gut«, stimmte Lorenz zu. »Sagt ihm, dass er morgen in aller Frühe hier sein soll. Ich gehe mit ihm auf die Jagd.«

Misael schickte einen halbwüchsigen Jungen los, der den Weg kannte. Er selbst zeigte auf Lorenz' halbhohe Stiefel und sagte: »Mit diesen Schuhen werden Sie kein Tier vor die Flinte bekommen, Don Lorenzo. Das Leder seufzt und klagt bei jedem Schritt, als ob es schon in die Jahre gekommen wäre.«

»Stimmt. Ich habe die Stiefel schon lange nicht mehr gefettet.«

»Nehmen Sie diese«, sagte Misael. »Sie sind ganz neu. Meine Frau hat sie gestern erst geflochten.«

Er reichte Lorenz ein Paar Alpargatas, eine Art Pantoffeln mit einer festen Sohle aus Faserwerk und einem Geflecht aus Jute.

Es war noch dunkel, als Vicente an die Tür klopfte. Er hatte sich einen alten Vorderlader über den Rücken gehängt und trug Pulverhorn und Machete an seinem Gürtel. Sein Alter war schwer zu schätzen. Vielleicht war er knapp über vierzig. Er hatte ein offenes Gesicht mit breiten Backenknochen und einer flachen Nase. Den schwarzen Haarschopf hielt ein bunt gewebtes Band zusammen, in das einige rote und blaue Federn gesteckt waren.

»Haben Sie kein besseres Gewehr, Vicente?«, fragte Christian ihn.

»Dies ist ein gutes Gewehr, Señor.«

»Ich meine, so eins«, sagte Christian und zeigte ihm die Büchse mit dem neuen Kolben.

»Sehr schön«, gab Vicente zu. »Aber auch mit Ihrem Gewehr muss der Señor erst mal treffen. Und ich treffe immer.«

Selbstbewusst ist der Bursche, dachte Christian. Aber Vicente sagte dann doch: »Ich hätte gern ein solches Gewehr wie der Señor. Uns hier auf dem Lande sind Hinterlader verboten.«

»Warum das?«

»Vielleicht glaubt die Regierung, man kann mit schlechten Gewehren keine gute Revolution machen.«

Lorenz trat vor das Haus und begrüßte den Indio. Der war zwar nicht schmaler als er, aber reichte ihm nicht einmal bis zur Schulter.

»Viel Glück und reiche Beute«, wünschte Christian.

Vicente lief vor Lorenz her in den Wald hinein. Das Unterholz war nicht sehr dicht und er brauchte nur selten den Pfad mit der Machete freizuschlagen. Zuerst ging es fast eine Stunde steil bergan. Sie erreichten eine Höhe und Vicente zeigte ins Tal. »Dort unten«, sagte er, »dort im Schlamm, da wühlen sie oft, die Wildschweine.«

Sie pirschten sich leise in das Tal. Der Waldboden war mit niedrigen Pflanzen bedeckt. Sie achteten darauf, dass sie nicht auf einen trockenen Ast traten. Vicente machte das offensichtlich keine Mühe. Lorenz dachte, Misael hatte Recht. Mit meinen Stiefeln würde ich jedes Wild aufscheuchen. Plötzlich blieb Vicente stehen. Er nahm das Gewehr vom Rücken und schlich sich noch einen, zwei Schritte vorwärts. Da schrie Lorenz auf. Ihn durchzuckte ein stechender Schmerz knapp unterhalb der Wade. Vicente fuhr herum. Er machte mit seiner Machete eine blitzschnelle Bewegung und hieb einer Schlange den Kopf ab. Lorenz schob das Hosenbein hoch. Die vier Wunden des Bisses waren deutlich zu erkennen, kleine rote Punkte, wie ein Stecknadelkopf groß, ein schnell wachsender blauer Rand rundum.

Aus!, dröhnte es in Lorenz' Kopf. Weit weg von jedem Haus. Der Biss einer Giftschlange. Spürte er bereits die aufsteigende Lähmung? Er musste sich setzen. Vicente zog ihm das Bein lang und machte einen Kreuzschnitt quer über die Bisswunden. Es blutete kaum. Der Indio nahm sein Pulverhorn vom Gürtel und schüttete ein Häufchen von dem Schwarzpulver auf die verletzte Stelle. Dann entzündete er ein Streichholz und hielt die Flamme an das Pulver.

Eine Stichflamme schoss empor. Lorenz ließ sich zurückfallen und schrie und schrie. Dann wurde er mit einem Male still. Es roch nach verbranntem Fleisch. Das war das Ende. Er versank in einen nahezu bewusstlosen Zustand. Immer nur hämmerte der Gedanke in seinem Kopf, das ist das Ende. Das ist das Ende. Er sah Bilder seines Elternhauses im Paderborner Land. Er saß als kleiner Junge auf der sonnenwarmen Steinstufe vor der Tür, sein erstes Bandoneon, in seiner Maurerlehre ein Brett schwerer Ziegelsteine auf seinen Schultern, sein Schwager in der braunen Hitleruniform starrte ihn an und begann zu lachen, die Kaltblüter, die er in Duisburg zu pflegen hatte, ihr Stampfen und Wiehern, Annas Umrisse verschwommen und undeutlich im Nebel, Eva Millhaus winkte ihm zu. Flor spielte auf dem Bandoneon. Er wollte nach ihr fassen, sie halten, aber die Töne ihres Instruments verklangen. Sie wurde kleiner und kleiner, ein Punkt nur noch, fort. Und dann die riesige schwarze Gestalt. Übermächtig. Sie beugte sich über ihn. Er versuchte sich aufzubäumen, dem Schatten zu entkommen. Er wusste, wer nach ihm griff. Sein Vater hatte ihm einmal vom Todesengel vorgelesen. Aus.

Aber dann lösten sich die schwarzen Schleier ganz allmählich, wandelten sich in blendendes sattgelbes Licht, ein einziger Strahlenkranz. Seltsame Klänge wie aus unendlichen Sphären. Die Bilder wurden matter, zerflossen schließlich.

Erst als sie die ersten Felder der Finca erreichten, spürte er in einem Dämmerzustand, dass Vicente ihn auf dem Rücken schleppte. Wie lange schon? Christian kam herbeigeeilt. Sie betteten Lorenz auf eine Liege. Vicente hockte sich nieder, schweißbedeckt sein Gesicht, ganz und gar erschöpft.

»Eine Schlange«, sagte er leise. Wie aus der Ferne drangen die Worte an Lorenz' Ohr. Er ließ sich fallen, tiefer, immer tiefer.

Erst nach drei Tagen wachte er aus seinen Fieberträumen auf. Sein Blick war wieder klar. Aber es dauerte zehn Tage, bis er die ersten, wackligen Schritte wagen konnte.

»Du bist dem Teufel von der Schaufel gesprungen«, sagte Christian und zeigte ihm die Schlangenhaut. Vicente hatte das Reptil mitgebracht und die Haut aufgespannt.

»Soll extrem giftig sein, das Biest.«

»Zehn Tage«, sagte Lorenz. »Über die Wunde zieht sich schon neue Haut.«

»Vicente hat einen Kräutersud gebracht. Damit haben wir in den ersten Tagen den Verband getränkt. Offenbar ein gutes Mittel gegen Bisswunden.«

»Wie hat Vicente es nur geschafft, mich schweren Kerl so weit zu schleppen?«

»Er soll ja ein Schamane sein. Vielleicht kennt er noch stärker aufputschende Mittel als das Kauen von Cocablättern.«

»Sag unseren Leuten, Christian, bald werden wir das Fest nachholen. Ein großes Fest. Drei Tage lang soll es dauern.«

An diesem Abend fröstelte Lorenz. Er zog die Jacke an, die er schon lange nicht mehr hervorgeholt hatte. Als er die Hand in die Tasche steckte, bemerkte er Flors Foto. Er zog es heraus und betrachtete es lange. Seine Hände waren kalt. Er holte sein Feuerzeug hervor und hielt die Flamme an eine Ecke des Fotos. Das Papier krümmte sich. Er hielt Flors Bild so lange fest, bis die Flamme ihm die Finger versengte. Die Aschenreste blies er in den Wind. An seinem Finger bildete sich eine Brandblase.

* * *

*D*as *hol ich mir erst gar nicht ab, das Mutterkreuz«, sagte Katharina, als unser Schwiegersohn Erwin ihr ankündigte, sie werde ausgezeichnet. »Fünf Kinder in die Welt gesetzt und dafür nur eine Bronzemedaille.«*

»Das kannst du nicht machen, Mutter«, sagte Erwin. »Das wird eine Feierstunde zu Ehren der deutschen Mutter. Sieben Frauen aus unserem Bereich bekommen sogar das Mutterkreuz in Gold.«

»Unsere Kuh Dora 2 hat bei der letzten Landwirtschaftsausstellung auch eine goldene Plakette gewonnen«, rief Sebastian.

»Halt den Schnabel, Rotzjunge.« Erwin wurde wütend.
Ich sagte: »Mutter fühlt sich in den letzten Tagen nicht wohl, Erwin. Hat die
Grippe in den Knochen. Könnt ihr das Kreuz nicht schicken?«
Er zog ab. Eine Woche später brachte einer von der Partei den Orden am Seiden-
band. »Können Sie an festlichen Tagen um den Hals legen, Frau Mattler. Und
weiterhin gute Besserung.«
Katharina hat das Bronzekreuz in die Kramschublade gelegt.
»Werde ich nie tragen«, sagte sie zu mir.

* * *

Lorenz war inzwischen halbwegs gesund und Christian beschloss in Bogotá den Lohn für die ersten drei Monate abzuholen. Er hatte Susanne geschrieben, warum er nicht schon früher aufbrechen konnte. Vicente, der nun regelmäßig zweimal die Woche auf die Finca kam und für das Fleisch sorgte, hatte den Brief in La Encantada abgegeben.

Drei Tage blieb Christian in der Stadt. Er hörte, dass die Tschechoslowakei ein deutsches Protektorat geworden sei, aber er hatte so viel im Kopf, dass er darüber nicht weiter nachdachte.

Das Kind war gewachsen und ließ sich von ihm umhertragen. Es jauchzte auf, wenn er es hoch in die Luft hob. Susanne hatte die Nachricht erhalten, dass ihre Kisten endlich vom Zoll freigegeben worden waren und zum Abholen bereitstünden. Sie freute sich vor allem auf die Nähmaschine, weil das Leben bei den Reyes doch sehr gleichförmig ablief. Die langen Abende, wenn María schon schlief und sie allein in ihrem Zimmer saß, machten ihr zu schaffen. Sie sagte das Christian auch, aber sie lachte dabei, obwohl es ihr eher zum Weinen zu Mute war. Er hat den Kopf so voll von der Arbeit auf der Finca, dachte sie. Ich will ihm nicht das Herz schwer machen.

Als Christian bei Dr. Meyer einen Bericht ihrer Arbeit abgab und den Lohn bekam, fragte er ihn, ob das Bankhaus keine Verbindungen nach Buenaventura habe.

»Das trifft sich gut«, antwortete Dr. Meyer. »Dr. Basedorf bricht in den nächsten Tagen nach Buenaventura auf. Er will dort eine neue Ortsgruppe . . .« Er verstummte, schaute Christian an und fuhr fort: »Na ja, Sie wissen ja, dass er sich politisch stark engagiert. Ich werde ihn anrufen und ihn bitten, den Transport der Kisten nach Bogotá zu veranlassen.«

Dr. Meyer wirkte zerfahren, griff nach Akten, legte sie jedoch, ohne hineinzuschauen, wieder auf den Schreibtisch zurück, nahm eine Zigarette aus der Schachtel und rauchte hastig. Nach wenigen Zügen drückte er sie in den Aschenbecher.

»Haben Sie es schon gehört? Es riecht in Europa nach Krieg.«

»Krieg? Erst gut zwanzig Jahre ist der Weltkrieg zu Ende und jetzt, 1939, schon wieder Krieg?«

»Mitte März sind deutsche Truppen in Prag eingezogen. Friedlich, wie die Agenturen melden. Unser Führer will die alten deutschen Lande Böhmen und Mähren dem Großdeutschen Reich eingliedern.«

»Wollen die Menschen in diesen Ländern das auch? Viele sprechen dort, glaube ich, nicht einmal unsere Sprache«, sagte Christian.

Dr. Meyer zuckte mit den Achseln. »Die Menschen. Was wollen die Menschen? Sie werden sich damit abfinden, denke ich. Aber ob Frankreich und England tatenlos zusehen, wie unser Reich immer mächtiger wird? Ich zweifle daran.«

Er schrieb einen Auszahlungsschein für den Lohn, zerriss ihn wieder, füllte ein neues Formular aus und sagte: »Gehen Sie zum Kassenschalter. Man wird Ihnen das Geld dort geben. Die nächste Ernte wird sicher größer.«

»Der Kaffee vor allem steht gut.«

»Ich werde selbst kommen und die Finca inspizieren.«

»Wir haben noch ein paar Fragen, Herr Dr. Meyer. Ein Teil des Tales ist mit Zuckerrohr bepflanzt. Es muss bald geschnitten werden. Aber wir haben keinerlei Gerät, es zu verarbeiten. Was soll damit geschehen?«

»Wissen Sie, Herr Fink, wir können nicht ununterbrochen investieren.«

»Wenn wir es einfach stehen lassen, vertrocknen die Pflanzen.«

»Vielleicht bauen Sie einen Rancho und lagern das reife Rohr zunächst. Wenn ich dann zur Finca komme, reden wir darüber.«

Er trommelte mit den Fingern auf die Schreibtischplatte.

»Verzeihen Sie, Doctor Meyer, das geht auch nicht. Der untere Teil der Pflanze muss ausgepresst werden. Der Zuckerrohrsaft wird dann gekocht und zur Melasse eingedickt. Man kann durch weiteres Kochen auch Rohrzucker daraus gewinnen. Für den erzielt . . .«

»Genug! Genug!« Er sprang erregt auf. »Wozu haben wir Sie zu Verwaltern eingesetzt? Sehen Sie zu, wie Sie mit dem verdammten Zeug fertig werden. Aber von mir dürfen Sie keinen Centavo, ich sage, keinen Centavo . . . Haben Sie mich verstanden?«

Er gebärdet sich wie ein Irrer, dachte Christian und wagte nicht den Generator zu erwähnen.

Erst als er mit Susanne an der Bahnstation stand, erzählte sie ihm mehr von dem Leben in Reyes' Haus. Der Señor bat sie häufiger mit ihm zu musizieren. »Wir müssen für Donnerstag üben«, sagte er dann. Das scheine Doña Esmeralda nicht besonders zu gefallen. Gelegentlich habe es spitze Bemerkungen gegeben. Aber solle sie sich entziehen, wenn er sie höflich frage, ob sie mit dem Cello nicht für eine Stunde kommen könne?

Später während der Rückfahrt kam es Christian so vor, als ob Susanne sich über diese Entwicklung bei Reyes Sorgen machte.

In La Encantada hielt sich Christian nur kurz auf. Pater Gabriel begrüßte ihn freundlich. Pilar brachte ihm einen Tinto und sagte: »Bestellen Sie Ihrem Freund einen schönen Gruß. Der Herd ist so gut wie nie zuvor.«

Der Pater erwähnte nebenbei: »Hier in La Encantada ist übrigens ein schöner Rancho zu verkaufen. Hinter dem Haus liegen ein paar Hektar gutes Ackerland. Wäre das nichts für Sie?«

Christian lachte. »Wir haben in der Finca genug zu tun, Pater Gabriel. Aber wenn ich wieder mal nach Bogotá komme, werde ich mich bei den Leuten im Pfarrhof einmal umhören.«

»Machen Sie das, Christian. Gute Nachbarn kann ich hier brauchen. Ich hörte übrigens von Lorenz' Unfall. Zum Glück hat er ja Vicente bei sich gehabt. Der Mann gilt hier im ganzen Umkreis als Schamane. Es geht dem Patienten inzwischen doch sicher wieder besser?«

»Er ist noch nicht ganz wieder der Alte. Sie haben ihn ja kennen gelernt. Er war immer zuversichtlich und packte den Stier bei den Hörnern, wie man so sagt. Er ist ruhiger, manchmal sogar grüblerisch geworden.«

»Wenn der Tod einen Menschen gestreift hat, Christian, gibt es gewiss Fragen.«

»Mag sein. Ich habe das Gefühl, dass er sich verschließt.«

»Gibt es denn Schwierigkeiten zwischen Ihnen da oben?«

»Eigentlich nicht, Pater. Nur, was die Finca betrifft. Ich bin mal gespannt, was Lorenz dazu sagt, was wir mit dem Zuckerrohr machen sollen. Merkwürdige Ideen hat Dr. Meyer. Nicht einen Centavo will er uns für die notwendigen Geräte geben, die wir für die Verarbeitung brauchen. Vielleicht könne man dann irgendwann die Maschinen und Geräte anschaffen, um es zu verarbeiten. Irgendwann! Völlig verrückt hat er sich gebärdet!«

»Ich kenne einen Deutschen, der eine halbe Tagesreise von hier eine ziemlich große Finca bearbeitet. Hat sie vor drei Jahren, glaube ich, gekauft und sie schnell hochgebracht. Er heißt Don Nico. Der besitzt eine perfekte Anlage zur Verarbeitung von Zuckerrohr. Besuchen Sie unbedingt Don Nico. Er versucht dort oben mit seinen Leuten eine neue Art von Zusammenleben zu organisieren. Sehr interessant. Leider leidet er an der Malaria. Hat er sich wohl im heißen Land geholt. Er soll schon etliche Jahre in Kolumbien sein. Auch in Medellín, sagt man, habe er gelebt. Aber dort habe er verschwinden müssen. Warum, das weiß ich nicht. Ich jedenfalls habe ihn als hilfsbereiten Menschen kennen gelernt. Er wird Ihnen gern mit seinem fachmännischen Rat zur Seite stehen.«

»Danke, Pater Gabriel. Wenn es so weit ist, melden wir uns bei Ihnen.«

»Und noch eins, sprechen Sie sehr laut, wenn Sie Don Nico aufsuchen. Er hat, um seine Malaria in den Griff zu bekommen, zu viel Chinin geschluckt. Davon ist er schwerhörig geworden.«

»Ich werde darauf achten, Pater.«

Pilar steckte ihren Kopf durch den Türspalt. »Noch einen Tinto?«, fragte sie.

»Danke, danke, Pilar. Ich muss weiter. Die Finca wartet auf mich.«

»Nehmen Sie für Don Lorenzo ein kleines Päckchen von mir mit?«

»Klar, Pilar.«

»Sagen Sie ihm, er soll immer nur wenig davon trinken. Dann ist es Medizin.«

»Ich sag's ihm, Pilar.«

* * *

Alfons Argon war nach Wochen mal wieder bei uns. Er erkundigte sich nach Lorenz und Christian. »Ich hätt mal mit auswandern sollen«, sagte er. »Die ganze Katholische Jugend ist jetzt endgültig verboten, das Jugendhaus in Düsseldorf geschlossen. Unser gesamtes Vermögen, die Heime, alles, alles haben sich die Nazis einverleibt. Kaplan Wittkowski ist auch versetzt worden. Er war nicht damit einverstanden, dass die Gruppen und Verbände auch vom Erzbischof nicht mehr gewollt werden. Wäre zu gefährlich für uns. Wir hängen mit unserer Gruppe ziemlich in der Luft.«

»Alfons, wenn ihr wollt, könnt ihr zu uns auf den Hof kommen. In der Schmiede ist es ganz gemütlich.«

Da hat sich Katharina eingemischt. »Bist du denn ganz und gar verrückt geworden, Norbert«, hat sie wütend gerufen. »Mit deinem Leichtsinn bringst du uns noch in Teufels Küche.«

»Wir sind schon mittendrin, Katharina.«

Ewald hat auch gesagt, das sei viel zu gefährlich. Ob ich denn päpstlicher als der Papst sein wolle.

Alfons Argon hat gelacht. »Ich verstehe das gut. Ist doch fast überall so. Wir werden schon was finden. Tschüss dann.«

* * *

Die Haupternte des Kaffees war gut ausgefallen. Misael kannte sich aus. Er hatte genau darauf geachtet, dass die Pflücker in ihren Bastkörben nur die roten Kaffeekirschen sammelten. Die Früchte wurden in eine Wasserrinne aus starken Bohlen geschüttet. Eine Walze drückte das Fruchtfleisch weg und ein starker Wasserstrahl spülte die Bohnen frei. Nur noch eine schleimige Schicht umhüllte sie. In große Holzkisten gefüllt, begann ein Gärungsprozess. Wiederholt rührte Misael in den Kisten, bis sich endlich nach ungefähr einem Tag die Schleimhaut löste und die Bohnen gespült werden konnten. Misael war nahezu Tag und Nacht auf den Beinen, um den richtigen Zeitpunkt nicht zu verpassen, an dem der Gärungsvorgang abgebrochen werden musste. In flachen, vier mal vier Meter großen Kisten sollten die Bohnen nun trocknen. Das war bei dem Wetter, das in den Bergen vorherrschte, nicht ganz einfach. Es verging ja kaum ein Tag, an dem es keine Regenschauer gab. Oft hingen die Nebel tief und zogen zwischen den Kaffeebäumen her. Wenn die schwarzen Wolken heranzogen, wurden die Kisten von den Peones eilends abgedeckt. Aber in diesem Jahr hatte es, wie bestellt, zur Zeit des Trocknens einige Tage ohne Nebel und Nässe gegeben. Die Sonne trocknete die Bohnen, ohne dass sie auch nur einmal vor dem Regen geschützt werden mussten. Die gefüllten Säcke mit dem Kaffee lagen in einem Rancho gestapelt.

»Wir werden sie erst nach Pauna bringen, wenn Señor Meyer hierher kommt«, sagte Lorenz. »Dann kann er später nicht sagen, wir hätten beim Verkauf krumme Geschäfte gemacht.«

Lorenz hatte sich auf den Weg zu Don Nico begeben. Er wollte sich Rat holen, was sie mit dem Zuckerrohr anfangen sollten.

Don Nico war ein Mann so um die sechzig und eher noch ein, zwei Zentimeter größer als Lorenz. Der volle schwarze Haarschopf war von grauen Strähnen durchzogen. Seine Brauen wölbten sich dicht und struppig bis hoch in die Stirn und beschatteten die tief liegenden, ungewöhnlich hellen Augen.

Er goss Lorenz zur Begrüßung einen Guarapo ein und sagte: »Von eigenem Zucker gebrannt. Sprechen Sie bitte laut und akzentuiert mit mir.« Er tippte auf seine Ohren.

»Ich hab schon von Pater Gabriel gehört, dass Sie nicht gut hören.«

»So, hat es sich schon herumgesprochen? Aber egal. Sagen Sie mir, was Sie herführt.«

Lorenz berichtete ihm, in welcher Schwierigkeit er steckte. Obwohl Lorenz laut sprach, schaute ihm Don Nico auf die Lippen, als wolle er ihm die Wörter vom Munde ablesen. »Zuckerrohr anbauen und dann nicht wissen, was damit anfangen. Das ist gut.« Don Nico lachte aus vollem Halse. »Man hört immer noch Neues hier in diesem verdammten Land.« Er überlegte eine Weile und sagte dann: »Kommen Sie, ich zeige Ihnen meine Verarbeitungsanlagen.«

Er führte Lorenz zu der Waschanlage und den Schneidemaschinen.

»Die Zuckermühle wird von Ochsen getrieben und der Saft ausgepresst. Aus den Rückständen, der Bagasse, brenne ich mir einen vorzüglichen Rum. Nein, ich bin kein Säufer«, sagte er, als er Lorenz' forschenden Blick sah. »Ich brauch den Rum als Medizin. Hab mir vor Jahren . . . nun, mich hat die Malaria am Wickel. Noch helfen mir Rum und Chinin. Aber ganz besser wird's nicht mehr.« Wieder zeigte er mit dem Finger auf seine Ohren. »Und damit schon gar nicht.« Er schritt weiter.

Sie gelangten zu großen Kupferkesseln, die in einem zu allen Seiten hin offenen Schuppen standen. Über den Kesseln befand sich ein gewaltiger Rauchfang, der sich nach oben hin verjüngte und in einen gemauerten Kamin mündete.

»Dies ist das Herz der Anlage«, erklärte Don Nico. »Hier wird der Saft so lange gekocht, bis wir die Melasse erhalten.«

»Ja, ich weiß«, sagte Lorenz. »Die Familien, die eine kleine Finca besitzen, verkaufen dann diese Melasse.«

»Ich gehe hier etwas weiter. Wir kochen aus der Melasse den braunen Rohrzucker. Das ist ein besseres Geschäft.«

»Sehr gute Anlage, Don Nico. Es wäre schön, wenn wir auf unserer Finca auch so verfahren könnten. Aber unsere Señores in Bogotá denken nicht daran, die notwendigen Geräte anzuschaffen. Und für unsere kleineren Mengen ist eine Anlage wie die Ihre wahrscheinlich auch zu kostspielig. Jetzt stehen wir da und wissen nicht, was tun.«

»In einer solchen Lage sollten Sie, wenn das Rohr trocken ist, ein Feuer anzünden, schön mit der Windrichtung. Dann brennt das Feld ab und Sie haben wenigstens mit der Asche den Boden gedüngt.«

»Das ist nicht Ihr Ernst, Don Nico. Es muss doch auch noch andere Wege geben.«

»Oder Sie schaffen die ganze Ernte hierher zu mir.« Er schien Gefallen an dem Gedanken zu finden. »Wie viele Maultiere haben Sie auf der Finca?«

»Nur zwölf.«

»Ich habe siebzehn. Dazu noch die acht Ochsen. Wahrscheinlich zu wenig für Ihr Zuckerrohr. Wir müssten Maultiertreiber . . . Sicher, das ist es. Sie verkaufen mir die gesamte Ernte. Ich lasse sie herschaffen. Meine Anlage ist groß genug. Sie bekommen dann wenigstens etwas für das Gras und ich . . .«

»Sie machen das Geschäft.«

»Richtig, Amigo.« Seine Augen funkelten. Das war ein Plan nach seinem Geschmack.

»Ich weiß nicht . . .«, sagte Lorenz.

»Nun, dann brennen Sie alles ab. Wird ein schönes Feuerchen geben.«

»Ich muss das mit meinem Freund besprechen.«

»Tun Sie das. Aber viel Zeit bleibt nicht mehr. Reif ist reif.«

»Gut«, sagte Lorenz. »Morgen früh werde ich zurückreiten. Ich gebe Ihnen dann Bescheid.«

»Ich schlage Ihnen etwas Besseres vor. Unter meinen Leuten ist ein Mulatte, der vom Zuckerrohr alles weiß. Sie nehmen ihn mit auf Ihre Finca. Er schaut sich an, was bei Ihnen im Rohr steht, wie viel und welche Qualität. Sie treffen Ihre Entscheidung. Jeronimo berichtet mir und unser Geschäft fließt den Río hinunter oder kann laufen. Ich werde Ihnen je nach der Menge der Melasse, die ich aus Ihrer Ernte gewinne, einen anständigen Preis bezahlen. Natürlich muss ich Ihnen die Kosten für den Transport abziehen.«

»Bleibt dann überhaupt etwas übrig?«

»Aber sicher, Amigo. Auf jeden Fall beträchtlich mehr als die Asche.«

Lorenz und Nico Tober saßen bis tief in die Nacht hinein und redeten miteinander. Lorenz berichtete von seinen vielen Schwierigkeiten im Nazideutschland und warum Christian und er sich entschlossen hatten auszuwandern. Irgendwann an diesem Abend fiel auch der Name Mergenter.

»Antonius Mergenter?«, fragte Nico.

»Ja. Ist er Ihnen bekannt?«

»Persönlich nicht. Aber ich habe von ihm gehört. In Medellín erzählte man sich, dass er durch einen Indio zu Vermögen gekommen ist.«

»Davon hat er uns nie etwas gesagt.«

»Ist auch eine eigenartige Geschichte, für deren Wahrheit ich mich nicht verbürgen kann. Mergenter war damals jung und mit etwas Geld nach Kolumbien gekommen. Hatte alle seine Zelte in Deutschland abgebrochen. Man munkelte etwas von einer unglücklichen Liebe. Hier hat er sich ins Abenteuer gestürzt. Wollte Gold suchen und reich werden.

Er hatte sich ein Schürfgebiet an einem Flüsschen gekauft, wo schon Gold gefunden worden sein sollte. Zwei Jahre lang schürfte er wie ein Verrückter. Einen Indio hatte er als Helfer angestellt. Nicht, als ob der Sand überhaupt nichts hergegeben hätte, aber es war, als ob der Bach ihn zum Besten halten wollte. Mergenter fand gerade so viel Goldstaub, dass seine Kosten gedeckt waren. Dreimal war er entschlossen aufzugeben. Aber genau dann spuckte der Bach Gold aus und er konnte wieder auf das große Glück hoffen.

Der Indio hatte ihn gelegentlich mit zu seiner Familie genommen, die abseits in einem unwegsamen Waldgebiet lebte. Aber Mergenter hielt es dort immer nur zwei, drei Tage aus. Seine Schürfstelle übte eine geradezu magische Kraft auf ihn aus.

Es hatte sich natürlich herumgesprochen, dass dort ein Gringo auf Gold gestoßen sein sollte. Und wie das so ist mit solchen Geschichten, aus den eher bescheidenen Ergebnissen von Mergenters Arbeit wurde eine Goldgrube. Als er mit dem Indio nach einem kurzen Aufenthalt in dessen Dorf wieder an die Arbeit gehen wollte, warteten sie schon auf ihn, eine Bande von fünf Männern. Der Indio und Mergenter wurden überwältigt. Der Anführer der Bande verlangte, Mergenter solle das Versteck seines Goldschatzes zeigen, denn man wisse wohl, dass er nur wenig verkauft habe. Als Mergenter ihnen sagte, er besitze keinen Schatz, habe auch nie einen besessen, drohten sie ihm. Schließlich zogen sie ab. Aber einer kehrte noch einmal zurück und wollte die beiden Zeugen des Überfalls beseitigen. Er schoss, traf den Indio unterhalb des Schlüsselbeins in die Brust und Mergenter ins Bein. Mergenters Verletzung schien ihm selbst nicht besonders gefährlich, eine Fleischwunde oberhalb des Knies. Er legte sich einen Verband an und, anstatt sich auf den Weg zur Stadt zu machen, lud er sich den Indio auf den Rücken und schleppte ihn in zwei Tagen zu seiner Familie. Der Schamane wurde gerufen. Der sah, dass sich Mergenters Wunde entzündet hatte, und machte ihm klar, dass das Bein amputiert werden müsse. Mergenter sperrte sich. ›Lieber krepier ich‹, soll er gesagt haben. Da rief der Vater des jungen Indios einen anderen Schamanen zur Hilfe. Der rettete das Bein, doch es dauerte Wochen, bis Mergenter wieder begann das Laufen zu lernen. Der Indio war schon vor ihm geheilt. Schließlich wollte Mergenter die Indios verlassen. Sie luden ihn zu einem Abschiedsfest ein. Das Feuer, über dem sie ein Wild brieten, die Trommeln, die Tänze und vor allem der Drogentrank, der ihm angeboten wurde, versetzten Mergenter in einen Zustand, in dem er zu schweben schien. Tiefer und tiefer sank er und fiel in einen todesähnlichen Schlaf. Als er wieder aufwachte, dröhnte ihm der Schädel. Erst nach Stunden vermochte er aufzustehen. Die Asche des Feuers war längst erkaltet, die Hütten der Indios verlassen, kein Mensch zu hören oder zu sehen. Aber auf der Rinderhaut, auf der er gelegen hatte, fand sich ein Lederbeutel. Er öffnete ihn und fand darin zwei Hände voll Smaragde, die größten und schönsten, die er je gesehen hatte.

Das Schürfen hat er aufgegeben, konnte es auch wohl wegen seines Beins nicht mehr. Er ist dann nach Deutschland zurück und hoffte, in einer orthopädischen Klinik könne man doch wohl mehr als der Schamane. Man erzählte mir, er habe sich hier in Kolumbien jedoch an einer Smaragdgrube beteiligt, die große Gewinne gemacht habe.

Aber ich will es noch einmal betonen, vielleicht ist das alles nur eine Mergenter-Legende. In Kolumbien können Geschichten wachsen, auch wenn sie in der Realität längst zu einem Ende gekommen sind.«

»Die Kliniken konnten, glaube ich, auch nicht mehr als der Schamane«, sagte Lorenz. »Jedenfalls hinkt Mergenter nach wie vor.«

Jeronimo war ein wortkarger Mensch. Auf der Finca umkreiste er das Zuckerrohrfeld, ritt auch hinein, schnitt ein Stück vom Rohr ab und kaute darauf, maß die Höhe der Pflanzen und sagte schließlich: »Ich weiß nun Bescheid. Was soll ich Señor Tober sagen?«

»Sag ihm, wir verkaufen.«

»Ist gut, Señores. Wir kommen in einer Woche mit den Lasttieren. Adiós.« Er zog knapp seinen Strohhut vom Kopf und ritt davon.

»Merkwürdiger Mensch«, sagte Christian. »Hoffentlich haben wir die richtige Entscheidung getroffen.«

Sie mussten noch einige Tagesarbeiter einstellen, damit das Rohr wirklich nach einer Woche geschnitten war und der untere Teil der Pflanzen gebündelt bereitlag.

Jeronimo führte eine ganze Karawane von Maultieren und Ochsen an. Die Treiber, wohl zwanzig, schrien und schwangen ihre Peitschen. Die Tiere wurden getränkt und fraßen von dem oberen Teil der Pfanzen.

Für die Treiber hatten die Frauen aus Bananen Sancocho, eine Suppe, gekocht, auch Yucca und sogar ein Stück Fleisch gab es für jeden.

Die beladenen Tiere sahen am nächsten Morgen aus, als ob sie unter der hochgetürmten Last bald zusammenbrechen würden, aber die Treiber lachten nur und sagten: »Das Rohr ist nicht schwer.«

»Ich soll Sie übrigens fragen, Don Lorenzo, wie lange Sie hier im Vertrag stehen.« Jeronimo schaute während dieser Frage nicht vom Boden auf.

»Insgesamt zwei Jahre. Aber warum will Don Nico das wissen?«

Jeronimo hob die Schultern und gab den Treibern das Zeichen, aufzubrechen.

Es war kurz vor Mittag, als der Zug sich in Bewegung setzte, die Maultiere voran und die Ochsen in langsamem Trott hinterher. Lorenz ritt mit. Don Nico gab ihm gegen eine Quittung das Geld für das Zuckerrohr bar auf die Hand. Es war mehr, als Lorenz erwartet hatte.

Sie setzten das Fest auf den Sonntag in drei Wochen an. Vicente versprach für reichlich Fleisch zu sorgen und Misael wollte genügend Chicha bereithalten. Lorenz, der lange nicht mehr auf seinem Bandoneon gespielt hatte, holte es aus dem Kasten und sagte: »Wer weiß, ob ich es überhaupt noch kann.«

»Das verlernt man nicht«, behauptete Christian und begleitete ihn auf der Gitarre. Die Musik lockte die Kinder herbei und auch die Frauen kamen und wiegten sich in den Hüften. Alle freuten sich auf das Fest. Zwei Tage vor dem Fest trafen Dr. Meyer und Dr. Basedorf ein. Dr. Basedorf hatte ein neues Jagdgewehr mitgebracht. Sie waren mit der Ernte zufrieden.

In der Nacht vor dem Fest brachen sie ein. Sie wühlten das ganze Feld mit den neuen Kaffeepflanzen um und um. Sogar einige Bananenstauden rissen sie aus der Erde. Fassungslos standen die Peones am Rand des Ackers. Auch die Besitzer der Finca und Christian und Lorenz starrten auf das Chaos. Misael standen die Tränen in den Augen.

Vicente, der unbemerkt dazugekommen war, rief schrill: »Wildschweine!«, und zeigte auf die Spuren. Ohne ein Wort zu sagen, ging Lorenz zum Haus und holte sein Gewehr.

Wutgeschrei schallte auf.

»Wir werden euch aufspüren«, schrie Vicente. »Los, machen wir uns auf und treiben sie aus ihrem Versteck.«

»Sollen wir alle mit?«, fragte Misael.

»Alle Männer. Wir brauchen Jäger und Treiber.«

Es zeigte sich, dass noch vier Peones über Vorderlader verfügten. Auch Dr. Basedorf holte sein Gewehr. Sie hetzten durch den Wald den Berg hinauf. Die breite Spur der Schweinerotte war gar nicht zu verfehlen. Als sie die Stelle erreichten, an der es in das Tal hinabging, in jenes Tal, in dem Lorenz von der Schlange gebissen worden war, ordnete Vicente an: »Alle, die kein Gewehr haben, umgehen in großem Bogen das Tal, machen Lärm und treiben die Schweine zu uns herüber.«

»Wir sind ganz und gar außer Atem«, keuchte Dr. Basedorf. »Wir gehen keinen Schritt mehr weiter.« Er reichte Christian sein Gewehr und eine Patronenschachtel. »Wenn Sie wollen?«

Dr. Meyer und er ließen sich auf einem umgestürzten Baum nieder.

Vicente und die anderen bewaffneten Männer schlichen sich vorsichtig den Hang abwärts. Lorenz hatte geschworen nie mehr Alpargatas zu tragen und seine Lederstiefel angezogen.

Sie waren aber gut gefettet und machten keine Geräusche. Auf der halben Höhe zum Tal hin postierte Vicente die Männer hinter Bäume.

Es dauerte fast zwei Stunden, bis sie den Lärm der Treiber vernahmen. Kurz darauf hörten sie ein Grunzen und Brechen. Die Rotte lief in wilder Flucht genau auf sie zu. Als die Tiere sich bis auf wenige Meter genähert hatten, gab Vicente den ersten Schuss ab. Die Tiere stutzen nicht einmal, sondern rannten wie irr weiter. Christian und Lorenz kamen mehrmals zum Schuss. Dann rasten die letzten Wildschweine vorüber. Neun Tiere waren erlegt worden.

Wie in einem Rausch stürzten sich die Peones auf die Beute, beschimpften sie, weideten sie aus und verstreuten die Eingeweide in weitem Umkreis. Inzwischen waren auch die Treiber herangekommen.

»Wo sind die Señores?«, fragte Misael.

Christian erschrak. Hatte die Rotte nicht genau den Weg zu Dr. Meyer und Dr. Basedorf hinüber genommen?

Sie eilten den Hang hinauf. Keiner der beiden war zu sehen. Doch dann erklang eine etwas zittrige Stimme: »Ist alles vorüber?«

Sie schauten nach oben. Die Señores waren hoch auf einen Baum geklettert und klammerten sich an einem starken Ast fest.

»Alles vorbei«, bestätigte Lorenz und atmete auf. »Sie können herunterkommen.«

»Das war ja lebensgefährlich«, stammelte Dr. Basedorf. Er war immer noch bleich. »Sie hätten uns warnen müssen. Die Bestien haben uns um ein Haar überrannt.«

»Lassen Sie, Basedorf. Wir sind ja davongekommen.« Um Dr. Meyers Mund lief ein nervöses Zucken.

Die Peones hatten aus Ästen Tragen gebaut, auf die sie die Beute festgezurrt hatten. Während sie die beiden vorderen Holme der Tragen zu zweit anhoben, schleiften die hinteren Holme über den Boden. Bergab war das nicht schwer. Misael stimmte ein wildes Lied an. Im Wechselgesang zwischen ihm und den Männern sangen sie Strophe um Strophe. Die Frauen und Kinder empfingen die Jäger bereits am Waldrand. Als sie die Beute sahen, fielen sie jubelnd in das Lied ein.

Es wurde ein wirklich großes Fest. Von der Chicha und vom Aguardiente besiegt, hätten die Peones, selbst wenn sie es gewollt hätten, die nächsten drei Tage nicht arbeiten können. Aber dann gingen sie daran, den Acker wieder in Ordnung zu bringen.

Christian ließ von Vicente Maultiere und ihre Treiber mieten. Der Kaffee sollte in Pauna verkauft werden. Christian hatte vor, mit Dr. Meyer und Dr. Basedorf von der Stadt aus weiter nach Bogotá zu fahren. Er wollte Susanne für ein paar Tage besuchen. Sie brachten die Kaffeesäcke zu einem Aufkäufer. Der prüfte einige Bohnen zwischen den Fingern, hielt sie ins Licht und maulte ein bisschen herum. In Dr. Basedorfs Gesicht zeigte sich schon Enttäuschung, aber Christian flüsterte ihm zu, dass das Niedermachen der Bohnen zum Geschäft gehöre. Sie einigten sich auf einen guten Preis und der Aufkäufer bot einen Vorschuss auf die nächste Ernte an.

»Gehört auch zum Geschäft«, sagte Christian. »Nehmen wir das an, hat er uns in der Hand und kann den Preis diktieren.«

»So geht es vielen, die eine kleine Finca haben und nur ein paar Hektar Kaffee anbauen«, bestätigte Misael.

In Pauna wartete der Fahrer mit Dr. Meyers Wagen. Ohne Panne gelangten sie nach Bogotá.

Susanne hatte nicht mit Christian gerechnet und flog ihm in die Arme. Nach der ersten Wiedersehensfreude sah er, dass es ihr nicht gut ging. Susanne war blasser als gewöhnlich und hatte Ringe unter den Augen. »Was ist mit dir?«, fragte er.

»Lass nur«, antwortete sie. »Ihr habt mit der Finca genug am Hals. Ich werde schon hier mit allem fertig.«

Er drängte sie: »Susanne, was bedeutet das ›mit allem‹?«

Sie begann leise zu weinen. Eine Klingel in ihrem Zimmer schepperte. »Ich muss runter«, sagte sie. »Doña Esmeralda will etwas von mir.«

»Ich gehe mit. Noch hatte ich ja keine Gelegenheit, sie zu begrüßen.«

Sie wischte sich die Tränenspuren ab. Hand in Hand gingen sie ins Untergeschoss.

»Wo bleiben Sie denn, Susanne«, fuhr Doña Esmeralda sie an. Sie stand am Fenster und schaute in den Patio. »Ich hatte doch schon vor Minuten nach Ihnen geklingelt.«

»Es war vor genau einer Minute, Señora«, sagte Christian. Sie fuhr herum. »Ach, Sie sind mal wieder in der Stadt. Warum sagt mir das denn niemand?«

»Ich bin erst gerade eingetroffen und bleibe für drei, vier Tage. Ich möchte Sie bitten meine Frau für diese Zeit zu beurlauben.«

»Das geht nun wirklich nicht, Señor Fink. Dienstpersonal ist Dienstpersonal.«

Christian glaubte nicht richtig gehört zu haben und fragte: »Sagten Sie Dienstpersonal, Señora Reyes?«

»Wieso nicht?«, fragte sie laut zurück.

Ihr Mann trat in den Raum.

»Ah, Señor Fink. Schön, dass Sie Ihre Frau mal wieder besuchen.« Als er die eisige Atmosphäre bemerkte, fragte er irritiert: »Gibt es Schwierigkeiten?«

»Stell dir vor, Susanne will Urlaub. Der Unterricht für unsere Kinder fällt aus. Wo kommen wir hin, wenn unser Personal solche Ansprüche stellt?«

»Aber Esmeralda! Auf ein paar Tage kommt es nun wirklich nicht an.« Sie sagte: »Ich kann mir denken, warum du Susanne Fink besser behandelst als deine anderen Leute.« Sie ging hinaus.

»Verzeihen Sie meiner Frau«, sagte Señor Reyes. »Sie ist im Augenblick etwas nervenschwach.«

Er schaute vor sich hin auf den Flügel und sagte: »Selbstverständlich können Sie, liebe Susanne, einige Tage Urlaub machen. Guten Tag.« Auch er ging und Susanne und Christian blieben peinlich berührt zurück.

Als sie wieder in Susannes Zimmer waren, begann Susanne heftiger zu weinen. Und dann erzählte sie: »Señor Reyes stellt mir nach, Christian. Seit Wochen tut er mir schön, schenkt mir Blumen, berührt mich wie unabsichtlich am Arm, streicht mir über den Rücken.« Sie schüttelte sich. »Es fällt mir immer schwerer, ihn in seine Schranken zu weisen, ohne ihn zu beleidigen. Erst habe ich geglaubt, ich bilde mir etwas ein. Aber dann hat Carmen mir gesagt, dass er das manchmal so mache, wenn ihm eine Frau vom Personal gefalle. Nur habe er sich noch nie so lange bemüht eine Frau ins Bett zu bekommen, wie bei mir. Und dann hat sie gesagt: ›Über kurz oder lang, das Ergebnis ist immer das Gleiche.‹«

»Ich drück ihm die Gurgel ab, dem alten Hahn«, rief Christian und sprang auf.

Susanne musste trotz der Tränen lachen.

»Susanne«, sagte er entschlossen, »ich nehme dich mit auf die Finca. Sicher, das Haus ist primitiv, eine richtige Männerwirtschaft, kaum Möbel, nicht mal ein richtiges Bett. Aber wenn du erst dort bist, werden wir das alles regeln.«

»Und María?«, fragte sie ängstlich.

»Die werden wir nicht allein lassen. Auch für das Kind wird sich ein Platz im Haus finden. Schließlich werden in den Ranchos dutzende Kinder groß.«

»Meinst du das wirklich?«

»Hier lasse ich dich keinen Tag länger. Ich werde einen Wagen besorgen. Wir packen und ziehen bis morgen in den Pfarrhof. Das Kabuff steht ja immer noch für uns bereit.«

Doña Esmeralda ließ sich nicht mehr sehen. Sie beauftragte ihren Sohn aufzupassen, dass Susanne keine Sachen mitnahm, die zum Haus gehörten. Zwei Stunden später brachte sie der kleine Lastwagen zum Pfarrhof.

»Wie gut«, sagte Susanne, »dass von meinen drei Kisten eine beim Zoll verschwunden ist. Sie würde keinen Platz mehr auf dem Wagen finden.«

»Verschwunden? Beim Zoll?«

»Wo auch immer. Jedenfalls ist sie nie hier angekommen. Zum Glück war es nicht die Kiste mit der Nähmaschine. Und auch die Schnibbelmaschine für die Bohnen samt Inhalt ist noch da. Aber das Silberbesteck, das Mutter mir geschenkt hat, das ist weg.«

»Wenn ich erst reich bin, kaufen wir ein neues«, scherzte Christian.

»Ich war zuerst traurig darüber, Christian. Aber dann dachte ich, dass Mutter es mir gegeben hat, das ist für mich wichtiger, als dass ich es besitze.«

Ottilie hatte den Wagen halten hören und schaute nach, wer zu Besuch kam. Christian erklärte ihr kurz die Lage.

»Nein, nein«, rief sie. »Nicht mit der kleinen María in das Kabuff. Oben ist ein großes Zimmer frei. Dort könnt ihr wohnen, solange ihr mögt.«

Inzwischen waren einige Bewohner neugierig aus ihren Räumen gekommen. Die meisten kannte Christian noch. Fast alle packten an und trugen Susannes Sachen in das Zimmer.

Am Abend kam auch der Padre ins Haus. Er freute sich, dass die beiden gekommen waren. Sie saßen noch bis in die Nacht hinein und erzählten.

Am nächsten Morgen sagte Ottilie: »Ich habe mit meinem Bruder gesprochen. Wir sind beide der Meinung, dass Susanne nicht Hals über Kopf mit auf die Finca soll. Sie, Christian, könnten zunächst einmal dort alles vorbereiten. Man muss auch an das kleine Kind denken. Susanne wird hier wohnen bleiben und Sie holen sie ab, sobald die Finca für Mutter und Kind eingerichtet ist.«

Erst sträubte sich Christian, aber dann sah er ein, dass das ein guter Vorschlag war.

Ottilie gab Christian zwei Briefe. »Einer für Sie, Christian, einer für Lorenz. Hätte Ihre Schwester Anna auch in einen Umschlag stecken können. Wäre billiger gewesen.«

In ihrem Zimmer las Christian den Brief. Susanne schaute ihn an und sah, dass er zornig wurde. Schließlich warf er den Brief heftig auf den Tisch.

»So geht es nun wirklich nicht, Anna«, rief er.

»Was schreibt sie?«

»Lies selber, Susanne.«

Er lief im Zimmer auf und ab. Als sie den Brief sinken ließ, fragte er ungeduldig: »Na, was sagst du dazu? Alle Versprechen gebrochen. Lauter Ausflüchte. Das ist . . .«

Er brach ab und fragte: »Na, sag schon, was du davon hältst.«

»Ganz unvorbereitet kommt Annas Entscheidung für mich nicht, Christian. Ich frage mich selbst manchmal, ob sie mit dem, was sie kann und will, hier in Kolumbien am richtigen Platz wäre.«

»Was sie kann und will! Und ihre Liebe, zählt die nicht?«

Susanne hob hilflos die Hände.

»Und unsere gemeinsamen Pläne? Und Lorenz?«

»Du sagst es. Es sind unsere Pläne. Waren sicher auch mal Annas Pläne. Aber inzwischen ist sie wohl weit davon weg und hat andere Vorstellungen von ihrem Leben, Vorstellungen, die sie in Deutschland vielleicht verwirklichen kann, aber niemals auf einer Finca.«

»Mir wird jetzt schon übel, wenn ich daran denke, dass ich Lorenz den Brief übergeben muss.«

Sie schwiegen und gingen ihren Gedanken nach. Christian beruhigte sich allmählich.

»Denk auch mal dran, dass deine Schwester das beste Examen des ganzen Jahrgangs gemacht hat. Und die gute Stelle, die ihr angeboten worden ist!«

»Wärst du auch in Deutschland geblieben, wenn du dort eine Stelle als Lehrerin bekommen hättest?«

Sie umarmte ihn und flüsterte ihm ins Ohr: »Bis ans Ende der Welt wär ich gekommen, bis ans Ende der Welt.«

Er presste sie an sich. »Ich hätt dich geholt, vom Ende der Welt hätt ich dich geholt.«

Am nächsten Abend besuchten sie Mergenter. Der rief im Kloster an und lud auch Eva Millhaus ein. »Wer ist denn außerdem noch bei Ihnen zu Gast?«, fragte die Pfortenschwester. Mit dem Ehepaar Fink war sie einverstanden.

»Die Finks sollen Eva abholen und spätestens um zehn Uhr zurückbringen, dann mag es wohl gehen. Wenn das Mädchen überhaupt zu Ihnen kommen will. Sie hängt dauernd in dem Gewächshaus herum und experimentiert mit ihren Pflanzen. Irgendwas gegen Pflanzenkrankheiten probiert sie aus, glaube ich.«

»Wie fortschrittlich die Schwester geworden ist«, lobte Mergenter spöttisch. »Diesmal braucht Eva nicht mal einen Wachhund.«

»Sie ist inzwischen auch achtzehn geworden«, sagte Christian.

Es wurde ein fröhlicher Abend. Susanne und Christian waren erleichtert eine Lösung gefunden zu haben und bald auf der Finca zusammen sein zu können. Sie baten Eva von ihren Experimenten zu erzählen, doch die blieb bei diesem Thema wortkarg. Sie sagte nur: »Wenn ihr in euren Pflanzungen mal Probleme mit Schädlingen habt, dann fragt mich. Vielleicht kann ich helfen. Aber mehr dazu erfahrt ihr von mir nicht. Schwester Rosa sagt nämlich mit Recht, wenn ich davon anfange, finde ich kein Ende.«

»Wie steht es mit dem Tolima, Señor Mergenter?«, fragte Susanne. Mergenter zog ein verdrießliches Gesicht.

»Es war wieder nichts. Mein Bergführer aus Österreich hat mich schnöde abgewiesen. Der Aufstieg sei viel zu schwierig für einen, der nur ein gesundes Bein habe. Aber diese Burschen werden mich noch kennen lernen. Ich sammle alle Erfahrungen, die andere mit dem Tolima gemacht haben, und werte sie aus. Notfalls geh ich mit einigen Indios allein los.«

»Es gibt einfachere Methoden, sich umzubringen«, sagte Christian. »Was ich Sie immer noch fragen wollte, Señor . . .«

»Hört endlich auf mit dem Señor«, fiel Mergenter Christian ins Wort.

»Wir kennen uns nun schon so lange. Ich heiße Antonius, meinetwegen Antonio. Und wenn euch das nicht über die Lippen geht, dann nennt mich Don Antonio. Und das Du bitte ich mir aus. Falls ich die Frauen auch so anreden darf.«

»Ist uns eine Ehre«, sagte Susanne etwas steif.

»Dann aber sollten wir darauf trinken.« Mergenter schüttete einen glasklaren Rum in kleine Gläschen. »Und, wie es sich gehört, von den Damen erwarte ich einen herzhaften Kuss.«

»Aha, daher weht der Wind.« Christian wunderte sich, dass Eva rot geworden war. Aber sowohl sie als auch Susanne küssten ihn.

»Also, Christian, was wolltest du mich immer schon fragen?«

»Damals auf dem Schiff, Don Antonio, du erinnerst dich sicher, da hast du jeden Morgen am Bug gestanden und aus deinem Psalmenbuch gebetet.«

»Ja?«

»Ich frag dich mal mit Fausts Gretchen: Antonio, wie hältst du's mit der Religion?«

»Ich bete auch heut noch jeden Tag, wenn du das meinst. Aber mit einigen Ansichten der Kirche komm ich weniger gut zurecht. Ich hab damit Probleme. Was meinst du wohl, was der Padre, sicher ein guter Mann, was der Padre sagt, wenn er von meiner Lucrecia hört. Sie ist übrigens heute zu ihrer Schwester Flor. Die hat einen hübschen Mann geheiratet, der eine gut gehende Tienda betreibt, so einen Laden für alles. Ich will Lucrecia nicht vor euch verstecken. Also, was wird der Padre sagen?«

»Dass du sie heiraten sollst, wird er sagen.« Eva schaute Mergenter gerade in die Augen. »Und das sag ich dir auch. Eine Frau ist mehr als eine räudige Hündin, die man wegjagt, wenn man sie nicht mehr will.«

»Oho«, rief Mergenter. »Ein kämpferisches Weibsbild. Oder spricht aus dir nur die Stimme von Schwester Oberin?«

»Eher die Stimme meiner Mutter. Sie hat wirklich darunter leiden müssen, dass sie meinen Vater geheiratet hat. Ihre eigenen Eltern . . . na, ihr wisst es ja. Und dann haben sie meinen Vater weggeschleppt. Was galt ihr da ihre Gesundheit, ihr Leben? Wenn ich mir nur einen Augenblick vorstelle, mein Vater hätte sie nur benützt oder lediglich auf Zeit geliebt, auf Widerruf sozusagen, ich würd ihn anspucken. Wenn ich mal heirate, dann für immer und ewig, mit Haut und Haar.«

»Ob du einen Mann findest, der das auch so sieht?«

»Ich hab ihn schon gefunden. Er weiß es nur noch nicht.«

Wieder wurde sie rot bis in die Haare hinein.

»Donnerwetter«, sagte Mergenter. »Wenn ich dreißig Jahre jünger wäre, ich glaube, Antonius Mergenter stünde in Flammen. Du wärst selbst eine Versuchung für den heiligen Antonius den Einsiedler.«

Sie lachten ausgelassen.

»Es ist bald zehn«, sagte Mergenter. »Wir wollen die Pfortenschwester nicht enttäuschen.«

»Du hast Recht, Antonio«, stimmte Eva zu. »Sie sitzt von morgens sieben bis abends neun an der Pforte. Und ist schon neunundsiebzig Jahre alt. Trotzdem bleibt sie für mich heute eine Stunde länger dort. Ich muss gehen.«

»Es war ein schöner Abend, Christian«, sagte Susanne, als sie Eva bis zur Pforte begleitet hatten. »Unangenehm war mir nur das mit Mergenter und dem Kuss.«

»Ist halt eine Gewohnheit, wenn man mit dem Du beginnt.«

»Nicht dass er mich geküsst hat, das nicht. Wie er mich geküsst hat . . .«

»Was meinst du?«

»Das kann man nicht ausdrücken, nur spüren.«

Christian lachte und sagte: »Ich hoffe, bei meinen Küssen ist dir wohler.«

»Ganz bestimmt, Christian«, bestätigte sie und küsste ihn.

»Morgen muss ich zurück auf die Finca.« Christian seufzte.

»Morgen, Christian, lasse ich dich leichter gehen als das letzte Mal.«

La Encantada ist ein schöner Ort, dachte Christian, als er die Häuser in der sanften Talsenke liegen sah. Der Fluss hatte sich tief eingeschnitten. Am Hang auf der anderen Seite waren die ärmeren Ranchos gebaut, aber auch sie waren weiß getüncht und vor den meisten blühten herrliche Blumen. »La Encantada verdient den Namen ›Die Verzauberte‹ zumindest in diesem klaren Abendlicht wirklich«, sagte Christian halblaut.

Pater Gabriel überredete ihn nicht noch in der Nacht zur Finca zu reiten, sondern bis zum Morgen zu bleiben. Christian war müde und stimmte zu. Der Nachtwind trieb die Nebel von den Bergen ins Tal und löschte die Funken von tausend Glühwürmchen. Sie saßen spät noch um ein offenes Feuer hinter dem Haus. Als die Rede auf Susanne und das Kind kam, sagte er: »Ich halte nicht viel davon, die beiden auf die Finca zu schleppen. Im nächsten Jahr wollt ihr ohnedies da oben Schluss machen.«

»Soll Susanne Ihrer Meinung nach in Bogotá bleiben?«

»Nein, nein. Denken Sie an den Rancho. Er steht immer noch zum Verkauf. Ein solides Bauwerk, gemauert und mit Ziegeln gedeckt. Sie könnten dann immer mal wieder herunterkommen und sie besuchen.«

»Wäre wirklich nicht übel. Aber was versprechen Sie sich davon, Pater. Suchen Sie eine Haushälterin?«

Er lachte. »Gar nicht weit vorbeigeschossen. Keine Haushälterin. Aber eine Frau für die Frauen hier, eine Katechetin. Ihre Susanne hat doch ein Lehrerinnenstudium. Die Leute wissen so wenig von Gott. Für die meisten ist Jesus eine mächtige Kraft neben den Göttern aus der Zeit der Chibcha-Indianer, Bochica und Bachue und wie ihre alten Götter alle heißen mögen. Die Menschen im Dorf und in der Umgebung haben eine Katechetin verdient. Und nicht nur darum. Gesunde Ernährung, Kinderpflege und all das, von dem die Frauen hier nie gehört haben. Wenn Ihre Susanne das tun würde . . .«

»Und nach dem letzten Jahr in der Finca? Was dann?«

»Dann ziehen Sie auch hier herunter. Der Acker hinter dem Rancho schreit nach einer Männerhand.«

»Sie haben gut planen, Pater. Aber da ist Lorenz mit seinen Vorstellungen. Und, ehrlich gesagt, ich will nicht ewig Bauer bleiben.«

»Nun gut. Ich hab es Ihnen angeboten. Machen Sie daraus, was Sie für richtig halten. Und jetzt ab ins Bett. Beten Sie abends?«

»Sicher. Meist sogar mit Lorenz gemeinsam.«

»Dann nehmen Sie heute mit einem etwas verrückten Pater vorlieb.«

Er ging in den Rancho. In seiner Kammer stand unter einem Kreuz eine Betbank. Er forderte Christian auf sich dort niederzuknien. Er selbst kniete sich auf den blanken Boden.

»Oh Herr, komm mir zur Hilfe«, und Christian fiel ein: »Herr, eile mir zu helfen.« Es folgten Psalm, die Lesung, die Fürbitten, das Vaterunser, das Schlussgebet. »Eine ruhige Nacht und ein gutes Ende gewähre uns der allmächtige und barmherzige Herr. Amen.«

»Wenn du die Tagesgebete hier in diesem verlassenen Winkel der Welt nicht einhältst, dann bist du verraten und verkauft«, sagte er.

»Pater Gabriel, heißt es zum Schluss nicht nur ›der allmächtige Herr‹?«

»Möglich. Aber ich hoffe auf den barmherzigen Herrn. Ich hab ihn nötig.«

Am nächsten Morgen wusste Christian es. Er würde den Rancho kaufen.

Christian brannte Annas Brief in der Tasche. Wie würde der Freund die Nachricht aufnehmen? Er gab ihm den Brief gleich, als er wieder auf der Finca eintraf. Lorenz las, stand auf, verließ das Haus, schwang sich auf ein Muli und prügelte auf das Tier ein. Erschrocken galoppierte es davon. Als er nach Stunden immer noch nicht wieder zurück war, rief Christian nach Misael. Sie machten sich zusammen auf die Suche nach Lorenz.

Es wurde dunkel. Sie kehrten zur Finca zurück. Sie hatten ihn nicht gefunden. Christian tat in dieser Nacht kaum ein Auge zu. Immer wieder schreckte er auf, wenn das Holz knarrte oder ein Nachtgeräusch zu ihm hereindrang. Am Morgen lief er hinaus. Er fand Lorenz am Rande des Zuckerrohrfelds. Es hatte in diesen Tagen viel geregnet und die Pflanzen waren schon kräftig ausgeschlagen.

»Lorenz . . .«

»Ja, was gibt es?«

Seine Stimme klang ruhig. Er schien nicht zornig, nicht einmal mehr traurig zu sein.«

»Tut mir Leid, das mit Anna und dir.«

»Lass es gut sein, Christian. Hier, hier tief drin«, er schlug sich mit der Faust hart gegen die Brust, »hier hab ich es schon länger gespürt. Aber bis in den Kopf war es mir noch nicht gekommen.«

»Mensch, Lorenz«, stotterte Christian und legte ihm den Arm um die Schulter. Lorenz streifte ihn ab und sagte: »Lass uns von was anderem reden, Hermano.«

Christian wusste, dass die Peones sich gelegentlich so anredeten, wenn sie »Bruder« sagen wollten.

»Ich werde das Gefühl nicht los, Christian, dass dieses Zuckerrohrfeld verschwendetes Land ist. Wenn wir nicht das Zuckerrohr verarbeiten können, bringt der Anbau nicht viel. Aber was sollen wir tun? Die Señores scheinen keinen Peso mehr lockerzumachen.«

»Nicht mehr lange. Soll doch der sehen, der nach uns der Verwalter wird.«

»Christian, Don Nico hat mir ein Angebot gemacht. Noch nicht sehr konkret, aber doch deutlich genug. Er sagt, er schafft es wegen seiner Malaria auf die Dauer nicht mehr, die große Finca allein zu bewirtschaften. Ich glaube, er wartet nur darauf, dass ich ihn frage, ob nicht einer von uns einspringen will. Was hältst du davon?«

»Nicht viel, Lorenz. Jedenfalls nicht, was Susanne und mich betrifft.« Er stutzte. »Sagtest du, einer von uns? Nur einer?«

Lorenz nickte verlegen. »Ich dachte, du und Susanne . . .«
Christian spürte einen bitteren Geschmack im Mund. Das ist also aus unserer Freundschaft geworden, dachte er.

* * *

Im Juni fuhren wir, Katharina, meine Frau und meine Söhne, Sebastian und ich,
nach Holland. Silberne Hochzeit. Liesel, die älteste Schwester von Katharina,
hatte 1914 den Niederländer Leo Banse geheiratet. Sie wohnen in Arnheim. Wir
hatten die beiden zuletzt bei unserer silbernen Hochzeit 1937 gesehen. Leo ist
ein geselliger Mann. Er hat unsere ganze Familie mit Scherzliedern in einem
Sprachgemisch von Deutsch und Niederländisch zum Lachen gebracht. Katharinas Bruder Franz, seine Frau Hedwig und wir waren die einzigen Deutschen.
Banses Töchter hatten sich Matrosenmützen aufgesetzt. Nach dem Mittagessen wurde ein Segelschiff aus Pappe in den Saal geschoben und die »Matrosen«
sangen ein vielstrophiges Lied. Es konnte gar nicht ausbleiben, dass an diesem
Nachmittag auch politische Gespräche geführt wurden. Katharinas Bruder ist
seit 1932 in der Gegend von Bielefeld in der Partei. Inzwischen Ortsgruppenleiter. Als die Rede auf Deutschland kam, fragte Schwager Leo:»Voriges Jahr ist ja
die Friedenskonferenz in Deutschland gewesen. Die europäischen Großmächte
haben sich auf Frieden geeinigt. Ihr habt doch das Sudetenland zugesprochen
bekommen, nicht?«
»Dort wohnen fast nur Deutsche«, antwortete Franz.
»Nun gut«, fuhr Leo fort. »Aber damit sollten die Gebietsansprüche Hitlers doch
ein Ende haben. Inzwischen sind Mitte März euere Soldaten in die Tschechoslowakei einmarschiert, Ende März verlangte euer Führer die Stadt Danzig und einen Korridor durch Polen nach Ostpreußen, zwei Tage später nimmt er den Litauern das Memelgebiet. Wann hat er endlich den Hals voll?«
»Ich finde es nicht falsch«, sagte Franz ganz ruhig, »wenn alle Menschen deutscher Zunge in einem Reich leben können.«
Leo grinste. »Na, dann sind wir Holländer ja nicht betroffen. Aber das stinkt alles nach Krieg.«

»Hitler will Frieden, nicht Krieg.« Franz schien von seinen Worten überzeugt zu sein. Vielleicht wäre das Thema damit beendet gewesen. Aber Sebastian begann zu singen, ehe Katharina ihn daran hindern konnte:

»Wir werden weitermarschieren,
wenn alles in Scherben fällt;
denn heute gehört uns Deutschland
und morgen die ganze Welt.«

Die Heiterkeit des Festes war weg. Wir haben uns bald darauf auf den Heimweg gemacht.
»Musstest du denn ausgerechnet dieses Lied singen?«, fragte Katharina.
»Das ist das Erste, was wir im Jungvolk gelernt haben, Mama.«

* * *

An jedem Wochenende ritt Christian hinunter nach Encantada. Der Rancho hatte lange nicht verkauft werden können und war entsprechend billig. Was Pater Gabriel gesagt hatte, stimmte. Die Bausubstanz war gut. Aber auch das Ungeziefer fühlte sich in diesem Rancho wohl. Christian beklagte sich darüber. Pater Gabriel beauftragte daraufhin fünf Frauen, das Haus vom Dach bis zum letzten Winkel im Erdgeschoss zu säubern. Für jeden Floh, der danach noch zu finden sei, drohte er ihnen zur Buße ein »Gegrüßet seist du, María« an. Die Frauen sparten nicht mit Wasser und Seife, die ihnen der Pater gestellt hatte. Nachdem sie die Arbeit beendet hatten, verbrannten sie scharf riechende Kräuter. Aus allen Fenstern quoll blauer Qualm. Pater Gabriel kam gelaufen, doch die Frauen standen draußen und lachten.
Christian schnupperte, als er am Wochenende darauf den Rancho betrat. Ein schwacher Geruch nach Melisse hing noch in den Räumen.
Vier Wochen lang kam Christian jeden Samstag von der Finca. Jedes Mal zog er ein Muli hinter seinem Reittier her. Das schleppte die Möbel her-

bei, die Christian geschreinert hatte, zwei Bettgestelle, einen Tisch, vier Stühle, einen bequemen Holzsessel und einen sorgfältig gearbeiteten Schrank. Lorenz ließ Christian gewähren. Die Arbeit in der Finca drängte nach der Ernte nicht sehr. Die Peones beschnitten die Kaffeebäume und brachen die reifen Maiskolben aus. Lorenz half gelegentlich Christian in der Werkstatt. Besonders die Schmiedearbeiten fertigte er mit viel Geschick.

»Man merkt, dass ihr auf eurem Hof zu Hause eine Schmiede habt«, sagte Christian. Er schaute zu Lorenz hinüber. Das Feuer in der Esse warf seinen Schein auf den Freund. Sein hellblondes Haar leuchtete golden auf. Lorenz' Bewegungen waren ohne Hast und spielerisch schlug er den Hammer auf das glühende Eisen.

»Lorenz?«, sagte er. Der schaute auf und fragte: »Ja?«

»Ach, es ist nichts. Ich freu mich nur, dass wir hier zusammenarbeiten.«

An diesem Abend saßen sie beieinander vor dem Haus. Es war kühl und Wolkenfetzen hingen bis auf das Dach herunter. Sie hatten ihre Ruanas fest um sich geschlungen.

»Was war eigentlich damals, Lorenz, als dich die Schlange gebissen hatte?«

»Was soll gewesen sein?«

»Irgendwie hast du dich seitdem verändert. Ich weiß nicht, wie ich es ausdrücken soll, Lorenz. Du bist nachdenklicher geworden, ernster.«

»Mag sein. Ich hatte geglaubt, es sei zu Ende mit mir. Es war ganz merkwürdig. Und dann . . .«

»Ja, was dann?«

»Christian, ich kann es dir nicht genau sagen. Es gibt Dinge, dafür finde ich keine Worte. Ein Engel . . .«

»Ein Engel, Lorenz?«

»Ja. Ich glaube. Aber lass es dabei. Ich möchte nicht darüber sprechen. Nur so viel: Seitdem bin ich nicht mehr zu Mergenter gegangen.«

»Ich hab gemerkt, dass du ihn gemieden hast. Aber warum, Lorenz?«

»Es war weniger wegen Mergenter. Mehr wegen Flor.«

»Du solltest ihr doch das Bandoneonspiel beibringen.«

»Sagte Mergenter. Ich nehme an, er wollte, dass Flor mir etwas ganz anderes beibringen sollte. ›Der Mensch ist kein Stück Holz‹, hat er mal gesagt. Aber Christian, mein Beichtvater bist du nicht.«

Lorenz war inzwischen noch einmal bei Don Nico gewesen. Als er wieder auf der Finca eintraf, sagte er: »Christian, ich habe einen ganz besonderen Mann dort oben kennen gelernt. Don Nico ist alles andere als einer, der mit möglichst wenig Anstrengung möglichst viel Geld einheimsen will. Du müsstest die Ranchos sehen! Steinhäuser, mit Ziegeln gedeckt, leuchtend weiß getüncht. Auf manche Wände haben sie farbige Ornamente gemalt.«

»Für so etwas finden die Zeit?«

»Es gibt feste Arbeitszeiten.«

»Jeden Tag acht Stunden oder so?« Christian lachte. »Wie soll das gehen, wenn zum Beispiel die Ernte reinmuss?«

»Er hat ein anderes Modell gefunden. Jeder ist verpflichtet im Jahr eine gewisse Anzahl von Stunden zu arbeiten, zu Zeiten, in denen die Arbeit drängt, länger, zu anderen weniger. Kinder unter zwölf werden nicht in die Felder geschickt.«

»Findest du das gut, wenn die den ganzen Tag herumbummeln?«

»Tun sie nicht. Es gibt zwei Schulklassen. Die beiden Lehrerinnen sind unheimlich dick. Schwarze übrigens. Schwestern, glaube ich. Aber ich habe gesehen, wie sie mit den Kindern umgehen. Man sagt, dicke Lehrerinnen sind liebevoller zu den Kindern.«

»Erzähl so was bitte nicht, wenn Susanne dabei ist, Lorenz.«

»Ich werde mich hüten. Die Kinder dort lernen alle lesen und schreiben und vor allem rechnen.«

»Warum vor allem?«

»Weil sie später den Überblick behalten sollen, wo das Geld bleibt, das auf der Finca verdient wird. Don Nico erhält den dritten Teil davon. Alle, die dort schon länger als zwei Jahre arbeiten, bekommen ihren Anteil von einem weiteren Drittel. Sie beraten und beschließen gemeinsam, was mit dem übrigen Gewinn gemacht wird.«

»Und wenn sie nun ausmachen das restliche Geld in Chicha umzusetzen?«

»Könntest du dir das zum Beispiel bei Ignacio oder bei unserem Misael hier vorstellen? Und dann ist dort ja auch Jeronimo. Ist ein sonderbarer Mensch, spricht kaum, aber hat ein waches Auge auf die Peones. Ich glaube, sie fürchten sich vor ihm.«

»Und wenn doch mal etwas schief geht?«

»Don Nico hat ein Einspruchsrecht. Alles ist genau festgelegt.«

»Klingt zu schön, um wahr zu sein, Lorenz. Die Pforten des Paradieses sind immer noch verrammelt.«

»Sicher, es gibt auch bei Don Nico Probleme. Manchmal will einer von den Leuten weg. Meist sind es Jüngere, die es in die Städte lockt. Sie haben gehört, dass das Leben dort angenehmer sein soll. Niemand hält sie dann auf der Finca. Sie werden ausbezahlt und können gehen.«

»Mensch, Lorenz, du bist ja richtig begeistert.«

»Ja, das bin ich. Würde es in diesem Land mehr Don Nicos geben, sähe es in Kolumbien anders aus.«

»Du tust ja gerade, als ob hier bei uns die Peones wie Arbeitstiere behandelt werden.«

»Keiner kann behaupten, wir schinden sie. Aber sie bleiben Peones. Auf unseren guten Willen angewiesen. Keine Rechte, weißt du. Auf manchen Haciendas wird es vielleicht ähnlich zugehen. Nicht alle die Besitzer sind Blutsauger. Aber diese Leute werden wie unmündige Kinder behandelt.«

»Sind sie das nicht auch meist?«

»Es scheint so. Deshalb ist ja zum Beispiel die Schule dort drüben auf der Finca.«

»Ich weiß nicht, Lorenz, ob Kolumbien nicht Zeit für solche Entwicklungen braucht. In Deutschland hat es lange gedauert, bis die Bauern frei waren.«

»Das hab ich Don Nico auch gesagt. Er hat mir geantwortet: ›Viel Zeit bleibt in Kolumbien nicht mehr. Wir müssen uns beeilen, wenn nicht eines Tages das Land in Flammen stehen soll.«

»Ich sehe schon, Lorenz, du bist der richtige Mann für Don Nico.«

»Und du?«

»Susanne und ich, denke ich, spüren auch, es muss sich vieles ändern.«

»Vielleicht zuerst unsere eigene Einstellung. Irgendwas von den Ideen der Herrenrasse kannst du auch hier beobachten. Kann sein, dass wir selbst davon infiziert sind, ohne es zu merken.«

»Dir wird Don Nico das austreiben und mir Pater Gabriel.«

Wir haben schon lange nicht mehr so miteinander gesprochen, dachte Christian.

Wir waren fast so vertraut miteinander wie damals in der Gruppe, dachte Lorenz.

Es war, als ob das Glück sich neben sie auf die Bank gesetzt hätte.

Im Rancho in La Encantada fehlte es noch an vielem. Christian hatte länger als vierzehn Tage an einem Kinderbett aus Nussbaumholz gearbeitet. In der Finca sprach sich das herum. »Ein Bett für die kleine Reina, die Königin«, sagten die Frauen. An dem Samstag, als er es nach La Encantada bringen wollte, kamen sie alle aus ihren Ranchos. Sie trugen eine Matratze, ein Kopfkissen und eine wunderschön gewebte Zudecke herbei.

»Für Ihr Kind, Don Christian«, sagte eine alte Frau, die sich nur mit Mühe bis zum Haus geschleppt hatte.

Christian war gerührt, fragte aber doch: »Ist die Matratze nicht ein Nest für die Pulgas, für die Flöhe?«

»Aber Don Christian!«, rief die Alte, lachte und riss ihren Mund so weit auf, dass ihre vier Zahnstummel wie ein Schlangengebiss aussahen. »Das ist Wolle vom Ceibabaum. Das Beste, was man für ein Kindchen haben kann. Und jede von uns hat einen guten Wunsch über der Matratze ausgesprochen. Ihrem Kind wird das Leben gelingen.« Sie wandte sich den Frauen zu und sagte: »Habt ihr es gehört? Flohnest nennt er unsere Matratze.« Sie kicherten über so viel Unverstand.

Er bedankte sich nun höflich und fragte: »Was waren das denn für Wünsche?«

Wieder schauten sie ihn überrascht an und schienen verlegen zu werden.

»Don Christian«, flüsterte die Alte schließlich, »solche Dinge darf man nicht laut sagen. Dann hören es die bösen Geister und werden zornig.«

»Ich werde nie mehr danach fragen«, versprach er.

Manche fuhren mit ihren Fingern ganz zart über das glatte Holz. Dann halfen sie ihm dem Muli das Bettchen aufzuladen und winkten ihm nach.

In La Encantada fragte er den Pater nach dem Geheimnis der Matratze.

»Sie kennen die Ceibas?«, fragte Pater Gabriel.

»Sicher. Auf einer Plaza habe ich mal einen riesigen Ceibabaum gesehen, ein dicker Stamm und an die dreißig Meter hoch wuchs die Krone in den Himmel. Der Schatten reichte aus für den ganzen Platz.«

»Wichtig sind die Fruchtkapseln. Die Samen sind in die Ceibawolle eingebettet, eine Art Kapok. Die Fasern sind hohl und stoßen Wasser ab.«

»Und die Flöhe?«

»Meiden diese Wolle. Es sind Bitterstoffe darin, die das Ungeziefer abschrecken.«

»Mensch, Pater, ich habe den Frauen unrecht getan, sie vielleicht sogar beleidigt. Das muss ich wieder gutmachen.«

»Tun Sie das, Christian. Holen Sie endlich Ihre Frau her. Dann haben Sie vieles gut gemacht.«

»Pater«, sagte er, »der Rancho ist längst noch nicht so, wie er sein soll. Es muss noch so vieles . . .«

»Ob Ihre Susanne nicht froh ist, wenn sie dabei mitwirken kann?«

»Meinen Sie, Pater Gabriel?«

»Das weiß ich, Dummkopf«, knurrte er.

Auf der Finca herrschte große Aufregung. Misael hatte bei einigen Kaffeepflanzen rote Flecken an der Unterseite der Blätter entdeckt.

»Kaffeerost!«, hatte er gerufen. Wie ein Lauffeuer hatte sich die Unglücksbotschaft bis in den letzten Rancho hineinverbreitet. »Kaffeerost!«

Lorenz hatte sofort die befallenen Bäumchen ausroden und verbrennen lassen. Es waren ungefähr fünfzig. Sie wuchsen gerade in dem Feld, das vor zehn Jahren gepflanzt worden war und von dem sie die beste Ernte erwarteten. Außerdem hatte er einen Peon zu Don Nico geschickt und ihn in einem Brief um Rat gebeten.

»Das fehlte uns gerade noch«, schimpfte Christian, als er zurückgekommen war. »Eigentlich wollte ich nach Bogotá und Susanne herholen.«

Lorenz sagte: »Jetzt kannst du nicht weg.«

»Klar, Lorenz. Aber was sollen wir tun?«

Am Montagabend kam der Peon von Don Nico zurück. Hastig riss Lorenz den Antwortbrief auf.

»Ich bin ein Fachmann für das Zuckerrohr«, schrieb Don Nico. »Leider kann ich euch nicht helfen, außer dass ich es genau wie ihr gemacht hätte. Die befallenen Bäume müssen auf jeden Fall verbrannt werden.«

Ein paar Tage beobachteten Christian, Lorenz und die Peones die Felder scharf. Es schien vorbei zu sein mit dem Kaffeerost. Aber dann entdeckte ein elfjähriger Junge wieder einige befallene Pflanzen in demselben Feld.

»Raus mit allen Bäumen aus diesem Acker«, sagte Lorenz.

»Du, das sind mehr als vierhundert Bäume«, widersprach Christian, aber Lorenz beharrte darauf: »Weg damit. Lieber ein Ende mit Schrecken als ein Schrecken ohne Ende.«

»Und in einigen Tagen finden wir den Rost auf dem Nachbarfeld.«

Lorenz schlug mit der Faust gegen die Wand ihres Hauses.

»Was sollen wir denn deiner Meinung nach tun?«

»Ich fahre nach Bogotá so schnell ich kann. Wir kennen doch eine Expertin dort. Die hol ich her.«

»Du meinst . . .« Er schaute Christian überrascht an.

»Ja. Eva Millhaus meine ich. Sie hat doch gesagt ›wenn ihr Probleme mit den Pflanzen bekommt, ruft mich‹.«

»Ich weiß nicht«, sagte Lorenz.

»Ich auch nicht. Aber ausreißen und verbrennen können wir immer noch.«

»Gut, Christian. Wie lange brauchst du, bis du zurück bist?«

»Wenn Eva gleich mitkommt, vier Tage.«

»Worauf wartest du denn noch?«, fragte Lorenz.

Eine halbe Stunde später saß Christian auf dem Rücken des schnellsten Mulis, das sie auf der Finca besaßen.

In Pauna bot er einem Indio, der einen neuen Lastwagen fuhr, Geld dafür, dass er statt am nächsten Morgen, wie er es eigentlich vorhatte, noch am selben Nachmittag aufbrach. Zehn Pesos gaben seinem Wagen Flügel, zumal Christian ihm weitere fünf Pesos versprach, wenn er vor dem Morgengrauen in Bogotá eintreffe. Die Sonne war noch nicht aufgegangen, als der Lastwagen vor dem Pfarrhof hielt. Da der Fahrer lediglich ein paar Ersatzteile für eine Brunnenbohrung in Pauna besorgen sollte, versprach Christian ihm erneut zehn Pesos, wenn er sich ein paar Stunden später schon auf die Rückfahrt machen würde.

»Ich falle um, so müde bin ich«, sagte der Indio. »Aber morgen um sechs habe ich meine Geschäfte erledigt und bin ausgeschlafen, Señor?«

»Gut«, stimmte Christian zu. »Aber dann nur fünf Pesos.«

»Neun, Señor.«

»Sie nützen meine Lage schamlos aus, Su Merced, Euer Gnaden.«

»Acht Pesos, Señor. Mein letztes Wort.«

»Carajo! Also acht. Aber du fährst dann auch, was dein Motor hergibt.«

»Wie der Teufel, Señor«, versprach der Indio und grinste.

Eva war wie elektrisiert, als sie von dem Kaffeerost erfuhr. Im Besucherzimmer fand eine Beratung mit der Schwester Oberin statt.

»Ich muss die Pflanzen selber sehen«, sagte Eva. »Wenn ich nicht dort hinfahre, ist die Finca ruiniert.«

»Und Sie verfügen über ein Mittel, Eva, das helfen könnte?«

»Bis morgen früh habe ich genügend Bordeauxbrühe, Mutter Oberin.«

Die Pfortenschwester warf ein: »Soll Eva wirklich als Mädchen allein mitfahren? Ich weiß nicht, dieser Lorenzo, das ist ein windiger Typ.«

Das brachte Christian auf die rettende Idee. Er sagte: »Ich kann Sie beruhigen, Schwester. Meine Frau und das Baby fahren auch mit.«

Christian hatte den Eindruck, als ob die Oberin ihm zuzwinkere.

»Also gut. Wann holen Sie Eva ab?«

»Morgen früh gegen sieben.«

»Dann wollen wir keine Zeit verlieren.«

»Danke, Mutter Oberin«, sagte Eva.

Ottilie rief: »Plötzlicher ging es wohl nicht, wie?«

»Leider nicht«, erwiderte Christian. »Sie wissen doch, Ottilie, was Gott verbunden hat, soll der Mensch nicht . . .«

»Hören Sie auf mit den Sprüchen, Christian. Helfen Sie lieber beim Packen.«

Auch Susanne war aufgeregt. Aber in ihr überwog die Freude.

Mit Sack und Pack warteten sie am nächsten Morgen auf den Lastwagen. Der kurvte schließlich mit einer Stunde Verspätung um die Ecke.

Als Ottilie dem Indio Vorwürfe machte, zuckte der die Achseln und sagte: »Vieja, was ist schon eine Stunde, wenn Sie an die Ewigkeit denken?«

»Sag nicht noch einmal ›Vieja‹, Alte, zu mir, du Schlingel«, rief Ottilie und schwang drohend einen Stecken.

Als der Wagen losfahren wollte, nahm sie Susanne in die Arme, streichelte das Kind und sagte: »Ihr werdet mir fehlen. Ich hab mich fast wie die Großmutter von María gefühlt.«

»Das sollten Sie auch bleiben, Ottilie. Wir sind ja nicht aus der Welt.«

»Wo lassen wir bloß das Cello?«, sagte Christian. Der Fahrer fand einen Platz hinten in der Kabine.

Zehn Zwanzigliterkanister, eine Spritze und vier gefüllte Säcke standen vor dem Kloster. Der Indio schaute sich das an und sagte: »Señor, wir hatten keine Ladung ausgemacht. Erst die Möbel, jetzt, was weiß ich, was für ein Teufelszeug. Und das für acht Pesos? Das können Sie mit mir nicht machen. Zwanzig Pesos ist nicht zu viel verlangt.«

Schon wollte Christian ihn einen unverschämten Burschen schimpfen, da mischte die Oberin sich ein: »Er hat Recht, Christian.«

»Schon schlecht«, antwortete Christian, »aber wenn Sie es sagen . . .«

Er zeigte dem Fahrer den Pesoschein: »Erst in Pauna wird gezahlt, mein Lieber. Und nur, wenn du fährst wie der Teufel.«

»Rufen Sie lieber den Schutzengel an!«, rief die Pfortenschwester. »Wenn ich mir diesen Fahrer anschaue, weiß ich, dass Sie ihn nötig haben.«

In der Tür drängten sich die Schwestern und winkten. Christian erkannte Schwester Rosa und die Doctora.

»Wie ein Schwalbennest sieht das aus mit all den schwarz-weißen Hauben«, sagte er.

Am Spätnachmittag mietete Christian in Pauna vier Maultiertreiber, zwölf Lasttiere und für die Frauen und für sich je ein Reitmuli. Obwohl Eva und Susanne selten geritten waren, hörte man von ihnen keine Klage. Wieder hatte Christian jedem Treiber drei Pesos versprochen, wenn sie auch in der Nacht keine längere Rast einlegen würden. Es war noch dunkel, als sie in La Encantada ankamen. Steif betraten die Frauen den Rancho. Die Mulis wurden entladen und die Treiber verschwanden mit ihnen.

Christian brach nach einer kurzen Pause zur Finca auf.

Susanne flüsterte ihm noch zu: »Wunderschön, dieser Rancho. Hier werden wir zu Hause sein.«

»Ich hätte mir den Einzug anders vorgestellt«, brummelte Christian.

Lorenz fiel ein Stein vom Herzen, als er Christian kommen sah. Es hatte keine neuen Fälle von Kaffeerost gegeben, aber beim ersten Mal waren auch Tage vergangen, bis sie entdeckt hatten, dass erneut Bäume befallen waren.

Kurz berichtete Christian, dass Eva in La Encantada darauf wartete.

Misael brachte die Mulis. »Darf ich mit hinunter, Señor?«, bat er.

Christian sagte zu Lorenz: »Wollen nicht wir beide losziehen?«

»Du bleibst hier und schläfst, bis wir wieder oben sind.«

»Hast Recht. Ich bin total fertig.«

Vier Tage lang versprühten sie die Bordeauxbrühe über die Bäume und sanken abends erschöpft in den Schlaf. Die Frauen der Peones brachten ihnen zu essen auf die Felder.

Dann war es geschafft. Lorenz bat Eva noch ein paar Tage zu bleiben, bis sie sicher sein konnten, dass der Kaffeerost endgültig besiegt war.

»Ich kann ja drüben in Misaels Rancho schlafen«, bot er an.

»Und du, Christian?«, fragte sie.

»Ich reite zu Susanne nach La Encantada.«

Eva sagte: »Ich halte es auch für besser, wenn ich mich noch ein wenig in den Feldern umsehe. Bei dieser Seuche kann man nie wissen.«

»Wir kommen dann hinunter und feiern ein Fest«, sagte Lorenz.

»Gut. Abgemacht. Bestell Vicente, dass er für uns auf die Jagd gehen und ein schönes Stück Wild nach La Encantada bringen soll.«

Es verging eine Woche, bis Vicente einen Spießhirsch zu Susanne und Christian brachte. Er bestellte einen Gruß von dem Liebespaar auf der Finca. Am kommenden Samstag wollten die beiden in La Encantada eintreffen.

»Liebespaar?«, fragte Christian verblüfft.

Er hob die Schultern, nickte und ging.

»Glaubst du das, Christian?«, fragte Susanne.

»Er soll ein Schamane sein. Die haben einen scharfen Blick für so etwas.«

Vicente war sich ganz sicher. Warum hätte die Señorita ihn denn sonst wohl gebeten ihr jenes Pulver zu verkaufen, das sie Don Lorenzo in den Tinto mischen wollte und das schon viele Paare zueinander gebracht hatte? Keinen einzigen Peso hatte er dafür verlangt. Sie würden schon sehen, diese Gringos. Und der hochmütige Blick, den die beiden ihm zugeworfen hatten, als er ihnen das von dem Liebespaar verriet, der würde ihnen noch Leid tun.

Am Samstag in der Frühe brachen Eva und Lorenz auf. Es regnete in Strömen und die Kleider klebten ihnen am Leib.

Normalerweise waren die Flüsse, die es bis La Encantada zu überqueren galt, eher Rinnsale. Das Wasser reichte den Maultieren an der Furt kaum bis über die Fesseln. Aber an diesem Tag war es anders. Wild und tosend schossen schon am ersten Fluss die Wassermassen von den Bergen ins Tal.

»Weiter oben hat's bestimmt einen Wolkenbruch gegeben«, sagte Lorenz. Sie hielten am Ufer. Lorenz fragte: »Traust du dich, Eva?«

Sonst konnte man die Kiesel blinken sehen. Heute aber deutete nur eine Schaumbarriere an, wo sich die flachere Stelle befand.

»Reite du vornweg«, sagte Eva.

»Klammere dich auf jeden Fall an der Mähne des Mulis fest, ganz gleich, was geschieht. Das Tier kennt so etwas und kommt schon durch.«

Er trieb sein Muli an. Vorsichtig tastete es sich vorwärts, prüfte Tritt um Tritt den Grund und wurde auch nicht ängstlich, als das Wasser ihm bis an die Brust ging. Evas Muli folgte, ohne zu zögern.

»War ja einfacher, als ich dachte, Lorenz.« Sie atmete erleichtert auf.

Er öffnete den Schraubverschluss einer Blechflasche und sagte: »Da, nimm. Das schützt vor Erkältungen.«

Sie trank einen Schluck.

»Den Rum hat Don Nico gebrannt. Schade, dass du ihn nicht kennen gelernt hast.«

»Kann ja noch passieren«, sagte sie.

Sie durchquerten den nächsten Fluss. Sein Muli musste ein paar Meter schwimmen, bevor es wieder festen Grund unter die Hufe bekam. Er war gerade am anderen Ufer angelangt, als auch Evas Tier zu schwimmen begann. Die Strömung war reißend und es wurde ein paar Meter abgetrieben. Sie klammerte sich an die Mähne. Ihn durchzuckte ein wüster Schreck. Eva wäre nicht die Erste, die das Wasser mit sich riss. Mit einem Mal wusste er, dass er sie nicht verlieren durfte. Schon ritt er wieder in den Fluss hinein, da fand auch Evas Muli Halt. Es machte noch ein paar kurze Schritte auf Lorenz zu. Das Wasser reichte dem Tier bis zum Bauch. Es zitterte und wollte nicht weitergehen. Eva tätschelte dem Muli den Hals.

»Eva«, schrie Lorenz gegen den Lärm des Wassers an.

»Eva, ich liebe dich.« Das Tosen verschluckte seine Worte.

Sie winkte ihm zu.

»Eva Millhaus, willst du meine Frau werden?«

»Bitte?«, schrie sie zurück.

»Ich liebe dich. Willst du mich heiraten?«

Sie trat dem Muli mit den Fersen hart in die Weichen. Es machte erschrocken einen Satz nach vorn und erreichte im Trab das Ufer.

Auch Lorenz war wieder aufs Trockene geritten. Sie lenkte ihr Muli neben seines, schwang sich so zu ihm hinüber, dass sie vor ihm saß, Brust an Brust, umarmte ihn und rief laut: »Das wollte ich schon, als wir noch mit der *Viktoria* über den Atlantik schipperten. Ja, ja, ich will deine Frau werden.«

Sie küssten sich wieder und wieder.

»Ich liebe dich, Eva«, sagte er noch einmal.

»Für immer und ewig und mit Haut und Haar?«

»Für immer und ewig und mit Haut und Haar.«

»Wir müssen weiter«, sagte er nach einiger Zeit und schob sie sanft von sich. Er hob sie auf ihr Muli und ritt voraus.

Diesmal nicht wie mit Flor, dachte er. Diesmal ist es ganz anders.

Bei ihrem Ritt bis zum Rancho waren ihnen die Kleider am Leib nicht getrocknet, obwohl die Sonne sich seit einer Stunde schon immer wieder zwischen den Wolken zeigte.

Rock und Bluse von Susanne passten Eva, wie für sie gemacht. Pilar hatte Lorenz Hemd und Hose von Pater Gabriel geliehen. Der war allerdings ein *pote,* also erheblich dicker und kleiner als er.

Es wurde ein herrliches Fest. Der Rancho war mit Blumen über und über geschmückt. Die Frauen des Ortes hatten eine Girlande von der Straße bis über die Tür gehängt und sogar von Pater Gabriel ein Schild schreiben lassen: »Bienvenidos, Herzlich willkommen.«

Pilar hatte Susanne geholfen ein reichhaltiges Essen vorzubereiten und sie hatte darauf bestanden, dass der Spießhirsch über dem offenen Feuer gebraten werden sollte. Bevor der Braten angeschnitten wurde, schlug Lorenz zwei Blechtassen gegeneinander. Alle schauten ihn erwartungsvoll an.

Lorenz legte den Arm um Evas Schulter und sagte: »Ihr sollt es als Erste erfahren. Wir wollen bald heiraten.«

»Dieser Vicente!«, rief Susanne. »Er hat es tatsächlich noch vor uns gewusst.«

»Vicente?«, fragte Lorenz verblüfft. Eva war rot geworden, sagte aber: »Er ist ein Schamane. Schamanen können in die Zukunft schauen.«

»Ich muss mich doch sehr wundern«, tadelte Pater Gabriel sie. »Señorita, das sind doch recht heidnische Ansichten.«

Eva wollte, dass die Hochzeit in Bogotá stattfinden sollte.

»Die Schwestern müssen dabei sein. Wenn die nicht gewesen wären . . .«

Lorenz bestand darauf, dass der Padre die Messe mit ihnen feierte. Die Leute aus dem Pfarrhof waren alle gekommen. Auch Mergenter und Lucrecia waren dabei. Sie setzten sich ganz hinten in die Bänke. Einen Augenblick glaubte Lorenz auch Flor gesehen zu haben, aber als er später nach ihr Ausschau hielt, war sie verschwunden. Eva war eine schöne Braut. Sie trug ein langes Brautkleid, der hauchzarte Schleier bedeckte ihr Haar und das halbe Gesicht. Den Brautstrauß aus kleinblütigen hellroten Rosen hielt sie fest in den Händen. Zum ersten Mal hatte sie das Smaragdarmband ihrer Mutter angelegt. Die langen Tische im Refektorium, an denen die Schwestern sonst ihre Mahlzeiten einnahmen, waren mit weißen Tüchern gedeckt und das Porzellan, das nur an hohen Feiertagen benützt wurde, gab der Festtafel einen besonderen Glanz. Die Oberin schaute streng drein, als sie bemerkte, dass Schwester Rosa die Kerzenleuchter aus der Kapelle auf den Tisch stellte. Man konnte es spüren, dass die Schwestern sich mit Eva freuten. Nur die Pfortenschwester schüttelte bedenklich den Kopf. »Was hätte aus dem Kind werden können. Gerade an der Universität eingeschrieben und dann kommt dieses Mannsbild daher und schleppt das Mädchen in die Wildnis.«

Mergenter bat Eva ihm das Smaragdarmband noch einmal zu zeigen. Er nahm es in die Hand, betrachtete es lange und sagte: »Selten schöne Steine, Eva. So etwas sieht man nicht oft.«

Dr. Meyer schickte Blumen und einen Brief. Sein Partner, Dr. Basedorf, hätte leider ganz plötzlich nach Deutschland zurückgemusst. Der Krieg stehe kurz bevor und er werde dem Führer und seinem Volk in schwerer Zeit als SS-Offizier dienen.

An diesem schönen Tag wollten weder Eva noch Lorenz an Krieg glauben.

Die Gäste waren bis auf Susanne und Christian alle fort, da kam die Pfortenschwester noch einmal herein und tuschelte Eva ins Ohr: »Ein teueres Auto ist vorgefahren. Ein Señor will Sie sprechen. Er weigert sich hereinzukommen und erwartet Sie im Besucherzimmer.«

Eva wunderte sich zwar, aber sie ging hinunter.

Der Mann war in einen langen schwarzen Mantel gehüllt und hatte den breitkrempigen Hut nicht abgesetzt.

»Eva Millhaus?«, fragte er leise.

»Eva Mattler seit ein paar Stunden«, erwiderte sie.

»Richtig«, sagte er. »Aus diesem Grund bin ich ja hier.«

Er zog ein kleines Schächtelchen aus der Tasche und reichte es ihr. Sie öffnete es. Es lag ein Ring darin, ein Ring mit einem großen Smaragd. Sie schaute ihn verwundert an.

»Das Hochzeitsgeschenk Ihres Großvaters«, sagte er leise.

»Ich habe nie einen Großvater gehabt«, antwortete sie bitter.

Ihre Augen hatten sich an das matte Licht im Besucherzimmer gewöhnt. Er nahm seinen Hut ab. Ein alter Mann. Sie erkannte die Ähnlichkeit mit ihrer Mutter. Die Augen, der Mund.

»Von Ihnen keine Geschenke«, flüsterte sie erregt. »Von Ihnen nicht.«

»Señora«, sagte er mit einer Stimme, die heiser von Tränen war.

»Nein!«, rief sie nun schroff.

»Es ist der Ring Ihrer Mutter. Er gehört Ihnen.«

Er streckte ihr die Hand entgegen. Eine mit braunen Altersflecken übersäte, runzlige Hand.

»Bitte. Nehmen Sie. Heute würde ich manches . . .«

»Lassen Sie das«, sagte sie. Sie zauderte einen Augenblick. Er tat ihr Leid. Sie drehte sich um und verließ ohne ein Wort das Besucherzimmer. Erst als sie im Flur war, begann sie zu weinen.

»Dieser Mann hat Ihnen doch nichts angetan, Kindchen?«, fragte besorgt die Pfortenschwester.

Eva musste lächeln. »Nein, nein«, beteuerte sie. »Nicht heute.«

Am folgenden Tag war der 1. September 1939. Sie erfuhren es, als sie frühstückten. Der Padre kam hereingestürmt. Er hatte es im Radio gehört.

»Krieg«, sagte er. »Hitlers Truppen sind in Polen einmarschiert.«

Im Laufe des Tages versammelten sich viele Deutsche im Pfarrhof, auch solche, die nie dort gewohnt hatten. Die meisten waren bedrückt, es wurde kaum einmal laut gesprochen.

»Jetzt müssen wir schnell in die Heimat zurück«, sagte ein junger Mann. »Wir können nicht unbeteiligt hier sitzen und abwarten, während unsere Brüder und Landsleute unsere Grenzen verteidigen.«

»Verteidigen ist gut«, warf Christian ein. »Wer ist in Polen eingefallen?«

»Provoziert haben die uns. Ihr habt es doch gehört. Ab 5.45 Uhr wird zurückgeschossen. Zurückgeschossen, nicht eingefallen.«

»Hast du schon mal gehört, dass ein Kaninchen einen Wolf provozieren kann?«, fragte Lorenz.

»Die hoffen in Polen darauf, dass England und Frankreich ihre Zusage halten und auch in den Krieg eintreten.«

»Bevor einer von uns drüben ankommt, ist der Spuk schon zu Ende.«

»Das wurde 1914 auch gesagt.«

Eine Frau fragte besorgt: »Unsere beiden Söhne studieren in München. Ob die auch zu den Waffen gerufen werden?«

»Raus aus Deutschland kommt kein Mann mehr. Das ist endgültig vorbei.«

Noch viele Meinungen schwirrten durcheinander.

Christian sagte: »Lorenz, unser Platz ist auf der Finca.«

»Zwei junge, gesunde Männer und wollen kneifen, wenn das Vaterland sie ruft«, sagte ein blasser, alter Mann.

»Für Hitler packe ich keine Knarre an«, antwortete Lorenz heftig.

»Feiglinge, lauter Feiglinge«, sagte der Mann leise.

Eva fasste Lorenz beim Arm. »Komm, wir gehen in unser Zimmer.«

* * *

's ist Krieg! 's ist Krieg! Oh Gottes Engel wehre,
Und rede du darein!
's ist leider Krieg! – und ich begehre
Nicht schuld daran zu sein!

In Polen mit Waffengewalt eingedrungen. Frankreich und England jetzt unsere Gegner. 's ist Krieg! Ganz anders als die ersten Kriegstage 1914. Damals Begeisterung. Die Soldaten umjubelt. Mit klingendem Spiel verließen sie Paderborns Kasernen. Und heute? Die Menschen bedrückt. Viele schauen weinend den ausrückenden Truppen nach. Begeisterung kann man nicht verordnen. Erst 21 Jahre liegt 1918 zurück. Die Schlacht an den Masurischen Seen. Flandern. Die Somme. Verdun. Das Trommelfeuer. Die Marneschlacht. Die Grabenkämpfe. Das Gas. Vielen ist alles wieder gegenwärtig.

Nie wieder Krieg! Wie schnell waren die Schwüre von 1918 auf dem Müll gelandet.

– und ich begehre
Nicht schuld daran zu sein!

Bin ich's nicht doch auch? Zweimal hat mich mein Nachbar Koppernagel zu überzeugen versucht in das Zentrum einzutreten. Beide Male hab ich ihn mit einem Schnaps und dem Wort abgespeist, Politik, das sei nichts für mich. Und wir kleinen, dummen Bauern könnten sowieso nichts ändern. Die da oben machen doch, was sie wollen. Waren zu viele kleine, dumme Bauern und andere, die sich raushalten wollten. Spätestens seit dem 1. September 39 ist's aus mit dem Raushalten. Jetzt stecken wir alle mittendrin.

* * *

Das letzte Jahr in der Finca nahm seinen Lauf. Alle vierzehn Tage ritt Christian zu Susanne hinunter. Er konnte nicht genug staunen, wie schnell sie sich einlebte. Die Menschen blieben ihr gegenüber zunächst misstrauisch und abwartend. Aber dann setzte sie sich eines Tages vor den Rancho, baute ihre Nähmaschine auf und begann einen Rock zu nähen. Erst staunten die Kinder darüber, wie schnell Susanne die Nähte unter den Händen hervorkamen. Dann trauten sich einige Frauen näher. Susanne reichte ihnen den halb fertigen Rock. Sie tasteten neugierig über die Nähte, hielten sie ins Licht und lobten die gleichmäßigen Stiche.

»Das können Sie auch lernen«, sagte Susanne. »Wer von Ihnen Lust dazu hat, mag morgen um zehn Uhr zu mir in den Rancho kommen.«

Sie fürchtete schon, das Zimmer könnte die Menge der Besucherinnen nicht fassen. Umso größer war ihre Enttäuschung, als um halb elf noch immer keine einzige Frau erschienen war. Dann klopfte es leise an die Tür. Eine junge Frau trat ein, blieb an der Tür stehen und fragte: »Señora?«

»Ja, kommen Sie nur näher.«

»Sie wollten uns die Maschine zeigen, Señora.«

»Sicher. Aber warum sind Sie allein gekommen?«

»Einige sagen, Maschinen sind gefährlich. Franciscas Mann, ich meine, er hat in Pauna gearbeitet. Eine Maschine, die für das Zuckerrohr, Arturo hat den halben Arm . . .«

»Schlimm«, sagte Susanne. »Aber Nähmaschinen sind von der friedlicheren Art. Wie heißen Sie?«

»Carmen.«

»Kommen Sie nur, Carmen.«

Sie steckte die Rolle mit dem Nähgarn auf die Maschine, fädelte den Faden durch die verschiedenen Ösen und versuchte das Ende des Garns in die Nadel zu bekommen. Absichtlich stellte sie sich dabei ungeschickt an.

»Ich schaff es nicht«, sagte sie. »Wollen Sie es nicht versuchen?«

»Señora?«

»Sie haben doch sicher schon oft Garn eingefädelt, Carmen.«

»Ja.«

»Also. Helfen Sie mir bitte.«

Carmen nässte das Fadenende in ihrem Mund und steckte es ohne Mühe durch die Öse. Sie lachte. »Ganz einfach«, sagte sie.

Ihre Befangenheit ließ nach. Susanne übte mit ihr auf einem Läppchen eine gerade Naht. Der Faden riss zweimal. Aber dann war es geschafft.

»Genug für heute. María beginnt unruhig zu werden. Sie hat Hunger.«

»Ich könnte auf das Kind . . ., Señora. Ich habe selbst einen Jungen, der so alt . . . ich meine, drei Monate . . .«

»Das wäre eine Hilfe für mich, Carmen. Ich will nämlich hinter dem Rancho einen Garten anlegen. Wenn ich María in guten Händen wüsste . . .«

»Señora?«

»Ja, Blumen und Gemüse, in der Mitte ein Rondell mit Rosen.«

Carmen konnte sich das nicht vorstellen. Aber sie fragte nicht weiter.

»Darf ich das kleine Tuch . . . Ich meine, ich zeige es Francisca.«

»Sicher. Nehmen Sie es nur mit.«

»Dann bis morgen um acht«, sagte Carmen.

»Um acht?«

»Ja. Die kleine María.«

»Ach, so. Ja, kommen Sie nur. Und bringen Sie Ihren Jungen mit.«

Am folgenden Tag kam auch Francisca und dann immer mehr und mehr Frauen.

Susanne musste die Zahl begrenzen.

»Wir brauchen ein Nähzimmer«, sagte sie am Samstag zu Christian. »Am besten bauen wir an den Rancho eins an. Sieh mal.«

Sie zeigte Christian einen groben Plan, auf den sie den Grundriss des Hauses gezeichnet hatte. Ein Querflügel war hinzugefügt.

»So ungefähr stelle ich mir das vor.«

»Wenn du so weitermachst, hast du in einem Jahr einen Patio und rundum Gebäude.«

»Ja«, rief sie voller Begeisterung. »Das wäre wunderbar.«

Er lachte über Susannes Eifer. Aber als er vierzehn Tage später wieder herunterkam, ragten die Mauern des Anbaus schon so hoch auf, dass das Dach aufgesetzt werden konnte.

»Wo hast du die Steine her?«, fragte er und wog einen der Adobes, der luftgetrockneten Ziegel, in der Hand.

»Du vergisst, Christian, dass du eine reiche Frau geheiratet hast. Hundert Mark in einer Schnibbelmaschine. Ich habe die Ziegel billig kaufen können.«

»Und die Maurerarbeiten?«

»Die kosten uns keinen Peso. Ich habe den Frauen gesagt, es gebe keinen Unterricht mehr, wenn ihre Männer mir nicht den Anbau errichteten.«

»Und das hat geklappt?«

»Vorzüglich, wie du siehst. Balken für das Dach wollen sie mir auch besorgen und Alfredo kennt einen Händler, der Dachziegel verkauft.«

»Wenn ich es richtig sehe, Susanne, dann brauchst du gar keinen Mann.«

»Doch, doch«, sagte sie. »Sollte unser Kind denn ohne Vater groß werden?«

Schon ein paar Tage vor Weihnachten 1939 kam Christian nach La Encantada und wollte erst kurz vor Jahresende wieder zur Finca hinauf. Er hatte seine Gitarre mitgebracht. Susanne erzählte ihm davon, dass in der Adventszeit in der Kirche etwas sehr Eigenartiges gemacht werde.

»Hinten unter der hölzernen Empore hängt ein großes Schiff, ein Einbaum. Es muss sich irgendetwas Besonderes darin befinden. Aber hineinsehen kann ich nicht und die Frauen verraten mir nichts. Jeden Adventssonntag wird das Schiff ein Stück weiter in die Kirche gehängt, immer näher zum Altar. Weihnachten soll es dort angekommen sein.«

»Liegt doch nahe, Susanne, welche ›süße Last‹ es geladen hat.«

»Süße Last?«

Er nahm die Gitarre, spielte und sang dazu:

> »Es kommt ein Schiff geladen
> bis an den höchsten Bord,
> trägt Gottes Sohn voll Gnaden,
> des Vaters ewigs Wort.«

»Klar«, sagte sie. »Das ist es. Wieso bin ich nicht darauf gekommen?«

Susanne nahm ihr Cello. Sie spielten und sangen alle Adventslieder, die sie kannten. Carmen und Francisca hatten sich in den Rancho geschlichen, andere Frauen kamen dazu, auch Kinder und später sogar einige Männer.

Sie saßen auf dem Boden, den Rücken an die Wand gelehnt, blieben ganz still und lauschten aufmerksam, obwohl sie doch von der deutschen Sprache kein Wort verstanden.

Susannes klarer Sopran und Christians Bariton, die Gitarre, das Cello, die Zweistimmigkeit des Liedes, das rührte die Menschen im Rancho an.

Carmen sagte: »Señora, sagen Sie uns in unserer Sprache, ich meine, was Sie da . . .« Sie wurde verlegen. »Nur, wenn Sie es wollen, Señora.«

»Sicher, Carmen.«

Sie übersetzte alle Strophen ins Spanische.

»Noch einmal, Señora«, bat Arturo.

Susanne begann, doch sie kam nur bis zu der Strophe

»Wir sind so bloß auf dieser Welt.
Ich hab kein Linnen, keine Schuh,
womit deck ich mein Kind denn zu?
Wer will uns Arme kleiden?«

Arturo stand ganz langsam auf, schaute mit blitzenden Augen in die Runde und sagte: »Das ist es ja, die Reichen in diesem Land«, er unterbrach sich und schüttelte die Faust, »die Reichen haben alles. Und unsere Kinder?«
Er ging hinaus.
Francisca sagte: »Verzeihen Sie ihm, Señora. Mein Mann ist ein Liberaler. Ein guter Mann, Señora. Aber seit er den Arm verloren hat, ist er ein bisschen . . .« Sie tippte mit ihrem Finger gegen die Stirn. »Schon gut, Francisca«, sagte Christian und murmelte: »Wie Recht er hat.«

Am Heiligen Abend waren auch Eva und Lorenz zur Messe ins Dorf gekommen. Das Schiff stieß mit seinem Bug an den Altartisch. Eine besondere Überraschung für Susanne war es, dass Christian, ohne dass sie es bemerkt hatte, das Lied von der Herbergssuche ins Spanische übertragen hatte und es mit einigen Frauen und Männern sang. Es war so, wie Christian vermutet hatte. Pater Gabriel hob ein wächsernes Jesuskind aus dem Schiffsrumpf und legte es behutsam in eine Krippe.
Bevor das Schiff wieder an dünnen Stricken gezogen im hinteren Teil der Kirche im Dämmerlicht verschwand, fasste Pater Gabriel noch zweimal in die Höhlung und stellte zwei Nähmaschinen auf den Altar. Es waren Maschinen, die mit einem Handrad gedreht werden mussten, alte Modelle. Aber es waren Nähmaschinen. »Ein guter Mensch hat sie für die Nähstube der Frauen gestiftet. Ein Weihnachtsgeschenk, das allen gehören soll.«
Nach der Messe feierte das Dorf fröhlich und ausgelassen mit Lärm, Musik, Gewehrschüssen und Raketengeknatter. »Frohe Weihnachten«, wünschten sich alle vor der Kirche. Pater Gabriel stellte sich auch dazu.

»Danke für das Wild, das Sie uns gestern durch Vicente haben bringen lassen«, sagte er zu Lorenz.

»Und an uns hast du nicht gedacht?«, fragte Christian.

»Doch, hat er«, antwortete der Pater. »Vicente hat gesagt, die Jagdbeute sei für uns alle.«

»Haben wir nichts von gesehen, Pater.«

»Werdet ihr aber noch. Pilar hat den Vorschlag gemacht, euch zum Essen einzuladen. Was hiermit geschieht.«

Kurz bevor das Zuckerrohr geschnitten werden sollte, kam Dr. Meyer auf die Finca. Er brachte den Lohn und auch eine kleine Prämie für die Peones.

»Wir brauchen unbedingt die Anlagen, um das Zuckerrohr zu verarbeiten«, sagte Lorenz. »Wenn wir es so weggeben, lohnt sich der Anbau kaum.«

»Bauen Sie einen einfachen Rancho. Dort können Sie die Ernte vorläufig lagern.«

»Aber Señor Meyer«, widersprach Lorenz heftig. »Ich glaube nicht, dass es strohtrocken noch gut zu verarbeiten ist.«

»Tun Sie, was ich sage.« Dr. Meyers Stimme überschlug sich und seine Augen nahmen einen sonderbaren Glanz an.

Als Lorenz ihn verblüfft anschaute, fügte er mit keifender Stimme hinzu: »Das ist ein Befehl, verstanden?«

»Noch sind wir hier nicht bei den Soldaten, Señor Doctor.«

Lorenz wurde wütend, aber Eva legte ihm die Hand auf den Arm und sagte: »Die Finca gehört Ihnen, Dr. Meyer. Wenn Sie es sagen, wird es gemacht.«

»Auf Ihre Verantwortung«, schrie Lorenz, streifte Evas Arm ab und stapfte ins Haus.

»Aber sicher. Allein auf meine Verantwortung.«

Sein Gesicht verzog sich zu einer Grimasse und der Mund zuckte so, dass er ihn mit der Hand bedecken musste.

Er stand auf und wollte aufbrechen.

»Sie können unmöglich jetzt noch losreiten. In drei Stunden ist es stockfinster«, sagte Christian. »Vielleicht morgen in aller Frühe.«

»Jetzt, habe ich gesagt. Jetzt sofort!«, schrie er und seine Stimme überschlug sich. »Geben Sie mir einen Mann mit, der den Weg kennt. Sofort.«
Christian wollte ihn noch einmal warnen, aber Eva sagte: »Selbstverständlich, Dr. Meyer. Misael kann mit Ihnen reiten.«
Eine Viertelstunde später verschwand er mit Misael im Wald.
»Viel zu gefährlich«, brummte Christian. »Warum hast du dich eingemischt, Eva?«
»Hast du denn nicht gemerkt, dass der Mann am Rande eines Nervenzusammenbruchs steht? Es fehlt nicht viel und der schnappt über.«
»Blöd, wenn man etwas tun muss, das man ganz und gar für falsch hält«, murrte Lorenz, als sie darangingen, den Rancho für das Zuckerrohr hinter ihrem Haus zu bauen.

Die Monate vergingen. Die Arbeit in der Finca drängte. In der Kirche hatte Susanne gelegentlich eine Andacht vorbereitet; denn Pater Gabriel war für Wochen in entfernte Orte seiner riesigen Pfarrei geritten und hatte mit den Leuten dort die Messe gefeiert, Trauungen vorgenommen und Kinder getauft. Nach seiner Rückkehr versprach er: »Für den Rest dieses Jahres bleibe ich in La Encantada.« Er hatte sich den ganzen Sommer lang nicht mehr bei den Finks sehen lassen. Auch nach den Sonntagsmessen ging er ihnen aus dem Weg. Eines Tages suchte Susanne ihn auf und fragte ihn geradeheraus: »Pater, warum schneiden Sie uns? Haben wir irgendetwas getan, das Sie gekränkt hat?«
»Nein, nein.« Er wurde verlegen. »Aber verstehen Sie bitte, es ist nicht leicht für einen Niederländer, darüber hinwegzukommen.«
»Darüber hinwegzukommen?«
»Ja. Ich meine, was die Deutschen mit meinem Land angestellt haben.«
»Bitte?«
»Sagen Sie bloß, Susanne, Sie wüssten nicht, dass Ihre Truppen in das neutrale Holland eingefallen sind und auch nach Belgien. Wenige Wochen später lag Frankreich am Boden.«
»Sagen Sie das bitte noch einmal, Pater.«

»Jawohl. In fünf Wochen Frankreich überrannt, Belgien und Holland besetzt.«

Eine Weile starrte Susanne den Pater sprachlos an. Er begriff allmählich, dass diese Ereignisse an den Finks vorübergegangen waren.

»Hitler hat . . .?«, fragte Susanne endlich. Der Pater nickte. Sie stand mit einem Ruck auf. »Wir sind Deutsche, Pater, aber nicht . . .«

Er unterbrach sie. »Ich weiß, Susanne. Wie konnte ich das vergessen?« Er lachte auf. »Manchmal muss man den Kopf über sich selbst schütteln.« Er schaute sie an. »Laden Sie mich am Sonntag zum Kaffee ein?«

* * *

Im Oktober 1940 kam Susanne mit María zu Besuch auf die Finca. Das Kind hatte schon mit etwas über einem Jahr die ersten Schritte allein gemacht. Mit den Kindern in den Ranchos war sie bald vertraut.

»Du solltest hier oben bleiben«, sagte Eva.

»Und die Nähstube? Und mein Garten? Eva, du musst unbedingt kommen und dir alles ansehen. Im Augenblick wird hinter unserem Rancho ein Klassenraum gebaut. Ich habe herausbekommen, dass Francisca ein paar Jahre bei den Schwestern in Pauna in der Schule gewesen. Ich werde sie anleiten. Sie wird, glaube ich, eine ganz passable Lehrerin abgeben.«

»Ich bin gespannt, ob du auch den rechten Flügel bald am Rancho anbaust, Susanne«, sagte Christian. »Dann ist der Patio fertig. Wenn ich in vierzehn Tagen wieder hinunterkomme, bringe ich einen jungen Baum mit. Den pflanzen wir in die Mitte.«

»Und einen Brunnen musst du bohren, Christian. Schon die Römer hatten oft im Innenhof ihrer Häuser Wasser.«

»Wird gemacht, Susanne, wenn wir unseren Vertrag erfüllt haben.«

Später, als sie sich zum Schlafen niedergelegt hatten, sagte Susanne: »Und was den letzten Flügel an unserem Rancho betrifft, den musst du uns bauen. Soll unser zweites Kind denn auch noch bei uns im Zimmer schlafen?« Er war schon fast eingeschlafen, aber nun sprang er auf, ging zu ihrem Bett hinüber und flüsterte: »Ich hab's mir immer ausgemalt, mit dir wenigstens fünf Kinder zu haben, Susanne. Ich freu mich, ich freu mich unbändig.«

Er umarmte sie und sie hielt sich an ihm ganz fest.

»Anfang Mai soll das Kind geboren werden, Francisca hat es mir genau vorgerechnet.«

Als Dr. Meyer kam, waren Lorenz und Christian mit Vicente zur Jagd gegangen. Die Wildschweine hatten sich wieder sehen lassen.

»Wir müssen ihnen einen Schrecken einjagen«, sagte Christian. »Die jungen Kaffeepflanzungen ziehen diese Tiere wohl besonders an.«

Erst, als sie sich schon ohne Beute auf den Heimweg machen wollten, brach eine Rotte aus dem Unterholz und raste an ihnen vorbei. Christian und Lorenz waren so überrascht, dass sie nicht zum Schuss kamen. Nur Vicente erlegte ein Tier. »Besser eins als keins«, sagte er zufrieden. »Die Rotte ist vor einer Gefahr davongelaufen. Irgendetwas muss passiert sein.« Er hob seine Nase in die Luft, schnüffelte und rief erschrocken aus: »Es brennt.«

Der Wind wehte vom Rancho her den Berg hinauf. Jetzt rochen Christian und Lorenz auch den beißenden Gestank. Sie ließen das erlegte Schwein liegen und rannten los. Sie waren nur noch wenige Minuten von der Finca entfernt, als sie in der Dämmerung den brandroten Himmel sahen. Der Rauch zog in dicken Schwaden zwischen den Stämmen her. Sie erreichten den Rand des Waldes. Die ganze Finca war ein Feuermeer. Die Ranchos waren schon niedergebrannt und in sich zusammengesunken. Aus dem Dach ihres Hauses und aus dem Zuckerrohr-Rancho loderten meterhoch die Flammen. Außer dem Peitschenlärm berstender Dachpfannen und dem Geknister des Feuers war nichts zu hören, keine Stimme, kein Rufen.

»Eva!«, schrie Lorenz. »Eva!«, und rannte auf das Haus zu.

Sie stand mit den Peones, den Frauen und den Kindern an der windabgewandten Seite des Hauses am Rande der Finca. Gespenstisch beleuchtete der Flammenschein die Menschengruppe, die eng zusammengedrängt und hilflos angesichts der entfesselten Feuersbrunst stumm dastand und wie gebannt den Blick nicht von dem Inferno abwenden konnte.

»Gott sei Dank, Eva«, flüsterte Lorenz und drückte seine Frau an sich. »Du lebst.«

»Gott sei Dank, Leute«, schrie er, »ihr lebt.«

Der Bann löste sich. Eva sagte: »Es war der Verrückte. Drei Maultierladungen Dieselöl hat er mitgebracht. Es fing an verschiedenen Stellen fast zugleich an zu brennen. Zuerst bei den Ranchos dort oben. Und dann . . . und dann . . .«

Ein Weinkrampf schüttelte sie.

Misael berichtete: »Señor Meyer ist ein Teufel. Er hat die Hölle hierher gebracht. Alles ist verbrannt. Nur die Menschen und die Mulis konnten wir retten. Der Señor ist wie ein Verrückter an der Feuersbrust vorbeigesprungen. Manchmal sah es aus, als ob er tanzen wollte. Und als er sicher war, dass nichts mehr zu retten war, hat er geschrien und laut gelacht und ist davongeritten. Die Maultiere, die die Kanister getragen haben, hat er einfach zurückgelassen.«

Christian beriet sich mit Lorenz und Eva. Dann sagte er: »Drei Maultiere brauchen wir, um nach La Encantada zu kommen. Die anderen Tiere gehören euch. Misael wird sie gerecht verteilen.«

Das Feuer hatte die Luft zu einem heftigen Wind emporgewirbelt. Donnernd stürzte das Haus in sich zusammen. Funkenwolken stoben auf. Schließlich leuchteten nur noch rote Glutnester verstreut über das ganze Tal. Die Peones und die Frauen stocherten in der heißen Asche ihrer Ranchos herum. Wie schwarze Stelen, vom Mondlicht sanft beschienen, ragten die gemauerten Schornsteine gespenstisch in den Himmel.

»Hast du aus dem Haus denn gar nichts retten können, Eva?«

»Doch«, sagte sie. »Mein Armband, den Ring und das da.« Sie zeigte hinter sich. Dort lag im Schatten einer Bananenstaude das Bandoneon.

Er nahm das Instrument, spielte und sang leise dazu: »Gold und Silber hätt ich gern, könnt es auch gebrauchen . . .«

Das Spiel brach unvermittelt ab.

»Es scheint ein schlechter Stern über allem zu stehen, was wir anfangen. Ein Fehlschlag nach dem anderen. Don Nico hat groß an die Wand seines Zimmers mit Holzkohle drei lateinische Wörter geschrieben. ›Fuge litus avarum‹. Ich hab ihn gefragt, was das bedeutet. Er hat mich lange angeschaut und gesagt: »Ist ein Teil von einem Zitat aus Vergil. Ganz heißt es ungefähr ›Ach, flieh dieses grausame Land, flieh das Gestade der Habsucht.‹«

Christian, Lorenz und Eva lagerten sich dort, wo die Glutwärme die Nachtkälte vertrieben hatte. Es muss schon gegen Morgen gewesen sein, als sie einschliefen. Spät wurden sie wach, die Sonne schimmerte wie eine brandrote Scheibe durch den Rauch, der im leichten Morgenwind durch das Tal waberte. Die Peones waren mit ihren Familien fortgezogen. Die Maultiere hatten sie mitgenommen, auch die drei, die Christian, Lorenz und Eva nach La Encantada bringen sollten.

Lorenz war nur wenige Tage in La Encantada geblieben. Ihn zog es nach Bogotá. Er hoffte dort von Dr. Meyer den ausstehenden Gewinnanteil zu bekommen. Aber er gelangte vor dem Bankhaus nur bis zum Eingang.

»Sie wünschen?«, fragte ein riesiger schwarzer Pförtner in einer taubenblauen und mit Goldtressen besetzten Uniform.

»Ich muss zu Señor Meyer«, sagte Lorenz.

Der Mann trat ihm in den Weg.

»Gehen Sie bitte«, sagte er höflich. »Niemand kann zu dem Direktor. Er ist . . .« Er schluckte und fuhr fort: ». . . ist in einer wichtigen Konferenz.«

»Wann kann ich zu ihm?«

»Vorläufig überhaupt nicht. Eine sehr, sehr lange Konferenz.«

Lorenz erwog einen Moment, ob er sich mit Gewalt Einlass verschaffen sollte, aber als er die hünenhafte Gestalt des Pförtners musterte, musste er einsehen, dass das unmöglich war.

»Also dann morgen«, sagte er.

»Morgen nicht und nicht diesen Monat. Lange, lange Konferenz.«

Der Pförtner lächelte breit. Er hatte ein tadelloses Gebiss.

Lorenz zögerte nicht und ging zu den Schwestern. Das Gesetz. Die Schwester Oberin kannte sich bestimmt aus. Schließlich war sie Juristin. Sie musste ihm sagen können, ob sein Weg nach Bogotá vergebens gewesen war. Die Oberin schüttelte während des Berichtes mehrmals den Kopf und sagte nach einigem Überlegen: »Dieser Fall ist nicht so aussichtslos wie damals der Betrug mit der Finca am Rande der Llanos. Ich werde mit Dr. Salcedo sprechen. Schließlich hat die Bank einen Ruf zu verlieren.«

»Ob ich auf das Ergebnis warten kann?«

Sie schaute ihn an und tat etwas für Lorenz Überraschendes. Sie fuhr ihm mit der Hand über den Arm, ganz leicht, zog sie aber dann schnell zurück. »Junge, in diesem Land braucht man Geduld, viel Geduld. Bist doch schon über fünf Jahre hier. Eigentlich müsstest . . .« Sie hielt inne. Unvermittelt hatte sie ihn mit Du angeredet. »Eigentlich müssten Sie das inzwischen begriffen haben«, berichtigte sie sich.

»Ich könnte Ihr Sohn sein, Schwester Oberin. Lassen Sie es doch bei dem Du.«

»Sohn?« Sie lachte. »Mein Enkel bestenfalls, wenn ich es bedenke.«

Sie stand auf. »Sie müssen mit Eva bald mal wieder zu uns kommen. Vielleicht weiß ich dann schon mehr.«

Lorenz kam sich komisch vor, als er den Laden von Señora Remedios betrat. Kleider für weibliche Dienstboten. Weiße Schürzen, Hauben, Strümpfe. Auch grobe Kleider für jene Frauen, die nie die Räume betreten durften, die von ihrer Herrschaft bewohnt wurden. Waschfrauen, Küchenhilfen, Büglerinnen.

Er fragte eine der Verkäuferinnen nach Señora Remedios. »Was wünschen Sie von ihr?«

»Hab ich doch gerade gesagt«, antwortete er unwirsch. »Ich möchte sie sprechen.«

»In welcher Angelegenheit.«

»In meiner Angelegenheit.«

»Warten Sie bitte. Ich will nachhören, ob die Señora für Sie zu sprechen ist.«

»Die Señora lässt ausnahmsweise bitten«, sagte sie, als sie endlich wieder erschien. Sie ging vor Lorenz her. Ihr Rock war sehr eng. Wohl keine Kleidung für das herrschaftliche Dienstpersonal.

»Bitte sehr. Ausnahmsweise. Sie können . . .«

»Sie mich auch«, zischelte Lorenz ihr zu und betrat das Büro der Señora.

Sie saß an einem zierlichen Damenschreibtisch, der an der Wand stand, und drehte Lorenz den Rücken zu.

»Was führt Sie zu mir?«

Lorenz beugte sich über ihre Schulter und legte ihr ein Päckchen auf den Schreibtisch, das Susanne ihm mitgegeben hatte.

Sie nahm es und drehte sich ihm zu. Lorenz trat einen Schritt zurück. Sie trug ihr Haar kurz geschnitten und ihre Augen funkelten ihn an. Sie wirkte sehr konzentriert. Harte Falten zogen sich um ihren Mund.

»Was soll das, junger Mann?«

»Auspacken«, antwortete Lorenz.

Sie öffnete die Schleife und schlug das Papier auseinander.

Mit der Schürze, die sich darin befand, trat sie in das Licht ans Fenster und fuhr mit der Fingerkuppe über die Nähte.

»Und?«, fragte sie.

»Meine Schwester könnte mit ihren Näherinnen für Sie arbeiten.«

»Eine große Werkstatt?«

Lorenz machte mit dem Arm eine unbestimmte Bewegung.

»Schon, schon«, sagte er.

»Wie viele Näherinnen?«

Lorenz überschlug die Anzahl der Frauen, die Susanne während einer Woche aufsuchten.

»Ich schätze fünfzehn bis zwanzig.«

»Ich ließe mit mir darüber reden.«

Lorenz fragte sich, ob er nicht doch ein bisschen zu großspurig aufgetreten war.

»Ich mache darauf aufmerksam«, schränkte er ein, »keine Massenware.«

»Haben Sie nicht Lust, bei mir als Vertreter einzusteigen?«, fragte sie.

»Aber Señora!«, rief er.

Sie lachte und für einen Augenblick verschwanden die harten Züge aus ihrem Gesicht.

»Gut«, sagte sie. »Das Schaustück ist hervorragend verarbeitet. Machen wir einen Versuch. Ich bestelle eine Mustersendung.«

Sie wandte ihm wieder den Rücken zu, schrieb etwas auf einen Briefbogen und steckte ihn in einen Umschlag. Sorgfältig klebte sie ihn zu.

»Geben Sie das Ihrer Schwester«, sagte sie. »Sie mag dann entscheiden, ob sie für den angebotenen Preis für mich arbeiten will.«

»Verbindlichen Dank, Señora«, antwortete Lorenz.

Im Pfarrhof hatte sich nicht viel verändert. Ottilie war stark erkältet und entsprechend gelaunt.

»Mein Bruder ist mal wieder für ein paar Tage weg«, krächzte sie mit heiserer Stimme.

»Ich muss mir ein Kamillenbad machen. Du weißt ja, wo eure Kammer ist.«

Sie zog sich in ihr Zimmer zurück.

Eigentlich könnte ich noch zu Mergenter gehen, dachte Lorenz, der Abend ist noch lang. Er machte sich auf, und weil er sich in die Straßenbahn zwängte, war er schnell dort.

Mergenter freute sich über den unerwarteten Besuch. Er war allein. Lorenz musste eine gewisse Befangenheit überwinden. Zu vieles erinnerte ihn in diesem Raum an Flor.

»Wer mich vorige Woche besucht hat, Lorenz, das kannst du nicht raten.«

»Wie sollte ich.«

»Erinnerst du dich an Goldschmitt? Den jüdischen Passagier auf der *Viktoria*.«

»Und ob ich mich erinnere.«

»Sein Sohn studiert hier in Bogotá an der Universität Grancolombia. Soll ein hervorragender Student sein.«

»Schon damals wusste er doch alles. Was will er da noch lernen?«

Mergenter grinste, wurde aber dann sehr ernst.

»Ich hab mit dem alten Goldschmitt bis in die Nacht hinein zusammengesessen. Er hatte viele Informationen aus Deutschland. Eine seiner Nichten ist 1939 vom Niederrhein aus nach Chile ausgewandert. Jüdin natürlich. Sonst kommt ja keiner raus. Diese Pogromnacht im November 1938! Ich hab gedacht, die Juden hier in Bogotá hätten übertrieben. Aber es muss wirklich grausam gewesen sein. Über hundertneunzig Synagogen zerstört, viele Ermordete, zigtausend Juden in Konzentrationslager gesteckt und Zynismus in Reinform ist es, dass die Juden selbst eine Sondersteuer von über einer Milliarde Mark aufbringen mussten, damit man die Schäden an Häusern und Geschäften beheben könne. Eine Milliarde, Lorenz. Das ist eine Eins mit neun Nullen!«

»Und es ist sicher, dass das stimmt?«

Mergenter nickte. »Die Nazis haben es selbst in ihren Zeitungen hinausposaunt. Ich bin gespannt, wie das endet. Sie möchten am liebsten alle Juden aus Deutschland vertreiben. Aus Österreich und Böhmen sind viele, viele nach Polen deportiert worden, aus Südwestdeutschland in den Süden Frankreichs. Und das Verrückteste, was sich diese kranken Hirne ausgedacht haben, es wird ein Plan erwogen, die Juden auf die Insel Madagaskar zu bringen.«

»Das sind doch nur Gerüchte, Antonius. Das kann doch nicht wahr sein.«

»Ich glaube es, Lorenz. Goldschmitt ist ein besonnener Mann. Der verbreitet bestimmt keine Gerüchte. Weißt du, mein Vater ist, als ich ein kleiner Junge war, einmal von einem Geldjuden ziemlich schikaniert worden. Er wollte nur einen Aufschub für die Zinszahlungen von ihm erbitten. Aber der Bursche war knochenhart. ›Wenn Sie nicht zahlen wollen, Mergenter, dann nehm ich Ihnen ganz einfach Ihr Haus weg‹, hat er gedroht. Auf offener Straße hat er meinem Vater das gesagt. Mein Vater hat sich vor den

Leuten geschämt, den Hut tief ins Gesicht gezogen und ist davon. Mehr gerannt als gegangen. Aber dann ist ihm ein Mensch gefolgt. Ganz außer Atem ist er gewesen, als er meinen Vater eingeholt hatte.

›Wie viel Geld schuldest du dem Silberstein?‹, hat er meinen Vater gefragt.

›Nicht viel, aber zu viel, wenn man es nicht hat. Es sind samt Zins und Zinseszins 1 550 Goldmark. Aber was geht Sie das an?‹

›Ich kenn dich seit meiner Jugend, Lothar. Bin doch mit dir in eine Schulklasse gegangen.‹

Jetzt erst erkannte mein Vater ihn. Es war der Weinberg Adolf, der in der Bank vor ihm gesessen hatte. Der Adolf hat gesagt: ›Mergenter Lothar, komm morgen in mein Büro. Kaiserstraße 17. Ich streck dir das Geld vor. Du musst mir natürlich auch Zinsen zahlen, aber nur so viel, dass wir uns jederzeit in die Augen schauen können. Und das Geld will ich in Raten zurück.‹

›Mensch, Adolf‹, hat mein Vater gesagt und ihm fest die Hand gedrückt. Ich Kindskopf hab damals meinem Vater eine Weisheit weitergegeben, die uns Lehrer Schmidthals in der Schule eingetrichtert hat: ›Lass dich nie mit einem Juden in Geschäfte ein. Betrüger und Wucherer sind sie alle.‹ Das hab ich meinem Vater gesagt. Sei von dem Lehrer Schmidthals.

›Sag deinem Schmidthals, er ist ein Idiot‹, hat mein Vater mir entgegnet. ›Der Weinberg Adolf, das ist doch auch ein Jude.‹ Und was meinst du, ich war damals vielleicht acht oder neun Jahre alt. Ich hab unserem Lehrer Schmidthals am nächsten Morgen gesagt: ›Herr Lehrer, soll Ihnen von meinem Vater einen schönen Gruß bestellen. Soll Ihnen sagen, Sie sind ein Idiot.‹ Als er mich ungläubig angestarrt hat, hab ich gesagt: ›Weil doch der Weinberg Adolf ein Jude ist.‹ Der Schmidthals ist puterrot geworden. ›Das hat ein Nachspiel‹, hat er gebrüllt. Tatsächlich ist mein Vater in die Schule bestellt worden. Es ist im Rektorzimmer lauter und lauter geworden. Ich hab auf dem Flur gestanden und gezittert. Da kam mein Vater rausgestürmt, hat mich gesehen und gesagt: ›Antonius, du bist auch ein Idiot.‹ Mir sind die Tränen aus den Augen geschossen. War ja erst acht oder neun Jahre alt. Er hat's trotz seiner Wut bemerkt, ist mir mit der Hand durch die Haare gefahren und hat gesagt: ›Aber bist nur ein kleiner Idiot, ein ganz kleiner.‹ Jedenfalls hab ich eins damals für alle Zeit kapiert: Juden sind wie alle Menschen, so und so. Musst halt genau zuschauen, mit wem du dich an einen Tisch setzt. Mit dem Goldschmitt würd ich mich alle Tage wieder zusammensetzen. Der ist in Ordnung.«

»Was macht der Tolima?«, fragte Lorenz. Mergenter winkte ab und stand auf. Er schaute auf die Uhr.

»Ich will gehen«, sagte Lorenz. »Morgen fahr ich mit dem ersten Zug.«

»Lass dich mal wieder sehen, Lorenz. Schön, wenn man von euch hört. Bin gespannt, wann ihr das nächste Mal in eine Pleite geratet.«

»Eigentlich ist's genug, Antonius. Ich will mit Eva zu Don Nico auf eine große Finca, nur ein paar Stunden weit von La Encantada entfernt.«

»Nico Tober? Gibt's den denn noch? Und zu dem willst du?«

Lorenz nickte. »Nico Tober«, murmelte Mergenter. »Solltest ihn mal bei Gelegenheit nach Evas Vater fragen, nach Ernesto Millhaus. Die beiden müssen sich gut gekannt haben. Vielleicht weiß der mehr über das, was mit Millhaus passiert ist.«

»Meinst du?«

»Könnt schon sein«, sagte Mergenter.

In La Encantada hatte kein einziger Rancho einen gepflasterten Fußboden. Der gestampfte Lehm aber wurde an Regentagen schlüpfrig, und wenn die Sonne tagelang schien, dann legte sich eine gelbliche Staubschicht auf alles, was sich im Rancho befand.

»Das müssen wir ändern, Susanne«, sagte Christian. »Eine Ziegelpflasterung muss her.«

»Warum nicht gleich farbiger Marmor, Christian, wie in Reyes' Haus?«

»Wer kann Marmor bezahlen? Aber Ziegelplatten . . .«

»Können wir auch nicht bezahlen, Christian.«

»Wie? Hab ich nicht mal gehört, ich hätte eine reiche Frau geheiratet?«

»Der Reichtum, mein Lieber, der ist mir zwischen den Fingern zerronnen. Einen Notgroschen hab ich noch. Aber daran rühr ich nicht. Der liegt im Fußboden vergraben. Der Rest . . .« Sie zeigte auf die Anbauten. »Und dann hab ich auch noch ein paar Ballen Stoff gekauft.«

»Gleich ein paar Ballen?«

»Ja, Christian. Ich wollte es dir eigentlich erst später sagen. Einige Frauen können inzwischen so geschickt mit den Nähmaschinen umgehen, als ob sie nie etwas anderes getan hätten. Nun, ich habe damals in Bogotá einmal mit Doña Esmeralda ein Geschäft besucht, in dem dunkle Kleider, weiße Schürzchen, Hauben und so etwas verkauft werden, alles, was das Personal in den herrschaftlichen Familien tragen muss. Die Besitzerin hat geklagt, wie unzuverlässig ihre Zulieferer seien. Und jedes Stück müsse sie genau untersuchen lassen, ob es auch ordentlich genäht geliefert würde. Ich habe nun Lorenz ein Schaustück aus unserer Nähstube mitgegeben. Er soll nachfragen, ob wir nicht für das Geschäft arbeiten können. Ich bin gespannt, welche Nachricht er mitbringt.«

»Lorenz weiß von deinen Plänen. Eva wirst du auch eingeweiht haben. Nur dein Mann, der erfährt es zuletzt.« Es klang scherzhaft, aber Christian war doch betroffen. Sie lachte und sagte: »Ich wollte dich eigentlich damit überraschen.«

»Mit vollendeten Tatsachen also. Lieber wäre es mir, Susanne, wir könnten so etwas gemeinsam planen.«

Christian ging verärgert hinaus.

»Lasst die Sonne nicht über eurem Zorn untergehen«, sagte Christian am Abend. Er hatte im Garten eine der ersten Rosen geschnitten, steckte sie in ein Glas und stellte sie auf den Tisch.

»Ich hab auch Pläne gemacht«, sagte er.

»Ohne mich?«, fragte sie ein wenig spöttisch.

»Soll ja besser werden«, antwortete er. »Weißt du, Susanne, ich will nicht weiter in den Tag hineinleben. Hier ein Anbau, dort ein Fußboden, heute der Garten, morgen, na, warten wir's ab. Das ist kein Leben für mich. Ich denke, ich baue einen Ziegelofen. Drei Kammern zunächst. Weg von dem luftgetrockneten Mist. Zieht nur die Feuchtigkeit an. Auf der anderen Seite des Flüsschens, genau gegenüber von unserem Garten, gibt es ergiebige Lehmschichten. Niemandsland, nehme ich an. Dort könnte ich das Rohmaterial stechen. Ziegelbrennen hier in La Encantada, das hat Zukunft. Zumal die Straße nach Pauna wirklich im nächsten Jahr fertig werden soll.«

»Lehm auf der anderen Seite, Christian. Der Fluss hat sich fünfzehn oder gar zwanzig Meter tief eingegraben. Wie willst du den Lehm auf unsere Seite schaffen?«

»Das ist das Problem, Susanne. Die Schlucht ist nicht sehr breit. Ein Kind kann einen Stein hinüberwerfen. Es müsste eine Brücke her. Nur hundert Meter weiter den Fluss aufwärts ist eine Stelle, da hat sich das Wasser durch den Fels gefressen. Diesseits und jenseits Felsgestein. Das wär ein Fundament. Dort ist es möglich, eine Brücke zu bauen.«

»Was hindert dich damit zu beginnen?«

»Allein schafft das keiner. Wen soll ich fragen? Ich kenn die Leute hier noch nicht gut genug.«

»Ich könnte ja . . .«

»Nein, Susanne. Das will ich selber machen.«

»Wenn du meinst.«

»Verdammt, es gefällt mir nicht, dass ich im Dorf immer nur ›der Mann von Doña Susanne‹ bin.«

»Das versteh ich. Willst du trotzdem einen Rat?«

Er verzog seine Lippen. »Aber bitte ganz leise. Damit es niemand hört.«

»Also, es gibt im Dorf zwei Männer, die du für den Plan gewinnen solltest. Der eine ist Arturo, der Mann von Francisca. Du kennst ihn. Es ist der mit dem einen Arm. Arturo ist der Wortführer der Liberalen. Leicht aufbrausend, das ja, aber er ist eine wichtige Person. Und weil er und die meisten seiner Anhänger drüben an der anderen Uferseite wohnen, wird ihm der Gedanke, über eine Brücke gehen zu können, sehr lieb sein. Jetzt müssen sie drüben den steilen Pfad benützen, der in Serpentinen zur Furt in die Schlucht hineinführt. Und dann wieder herauf.«

»Und bei wem soll ich auf unserer Seite gutes Wetter für den Plan machen?«

»Bei Gordo, dem Dicken. Du kannst ihn ruhig so nennen. Alle nennen ihn so. Er ist ein Konservativer und hat viel Einfluss. Wenn du diese beiden für deine Idee begeisterst, hast du gewonnen.«

»Meinst du, das geht zusammen, die Konservativen und die Liberalen?«

»Versuch's halt. Wenn sie zusammenarbeiten, werden sie auch mehr miteinander sprechen. Vielleicht vergessen sie dann ihre Streitereien.«

»Wäre ja ein doppelter Brückenbau«, sagte Christian.

Kurz darauf ritt ein Peon in das Dorf und fragte nach Don Lorenzo. Er brachte einen Brief von Don Nico. Er schrieb, es stehe nun fest, dass er an der Malaria tropical erkrankt sei, der leider schlimmsten Form der Malaria. Der Verlauf der Fieberanfälle erfolge heftig und unregelmäßig. Das schlage sich auf den Kreislauf nieder. Sein Herz, das er nie gespürt habe, mache ihm außerdem zunehmend Schwierigkeiten. Er wolle Lorenz dringend sprechen.

»Was machen wir, Eva, wenn Don Nico uns auf seine Finca holen will?«

»Du meinst, als Verwalter, Lorenz?«

»Ich habe den Eindruck, er will mir die Finca übertragen. Vielleicht täusche ich mich. Jeronimo macht sich wahrscheinlich auch Hoffnungen.«

»Am besten, du reitest hinauf zu ihm und führst ein offenes Gespräch mit ihm.«

»Willst du nicht mitkommen?«

»Lorenz, rede du mit ihm. Wenn deine Vermutungen zutreffen und er dir die Finca mal übergeben will, dann sag zu.«

Lorenz beriet sich lange mit Susanne und Christian. Auch die waren der Meinung, Lorenz solle die Gelegenheit beim Schopf fassen.

Der Peon hatte sein Maultier vor dem Rancho angebunden und sich in den Patio gesetzt. Er war eingeschlafen. Lorenz weckte ihn.

»Sag Don Nico, ich werde morgen zu ihm kommen.«

Als Lorenz gegen Mittag des nächsten Tages bei Don Nico ankam, klang gerade der Malariaanfall ab. Don Nico lag blass und erschöpft in seinem Bett.

»Gut, dass du kommst«, sagte er leise. »Ich muss etwas mit dir bereden.«

»Sollen wir nicht warten, bis Sie sich wieder erholt haben?«

»Nein. Ich möchte es hinter mich bringen. Ich habe lange überlegt, wie es mit der Finca weitergehen soll. Deshalb sag mir geradeheraus, Lorenz, was du von der Beteiligung der Peones hältst. Du weißt, dass ein Besitzer dieser Finca auf die übliche Weise erheblich größere Gewinne machen kann.«

»Fuge litus avarum«, sagte Lorenz und zeigte mit der Hand auf das Zitat an der Wand. »Flieh das Gestade der Habsucht.«

Don Nico lächelte. »Du hast es verstanden. Aber ich will eine Antwort, klipp und klar.«

»Christian und ich haben mal in Puerto Berrio einen Patrón kennen gelernt. Der hat einen Satz gesagt, den ich mein Leben lang nicht vergessen werde. ›Es müssen viele kleine Feuer in Kolumbien angezündet werden, damit die Gerechtigkeit sich wärmen kann.‹ Ich freue mich, wenn ich hier helfen kann, damit solch ein Feuer nicht erlischt.«

Don Nico hatte sich halb aufgerichtet. Er schien erregt.

»Hat dir diesen Satz wirklich der Patrón in Puerto Berrio gesagt?«

»Zumindest dem Sinn nach.«

Er ließ sich zurückfallen.

»Irgendwann wird man von allem wieder eingeholt«, flüsterte er.

Es gab eine lange Pause. Er atmete schwer.

»Ich will dir die Finca übergeben. Nach meinem Tod sollst du sie besitzen und weiterführen, was ich begonnen habe. Willst du das?«

»Ja, Don Nico.«

»Und deine Frau, heißt sie nicht . . .«

»Eva heißt sie.«

»Mein Gedächtnis lässt nach, Lorenz. Wird Eva das auch wollen?«

»Ja. Sie ist eine große Kennerin von Nutzpflanzen hier in Kolumbien. Hat ja sogar den Kaffeerost auf Dr. Meyers Finca besiegt.«

»Richtig. Ich hab davon gehört. Aber wenn man es recht bedenkt, ihr hättet euch die Bordeauxbrühe sparen können und gleich alles anzünden sollen.«

»Ich weiß nicht, Don Nico, ob es dann überhaupt zu einer Hochzeit mit Eva gekommen wäre.«

»Lass das Don weg, Lorenz, und red mich mit Du an. Sicher hast du schon längst festgestellt, dass Jeronimo ein tüchtiger Mann ist. Lange hab ich geglaubt, er könnte mal mein Nachfolger werden. Das Zeug dazu, eine Finca zu leiten, hat er. Aber er ist hart zu den Leuten. Ich bin sicher, wenn ich mir das Gras von unten ansehe, wird mit Jeronimo diese Finca bald wie tausend andere sein. Meine Ideen von der größeren Gerechtigkeit würde Jeronimo mit mir ins Grab legen. Ein harter Mann. Deshalb habe ich dich gefragt. Doch Schluss für heute. Ich will jetzt schlafen. Morgen reden wir weiter.«

* * *

Ewald muss ins Feld. Obwohl er der Hoferbe ist, wird er eingezogen. Ich, der Altbauer, werde es schon schaffen, meint Erwin. Zu den beiden französischen Gefangenen schickten sie mir noch eine junge Russin. Nadja. 18 Jahre. Sie war in einem Dorf bei Smolensk von unseren Leuten zu einem Kinobesuch eingeladen worden. Ein Lastwagen sollte sie und viele Mädchen dorthin bringen. Nichts, außer, was sie auf dem Leibe trug, hatte sie bei sich. Es wurde eine weite Reise. Im Viehwagen nach Paderborn. Nadja ist auf dem Lande aufgewachsen. Sie ist für Katharina eine große Hilfe. Ich muss mich abwenden, wenn sie abends dann und wann ihre russischen Lieder singt. Die Tränen in meinen Augen.

Der Unteroffizier, der sie auf unseren Hof brachte, schärfte uns ein: »Die Russin darf nicht mit an Ihrem Tisch essen. Aber das wissen Sie ja von den Franzosen.«

Wir trauten uns nicht, uns darüber hinwegzusetzen. Es gibt überall Denunzianten. Aber es war nicht ausdrücklich verboten, an ihrem Tisch in der Futterküche mit ihnen zu essen. Ich mach das immer mal wieder.

Mein Schwiegersohn Erwin ist noch nicht eingezogen worden. Er ist der einzige Sohn und Erbe auf dem Schultenhof. Mit Ewald wär das etwas anderes. Wir hätten ja noch den Sebastian. Meint der alte Schulte-Lott.

* * *

Lorenz war schon früh aufgewacht. In Don Nicos Zimmer hörte er kein Geräusch. Er ging hinaus. Die Wolken hingen tief. Ihr Saum leuchtete wie im Feuer. »Ich will das Morgenrot wecken«, sagte Lorenz.

Als sich gegen zehn Uhr in Don Nicos Zimmer immer noch nichts rührte, öffnete Lorenz besorgt die Tür. Don Nico saß an seinem Tisch und schrieb. Er nahm Lorenz erst wahr, als der ihn an der Schulter berührte.

»Einen Augenblick«, sagte Don Nico. »Ich will eben noch meine Unterschrift darunter setzen.«

Er wartete, bis die Tinte getrocknet war.

»Mein Testament, Lorenz. Es ist zugleich ein Vertrag. Lies dir in Ruhe alles genau durch. Dann, wenn du es dir nicht anders überlegst, unterschreib es. Und deine Frau Eva auch. Am besten, du machst dir dann eine Abschrift und hinterlegst das Original später für alle Fälle in Bogotá.«

Sie frühstückten. Dann ließ Don Nico Jeronimo und eine Frau rufen.

»Ich weiß«, sagte er zu ihnen, »dass ihr beide lesen und schreiben könnt.«

Er reichte der Frau das Schriftstück und sagte: »Lies die Überschrift vor, Ana.«

Sie wusste, dass er schwer hörte, und las sehr laut: »Mein Testament.«

Er nahm ihr die Blätter wieder aus der Hand und sagte: »Seht ihr mich nicht ganz bei Sinnen oder so krank, dass ich mir nicht zu helfen weiß?«

»Aber, Don Nico, machen Sie mit so etwas keine Scherze«, sagte Ana.

»Antwortet auf meine Frage.«

»Bei Sinnen und nicht hilflos«, rief sie.

»Und du, Jeronimo, siehst du das auch?«

Jeronimo nickte.

»Dann unterschreibt als Zeugen.«

Ana steckte beim Schreiben die Zunge zwischen die Lippen und kritzelte Buchstaben für Buchstaben. Jeronimo unterschrieb flüssig, fast ohne hinzusehen. Er sagte so leise, dass Don Nico es sicher nicht verstehen konnte: »Man unterschreibt nicht gern sein eigenes Urteil.«

Lorenz und Eva hatten die Finks ins Vertrauen gezogen. Am Abend luden sie Pater Gabriel ein. Ganz feierlich unterschrieben Eva und Lorenz das Dokument. Dann feierten sie das Ereignis. »Wenn ihr wollt, nehme ich die Urkunde mit, wenn ich Susannes erste Lieferung aus der Nähstube nach Bogotá bringe«, bot Christian an.

»Nein, Christian. Ich werde selbst zu Señor Salcedo gehen«, sagte Lorenz.

»Du bist nach diesem Vertrag ein gemachter Mann«, neckte Christian den Freund. »Müssen wir jetzt Don Lorenzo zu dir sagen?«

»Darum möchte ich gebeten haben. Respekt, Respekt bitte ich mir aus.«

Es wurde ein fröhlicher Abend. Nach dem Essen holten sie ihre Instrumente hervor und musizierten. Susanne spielte nicht lange mit, weil das Kind in ihr unruhig wurde.

Zuerst sprach Christian Arturo für den Brückenbau an.

»Ja«, sagte der. »Kein schlechter Gedanke. Eine Brücke über den Río Oponcito bauen. Kein schlechter Gedanke.« Er schaute Christian forschend an und fragte: »Und Gordo, der Dicke, soll der auch mitmachen?«

»Vielleicht.«

»Dann nicht mit uns. Mit denen da drüben wollen wir nichts zu tun haben.«

»Wird es Ihren Männern gefallen, wenn es später heißt, die Konservativen haben eine Brücke gebaut, Arturo? Vielleicht geben sie der Brücke

einen Namen, der euch ganz und gar nicht gefällt. Sie werden sich ins Fäustchen lachen, wenn ihr nicht mitmacht.«
»Muss ich mit meinen Leuten besprechen, Don Christian.«

Bei dem Dicken ging Christian ähnlich vor. Gordo sagte daraufhin gleich zu.
»Die da drüben sollen nicht allein den Ruhm einheimsen. Wir sind dabei.«
»Wollen Sie nicht zuerst mit Ihren Leuten sprechen, Gordo?«
»Wir Konservativen sind gut organisiert. Wie viele Arbeitskräfte brauchen Sie?«
»Vielleicht acht von hier und acht von drüben.«
»Don Christian«, sagte er und lächelte breit, »wenn wir neun Männer stellen und die von drüben nur sieben, dann dürfen die Männer in meinem Wald, der ja fast bis an die Felsen reicht, so viel Holz für Sie schlagen, wie für die Brücke nötig ist.«
Christian sagte: »Ich werde es mir überlegen.«

Die Taufe musste früher stattfinden, als die Finks erwartet hatten. Ende März 1941 wurde ein Siebenmonatskind geboren. Christian wählte den Namen Gregor und Susanne war einverstanden. Pater Gabriel taufte das Kind auf Gregorio.
»Wird doch in Kolumbien bleiben«, sagte er.

* * *

Als ich gestern durch Paderborn ging, sah ich einen jungen Kerl, schmächtig, große Augen unter dem Schirm einer tief ins Gesicht gezogenen Mütze. Der Mantel war ihm viel zu weit. Den Kragen hatte er hochgeschlagen. Er drückte sich dicht an der Hauswand entlang. Auf der Brust trug er den gelben Davidstern mit dem schwarzen »J«. Jude. Ich wusste es aus der Zeitung. Alle Juden ab sechs Jahren müssen seit dem 1. September 41 diesen Stern tragen. Lorenz hat mir im letzten Brief aus Kolumbien geschrieben, früher hätten die spanischen Eroberer den Indios mit einem glühenden Eisen ein Zeichen in die Haut gebrannt. Gezeichnet. Ab-

gestempelt. Gebrandmarkt. Damals wie heute. Ich glaube, in Paderborn gibt es nicht mehr viele Juden. Einige konnten 1939 und 1940 entkommen. Die Reichsfluchtsteuer war vorher von ihnen zu entrichten. Vom Staat ausgeplündert. Plünderer werden im Allgemeinen erschossen.

* * *

Die Monate gingen ins Land, das Jahr. Als Christian im April 1942 in Bogotá war, sprach ihn Ottlie auf den Krieg mit den USA an. Sie sagte: »Erst hat Hitler seine Truppen nach Russland einmarschieren lassen, jetzt auch noch Krieg mit Amerika.« Sie trug beim Frühstück einen Atlas herbei, zeigte Christian die Weltkarte, nahm das gekochte Ei aus ihrem Eierbecher und schlug es hart auf den kleinen blauen Farbfleck, der Deutschland darstellte. Das Ei blieb stehen und verdeckte das Großdeutsche Reich.
»Dieser Mann in Berlin ist wahnsinnig«, sagte sie. »Fast die ganze Welt bringt er gegen Deutschland in den Krieg.«

»Wie steht es mit dem Brückenbau?«, fragte der Padre später.
»Ich hatte mir das einfacher vorgestellt, Padre. Es liegt ein einziger Balken, der von einem Ufer zum anderen reicht. Dabei könnten wir seit langem das Bauwerk eingeweiht haben. Und was meinen Sie, die Leute von hüben und drüben benützen nur noch selten den Serpentinenpfad durch die Schlucht. Sie balancieren über den Balken. Sicher, er ist vierzig Zentimeter breit. Aber zwanzig Meter tiefer fließt der Río Oponcito. Verrückte Geschichte. Zum Glück ist noch niemand abgestürzt.«
»Man braucht Geduld, viel Geduld«, sagte der Padre.
»Susanne bedrängt mich, ich soll ein Seil über dem Balken spannen lassen, damit man sich daran halten kann. Dann würde auch sie versuchen über den schmalen Steg auf die andere Seite zu kommen. Aber ich will das nicht. Wenn wir erst das Seil spannen, genügt es den Leuten und es wird niemals weitergebaut.«

»Wart mal erst ab, bis deine Kinder anfangen über den Balken zu gehen. Dann wirst du darüber anders denken«, sagte Ottilie. Sie erkundigte sich eingehend nach Gregorio.

»Ein zartes Kind immer noch. Aber Susanne hütet ihn wie ihren Augapfel.«

»Hütet der Vater ihn auch?«, fragte Ottilie.

Christian nickte. Er gestand nicht, dass er sich oft fürchtete das Kind, wie er es bei María getan hatte, emporzuheben und es ein Stückchen in die Luft zu werfen. »Der Junge ist so klein und zerbrechlich«, antwortete er. »Ich komme mir unbeholfen vor, wenn ich ihn halten soll. Aber Susanne plant schon weit voraus. Er soll mal in die Deutsche Schule nach Bogotá.«

»Nun, am besten erzählst du ihr, dass die Deutsche Schule in Bogotá geschlossen worden ist.«

»Was? Kolumbien ist doch nicht im Krieg mit Deutschland.«

»Der Wind weht uns hier ins Gesicht. Die meisten denken, alle Deutschen sind Nazis.«

»Alle über einen Kamm scheren«, sagte Christian, »ich dachte, das sei nur in Deutschland so.«

»Lass uns aufhören über Politik zu reden, Christian«, sagte Ottilie. »Ich spüre meine Galle, wenn ich nur daran denke. Ich möchte noch wissen, wie es mit eurem Wäschegeschäft geht.«

»Es floriert, Ottilie. Doña Remedios beklagt die geringen Stückzahlen, die wir liefern. Aber vielleicht können die Frauen bald noch eine oder zwei Nähmaschinen mehr anschaffen.«

»Na, dann geht es ja endlich aufwärts mit euch.«

Christian erledigte seine Geschäfte in Bogotá, kaufte ein, was Susanne ihm aufgeschrieben hatte, und machte sich bald wieder auf den Rückweg nach La Encantada. Irgendein unbestimmtes Gefühl trieb ihn zur Eile.

Kaum war er zu Haus, da kam ein Bote von Lorenz.

»Don Nico stirbt«, meldete er. »Schwarzwasserfieber‹, sagt die Señora. Wenn es möglich ist, soll Pater Gabriel kommen.«
Christian begleitete den Pater.

»Es geht zu Ende mit Don Nico«, sagte Lorenz, als sie ankamen.
Sie betraten leise Don Nicos Zimmer. Er lag matt auf seinem Bett und vermochte ihnen kaum seinen Kopf zuzuwenden.
Mit klarer Stimme sagte er jedoch: »Gut, dass Sie da sind, Pater. Ich will mein Leben in Ordnung bringen, ich will beichten.« Eva, Lorenz und Christian, die mit ins Zimmer gekommen waren, wollten hinausgehen. Aber Don Nico forderte sie auf zu bleiben.
Sie nahmen an, sie hätten ihn falsch verstanden, doch er sagte: »Was ich mir zuerst von der Seele reden will, das ist für euch alle bestimmt, besonders aber für Eva Millhaus.«
Lorenz fiel auf, dass er zum ersten Male Evas Mädchennamen nannte.
»Wie nur beginnen?«, murmelte er.
»Fangen Sie an, wie Sie wollen, Don Nico. Gott wird Sie auf jeden Fall hören«, sagte der Pater.
»Also, es liegt zehn Jahre zurück. Ich war einige Tage mit Freunden zur Jagd gewesen. Einer von ihnen hatte mich darauf aufmerksam gemacht, dass ein Revoluzzer, ein Ausländer, in der Woche darauf einen Vortrag in Medellín halten wolle. Es sei ein großes Spektakel zu erwarten, weil er und seine Freunde den Redner nicht ungeschoren davonkommen lassen wollten. Er lud mich ein.
Ich interessierte mich nicht besonders für die Politik in Kolumbien. Ich betrieb inzwischen eine Importfirma. Meine Geschäfte entwickelten sich erfreulich und ich hatte den Eindruck, dass mein wachsender Wohlstand bei der Regierung sicher aufgehoben war. Ich ging eigentlich nur zu der Veranstaltung, weil ich meine Jagdgenossen treffen wollte.
Und dann sprach dein Vater, Eva. Ganz ruhig und sachlich schilderte er die Zustände in der Kohlenmine, berichtete von dem Leben der Mineros, nannte die beschämend niedrigen Löhne, die sie erhielten, und wies dann auf die

enormen Gewinne hin, die mit der Grube erzielt wurden. Er sprach, wie gesagt, bis dahin ganz ruhig. Aber dann prangerte er leidenschaftlich an, was er für Unrecht in diesem Land hielt. Er sagte, dass Besitz und aller Einfluss in Wirtschaft und Politik in Kolumbien in den Händen weniger Familien lägen, und nannte Zahlen, die ich bis dahin nie gehört hatte. Die ich auch nie hatte hören wollen. ›Es gibt ein unveräußerliches Recht jedes Menschen darauf, nicht ausgebeutet zu werden. Ein Recht der Kinder auf Schulen. Ein Recht der Arbeiter, sich zu Gewerkschaften zusammenzuschließen. Ein Recht der Frauen, Männer und Kinder, ohne Angst leben zu können. Ein Recht . . .‹
An dieser Stelle wurde er von lauten Protestrufen übertönt. Meine Jagdgenossen schrien am lautesten. Auch ich stimmte ein. Aber dann kam ich zur Besinnung, verstummte.
Hatte Ernesto Millhaus etwas Falsches gesagt? Hatte er das Volk aufgewiegelt? Ich schrie noch einmal laut. Aber es war ein Entsetzensschrei. So wird auch der Blindgeborene aufgeschrien haben, als Jesus ihm die Augen geöffnet hatte. Ich kämpfte mich in dem Getümmel, das in dem Saal entstanden war, bis zu Millhaus durch. ›Ich muss Sie sprechen, unbedingt sprechen‹, hab ich gesagt.
Wir trafen uns in seinem Haus. Diesem ersten Nachtgespräch folgten viele in seinem Quartier in der Nähe des Kohlenstollens. In Medellín suchte ich ihn nicht mehr auf. Ich war besorgt, meine Bekannten und Geschäftsfreunde könnten es bemerken und mich schneiden. Ernesto hat meinen Blick geschärft. Ich ging mit wachen Augen durch die Elendsquartiere, die ich zuvor nie betreten hatte. Ich begann mich zu schämen, mir bei den Schuhputzern für ein paar Lumpencentavos die Schuhe blank putzen zu lassen. Mich bedrückten die Straßenjungen, die Mädchen, Kinder manchmal noch, die sich zur Prostitution anboten.
Ich hatte damals fünf Hilfskräfte in meinem Büro beschäftigt und drei Frauen im Haus, die mich versorgten. Darunter eine Köchin mit ihrer fünfzehnjährigen Tochter. Elena war ein sehr schönes Mädchen. Ganz allmählich erhöhte ich den Lohn der Leute. Sie sahen das mit Misstrauen. Was erwartete der Señor von ihnen? Jedenfalls brachte die Köchin ei-

nes Tages ihre Tochter nicht mehr mit zur Arbeit. Sie suchte Ausflüchte und versprach ihre ältere Schwester zu fragen, ob sie nicht für mich arbeiten wolle. Ich habe erst später gemerkt, was die Köchin befürchtete. Wie gesagt, Elena war ein schönes Mädchen und ich ein lebenslustiger unverheirateter Mann.

Es mochte wohl ein Jahr vergangen sein, seit dieser Rede von Millhaus. Wir sagten zwar nicht Du zueinander, aber ich fühlte mich als sein Freund. Gelegentlich trafen wir uns auch zu mehreren dort im Haus bei der Grube. Darunter war auch zwei-, dreimal der Patrón Liborio aus Puerto Berrio. Mir wurde bald klar, dass ich meine Importfirma nicht anders betreiben konnte, als ich sie betrieb. Ich würde mir schnell meine Kunden zu Feinden gemacht haben, wenn sie mich auch als ›Revoluzzer‹, wie sie es nannten, erkannt hätten. Damals wuchs allmählich der Plan in mir, abseits der Städte eine größere Finca zu kaufen. Das, was ich hier aufgebaut habe, nahm in meinem Kopf allmählich Gestalt an.

Und dann kam jener Monat, der mein Leben radikal verändern sollte. Ich wurde wieder mal zu einer mehrtägigen Jagd eingeladen. Wir waren zu sieben Männern. Schon am Ende des ersten Jagdtages kam das Gespräch auf Millhaus. Ich beteiligte mich nicht daran, wollte vorsichtig sein.

›Er hetzt und hetzt‹, rief einer. ›Er wiegelt das Volk auf. Mit Gewalt müssten die Verhältnisse hier notfalls verändert werden, sagt er.‹

Ich schwieg auch dazu, obwohl ich ja wusste, dass das gelogen war. Ich fragte mich nur, ob sie das selber wohl glaubten. An keinem Abend gab es ein anderes Thema als die politischen Verhältnisse. Und immer wieder kamen sie auf Ernesto Millhaus. Er schien ihnen von Mal zu Mal gefährlicher zu werden und war wie ein Stachel in ihrem Fleisch.

Schließlich schlug einer vor, man solle doch Geld zusammenlegen. Einen Volksverhetzer beseitigen zu lassen, das könne doch nicht alle Welt kosten. Auch dazu habe ich nichts gesagt.

Ich weiß nicht, ob es in diesen Tagen dazu gekommen ist, das Geld für den Mord an Millhaus wirklich auf den Tisch zu legen. Ich schützte vor

Fieber zu haben, und legte mich früh ins Bett. Hab auch den Gedanken verdrängt, dass sie es wirklich ernst meinen könnten. Ich wollte mir gar nicht vorstellen, dass diese gebildeten und wohlerzogenen Männer tatsächlich einen Mord planen würden.

Aber vierzehn Tage später, ich war noch nicht wieder bei Ernesto gewesen, erzählte mir einer von ihnen, das Problem Millhaus sei nun für immer gelöst. Ich fuhr sofort zur Kohlengrube. Niemand gab mir Antwort auf meine Fragen. Es war so, als ob es Ernesto Millhaus nie gegeben hätte. Als ich mich schon in seiner Wohnung zum Schlafen niedergelegt hatte, klopfte es leise ans Fenster. Die alte Frau, die ihm das Haus sauber gehalten und für ihn gekocht hatte, flüsterte mir zu, dass man den Señor abgeholt habe.

›Und?‹, fragte ich.

Sie schaute mich verwundert an.

›Wissen Sie das denn nicht, Señor Tober‹, sagte sie, ›wer von diesen Leuten geholt wird, kehrt nie mehr zurück. Sie werfen seine Leiche in eine Schlucht. Nach wenigen Stunden haben die Geier ihre Arbeit getan.‹ Dann huschte sie fort. Ich schlief in dieser Nacht nicht mehr.

Zur Polizei wollte ich gehen. Die Zeitungen wollte ich informieren. Namen wollte ich nennen. Am nächsten Tag in Medellín schien es mir richtiger, alles noch einmal genau zu überdenken. Also verschob ich es auf den folgenden Tag. Und auf die Woche darauf. Aber dann ganz bestimmt . . . Es ist dabei geblieben. Ich habe einige Monate später mein Geschäft verkauft und bin auf diese Finca hier gezogen. Hab meine Schuld abarbeiten wollen. Wollte ein kleines Feuer anzünden, an dem die Gerechtigkeit sich wärmen kann.

Aber es sind mir Zweifel gekommen, ob das alles ausreicht, was ich hier getan habe. Ich bin nun ziemlich sicher, es genügt nicht. Sonst hätte mir doch meine Feigheit in Medellín nicht in den Nächten immer wieder vor Augen gestanden. Obwohl ich schwerhörig bin, die leise Stimme in mir konnte ich gut verstehen. Deshalb, Pater, hab ich Sie rufen lassen.«

Don Nico hatte zum Schluss Mühe, verständlich zu sprechen. Seine Augen hielt er geschlossen und unter der blauschwarzen Haut der Lider lagen dick die Adern.

Eva saß zusammengekauert auf ihrem Hocker. Ihre Schultern zuckten. Doch schließlich stand sie auf, legte Don Nico die Hand auf die Stirn und sagte: »Das Fieber ist gestiegen, Nico, lieber Nico.«

Sie lief hinaus. Don Nico winkte schwach mit der Hand und flüsterte: »Der Rest ist nur für den Pater, für Gott.«

Lorenz und Christian verließen den Raum.

Nach einer Stunde kam Pater Gabriel nach. »Ich habe ihm die Krankensalbung gegeben. Er schläft jetzt. Wir können für Don Nico nichts mehr tun, Christian. Sein Urin ist schon pechschwarz. Lass uns losreiten.«

Sie sprachen während des ganzen Weges kein Wort miteinander.

Drei Tage später starb Don Nico. Nein, nicht friedlich. Bis in die letzte Stunde hinein quälte ihn die Schuld. Eva erzählte später: »Erst in den letzten Sekunden entspannten sich seine Züge. Ein Lächeln umspielte seine Lippen. Ich beugte mich zu ihm hinunter. Ich meine, er hat geflüstert: ›Wirklich alles?‹ Als ich mich wieder aufrichtete, war er tot.«

* * *

Gestern in der Dämmerung klopfte es leise an unsere Tür. Trotz meines lauten »Herein« öffnete niemand. Ich legte mein Buch beiseite und schaute nach, was los war. Dr. Fleischhauer stand auf der Treppe. Er trug etwas mit sich, abgedeckt mit einem Tuch. Der Lampenschein aus dem Flur fiel auf seinen gelben Stern. Ich begrüßte ihn und bat ihn einzutreten. »Meinen Sie?«, fragte er zaghaft. Diesmal sagte sogar Katharina: »Aber sicher, Doktor. Setzen Sie sich.«

Er hockte sich auf die Stuhlkante und stellte den Gegenstand, den er mitgebracht hatte, auf seine Knie. Ich holte die Flasche und schüttete ihm einen Korn ein. Wie bisher immer.

Katharina stellte sich ans Fenster. Mir war klar, sie wollte schauen, ob jemand kam. Schmiere stehen, nennt man so was ja wohl. Sebastian wandte keinen Blick von dem gelben Stern.

»Früher war das ein besonderes Ehrenzeichen«, sagte Dr. Fleischhauer. »Der Davidstern ist auf den Grabsteinen der Familie meiner Frau eingemeißelt. Der älteste Stein ist von 1775. Aber heute . . .« Er seufzte auf.

»Was können wir für Sie tun?«

»Sebastian, zieh das Tuch herunter«, forderte Dr. Fleischhauer den Jungen auf. Der tat es. Ein Vogelkäfig kam zum Vorschein und darin ein quittengelber Kanarienvogel.

»Der singt sehr schön. Bring ihn zur nächsten Vogelausstellung. Job wird bestimmt einen Preis gewinnen.«

Sebastian fragte überrascht: »Wollen Sie mir Jupp schenken?«

Der Doktor nickte. »Bei dir wird Job es gut haben. Wir Juden dürfen keine Haustiere mehr halten. Seit dem 16. Februar 42 ist es uns verboten. Wir konnten uns von ihm nicht trennen und haben ihn, damit niemand sein Singen hört, in unsere hinterste Kammer gebracht. Aber nun wird's uns zu gefährlich. Und bevor er in falsche Hände kommt . . .«

Er trank den Schnaps aus, lehnte aber ab, als ich nachschenken wollte. Katharina gab ihm einen Beutel mit. Ein großes Brot und ein Paket Butter war darin.

»Sie haben uns so oft geholfen«, sagte sie. Er schlug die Augen nieder.

»Schauen Sie bitte draußen nach, ob die Luft rein ist«, bat er. »Ich will Ihnen keine Schwierigkeiten machen.«

Die Luft wird nie mehr ganz rein, dachte ich.

Katharina schärfte Sebastian ein: »Zu keinem ein Wort, Junge, woher du den Kanarienvogel hast. Hörst du?«

»Ich sag's niemand, Mama. Ich versprech's.«

* * *

Susanne konnte im Oktober ihren Traum verwirklichen. An die vierzig Kinder kamen an jedem Werktag in den Rancho zur Schule. Meist unterrichtete Francisca, aber auch Susanne zog es oft zu den Kindern. Der hintere Querbau war das Klassenzimmer. Christian hatte lange Sitzbänke gezimmert und vor den Bänken dicke Bretter angebracht, die als Pult dienten. Diese Einrichtung mochte für den Anfang reichen. Christian wollte Susanne überraschen. Er kannte einen Lehrer der geschlossenen Deutschen Schule in Bogotá. Der hatte ihm auf seine Bitte hin heimlich aus dem Schulkeller eine Tafel geholt, einen kleinen Karton voll Kreide, einen Stapel Schreibhefte, Stifte, Kindertafeln, Griffel, Federhalter und Tinte.

»Nehmen Sie alles«, hatte er gesagt. »Seit der Gründung des Colegio Alemán 1922 bin ich hier Lehrer gewesen. Ich werde es nicht mehr erleben, dass es eine Deutsche Schule in Bogotá geben wird.«

»Aber Señor, der Krieg kann nicht ewig dauern«, widersprach Christian. Der alte Lehrer presste die Lippen aufeinander und schwieg.

Als Christian in La Encantada mit drei Mulis und all den Sachen ankam, war es schon Nacht. Susanne schlief längst. Er band die Tiere hinter dem Rancho an, stellte die Tafel auf und schrieb in großen Buchstaben darauf: Susanne-Fink-Schule.

Am nächsten Morgen bat er Susanne die Augen zu schließen und führte sie in das Klassenzimmer.

»Jetzt«, rief er. Sie sah die Tafel und alles, was er mitgebracht hatte. Sie fiel ihm um den Hals und weinte vor Freude.

»Christian, Christian, deine Pläne werden bestimmt auch Wirklichkeit.«

Danach sah es aber gar nicht aus.

Der Brückenbau lag immer noch still. Wird wohl niemals fertig, dachte Christian. Ohne Lehm keine Ziegelsteine. Er begann sich den Bau der Ziegelöfen schon aus dem Kopf zu schlagen.

Und dann geschah das Unglück. Drei Mädchen, sieben, acht und zwölf Jahre alt, wollten von der anderen Seite wie jeden Tag zum Unterricht in den Rancho kommen.

Cecilia, die Größte, ging als Erste über den Balken. Ihre Schwestern Carolina und Manuela folgten dichtauf. Es hatte kurz zuvor geregnet. Der Balken war nass und schlüpfrig.

Cecilia glitt aus, schrie gellend auf und stürzte in die Schlucht. Ihre

Schwestern duckten sich nieder, hielten sich aneinander fest und trauten sich nicht noch einen einzigen Schritt zu gehen.

Gordo war als Erster an der Unglücksstelle. Er redete den Mädchen zu, sie sollten doch kommen, aber die hockten wie erstarrt mitten auf dem Balken.

Da ging Gordo Schrittchen für Schrittchen auf die Kinder zu. Inzwischen hatte sich eine Gruppe von Neugierigen zu beiden Uferseiten versammelt, viele Kinder, Frauen und Männer. Auch die Mutter der Kinder war herbeigeeilt. Es war totenstill. Gordo beugte sich langsam zu den Mädchen nieder und hob erst das eine, dann das andere auf seine Arme. Sich mit seiner Last umzudrehen wagte er nicht. Vorsichtig schritt er zu den Liberalen hinüber und übergab Carolina und Manuela ihrer Mutter.

Die warf sich nieder und umklammerte Gordos Knie. Ein Mann riss sie von ihm weg.

»Nicht vor dem«, murrte er.

Am späten Nachmittag wurde Cecilia beerdigt. Fast alle Leute aus La Encantada schlossen sich dem Trauerzug an. Wie zufällig gingen Arturo und Gordo nebeneinander her.

»Ab Morgen wieder, Gordo?«, fragte Arturo und wies mit dem Kopf in Richtung der Brücke.

»Ab Morgen«, stimmte Gordo zu.

»Morgen werde ich das Seil spannen lassen«, sagte Christian.

Als er jedoch gegen neun Uhr mit dem Seil zur Brücke kam, hatten die Männer den zweiten Balken bereits aufgelegt.

Sie arbeiteten von morgens bis abends. Dann konnten sie die Bretter quer über die Balken nageln, Gordo und seine Leute von ihrem Ufer aus, Arturo und seine Männer vom anderen.

An einem Freitagnachmittag fehlte nur noch ein Brett.

»Ich schlage den letzten Nagel ein«, rief Arturo. Er fasste in seine Tasche und zog einen wohl zwanzig Zentimeter langen, goldblitzenden Nagel heraus und stellte eine Flasche zurecht.

»Was soll das?«, fauchte Gordo. »Der Nagel? Die Flasche?«

Arturo lachte und rief: »Hast du nie gehört, dass sie es in den Staaten auch so gemacht haben? Als damals die Eisenbahnstrecke quer von Westen und Osten durch den Kontinent von beiden Küsten her vorangetrieben wurde und die Bautrupps sich begegneten, da wurde ein letzter Nagel aus richtigem Gold in die Schwelle getrieben.«

»Stimmt das?«, fragte Gordo misstrauisch.

Christian bestätigte es.

»Und du armer Schlucker hast einen goldenen Nagel aufgetrieben?«

»Nein, nicht gerade«, gab Arturo zu. »Er ist aus Messing geschmiedet.«

»Und was soll die Flasche dort, Arturo?«

»Na, sie wird auf der Brücke bei der Taufe zerschmettert. Champagner.«
Er grinste und hob den Hammer.

»Nicht du schlägst den letzten Nagel ein«, rief Gordo. »Ich habe das Holz gestiftet. Mir steht das Recht zu . . .«

Christian befürchtete, der Streit würde jetzt wieder aufflammen. Er sagte: »Arturo, gib Gordo den Hammer. Halte du den Nagel. Und wenn Gordo ihn eintreibt, dann dürft ihr für die Brücke den Namen wählen.«

»Ja«, stimmten einige Arturomänner zu. »Ein guter Vorschlag.«

Arturo stellte den Hammer auf das letzte Brett. Er hielt den Nagel.

Gordo brauchte acht Schläge, bis der Nagel versenkt war.

»Nun?«, fragte er. »Wie soll die Brücke heißen?«

Schon wurde vorgeschlagen »Brücke der Gerechtigkeit« und »Brücke der Revolution«, da sagte die Mutter des abgestürzten Kindes: »Ihr Name soll sein: Cecilienbrücke.« Ehe sie jemand zu hindern vermochte, griff sie nach der Flasche und zerschlug sie an der Kante des äußeren Balkens.

Nein, Champagner hätte Arturo nicht bezahlen können. Aber es roch immerhin nach Aguardiente. Auch das Weihwasser, mit dem Pater Gabriel die Brücke reichlich besprengte, konnte den Duft des Schnapses nicht vertreiben. Nach der Einsegnung zog Pater Gabriel Christian und Susanne zur Seite und sagte: »Ihr habt es wahrscheinlich noch nicht gehört, vo-

rige Woche, Ende November, haben die Russen bei Stalingrad eine ganze deutsche Armee eingeschlossen. Hitler hat den Ausbruch verboten.«
»Hoffentlich ist mein Bruder Ewald nicht auch dabei«, sagte Susanne.

* * *

Heute kam Sebastian aufgeregt aus der Schule nach Hause. Er hatte mit seinem Fahrrad einen Umweg gemacht und wollte bei Dr. Fleischhauer klingeln. Der Kanarienvogel Jupp hatte nämlich tatsächlich in der Jahresausstellung des Kanarienzüchter-Vereins einen Preis gewonnen. Nicht gerade den ersten, aber immerhin eine Urkunde für sein prächtiges Singen.
Aus Sebastian sprudelte es nur so heraus, als er zur Tür hereinkam. »Stellt euch vor, Dr. Fleischhauer wohnt nicht mehr in seinem Haus. Seine Frau und er sollen in ein Lager für Arbeitsscheue gebracht worden sein.«
»Wer behauptet so was?«, fragte Katharina.
»Die Frau, die jetzt in der Wohnung wohnt.«
»Und woher weißt du das?«
»Ich bin dort vorbeigefahren und wollte Dr. Fleischhauer die Urkunde von Jupp . . .«
»Bist du denn von allen guten Geistern verlassen, Junge. Wie konntest du denn in das Judenhaus gehen? Hat die Frau dich etwa gefragt, wer du bist und was du bei Dr. Fleischhauer wolltest?«
»Ja. Aber ich habe ihr nur meinen Vornamen genannt.«
Ich sagte: »Lass doch, Katharina. Woher soll Sebastian wissen, dass man so was in dieser Zeit besser nicht tut.«
»Was sind das für Lager, Vater?«
»Was sind das für Lager. Was sind das für Lager. Du stellst vielleicht Fragen!«
Ich überlegte, was ich Sebastian sagen sollte. Katharina antwortete: »Das wissen wir auch nicht, Junge. Am besten, du denkst nicht mehr dran.« Sie ging hinaus. Sebastian wird 14. Ihn einfach mit irgendwelchen Ausreden abspeisen? Ich sagte zu ihm: »Komm, Junge, setz dich neben mich auf die Bank.« Ich wusste nicht, wie anfangen.

»Vater?«

»Die Regierung in unserem Land ist der Ansicht, dass manche Menschen nicht zu uns gehören. Die Zigeuner, die Landstreicher, die Juden. Die werden in Lager gebracht. Sie müssen dort hart arbeiten. Zu essen bekommen sie sehr wenig. Viele sterben. Ich habe flüstern hören, dass auch Menschen dort absichtlich getötet werden.«

»Glaubst du das, Vater?«

Ich nickte.

»Findest du das richtig?«

»Nein. Du kennst doch das Gebot ›Du sollst nicht töten‹.«

»Ja, Vater.«

»Du weißt, dass es gefährlich ist, über diese Dinge zu reden.«

»Ja, Vater.«

Ich dachte, wir hätten uns früher wehren müssen, viel früher.

* * *

Christian baute die Ziegelöfen dann doch nicht hinter seinem Rancho, sondern am anderen Ufer unweit der Lehmgrube. Nach einigen misslungenen Versuchen, einmal waren die Steine verbrannt, ein anderes Mal viel zu hell und bröseliger als die luftgetrockneten Ziegel, gelang ihm dann doch ein guter Brand. Er hatte die richtige Zeit heraus, die die Rohlinge in der Brennkammer bleiben mussten, bis die Steine gleichmäßig rot und hart aus dem Ofen geräumt werden konnten.

Es sprach sich bald in der ganzen Gegend herum, dass in La Encantada hervorragende Ziegel zu haben seien. Und der Preis für die Steine war nicht hoch. Trotzdem, nur wenige, die sie kaufen wollten, konnten auch die nötigen Pesos aufbringen. Aber Christian nahm auch Hühner, Eier, Früchte und einmal sogar einen Esel und ein junges Maultier in Zahlung. Den Esel schenkte er seinen Kindern. María saß bald auf seinem Rücken. Als Christian aber Gregorio zu ihr auf den Esel setzte, da fing das Kind an zu schreien. Susanne schimpfte mit Christian: »Der Junge hat Angst und du unverständiger Mensch setzt ihn auf den Esel.«

»Ich hab auf dem Gestüt zu Hause eher das Reiten als das Laufen gelernt«, brummte er.

Den vier Männern, die Christian in seiner Ziegelei angelernt hatte, wäre sicher Geld lieber gewesen als das, was manche Kunden zur Bezahlung herbeischleppten. Denn die Arbeit in den heißen Brennkammern machte Durst und niemand verkaufte ihnen für Eier oder Fleisch die ersehnte Chicha. Den Frauen jedoch war es ganz lieb, dass auf solche Weise Nahrungsmittel ins Haus gelangten, die sonst nur selten auf den Tisch kamen.

Eva und Lorenz hatten sich auf der Finca längst eingelebt. Es hatte eine reiche Ernte gegeben.

Eines Abends betrat Jeronimo das Haus. Eva bot ihm einen Platz am Tisch an und lud ihn ein, mit ihnen zu essen. Aber Jeronimo trank nur einen Schluck Tinto. Er schaute finster vor sich hin und sagte schließlich: »Don Lorenzo, ich möchte, dass Sie mich auszahlen. Ich verlasse die Finca.«

»Aber Jeronimo«, wandte Eva ein. »Fühlst du dich ungerecht behandelt?«

»Ihr Mann, Doña Eva, hat mir die Finca gestohlen.«

»Nun reicht es aber!«, rief Lorenz.

Jeronimo wandte sich nur an Eva.

»Ihr Mann hat sich bei Don Nico eingeschmeichelt, hat ihm eingeredet, ein Mann aus Kolumbien könne eine so große Finca nicht leiten, schon gar nicht, wenn er kein Blanco, kein Weißer, sei. Nun, Sie wissen ja, Doña Eva, was daraus geworden ist.«

»Das will ich mir nicht länger anhören«, brauste Lorenz auf, schob den Stuhl heftig zurück und lief hinaus.

»Jeronimo, Sie tun meinem Mann unrecht. Sie wissen doch, wie sehr er Sie schätzt. Niemals hat er Don Nico etwas eingeredet. Ich kann es Ihnen nicht erzählen, Jeronimo, aber ich weiß, dass Don Nico an mir und meiner Familie etwas gutmachen wollte.«

»Doña Eva, ich werde nicht bleiben.«

»Niemand will Sie mit Gewalt halten, Jeronimo. Wissen Sie schon, was sie tun werden?«

»Ich weiß es, Doña Eva, aber ich werde es Ihnen nicht sagen.«

»Ich mache Ihre Abrechnung fertig. Sie können sie morgen abholen.«

»Danke, Doña Eva.«

»Er war wirklich ein umsichtiger Mensch«, sagte Lorenz später. »Was mag plötzlich in ihn gefahren sein. Ich weiß nicht, wie wir es hier ohne ihn schaffen.«

»Umsichtig sicher, Lorenz, aber undurchsichtig auch.«

»Wenn du ausrechnest, was ihm zusteht, sei großzügig, Eva. Wir wollen uns nicht nachsagen lassen, er sei betrogen worden.«

»Lorenz, du hast häufiger von einem gewissen Ignacio gesprochen und ihn stets gelobt. War er nicht der erste Mann in den Llanos?«

»Ja. Zuverlässig war er. Aber die Finca dort war übersichtlicher, viel kleiner. Vielleicht wäre Ignacio wirklich ein Ersatz.«

Nach einigen Tagen ritt Lorenz hinunter ins Dorf.

»Wir haben schon gehört, dass Jeronimo gegangen ist«, sagte Susanne.

»Francisca hat es uns zugetragen. Hat es Streit gegeben?«

»Nicht eigentlich«, antwortete Lorenz.

»Francisca hat mir noch etwas zugeflüstert, Lorenz. Jeronimo hat guten Kontakt zu einem Mann dort drüben an der anderen Seite. Er heißt Baldomero und ist ein Scharfmacher. Redet offen davon, dass in Kolumbien nur mit Gewalt etwas zu ändern ist.«

Christian sagte: »Baldomero ist wirklich ein unruhiger Geist. Vor allem, er hat das Zeug zu einem Demagogen. Wenn er spricht, kann er Menschen mitreißen.«

»Und, Lorenz, Baldomero kann Waffen besorgen. Keineswegs nur alte Vorderlader.«

»Wir werden die Augen offen halten«, sagte Lorenz. »Aber was meinst du zu Ignacio, Christian?«

»Ignacio war uns sehr vertraut. Ein Mann, auf den du dich voll und ganz verlassen kannst. So einen brauchst du auf deiner Finca unbedingt.«

* * *

Ich habe Wochen vergehen lassen, bis ich es heute niederschreibe. Abends habe ich den Rundfunk gehört. Die Stimme des Propagandaministers Goebbels schallte laut: »Wollt ihr den totalen Krieg? Wollt ihr ihn, wenn nötig, totaler und radikaler, als wir ihn uns heute überhaupt noch vorstellen können?« Und die vielen Menschen im gefüllten Berliner Sportpalast schrien: »Ja.«

* * *

Lorenz scheute sich zur Finca zu reiten und blieb in Villavicencio. Er schickte einen Boten zu Ignacio und der kam am folgenden Tag in die Stadt.

»Don Lorenzo«, sagte er und man spürte seine Freude über das Wiedersehen.

»Wie geht es euch da oben, Ignacio?«

»Die Señores aus Bogotá haben schon den dritten Verwalter auf die Finca geschickt. Mit diesem werden sie auch nicht zufrieden sein. Neulich hat er zu mir gesagt: ›Ignacio, hier werde ich nicht alt.‹«

»Schade um den schönen Besitz«, sagte Lorenz. Dann aber kam er schnell auf sein Anliegen zu sprechen.

Er wartete gespannt auf Ignacios Antwort. Der überlegte lange. Dann sagte er: »Ich bin nicht mehr jung, Don Lorenzo. Ob ich noch einmal einen neuen Anfang schaffen kann?«

»Ich will dich nicht überreden, Ignacio.«

»Don Lorenzo, ich habe einen tüchtigen Neffen.«

Lorenz lachte. »Du hast immer zur rechten Zeit einen Neffen aus deinem Hut gezaubert.«

»Nein, nein, Don Lorenzo. Lino ist wirklich ein guter Mann. Er ist etwa dreißig Jahre alt und arbeitet mit mir dort oben in der Finca seit drei Jahren zusammen. Er ist meine rechte Hand. Wenn ich Lino mitnehmen könnte . . .«

»Das müsste sich machen lassen«, stimmte Lorenz zu.

»Und natürlich meine Frau und die unverheirateten Kinder.«

»Wie viele sind das, Ignacio? Ich frage nur, weil ich nicht weiß, ob wir in der Finca einen Rancho haben, der groß genug für euch ist. Jeronimo lebte nämlich allein, weißt du.«

»Don Lorenzo, es sind nur noch vier Kinder in unserer Familie.«

»Auch das wird gehen.«

»Gut, dann kommen wir mit.«

»Stimmst du zu, ohne deine Frau zu hören?«

Ignacio schaute Lorenz verwundert an.

»Sie meinen, ich sollte meine Frau so etwas Wichtiges fragen?«

Lorenz nickte.

Ignacio wiegte seinen Kopf. »Ich bin nun schon einunddreißig Jahre mit Blanca verheiratet. Ich kenne sie genau. Sie wird mit mir gehen.«

»Gut«, sagte Lorenz. »Wann wirst du aufbrechen?«

»Wenn Sie noch zwei Tage in Villavicencio warten, sind wir bereit.«

»Ich werde warten, Ignacio.«

* * *

Gott sei Dank, eine Feldpostkarte von Ewald! Wir wussten, dass er in der 6. Armee war. Stalingrad! Katharina hat die dicke Kerze unter dem Kreuz seitdem nicht ausgehen lassen. Heute die Erlösung. Er liegt im Brandenburgischen im Lazarett. Ein Steckschuss in der Hüfte. Sah erst schlimmer aus, als es ist. Er rechnet damit, in wenigen Wochen wieder dienstfähig zu sein. »Leider«, seufzte Katharina und »Gott sei Dank«.

* * *

Wir sind im wahrsten Sinne hier in La Encantada weit vom Schuss«, sagte Christian, als Lorenz und Eva im Frühjahr 1944 die Finks besuchten.

»Wie meinst du das, Christian?«, fragte Eva.

»Wenn du daran denkst, dass es seit zweieinhalb Jahren schwarze Listen gibt, auf denen viele Deutsche stehen, mit denen kein Handel getrieben werden darf ...«

»Manchen geschieht es recht. Andere leben seit Jahrzehnten hier und haben mit Hitlerdeutschland nichts gemein. Denk an den Padre. Kannst du dir einen entschiedeneren Gegner Hitlers denken?«

»Der steht ja auch nicht auf den Listen«, sagte Christian. »Aber es ist wirklich so, dass es einige unschuldig trifft. Ich wollte euch nur erinnern, wir haben davon nichts gespürt. Und auch als ein deutsches U-Boot den kolumbianischen Frachter *Resolute* versenkt hat und daraufhin die deutschen Klubs und Vereine verboten worden sind, an uns ist das alles vorbeigegangen.«

»Nicht ganz«, sagte Eva. »Ich war ja vorige Woche in Bogotá. Hab mich in der Klinik untersuchen lassen.«

»Fühlst du dich krank?«, fragte Susanne besorgt.

»Nein. Aber ich wollte wissen, warum wir keine Kinder kriegen. Stell dir vor, der Arzt hat mir gesagt, ich soll mal ausspannen, Ferien machen. Ich sei nach allem, was ich ihm erzählt habe, ständig unter Dampf. Körperlich sei alles in Ordnung. Aber was ich eigentlich sagen wollte, das ist nicht angenehm. Mutter Oberin hatte mir Bescheid gegeben, ich sollte doch mal bei dem Advokaten Salcedo vorsprechen. Er habe eine Neuigkeit für uns.«

»Hoffentlich eine gute«, rief Christian. »Wird höchste Zeit, dass Dr. Meyers Bank ausspuckt, was sie uns schuldet.«

»Das hat sie gemacht. Lorenz und Christian bekommen jeder 950 US-Dollar.«

»Das ist die beste Nachricht, die ich seit langem gehört habe«, rief Christian. Susanne war empört. »Na, mein Lieber, war es dir nicht so viel wert, als ich dir vor vierzehn Tagen sagte, wir werden ein drittes Kind bekommen?«

Christian legte den Arm um sie. »Alles, was du sagst, ist besser als Dollars. Trotzdem! 950 Dollar! Wir werden La Encantada auf den Kopf stellen.«

»Damit musst du vielleicht noch lange warten, Christian«, dämpfte Eva seinen Übermut. »Der Krieg zwischen Kolumbien und Deutschland ist gerade drei Monate alt und er hat auch uns erreicht. Die Vermögen der Deutschen werden von der Staatskasse verwaltet und sind vorläufig beschlagnahmt.«

»Zu früh gefreut«, sagte Christian enttäuscht. »Wer weiß, ob wir je etwas davon sehen.«

»Einmal muss doch der Krieg zu Ende sein«, seufzte Susanne. »Wäre schön, wenn das Kind im Frieden zur Welt käme.«

»Freu dich, Susanne, wenn es wenigstens hier im Dorf geboren werden kann. Eine Reihe von Deutschen ist interniert worden. Solche Lager gibt es in Fusagasuga und in Cachipay. Sollen ganz ordentliche Häuser sein. Aber die Menschen sind doch festgesetzt.«

»Und kein Deutscher darf näher als hundert Kilometer an der Küste wohnen. Kontakt mit deutschen U-Booten soll verhindert werden«, sagte Lorenz. »Eva kann also nicht Ferien am Strand machen. Könnt ja ein U-Boot auftauchen.« Sie lachten.

»Im Augenblick haben wir noch gut lachen. Aber wer weiß, was noch kommt«, sagte Eva.

Christian wechselte das Thema und fragte: »Habt ihr nicht auch den Eindruck, dass Weihnachten die Knallerei viel schlimmer war als sonst?«

»Bei uns hielt es sich in Grenzen«, antwortete Lorenz. »Aber Ignacio hat erzählt, irgendwo in den Bergen habe es gedonnert, als ob Kanonen abgefeuert worden wären.«

»Also bei uns hier war's ganz toll. Jeder Zweite hatte ein Gewehr in der Hand. Schon bald nach der Mitternachtsmette hat's nach Pulverdampf gestunken, nicht wahr, Christian?«

»Ja, stimmt«, antwortete der. »Das macht mir Sorgen. Stell dir vor, die Männer schießen mal nicht mehr nur in die Luft.«

»Rede die Revolution nicht herbei, Christian«, sagte Eva.

Als der Geburtstermin näher rückte, schickte Susanne Guillermo zu Eva und lud sie ein für ein paar Wochen nach La Encantada zu kommen. Sie solle tun, was der Arzt ihr geraten habe, und in ihrem Haus könne sie dann Dampf ablassen.

Eva nahm die Einladung gern an und bat Guillermo sie gleich mitzunehmen. Es regnete stark. Unterwegs begegnete ihnen eine bewaffnete Reitergruppe. Jäger, dachte Eva. Sie glaubte für einen Augenblick Jeronimo gesehen zu haben. Aber der Mann hatte seine Ruana über den Kopf gezogen und sein Gesicht abgewendet.

»Kannten Sie jemand von diesen Männern?«, fragte Eva.

»Besser, man kennt sie nicht«, sagte er.

Eva verbrachte vier lange, unbeschwerte Wochen in Finks Haus. Jedenfalls, solange ihnen nicht Deutschland in den Sinn kam. Die Alliierten waren an der französischen Küste gelandet, die Russen drängten die Deutschen zurück.

Hitler kann den Krieg nicht mehr gewinnen. Warum noch die vielen Opfer?, dachten die Mattlers, die Finks und sicher viele, viele mehr.

* * *

Sebastian, gerade sechzehn Jahre alt, musste sich in Paderborn melden. Er und fast alle Schüler seiner Klasse sind in den Westen geschickt worden. Sie sollen Panzergräben ausheben und die Alliierten aufhalten. »Es drückt mir das Herz ab«, sagte Katharina.

* * *

So eilig es Gregorio gehabt hatte, auf die Welt zu kommen, das neue Kind ließ sich damit Zeit.

»Sie müssen viel laufen, Doña Susanne«, sagte Francisca. »Das hilft.«

Eva und Susanne machten lange Spaziergänge. Dazu waren die beiden Frauen bislang selten gekommen. Eva zeigte ihr Blüten, die Susanne nie bemerkt hatte. Es gab kaum eine Pflanze, die Eva nicht mit Namen kannte. An einem Vormittag fragte Eva: »Wie fühlst du dich heute, Susanne?«

»Gut. Sicher, das Laufen ist beschwerlicher geworden, aber immer noch besser als das Herumsitzen. Warum fragst du?«

»Weiter oben im Wald könnte ich dir etwas Schönes zeigen.«

»Versuchen wir's. Den Gang abbrechen, das können wir ja jederzeit.«

Eva lief mit ihr einen Pfad, der nicht sehr steil bergan führte.

Der letzte Rancho blieb zurück. Es war eine ärmliche Hütte, vor der ein Esel angebunden war. Sie erreichten den Wald.

Susanne sagte: »Ich glaube, Eva, ich hab mir doch zu viel zugemutet. Lass uns umkehren.«

»Nur noch hundert Meter, Susanne. Du wirst staunen.«

Es waren nicht einmal hundert Meter, bis sie eine Lichtung erreichten. An einer feuchten Stelle inmitten des freien Platzes schwebten und saßen sie. Wunderbar große und hellblau gefärbte Schmetterlinge, wohl mehr als hundert, trieben ihr Spiel im Sonnenlicht.

»Herrlich«, rief Susanne begeistert.

»Morphofalter«, erklärte Eva. »Genauer Morpho Achilles. Ich kenne keine schöneren Schmetterlinge als diese.«

Sie schauten eine ganze Weile dem Auffliegen, Gleiten und dem Wieder-zum-Boden-Zurückkehren zu.

»Wir können ruhig näher gehen«, sagte Eva. »Sie fliegen nicht davon.«

Susanne stand schließlich mitten in dem Schwarm. Die Falter umgaukelten sie. Einer setzte sich auf ihre geöffnete Hand und breitete weit die Flügel aus. Er war so groß, dass er ihre Handfläche ganz bedeckte.

»Das müsste man malen können«, sagte Eva. Die Freundinnen setzten sich auf einen dicken, abgebrochenen Ast.

»Du hast mich in diesen Tagen das Sehen neu gelehrt, Eva. Das frische Grün, die Schleier der Purpurblüten, die den Baum dort drüben bedecken. Die herrlichen Schmetterlinge in der Sonne. So muss es im Paradies ausgesehen haben.«

Eva kam nicht mehr dazu, ihr zu sagen, dass der purpurn blühende Baum ein Gualandaybaum war. Ein Schuss zerriss die Stille. Die Frauen zuckten zusammen. »Duck dich nieder«, flüsterte Eva. Sie hockten sich hinter den Ast, auf dem sie gesessen hatten. Sie hörten Menschen durch das Unterholz brechen, Schreie auch. Noch drei, vier Schüsse knallten und warfen ein doppeltes Echo zurück. Der Lärm verebbte.

»War immer schon so«, sagte Eva. »Menschen stören das Paradies, zerstören es vielleicht sogar.«

Sie musste Susanne helfen aufzustehen.

»Wir müssen zurück.« Susanne stöhnte auf. »Das Kind. Die Wehen.«

Sie erreichten ihr Haus nicht mehr. Der Esel stand immer noch vor dem Rancho. Sie traten ein. Die alte Indiofrau sah gleich, was los war.

»Nur Ruhe, Su Merced, gnädige Frau«, sagte sie und spuckte ihre Cocablätter, auf denen sie gekaut hatte, aus dem Fenster. »Ich habe meinen Töchtern schon zweiundzwanzigmal beigestanden.«

»Soll ich bleiben oder soll ich Francisca holen?«, fragte Eva aufgeregt.

»Francisca soll kommen«, stieß Susanne hervor. Der Schweiß rann über die Stirn.

»Wie heißen Sie?«, fragte Eva noch, ehe sie losrannte.

»Ich bin Chiquinquirá«, rief die Frau.

Nicht einmal eine halbe Stunde später kamen Eva und Francisca herbeigehetzt. Francisca trug die Tasche, in die Susanne vorsorglich alles gepackt hatte, was für die Geburt nötig war. Das Kind lag bereits abgenabelt auf Susannes Bauch. Chiquinquirá saß auf einem Hocker. Sie hatte sich ein neues Cocabällchen in den Mund geschoben und kaute genüsslich.

»Ein prächtiger Junge«, sagte sie. »Wiegt fünf Kilo und ein paar Gramm.«

»Sie haben doch gar keine Waage, Chiquinquirá«, sagte Eva und lachte.

»Hier ist meine Waage«, antwortete die Indiofrau und hob ihren Arm.

Francisca schaute den Jungen genau an. Er war sauber gewaschen. Sie wickelte ihn und schlug ihn ein in ein weißes Tuch.

Christian kam wenig später aufgeregt in den Rancho.

»Alles gut gegangen?«, rief er.

»Psst, sei still. Dein Kind schläft«, flüsterte Susanne. Er küsste sie ganz zart auf die Stirn.

»Danke«, sagte er. »Junge oder Mädchen?«

»Er soll Johannes heißen.« Sie schloss erschöpft die Augen.

Christian war glücklich. Ich hätte ihn auch Johannes genannt, dachte er.

* * *

Hatte ich Angst? Ich weiß es nicht genau. Aber als ich Ende März den Befehl erhielt, ich solle mich zwei Tage später im lippischen Horn einfinden, ich müsse als Volkssturmmann helfen, das Vaterland zu retten, da wurde mir doch ganz anders. Jeder, der nicht ganz und gar verblendet ist, kann doch sehen, dass der Krieg verloren ist. Und außerdem, was soll man mit 60 Jahren noch retten? »Geh gar nicht hin«, hat Katharina geraten. Aber ich zeigte ihr das Foto, das Ewald bei seinem letzten Fronturlaub hier gelassen hat. An einem Galgen hing ein Deserteur. Um seinen Hals trug er ein Schild, auf dem stand: ›Tod den Drückebergern‹. Also bin ich los. Katharina hat mir den dicken Wollschal noch nachgetragen. »Pass auf dich auf«, hat sie gesagt. »Ich will keinen toten Helden zum Mann.« Der Zug von Altenbeken fuhr nur noch bei Dunkelheit. Die Tiefflieger schießen auf alles, was sich bewegt. In Horn meldete ich mich im Rathaus. Eine Karte von Lippe lag auf dem Tisch.

»Sie verteidigen Leopoldstal«, wurde mir gesagt. »Allein?«, hab ich gefragt. Da hat mich der junge Leutnant angefahren: »Die Zeit für Witze ist vorbei. Treffpunkt ist der Blomenkrug. Dort übernehmen Sie den Volkssturmtrupp.«

»Ich war im Ersten Weltkrieg nur Unteroffizier.«

»Fronterfahrung?«

Ich nickte.

»Genügt. Also, hier ist Ihr Marschbefehl.« Er reichte mir einen Zettel.

»Also dann«, sagte ich.

»Können Sie sich nicht vorschriftsmäßig abmelden?«, fauchte er.

»Ist schon so lange her, Herr Leutnant. Hab's verlernt.«

Ich ging. Marschbefehl war in diesem Falle wörtlich zu nehmen. Es sind drei Ki-

lometer Landstraße bis Leopoldstal. Nur über den Hügel. Ich ließ mir Zeit. Das Wetter war klar, kalt, aber klar. Ein fernes Brummen zunächst, aber dann wurde es stärker und stärker. Die Luft zitterte. Ich zählte vierzehn Bomberpulks, jeder hatte so um die fünfzig Maschinen. Sie flogen in großer Höhe Richtung Hannover oder Berlin. Ich hatte Paderborn brennen sehen. Der nächtliche Feuersturm hat Aschefetzen bis auf den Hof geweht. Und auch über Hannover unlängst der glühende Himmel. Selbst von Kassel her das nächtliche Todesrot. Jetzt flogen sie Tag und Nacht. Das Zeichen der letzten Tage am Himmel.

Am Blomenkrug warteten sie schon auf mich. Zehn alte Männer und zwei Schuljungen, höchstens fünfzehn Jahre alt. Die Männer hatten die dänischen Karabiner mit dem verchromten Lauf zu Pyramiden zusammengestellt. Der eine Junge trug zwei Panzerfäuste und der andere stand bei einem Maschinengewehr. »MG 42«, erklärte Manfred mir später.

»Da sind Sie ja endlich«, sagte einer. »Wir warten hier schon über eine Stunde.« »Hört mal her«, sagte ich. Ohne dass ich etwas befohlen hatte, griffen sie nach ihren Karabinern und stellten sie sich der Größe nach auf. Der Junge mit den Panzerfäusten war der Kleinste. »Wir packen das Zeug nicht an«, sagte einer. »Nicht nötig«, rief der Junge. »Willi und ich waren in Detmold im Wehrertüchtigungslager. Wir kennen uns aus.« Willi bestätigte: »Jawoll. Ich war der Schnellste, als wir den Lauf der Spritze wechseln mussten.«

»Ich weiß hier nicht Bescheid«, gestand ich. »Was machen wir nun? Verteidigen wir die Landstraße?«

»Schütze Maikamm hat einen Vorschlag«, sagte ein kleiner, magerer Mann. »In der Möbelfabrik am Bahnhof liegen Kampfeinheiten der SS. Und Spezialisten für die V2. Die machen das schon mit der Landstraße. Drüben auf der anderen Seite vom Velmerstot führt die Reichsstraße1 vorbei. Wenn sie kommen, dann über die Reichsstraße und über den Berg. Wir müssten oben eine Panzersperre bauen. Am Lippischen Steinbruch liegen genug schwere Brocken.«

Ich deutete auf den Berg oberhalb von Leopoldstal.

»Meinen Sie den?«

»Mensch, Herr Unteroffizier, sagen Sie bloß, Sie kennen den höchsten Berg im Eggegebirge nicht.«

Ich sagte: »Ohne Tritt, marsch.«

Eine gute halbe Stunde später erreichten wir den Lippischen Steinbruch. Ich sah gleich, dass es der reine Unsinn war, hier auf dem Schotterweg, der an dem Steinbruch vorbeiführte, eine Panzersperre zu bauen. Nie würden die Amerikaner diesen Weg mit den Panzern benützen. Ich schaute Schütze Maikamm fragend an. Er kniff mir ein Auge. Ich verstand. Hier konnten wir den Krieg überleben. In den nächsten Tagen wuchteten wir eine Reihe behauener Quader auf den Weg. Richtig bei der Sache waren nur die Jungen. Ich hatte angeordnet, dass der Dienst nach zwölf Stunden für die Hälfte der Männer beendet sei. Sie wohnten alle in Leopoldstal. Schütze Maikamm nahm mich mit zu sich nach Haus. Sein sechzehnjähriger Sohn August war auch noch eingezogen worden. Sein Bett war frei. Die Ablösung vollzog sich pünktlich mittags um zwölf und mitternachts. Die Jungen brachten die »Spritze«, das MG 42, in Stellung. Die Panzerfäuste und Karabiner lagen griffbereit. Wenn sie kommen würden. Willi hatte dicht neben dem Steinbruch auf einem Rasenstück ein riesiges Fass entdeckt. Es war von der Firma Sinalco zu einer Wochenendhütte umgebaut worden. Als es zu regnen begann, hatte er keine Hemmungen, die Tür aufzubrechen. Wir stellten uns unter. Im Boden befand sich eine Luke. Willi schaute nach und fand eine Flasche Kognak. »Ich denke, die trinken nur Sinalco?«, sagte er und ließ die Flasche rund gehen. »Nur die Hälfte für uns«, befahl ich. »Der Rest ist für die anderen.«

In dieser Nacht hörten wir die Panzer auf der Reichsstraße von Paderborn her in Richtung Detmold rollen. Und den ganzen nächsten Tag auch. Nun blieb der gesamte Trupp auf dem Berg in Kampfbereitschaft. Willi fummelte immer wieder an den Panzerfäusten herum. »Wenn sie kommen, die Amis.«

In den Abendstunden fiel ein Schuss. Diesseits der Bergkuppe. Nicht sehr weit von uns. Ich ließ den Trupp antreten. Zum ersten Mal in scharfem militärischem Ton.

»Kameraden, ich löse hiermit den Volkssturm auf. Sie begeben sich nach Hause und warten auf weitere Befehle.«

»Herr Unteroffizier«, rief Willi. »Wir . . .«

Ich schnitt ihm das Wort ab. »Das ist ein Befehl.« Er hatte seit seinem zehnten

Lebensjahr eingedrillt bekommen Befehlen zu gehorchen. Im Jungvolk, in der HJ, im Wehrertüchtigungslager.

»Und die Waffen?«

»Die werden unter der Luke der Sinalco-Hütte gelagert und in Bereitschaft gehalten. In zwei Minuten will ich keinen mehr sehen.« Maikamm und ich gingen als Letzte. Es war stockdunkel. Er sang immer wieder leise vor sich hin: »Und als sie wohl kamen vor das Lipp'sche, Lipp'sche Horn, da hatten sie ihre Fahne schon verlorn. Zum Truderidera, zum Truderidera, zum Truderidera, die Lipper die sind da.« Er sang gegen die Angst an.

»Herr Unteroffizier, heute nicht im Zimmer von August. Die SS könnte Sie suchen.«

»Ins Heu mit ihm«, riet seine Frau.

»Wieso? Die Amerikaner sind uns auf den Fersen. Der Schuss . . .«

»War Siepmanns Willi. Hat ein Reh gewildert.«

Ich folgte ihr auf den Heuboden.

»Kriechen Sie bloß tief genug rein«, sagte sie. Sie zitterte bei dem Gedanken, sie könnten mich finden. Ihr ging es weniger um mich. Am nächsten Morgen um sieben durchsuchten sie das Haus. Auch auf den Heuboden kamen sie. Ich hatte mich bis zum Fußboden durchgebuddelt. Sie fanden mich nicht. Um zehn zog die SS aus Leopoldstal ab. An der Weser sollte eine neue Verteidigungslinie aufgebaut werden.

Einen Tag später kroch ich aus dem Heu. An diesem Morgen waren die Amerikaner gekommen. Genau über den Schotterweg und am Lippischen Steinbruch vorbei. Keine Panzer. Kampftruppen der 9. Armee. Meist Schwarze. Sie schenkten Willi und Manfred Schokolade. Manfred meinte, sie sei vergiftet, und gab Willi seinen Riegel. Der hatte Heißhunger auf Schokolade. Das letzte winzige Stückchen hatte er Weihnachten 1944 bekommen. Es hatte nach Sand geschmeckt.

Fünf Tage brauchte ich für den Rückmarsch. Nur durch Wälder und einsam gelegene Felder bin ich gegangen. Nur nachts. Durch unseren Ort waren die Amerikaner schon eine Woche zuvor gezogen.

Katharina ist mir um den Hals gefallen. »Wo hast du denn den Wollschal?«, hat

sie gefragt und geweint und gelacht zugleich. Mein Schwiegersohn wollte sei-
nen Hof verteidigen. Der alte Schulte-Lott hat sich mit der Mistgabel vor ihn
hingestellt und ihn angebrüllt: »Nur wenn du mich vorher abknallst, Erwin.«
»Was sollen wir denn machen, Papa?«
»Als Erstes wirf deine braune Uniform in die Jauchegrube und dann geh und
pflüg den Acker vor dem Wald. Wir müssen endlich den Sommerweizen säen.«
Sebastian hat sich zu uns durchgeschlagen. Aus seiner Klasse sind fünf Jungen
bei einem Tieffliegerangriff gefallen. Genau an dem Tag, als er zurückkam, am
30. April 1945, hat Hitler sich in Berlin umgebracht. »Ich hätt ihn auch erschie-
ßen können«, sagte Katharina.

* * *

Susanne war schon eine Woche zuvor zur Finca hinaufgegangen. Sie
wollte bei Eva sein, wenn das Kind geboren wurde. Den kleinen Johannes hatte sie mitgenommen.
Am 8. August kam David Mattler zur Welt. »Wenigstens euer Kind ist
nicht im Krieg geboren worden«, sagte Susanne.
An diesem 8. August 1945, genau drei Monate nach der bedingungslo-
sen Kapitulation Deutschlands, erhielten Lorenz' und Susannes Eltern
die Nachricht vom Roten Kreuz, dass ihr Sohn Ewald Mattler in den letzten Kriegstagen vor Berlin gefallen sei. Erst zwei Monate später kam der
Brief mit dem Totenzettel in La Encantada an. Es stand nichts darauf von
Führer, Volk und Vaterland.

* * *

Erwin ist aus dem Internierungslager zurück. Drei Monate lang haben sie ihn
»umerzogen«. Es scheint nicht ohne Wirkung geblieben zu sein. Jedenfalls sag-
te er vier Wochen später zu mir: »Wir sind belogen und betrogen worden. Un-
seren Idealismus haben sie schamlos ausgenützt.« Ich fragte ihn: »Wen meinst
du mit ›sie‹?«

Er dachte nach und entgegnete: »Na, die Nazis da oben.«
Ich konnte es mir nicht verkneifen und sagte: »Und die Millionen Nazis hier un-
ten?«
Er gab mir eine Antwort, die mich nicht ohne Hoffnung lässt: »Ja, ich auch. Nie,
nie wieder dürfen wir so etwas zulassen.«

* * *

Eva erholte sich nur langsam. Sie hatte viel Blut bei Davids Geburt verloren. Susanne wollte bei ihr bleiben, solange es ihr nötig schien. Andererseits hätte sie gern ihre Kinder María und Gregorio um sich gehabt.
»Ich muss ins Dorf reiten«, sagte Lorenz. »Die Kinder bringe ich dann mit hierher auf die Finca. Die kühlere Luft hier oben wird ihnen gut tun.«
Susanne war ihrem Bruder dankbar. Christian hatte sich einige Tage Urlaub gegönnt. Er kam mit seiner Gitarre angeritten wie ein Troubadour.
»Ich habe mich nach den Kindern gesehnt«, sagte sie zu Christian.
»Und ich mich nach dir, Susanne.«
Eva ging es inzwischen so gut, dass sie sich auf die Abende freute. Es wurde erzählt, gesungen und musiziert. Auch Ignacio fand sich häufig ein. Er schlug sehr geschickt eine kleine Trommel.
Am Abend, bevor die Finks zurückreiten wollten, sagte Susanne: »Es war eine schöne Zeit hier oben.«

Sie waren noch nicht lange wieder in La Encantada zurück, als ein jüdischer Händler gegen Abend in den Ort kam. Er ritt auf einem Esel. Sein Kaftan war am unteren Saum ausgefranst und die bloßen Füße steckten in ausgetretenen Alpargatas.
Er breitete vor Finks Rancho seine Waren aus, Knöpfe, bunte Borten, Nadeln, Garne, Nähseiden und glitzernden Glasperlenschmuck. In der spanischen Sprache konnte er sich nur schlecht verständlich machen. Für Susanne und Carmen kam er gerade zur rechten Zeit und sie kauften ei-

nen ganzen Korb voller Sachen für die Nähstube. Er zeigte sich dankbar und schenkte Carmen eine rote Halskette.

»Für Sie ist das sicher nichts?«, fragte er Susanne in Deutsch.

»Warum denn nicht?«, antwortete sie und lachte.

»Die Frauen aus Europa sind verwöhnt«, sagte er, schaute auf Susannes rotes Haar und reichte ihr eine flaschengrüne Kette. »Diese Farbe passt zu Ihrem Haar und zu Ihren Sommersprossen.«

»Wo werden Sie heute Nacht bleiben?«, fragte Susanne.

Er hob die Schultern. »Die Nächte sind warm«, antwortete er.

»Wir haben eine kleine Kammer und ein Bett für Sie. Wir laden Sie ein. Wenn Sie wollen?«

»So soll ich in ein Haus treten?« Er zeigte an seinem schmutzigen Kaftan herunter.

»In unserem Patio gibt es Wasser. Seife und Handtuch lege ich Ihnen zurecht. Den Esel können Sie anbinden. Dort an der Wand ist ein Eisenring. Carmen wird ihm Wasser geben und ihn füttern.«

Als Christian nach Hause kam und sich über den fremden Esel wunderte, erzählte sie ihm, welchen Gast sie hatten.

»Gut gemacht«, sagte er.

Nachdem sich der Händler gewaschen hatte, war er in seine Kammer gegangen und kam erst wieder, als die Kinder ihn zum Essen holten.

Er hatte seinen Kaftan ausgebürstet und die Schläfenlocken gekämmt. Sie hingen wie Korkenzieher lang herab.

Christian begrüßte ihn und sagte: »Schalom.« Überrascht erwiderte er den Gruß.

»Woher wissen Sie, wie wir Juden . . .«, fragte er, als er sich zu ihnen an den Tisch setzte.

»Ich kannte in Paderborn ein Mädchen, das einen jüdischen Vater hatte. Lange, lange her. In Mandelbaumers Laden hab ich oft etwas für das Gestüt abholen müssen.«

Er nickte.

Später setzten sie sich an ein Tischchen und tranken einen Becher Kakao.

»Sind Sie schon lange in Kolumbien?«, fragte Christian.

»Wie man es nimmt. Vier Jahre fast. Vorher war ich in Chile und davor . . .«

»Wollen Sie uns erzählen . . .?«

Er schüttelte heftig den Kopf.

»Nein, nein. Ich kann nicht darüber sprechen.«

Sie schwiegen. Er schaute auf das Cello und sagte: »Meine Tochter Lilly hat auch ein solches Instrument gespielt. Darf ich Sie bitten . . .? Sie würden mir eine Freude machen.«

Susanne stimmte die Saiten und begann. Er hörte aufmerksam zu. Als sie aufhören wollte, bat er: »Bitte das letzte Stück noch einmal. Lilly hat es oft . . .«

Susanne tat es und zog dann die Hülle wieder über ihr Cello.

María lehnte sich gegen das Knie des Händlers und fragte: »Wie heißt du?«

Er erschrak. »Verzeihung, ich habe mich nicht einmal vorgestellt. Ich heiße Simón Isra. . .« Er stockte. »Nein«, verbesserte er sich. »Israel haben sie mir drüben an den Namen gehängt und in den Ausweis geschrieben. Wie allen Juden in Deutschland. Mein Name ist Simón Katzmann.«

»Kannst du deutsche Lieder singen?«, fragte María.

»Sicher kann ich deutsche Lieder singen. Ich bin in Deutschland aufgewachsen.«

»Singst du mir etwas Lustiges?«

Er begann mit seiner Altmännerstimme: »Zu Regensburg auf der Kirchturmspitz, da saßen die Schneider zusamm . . .«

»Mehr, mehr«, bettelte María.

Susanne sagte: »Jetzt darf sich Gregorio noch ein Lied wünschen und dann ist Schluss.«

»Königskinder«, bat Gregorio.

Simón fragte nach: »Du meinst, ›Es waren zwei Königskinder‹?«

Er nickte heftig. Simón Katzmann sang langsam und sehr leise: »Es waren zwei Königskinder, die hatten einander so lieb. Sie konnten zusammen nicht kommen, das Wasser . . .«, er brach ab.

»Es geht nicht«, flüsterte er.

»Das Wasser war viel zu tief«, ergänzte María. Er strich ihr über das Haar.

Gregorio hatte mit großen, traurigen Augen zugehört.

»Weiter«, sagte er.

»Nein, Gregorio. Herr Katzmann ist müde. Vater wird dir morgen alle Strophen vorsingen.«

Sie brachte die Kinder ins Bett.

»Lohnt sich Ihr fahrender Laden eigentlich?«, fragte Christian.

»Ich kann davon leben. Nicht in Bogotá. Zu vielen Deutschen geht es dort schlecht, zu viele versuchen sich als Händler. Aber hier auf dem Lande muss man nicht hungern.«

Er stand auf. »Wir hatten in Berlin ein Kurzwarengeschäft. Nichts Großartiges. Sie sehen, ich bin in der Branche geblieben. Ich . . . – Nein«, sagte er. »Ich will mich nicht erinnern. Ich bin wirklich müde. Wenn Sie gestatten, ziehe ich mich zurück.«

»Wie Sie wollen, Herr Katzmann. Meine Frau bittet Sie Ihren Kaftan vor der Tür über den Stuhl zu hängen. Wir haben eine Nähstube.«

Er sagte nichts dazu, aber Susanne fand den langen Mantel. Sie nähte den Saum um und setzte ein neues Stoßband dagegen.

Schon in aller Frühe hörte Susanne Geräusche im Haus. Sie zog sich an und schaute, ob die Kinder schon aufgestanden waren. Es war aber Simón Katzmann, der im Patio sein Morgengebet verrichtete. Sie machte das Frühstück. Er trat in die Küche.

»Mein Esel ist gefüttert, die Waren sind aufgeladen. Ich muss aufbrechen«, sagte er. »Ein weiter Weg heute.«

»Wenigstens eine Tasse Tinto müssen Sie mit mir trinken«, verlangte sie. Er trank den Kaffee im Stehen. Sie hatte ihm ein Paket Brote eingeschlagen.

»Kommen Sie bald wieder. Wir brauchen immer etwas in der Nähstube.«

»Masel tow hier in La Encantada, viel Glück.«

»Für Sie auch, Herr Katzmann.«

Gregorio sorgte dafür, dass Katzmann nicht in Vergessenheit geriet. Immer wieder forderte er das Simón-Lied ein, das Lied von den Königskindern, und jedes Mal aufs Neue lauschte er hingerissen.

»Ein sonderbares Kind«, sagte Christian manchmal.

»Ein Herzblatt«, meinte Susanne.

Es kam nun häufiger Post aus Deutschland. Auch Franziska Bienmann, in deren Haus Christian in Duisburg vor der Auswanderung gewohnt hatte, schrieb einen langen Brief. »Der ganze Stadtteil ist ein einziger Trümmerhaufen«, stand darin. »Die Flugzeugpulks haben zweimal einen Bombenteppich abgeworfen. Am 14. Oktober 1944 war es so schlimm, dass kein Stein auf dem anderen geblieben ist. Eine Schneiderwerkstatt zu führen ohne Maschinen, ohne Stoffe, ohne die Zutaten, das bleibt ein Rätsel ohne Lösung. Trotzdem, überall in den Trümmern wird der Mörtel von brauchbaren Steinen abgepickt, kaum einer lässt den Kopf hängen. Von eurer Gruppe sind nur zwei zurückgekommen, Franz Düllming und Don Carlos. Alle anderen sind in Afrika, in Russland, in Frankreich geblieben.«

»Es soll doch eine große Hungerzeit in Deutschland sein«, sagte Christian. »Typisch Franziska. Davon schreibt sie kein Wort.«

Mutter Fink hatte geschrieben, für Kaffee könne man in Deutschland alles bekommen. »Wen wir nur wüssten, wie wir einen Sack Kaffee rüberbringen könnten«, sagte Christian.

Inzwischen waren die deutschen Guthaben in Kolumbien wieder freigegeben worden, aber Christian, der vor Jahren noch mit den 950 Dollar Encantada auf den Kopf stellen wollte, holte das Geld in Bogotá nicht von der Bank. Susanne hätte vielleicht gern die Nähstube weiter ausgebaut, aber auch sie spürte die Unsicherheit, die sich über das Land gelegt hatte. Gordo war nicht mehr der Kopf der Konservativen und ein Mann aus Pauna war an seine Stelle getreten, ein schmaler, zäher Kerl mit eng zusammenliegenden Augen in einem Fuchsgesicht.

Er hatte die Konservativen organisiert und trainierte sie wie Soldaten.

Auch Arturo drüben am anderen Ufer hatte das Kommando längst an Baldomero abgeben müssen. Der riesige Mann hatte sich einen Tarnanzug in der Nähstube schneidern lassen.

»Den brauche ich, Señora Fink«, sagte er. »Wenn es mal losgeht.«

Wenn es mal losgeht?, dachte Susanne.

* * *

Täglich kommen ausgehungerte Menschen auf unseren Hof und betteln um Mehl, um Kartoffeln. Wir haben uns vorgenommen, keiner geht vom Hof, der nichts bekommen hat. Und trotzdem schäme ich mich, wenn wir einer abgehärmten Frau nur zehn Kartoffeln geben können. Katharina macht morgens immer ein Dutzend Butterbrote, schlägt sie ein und steckt sie den Leuten zu. Aber mittags schon sind sie meist weggegeben. Nach Speck und Fleisch fragen nur die, die Tauschangebote machen. Teppiche, Bettwäsche, Silberbesteck. Wir nehmen nichts von alledem. »Keine Geschäfte mit der Not«, hat Katharina gesagt.

* * *

1947 besuchte Simón Katzmann zum letzten Mal Encantada.

»Es grummelt überall hier in der Gegend«, sagte er. »Irgendetwas liegt in der Luft. Wir Juden haben eine Nase für so etwas.«

Er blieb nur kurz und zog am selben Tag noch weiter.

Lorenz und Eva kamen ins Dorf. Am nächsten Tag sollte es weiter nach Bogotá gehen. Die Straße von Pauna her war im Vorjahr endlich fertig geworden, geschottert zwar nur, aber doch gut befahrbar. Lorenz hatte einen robusten Kleinlaster angeschafft, den er hinter Finks Rancho in einem Schuppen untergestellt hatte. Zur Finca hinauf gab es jedoch immer noch nur den Maultierpfad.

Die Mattlers schätzten die politische Lage nicht sehr ernst ein. »Unsere

Leute sind zufrieden«, sagte Lorenz. »Sie betrachten die Finca als ihre Sache.«

»Ein kleines Feuer, wie mein Vater es ausgedrückt hätte«, sagte Eva.

»Hoffentlich sind sie nicht zu spät angezündet worden«, meinte Susanne besorgt.

»Ich habe mit Arturo gesprochen«, sagte Christian. »Er ist zwar nicht mehr der maßgebliche Mann, aber er weiß Bescheid. Er ist der Meinung, die Konservativen sind zwar an der Regierung, aber der Chef der Liberalen, Gaitán, habe eine gute Chance, die Wahl zu gewinnen.«

»Nun«, meinte Lorenz skeptisch. »Im Augenblick halten die Konservativen das Ruder aber noch fest in der Hand.«

»Stimmt. Aber die Liberalen haben Gaitán mit Mehrheit zum Parteichef gewählt. Auf den setzen sie große Hoffnungen. Jorge Eliezer Gaitán soll ein bemerkenswerter Mensch sein. Der Padre in Bogotá hat mir erzählt, er führt nicht das satte Leben der Reichen und übt trotz des politischen Amtes seinen Beruf als Rechtsanwalt aus.«

»Mag ja alles sein, Christian. Aber wird er nicht sogleich in die kommunistische Ecke gestellt?«, fragte Lorenz.

»Kommunist, das sagen die Erzkonservativen von ihm. Aber wird so nicht jeder abgestempelt, der Veränderung will? Das kennen wir doch auch aus dem Nazideutschland.«

»Zum Glück liegt Bogotá weit, Christian. Wir haben den Zweiten Weltkrieg hier unbehelligt durchgestanden, wir werden auch von den Querelen heute verschont bleiben.«

»Dein Wort in Gottes Ohr.«

Zwei Tage später kurvte Mattlers Wagen plötzlich wieder in den Hof des Ranchos ein.

»Revolution in Bogotá!«, rief Lorenz erregt. »Wir sind gar nicht in die Stadt hineingekommen. Vorgestern, am 9. April, ist kurz nach Mittag Gaitán auf offener Straße niedergeschossen worden. Die Empörung ist riesengroß. Es wird geschossen, geplündert, die Gefängnistore sind geöffnet worden. Der Mob tobt durch die Straßen. Es soll bereits hunderte von Toten geben. Den Mörder haben sie an einem Metzgerhaken durch die Straßen geschleift.«

»Wir wollen sofort rauf zu unserer Finca«, sagte Eva. »Hoffentlich beschränken sich die Unruhen auf die Hauptstadt.«

Die Hoffnung darauf, dass die Unruhen abflauen würden, trogen. Nur wenige Tage nach dem Mord an Gaitán kam es in Pauna zu erheblichen Auseinandersetzungen. Die Bezirksregierung war nicht unvorbereitet und dem Militär gelang es, den Aufstand niederzuschlagen.

Ende April schreckten die Menschen in La Encantada morgens gegen vier Uhr aus dem Schlaf auf. Eine ungeheuere Explosion ließ die Ranchos erbeben.

Christian rannte hinaus. Die Kinder drängten sich verängstigt an Susanne.

Susanne hatte das Gewehr aus dem Schrank genommen und durchgeladen. Endlich hörte sie die Tür gehen.

»Die Brücke«, rief Christian empört. »Sie haben die Cecilienbrücke in die Luft gejagt.«

»Wer?«, fragte Susanne.

»Sie beschuldigen sich gegenseitig. Camilo soll ein Eindringen der Liberalen befürchtet haben, Baldomero wolle einen plötzlichen Angriff der Konservativen verhindern, heißt es. Eine verzwickte Situation.«

»Die Serpentinen durch die Schlucht werden kaum noch begehbar sein«, sagte Susanne. »Die Schule können wir vorläufig abschreiben.«

Aber dann fanden sich doch die meisten Kinder pünktlich um acht im Klassenzimmer ein. Auch Francisca hatte den Weg durch die Schlucht gewagt.

»Was wird jetzt?«, fragte Susanne sie.

»Soweit ich weiß, haben Sie und Ihre Familie nichts zu befürchten, Doña Susanne. Die hüben und die drüben wissen, dass Sie allen nur Gutes getan haben. Die Nähstube, der Bibelkreis, die Schule . . .«

Die Finks begannen jedoch noch am Abend dieses Tages, der den Bürgerkrieg ins Tal getragen hatte, die wichtigsten Sachen zu packen, damit sie für eine Flucht auf jeden Fall vorbereitet waren. Für das Cello und die Gitarre nähte Susanne Taschen mit Trägern, um die Instrumente auf den Rücken schnallen zu können. Fünf Maultiere und Marías Esel hielten sie im Patio bereit. Die Satteltaschen standen gepackt und brauchten den Tieren nur aufgeladen zu werden.

Wenn sie jedoch den Beteuerungen von Camilos Leuten und den Aussagen der Männer von Baldomero trauen konnten, ließ man sie tatsächlich ungeschoren.

Sie begannen schon wieder auszupacken, als die Mattlers von der Finca geritten kamen. Eva hatte sich ihr Kind auf den Rücken gebunden. Sie hatten kein Packtier bei sich und es sah aus, als ob sie Hals über Kopf von der Finca geflohen seien.

Erst als sie abgestiegen waren, sah Eva, dass Lorenz verwundet worden war. Sein Hemdärmel war blutgetränkt.

»Los, schneid den Ärmel auf«, sagte Christian.

»Halb so schlimm«, meinte Lorenz selber. Es war ein Streifschuss unterhalb des Schultergelenks. Christian holte seine Medikamententasche hervor. Er hatte sie lange nicht mehr gebraucht.

»Beiß die Zähne zusammen, Lorenz. Jod ist nötig.«

Er desinfizierte die Wunde und legte einen festen Verband an.

»Wir bleiben keine Stunde länger«, sagte Eva. »Ich habe den Anführer der Bande genau erkannt. Es war Jeronimo.«

»Und deine Leute?«, fragte Christian.

»Wir hatten Wachen aufgestellt. Ignacio wollte es so. Aber die sind überrascht worden. Wahrscheinlich wurden sie umgebracht. Ignacio kam gerannt und hat uns gewarnt.

Er hatte die beiden Maultiere schon gesattelt. Die Banditen haben wild geschossen. Als ich das Feuer erwiderte, haben sie sich zurückgezogen.

›Sie kommen wieder, Don Lorenzo‹, hat Ignacio gesagt. ›Ich flehe Sie an, reiten Sie fort.‹

›Und wo sind unsere Leute, Ignacio?‹

›Mein Neffe Lino und ich sind noch hier. Alle anderen . . .‹ Er zeigte zum Wald hinüber.

›Und wir‹, hat er noch hinzugefügt, ›Don Lorenzo, meine Familie und ich, wir müssen auch fort. Jeronimo hasst den, der seine Stelle eingenommen hat. Er wird sich rächen wollen.‹«

»Gehört Jeronimo denn nun zu den Liberalen oder den Konservativen?«, fragte Susanne.

Eva antwortete: »Wer blickt da noch durch? Ignacio nannte sie ganz einfach Guerrilleros.«

Die Mattlers ließen sich nicht bewegen zu bleiben.

»In Bogotá soll es wieder ruhiger geworden sein. Das Militär patrouilliert durch die Straßen. Wenn ihr uns sucht, über den Padre sind wir zu finden«, sagte Lorenz.

Eva bot an: »Wir haben noch viel Platz auf unserem Wagen. Fast alles, was wir besaßen, liegt ja da oben in der Finca. Wenn ihr uns einige Sachen mitgeben wollt, dann ladet sie auf.«

Christian hielt das nicht für nötig. »Wir sind hier sicher«, behauptete er.

»Das dachten wir auch bis heute Morgen«, sagte Eva.

Eine Woche später erhielten Finks die schriftliche Nachricht, dass die Mattlers es ohne Behelligungen geschafft hatten, nach Bogotá durchzukommen. In Pauna war ihnen eine Gruppe Soldaten als Begleitung angeboten worden, die sowieso nach Bogotá musste. »Die hielten ihre Gewehre stets schussbereit. Scheint heute das beste Argument zu sein«, schrieb Eva.

Und ganz unten stand auf dem Briefbogen: »Kommt bald nach. Das Gebiet auf Bucamaranga zu soll das heißeste Guerrillaland sein.«

Vierzehn Tage später marschierte eine große Gruppe Militär nach La Encantada ein. Die Soldaten benahmen sich korrekt, requirierten zwar Nahrungsmittel und Futter für ihre Pferde, aber der Zahlmeister führte Listen und vergütete alles. Christian bat den Oberst eine Patrouille zu Mattlers Finca zu schicken und nachsehen zu lassen, wie es dort oben stehe. »Morgen«, versprach der Oberst.

Schon am Nachmittag des folgenden Tages kehrten die Soldaten zurück. Der Oberst ließ Christian rufen und teilte ihm mit: »Die Finca gibt es nicht mehr. Es ist alles zerstört, verbrannt, zerschlagen. In die Brunnen sind Tierkadaver geworfen worden. Das Haus des Besitzers ist gesprengt, die Ranchos sind niedergebrannt. Die Banditen müssen wahnsinnig gewesen sein.«

»Nicht wahnsinnig, Oberst, sondern voller Rachegefühle«, sagte Christian.

Spät am Abend hörte Christian vom Lager der Soldaten her Bandoneonklänge. Er ging neugierig näher. Ein Soldat spielte das Instrument. Lorenz' Instrument. Christian ließ sich beim Oberst melden. Der hatte seine Uniformjacke abgelegt und badete seine Füße in einer Blechschüssel mit heißem Wasser.

»Einer Ihrer Männer, Oberst, hat dort oben ein Bandoneon gefunden. Das gehört meinem Freund Lorenz Mattler.«

»Schon gut«, sagte der Oberst und schickte einen Korporal los, das Instrument zu holen. Der brachte es einige Minuten später.

»Geben Sie es Ihrem Freund zurück«, sagte der Oberst. »Der Soldat hat es unter einer Plane zufällig entdeckt. Sie sehen, wir sind keine Diebe.«

»Danke, Oberst.«

Die Soldaten bauten in fünf Tagen eine neue Brücke über die Schlucht. Das schien den Leuten an beiden Ufern zu gefallen.

In der Nacht nach dem Brückenschlag jedoch rückte die Truppe an das jenseitige Ufer vor, schoss wahllos um sich, warf Handgranaten und Brandsätze und zündete die Ranchos an. Auch die Gebäude rund um die Ziegelöfen blieben nicht verschont. Vierundvierzig Tote, darunter zwanzig Kinder und viele Frauen, wurden einfach in die Schlucht geworfen.

Wie ein Flächenbrand breiteten sich die Unruhen in der ganzen Gegend aus. Das Militär war aus La Encantada wieder abgezogen. Camilo nannte sich jetzt Capitán und hielt die Zügel straff in der Hand. Er ließ sich von seinem Fahrer eines Abends in einem offenen Kübelwagen zu dem Rancho von Finks bringen.

»Motor laufen lassen«, befahl er und betrat das Haus.

Susanne bot ihm einen Aguardiente an, aber das, was sich schon herumgesprochen hatte, bestätigte sich. Er trank keinen Alkohol.

»Tinto?«, fragte Susanne.

Er nickte, setzte sich, zündete sich eine Zigarette Marke »Rothaut« an und rauchte mit hastigen Zügen.

»Ist Ihr Mann nicht zu Hause?«

»Er muss jeden Augenblick kommen«, sagte Susanne und reichte ihm die Tasse. »Ist das nicht schrecklich, was drüben geschehen ist, Capitán?«

»Ist, wie es ist«, antwortete er. »Sie haben wahrscheinlich gehört, dass wir den Guerrilleros nur zuvorgekommen sind.«

»Was sagen Sie da?«

»Wir haben durch unsere V-Leute dort drüben erfahren, dass ein gewisser Jeronimo das Militär überfallen wollte. Tatsächlich haben wir bei unserem Angriff zwei Maschinengewehre und einige Minenwerfer erbeutet.«

»Und das kann man glauben?«

»Señora, ich bitte Sie. Sie können die Waffen jederzeit in Gordos Haus besichtigen.«

»Aber die Frauen, die Kinder.«

»Jeder Krieg ist grausam.«

Christian betrat den Raum.

»Aha, der Capitán. Buenos días. Was führt Sie zu uns?«

Camilo drückte seinen Zigarettenrest in den Aschenbecher und sagte: »Ich wollte Ihnen nur versichern, dass wir Ihre Arbeit hier sehr schätzen.«

»Sie, Señor Fink, werden hoffentlich bald die Produktion der Ziegelsteine wieder aufnehmen können. Wir werden drüben wieder aufbauen. Es war ein Fehler, einige Ihrer Gebäude am Ziegelofen zu zerstören. Aber die Soldaten waren fremd hier und, na, sagen wir, übereifrig.«

»Können wir nach diesen Zwischenfällen für uns in La Encantada noch eine Zukunft sehen, Capitán?«, fragte Susanne.

Camilo stand auf. »Ich gebe Ihnen mein Wort, dass Sie sich sicher fühlen können. Meine Truppe hat strikte Anweisung, Ihr Haus als neutrale Zone zu betrachten.«

Er zündete sich erneut eineZigarette an.

»Adiós«, sagte er. »Ich hoffe, Sie sind jetzt beruhigt.«

Er ging hinaus und gleich darauf heulte der Motor seines Autos auf.

»Was hältst du davon?«, fragte Susanne.

»Würde er gekommen sein, wenn er es nicht ehrlich meinte?«

»Ich weiß nicht, Christian, ich habe kein gutes Gefühl dabei.«

»Wer kann in diesen Tagen ein gutes Gefühl haben, Susanne. Vielleicht entspannt sich die Lage ja bald wieder. Hier alles aufgeben, was wir aufgebaut haben . . .?«

In der Nacht, es mochte gegen zwei Uhr sein, klopfte jemand hart gegen die Hintertür des Ranchos. Susanne hatte in diesen Monaten einen leichten Schlaf. Sie wachte auf und lief auf bloßen Füßen nach hinten.

»Ja, wer ist da?«

Leise sagte eine Frauenstimme: »Ich bin es, Francisca.«

Susanne schob den Riegel zurück und riss die Tür auf. Die Frauen lagen sich in den Armen. Aber schnell löste sich Francisca und sagte außer Atem: »Sie müssen sofort aufbrechen, Doña Susanne. Fort von hier. Mit Ihrer Familie. Sofort. In wenigen Minuten ist in La Encantada der Teufel los. Viele Männer stehen drüben bereit. Rache für den Mord an unseren Leuten haben sie geschworen. Sie kommen durch die Schlucht. Die Brücke ist ja von Camilo bewacht. Sofort, Doña Susanne, sofort! Hören Sie?«

Sie huschte davon. Es war eine dunkle Nacht und der Regen schlug Susanne ins Gesicht.

Sie weckte Christian. »Sattle und belade die Maultiere. Es geht los. Francisca hat uns gewarnt. Ich wecke die Kinder.«

Es war noch keine halbe Stunde vergangen, als Christian die Mulis auf die Straße führte. Susanne hatte sich die Tasche mit dem Cello über den Rücken gehängt. Der Hals des Instrumentes ragte weit über ihren Kopf hinaus. Vor ihr saß Gregorio. Christian trug Johannes in einem Rucksack und María saß vor ihm auf dem Muli. Quer hinter dem Kind lag das Gewehr. Die Lasttiere waren mit einem Strick mit seinem Muli und untereinander verbunden.

Die Tiere hatten lange keinen Auslauf gehabt und trabten willig los. Marías Esel lief hinter ihnen her. Sie hat ihn wieder nicht abgesattelt, dachte Susanne. Was für ein wildes und unordentliches Kind.

Sie hatten gerade das letzte Haus des Dorfes hinter sich gelassen, als die ersten Schüsse fielen. Das Hämmern von MGs, die scharfen Detonationen von Handgranaten, die Blitze der Mündungsfeuer, der furchtbare Lärm und der Widerschein einer Schlacht füllten das Tal.

Gregorio klammerte sich an Susanne und sang mit seiner hohen Kinderstimme vor sich hin: »Da kam eine falsche Norne, die tat, als ob sie schlief, die Kerzen tat sie ausblasen, der Jüngling versank so tief, der Jüngling versank so tief.«

Die Straße führte schnurgerade leicht bergan. Dort, wo die Felder endeten und der Wald begann, hielt Christian die Tiere an. Es hatte aufgehört, zu regnen. Sie warfen einen Blick zurück. Ranchos brannten, die tief hängenden Wolken glühten, schwarze Rauchfahnen trieben über die Felder bis zu ihnen herauf, der Brandgeruch stieg ihnen in die Nase.

»Da«, sagte Christian, »auch unser Haus.«

Sie konnten genau erkennen, wie die Flammen hoch durch das Dach schossen. Dachziegel sprangen mit heftigem Geknatter empor und zerschellten.

Christian stöhnte auf.

»Warum machen die das?«, fragte María und drückte sich mit dem Rücken eng an ihren Vater.

Was sollte Christian darauf antworten?

Sie drehten die Tiere und ritten weiter über die Straße in den Wald hinein. Über zwei Stunden lang begegnete ihnen niemand, kein Auto, kein Tier, kein Mensch. Wer wollte in einer solchen Nacht auch schon nach La Encantada? Der Wald lichtete sich. Immer noch war es finster. Da scheute Christians Maultier. Er riss sein Gewehr hoch. Es lag etwas auf der Straße. Ein Schatten erst, ein Mensch.

»Halt dich fest, María«, sagte er und stieg ab. Das Gewehr hielt er schussbereit in den Händen. Schritt für Schritt ging er näher an die mitten auf der Straße liegende Gestalt heran.

Er vernahm ein Wimmern, ein paar Worte, Worte in deutscher Sprache.

»Bitte nicht, Herr Kommandant. Nehmen Sie alles. Auch den Esel. Bitte nicht schlagen, nicht schießen.«

Der Mond fand eine Wolkenlücke.

»Katzmann?«, fragte Christian.

»Ja, Simón Israel Katzmann, Herr Kommandant.«

»Susanne, hier liegt Katzmann. Sie haben ihn zusammengeschlagen.«

»Herr Fink? Sind Sie es, Herr Fink?«, fragte Katzmann leise.

»Ja, wir sind auf der Flucht.«

»Nicht ins Gas, Herr Kommandant. Schicken Sie meine Tochter Lilly nicht ins Gas.«

»Beruhigen Sie sich, Herr Katzmann. Wir sind die Finks.«

»Lassen Sie mich nicht hier liegen und sterben. Bringen Sie mich nach Pauna. Der Gerechte . . . wird . . .« Seine Stimme wurde zu einem unverständlichen Gemurmel. Plötzlich schrie er laut: »Sch'ma' Jisrael!«

»Still«, sagte Susanne. »Sind Sie still. Man wird uns hören.«

Christian war zusammengezuckt. Ihm fiel ein, dass er schon einmal diesen Ruf gehört hatte, damals in Deutschland. Als die Nazis Eva Mandelbaumer auf der Rheinfähre fassen wollten. Er hatte ihr nicht geholfen, hatte sie im Stich gelassen. »Sch'ma' Jisrael!«, hatte sie gerufen. Damals.

»Nicht noch einmal«, sagte er leise. »Kannst du auf deinem Esel reiten, María?«

»Sicher, Vater. Wie jeden Tag.«

Er half ihr in den Sattel.

»Immer dicht hinter mir bleiben, María.«

»Ja, Vater.«

Er richtete Katzmann auf. Der stöhnte. »Die Rippen haben sie mir zertreten«, jammerte er. Christian hob ihn vorsichtig auf sein Maultier und setzte sich hinter ihn. Katzmann sackte zusammen. Er musste ihn halten. Susanne reichte Christian den Strick, mit dem ihr Maultier an das vordere angebunden war.

»Ich werde auch so folgen können«, sagte sie. »Wir sind ja bald in der Stadt.« Er band Katzmann fest an seinen Körper. Sie setzten sich wieder in Bewegung. Auf der Straße lagen Katzmanns Glasperlen verstreut und glitzerten im Mondschein.

Die Wolken hatten sich ganz verzogen, als sie sich Pauna näherten. Die Wasserpfützen auf der Straße glichen silbernen Scheiben. Weit im Tal sah man schon die ersten Häuser, hingeduckt unter flache Nebelschleier.

»Halt!«, rief eine Stimme vor ihnen. »Parole!«

»Wir sind auf der Flucht!«, schrie Christian.

Da fiel der Schuss.

Katzmann stöhnte auf.

»Doch nicht schießen, Dummkopf!«, erklang eine scharfe Stimme. Soldaten ritten aus der Zuckerrohrplantage heraus auf die Straße.

»Ich dachte«, stammelte der, der den Schuss abgegeben hatte, »da, das Maschinengewehr.« Und er zeigte auf den Cellohals, der über den Kopf Susannes hinausragte.

»Kommen Sie langsam näher«, rief der Anführer. Sie ritten im Schritt auf die Soldaten zu. Die verharrten und hielten ihre Gewehre im Anschlag.

Der Offizier ritt nahe an Christian heran und leuchtete ihm mit einer Taschenlampe ins Gesicht.

»Ich habe Sie schon einmal gesehen. Richtig, als wir in La Encantada gelegen haben. Sind Sie nicht der Señor, der die Ziegelöfen gebaut hat? Der mit dem Bandoneon?«

»Ja, Mayor«, antwortete Christian. »Wir sind auf der Flucht.«

»Die Hölle ist los in Ihrem Dorf.«

»Es besteht kein Dorf mehr«, sagte Susanne. »Feuer überall.«

»Wir werden morgen dort mit den Banditen aufräumen. Reiten Sie nur nach Pauna hinein. Dort ist alles ruhig. Ich gebe Ihnen drei Mann als Eskorte mit.«

Als sie die ersten Häuser erreichten, spürte Christian das Blut klebrig an seinen Händen. Katzmanns Blut. Die Soldaten traten gegen die Tür einer Tienda.

Der Wirt öffnete und schaute verschlafen auf die Gruppe.

»Diese Leute bleiben hier«, ordnete ein Soldat an. »Befehl von Mayor Mosquera.«

»Kommen Sie«, sagte der Wirt. »Ihre Tiere führe ich in den Potrero.«

Er half, Katzmann vom Muli zu heben. Plötzlich fuhr er erschrocken zurück und ließ Katzmann zu Boden gleiten.

»Der ist ja tot«, rief er entsetzt. »Da, ein Schuss mitten in die Brust.«

Susanne und Christian begriffen, dass Christian sein Leben Simón Katzmanns Tod verdankte.

»Kann er jetzt niemals mehr ›Zu Regensburg auf der Kirchturmspitz‹ singen?«, fragte María.

Susanne nahm sie in den Arm und wiegte sie. Nach einer Weile sagte sie: »Er singt jetzt viel schönere Lieder.«

Aber María war bereits eingeschlafen.

Die Mattlers wohnten nicht im Pfarrhof. Gerade, als sie Bogotá erreicht hatten, wollte eine Familie Weering nach Deutschland zurückkehren. Am Rande der Stadt lag ihr Haus. Es sollte verkauft werden. Aber die Menschen, die sich Häuser leisten konnten, zog es in die Innenstadt. Eva und Lorenz schauten sich das Haus an. Es war ein älteres, großzügig gebautes Haus mit einem schönen Patio. Die Möbel und die gesamte Einrichtung mussten übernommen werden, weil die Transportkosten nach Deutschland zu teuer waren. Auch um die Köchin María Consuelo sorgten sich die Weerings. Als Eva durchblicken ließ, dass sie die Köchin wohl brauchen könnten, nannte die Familie Weering den Preis für das Haus. Er schien den Mattlers überraschend niedrig.

Ist etwas damit nicht in Ordnung?, dachte Eva.

»Sie sind die fünften Interessenten, die das Haus besichtigen. Aber Ihre vier Vorgänger haben gemeint, die Lage am Stadtrand sei ihnen doch zu gefährlich. Dieser Gewaltausbruch nach der Ermordung Gaitáns, wissen Sie. Dabei haben wir selbst im April hier kaum etwas von all dem gesehen und gehört.« Als der Rundgang durch das Haus beendet war, sagte sie: »Übrigens, hinter dem Haus liegen einige Morgen Land. Die gehören auch zu unserem Anwesen.« Sie breitete einen Lageplan aus. »Hier, sehen Sie.«

Lorenz und Eva gefielen Haus und Land gut. Sie baten um Bedenkzeit.

»Aber in zehn Tagen müssen wir weg«, sagte Herr Weering. »Wenn das Haus bis dahin nicht verkauft ist, werden wir es langfristig vermieten.«

Eva und Lorenz überlegten hin und her.

»Nicht gerade eine Finca«, wandte Lorenz ein.

»Wie wäre es, Lorenz, wenn du dir die Finca aus dem Kopf schlägst. Drei Reinfälle sind eigentlich genug.«

»Vielleicht gehen wir auch wieder nach Deutschland zurück«, sagte er. »Ewald ist gefallen. Unser Hof dort wartet auf einen Erben.«

Als er über Evas Nase die tiefe Falte aufspringen sah, lachte er und beruhigte sie: »Nein, nein, ich meine das nicht ernst. Es ist ja auch mein jüngerer Bruder noch da, der den Hof übernehmen kann. Aber die Arbeit auf dem Lande aufgeben, Eva, das würde mir schwer fallen. Sicher, ich könnte wieder im Baugewerbe . . .«

»Brauchst du gar nicht, Lorenz. Mir ist der Gedanke gekommen, es muss möglich sein, eine große Gärtnerei aufzubauen. Vielleicht kaufen wir noch mehr dazu.«

»Stopp, stopp, Eva!«, rief er. »Wir können nicht einmal das Haus auf einen Schlag bezahlen.«

»Aber mit unserem erwirtschafteten Geld von der Finca, den 950 US-Dollar und einem Kredit von der Bank wird es gehen.«

Er nahm sie in den Arm und hob sie hoch. »Ein starkes Weib, wer wird es finden?«, rief er. »Ich werde Gemüse und Blumen anbauen. Das wird nah bei der Stadt ein gutes Geschäft.«

»Und ich bekomme ein Gewächshaus für meine Experimente.«

»Aha, daher weht der Wind. Ich hatte schon angenommen, du denkst nur an deinen Mann.«

»Zusammen sind wir stark«, sagte sie. »Nur zusammen.«

Die Finks hatten einen schwierigeren Beginn. Sie konnten zunächst im Pfarrhof unterschlüpfen. Susanne hoffte, Christian würde die Schreinerei wieder betreiben. Für die 950 US-Dollar wären die notwendigen Maschinen wahrscheinlich zu erwerben gewesen. Christian schien wenig Lust an dem Plan zu haben, dort noch einmal einen Anfang zu machen. »Regnet durch«, war das Einzige, was er dazu sagte. Oft saß er herum, blätterte stundenlang in Zeitungen, fuhr die Kinder an, wenn sie lärmten, machte allein weite Spaziergänge ohne Ziel und sprach wenig.

Susanne ließ ihm Zeit. Zunächst hatte sie ein gewisses Verständnis dafür, dass er niedergeschlagen war. Aber als sie auch nach einigen Wochen keinerlei Anzeichen von neuem Lebensmut bemerkte, wurde sie von Sorgen gequält. Manchmal fragte sie sich bitter, hab ich nicht auch meine Nähstube verloren? Ist mein Traum von der Schule nicht ausgeträumt? Wie soll es mit uns weitergehen?

Sie regte an Mattlers zu besuchen. Er ging mit. Sie brachten Lorenz ein Gastgeschenk, das Lorenz die Tränen in die Augen trieb. »Mein Bandoneon«, sagte er überrascht. »Wie seid ihr denn daran gekommen?«

Er spielte ein paar Takte, legte es aber dann beiseite.

Als sie wieder zu Hause waren, sagte Christian: »Lorenz und Eva machen mich krank mit ihrer Betriebsamkeit. Lorenz spielt sein Bandoneon, als ob nichts gewesen wäre.«

Sie schlug ihm vor zu Mergenter zu gehen. Er brach zwar auf, aber nach einigen Stunden kehrte er zurück und war nicht dort gewesen.

Susanne wusste nicht mehr weiter. Sie ging zu Ottilie und heulte sich aus.

Ottilie meinte zwar, das würde sich mit der Zeit geben, aber sie sprach doch mit dem Padre. Der bat Christian zu sich. Er hatte eine Flasche

Wein hervorgeholt. Erst zeigte Christian sich zugeknöpft, aber dann brach der Jammer aus ihm hervor.

»Ich weiß nicht mehr weiter«, sagte er schließlich. »Dreimal neu angefangen, dreimal gescheitert. So viele Hoffnungen, so viele Enttäuschungen. Ich bin am Ende.«

Er bedeckte sein Gesicht mit den Händen. »Ich schlafe schlecht und habe Angst vor jedem neuen Tag, Padre.«

Der Padre speiste ihn nicht mit billigen Sprüchen ab.

»Christian«, sagte er, bevor sie auseinander gingen, »ich werde überlegen, was zu tun ist. In den Morast zu fallen, das kann jedem passieren. Das Aufstehen ist schwer. Wer liegen bleibt, kommt um.«

»Ich wollt, ich wär Münchhausen«, sagte Christian. »Der konnte sich am eigenen Zopf aus dem Sumpf ziehen.«

Am nächsten Tag bat der Padre die Schwester Oberin um ein Gespräch. »Oder keine Zeit?«, fragte er.

»Zeit ist eine Frage des Charakters«, antwortete sie, »keine Frage der Uhr. Kommen Sie heute gegen vier, Herr Pater.«

Er war pünktlich an der Klosterpforte. Die alte Schwester bewachte immer noch den Eingang. In ihrem von Runzeln durchfurchten Gesicht schienen nur noch die Augen lebendig.

»Weiß schon Bescheid«, sagte sie. »Ich habe geklingelt. Meine Beine wollen nicht mehr. Kann Sie nicht selbst zu Mutter Oberin bringen.«

»Ist gut, Schwester. Ich find den Weg allein.«

Sie sah ihm nach, wie er die Treppen hinaufstürmte, immer zwei Stufen auf einmal, und schüttelte unwillig den Kopf. »Immer neue Sitten«, murrte sie. »Jetzt schon sogar bei den hochwürdigen Herren.«

Der Padre berichtete der Oberin, was er von Christian wusste.

»Susanne tut mir auch Leid«, sagte er. »Ich hab ihr geraten Cellounterricht zu geben. Ottilie will während der Stunden auf die Kinder Acht geben.«

Die Oberin fragte den Padre: »Wissen Sie, dass unsere Schwester Angelina neben ihrer Tropenmedizin auch noch Psychotherapie studiert hat?«

»Nein. Woher sollte ich?«

»Nun, sie hat. Zwei von unseren Mitschwestern konnte sie helfen.«

Er versuchte einen Scherz. »So etwas kommt auch im Kloster vor?«, fragte er.

»Nonnen sind Menschen, Herr Pater. Und wenn eine der Schwestern sich zum Beispiel jahrelang um die Straßenkinder gekümmert hat und es stehen von Jahr zu Jahr mehr davon vor unserer Tür . . .«

»Ich verstehe, Mutter Oberin.«

»Wenn ich es richtig in Erinnerung habe, Herr Pater, dann hatte Christian vor Jahren auf dem Schiff ein ganz gutes Verhältnis zu Schwester Angelina.«

»Ja, er spricht gelegentlich von ihr.«

»Versuchen Sie ihm klarzumachen, dass dies eine Krankheit ist. Der heilige Thomas Morus spricht sogar vom Teufel der Traurigkeit.«

»Das ist der richtige Schlüssel zu Christian. Thomas Morus wird von ihm verehrt.«

»Na, sehen Sie?« Die Oberin erhob sich. »Ich weiß nicht, Herr Pater, ob die jungen Theologen es noch für wirkungsvoll halten. Trotzdem. Wir werden in unserem Konvent den Heiligen Geist für Christian anrufen.«

»Aber Mutter Oberin! So jung bin ich nun auch nicht mehr. Und der Geist weht, wo er will.«

»Hoffentlich weht er auch mal in unser Haus«, knurrte sie und ging.

»Aber Mutter Oberin«, rief er ihr nach. Sie überrascht mich immer wieder, dachte er.

Es dauerte ein halbes Jahr, bis Christian ganz allmählich dem Teufel der Traurigkeit Zügel anlegen konnte. Jede Woche suchte er für eine Stunde Schwester Angelina auf. Er fand endlich Worte für das, was ihn bedrückte. Sie hörte meist nur zu. Selten gab sie Ratschläge. Nach etlichen Monaten ging er nicht gleich nach den Besuchen bei ihr wieder fort. Sie hatte gesagt: »Christian, manchmal wächst mir die Behandlung der vielen Kranken über den Kopf. Sie könnten mir vielleicht ein wenig helfen. Wie auf der *El Condor*.«

Er war darauf eingegangen, machte nach ihren Anweisungen Injektionen, teilte Medikamente aus und assistierte ihr bei kleineren Operationen. Sie hatten während der Sprechstunden keine Minute Zeit für ein privates Wort. Nach den ersten Versuchen, ihr zu helfen, war Christian völlig erschöpft. Aber dann wurde es besser. Ohne dass sie ein Wort dazu sagte, sah er sein Leben mit jedem dieser kranken und elenden Menschen ein ganz klein wenig anders. Eines Tages sagte er zu Schwester Angelina: »Was halten Sie davon, Schwester, wenn ich Ihnen nur noch alle vierzehn Tage eine Stunde für unsere Gespräche wegnehme.«

»Ich bin einverstanden unter einer Bedingung.«

»Keine Sorge, ich werde jede Woche in die Praxis kommen und Ihnen zur Hand gehen.«

»Die Bedingung aber ist eine andere. Sie müssen mir versprechen, statt unseres Gesprächs auf Ihrer Gitarre zu spielen.«

Er schaute sie verwundert an, aber sie gab keine weitere Erklärung dazu.

»Gut«, stimmte er zu. »Ich weiß gar nicht, ob ich es noch kann.«

»Eben«, sagte sie und lächelte ihm zu.

Drei Monate darauf las Christian beim Frühstück die Zeitung. Plötzlich sprang er auf.

»Susanne«, rief er. »Sieh dir diese Anzeige an. Ich glaube . . .«

Susanne las und flüsterte dabei: »Suche aktiven Partner mit etwas Vermögen in meiner Ziegelei.«

Eine Chiffrenummer war angegeben.

Sie schaute ihn an. Etwas ängstlich.

Er sagte: »Ich werde mich bewerben.«

»Aber wir haben nicht ›etwas Vermögen‹, Christian.«

»Doch, Susanne. Nicht Geld. Aber hier«, er zeigte an seine Stirn. »Ich weiß alles über das Zieglerhandwerk. Das ist ein wertvolles Kapital.«

Noch am selben Vormittag schrieb er eine ausführliche Bewerbung und bat um ein Gespräch.

Der Padre rief die Oberin an und sagte: »Er ist vorbeigekommen, Mutter Oberin.«

Sie verstand ihn nicht und fragte: »Wen meinen Sie?«

»Aber Mutter Oberin! Den Heiligen Geist natürlich.«

»Ich verstehe immer noch nicht ganz, Herr Pater.«

»Christian Fink hat sich endlich aufgerafft. Er hat sich ganz aus eigenem Antrieb beworben und will sich an einer Ziegelei beteiligen.«

»Und, wird es gelingen?«

»Das ist noch ungewiss. Eine Antwort hat er noch nicht.«

»Also weiterbeten«, sagte sie. »Aber ›ganz aus eigenem Antrieb‹, das klingt doch gut.«

»So ist es. Ich halte Sie auf dem Laufenden, Mutter Oberin.«

»Danke, Herr Pater.«

Es gelang. Christian wurde zu einem Gespräch gebeten. Er traf auf einen alten Herrn, dem, wie er sagte, die Last der Steine zu schwer wurde. Er hieß Ardila.

»Tja, das mit dem Geld«, schloss er das Gespräch nach fast einer Stunde, »das Geld ist nicht ganz so wichtig für mich. Hauptsache, der Betrieb bleibt in Schwung. Doch bevor wir uns einigen, lassen Sie uns zur Ziegelei hinübergehen. Vielleicht haben Sie ganz andere Erwartungen, Señor Fink.«

Christian schaute sich die Ziegelei genau an, betrat die noch heißen ausgeräumten Brennkammern, wog einige Steine in seiner Hand, blieb eine Weile bei den Männern stehen, die die Rohlinge formten, ging in die Trockenschuppen, begutachtete das Mischwerk und lief mit Ardila die Schienen der Schmalspurbahn entlang bis zu der Lehmgrube.

»Nicht schlecht«, sagte er abschließend. »Diese Ziegelei ist in Ordnung. Soweit ich das bisher beurteilen kann, haben Sie Leute beschäftigt, die etwas von ihrem Handwerk verstehen. Man müsste vielleicht . . .«

»Sie werden freie Hand haben, Señor Fink. Wir handeln einen Vertrag aus. Ein halbes Jahr können Sie sich einarbeiten. Wenn Sie dann bleiben wollen, ziehe ich mich mehr und mehr zurück. Ich bin fast siebzig. Da wird es Zeit, daran zu denken, wie das Feld bestellt werden soll. Sie können sicher sein, wenn es mit uns gut geht, werden Sie mein gleichberechtigter Teilhaber. Und dann, wenn ich den Platz hier ganz räume, werden wir auch eine Lösung finden. Wie gefällt Ihnen das?«

»Gut«, sagte Christian und schlug in die ausgestreckte Hand von Ardila ein.

Die Ziegelei lag weit vom Pfarrhof entfernt, aber bis zu Mattlers Gartenbetrieb waren es nur etwa zehn Minuten zu Fuß zu gehen.

Eva machte Christian den Vorschlag, er solle mittags zu ihnen zum Essen kommen. Kochen für einen mehr oder weniger, das mache María Consuelo nichts aus. Sie sei, wie sie von sich selbst sage, eine Köchin aus Leidenschaft. Christian war das recht. Er wollte jedoch bei aller Freundschaft klare Verhältnisse. María Consuelo trug gerade die Suppe auf, als er das Thema anschnitt, wie das mit dem Mittagstisch zu regeln sei.

»Ich kann hier nicht sechs Tage in der Woche essen«, sagte er, »und mich nicht erkenntlich zeigen. Soweit ich weiß, hast du noch keine Pflanze gezüchtet, auf der Pesos wachsen.«

»Stimmt«, erwiderte Eva. »Was verstehst du unter ›erkenntlich zeigen‹? Willst du mir gelegentlich einen Blumenstrauß schenken?«

»Nein. Blumen habt ihr ja hoffentlich in euerer Gärtnerei. Ich dachte an einen Monatspreis, so eine Art Kostgeld vielleicht.«

»Kein Geld«, wehrte Eva ab. »Kein Geld.«

María Consuelo machte sich im Zimmer zu schaffen und hatte zugehört. Sie mischte sich ein. »Doña Eva«, sie wurde verlegen, sprach aber doch weiter: »Ich weiß, was das bedeutet, ›sich erkenntlich zeigen‹.«

Eva fragte belustigt: »Aha, was bedeutet es denn?«

»Jeder gibt, Doña Eva, von dem, was er hat, Don Lorenzo das Gemüse, die Kartoffeln und die Früchte aus dem Garten, Sie Tisch, Stuhl, Löffel, Messer und Gabel, ich gebe meine Arbeit in der Küche und Señor Fink, ich meine, könnte auch geben, was er arbeitet, oder?«

Lorenz lachte herzhaft und sagte: »Soll er vielleicht mit Ziegelsteinen zahlen, María Consuelo?«

Eva und Christian stimmten in das Lachen ein.

Eva fragte im Spaß: »Du, Christian, warum keine Steine. Ich will ein Gewächshaus bauen lassen. Für das Fundament braucht man doch Ziegelsteine, oder?«

Er ging auf den Scherz ein und schlug vor: »30 Steine am Tag sind 180 in der Woche und 720 im Monat. Das summiert sich.«

»Im Jahr 10 080«, sagte María Consuelo.

»Bitte?«, fragte Christian. »Zwölf mal 720, das sind rund 8 500.«

María Consuelo legte den Finger an die Nase. »Sie irren sich, Señor Fink. 10 080 sollten Sie zahlen.«

Christian zog einen Bleistift aus der Tasche und rechnete auf einem kleinen Block nach.

»María Consuelo, es tut mir Leid. Sie kochen vorzüglich, aber mit dem Rechnen hapert es. Es sind genau 8 640 Steine.«

»Oh«, entgegnete sie und hob ihre Nase ziemlich hoch. »8 640 Ziegel für Doña Eva und Don Lorenzo, das stimmt schon. Aber fünf Ziegel pro Tag für mich, für meine Arbeit. Um das auf Monat und Jahr auszurechnen, brauche ich keinen Stift und kein Papier. Macht zusammen 10 080 Steine.«

Ohne auf eine Bestätigung zu warten, verließ sie den Raum und zog die Tür geräuschvoll hinter sich ins Schloss.

»Ziemlich unverschämt«, sagte Eva.

»Ich finde, Eva, sie hat nichts Falsches gesagt.«

»Aber hör mal, Lorenz«, rief Eva empört. »Wo kommen wir denn hin, wenn die Dienstboten so mit uns umgehen?«

Lorenz grinste und sagte: »Manchmal, Eva, merkt man es dir doch an, dass eine Spur vom Blut der Kreolin aus reicher Familie bei dir durchschlägt. Nur Dienstboten, nicht wahr?«

Erst wollte Eva auffahren, aber dann besann sie sich und gab zu: »Ist ein Körnchen Wahrheit dran, Lorenz. Aber ich bin schon dabei, mich zu bessern.«

Einen Monat lang brachte Christian überhaupt keine Steine. María Consuelo ließ ihn das von Tag zu Tag deutlicher spüren. Wenn alle ein saftiges, zartes Stück Fleisch vorgesetzt bekamen, kaute Christian auf einem Braten herum, der ein naher Verwandter von Schuhsohlen zu sein schien. Niemand außer Christian selbst schien das zu bemerken.

Eines Tages hielt ein Lastwagen mit Anhänger vor Mattlers Haus, schwer beladen mit ausgesucht schönen Ziegeln. Christian hatte neben dem Fahrer gesessen, stieg aus und rief durch die Haustür: »Kommt doch mal auf einen Sprung heraus.«

Eva, Lorenz und David traten vor die Tür.

»María Consuelo auch«, verlangte Christian.

»Ich stehe am Herd, hab keine Zeit«, schallte es aus der Küche.

»Die Steine sind da.«

So schnell hatten sie die füllige Köchin noch nie rennen sehen.

»So viele Steine!«, rief sie.

»Was wollen Sie eigentlich mit den Steinen anfangen, María Consuelo?«, fragte Christian.

»Ich produziere Eier.«

»Eier aus Steinen?«

»Ja, sicher. Mein Mann Adolfo mauert mir einen Hühnerstall. Von meiner Patentante kann ich 15 Rassehühner bekommen. Jeden Tag etwa zehn Eier, in der Woche 70, im Monat 280, im Jahr . . .«

»Schon gut, schon gut!«, rief Eva. »Das ist eine hervorragende Idee, María Consuelo. Wir werden Ihre Kunden.«

»Das wird nicht gehen, Doña Eva.«

»Wird nicht gehen?«

»Sollen meine fünf Kinder und mein Mann die Eier nur anschauen dürfen? Mich will ich gar nicht mitzählen. Macht sechs Frühstückseier pro Tag, bleiben vier Eier übrig, in der Woche sind das . . .«

»Klar. Ich habe nicht an Ihre Familie gedacht. Also für uns die vier restlichen frischen Eier am Tag.«

»Genau weiß ich auch das nicht, Doña Eva.«

»Wieso? Zehn Eier legen die Hühner . . .«

»Verzeihen Sie, Doña Eva, dass ich Sie unterbreche. Bei Hühnern hilft das Kopfrechnen nicht. Rechnen, das ist etwas ganz Genaues, wissen Sie. Mit den Hühnern ist es anders. Kein Lebewesen kann man berechnen. Man muss die Tiere gut füttern. Vielleicht legen sie dann elf Eier am Tag, meine Hühnchen.«

Sie stieß plötzlich einen Schreckensschrei aus und lief in die Küche. »Meine Hühnchen!«, rief sie. »Hoffentlich sind sie nicht verbrannt.«

* * *

Ich, Norbert Mattler, 63 Jahre alt, noch vier Kinder, römisch-katholisch, ich schreibe heute zum letzten Mal in dieses Heft. Ich habe mir alles wieder durchgelesen. Das hat mir geholfen, einen Schritt zu tun, der mir nicht leicht gefallen ist. Ich werde nie mehr sagen, »ohne mich«. Ich habe mich in einer Partei angemeldet. Ich weiß nicht, ob ein einzelner kleiner Bauer etwas bewirken kann. Aber vielleicht haben ja viele etwas aus den schrecklichen Jahren gelernt. Und eins weiß ich bestimmt: Ich werde mich erinnern und weitersagen, was neben mir und mit mir und sicher auch durch mein Wegschauen geschehen ist. Nie mehr! Nie mehr! Nie mehr!

* * *

Zwischen Mattlers Garten und der Ziegelei lag ein etwas heruntergekommenes Haus, das schon längere Zeit unbewohnt war. Christian fragte Lorenz, wem es wohl gehöre, aber der hatte keine Ahnung.

Als die Probezeit von einem halben Jahr vorüber war, luden die Ardilas die Finks zu einem Abendessen ein. Christian dachte sich schon, dass Ardila mit ihm an diesem Abend den endgültigen Vertrag schließen wolle. Er war aufgeregt und die überwunden geglaubte Angst meldete sich wieder. Sicher, es war mit der Ziegelei gut gelaufen. Die Brennkammern waren abgedichtet worden, Christian hatte einen hohen Kamin errichten lassen, damit der Rauch nicht flach über die Gebäude wehte, und an der Straße entlang standen unter einem Dach Steinstapel, damit jeder, der vorbeikam, sich von der Qualität der Erzeugnisse überzeugen konnte. Das hatte eine ganze Reihe neuer Kunden angelockt. Ardila hatte ihm wie zugesagt freie Hand gelassen.

Nachdem die Mahlzeit beendet war, erhob sich Ardila und nahm eine Urkunde von seinem Schreibtisch. Er setzte die Brille auf und las vor: »Mit dem heutigen Tage übertrage ich Señor Christian Fink meine Ziegelei zu hundert Prozent . . .«

»Señor Ardila«, unterbrach Christian ihn, »irren Sie sich nicht? Sie wollten mich mit fünfzig Prozent beteiligen.« Ardila blickte ihn über den Brillenrand hinweg an und wiederholte: ». . . zu hundert Prozent mit allen Liegenschaften und dem Bestand an Steinen. Señor Fink zahlt, solange meine Frau Emma oder ich leben, im Gegenzug die Summe von fünfzig Prozent des Jahresgewinns in bar. Im Falle eines Verstoßes ist der Vertrag null und nichtig und der Besitz im oben beschriebenen Sinne fällt an die Familie Ardila zurück. Gelesen und beglaubigt, Bogotá am 1. Dezember 1949, gezeichnet Dr. Salcedo, Anwalt.«

Er reichte Christian die Urkunde. Susanne und er waren sprachlos. Señora Ardila ließ in vier hochstieligen Gläsern Champagner bringen.

»Auf ein gutes Gelingen«, wünschte sie.

Der Klang der edlen Gläser kam Christian beim Anstoßen wie ein Festtagsgeläut vor.

Eher zufällig erfuhr Susanne von Señora Ardila, die sie übrigens von diesem Tag an Doña Emma nennen sollte, dass auch das leer stehende Haus in der Nähe von Mattlers zu den Liegenschaften gehörte.

»Ach, wissen Sie, das hat die Familie des Zieglermeisters bewohnt, der vor Ihrem Mann für uns gearbeitet hat. Hals über Kopf hat er uns verlassen. Ist nach Cali gezogen und will sich dort selbstständig machen. Sie werden das Haus schon in Stand setzen, bevor sie dort einziehen.«

Susanne und Christian gingen Arm in Arm den weiten Weg zu Fuß zum Pfarrhof zurück. Es war spät geworden. Susanne zeigte auf ihren Stern. »Christian«, fragte sie, »bilde ich's mir ein oder siehst du es auch? Funkelt er heute nicht besonders hell?«

»Unser Glück hat ihn blank geputzt, Susanne«, sagte er.

* * *

Kaum waren Finks eingezogen, da lief Gregorio, wann immer er entwischen konnte, zu den Mattlers hinüber. Er wurde von Evas Gewächshaus unwiderstehlich angezogen. Mit großer Ausdauer half er Eva bei der Aufzucht der Pflanzen, säte, pikierte und pflanzte aus. Schnell lernte er es, in die Listen, die Eva angelegt hatte, das tägliche Wachstum einiger Pflanzen einzutragen. Das Maßband und die Zahlen waren ihm schon vertraut gewesen, bevor er in die Schule gekommen war. Die Namen der Pflanzen brauchte ihm Eva nur einmal zu nennen, dann behielt er sie zuverlässig.

Eva forschte nach den Krankheiten von Kaffeesträuchern, Bananenstauden, Kakaobäumen und Zuckerrohr, Pflanzen, die in der Höhe von Bogotá nur im Gewächshaus Frucht tragen. Zweimal hatte sie schon in einer botanischen Fachzeitschrift Aufsätze veröffentlicht, die selbst in den Universitäten Beachtung gefunden hatten.

»Gregorio ist ein ganz besonderes Kind«, sagte Eva zu Christian. »Du müsstest sehen, wie behutsam er mit den Pflanzen umgeht.«

»Mag sein, Eva. María dagegen ist ein Wirbelwind. Sie mäht mit dem Stecken die Brennnesseln hinter unserem Schuppen und es macht ihr Spaß, das ›Feuerkraut‹, wie sie die Nesseln nennt, niederzutrampeln. Kinder sind eben verschieden.«

»Unser David schlägt mehr nach den Mattlers. Als Lorenz das Feld pflügte, ist er mit großen Schritten wie ein Bauer hinter dem Pflug hergelaufen, weißt du, solche Schritte, die eigentlich ausdrücken: Seht her, das ist mein Land.«

»Ihr müsst eben mehr Kinder bekommen, Eva. Vielleicht ist dann auch eines dabei, das der Eva Millhaus gleicht.«

»Nein, Christian. Ich war in der Klinik. Vorige Woche hab ich das Resultat bekommen. Ich werde nie mehr ein zweites Kind haben können.«

»Ein Kind ist besser als keins, Eva.«

Sie erzählte Christian nicht, dass sie von der Universität das Angebot bekommen hatte, dort Gastvorlesungen zu halten.

»Erst einmal Gastvorlesungen, Frau Mattler. Später sehen wir dann weiter«, hatte der Professor gesagt.

Finks und Mattlers hatten eine Einladung bekommen. Mergenter wurde am letzten Februartag 65 Jahre alt.

»Ich lade euch alle ein mit mir zu feiern. Für eine Überraschung ist gesorgt. Keine Geschenke bitte. Aber es steht ein Spendenkörbchen bereit für Schwester Angelinas Straßenkinder.«

»Sollen wir wirklich kein Geschenk mitnehmen?«, fragte Lorenz.

Susanne schlug vor: »Wie wäre es, wenn wir es machten wie früher, wir singen und musizieren.«

»Gute Idee. Wie damals an Bord. Das wird ihn freuen«, stimmte Christian zu.

Mergenter war wirklich eine Überraschung gelungen. Fast alle Passagiere waren gekommen, die gemeinsam auf der *Viktoria* über den Atlantik gefahren waren. Uwe Makowitsch war mächtig gewachsen und überragte seinen Vater um einen Kopf. Sogar Arend und Mareike van Bemmel hatten von Curaçao einen Flug nach Bogotá gebucht. Nur Raben fehlte. Er hatte einen Glückwunsch geschickt. Es sei ihm doch ein bisschen weit, von Bonn aus nach Bogotá zu reisen. Im Auswärtigen Amt habe er eine Aufgabe übernommen und es gebe viel für ihn zu tun.

»Dieser alte Nazi«, murrte Lorenz. »Manche Menschen fallen immer wieder auf die Füße.«

Auch von der Gesellschaft auf der *El Condor* hatte Mergenter Gäste eingeladen. Schwester Rosa und Schwester Angelina waren dabei. Aber als es wild an Mergenters Tür klopfte und der Kapitän der *El Condor* hereinstampfte, staunten die anderen. Er brachte außerdem einen Mann mit, der ihnen fremd vorkam. Er war kahlköpfig, glatt rasiert und von hagerer Gestalt. Plötzlich dämmerte es bei Christian.

»McNeill?«, fragte er unsicher.

Der nickte und rief mit der alten, polternden Stimme: »Ja, Leute, seht her.«

Er zog Schwester Angelina in die Mitte des Raumes und sagte: »Durch diese Frau habe ich nicht nur den Suff abgelegt, sondern auch meine Leibesfülle. Mein Fell ist mir zwar etwas zu weit geworden, aber ich fühle mich wohl darin.« Er fasste Schwester Angelina unter die Achseln und hob sie so hoch, dass ihre Haube die Zimmerdecke streifte. »Sie lebe hoch, dreimal hoch.«

Sie befreite sich aus seinem Griff und sagte: »Immer noch der verrückte irische Bär.«

»Schwester«, rief er und lachte laut, »ich hoffe, Señor Mergenter hat ein festliches Essen vorbereiten lassen. Sie müssen kräftig zulangen, denn sie sind leicht wie eine Feder und . . .«, er stockte und schaute den Padre an, fuhr aber dann fort: »Ich weiß nicht, ob es sich schickt, das von einer Nonne zu sagen, leicht wie eine Feder und knochig wie ein magerer Esel.«

»Es schickt sich wirklich nicht«, tadelte Schwester Angelina ihn. Sie war rot geworden und drohte McNeill mit dem Finger. »Zur Strafe sollten Sie eine Woche lang in meiner Praxis jeden Tag zwölf Stunden Dienst tun.«

McNeill fragte den Kapitän: »Wann wird die *El Condor* zu ihrer Fahrt nach Barranquilla ablegen, Capitán?«

»Maschinenschaden«, murrte der. »Werden mindestens vierzehn Tage festliegen.«

»Also versprochen, Schwester Angelina. Wann soll ich morgen früh erscheinen?«

»Ich bin jeden Tag nach der Frühmesse so gegen sieben in der Praxis.«

»Ich werde pünktlich sein, Schwester.«

»Das würde mich wundern«, sagte sie.

»Das müssen Sie beichten, Schwester«, flüsterte Christian ihr zu. »Sie sollen gerade als Nonne immer an das Beste im Menschen glauben.«

Nach dem Essen baute Mergenter ein großes Diaskop und eine Leinwand auf.

»Ich bitte Sie, setzen Sie sich so, dass Sie der Vorführung gut folgen können«, sagte Mergenter. »Sie werden gleich an Hand von meisterhaften Aufnahmen miterleben können, weshalb ich diesem Land verfallen bin. Sie wissen, dass mich vor allem der herrliche Tolima gelockt hat den Rest meines Lebens hier zu verbringen. Ich habe lange gebraucht, bis ich meinen Traum von einem Aufstieg zum Gipfel verwirklichen konnte. Vor acht Wochen bin ich mit drei Leuten im besten Alter aufgebrochen. Die Männer sind erfahrene Bergsteiger. Den einen kennen Sie vielleicht. Das ist der deutsche Buchhändler hier in der Stadt. Der war übrigens schon verschiedene Male auf dem Tolima. Die anderen beiden sind Kolumbianer. Also gut. Die Männer haben sich dafür gewinnen lassen, mich mitzunehmen. Sie haben versprochen nur allmählich dem Gipfel näher zu rücken. Ich war ihnen dafür dankbar, denn ich bin, na, sagen wir, nicht austrainiert. Von Ibagué aus brachen wir auf. Wir wählten genau die Route, die vor zwanzig Jahren der deutsche Ingenieur Dr. Hermann Hoeck und seine Seilschaft gewählt hatten.« Mergenter zeigte immer wieder Dias von wunderbarer Klarheit, machte auch Pausen, damit die Bilder ruhig betrachtet werden konnten, und ermunterte dazu, den Getränken zuzusprechen.

»Obwohl es meine Gefährten drängte, das gute Wetter zu nutzen und bald wieder aufzubrechen, verstanden sie es doch, dass ich eine zweitägige Rast nötig hatte, um mich von dem Marsch zu erholen. Doch dann ging es weiter, das Romualdotal aufwärts bis zu dem Anwesen Las Hondas.

Eigentlich sollte dort unser Weg an diesem Tag noch nicht zu Ende sein, aber ich bat um einen Aufenthalt in Las Hondas bis zum kommenden

Tag. Der Talkessel El Salto war unsere nächste Station. Herrlich dieser Wasserfall des Río Romualdo. Mehr als hundert Meter tief stürzt das Wasser in die Tiefe, zerstäubt zu weißen Wolkengebilden, sammelt sich in sprühenden Kaskaden, donnert hinab ins Tal. Als wir die Lagune El Encanto im Westen erreicht hatten, sahen meine Begleiter die Möglichkeit, über den Westgrat den Tolima zu bezwingen. Wir bauten unser Lager auf. Die Nacht wurde bitterkalt, doch wir hatten warme Schlafsäcke. Schon drei Stunden nach Mitternacht begannen wir den letzten Anstieg. Die Nacht war wunderbar klar, die Sterne ganz nah. Das Kreuz des Südens funkelte. Wir erreichten den Gletscher bei fast 4 900 Metern Höhe. Nun wurde es schwierig. Es galt, immer wieder Stufen in das Eis zu schlagen, und es dauerte Stunden, bis wir den Nordwestgrat erreichten. Mir war klar, dass wir es nun schaffen würden, denn der Grat hat nur eine sanfte Steigung bis zum Gipfel. Kurz nach Mittag hatten wir die flache Kuppe des Tolima erreicht. Die Sicht war nicht zu vergleichen mit allem, was ich in meinem Leben je erlebt habe. Die Schneegipfel des Ruiz und der Santa Isabel, die Ostkordillere und das wolkenverhüllte Magdalenental, das Massiv der Zentralkordillere, die Ahnung der Wolkenmassen im Caucatal, die Westkordillere schließlich. Sie sehen die Fotos, aber die sind nur ein schwacher Abglanz der Wirklichkeit. Auf einmal wusste ich, warum so viele große Dinge, von denen die Bibel berichtet, sich auf einem Berge ereignet haben. Ich fühlte mich wie Moses auf dem Sinai dem Schöpfer ganz nahe. Ich schaute und schaute, bis schließlich meine Begleiter zum Aufbruch mahnten. Bei dem zweistündigen Abstieg zum Lager sprach keiner von uns ein Wort. Erst als wir am nächsten Tag die Hacienda erreichten, begannen wir das zu erzählen, was Herr Jimenez ja selbst schon öfter erlebt hatte, und wir erzählten und erzählten die halbe Nacht.«

Mergenter zeigte die letzten Dias. Er hatte das Gerät noch nicht abgeschaltet, da kamen späte Gäste. Es waren die drei Männer, die den Tolima mit Mergenter angegangen waren. Mergenter begrüßte sie, stellte die übrigen Gäste vor, aber er schien merkwürdig unruhig. Zweimal versuchte der Buchhändler ihn auf das gemeinsame Unternehmen anzusprechen, aber Mergenter wechselte sofort das Thema.

Doch dann fragte Fritz Goldschmitt ganz direkt: »War es nicht ein Wagnis, einem nicht mehr ganz jungen Herrn diese Strapaze des Aufstiegs auf den Tolima zuzumuten?«

»Wie meinen Sie?«, fragte der Buchhändler.

»Nun, Señor Mergenter ist nicht sehr gut zu Fuß.«

»Gewiss«, sagte der Buchhändler, »deshalb ist er ja dann in der Hacienda bei Señor Jimenez zurückge. . .«

»Aber meine Damen und Herren«, rief Mergenter. Er war blass geworden. »Wir haben nun schon zu lange über den Tolima geredet. Señora Fink hat mir verraten, dass noch musiziert und gesungen werden soll. Ich würde mich darüber freuen. Wenn Sie einverstanden sind?«

»Selbstverständlich«, sagte der Padre. »Ich bin noch ganz gefangen von Ihrer herrlichen Geschichte und den eindrucksvollen Dias, Señor Mergenter. Dies ist wirklich ein Land, in dem die Träume zur Wirklichkeit und die Wirklichkeit zu Träumen werden können.«

Glossar

Personen aus Geschichte und Zeitgeschichte

Bosco, Don (1815–1888), italienischer Priester, kümmerte sich um verwahrloste Kinder und Jugendliche, baute Heime und Werkstätten für sie, gründete die Kongregation der Salesianer Don Boscos, wurde 1934 heilig gesprochen.

Clemens, Jakob Generalsekretär des Katholischen Jungmännerverbandes

Erzberger, Matthias (1875–1921), Zentrumspolitiker, wurde von Mitgliedern der Brigade Ehrhardt aus politischen Gründen ermordet.

Gaitán, Jorge Eliezer Präsidentschaftskandidat der Liberalen Partei Kolumbiens, wurde 1948 ermordet. Sein Tod löste den Bürgerkrieg aus, die Violencia, der bis heute nicht beigelegt ist.

Galen, Clemens August Graf, Kardinal (1878–1946), ab 1933 Bischof von Münster, 1946 Kardinal, trat unerschrocken gegen die Kirchen- und Rassenpolitik der Nazis und gegen die Tötung so genannten unwerten menschlichen Lebens ein.

Goebbels, Paul Joseph (1897–1945), enger Vertrauter Hitlers, ab 1933 Reichsminister für Volksaufklärung und Propaganda, verübte gegen sich und seine Familie am 01.05.1945 Selbstmord.

Göring, Hermann (1893–1946), seit 1922 enger Vertrauter Hitlers und im Dritten Reich sein Stellvertreter, verschiedene einflussreiche Positionen, bei den Nürnberger Prozessen zum Tode verurteilt, beging jedoch vor Vollzug des Urteils Selbstmord.

Grynszpan, Herschel (1911–nach 1942), ermordete am 7. November 1938 den Gesandtschaftsrat Ernst vom Rath in der deutschen Botschaft in Paris. Er beabsichtigte die Öffentlichkeit auf die Ausweisung seiner Eltern und 17.000 anderer polnischer Juden aus Deutschland aufmerksam zu machen. Dieses Attentat diente zum Anlass, den Pogrom gegen die Juden in Deutschland am 9./10. November auszulösen, die so genannte Reichskristallnacht.

Himmler, Heinrich (1900–1945), ab 1929 Führer der SS, nach deren Verselbstständigung 1934 Reichsführer der SS, ihm unterstanden die gesamte deutsche Polizei, der Geheimdienst, die Konzentrationslager, betrieb die Ausschaltung missliebiger Personen und die Vernichtung der Juden, beging Selbstmord in einem britischen Gefangenenlager.

Kremer Kaplan in Remscheid, wurde im Februar 1936 verhaftet und im so genannten Rossaint-Steber-Prozess am 23.04.1937 zu 18 Monaten Gefängnis verurteilt.

Morus, Thomas englischer Staatsmann und Humanist unter Heinrich VIII. (16. Jahrhundert), weigerte sich die Herrschaft des Königs über den Papst anzuerkennen, wurde verhaftet und 1535 enthauptet, seine Schrift »Utopia« gab der gesamten literarischen Gattung der Utopien den Namen, 1935 wurde Thomas Morus heilig gesprochen.

Niermann, Hans (1914–1940), als Nachfolger Stebers ab 1935 Reichsführer der Sturmschar, wiederholt verhaftet, u. a. 1936 acht Monate in Untersuchungshaft, 1940 in Frankreich gefallen.

Rath, Ernst vom (1909–1938), Gesandtschaftsrat, wurde von dem 17-jährigen Herschel Grynszpan in der deutschen Botschaft in Paris am 07.11.1938 ermordet.

Roissaint, Dr. Joseph Kaplan, wurde im Februar 1936 verhaftet und wegen des Vorwurfs, Kontakt zu Kommunisten gehabt zu haben, zu elf Jahren Zuchthaus verurteilt.

Sproll, Johann (1870–1949), Bischof von Rottenburg, wurde 1938 für sieben Jahre von den Nationalsozialisten aus seinem Bistum vertrieben.

Steber, Franz (1904–1983), Reichssturmscharführer von 1929 bis 1935, machte die Gruppen der Sturmschar zur Kerngemeinschaft innerhalb des Katholischen Jungmännerverbandes (KJMV), mit seinem Namen verbunden sind das Reichstreffen des KJMV 1931 in Trier, das Lager der Sturmschar 1932 in Koblenz, die Romfahrt 1935; 1937 zu fünf Jahren Zuchthaus verurteilt, in der Haft halb erblindet, starb 1983 bei Münster.

Wolker, Ludwig (1887–1955), Prälat, ab 1926 Generalpräses des Katholischen Jungmännerverbandes bis zu dessen endgültiger Auflösung im Februar 1939, liebevoll der »General« genannt, widerstand klug und mutig den Versuchen, den KJMV gleichzuschalten und in die HJ zu überführen, zahlreiche Verhöre, Verleumdungen, Verhaftungen.

Sachbegriffe

BDM Bund Deutscher Mädel, innerhalb der Hitlerjugend die Organisation für die 14- bis 18-jährigen Mädchen.

Bund Neudeutschland ND, Schülergruppen in der Katholischen Jugend.

Davidstern alle Juden älter als sechs Jahre mussten ab 01. September 1941 an ihrer Kleidung einen gelben Stern tragen.

Gestapo Geheime Staatspolizei, 1933–1945, hatte Macht ohne gerichtliche Grundlage Hausdurchsuchungen durchzuführen, Verhaftungen vorzunehmen (so genannte Schutzhaft), Einweisungen in Konzentrationslager zu vollziehen, zu foltern, zu ermorden.

Hitlerjugend HJ, einerseits die Bezeichnung für die gesamte nationalsozialistische Jugendorganisation für alle 10- bis 18-Jährigen mit ihren verschiedenen Untergliederungen, andererseits Bezeichnung für die Organisation der 14- bis 18-jährigen männlichen Jugendlichen, ab 1939 wurde die Mitgliedschaft gesetzlich vorgeschrieben.

Jungschar Gruppen der jüngsten Mitglieder (10 bis 14 Jahre) im Katholischen Jungmännerverband.

Katholischer Jungmännerverband KJMV, 1933 rund 6 000 Ortsvereine und um 350 000 Mitglieder, nach 1933 vielerlei Pressionen, starke Behinderung der Jugendarbeit, Diskriminierungen und Verhaftungen führender Leute, örtliche Verbote, im Februar 1939 endgültig und überall verboten.

Kippa runde Kopfbedeckung, die jüdische Männer in der Synagoge zum Gebet aufsetzen. Fromme Juden tragen aus Gottesfurcht die Kippa ständig.

Kreolen Nachkommen weißer spanischer Einwanderer in Südamerika.

Masel tow jüdischer Glückwunsch, etwa »Viel Glück«.

Mestizen Nachkommen von Weißen und Indianern.

Mulatten Nachkommen von Weißen und Schwarzen.

NSDAP Nationalsozialistische Deutsche Arbeiterpartei (seit 1920), ab Sommer 1933 die einzige zugelassene Partei in Deutschland, der Wille Adolf Hitlers bestimmte allein die Grundlinien ihrer Politik, keine demokratischen Binnenstrukturen.

NSV Nationalsozialistische Volkswohlfahrt seit Mai 1933, Unterorganisation der NSDAP, zuständig für »alle Fragen der Volkswohlfahrt und Fürsorge«.

Nürnberger Gesetze auf dem Nürnberger Parteitag der NSDAP am 15. September 1935 verkündet, schränkten die Rechte der deutschen Juden drastisch ein, in vielen Durchführungsverordnungen wurden die Menschenrechte mit Füßen getreten.

SA Sturmabteilung, seit 1921 militärisch organisierte und uniformierte Kampftruppe der NSDAP, spielte eine wesentliche Rolle bei der Erringung der Macht 1933, danach mit hilfspolizeilichen Vollmachten betraut, Verfolgung politischer Gegner und Juden, 1934 wurden der SA Putschpläne unterstellt, der SA-Chef Ernst Röhm und andere hochrangige SA-Führer umgebracht, die SA wurde entmachtet und verlor ihr politisches Gewicht.

Scadta deutsch-kolumbianische Fluggesellschaft.

Schar siehe Sturmschar.

SS Schutzstaffel, bis 1934 Unterorganisation der SA, nach dem so genannten Röhm-Putsch selbstständig, mehrfach gegliedert (z. B. Leibstandarte Adolf Hitler, Waffen-SS, eigener Geheimdienst SD = Sicherheitsdienst), wurde mächtigste Organisation während der NS-Gewaltherrschaft, verantwortlich für die Konzentrationslager und den Mord an Millionen Menschen.

Sturmschar oft kurz Schar genannt, bildete sich aus den Wandergruppen innerhalb des Katholischen Jungmännerverbands ab 1928, in ganz Deutschland verbreitet, verstand sich als Kern des KJMV, nach 1933 bekämpft, örtlich behindert und verboten, insbesondere die Kluft, das Banner, die Wimpel, Fahrten, Lager, Treffen, Wanderungen, schließlich nur noch religiöse Veranstaltungen geduldet, Verhöre, Haussuchungen, oft Schutzhaft und Gefängnis besonders der Leute der Führung, die Organisation wurde im Februar 1939 endgültig verboten, aber viele Mitglieder hielten Kontakt und verweigerten sich der Gleichschaltung.

Winterhilfswerk WHW, Aktion der NSV.

Zambos Nachkommen von Schwarzen und Indianern.